ULLSTEIN

Das Buch

Unter einem schönen Ausklang seines Hochzeitstags hatte sich Detective Inspector John Handford etwas anderes vorgestellt, als mit der grausam zugerichteten Leiche eines jungen Mädchens konfrontiert zu werden. Es handelt sich um das mittlerweile vierte Oper des »Müllsack-Mörders« – ein eingängiger Name, den die Presse von Bradford dem Serienkiller verpasst hat, weil er die Leichen immer in Abfallhaufen ablegt. Die Polizei steht unter Druck, denn der Täter geht nicht nur äußerst brutal vor, er hinterlässt auch keinerlei Indizien und scheint kaltblütig zu planen. Seine Opfer sind junge Mädchen, die bereits vor einiger Zeit von zu Hause abgehauen waren. Dass sie in die Prostitution gelockt wurden, ist bei der Polizei ein offenes Geheimnis. Aber Ermittlungen in dieser Richtung werden unmöglich gemacht, der Stadtrat will die Existenz minderjähriger Prostituierter totschweigen.
Doch dieses Mal scheint der Mörder einen Fehler gemacht zu haben: Verborgen in einer Tasche des toten Mädchens findet Handford das Foto eines Mannes – endlich eine Spur? Das Foto zeigt Stephen Russell, den Leiter des Kriminaldezernats …

Die Autorin

Lesley Horton arbeitete nach ihrem Studium als Lehrerin und Journalistin in Bradford, wo sie auch Kreatives Schreiben unterrichtete. Heute lebt sie mit ihrem Mann als freie Schriftstellerin in Keighley. Bereits ihr Debüt *Fallstricke* mit dem ungewöhnlichen Ermittlerduo Inspector Handford und Sergeant Ali wurde von der britischen Presse hoch gelobt.

In unserem Hause ist von Lesley Horton bereits erschienen:

Fallstricke

Lesley Horton

Der Atem deines Mörders

Roman

Aus dem Englischen
von Edigna Hackelsberger

Ullstein

Besuchen Sie uns im Internet:
www.ullstein-taschenbuch.de

Umwelthinweis:
Dieses Buch wurde auf chlor- und
säurefreiem Papier gedruckt.

Ullstein Verlag
Ullstein ist ein Verlag der Ullstein Buchverlage GmbH, Berlin.
Deutsche Erstausgabe
1. Auflage Oktober 2004

Titel der englischen Originalausgabe: *On Dangerous Ground* (Orion, London)
Übersetzung: Edigna Hackelsberger
Redaktion: Lothar Strüh
Umschlaggestaltung: Thomas Jarzina, Köln
Titelabbildung: Mauritius, Mittenwald
Gesetzt aus der Sabon
Satz: Pinkuin Satz und Datentechnik, Berlin
Druck und Bindearbeiten: Ebner & Spiegel, Ulm
Printed in Germany
ISBN 3-548-25896-4

Für Andrew Taylor.
Er hat mich unterstützt, ermutigt
und an meinen Erfolg geglaubt.

Prolog

Der Schrei gellte durch die Straße und drang in alle Winkel, übertönte den Feierabendverkehr, das Gedröhn der Rasenmäher und das fröhliche Kreischen der Kinder in ihren aufblasbaren Planschbecken. Er war alles beherrschend und anhaltend, und als er schließlich verstummte, trat eine Stille ein, die den warmen Sommerabend plötzlich drückend erscheinen ließ, und sein Echo hing zwischen den herausgeputzten Vorstadthäuschen wie ein böser Geist.

Die Zeit blieb einen Augenblick stehen, und in der kurzen Erstarrung sannen die Nachbarn bereits fieberhaft nach einer Erklärung für das eben Gehörte. Dann nahmen die Rädchen der Zeit ebenso plötzlich, wie sie angehalten hatten, ihren normalen Lauf wieder auf, und die Anwohner eilten auf die Straße und bildeten dort Grüppchen, um zu ergründen, welches Haus gleich seine Katastrophe offenbaren würde.

»Nein. NEIN. NEIN.« Die Worte durchbrachen die Stille, zuerst kaum hörbar, dann steigerten sie sich erneut zu einem unerträglichen Entsetzensschrei.

»Das ist Clarissa!«, rief jemand, und sofort stürzte einer aus der Gruppe zum Haus, die anderen hinterdrein. Manche rannten die Einfahrt hoch, andere stiegen hastig über die niedrige Hecke und eilten über den verdorrten Rasen.

Die Haustür stand offen, und die Vordersten sahen Clarissa Braintree auf dem Boden kauern, die Stirn auf den blau gemusterten Teppichboden gepresst und die Hände um den Nacken geschlungen. Ihre Schreie waren in markerschütterndes Stöhnen übergegangen, das von dem dicken Teppichflor gedämpft wurde.

»Clarissa, was ist denn los?«, rief jemand verstört.

Fast unmerklich und wie in Zeitlupe lösten sich ihre zitternden Finger und zeigten die Treppe hinauf. Alle Blicke wanderten nach oben und dort, vom Geländer herab, baumelte der Körper eines Jungen an einem Seil, das fest um seinen Hals geschlungen war.

KAPITEL 1

Der nächtliche Streifendienst jagte Police Constable Martin immer Angst ein. »Friedhofsschicht« sagten die Kollegen dazu, und er hatte Friedhöfe noch nie ausstehen können. Er war zwar kein blutiger Anfänger mehr, aber noch in der Probezeit, und die älteren Kollegen hatten sich einen Spaß daraus gemacht, ihm die übelsten Horrorgeschichten von der Nachtstreife zu erzählen. Er wusste schon, dass das bloß Märchen waren, aber wenn er seine Runde machte, spielten seine Nerven verrückt, als hätten sie ein Eigenleben. Schatten lauerten an allen Ecken, und seine Fantasie ging mit ihm durch. Wäre er nicht allein und könnte er mit jemandem reden, dann wäre alles halb so schlimm, aber es war August, viele Kollegen hatten Urlaub, und die Personaldecke war zu dünn, um jemand mit ihm auf Streife zu schicken.

Der Dienstgruppenleiter hatte ihm gut zugeredet und gemeint, Martin würde es sicher auch ohne Begleitung schaffen: »Ich würde dich doch nicht allein da rausgehen lassen, wenn ich diesbezüglich Zweifel hätte. Und falls du uns doch brauchen solltest, Anruf genügt und wir kommen.« Und zur Beruhigung fügte er noch hinzu: »Es werden ein paar Besoffene unterwegs sein, aber wenn sie sich selbst und andere nicht gefährden, brauchst du auch nicht einzugreifen.

Wichtig ist nur«, rief er Martin noch hinterher, »dass du in die Seitengassen siehst, ob dort irgendwelche Junkies oder Schnüffler rumlungern!«

Bradford hatte viele solche verwinkelten Gassen und in jeder schlug ihm ein Gestank entgegen, bei dem sich einem der Magen umdrehte. Die letzte auf seinem Rundgang hatte sogar einen Namen – Empire Way. Für einen so imposanten Namen hatte es sicher mal einen Grund gegeben, doch jetzt war kaum etwas weniger Imperiales vorstellbar: Als enger, düsterer Durchgang zwischen der Rückseite des Copper Coin, eines aufgemöbelten Nachtclubs, einer Reihe von Restaurants und der hohen Begrenzungsmauer des College-Parkplatzes hausten dort die Junkies und Penner der Stadt so, dass man sie kaum noch von dem Müll unterscheiden konnte, auf dem sie schliefen.

Mit seiner Taschenlampe konnte Martin die triste, nach schalem Bier und Müll stinkende Gasse bis zu ihrer nächsten Krümmung einsehen, hinter der sie sich weiter steil bergauf wand.

Die gedämpften Disco-Klänge aus dem Nachtclub vermengten sich draußen mit der Dunkelheit und Schwüle, und durch die schmutzstarrenden Fenster drang das Zucken des Stroboskoplichts nach außen. Ein schwacher Lichtschein kam auch von den Lämpchen am Dachgesims, aber der konnte kaum etwas gegen die Düsternis ausrichten und ließ weite Bereiche im Dunkeln.

Vorsichtig und mit angehaltenem Atem ging Martin weiter, so zaghaft, dass er mit der Schuhspitze an der Kante eines Pflastersteins hängen blieb und stolperte. Er konnte sich gerade noch an dem rauen Mauerwerk abfangen und stieß keuchend den angehaltenen Atem aus. Er richtete den Strahl seiner Taschenlampe wieder geradeaus und tastete sich mit den Füßen weiter voran durch leere Bierdosen und Styroporverpackungen.

Dann ein Geräusch, ein Flüstern. Da war etwas.

Es kam aus den Müllsäcken, die an den großen Containern lehnten. Er riss den Kopf herum und leuchtete mit der Taschenlampe auf die Stelle. Nichts. Nur der matte Schein der tanzenden Lichter.

Er schluckte seine Angst hinunter und versuchte sich zusammenzureißen. Dann setzte er seinen Weg durch die enge Gasse fort und im Licht seiner Taschenlampe tauchten Abfallhaufen auf, die er ein oder zwei Sekunden ins Auge fasste, ehe er weiterging. Die großen Rollcontainer ragten aus dem Meer von Müllsäcken empor und warfen ihre drohenden Schatten über den Weg und an die gegenüberliegenden Wände. Aus einem Gully links von ihm schlüpfte etwas Dunkles und huschte quer über seinen Schuh.

Eine Ratte.

Er schüttelte sich vor Ekel.

Unbeeindruckt von seiner Anwesenheit grub sie sich in den Müllberg. Plötzlich zuckte sie herum und schnüffelte an etwas, das ihre Aufmerksamkeit geweckt hatte. Martin stampfte mit dem Fuß auf, und als sie sich aus dem Staub gemacht hatte, richtete er seine Taschenlampe auf das, was er zunächst für einen schlafenden Junkie oder eine Schnapsleiche hielt.

Aber es war weder das eine noch das andere.

Einen Augenblick verharrte er regungslos, bis ihm endlich klar wurde, was er vor sich sah. Dann überwältigte ihn ein blinder Reflex. Er wich vor Grausen zurück und sein Magen krampfte sich zusammen. Es war das erste Mal, dass er sich mit einem gewaltsamen Tod konfrontiert sah. Kalter Schweiß brach ihm aus und er musste tief Luft holen, um den Brechreiz zu bekämpfen und sein Abendessen bei sich zu behalten, das er vor dem Rundgang zu sich genommen hatte. Am liebsten hätte er kehrtgemacht und wäre davongerannt, doch seine Beine gehorchten ihm nicht. Er stand mit geschlossenen Augen da und rang keuchend nach Luft. Ein paar Sekunden später, die ihm allerdings wie Stunden vorkamen, zwang er sich, die Augen wieder zu öffnen und sich dem Anblick zu stellen.

Ein junges Mädchen, nicht älter als dreizehn oder vierzehn Jahre, lag mit verdrehten Gliedern auf einem Abfallhaufen, als hätte jemand sie wie alles ringsum einfach weggeworfen. Ihr heruntergezogener Slip spannte sich über die Knöchel, und zwischen den Beinen hatte sich eine Lache aus geronnenem Blut gebildet. Auch auf ihrem kurzen Rock war ein dunkler Fleck zu sehen, aber ob es Blut, Urin oder irgendeine aus dem Müll gesickerte Flüssigkeit war, konnte man nicht erkennen. Starr vor Entsetzen ließ Martin den Lichtstrahl seiner Taschenlampe über den leblosen Körper gleiten. An der rechten Schläfe klaffte eine grässliche Wunde und der Schädel war eingedrückt. Als er sich niederbeugte, starrte sie mit leeren Augen zu ihm auf, und er sah, dass man ihr einen alten Lappen in den Mund gestopft hatte.

Es ist immer eine Frage der Entscheidung, sagte sich Detective Inspector John Handford später, als alles vorbei war. Die Frage war nur, ob er die richtige Entscheidung getroffen hatte, als er auf der Heimfahrt mit Gill nach ihrem gemeinsamen Abendessen zum Hochzeitstag aus dem Auto heraus den jungen Streifenpolizisten gesehen hatte, der sich Halt suchend an eine Hauswand lehnte. Der Bursche hätte ja schließlich auch die Zentrale anfunken können, die lag nur ein paar Gehminuten entfernt, und im Nu wäre Verstärkung da gewesen. Doch durch Zufall war Handford eben bereits zur Stelle gewesen, und er hatte sofort eine Situation vor Augen, in die er selbst etwa zwanzig Jahre zuvor geraten war. Ein flüchtender Einbrecher hatte ihm damals einen Schlag in die Magengrube versetzt, und gekrümmt vor Schmerzen hätte er alles dafür gegeben, dass ein Inspector vorbeigekommen wäre und ihm geholfen hätte.

Er fuhr an den Straßenrand. Gill seufzte und presste die Lippen zu einem dünnen Strich zusammen. Handford kannte diesen Gesichtsausdruck von ihr nur zu gut.

»Ich kann ihn doch nicht einfach so da stehen lassen, Gill, sieh ihn dir nur mal an. Ich verspreche dir, ich seh bloß nach, ob er okay ist, dann komme ich gleich zurück.«

»Und wenn er nicht okay ist?«

»Dann funke ich die Zentrale an, dass ihn jemand abholen kommt.«

»Alles klar.« Gill klang skeptisch, aber sie lächelte ihn an, als er aus dem Wagen stieg und zu dem Polizisten hinüberlief. »Ich bin DI Handford«, stellte er sich vor. »Was ist denn passiert, Kollege?« Selbst im orangefarbenen Licht der Straßenlaterne sah das Gesicht des Constable ganz grau aus.

Ohne aufzuschauen deutete der junge Beamte hinter sich. »Dort drin, Sir.«

Handford drehte sich um und warf einen Blick in die dunkle Gasse. Er streckte die Hand aus. »Geben Sie mir Ihre Taschenlampe.«

Ein paar Minuten später kam er blass und mit versteinerter Miene wieder aus dem Durchgang und ging hinüber zu seinem Kollegen. »Wie heißen Sie?«

»Martin, Sir. Sie ist tot, nicht wahr?«

Die Frage war überflüssig, aber das wusste Martin sicher selbst. »Ja, sie ist tot«, sagte Handford. Einen Augenblick lehnte er sich neben dem anderen gegen die Wand und atmete tief durch, um das eben Gesehene loszuwerden. Die beiden Männer waren ein ungleiches Paar. Martin war Anfang zwanzig und schlank, und die Angst stand ihm in das jungenhafte Gesicht geschrieben. Seine Uniform und der Helm wirkten fast zu groß für ihn; Handford war deutlich größer und kräftiger gebaut. Er sah elegant aus in dem dunklen Anzug, den er zur Feier des Tages trug. Das Alter hatte bei ihm bereits Spuren hinterlassen – die ergrauten Schläfen und die leicht schlaffe Kinnpartie – doch das verstärkte eher die Attraktivität seines zerfurchten Gesichts, als ihr Abbruch zu tun. In diesem Moment jedoch spiegelte sich in seinen Zügen die Fassungslosigkeit wider, die er stets in solchen Augenblicken empfand. Obgleich er im Laufe der Jahre schon viele Menschen gesehen hatte, die eines gewaltsamen Todes gestorben waren, schockierte ihn der Anblick jedes Mal aufs Neue. Und trotz der vielen Fragen, die er gestellt hatte, und der Antworten und Begründungen, die ihm die Täter gegeben hatten, war es ihm stets ein Rätsel geblieben, wie ein Mensch gegenüber einem anderen zu derart extremen Mitteln greifen konnte. Und was er eben in dieser Gasse gesehen hatte, war in der Tat extrem. Er hing noch eine kurze Weile diesen Gedanken nach, doch dann gewann seine Professionalität wieder die Oberhand, und allmählich wich sein Entsetzen einem vertrauten Gefühl der Empörung.

Er versuchte es zu unterdrücken, und als er sich Martin wieder zuwandte, sahen seine Augen müde aus, und seine Frage klang schroff. »Haben Sie die Zentrale schon angefunkt?«

»Nein, Sir, noch nicht.«

»Worauf warten Sie noch, Mann? Wir brauchen den diensthabenden Inspector und einen Streifenwagen. Das hätten Sie schon längst tun müssen.«

»Ja, ich weiß, es ist nur, dass ...« Martin zeigte auf die Gasse. »Es ist das erste Mal, dass ich ... Tut mir Leid, Sir.«

Als Handford den Gesichtsausdruck des jungen Kollegen sah, kam Mitleid in ihm auf und die Erinnerung an seine eigene erste Leiche. Er war ein einziges Nervenbündel gewesen, zu nichts zu gebrauchen; er hatte sich am Fundort übergeben müssen und sich prompt eine Rüge vom Dienst habenden Detective eingefangen, die er nie vergessen hatte. Er schüttelte den Kopf. »Nein, *mir* tut es Leid, Martin. Sie haben Ihre Sache gut gemacht.« Sein Blick streifte die Lache auf dem Pflaster. »Sie haben es wenigstens bis hier draußen geschafft, bevor Sie sich übergeben haben. Ich sag Ihnen was, geben Sie die Meldung lieber nicht per Funk durch, sondern rufen Sie von der Telefonzelle dort drüben an.« Und als Antwort auf Martins verwunderten Blick erklärte er: »Die Reporter hören den Polizeifunk ab; wenn wir es telefonisch erledigen, können wir sie uns noch eine Weile vom Hals halten.«

Handford sah ihm kurz nach, dann schweifte sein Blick zu seiner Frau hinüber. Mit einem Seufzer stieß er sich von der Wand ab und ging zurück zum Wagen.

Seine Miene sagte schon alles. »Tut mir Leid, Gill,

aber dort drüben in der Gasse liegt eine Mädchenleiche. Ich kann jetzt nicht einfach wegfahren –«

Sie unterbrach ihn. »Doch nicht etwa wieder der gleiche …?«

»Vermutlich schon. Sie ist noch ganz jung.«

Gill rutschte hinüber auf den Fahrersitz. »Hört das denn nie auf, John? Wann erwischt ihr den bloß endlich?«

»Diesmal kriegen wir ihn.« Er klang zuversichtlicher, als er sich fühlte. Drei junge Mädchen waren ermordet worden, und fünf Monate Fahndung hatten scheinbar nicht einmal ansatzweise eine heiße Spur erbracht. Und jetzt schon wieder eine Leiche. Er selbst war allerdings nicht damit befasst, ein anderes Team bearbeitete den Fall. Die Leitung der Ermittlungen lag bei einer ranghöheren Kollegin.

Detective Chief Superintendent Susan Forrester fuhr mit Autopilot zum Fundort der Leiche. Sie war zu Hause auf dem Sofa vor dem Fernseher eingenickt, doch dann hatte ihr Mann sie aus ihrem tiefen, aber nicht völlig traumlosen Schlummer gerissen.

»Für dich«, hatte er kurz angebunden erklärt.

Als sie hörte, was der diensthabende Inspector ihr berichtete, blieb ihr fast das Herz stehen. Schon wieder ein junges Mädchen ermordet. Die Presse würde sie in der Luft zerreißen.

Tony hatte nicht mal versucht, seinen Ärger zu verbergen, als sie ihm sagte, dass sie noch einmal wegmüsse.

»Warum immer du?«, fragte er. »Warum kann nicht zur Abwechslung mal jemand anders hinfahren?«

»Weil da draußen ein Killer rumläuft, der junge Mädchen ermordet und er vermutlich gerade wieder zugeschlagen hat, und weil ich schließlich die Ermittlungen leite.« Und weil das jetzt schon sein viertes Opfer ist, und wenn ich nicht selber hingehe, wird man mir vorwerfen, dass ich die Sache nicht ernst genug nehme. Wie viele Gründe brauchte er denn noch?

Ganz gleich, ob einen oder hundert, Tony gab sich nicht zufrieden. »Seine Opfer sind keine kleinen unschuldigen Mädchen, Susan«, warf er ein, »das sind nichts weiter als angehende Nutten, und machen wir uns doch nichts vor, keiner wird sie ernsthaft vermissen. Also spielt es keine Rolle, wenn du *ein Mal* sagst, zum Teufel damit, und die Arbeit an jemand anderen delegierst. Schau dich nur mal an, du bist doch vollkommen fertig.«

Zugegeben, sie war übermüdet, doch sie schob seine Einwände beiseite und konzentrierte sich jetzt schon beim Hinfahren krampfhaft darauf, was sie als Erstes in die Wege leiten musste. Natürlich hätte sie die Tatortbesichtigung jemand anderem überlassen können. Detective Inspector Noble war erfahren genug, und inzwischen war er sicher auch schon dort eingetroffen. Er war von der Dienststelle Keighley ihrem Team zugeteilt worden, war von Anfang an mit dem Fall befasst gewesen und ein erfahrener Ermittler, dem sie mehr Vertrauen entgegenbrachte, als es für sie, in ihrer Position als Chief Superintendent, vermutlich ratsam war. Doch im Augenblick befand sich am Tatort auch noch ein weiterer Beamter aus dem Kriminaldezernat, ein DI Handford aus dem Polizeipräsidium in der Stadtmitte, und sie wollte sich von ihm nicht nachsagen lassen, sie hätte sich davor gedrückt, am Fundort vorbeizuschauen. Es kursierten auch so schon genügend abfällige Bemerkungen in der Kantine über ihre Eignung für diesen Job. Vielleicht tat sie Handford unrecht, doch sie hatte noch nie mit ihm gearbeitet, kannte ihn nicht und wollte kein Risiko eingehen. Ermittler, die kurz vor der Beförderung standen, waren nicht immer die beliebtesten Kollegen. Obwohl sie einem bestimmten Dezernat angehörten, hatten sie kein festes Team. Sie arbeiteten ausschließlich an wichtigen Fällen mit einer ausgesuchten Gruppe von Detectives. Die örtlichen Dienststellen sahen das gar nicht gern, denn wenn sich ein schweres Verbrechen ereignete, wurden alle Einsatzkräfte zur Ermittlung herangezogen, und für die täglichen Routinefälle blieb nur noch ein Minimum an Leuten übrig.

Auf dem Weg ins Stadtzentrum sandte Forrester ein Stoßgebet zum Himmel, dass die Presse von dem nächtlichen Leichenfund noch nicht Wind bekommen hatte. Wenn doch, würden die Reporter wie die Hyänen über sie herfallen. Vor fünf Monaten war das Interesse noch gering gewesen; zwischen den ersten Leichen war noch kein Zusammenhang ersichtlich, und die Polizei hatte gewisse Parallelen auch vor den Medien geheim gehalten. Ein paar Tage hatte das Thema die Schlagzeilen beherrscht, dann war es von anderen Nachrichten verdrängt worden, nach und nach auf Seite vier gerutscht und zuletzt in der Rubrik »Kurzmeldungen« versandet. Nach dem dritten Leichenfund sah jedoch alles ganz anders aus, und da die Polizei den Theorien der Reporter wenig Fakten entgegensetzen konnte, zogen diese ihre eigenen Schlüsse: Sie behaupteten, die Stadt werde von einem Serienmörder heimgesucht. Etwas anderes war für sie gar nicht vorstellbar, dazu gab es zu viele Übereinstimmungen. Alle Opfer waren junge Mädchen, etwa gleich alt, und ihre Leichen hatte man stets inmitten von Abfall gefunden. In den Schlagzeilen war bald nur noch vom »Müllsack-Mörder« die Rede – im Grunde eine unpassende Bezeichnung, da man in Bradford schon lange nicht mehr die großen schwarzen Plastiksäcke für die Müllabfuhr verwendete, sondern auf die großen Rollcontainer umgestellt hatte. Doch daran schien sich niemand zu stören, der Name machte die Schlagzeilen griffiger, und schließlich warfen die Leitartikler die Frage auf, ob hier wohl ein zweiter Yorkshire Ripper am Werk war und ob die Polizei ihre Ermittlungen wieder so in den Sand setzen würde wie damals. Dasselbe hatte James Sanderson, Assistant Chief Constable der Abteilung Gewaltverbrechen, schonungslos zur Sprache gebracht, als sie an jenem Nachmittag in die Zentrale nach Wakefield beordert worden war.

»Machen Sie denn überhaupt irgendwelche Fortschritte, Forrester?«

Nein, das konnte sie nicht gerade behaupten. Sie stand tatsächlich mit ziemlich leeren Händen da. Einerseits wussten sie eine Menge über den Täter, andererseits rein gar nichts. Er war irgendwie nicht greifbar, ein schlauer Fuchs, er ging planmäßig und kaltblütig vor und schien geradezu eine Mission zu erfüllen – ein Serienmörder wie aus dem Lehrbuch. Er tötete weibliche Teenager, vergewaltigte sie nach dem Tod mit einem stumpfen Gegenstand und stopfte ihnen dann einen alten Lumpen in den Mund. Drei Morde nach demselben Muster, ohne dass der Täter irgendwelche kriminaltechnisch verwertbaren Spuren hinterlassen hätte, keine Fingerabdrücke, keine Textilfasern, keine Spermaspuren; zudem erschwerte er die Identifizierung der Opfer, indem er alles außer ihren Kleidern mitnahm. Die Mädchen waren vermutlich minderjährige Prostituierte, aber darüber musste Forrester Stillschweigen bewahren. Es *gab keine* Kinderprostitution in Bradford – und das war amtlich. Genau diese Tatsache machte den Kerl so gefährlich, denn die schleppende Identifizierung der Opfer erschwerte gleichzeitig die Suche nach dem Mörder. Sie hatte keine Ahnung, wo die Mädchen gewohnt oder angeschafft hatten, aber irgendwo mussten sie ja mit ihren Freiern zusammengekommen sein, da sie auf der Straße definitiv nie in Erscheinung getreten waren. Und der Stadtrat agierte stets nach dem Motto: »Was ich nicht weiß, macht mich nicht heiß« – daher hatte man keine Veranlassung gesehen, den Etat des städtischen Sozialdienstes oder der Polizei mit zusätzlichen Ausgaben zu belasten.

Er dagegen wusste sehr wohl Bescheid, gab die Polizei dem Spott preis und führte sie an der Nase herum, ja er spielte sogar mit Forrester selbst seine Spielchen, weil sie eine Frau war – eine Vermutung, die sie selbst zwar nicht offen ausgesprochen, der Assistant Chief Constable jedoch angedeutet hatte. Wäre es nicht besser, hatte er vorgeschlagen, wenn jemand anderes den Fall übernähme? Jemand mit einem frischen Blick? Ein Mann mit frischem Blick, hatte er damit sagen wollen, doch so deutlich hatte er es dann doch nicht ausgedrückt.

Sie war jetzt fast am Schauplatz des Verbrechens angekommen und sah sich um. Trotz der späten Stunde herrschte dichtes Gedränge auf den Bürgersteigen und Straßen und alle genossen die laue Sommernacht. Sie beobachtete die Menschen und fragte sich, wie sie sich nur so gedankenlos dem Vergnügen hingeben konnten. Sie fühlte sich plötzlich fremd, wie fehl am

Platz, als gehöre sie nicht in diese Welt. Alle lachten, tranken, redeten oder eilten zu ihren Verabredungen, ohne zu ahnen, dass kaum eine halbe Meile weiter ein junges Mädchen brutal ermordet worden war und ihre Leiche noch immer dort lag, wo man sie einfach zum Müll geworfen hatte. Ein junges Mädchen, das wieder einmal ein paar Tage lang die Schlagzeilen beherrschen würde, bis ihr Schicksal die Menschen wieder ebenso kalt ließ wie Tony, ihren Mann.

Detective Chief Inspector Stephen Russell nippte an seinem Drink und beobachtete seine Frau, die sich unter die Gäste im Garten mischte. Natasha war stinksauer auf ihn, und er konnte es ihr kaum verdenken. Er war zu spät nach Hause zu ihrer Cocktailparty gekommen und hatte noch nicht einmal eine passende Entschuldigung parat gehabt. Es gab auch keine. Er hatte die Einladung schlichtweg vergessen, so einfach war das. In letzter Zeit vergaß er offensichtlich eine Menge, es wuchs ihm alles über den Kopf.

Vor zehn Jahren war es ihr Lächeln gewesen, auf das er geflogen war. Das hatte sich nicht geändert. Sie war eine schöne Frau, schlank, elegant, blond, dazu intelligent und tüchtig mit ihrer erfolgreichen PR-Agentur in Leeds. Außerdem war sie eine perfekte Gastgeberin, das zeigte sich wieder einmal bei der Party an diesem Abend, an den einflussreichen Gästen, die sie eingeladen hatte. Er hatte eine gute Wahl getroffen.

Dann trat plötzlich ein großer Schatten neben ihn und riss ihn aus seinen Gedanken. Der Mann in hellen Hosen und einem terrakottafarbenen kurzärmeligen Hemd mit offenem Kragen überragte Russell ein gutes Stück. Sein sorgfältig frisiertes Haar glänzte in der Hitze und seine tief liegenden Augen blinzelten.

»Sie ist wirklich eine wunderschöne Frau«, sagte er mit einem Lächeln zu seinem Gastgeber. »Aber du bist schon viel zu lange mit ihr verheiratet, als dass du sie noch so anstarren müsstest.«

Russel drehte sich zu der Stimme um. »Andrew, da bist du ja. Fein.« Er blickte sich um. »Ist Rachel nicht mitgekommen?«

Andrew Collingham seufzte. »Sie klappert immer noch die Blumenzüchter in Lincolnshire ab und hat gemeint, sie käme vermutlich erst sehr spät heim. Ich fürchte, irgendwelche Blumenzwiebeln für ihr Sortiment im Mayfield Gartencenter einzukaufen, wird für meine Frau immer absoluten Vorrang vor allem anderen haben, selbst wenn sie dabei eine eurer wunderbaren Einladungen verpasst.«

Russell musste lächeln. »Möchtest du etwas zu trinken?«

»Bitte, das Gleiche wie immer.«

Russell schenkte einen Whisky ein und reichte ihm das Glas. »Schön, dass du es doch noch geschafft hast.« Sie schlenderten hinüber zu einer Sitzgruppe im Garten.

»Tut mir nur Leid, dass ich nicht früher kommen konnte«, entschuldigte sich Collingham, als sie es sich bequem gemacht hatten. »Aber ich musste mich erst noch duschen und umziehen. Ich bin krebsrot und schweißgebadet aus dem Rathaus gekommen. Das Gebäude mag zwar von außen ganz imposant aussehen, aber die Klimaanlage lässt eine Menge zu wünschen übrig, besonders bei diesen endlosen Stadtratssitzungen. Und ich sage dir, bei den Polizeiausschusssitzungen ist es am allerschlimmsten. Euer Chef ist definitiv einer der langatmigsten Redner, die mir je begegnet sind, er findet einfach kein Ende. Aber Gott sei Dank geht er ja bald in Pension, je eher, desto besser, finde ich.«

Russell schwieg. Sie kannten sich jetzt schon seit sechs Jahren, aber er war immer noch nicht ganz sicher, wie weit er ihm vertrauen konnte. Vielleicht war er ja tatsächlich ein guter Freund, aber trotzdem hatte Russell stets das ungute Gefühl, dass er ihn nicht gerne zum Feind hätte. Und wenn es um Kritik am Polizeichef ging, verkniff er sich lieber einen Kommentar zu Collinghams Bemerkung. Collingham konnte ja aus seinem Schweigen selbst seine Schlüsse ziehen.

»Hast du vor, dich zu bewerben, wenn er geht?«, erkundigte sich Collingham.

»Ja, diesen Posten hätte ich schon ganz gern, wie du weißt, aber ich will auch nicht ewig darauf warten. Wenn sich etwas anderes auftut, mache ich das.«

Collingham nahm einen Schluck. »Ich glaube nicht, dass du darauf noch allzu lange warten musst, Stephen. Ich kann nicht mehr dazu sagen, bis es offiziell ist, aber deine Geduld wird sich schon auszahlen.«

Russell war wie elektrisiert. Gerüchte im Präsidium hatten bereits die Runde gemacht, aber sicher wusste man es nicht. Nun sah es so aus, als sei etwas Wahres dran: Slater ging tatsächlich in Pension. Jetzt war es umso wichtiger, Collingham zum Freund zu haben; ein Verbündeter im Polizeiausschuss würde seine Chancen sicher erhöhen. Er konnte sich ein Lächeln nicht verkneifen. Detective Superintendent Stephen Russell. Das hatte was – klang wie Musik in seinen Ohren.

»Gibt es schon Fortschritte bei diesem Serienmörder, weißt du da was?«, fragte Andrew Collingham.

Russell erwachte aus seinem Tagtraum und wandte sich ihm zu. »Nein, keine Ahnung, die Kripo hat nichts mit uns zu tun. Da hörst du vermutlich im Ausschuss mehr darüber, als ich dir sagen kann. Es gibt natürlich die üblichen Kantinengerüchte, aber keine gesicherten Fakten.«

»Euer Chef hat auch nichts rausgelassen.«

»Vermutlich weil er selber nichts weiß. Die leitende Ermittlerin ist direkt dem Assistant Chief Constable in der Zentrale unterstellt, nicht einem örtlichen Bereichsleiter.«

Collingham sagte zu Russell mit unverhohlener Enttäuschung: »Aber dieser Killer treibt doch verdammt noch mal hier, in unserer Stadt, sein Unwesen, Stephen. Da haben wir doch das Recht zu erfahren, wie die Ermittlungen laufen, zumindest der Stadtrat. Im Moment mögen seine Opfer ja vielleicht noch Prostituierte sein, aber so hat das auch bei Peter Sutcliffe angefangen. Was kommt da noch alles auf uns zu? Heute minderjährige Stricherinnen und in ein paar Monaten dann ahnungslose Schulmädchen.«

»Prostituierte?« Russell bemühte sich gar nicht erst, seine Überraschung zu verbergen. »Das wurde bis jetzt noch nie erwähnt, nicht mal bei den Klatschgeschichten in der Kantine.«

Collingham atmete in der sommerlichen Abendluft tief durch. »Nein, und ich hätte auch nichts sagen sollen. Es ist mir nur so rausgerutscht.« Er senkte die Stimme. »Chief Superintendent Forrester und ihr Team wissen offensichtlich Bescheid, aber wir halten diese Information vor der Öffentlichkeit zurück; wir setzen damit unsere bisher verfolgte Strategie fort und stellen ihnen nicht weiter nach.«

Russell runzelte die Stirn. »Das dürfte allerdings nicht gerade die Ermittlungen erleichtern.«

Als Collingham keine Antwort gab, fuhr Russell

fort. »Dann sind diese Mädchen doch in großer Gefahr, Andrew.«

»Stephen, die sind jedes Mal in großer Gefahr, wenn sie für einen Freier die Beine breit machen.«

»Aber nicht in dem Maße wie jetzt.«

»Doch, genauso wie jetzt.«

»Aber eigentlich sollten wir sie doch suchen und sie schützen und nicht so tun, als gäbe es sie gar nicht.«

»Ach komm schon, Stephen, sei realistisch, selbst wenn wir sie aufspüren könnten – und das bezweifle ich noch sehr –, dann kannst du dir sicher ausrechnen, wie viel es kosten würde, wenn sich das Jugendamt um sie alle kümmern müsste.«

»Ist das etwa das Einzige, was zählt, die Kosten?«

Der Vorwurf stand eine Zeit lang zwischen ihnen im Raum; im Hintergrund erklang leise eine sanfte Musik, hing schwebend in der duftenden Nachtluft und vermischte sich mit Lachen und Stimmengewirr. Die Gäste amüsierten sich. Anderswo im Garten allerdings war bitterer Ernst eingekehrt.

Collingham beugte sich vor, so dass er Russell ganz nahe war, und eine zorngeschwellte Ader pochte an seiner braun gebrannten Schläfe.

»In einer idealen Welt spielen Kosten keine Rolle«, sagte er ruhig. »Aber in unserer Welt sehr wohl. Also vergiss es, Stephen. Wir akzeptieren Prostituierte als eine reale Tatsache in dieser Welt, und wenn sie keinen Ärger verursachen, dann halten wir uns da raus. Was minderjährige Prostituierte anbelangt, so kümmern wir uns um das jeweilige Mädchen, wenn wir auf eines aufmerksam werden, aber wir suchen nicht direkt nach ihnen. Diese Kommissarin, Forrester, hält es für richtig, vor der Presse bestimmte irrelevante Details über die Opfer geheim zu halten; für die Medien und die Öffentlichkeit sind es Schülerinnen. Und das ist letzten Endes vermutlich viel sinnvoller: Dann passen deren Eltern wenigstens besser auf sie auf.«

Er lehnte sich wieder in die Kissen des Gartenstuhls zurück und leerte sein Glas. »Und Tatsache ist, wenn sie den Kerl nicht bald findet, dann wird er sich sowieso auf Schülerinnen stürzen. Also bitte tu mir den Gefallen und halt die Ohren für mich offen. Ich will wissen, was sich da tut und ob Forrester in der Sache weiterkommt. Denn ich sage dir, wenn sie nicht bald Erfolg hat, dann will ich, dass sie von dem Fall abgezogen und jemand eingesetzt wird, der diesen Scheißkerl findet.«

Handford stand an eine Mauer gelehnt da und musterte eingehend den DI, der vor etwa zehn Minuten am Fundort eingetroffen war und das Kommando übernommen hatte. Detective Inspector Noble, eins neunzig groß und korpulent, machten offenbar sein Übergewicht und die Hitze schwer zu schaffen. Seine Hemdknöpfe spannten über dem dicken Bauch, Schweißflecken zeichneten sich in den Achselhöhlen und am Kreuz ab und die kurz geschnittenen Haare glänzten vor Schweiß, der ihm auch das Gesicht hinunterrann. Eine vernünftige Ernährung und regelmäßige Workouts im Fitnessstudio würden ihm sicher nicht schaden, dachte Handford, aber vermutlich hatte der Kollege für keins von beidem genügend Zeit. Seinen Job hingegen erledigte er tadellos, und als Detective Chief Superintendent Forrester etwa zehn Minuten später vom Parkplatz hinter dem Alhambra-Theater den Hang hinaufgeeilt kam, hatte er den Fundort bereits begutachtet und gesichert, die wichtigsten Aussagen von Handford und Martin notiert und den Polizeiarzt zum Opfer geführt.

Susan Forrester war sicher nicht viel älter als Stephen Russell, Handfords eigener DCI, dafür aber um einiges attraktiver. Groß und schlank, mit rotblonder, auf und ab wippender Mähne kam sie mit federndem Laufschritt auf ihn zu und ihr schwarzer Rock und die helle Bluse unterstrichen ihre gute Figur. Anders als Noble machte ihr die Hitze anscheinend nichts aus, denn auf ihrem Gesicht war keine einzige Schweißperle zu sehen.

»DI Handford?«, fragte sie. »Ich bin Detective Chief Superintendent Forrester.« Ihre Stimme war tief, beinahe sexy, aber nur beinahe. Das überraschte Handford nicht sonderlich, denn Polizistinnen in leitender Stellung trainierten oft ihre Stimme, um ihr mehr Klangstärke und Volumen und damit auch mehr Autorität zu verleihen.

»Frau Kollegin«, erwiderte Handford zur Begrüßung. Im Licht der Straßenlaterne sah er, dass ihr Rock gar nicht schwarz war, sondern tiefblau – genau wie ihre Augen.

Sie blickte sich um. »Erstaunlich ruhig hier. Ich hatte einen Schwarm von Reportern erwartet.«

»Ich habe Martin geraten, von der Telefonzelle dort drüben aus anzurufen, Ma'am.« Handford wies mit dem Kopf in Richtung der Telefonzelle. »Die haben von der Sache sicher noch nicht Wind bekommen.«

Ihr Blick wanderte zu der Gasse hinüber. »Und Sie haben die Leiche gefunden?«

»Nein, das war PC Martin. Ich bin rein zufällig kurz darauf mit meiner Frau hier vorbeigefahren. Er hat mir gesagt, wo sie liegt, und ich bin hin und habe nachgesehen. Es ist seine erste Leiche und er ist noch ziemlich fertig, aber er hat seine Sache gut gemacht.«

»Ich werde später mit ihm sprechen. Wenn Sie mir jetzt das Mädchen zeigen würden?«

Handford ging voraus zu dem Haufen undichter Müllsäcke. Die Leiche lag immer noch so da, wie er sie vorgefunden hatte – mit verdrehten Gliedern mitten im Müll, den Mund mit einem schmutzigen Lumpen zugestopft. Der Polizeiarzt arbeitete im Licht der staubbedeckten Glühbirnen an der Außenwand des Nachtclubs, verstärkt durch den Lichtstrahl der Taschenlampe eines Polizeibeamten.

Als sie näher kamen, stand der Arzt, ein gedrungener Mann Mitte, Ende fünfzig auf und blickte auf die Leiche hinab. Er streckte sich und hob die langen, schmalen Augenbrauen, die so weit oben auf der Stirn saßen, dass sein Gesicht eine ständige Verwunderung auszudrücken schien. »Alles wie gehabt, Mrs Forrester.«

Sie neigte ihm den Kopf zu. »Wirklich, Dr. Jessop? Wie gehabt?«

»O ja, ich denke schon, Chief Superintendent, die gleichen Verletzungen, dieselbe Handschrift, ein ähnlicher Fundort.« Er runzelte die Stirn. »Wenn er sich nur dazu entschließen könnte, sie an einem etwas angenehmeren Ort abzulegen. Ich bin zu alt, um mit meinen müden Knochen noch auf Müllsäcken herumzuklettern.«

Sie ignorierte seine Bemerkung. »Wie lange ist sie schon tot?«

»Nicht sehr lange, denke ich mal. Vermutlich nicht mehr als zwei oder drei Stunden.«

Die massige Gestalt von DI Noble trat auf sie zu. »Sieht so aus, als wäre sie dort hinten in der Gasse ermordet und dann hierher zu den Tonnen geschleppt worden. Dort hinten gibt es sowohl Blutflecken als auch Schleifspuren.« Sein Gesicht war ernst und besorgt. »Er ist wieder nach dem genau gleichen Muster vorgegangen.«

Handford blickte auf das Opfer hinab. Das Mädchen war sicher nicht älter als fünfzehn. Etwa so wie Nicola, seine größere Tochter. Als die Mordserie begann, hatte er sie und Clare eindringlich ermahnt, immer nur zu mehreren unterwegs zu sein und niemals abends allein nach Hause zu gehen; wenn sie ausgingen, würde immer einer von ihnen, entweder er oder seine Frau, sie von dort abholen. »Und redet nicht mit fremden Männern«, hatte ihn Nicola scherzhaft nachgeäfft. Sie war gut im Nachahmen, und sie hatten beide darüber gelacht. Aber jetzt, da er dieses Mädchen hier vor sich liegen sah, bekam er große Angst um seine Töchter. Anscheinend wusste niemand, ob der Täter spontan, aus der Gelegenheit heraus mordete oder ob er seinen Opfern gezielt auflauerte, ob die Mädchen zur falschen Zeit am falschen Ort gewesen waren oder ob er sich durch vorgetäuschte Freundlichkeiten an sie herangemacht hatte, bis sie ihm vertrauten. Wie auch immer, solange sie ihn nicht fassen konnten, war er eine tödliche Bedrohung für alle jungen Mädchen.

Forrester wandte sich an Noble: »Im Augenblick können wir hier nicht viel mehr tun. Stellen Sie ein Schutzzelt über der Leiche auf und sagen Sie dem diensthabenden Inspector auf der Wache, der Fundort muss heute Nacht gut gesichert werden – er soll jeweils zwei Beamte am oberen und unteren Ende der Gasse postieren. Das Ermittlungsteam kann morgen gleich als Erstes die Anwohner befragen, und wenn die Kollegen von der Spurensicherung fertig sind, sollen sie alle gefundenen Fingerabdrücke mit der Kartei abgleichen. Diesmal will ich den Scheißkerl kriegen, Brian.«

»Entschuldigen Sie einen Moment, Ma'am.« Brian Noble trat ein Stück beiseite, das Handy am Ohr.

»Mrs Forrester, ich glaube, unser Mörder wird langsam unvorsichtig.« Dr. Jessop hielt einen kleinen blauen Geldbeutel in die Höhe. »Der steckte in einer Geheimtasche, innen am Rock.« Er reichte ihr das Täschchen herüber.

Sie öffnete es vorsichtig und zog ein kleines Foto heraus, sah es sich kurz an und gab es dann an Handford weiter. »Kennen Sie den Mann?«

Es war eine Schwarzweißaufnahme, kaum größer als ein Passfoto. Eine der Ecken war geknickt, aber abgesehen davon war es in gutem Zustand. Auf der Rückseite stand »Mai 1987«, das war also fünfzehn Jahre her. Das Bild selbst war die Porträtaufnahme eines Mannes, vermutlich in seinen Zwanzigern. Er kam ihm irgendwie bekannt vor – das runde Gesicht, die lange Nase, das markante Kinn. Doch er wusste nicht, wo er ihn einordnen sollte, es sei denn …

Unmöglich. Das war lächerlich. Er musste sich irren. Warum sollte ein ermordetes Mädchen ein altes Foto ausgerechnet von ihm bei sich tragen …?

Er blickte Forrester entgeistert an.

»Sie wissen, wer das ist, nicht wahr?«, bohrte sie nach.

»Möglicherweise …«, erwiderte er zögernd. Er wollte nicht so recht damit rausrücken. »Ich bin mir wirklich nicht ganz sicher, Ma'am.«

»Wer ist es Ihrer Meinung nach?«

Er gab keine Antwort.

»Inspector?« Ihr Ton war jetzt fordernd.

Er zog besorgt die Brauen zusammen und sagte kopfschüttelnd: »Ich muss mich irren, Ma'am, aber für mich sieht der Mann auf dem Foto aus wie Stephen Russell.«

»Stephen Russell?«

»Mein DCI. Leiter des Kriminaldezernats im Präsidium.«

KAPITEL 2

»Nein, Deepak, bitte! Nicht mit dem da! Ich hasse ihn«, flehte Leah Moorehouse den Mann an, der groß und drohend vor ihr stand. Sie klammerte sich an ihn wie ein kleines Kind, das zum ersten Mal von seiner Mutter getrennt wird. »Nein, Deepak, er ist so widerlich. Bitte, lass mich!«

Doch Deepak Azam achtete gar nicht auf die Angst in den Augen der Vierzehnjährigen und auf ihre tränennassen Wangen, sondern stieß sie gewaltsam rückwärts ins Zimmer, knallte die Tür hinter ihr zu und schloss sie mit dem Freier ein. Innerlich kochte er vor Wut wie eine brodelnd heiße Quelle, als er sich schnaufend gegen den Türpfosten lehnte. Dann schlug er plötzlich mit der Faust so heftig gegen die Wand, dass eine Delle im Putz zurückblieb. Das würde sie ihm büßen, die kleine Schlampe. Eine Weile verharrte er ruhig, um sich abzuregen, dann öffnete er die geballte Faust und blickte auf die zerknitterten Geldscheine, die ihm der Freier gegeben hatte. Er strich sie langsam und sorgfältig glatt, zog dann ein dickes Geldbündel aus der Hosentasche, legte die neuen Scheine dazu und schob es tief in seine Tasche zurück.

Diese Ablenkung beruhigte ihn, er stieß sich von der Wand ab und ging den engen Flur des Apartments entlang, wobei er die Tür zu jedem Zimmer aufstieß.

In der Küche stand eine Flasche saure Milch auf dem Abtropfbrett, deren scharfer Geruch ihm fast den Magen umdrehte, im Wohnzimmer lag haufenweise Müll auf dem Sessel und dem Fußboden herum und das Waschbecken und die Toilette im Bad starrten vor Schmutz – jedes Zimmer war ein einziger Saustall. Er hatte ihr eine Bleibe verschafft, und das war ihr Dank. Sie war Abschaum. Keinen Heller mehr wert als die Kerle, die es mit ihr trieben. Er blickte auf seine Armbanduhr. Es waren erst ein paar Minuten um. Eine halbe Stunde stand dem Freier zu, brauchte er länger, musste er nachzahlen.

Durch die papierdünnen Wände kamen undefinierbare Geräusche, ein Aufschrei, ein Fluch, dann ein lautes Poltern, als wäre jemand oder etwas auf den Boden gefallen.

»Du Miststück. Das wirst du mir büßen.«

Dann hörte man plötzlich einen harten Schlag, ein klatschendes Geräusch, gefolgt von einem Aufschrei, der sogleich erstickt wurde.

Anscheinend ergab sie sich ihm nicht kampflos.

Als Nächstes hörte er erneutes Schreien und Fluchen, dann wieder Stille. Diesmal hielt sie an.

Vermutlich setzte er jetzt seine ganze Kraft ein, um sie niederzudrücken und sich ihr aufzuzwingen. Aber warum eigentlich nicht? Schließlich hatte er für sie bezahlt, also hatte er auch das Recht dazu. Am Ende würde sie ja doch nachgeben. Allerdings besaß sie immer noch ein gehöriges Maß an Widerspenstigkeit, das musste er ihr lassen. Dieser Kampfgeist würde ihr zugute kommen, wenn sie erst mal auf dem Straßenstrich arbeitete, später, mit sechzehn, aber doch nicht jetzt. Jetzt musste ihre Furcht noch größer sein als ihre Widerspenstigkeit, allerdings nicht die Furcht vor den Freiern, vor den Männern, die ihm Geld für sie zahlten, sondern die Furcht vor ihm und vor dem, was er mit ihr anstellen würde, wenn sie ihm nicht gehorchte. Und heute Abend würde er ihr ein für alle Mal zeigen, wer hier das Sagen hatte. Sobald dieser Freier fort war, würde er ihr klar machen, was passierte, wenn sie seinen Befehlen nicht Folge leistete. Er würde ihr einen Denkzettel verpassen und ihr drohen, dass er am nächsten Tag wiederkäme. Dann würde er sie hier im Zimmer einschließen und über Nacht schmoren lassen. Morgen früh wäre sie dann so weich gekocht, dass sie ihm von da an den Respekt und Gehorsam entgegenbringen würde, den er von ihr verlangte.

Seiner Uhr nach blieben noch zwanzig Minuten. Mein Gott, er hasste diesen Ort. Dieser Dreck, dieser modrige Gestank von der Feuchtigkeit, die durch die Wände und das Dach drang, und dann das ewige Warten, bis der Freier endlich fertig war.

Ruhelos ging er den Flur auf und ab. Am liebsten wäre es ihm gewesen, draußen im Wagen zu warten, doch er konnte sich nie ganz sicher sein, ob ihn nicht jemand beschattete. Möglicherweise die Polizei, obwohl man sich die noch am ehesten vom Hals schaffen konnte. Man musste ihnen nur eine Beschwerde über rassistische Schikanen anhängen, und schon kuschten sie und zogen sich wie verschreckte Tiere in ihren Bau zurück. Sorge bereitete ihm eher die Konkurrenz. Er wusste, dass sie ihn nicht aus den Augen ließ, um herauszufinden, wo die Mädchen für ihn anschafften. Deshalb ließ er sich hier nicht allzu oft blicken, auch nicht in den anderen Wohnungen, die er über die Stadt verteilt unterhielt; dorthin schickte er lieber Varley oder einen der anderen, um die Freier reinzulassen und abzukassieren. Er hatte sich einen guten Stamm an Frauen aufgebaut und parallel noch einen schönen Nebenverdienst mit den jungen Mädchen, und er war nicht bereit, sich von den anderen Zuhältern aus dem Spiel drängen zu lassen, damit sie dann die Pferdchen, die er laufen hatte, unter sich aufteilen konnten. Sie lagen wie Raubtiere auf der Lauer, daher musste er ständig auf der Hut sein und durfte sich keine Blöße geben. Sie ließen sich ganz von ihrer Gier und ihrem Neid treiben und waren zu einfältig, zu erkennen, dass sie nie hinkriegen könnten, was ihm gelang. Keiner von ihnen war fähig, sich ein Mädchen nach dem anderen zum Anschaffen heranzuziehen. Das alles erforderte nämlich viel Zeit und Geld. Die anderen hatten bestenfalls zwei oder drei Frauen am Laufen, wenn's hoch kam, vielleicht fünf, und auch das schafften sie nur mit roher Gewalt. Grips war bei ihnen Fehlanzeige. Der Unterschied zwischen denen und ihm bestand darin, dass sie Zuhälter waren, er aber ein Geschäftsmann – er kaufte und verkaufte. Die Art der Ware war für ihn belanglos. Alles, was er verlangte, war, dass sie ihm Geld einbrachte.

Dass die Mädchen für ihn Abschaum waren, störte ihn nicht weiter. Sie waren nichts als die Produkte des Systems, das sie hervorgebracht hatte; sie stammten von weißen Eltern, denen ihre Zigaretten, ihre Abende im Pub und ihr eigenes Vergnügen wichtiger waren als ihre Kinder. Wenn er sich an die Mädchen heranmachte, waren sie entweder bereits von zu Hause ausgerissen oder ins Jugendheim abgeschoben worden. Doch wenn man genügend Sorgfalt darauf verwendete, sie gefügig zu machen, wurden sie rasch zu Sklaven ihrer eigenen Verletzlichkeit. Diese Verletzlichkeit war es, die er sich zunutze machte und in Hörigkeit verwandelte, während sie weiterhin daran glaubten, dass er ihre Liebe erwiderte. War er erst einmal so weit, dann gehörten sie ihm – mit Haut und Haaren. Er musste sie sich mit zwölf oder dreizehn schnappen und sie bearbeiten, dann warfen sie ihm gute zwanzig bis dreißig Jahre Ertrag ab – vorausgesetzt, sie fielen nicht schon vorher dem Heroin zum Opfer: oder dem Müllsack-Mörder.

Der Müllsack-Mörder hatte ihn in den letzten Monaten drei Mädchen aus seinem Bestand gekostet, und weil er außerdem vier Frauen an den Straßenstrich verlieren würde, wenn sie sechzehn wurden, musste er schnellstens Nachwuchs beschaffen. Leere Zimmer brachten kein Geld ein. Widerspenstigkeit hin oder her, Leah Moorehouse würde morgen bei Alice's anfangen; er würde es seiner Geschäftspartnerin überlassen, das Mädchen zu zähmen.

Die Ziffern am Armaturenbrett zeigten Punkt Mitternacht, als Susan Forrester und Brian Noble vor dem Haus von DCI Russell hielten. Beim Aussteigen traten sie in eine Wolke aufgewirbelten Straßenstaubs, und Noble wischte sich den Schweiß vom Gesicht. Er blickte sich um und bemerkte: »Sieht so aus, als feiern sie gerade eine Party.«

Mehrere Fahrzeuge parkten draußen an der Straße und weitere standen am Rand der geschwungenen Rasenflächen hinter dem schmiedeeisernen Tor, das das Anwesen von der Öffentlichkeit abschloss. Eine Reihe Laternen beleuchteten das frei stehende Haus und den Garten und die Laternenpfähle waren ebenso kunstvoll gearbeitet wie die verschnörkelten Torflügel. Hinter dem Haus wurde der Himmel von weiteren Lampen erhellt, gedämpfte Musik erfüllte die

Nachtluft und Gesprächsfetzen und Lachen drangen zu ihnen herüber.

Wunderbar! Die Russells aufzuwecken wäre schon schlimm genug gewesen, aber auf einer Party hereinzuplatzen! Forrester seufzte. Egal. Der ACC, James Sanderson, hatte ihr beigepflichtet, als sie meinte, die mögliche Bedeutung des Fotos, das man im Geldbeutel des toten Mädchens gefunden hatte, nicht ignorieren zu können. Und wenn der Mann darauf Russell war, dann musste er jetzt befragt werden, noch in dieser Nacht. Sie durften es nicht auf den nächsten Morgen verschieben, nur weil er eine Party gab; bis dahin könnte er bereits über die Vorgänge in Kenntnis gesetzt worden sein. Sie hatte DI Handford gewarnt, Russell zu informieren, aber sie konnte sich nicht hundert Prozent darauf verlassen, dass er sich daran halten würde. Russell war schließlich sein DCI, daher musste es zumindest ansatzweise so etwas wie Loyalität zwischen ihnen geben.

»Also los, verderben wir ihnen den Spaß«, sagte sie.

Der Kies knirschte unter ihren Füßen, als sie auf der Zufahrt seitlich am Gebäude vorbei zur Rückseite des Hauses gingen. Dort verengte sie sich zu einem Weg, der in den Garten führte, wo etwa zwanzig Leute plaudernd und lachend herumstanden oder es sich auf den Gartenstühlen bequem gemacht hatten. Außerhalb des Lichtscheins der Lampen, rund um den Hof und die Rasenfläche, erstreckte sich der Garten noch weiter in die nächtliche Dunkelheit. Rechter Hand standen auf dekorativen Gusseisentischen halb leere Flaschen, Gläser und Platten mit den Überresten des abendlichen Buffets, kleinere Tische und Stühle waren auf dem ganzen Gelände verteilt. Forrester atmete den Duft von Rosen ein und blieb einen Augenblick stehen, um ihn genussvoll auszukosten.

Eine schlanke, blonde Frau bemerkte sie als Erste. Sie sagte kurz etwas zu dem Mann neben ihr, stellte ihr Glas auf einem der Tische ab und kam zu ihnen. Ihr einladendes Lächeln konnte jedoch eine gewisse Verwirrung in ihrem Gesicht nicht überdecken. »Kann ich Ihnen helfen?«, fragte sie. Ein Hauch teuren Parfums umwehte sie und vermengte sich mit dem Rosenduft.

Forrester zeigte ihren Dienstausweis vor. »Ich bin Detective Chief Superintendent Forrester und das ist Detective Inspector Noble. Tut mir Leid, dass wir hier so hereinplatzen, aber ich muss kurz mit DCI Russell sprechen.«

Die Frau streckte zur Begrüßung die Hand aus. »Ich bin Natasha Russell, seine Frau. Aber wir haben gerade Gäste, Detective Chief Superintendent, ist es denn so wichtig, ihn gerade jetzt zu sprechen? Kann das nicht warten?«

»Ich fürchte, nein, Mrs Russell«, erwiderte Susan Forrester und schüttelte den Kopf. »Würden Sie ihm bitte Bescheid sagen?«

Susan Forrester folgte Mrs Russell mit den Blicken, als sie auf eine Gruppe Gäste zuging, die mit Gläsern in der Hand tief in ein Gespräch versunken waren. Plötzlich erschallte von irgendwoher lautes Gelächter. Natasha Russell flüsterte einem der Männer etwas ins Ohr und zeigte in Richtung der beiden Polizisten. Er stellte sein Glas vorsichtig auf einem Tisch neben sich ab und kam auf sie zu. Er war eindeutig wiederzuerkennen. Er war kleiner, als Forrester erwartet hatte, doch obwohl er inzwischen älter geworden war und sich bereits erste Geheimratsecken zeigten, hatte er dieselbe lange Nase und das markante Kinn – eine gealterte, aber unverkennbare Version von dem jugendlichen Gesicht des Mannes auf dem Foto.

»Sie wollten mich sprechen, Ma'am?« Stephen Russell schien eher erstaunt als besorgt.

»Können wir irgendwohin gehen, wo wir ungestört reden können?«

Er runzelte mit wachsendem Befremden die Stirn. »Gut, kommen Sie mit ins Haus.« Falls er ihnen etwas vormachte, dann spielte er seine Rolle wirklich gut.

Russell ging ihnen auf einem Weg zur offen stehenden Verandatür voran und führte sie in ein großes Wohnzimmer, das genauso makellos aussah wie der Mann, den sie vor sich hatten. Es war in Creme- und Pfirsichtönen gehalten und mit zwei viersitzigen Sofas, einem Paar Sessel, mehreren Beistelltischchen und einer hochmodernen Fernseh- und Hifi-Anlage eingerichtet. Forrester warf einen Blick auf ihre Schuhe hinunter, mit denen sie kurz zuvor noch über schmierige Müllsäcke geklettert und einen staubigen Weg entlanggegangen war, und hoffte, sie würden keine Schmutzflecken auf dem hellen Teppichboden hinterlassen.

»Bitte«, forderte Russell sie zum Sitzen auf. Sie versuchte krampfhaft, nicht in den großen Sofakissen zu versinken, und Noble setzte sich auch nur ganz vorsichtig auf den Rand. Russell hingegen ließ sich ungezwungen in einer Sofaecke nieder.

»Was kann ich für Sie tun, Ma'am?«

Noble schlug sein Notizbuch auf, und Forrester zog einen kleinen Plastikgeldbeutel aus einer Hülle und reichte ihn Russell. »Haben Sie den schon einmal gesehen?« Mit jedem anderen Befragten wäre sie ganz nach Lehrbuch vorgegangen: Sie hätte ihm zunächst den Grund für ihren Besuch vorenthalten und ihn gefragt, was er am Abend gemacht habe. Doch in diesem Fall wollte sie Russells spontane Reaktion sehen, bevor er Zeit hätte, sich auf die üblichen Routinefragen einzustellen.

Russell nahm den Geldbeutel entgegen und blickte einen Augenblick auf das Foto, das er enthielt. »Wo um alles in der Welt haben Sie das denn her?«, fragte er. Sein Blick wanderte entgeistert von Forrester zu Noble und wieder zurück zu Forrester. Verblüffung, aber nicht so sehr Besorgnis stand ihm ins Gesicht geschrieben.

»Erkennen Sie es wieder?«, fragte Forrester ruhig.

»Ja, das ist ein Foto von mir.« Er schüttelte fassungslos den Kopf. »Das muss vor fünfzehn Jahren aufgenommen worden sein, als ich noch auf der Universität war, oder kurz danach. Woher haben Sie es?«

»Es steckte in der Geldbörse eines jungen Mädchens.«

»Eines jungen Mädchens? Wer ist sie?«

»Das hatte ich gehofft, von Ihnen zu erfahren. Ihre Leiche wurde vor etwa anderthalb Stunden in einer Gasse gefunden. Der Polizeiarzt sagte, sie sei höchstens seit ein paar Stunden tot.«

Er wurde sichtlich bleich und seine Verblüffung schlug in blankes Entsetzen um. »Ein *totes* Mädchen?« Er schwieg einen Augenblick, um die Nachricht zu verdauen. Dann fügte er hinzu: »Das verstehe ich nicht. Wieso trägt ein totes Mädchen ein Foto von mir mit sich herum?«

»Das, Chief Inspector, hatte ich ebenfalls gehofft, von Ihnen zu erfahren.«

»Tja, Ma'am, ich habe keine Ahnung.«

Forrester nickte und wartete ab.

»Sie sagten, man hat sie in einer Gasse gefunden. Wo genau?«

Wieso wollte er den Fundort so genau wissen? »Im Empire Way«, beantwortete sie seine Frage. »Die Gasse verläuft hinter ein paar Restaurants und einem Nachtclub, ein Stück weiter hügelaufwärts vom Alhambra-Theater.«

Einen Augenblick schien er noch verstörter. »Und wie ist sie gestorben?« Dem Ton seiner Frage zufolge kannte er die Antwort bereits.

»Sie wurde ermordet.«

Seine Stimme klang gepresst. »Ist sie ...?«

Er musste seine Frage nicht zu Ende sprechen, sie wusste genau, was er wissen wollte. »Ja«, sagte sie. »Sie ist die Vierte.«

Keiner sagte etwas, und Forrester ließ die Stille eine Zeit lang wirken.

Schließlich brach Noble das Schweigen: »Sie hatte auch noch das bei sich.« Er reichte Russell die Plastikgeldbörse mit dem Zeitungsausschnitt. »Es ist ein Bericht über die Initiative gegen Überfälle auf der Straße, die Sie gestartet haben – aus der gestrigen Ausgabe der Lokalzeitung, glaube ich.«

Russell nickte. »Ja«, sagte er ausdruckslos und blickte in die Ferne, fast so, als wäre er in Gedanken gar nicht mehr bei dem Gespräch.

Forrester beugte sich vor. »Die wichtigste Frage, Chief Inspector, lautet für mich, warum ein Mädchen, nicht älter als vierzehn oder fünfzehn, einen Artikel über Sie mit sich herumträgt und warum sie ihn in einer Geheimtasche an der Innenseite ihres Rocks versteckt hat. Haben Sie irgendeine Idee, was der Grund dafür sein könnte?«

Jetzt wich auch noch der letzte Rest Farbe aus Russels Wangen. Forrester war sich sicher, dass ihm inzwischen ziemlich schwindlig sein musste. Sie fasste ihn nicht gerade mit Samthandschuhen an, das wusste sie, doch Polizisten konnten einiges vertragen. Er setzte sich vor, stützte die Ellbogen auf die Knie und verkeilte die Hände so fest ineinander, dass sich die Haut weiß über den Handknöcheln spannte. »Nein, Ma'am, ich habe keine Ahnung«, erwiderte er ruhig. Dann setzte er sich aufrecht hin und fixierte sie mit einem kühlen, forschenden Blick. »Kann ich Ihnen eine Frage stellen?«

»Natürlich.«

»Wir sind uns noch nie begegnet. Wer hat Ihnen gesagt, dass das auf dem Foto ich bin?«

Einen Augenblick lang suchte sie Ausflüchte. »Wir hatten den Zeitungsausschnitt.« Doch als er sie weiter bohrend ansah, gab sie zu: »Detective Inspector Handford war zufällig als erster Ermittler zum Tatort gekommen. Er äußerte die Vermutung, dass es sich bei dem Mann auf dem Foto um Sie handeln könnte.«

Russell kniff die Augen zusammen. »John Handford?« Seine Stimme bebte vor Zorn.

»Er hatte keine andere Wahl, Chief Inspector.« Forrester war in der Defensive. »Das Foto wurde bei einem Mordopfer gefunden. Was hätte er denn Ihrer Meinung nach anderes tun sollen?« Ihre Stimme klang eisig.

Russell gab keine Antwort.

Sie änderte abrupt das Thema. »Wo waren Sie heute Abend, Mr Russell?«

Er blickte entgeistert von einem zum anderen, als hätte er nicht ganz richtig verstanden, dann fuhr er sich mit der Zunge über die Lippen – ein Zeichen dafür, wie groß der Druck war, der auf ihm lastete. Seine Stimme blieb jedoch ruhig. »Wie bitte?«

»Das ist doch eine ganz einfache Frage, Mr Russell. Ich möchte wissen, was Sie heute Abend gemacht haben.«

»Warum?« Er machte es ihr nicht gerade leicht.

Sie seufzte. »Sagen Sie es mir einfach.«

Sein Blick schoss ängstlich hin und her, und eine Sekunde oder zwei zögerte er, als versuche er sich daran zu erinnern, was genau er gemacht hatte. »Ich bin etwa um neun Uhr aus dem Büro gegangen ...«

»Um neun Uhr. Arbeiten Sie normalerweise immer so lange?«

Wieder fuhr er sich mit der Zunge über die Lippen. »Normalerweise nicht, aber ich musste endlich mal den liegen gebliebenen Schreibkram erledigen.«

»Sie arbeiten in der Zentrale?«

»Ja, Ma'am, ich bin Abteilungsleiter im Kriminaldezernat.«

Forrester nahm den Faden ihrer vorherigen Fragen wieder auf: »Hat jemand Sie beim Rausgehen gesehen?«

»Das weiß ich nicht; ich glaube, nicht.« Er machte eine Pause, dann fügte er hinzu: »Der diensthabende Beamte am Schalter vielleicht.«

»Und dann?«

»Ich bin nach Hause gefahren. Wie Sie sehen, haben wir Gäste, und ich war sowieso schon spät dran.«

»Um wie viel Uhr sind Sie nach Hause gekommen?«

»Ungefähr um halb zehn. Um diese Uhrzeit ist nicht mehr viel Verkehr.«

»Und Ihre Frau kann das bezeugen?«

»Ja, und die Hälfte der Gäste. Wie ich schon sagte,

bin ich zu spät gekommen, also lief ich gleich in den Garten, um mich zu entschuldigen, bevor ich unter die Dusche ging und mich umzog.«

»Und Sie sind tatsächlich länger im Büro geblieben, obwohl Sie Gäste erwarteten?«

Wieder bemerkte man ein leichtes, aber doch wahrnehmbares Zögern. »Ich musste unbedingt einen Bericht fertig schreiben; das hat länger gedauert als erwartet«, sagte er.

»An einem Abend, an dem Sie Gäste haben, sind Sie länger geblieben, um einen Bericht fertig zu schreiben?« Ihre Stimme klang ungläubig.

»Ja.«

»Und was hat Ihre Frau dazu gesagt?«, wollte Forrester wissen.

»Sie war stinksauer.«

»Das glaube ich gern.«

Russell senkte den Blick.

»Gehen Sie zu Prostituierten, Chief Inspector?«

Er zuckte zusammen, denn die Frage traf ihn völlig unerwartet, aber es gelang ihm genauso rasch, seine Fassung zurückzugewinnen. Als sich ihre Blicke trafen, lag in seinen Augen eine Mischung aus Groll und Verachtung, und als er sprach, war seine Stimme stahlhart. »Die Antwort auf Ihre Frage lautet: Nein, Ma'am, ich gehe nicht zu Prostituierten.« Plötzlich sprang Russell auf, als könne er anders seinen Zorn nicht unter Kontrolle bringen; er trat hinter das Sofa und drehte sich abrupt zu ihr herum.

Sie blickte zu ihm auf. »Bitte setzen Sie sich wieder, Mr Russell.«

Russell rührte sich nicht vom Fleck.

»Chief Inspector, bitte setzen Sie sich.« Diesmal klang es wie ein Befehl.

An die Stelle seiner Wut trat nun Feindseligkeit. »Nein, Mrs Forrester, ich werde mich nicht setzen«, sagte er mit mühsam beherrschter Stimme. Er stützte seine Hände auf die Sofalehne, beugte sich vor, blickte sie durchdringend an und legte eine Kunstpause ein, um wieder die Oberhand zu gewinnen. Diesen Trick kannte zwar jeder Verhörspezialist, aber sie musste zugeben, dass Russell ihn kunstvoll beherrschte. Als er dann wieder sprach, waren seine Worte sorgfältig gewählt und seine Emotionen unter Kontrolle.

»Sie kommen nach Mitternacht in mein Haus, platzen mitten in meine Party, zeigen mir ein fünfzehn Jahre altes Foto von mir, fragen, was ich am Abend gemacht habe, und deuten damit unverblümt an, ich hätte irgendetwas mit dem Tod des jungen Mädchens zu tun. Dann fragen Sie mich, ob ich zu Prostituierten gehe. Ich verstehe Ihre Gründe, Ma'am, aber ich befinde mich nicht auf dem Revier beim Verhör, sondern ich bin hier in meinem eigenen Haus und Sie sind mein Gast, und ich wäre Ihnen sehr verbunden, wenn Sie das berücksichtigen und mich mit etwas mehr Respekt behandeln würden.«

Das Schweigen stand spürbar wie ein Wall zwischen den drei Polizisten, und Forrester hatte das Gefühl, danach greifen zu können, wenn sie nur ihre Hand ausstreckte. Russell konnte man nichts vormachen, er wusste, wie der Hase lief. Wann immer Polizisten verhört wurden, ging man von ihrer Schuld aus, nie von ihrer Unschuld. Erst wenn ihre Unschuld erwiesen war, fiel der Verdacht von ihnen ab. Das lag vermutlich daran, dass man sich bei der Polizei gern als unvoreingenommen und unbestechlich darstellte, oder auch daran, dass man wusste, ein Beamter, der unter Verdacht stand, beherrschte das Spiel genauso gut wie der Ermittler. Polizisten konnten nicht so leicht überführt werden, weil sie alle Tricks und Kniffe der Ermittlungen kannten.

Doch sie wollte mit der Befragung nicht in eine Sackgasse geraten und warf Noble einen Blick zu, worauf dieser sich aus dem Sessel erhob und neben Russell trat. »Sir. *Bitte*«, sagte er.

Die Atmosphäre entspannte sich sofort, und Noble gab seiner Chefin durch Anheben der Augenbrauen ein Zeichen.

Forrester hatte den Hinweis verstanden. »Bitte setzen Sie sich wieder hin, Mr Russell«, sagte sie. »Ich kann sehr gut verstehen, wie Sie sich fühlen müssen; das ist für uns alle nicht einfach.« Sie wartete, bis Russell sich wieder auf seinem Platz in der Sofaecke niedergelassen hatte. Nach einer Weile blickte er zu ihr auf.

Als ihre Blicke sich trafen, fuhr sie in freundlicherem Tonfall fort: »Wenn das Mädchen ein Opfer des Serienmörders ist, dann ist es sehr wahrscheinlich, dass sie eine Prostituierte war. War sie das, dann muss ich mich fragen, Mr Russell, warum eine junge Prostituierte Ihr Foto haben sollte. Und bis Sie mir etwas anderes sagen, ist der einzige Grund, den ich mir dafür denken kann, dass Sie ein Kunde von ihr sind.«

Um halb drei Uhr morgens erhielt Forrester von James Sanderson die Erlaubnis, Nachforschungen über den persönlichen Hintergrund von Detective Chief Inspector Stephen Russell anzustellen.

»Bitte nur themenbezogen«, sagte Sanderson. »Personalunterlagen, eine Auflistung der Telefon- und Handynummern. Aber keine Bankauskünfte, keine Nachfragen bei Kollegen, Verwandten oder Freunden. Wir wollen das vorerst intern behandeln; ich möchte nicht, dass die Presse davon Wind bekommt. Wir haben derzeit in West Yorkshire auch so schon zu viele Korruptionsvorwürfe – einen Superintendent, der beschuldigt wird, die Justiz behindert zu haben, einen Police Constable mit dem Vorwurf des Gewaltmissbrauchs im Dienst, ganz zu schweigen von der Klage auf Geschlechterdiskriminierung, die wir gerade erst verloren haben. Beauftragen Sie jemanden aus Ihrem Team mit der Durchführung. Irgendjemanden, bei dem sie sich darauf verlassen können, dass er dichthält. Was ist mit dem Kollegen, von dem Sie mir berichtet haben – diesem Handford?«

Forrester war skeptisch. »Er ist nicht in meinem Team, Sir, und außerdem ist er nur ein Detective Inspector.«

»Sie meinen, er würde das nicht hinkriegen?«

»O doch, da bin ich ganz sicher, aber es wäre unüblich und nicht fair ihm gegenüber. Russell ist sein direkter Vorgesetzter.«

»Ja, da haben Sie natürlich Recht, aber er scheint mir alle Voraussetzungen mitzubringen: Er ist erfahren, diskret und besonnen. Er hat den Chief Inspector auf dem Foto erkannt und es Ihnen gesagt. Er hat nicht mit der Wahrheit hinterm Berg gehalten und er hat ihn auch nicht gewarnt. Ich will lieber keinen Außenstehenden damit beauftragen, jedenfalls nicht im Moment. Wie gesagt, Forrester, ich würde die Sache gern mit äußerster Diskretion behandelt wissen.«

»Trotzdem, Sir, es wird immerhin ein Beamter mit niedrigerem Dienstrang gegen einen Vorgesetzten ermitteln; Mr Russell könnte zu Recht Beschwerde dagegen einreichen.«

Es war mitten in der Nacht und James Sandersons

hitziges Temperament brach sich plötzlich Bahn. Wütend schnarrte seine Stimme aus dem Telefonhörer: »Ich hatte nicht vor, ihn nach seiner Erlaubnis zu fragen. Das ist seit vier Monaten der erste Durchbruch, den Sie erzielt haben, Susan. Ich möchte meinen, wenn Sie den Fall behalten wollen, dann sollten Sie nach jedem Strohhalm greifen. *Mir* gefällt die Idee, dass einer von uns da involviert sein könnte, auch nicht, aber die Möglichkeit besteht, und wir müssen herausfinden, was Sache ist. Ein hochrangiger Polizeibeamter ein Serienkiller? Gott bewahre! Können Sie sich vorstellen, wie sich die Medien darauf stürzen werden? Menschenskind, wir müssen uns so bald wie möglich Klarheit verschaffen, so oder so. Übertragen Sie die Anfangsuntersuchungen Handford. Wenn die Sache zu heiß wird, werden wir sie weitergeben. Sagen Sie ihm das und richten Sie ihm gleichzeitig aus, dass ich ihn um zwölf Uhr in meinem Büro sprechen will.«

In jener Nacht schlief Stephen Russell mit seiner Frau zum ersten Mal, seit sie vor etwa acht Wochen aus dem Krankenhaus entlassen worden war. Die Eileiterschwangerschaft hatte ihnen jede Möglichkeit genommen, jemals eigene Kinder zu haben. Sie hatte damals so starke Schmerzen gehabt, als man sie mit Blaulicht ins Krankenhaus gebracht hatte, und war auch lange Zeit nach der Operation noch so schwach gewesen, dass er in den letzten Wochen allein schon damit zufrieden gewesen war, dass sie wieder neben ihm schlief. Doch in dieser Nacht begehrte sie ihn, und auch er brauchte sie. Er brauchte die Entspannung, die der Sex ihm bringen würde. All diese Fragen, die Lügen, die Ausflüchte, die er sich im Kopf zusammengesponnen hatte, vermengten sich mit dem

Bild eines toten Mädchens. Und auch die Frage nach den Prostituierten ließ die Gespenster aus der Vergangenheit wiederkehren – Gespenster, von denen er geglaubt hatte, dass er sie endgültig zur Ruhe gebracht hätte, als er in den Norden, nach Yorkshire, gezogen war. Es gab eine Menge zu klären, Dinge, die damals geschehen waren, Dinge, die sich derzeit ereigneten, doch sein Geist war überfordert und er konnte kaum noch klar denken. Als Natasha ihn gefragt hatte, was Chief Superintendent Forrester von ihm gewollt hatte, hatte er lapidar erklärt, es wäre um die Arbeit gegangen – er hatte sich nicht ausführlicher dazu geäußert. Er war sich nicht sicher, ob sie ihm glaubte, aber sie bohrte auch nicht weiter nach. Sie war mit einem Polizisten verheiratet und wusste, wann sie besser keine Fragen stellte.

Anfangs küsste er sie nur sehr zart, dann mit einem Verlangen, das er nicht mehr zügeln konnte. Schließlich lösten sich seine Lippen von ihren, seine Zunge erforschte ihren Körper und sie bäumte sich zu ihm auf. Erst liebten sie sich ganz vorsichtig, dann mit größerer Leidenschaftlichkeit, und jeder seiner Stöße schob die Fragen und die Lügen weiter weg und löschte sie für eine Zeit lang aus seinem Bewusstsein. Als der Orgasmus kam, hatte er das Gefühl, als explodiere sein jetziger Körper und die Person, die er vor fünfzehn Jahren gewesen war, in abertausend kleine Stücke, und er fühlte sich vollkommen zerrissen. Er blieb eine Weile erschöpft auf Natasha liegen, und sie fuhr fort, ihn zu küssen. Später glitt er schweigend von ihr und legte sich auf den Rücken. Sie drehte sich ihm zu und streckte ihren Arm über seine Brust aus. Er legte seine Hand auf ihre warme Haut, lag ruhig da und starrte durch die Dunkelheit an die Decke.

Gill schlief noch, als Handford um halb sieben am nächsten Morgen aus dem Bett schlüpfte. Dabei verfluchte er die anbrandenden Sorgen, die gegen den Rand seines Bewusstseins geschwappt waren und ihm eine Nacht voller Grübeleien und Zweifel beschert hatten. Seine Träume, sofern er überhaupt welche gehabt hatte, hatte er vergessen; doch die grellen Bilder vom Anblick des toten Mädchens und vom Schwarzweißfoto des jungen Detective Chief Inspectors Russell, die auf den Wellen der Schlaflosigkeit immer wieder in sein Bewusstsein gespült worden waren, hatten an Schärfe nichts eingebüßt. Jetzt, wo er ganz wach war, sah er den heutigen Stephen Russell vor sich: stolz, bisweilen sogar arrogant und stets selbstsicher. Einer, der nie einen Fehler machte. Aber kein Mann, von dem er sagen konnte, dass er ihn kannte. Im Grunde genommen kannte er ihn überhaupt nicht. Als DCS Forrester ihn über seinen Vorgesetzten ausgefragt hatte, war er nicht mal in der Lage gewesen, die einfachsten Fragen zu beantworten. Wie konnte man mit einem Mann drei Jahre lang zusammenarbeiten und absolut nichts über ihn wissen?

Die Wahrheit war, dass er ihn nicht besonders mochte. Russell war immer so verdammt selbstsicher. Das Selbstvertrauen strahlte ihm aus jedem Knopfloch, und Handford fand das alles andere als gerechtfertigt. Nicht, dass Russell ein schlechter Police Officer gewesen wäre, keineswegs. Aber er war kein richtiger Bulle. Ihm fehlte einfach die Praxis, der Umgang mit den schweren Jungs draußen auf der Straße. Wie alle studierten Polizisten hatte er eine Karriere auf der Überholspur hingelegt – den einen Fuß auf dem Gaspedal, was den sozialen Status betraf, und den anderen auf der Bremse, was praktische Erfahrung anbelangte.

Doch trotz seiner kritischen Einstellung Russell gegenüber war Handford versucht gewesen, ihn wegen des Fotos zu warnen. Ein- oder zweimal hatte er sogar kurz davor gestanden, zum Telefonhörer zu greifen. Nach einigem Nachdenken hatte er es jedoch gelassen, war sich dabei aber bewusst, dass nicht so sehr die Loyalität gegenüber seinem Boss oder gegenüber dem Polizeidienst der Grund dafür war, sondern eher sein Kredit bei der Hypothekenkasse. Er hatte kurz mit Gill darüber gesprochen, denn er machte sich Sorgen, Forrester könnte Russell sagen, wer ihn auf dem Foto erkannt hatte, und er wusste genau, dass das bei seinem Chef nicht gut ankommen würde. Er würde es als Zeichen mangelnder Loyalität werten – ja sogar als persönlichen Affront.

»Du hattest doch gar keine andere Wahl, John. Das wird er schon verstehen«, hatte Gill ihn beruhigt.

Wird er das? Handford war sich da nicht so sicher. Er schlurfte ins Badezimmer. Schon zu dieser frühen Tageszeit herrschten im Haus tropische Temperaturen und sowohl im Magen als auch im Kopf spürte er die Nachwirkungen des Champagners, den sie beide gestern Nacht zur Feier ihres Hochzeitstags noch im Bett getrunken hatten. Er drehte den Duschhahn auf, stellte sich unter den kühlen Wasserstrahl und seifte sich Körper und Haar mit seinen großen Händen ein. Die Seifenblasen rannen an ihm hinab und sammelten sich im Abfluss, wo sie sich darum rangelten, als Erste in der nassen Dunkelheit zu verschwinden. Während Handford ihnen hinterhersah, kam ihm der Gedanke, dass man die Seifenblasen als Metapher dafür betrachten konnte, wie Russells Karriere den Bach runterging. Denn wenn er nicht eine sehr gute Erklärung für das Foto hätte, würden sie ihn als Verdächtigen behandeln, ihn offiziell verhören und seine Vergangenheit ausleuchten. Jeder hatte irgendetwas zu verbergen, selbst Russell, und sie würden es sicher herausfinden.

Er schauderte, als die letzten Wassertropfen auf seine Haut trafen, stieg aus der Kabine und wickelte sich in seinen Frotteebademantel, um sich zu rasieren, bevor er ins Schlafzimmer zurückging. Gill schlief immer noch tief und fest. Er ließ seinen Blick auf ihr ruhen; ihr Kopf war völlig im Kissen vergraben, vereinzelte braune Haarsträhnen hatten sich auf ihre Wangen verirrt. Er spürte das Verlangen, wieder mit ihr zu schlafen, wie letzte Nacht, aber es wäre nicht fair, sie jetzt zu wecken. Sie hatte Schulferien und genoss das Privileg auszuschlafen. Daher zog er sich an, beugte sich zu ihr, um ihr einen Kuss zu geben, und schlich auf Zehenspitzen die Treppe hinunter.

Trotz des frühen Morgens schien die Sonne durch das Küchenfenster und ihre Strahlen bildeten tausende Lichtmuster auf den Arbeitsflächen und dem Boden. Der blaue Himmel bot einen schönen Kontrast zum saftigen Grün der Rosskastanien, die den Garten vom Gelände der örtlichen Gesamtschule abschirmten.

Nicola war gerade dabei, die Katzen zu füttern. Brighouse und Rastrick, benannt nach Handfords Lieblings-Jazzbands, hatten ihre eigene Art, die Hausbewohner zu gängeln, und wer als Erster am Morgen herunterkam, war verpflichtet, für ihre Bedürfnisse zu sorgen. Als Handford die Küche betrat, sprang Brighouse herbei und strich ihm leise miauend um die Beine. Handford beugte sich hinab, um den Kater zu streicheln. »Ich bin mir sicher, dass sie ihr Bestes gibt«, erklärte er dem Kater. Dann wandte er sich an

Nicola: »Du bist ja schon früh auf, Kleines, kannst du nicht mehr schlafen?« Er fand, dass sie blass aussah, doch das konnte auch an dem fahlen Morgenlicht in der Küche liegen.

Sie bückte sich und stellte die Futterschälchen an ihren Platz, dann ging sie zum Tisch hinüber und nahm wieder ihren Teebecher. »Nein«, meinte sie kurz angebunden. Dann fügte sie hinzu: »Der Tee ist noch warm, wenn du welchen magst. Oder ich mache dir Kaffee, wenn dir das lieber ist.«

»Nein, Tee ist wunderbar.« Handford nahm einen Becher vom hölzernen Gestell und füllte ihn aus der Kanne. Er goss etwas Milch dazu und rührte um. »Ich mache Toast, willst du auch welchen?«

»Nein danke, Dad. Ich hab keinen Hunger.«

Sie lehnte sich an die Arbeitsplatte, nippte an ihrem Tee und sah den Katzen beim Fressen zu. Handford öffnete den Brotkasten, nahm ein paar Scheiben heraus, steckte zwei in den Toaster und drückte den Griff herunter.

Sobald die Katzen das letzte Restchen Futter aus den Schälchen geleckt hatten, stolzierten sie hinüber zur Tür und wollten rausgelassen werden. Nicola öffnete und bückte sich, um sie zum Abschied noch einmal zu streicheln, bevor sie langsam über den Rasen bis zum Schatten der Bäume schlichen, wo sie den Großteil des Tages dösend verbringen würden. Handford folgte Nicola mit den Blicken und beobachtete jede ihrer Bewegungen. Wie schnell waren doch fünfzehn Jahre vergangen. Es erschien ihm kaum zwei Minuten her, seit er sie zum ersten Mal in seinen Armen gehalten hatte, und wenn man sie heute so ansah – inzwischen war sie fast eine junge Frau. Sie geriet ganz nach Gill, zierlich, attraktiv mit ihren dunklen Locken und großen braunen Augen. Unter ihrem zu kurz gewordenen Nachthemd zeichneten sich die Formen ihres jugendlichen Körpers ab, doch ihr Gesicht hatte immer noch den Ausdruck kindlicher Unreife. Sie war noch keine Frau, aber auch kein Kind mehr, und er fragte sich, ob sie sich ihrer Verwundbarkeit bewusst war.

Die Toastscheiben schnellten empor und Handford bestrich sie großzügig mit Butter. »Bist du sicher, dass du keinen willst?«

Sie schüttelte den Kopf. Dann fragte sie: »Warum nehmen sich Menschen das Leben, Dad?« Die Frage kam nicht unerwartet. Der Junge, den man vor ein paar Tagen erhängt aufgefunden hatte, war an ihrer Schule gewesen.

»Ich denke, dass ihnen alles über den Kopf wächst und sie keinen anderen Ausweg mehr sehen.« Er biss von seinem Toast ab und fragte dann: »Hast du ihn gut gekannt?«

»Eigentlich nicht. Er war älter als ich, aber ich kannte ihn natürlich vom Sehen.« Sie schwieg eine Weile. »Meinst du, er hat sehr gelitten, als er sich so erhängt hat?«

Vermutlich schon, dachte Handford, doch er sagte: »Nein, ich glaube nicht.«

»Du hast ihn gesehen, nicht wahr?«

»Ja, ich war mit Sergeant Ali dort.« Er wollte darüber nicht weiter sprechen, nicht über den Fundort und den Anblick des toten Jungen und nicht über die Verzweiflung seiner Mutter.

Er wechselte das Thema. »Wie geht's Vishnu?« Vishnu Akram war Nicolas derzeitiger Freund.

»Gut.«

Er hätte ihr gern geraten, sich gefühlsmäßig nicht zu sehr an ihn zu binden, denn seine Zukunft war bereits genau festgelegt und darin vermutlich kein Platz für sie, doch stattdessen fragte er: »Siehst du ihn heute?«

»Ich denke schon.« Ihr Gesicht verdunkelte sich plötzlich.

»Hast du was, mein Schatz?«

Als sie nicht antwortete, sagte er: »Hör mal, ich bin schon lange genug dein Vater, um zu merken, wenn dich etwas bedrückt. Ist etwas mit Vishnu?«

Nicola drehte sich zum Waschbecken, spülte ihren Becher aus und stellte ihn umgekehrt auf das Abtropfbrett.

»Nicola?«

Einen Sekundenbruchteil erstarrte sie scheinbar.

»Komm schon, Schatz, so schlimm kann es doch nicht sein. Und mich kann man mittlerweile nicht mehr so leicht schocken.«

Nach kurzem Zögern sagte sie: »Warum hat Michael das getan?«

Aber um Michael ging es ihr gar nicht. Handford hatte in all den Jahren schon zu vielen Leuten zu viele Fragen gestellt und zu oft das typische Zaudern gesehen, als dass er nicht merken würde, wenn ihm irgendwelche Ausflüchte aufgetischt wurden. Und Nicola wich ihm aus. Michaels Selbstmord bot ihr Gelegenheit, von dem abzulenken, was ihr eigentlich auf der Seele lag. Er ließ sie gewähren.

»Ich weiß nicht, Nicola. Vielleicht Prüfungsdruck.«

»Nein, er hätte seine Abschlussprüfungen erst nächstes Jahr gehabt. Außerdem war er gut in der Schule, alle wussten das. Er wäre problemlos durchgekommen.«

»Dann muss es etwas anderes gewesen sein. Was auch immer, er hatte offensichtlich kein Vertrauen, dass er mit seinen Eltern darüber sprechen könnte.«

Er gab ihr einen Kuss auf die Stirn, dann legte er seine Hände auf ihre Schultern, hielt sie auf Armeslänge vor sich hin und blickte ihr in die Augen. »Aber, Nicola, für dich gilt: Nichts«, und er legte noch mehr Nachdruck auf das Wort, als er es wiederholte, »*nichts* ist so schlimm, dass du mit deiner Mutter oder mit mir nicht darüber sprechen könntest. Okay?«

Sie nickte, wich aber seinem Blick aus. Er fragte sich, ob sie ihm glaubte, was er gesagt hatte.

Er zog sie an sich, gab ihr noch einen Kuss und warf einen Blick auf die Uhr. »Jetzt muss ich aber gehen.« Er lächelte sie an. »Berichte müssen geschrieben und Schurken geschnappt werden und –«, dabei rümpfte er die Nase, »Mr Russell hat auch noch ein Hühnchen mit mir zu rupfen.«

Zum ersten Mal an diesem Morgen musste Nicola kichern. »Ach, komm schon, Dad. Mr Russell ist ganz in Ordnung. Eigentlich mag ich ihn ganz gern, und ich wette, alle Polizistinnen finden ihn richtig cool. Du bist nur eifersüchtig.«

Das versetzte Handford innerlich einen Stich und sein Mund war plötzlich ganz trocken, als er erwiderte: »Du hast sicher Recht, Nicola. Ich bin einfach nur eifersüchtig.«

KAPITEL 3

Frühmorgens waren die Straßen noch ruhig, und auf der Fahrt über die Hügelkuppen genoss Handford den Blick auf die Berge im ersten Sonnenlicht. Er liebte die Landschaft hier oben in den Dales, ihre karge und ursprüngliche Schönheit, ihre kurvigen Sträßchen, die sich hoch über dem Meer bergan schlängelten und dann wieder steil hinab in die malerischen Dörfer führten. Er wollte nirgendwo anders leben. Ein Nachteil war nur, dass man den hiesigen Dialekt so verräterisch heraushörte, insbesondere wenn er mit jemand wie Russell zusammen war, der mit einer Art und Stimme redete, die vor Kultiviertheit nur so triefte. Dann kam wieder mal sein tief sitzender Minderwertigkeitskomplex zum Vorschein, und er spürte diese fast zum Archetypus verfestigte Mentalität des unterdrückten Volks im hohen Norden des Inselreichs.

Er steckte eine Kassette in den Recorder und lauschte den Klängen der Brighouse and Rastrick Brass Band. Er hatte selbst in einer Jazz-Band gespielt, bevor der Polizeidienst ihm alle Freizeit geraubt hatte, doch gelegentlich kramte er immer noch seine Trompete oder sein Saxophon hervor und spielte – nur so für sich, zum Vergnügen. Die Töne klangen zwar ein bisschen eingerostet, und er war sich nicht ganz sicher, ob die Nachbarn sein Spiel zu schätzen wussten, doch bei der letztjährigen Weihnachtsfeier im Kollegenkreis hatte er ein Ständchen geboten, mit Sergeant Ali am Klavier. Es war gut angekommen und hatte ihnen beiden großen Spaß gemacht.

Beim Fahren klopfte er mit den Fingern den Takt von »The Floral Dance« und dann vom »Knightsbridge March« aufs Steuerrad. Irgendwann einmal würde er sich das gönnen: einen CD-Player im Auto und vielleicht noch zwei Hecklautsprecher für einen richtig guten Sound. Doch selbst aus seinem alten Kassettenrecorder tat ihm die Musik gut, vertrieb die nagenden Sorgen um Nicola. Vermutlich war es nichts Ernstes – eine Mischung aus Pubertätsproblemen einer Fünfzehnjährigen und Liebeskummer. Das konnte einem Teenager schon ganz schön zusetzen. Früher oder später würde sie wohl darüber sprechen, da war er ganz sicher, oder es würde sich von selbst erledigen und sie müsste gar nichts sagen.

Die Musik trat in den Hintergrund, und seine Gedanken wanderten von seiner Tochter zu dem Mädchen von gestern Nacht. Gemessen an der Größe der Kopfwunde musste sie an einem heftigen Schlag gestorben sein und Furchtbares durchgemacht haben, bevor die todbringende Waffe auf sie niedergesaust war. Er hatte gehört, dass der Täter seine Opfer zuvor brutal misshandelte, und Handford wollte sich gar nicht ausmalen, welche Schmerzen und Ängste die Kleine vor ihrem Tod ausgestanden hatte. Er konnte sich überhaupt nicht vorstellen, wer so etwas tun konnte. Was war im Leben dieses Mannes passiert, dass er zum Mörder junger Mädchen geworden war? Und wie schaffte er es überhaupt, sie in eine Situation zu locken, in der er zuschlagen konnte, ohne gesehen oder gehört zu werden? Schrien sie denn gar nicht oder versuchten wegzulaufen? Oder geschah alles so schnell, so unerwartet, dass sie dazu keine Zeit mehr hatten?

Zum ersten Mal war er froh, dass er nicht damit befasst war. Normalerweise rissen sich die Ermittler um solche Mordfälle, doch diesmal war er erleichtert, dass sein einziger Beitrag darin bestehen würde, zufällig vorbeigekommen zu sein, als man die Leiche gefunden hatte. Und hätte er dann erst einmal DCS Forrester seinen Bericht vorgelegt, wäre er glücklich aus der Sache draußen. War Russell inzwischen nicht suspendiert worden, dann käme er ohnehin in die Bredouille, ihm zu erklären, warum er Forrester über die Identität des Mannes auf dem Foto in Kenntnis gesetzt und vor allem, warum er ihn nicht wenigstens vorher gewarnt hatte, dass sie ihn verhören würden. Hatte man Russell hingegen suspendiert, dann wäre es jetzt seine Aufgabe, das Team zusammenzuhalten und zu leiten, bis eine Vertretung für den DCI ernannt wäre. So oder so, er war sich klar darüber, dass dies kein leichter Tag werden würde.

Die Kassette war gerade zu Ende, als er in die Tiefgarage unter dem Präsidium einfuhr. Das Kunstlicht hier unten bot einen scharfen Kontrast zum grellen Sonnenschein und er drosselte das Tempo, damit sich seine Augen an die Dunkelheit gewöhnen konnten. In einer der Nischen vor sich sah er Russells Wagen und sein Herz setzte einen Schlag lang aus. Ganz gleich, was die Befragung gestern Nacht erbracht hatte, Handford musste ihm heute Morgen gegenübertreten. Beim Aussteigen spürte er die kalte Kellerluft auf seiner Haut und erschauerte. Als er die vier Stockwerke zu seinem Büro hochging, hoffte er inständig, der DCI möge ihm nicht über den Weg laufen. Er würde jetzt gleich seinen Bericht für Forrester schreiben und dann Russell einen Besuch abstatten, bevor er den Tag in Angriff nahm.

Er ging gerade seine Aussage noch einmal durch, als ihn ein Klopfen an der Tür aufschreckte und jemand fragte: »Kann ich Sie kurz sprechen, Chef?«

Handford winkte Detective Sergeant Ali ins Zimmer. »Was gibt's, Khalid?«, fragte er. »Konnten Sie nicht schlafen?«

»Zu heiß dafür.«

»Was, sogar für Sie?«

Ali musste lächeln. »Ja, John, sogar für mich.«

Das Lächeln war ansteckend und Handford erwiderte es. Ihr Verhältnis hatte sich seit Ende letzten Jahres sehr verändert, als sie zum ersten Mal zusammengearbeitet hatten – dieser Auftakt damals war äußerst stürmisch verlaufen. Beide Männer hatten sich in Gegenwart des anderen unsicher gefühlt, doch ihre Professionalität – und Russell – hatten sie gezwungen, einander zu tolerieren. Im Zuge des gemeinsam bearbeiteten Falls hatte sich die Toleranz dann tatsächlich in gegenseitigen, bisweilen jedoch nach wie vor wachsamen Respekt verwandelt. Einen Augenblick lang maß Handford seinen Partner mit forschendem Blick: Ali war einen halben Kopf größer und um einiges schlanker und jünger als sein Chef, außerdem wirkte er viel unbeschwerter. Sein langes, schmales Gesicht war nicht unattraktiv, doch heute verriet das Funkeln seiner tiefbraunen Augen eine innere Anspannung.

Handford kannte diesen aufgewühlten Blick schon. Er steckte das Blatt mit der Aussage in einen Ordner und blickte auf. »Also dann, schießen Sie mal los, Sergeant«, sagte er. »Ich sehe Ihnen an, dass Sie's kaum erwarten können. Was gibt's?«

Ali setzte sich und zog einige Blatt Papier aus einer Akte, die er bei sich hatte. »Ich wollte Sie an Ihrem Hochzeitstag nicht damit behelligen, aber der Obduktionsbericht von Michael Braintree ist gestern Nachmittag gekommen. Es war kein Selbstmord, es war Mord. Die Todesursache war ein Schlag gegen den Kehlkopf. Er starb an –«, Ali blätterte die Seite um, »– an einer Inhibition des Nervus vagus.«

Ali blätterte in seinem Notizbuch und suchte nach der Notiz. »Der Gerichtsmediziner sagt, er hat Anzeichen für eine massive Druckeinwirkung auf den Vagusnerv gefunden. Der verläuft neben der Drosselvene im Hals und bewirkt eine Verlangsamung des Herzschlags. Wird der Hals an dieser Stelle gestaucht, sagen wir durch einen Karateschlag, dann kann der Nerv stimuliert werden und das Herz hört auf zu schlagen. Er meint, das sei eine der lautlosen Tötungsmethoden des Militärs beim Kampf ohne Waffen.«

»Und er meint, der Junge ist daran gestorben?«

»Höchstwahrscheinlich.«

»Und das Erhängen?«

»Die Druckstellen von dem Seil lassen darauf schließen, dass er direkt anschließend aufgehängt und alles so arrangiert wurde, dass es nach Selbstmord aussah.«

»Also suchen wir mindestens zwei Täter, denn man braucht zwei dazu, um so eine Leiche aufzuhängen, außerdem musste einer von ihnen im Kampf ohne Waffen versiert sein. Einen Unfall können wir vermutlich ausschließen?«

»Der Pathologe ist sich da ganz sicher.«

»Gut. Also vielleicht jemand, der bei der Armee ist?«

»Oder jemand, der Kampfsport trainiert. So jemand wäre dazu durchaus auch in der Lage.«

Handford seufzte. »Schätzen Sie mal, Khalid, wie viele Kampfsportclubs gibt es wohl in dieser Stadt?« Es war immer das Gleiche; die meisten Ermittlungen bestanden aus langweiligen, stur nach Schema durchgeführten Routinearbeiten, eine minutiöse Suche nach Hinweisen in einem Morast von Fragen und Antworten, in der Hoffnung, durch eine oder mehrere auffällige Übereinstimmungen eine Verbindung mit Michael Braintree herzustellen.

»Sieben. Da sind wir schon dran. Clarke hat gestern zwei besucht und die Mitgliedslisten bekommen. Heute erledigen wir die anderen fünf. Außerdem versuchen wir herauszufinden, wie viele Soldaten mit diesem Training in der letzten Zeit den Dienst bei der Army quittiert haben und hier in der Stadt oder der näheren Umgebung wohnen.« Er verzog das Gesicht. »Ich muss sagen, dass sich einem da jedes Mal unweigerlich das Bild von der Nadel im Heuhaufen aufdrängt. Immer wenn ich so was tun muss, frage ich mich, ob ich nicht doch besser dem Wunsch meines Vaters gefolgt und Anwalt geblieben wäre.«

Handford sagte nichts dazu. Er wusste, wie schwierig es für Ali gewesen war, sich dem Traum seines Vaters zu widersetzen, dass sein Sohn einmal als Anwalt Karriere machen würde. »Hat sich bei Braintrees Handy schon etwas ergeben?«, fragte er stattdessen.

»Nein, Chef, das dauert noch ein paar Tage. Aber wir können denen im Labor Dampf machen, wenn Sie möchten.«

»Das heißt für den doppelten Preis? Das bringt nicht viel. Wir warten lieber.«

Handford warf einen Blick auf die Uhr, nahm seinen Bericht vom Schreibtisch und schob den Stuhl zurück. »Hat man es den Eltern schon gesagt?«

»Nein, noch nicht.«

»Die müssen auf jeden Fall auch noch mal befragt werden; das können wir beide ja heute Vormittag erledigen. Zuerst machen wir natürlich noch eine kurze Lagebesprechung und sehen zu, dass sich alle ins Zeug legen. Sagen Sie den Kollegen Bescheid?«

»Ist bereits geschehen. Um halb zehn, nach Ihrer Besprechung bei Russell.«

Handfords Magen machte einen Satz. »Haben Sie ihn heute Morgen schon gesehen?« Er versuchte seine Stimme beiläufig klingen zu lassen.

»Ja, er war schon da, als ich heute früh gekommen bin. Er hat nach Ihnen gefragt. Will Sie sehen, sobald Sie reinkommen. Er hat einen leicht genervten Eindruck gemacht. Ist etwas vorgefallen, John? Irgendwas, das ich wissen sollte?«

Handford ging zum Fenster und blickte hinunter auf den Platz vor dem gegenüberliegenden Gerichtsgebäude. So früh am Morgen war noch nichts los, aber in ein paar Stunden würden dort die Angeklagten, Zeugen und Opfer ein und aus gehen oder auf der Treppe stehen bleiben und noch ein Zigarettchen rauchen. Die Sonne ging gerade hinter dem Rathaus auf und tauchte den Platz in Halbschatten. Überall waren die Überbleibsel von letzter Nacht verstreut – Fish-and-Chips-Tüten schwammen in den Brunnen und achtlos nach dem Essen weggeworfene Styroporbehälter lagen herum. Passanten hasteten zu ihren Bussen, doch davon abgesehen war die Alltagsmaschinerie noch nicht richtig angelaufen.

Außer in seinem Büro.

Er wandte sich wieder seinem Sergeant zu. Sollte er ihm alles erzählen oder lieber gar nichts? Vorläufig entschied er sich nur für das absolut Notwendige.

»Ich weiß nicht«, sagte er. »Kommt drauf an, weswegen er mich sprechen will. Gestern Nacht hat der Serienkiller wieder zugeschlagen, und ich war als erster Kripobeamter am Fundort, also geht es wahrscheinlich darum. Ich erzähle Ihnen später alles genauer.« Damit wollte er hinausgehen und hatte schon die Hand am Türgriff.

Doch der Sergeant gab sich mit dieser Erklärung nicht zufrieden. »Ich dachte, Sie wollten Ihren Hochzeitstag feiern. Wie kommt es, dass Sie selbst da noch über eine Leiche stolpern?«

Handford erklärte ihm, wie er vom Auto aus zufällig Constable Martin gesehen hatte. »Es war reiner Zufall. Anschließend hab ich dort noch gewartet, bis der Senior Investigation Officer kam, dann konnte ich endlich nach Hause.«

Doch Ali ließ nicht locker. »Und warum meinen Sie, dass Russell Sie deswegen sprechen will? Man hat Sie doch nicht dem anderen Ermittlungsteam zugeteilt, oder?«

»Nein, Khalid, das nicht. Jetzt löchern Sie mich doch nicht so.« Er hatte nicht so schroff reagieren wollen, daher sagte er einen Moment später beschwichtigend: »Bitte, ich muss jetzt wirklich gehen und meine Aussage zu Forrester rüberbringen. Würden Sie mir einen Gefallen tun? Wenn Mr Russell noch mal nach mir fragt, sagen Sie ihm bitte einfach, ich bin noch nicht da.«

Leah duckte sich, die Arme schützend über dem Kopf, und konnte nur hoffen, dass die Schläge, die auf sie niederprasselten, bald ein Ende hätten. Ihr war klar, dass sie Deepak verärgert hatte, aber sie hatte sich doch nur dagegen gesträubt, mit dem Mann zu schlafen, den er zu ihr in die Wohnung gebracht hatte. Sie hatte versucht, sich von dem Fremden loszureißen, und ihn immer wieder mit Händen und Füßen zurückgestoßen, so dass er einmal sogar mit großem Gepolter vom Bett auf den Boden gefallen war. Doch es gab kein Entrinnen, am Ende hatte sie nachgeben und zulassen müssen, dass er sich auf sie warf und brutal in sie eindrang.

Er war ein abstoßender Kerl gewesen und hatte furchtbar nach Schweiß gestunken. Sein Bauch hing ihm über den Hosenbund, und als er seinen Gürtel aufmachte, quollen die Fettwülste hervor. Sein Gestank hatte sie fast umgehauen. Sein rasselnder Atem ging von der Anstrengung beim Sex in Keuchen über, und bei jedem fauligen Luftstoß drehte sich ihr der Magen um. Als er fertig war, wälzte er sich von ihr herunter und schimpfte, er hätte zu viel für sie bezahlt, um auch noch darum kämpfen zu müssen. Dann streifte er sein Kondom ab und schleuderte es ihr entgegen, zog sich an und ging. Sie lag auf dem Bett, ihre Hände ins Leintuch verkrallt, und kämpfte mit dem Brechreiz.

Ein paar Minuten lang hörte sie zornige Stimmen durch die Tür. Dann trat Stille ein, bis Deepak ins Zimmer gestürmt kam und ihr einen Faustschlag in den Magen versetzte, der ihre schrecklichen Schmerzen noch verdoppelte. Kurz darauf hörte sie, wie der Schlüssel im Schloss umgedreht wurde. Sie rüttelte an der Tür und flehte, dass er sie rauslassen soll, damit sie zur Toilette gehen kann, sie würde ihm alles erklären. Doch er war einfach gegangen, und da lag sie nun, in dem zerwühlten Bett und im Schmutz dieses ekligen Freiers und schließlich auch in ihrem eigenen, bis zum nächsten Morgen.

Sie war sich nicht sicher, wie viel Uhr es war, als sie hörte, wie sich der Schlüssel wieder im Schloss drehte, und darauf wartete, dass die Tür sich öffnete. Doch dann fiel heller Sonnenschein vom Flurfenster ins Zimmer, und eine Gestalt tauchte im Türrahmen auf, vom hellen Gegenlicht umflossen. Deepaks Schatten ging ihm selbst voraus und wurde mit jedem Schritt größer, bis er plötzlich, eine gebeugte Silhouette, vor ihr stand und auf sie herabsah.

»Was zum Teufel hast du dir dabei gedacht?« Er zerrte sie hoch und schlug sie brutal ins Gesicht. Sonst sparte er immer das Gesicht aus, damit man keine blauen Flecken sah, doch diesmal kümmerte ihn das anscheinend nicht.

»Er steht auf kleine Mädchen«, knurrte er. »Er steht auf dich. Er hat gut bezahlt. Gestern Abend hast du dich ihm widersetzt und er wollte sein Geld zurück. Ich musste ihm versprechen, dass er es einmal umsonst haben kann, damit er Ruhe gibt.« Dabei schlug er sie fortwährend, bei jedem Wort noch heftiger. »Ich kann's nicht leiden, wenn ich draufzahlen muss. Kapiert?«

Sie schmeckte Blut in ihrem Mund und spürte, wie sich die Haut über den Schwellungen im Gesicht langsam spannte. Endlich hatte er genug von seiner Strafaktion, und sie schob sich mühsam rückwärts, die Fersen in die Matratze gestemmt, bis sie durch ihr T-Shirt die kühle Wand spürte.

Deepak keuchte vor Anstrengung und stand langsam auf. »Ich schmeiß dich hier raus«, zischte er und deutete mit dem Zeigefinger auf sie.

Sofort kroch sie auf allen vieren zu ihm. »Nein, Deepak. Bitte nicht. Es wird nicht wieder vorkommen. Schick mich nicht weg. Ich werde alles tun, was du willst.«

Er trat einen Schritt vor, packte sie an den Haaren und zog ihr Gesicht dicht an seines heran. »Da hast du verdammt Recht, du wirst alles tun, was ich will. Jetzt gehst du erst mal zu Alice. Sie wird dir deine Flausen schon austreiben, und wenn du nicht auf der Straße landen willst, dann wirst du dir Mühe geben und von ihr lernen. So lange, bis du weißt, was du zu tun hast, ist das hier erst mal gestrichen.« Er wedelte mit einem Päckchen Heroin vor ihrer Nase herum. Sie streckte die Hand danach aus, doch er schnappte es ihr weg.

Seine Augen funkelten vor Bosheit. So hatte er sie noch nie angesehen. Sie hatte zwar erlebt, wie er andere Mädchen, die versucht hatten, seine Gunst zu gewinnen, mit diesem Blick eiskalt abserviert hatte, aber deren Bemühungen waren nichts als Zeitverschwendung gewesen, denn er liebte nur sie. Hatte er ihr etwa nicht seinen Ring geschenkt? Er sorgte für sie, liebte sie. Und auch jetzt meinte er es sicher nicht böse, sie hatte sich eben einfach danebenbenommen.

Er stieß sie zurück auf die Matratze, ging zum Schrank hinüber und zog einen Koffer von oben herunter. Er fiel aufs Bett und traf das Mädchen an der Schulter.

Er beachtete ihren Schmerzensschrei gar nicht, stattdessen zerrte er ihr die Laken unter dem Körper weg. »Wasch die gefälligst aus, die sind ja ekelhaft«, blaffte er sie an, »und wenn du damit fertig bist, dann pack deinen Kram zusammen. Varley bringt dich nachher zu Alice's, also sieh zu, dass du bis dahin fertig bist. Ich will, dass du ab heute Abend dort arbeitest. Kapiert?«

Er ging zur Tür, doch bevor er sie öffnete, drehte er sich noch einmal zu ihr um. »Und lass den Ring auf dem Bett liegen«, sagte er. »Den gebe ich lieber einer, die ihn auch verdient hat.«

Susan Forrester drückte genervt die Eingabetaste auf ihrer Tastatur und schwang sich auf dem Bürodrehstuhl zu Handford herum, der ihr gegenüber Platz genommen hatte. »Wie gut sind Sie über diesen Fall informiert, Inspector?« Sie wirkte ausgelaugt, blass und müde, und das ließ sich nicht einmal mit einem sorgfältigen Make-up verbergen. Er fragte sich, seit wann sie wohl schon am Schreibtisch saß.

»Ich weiß nicht viel darüber, Ma'am, nur das, was man in der Zeitung liest und was Sie mir am Fundort mitgeteilt haben.«

»Und natürlich, was man so in der Kantine darüber spricht?«

Er gab keine Antwort, und sie lächelte ihn an, als verstehe sie seine Zurückhaltung nur zu gut. Dann legte sie die Hand auf die vor ihr liegenden Aktenmappen und schob den Stapel zu ihm hinüber. »Das sind die bisherigen Ermittlungsunterlagen«, sagte sie. »Eine Menge Papierkram bei minimalen Erkenntnissen, fürchte ich.«

Handford runzelte die Stirn. »Tut mir Leid, Ma'am, das verstehe ich nicht. Bin ich hiermit zur Mordkommission abkommandiert?«

»Nicht direkt«, erwiderte sie. »Ich werde Ihnen jetzt erst mal das Wichtigste zu dem Fall mitteilen, und dann erkläre ich Ihnen alles.«

Nicht direkt. Ein unbehagliches Gefühl beschlich ihn. Entweder war er der Mordkommission zugeteilt worden oder nicht, und wenn nicht, warum nahm sie sich dann die Zeit, den Fall mit ihm zu erörtern? Was bezweckte Sie damit?

Forrester zog einen Stoß Fotos aus dem Aktenberg neben sich und schob sie ihm ebenfalls hinüber. Es waren insgesamt sechs: zwei von jedem Opfer, je eins zu Lebzeiten und eins post mortem.

»Bis gestern Nacht hatte er drei Mädchen innerhalb von vier Monaten getötet: Beverley Paignton, Janice Thurman und Carla Lang. Beverley und Janice waren beide fünfzehn und aus einem Jugendheim ausgerissen, und Carla war vierzehn und etwa sechs Monate zuvor von zu Hause abgehauen. Laut der Aussage des Gerichtsmediziners und den wenigen Informationen, die wir über die Mädchen zusammentragen konnten, haben sie höchstwahrscheinlich als Prostituierte gearbeitet.«

Als Prostituierte? Das hörte er zum ersten Mal. In seiner blühenden Fantasie tauchte sofort ein Bild auf, Russell zusammen mit Prostituierten, und er merkte, er würde am liebsten nichts weiter darüber hören. Doch das hatte nicht er zu entscheiden. Außer aufzustehen und den Raum zu verlassen, konnte er wenig dagegen tun.

»Aber wenn das zutrifft«, fuhr die DCS fort, »dann haben wir nicht die geringste Ahnung, wo. Auf dem Straßenstrich kannte sie keiner, also müssen sie in einem Bordell gewesen sein. Und wenn es ein solches gibt, dann wird es im Verborgenen betrieben, denn uns ist nichts Derartiges bekannt. Das heißt jedoch, dass es da noch mehr solche Mädchen geben muss – weitere potenzielle Opfer. Obwohl wir keinen konkreten Beweis haben, vermuten wir, dass ein Mann namens Deepak Azam ihr Zuhälter sein könnte. Die Sitte hat ihm nie was anhängen können und die älteren Prostituierten halten dicht. Offiziell betreibt er ein erfolgreiches Freizeitzentrum hier in der Stadt. Er steht natürlich unter Beobachtung, und auch die beiden Rausschmeißer, die für ihn arbeiten, Dwayne Varley und Martin Johnson, beide polizeibekannt.«

Handford nickte. »Ja, Dwayne Varley kenne ich – ein brutaler Schläger. Martin Johnson geht eher so in Richtung Taschendieb und Kleinganove. Es überrascht mich, dass er mit Varley gemeinsame Sache macht – der ist meiner Einschätzung nach ein ganz anderes Kaliber.«

»Leider haben wir nicht die Mittel, sie rund um die Uhr zu beschatten. Und wenn wir uns ohne handfeste Beweise zu weit vorwagen, dann hängt uns Azams Anwalt womöglich noch eine Beschwerde wegen rassistischer Schikanen auf den Hals. Das Einzige, was wir bisher tun konnten: Wir haben zwei Beamte von der Sitte, DS Michelle Archer und DC Chris Warrender, hinzugezogen. Die sollen wegen des Verdachts der Zuhälterei mal ein Auge auf sie werfen.«

Mit Archer hatte Handford noch nie zu tun gehabt, aber er kannte Warrender, ein Beamter mit einer fragwürdigen Einstellung gegenüber jedem, der nicht weiß oder nicht männlich war, und der Handford einmal als Weichei bezeichnet hatte. Bei der Sitte war er vermutlich ganz in seinem Element.

»Bisher haben die beiden noch nichts herausgefunden«, sagte Forrester. »Eigentlich hat Azam keinen Grund, diese Mädchen umzubringen. Die Freier zahlen schließlich gut für die Minderjährigen, er würde sich nur selbst das Wasser abgraben.«

»Es ist mir neu, dass die Morde mit Prostitution in Verbindung stehen«, wagte sich Handford vor. »Davon war in der Presse nichts zu lesen.«

»Nein, und dabei wird es auch bleiben. Wir haben Anordnung, das unter Verschluss zu halten. Offiziell gibt es in dieser Stadt keine Kinderprostitution.« Ihre Stimme triefte vor Sarkasmus. »Die Standardantwort der Polizei darauf ist stets, dass es hier keine minderjährigen Prostituierten gibt, sonst würden wir sie ja schließlich kennen. Auf den Straßen tauchen sie nicht auf, daher gibt es sie nicht – und daher belasten sie auch nicht den Stadtsäckel. Das ist allerdings reine Augenwischerei und obendrein äußerst hinderlich, weil es unsere Ermittlungen erschwert. Wir können sie nicht befragen, weil wir nicht wissen, wo sie sind, also können wir sie auch nicht schützen. Und da wir obendrein die Tatsache unter Verschluss halten müssen, können wir sie nicht einmal warnen, und wenn sie tot sind, ist es zu spät. Nicht mal die älteren Prostituierten helfen uns, vermutlich weil sie die Vergeltung ihrer Zuhälter fürchten. Ehrlich gesagt, kann ich es ihnen nicht verdenken, denn in dieser Szene gelten brutale Gesetze.«

Sie lächelte Handford an und ihr Gesicht hellte sich dabei auf. »Verzeihen Sie mir meine Volksreden«, sagte sie, »aber das macht mich furchtbar wütend. Keiner schert sich um diese jungen Dinger, und von den verantwortlichen Stellen kriegen wir sogar noch einen Maulkorb verpasst, so dass wir kaum etwas tun können, außer vielleicht unsere Erkenntnisse einfach durchsickern zu lassen.« Sie blickte ihm dabei fest in die Augen und ein Lächeln spielte um ihre Lippen. »Das ist aber jetzt kein Wink mit dem Zaunpfahl, John.«

Sie stand auf, ging auf die andere Seite des Schreibtischs und lehnte sich an die Platte. Ihr Humor war plötzlich verflogen und ihr Gesicht wieder ganz ernst. Sie trug ein klassisch geschnittenes hellgraues Kostüm und eine azurblaue Bluse; das Haar hatte sie hinten hochgesteckt, wodurch sie strenger wirkte als gestern Nacht. Handford fand, dass es ihr offen um die Schultern getragen besser gestanden hatte. Ein angenehmer, aber dezenter Duft lag im Raum. Er erkannte ihn wieder: Gill hatte gestern Abend das gleiche Parfum getragen, und es war auch sein letzter sinnlicher Eindruck gewesen, bevor er in den Schlaf gesunken war – nun schwelgte er kurz in dieser Erinnerung.

Forrester riss ihn aus seinen Gedanken. »Jedes der Mädchen wurde auf dieselbe Weise umgebracht, brutal erschlagen mit einem hölzernen Gegenstand, obwohl am Tatort nie so etwas zurückgelassen wurde. Aber man fand in den Wunden Splitter der gleichen Holzart. Bei allen Opfern war der Rücken mit Blutergüssen übersät, Janice und Beverley wiesen mehrere Rippenbrüche auf und Carla ein zerschmettertes Schlüsselbein. Es sieht ganz nach einer gnadenlosen Bestrafung aus, vermutlich wegen ihres Lebenswandels. Obwohl, woher er darüber Bescheid weiß …« Sie zuckte mit den Achseln.

Unwillkürlich wuchs Handfords Interesse. »Ein Freier?«

»Anzunehmen.«

Handford ließ die Information auf sich wirken. »Meinen Sie, wir haben es mit einer Neuauflage des Yorkshire Ripper zu tun, Ma'am?«, fragte er schließlich.

»Das hoffe ich nicht«, sagte sie mit Nachdruck. Ihre Haltung veränderte sich. »Er verstümmelt seine Opfer nicht wie Peter Sutcliffe und sie sind auch nicht an diesen Schlägen gestorben. Todesursache war jedes Mal der letzte Schlag auf den Kopf, so wie Sie es gestern Nacht sehen konnten.«

Sie drückte sich von der Tischkante ab und setzte

sich wieder zurück auf ihren Schreibtischstuhl – zu nervös, um es länger als ein paar Minuten an einem Platz auszuhalten. Sie tat ihm richtig Leid, denn sie stand unter enormem Druck.

»Jedes dieser Mädchen wurde ganz in der Nähe des Fundorts getötet, in engen Durchgängen, oder, im Fall von Janice Thurman, auf dem Gelände einer Lagerhalle. Aber dann wurden ihre Leichen stets zu einer Müllsammelstelle gezerrt, wo sie der Täter liegen ließ. Soweit man das sagen kann, hat er keinen Versuch unternommen, sie in irgendeiner besonderen Stellung zu arrangieren, doch bevor er weggeht, stopft er ihnen einen Lumpen in den Mund. Und das ist ein Detail, das wir nicht an die Presse weitergeben. Wir brauchen keine Nachahmungstäter. Wir kennen die Bedeutung dieses Lumpens noch nicht, aber auf allen wurden Spuren von Vaginalsekret der jeweiligen Toten gefunden. Er vergewaltigt sie nach dem Tod mit irgendeinem stumpfen Gegenstand, nach der Holzart und Form her zu schließen vielleicht mit einer Art Setzholz, meint der Gerichtsmediziner. Das wischt er anschließend mit dem Lumpen ab, den er ihnen dann in den Mund stopft.«

»Mein Gott!«, rutschte es Handford heraus. Manchmal war es ihm unmöglich zu begreifen, zu welchen Grausamkeiten und Gewalttaten Menschen untereinander fähig waren. Den anderen einfach nur zu töten, ihn zu erschießen oder zu erstechen, was ja schon schlimm genug war, genügte manchen einfach nicht.

Forrester seufzte. »Hm, ich bin nicht sicher, welchen Stellenwert Gott im Weltbild dieses Mannes einnimmt.«

»Und den Gegenstand hat man auch nie gefunden?«

»Nein. Er lässt nie etwas am Tatort zurück, keinerlei Indizien – abgesehen von gestern Nacht.« Sie schwieg einen Augenblick. »Und das bringt uns wieder auf DCI Russell.«

Russell. Eine Zeit lang hatte er ihn völlig vergessen, aber jetzt, da er wieder an ihn erinnert wurde, wurde ihm ganz flau im Magen. Der Computer gab ein knisterndes Geräusch von sich, als der Bildschirmschoner sich einschaltete. Spiralformen zogen geräuschlos ihre Pirouetten über den Bildschirm und änderten dabei ihre Farben; sie wirkten ausgesprochen graziös, aber auch grotesk, wie sie dort vor dem tiefschwarzen Hintergrund hin und her wogten wie die Ranken von Seetang im Rhythmus der Meereswellen. Einfach, unkompliziert und Lichtjahre entfernt von dem Morast des Grauens und Verbrechens, in den sich Handford zu seinem Entsetzen immer tiefer hinabgezogen fühlte. Er schluckte schwer. »Sie haben mit ihm gesprochen, Ma'am?«

»Ja. Er hat bestätigt, dass das Foto ihn zeigt, als er noch an der Universität war oder kurz danach, doch angeblich hat er keine Ahnung, wie das Foto in den Besitz des Mädchens gelangt sein könnte. Außerdem hat er uns ein mehr oder weniger plausibles Alibi gegeben. Wir werden das natürlich überprüfen, aber ich vermute, es ist eines dieser Alibis, die man glauben kann oder auch nicht. Wir müssen unbedingt mehr über ihn herausbekommen – und hier kommen Sie ins Spiel. Ich möchte, dass Sie Nachforschungen über seine Vergangenheit anstellen.«

Er blickte sie entgeistert an. Also darum ging es. Jetzt verstand er ihre ausweichende Antwort von vorhin. Sein Unbehagen verwandelte sich in Ärger. Zum Team sollte er nicht gehören, nur die Drecksarbeit erledigen. Er hatte alles Mögliche erwartet, aber nicht das. Was sie von ihm verlangte, verschlug einem glatt die Sprache – und außerdem war es gegen die Vorschriften. Unfassbar, mit welcher Beiläufigkeit sie ihm das gerade mitgeteilt hatte.

Er würde sich weigern. Punkt.

»Tut mir Leid, Ma'am, das kann und werde ich nicht tun; er ist immerhin mein DCI.« Handford konnte seine Gereiztheit nicht verbergen. »Sie haben kein Recht, das von mir zu verlangen.« Er schob seinen Stuhl zurück und ging zur Tür.

Forresters Stimme war eisig und ließ ihn regelrecht erstarren. »Tut mir Leid, Inspector, Sie können und werden das tun. Ich bitte Sie nämlich nicht, ich ordne es an. Ich habe mit dem Leiter des Kriminaldezernats gesprochen. Es war er, der Sie vorgeschlagen hat. Machen Sie das mit ihm aus, wenn Sie Einwände haben. Sie sollen heute um die Mittagszeit in sein Büro im Hauptquartier kommen.«

Handford stand stocksteif da und einen Augenblick herrschte angespanntes Schweigen, bis er seinen Ärger unter Kontrolle hatte. Sie war seit gestern Nacht auf den Beinen gewesen und hatte schon alles eingefädelt. Seine Hand ruhte auf dem Türgriff, aber er machte keine Anstalten zu gehen.

Als sie schließlich weitersprach, hatte ihre Stimme den scharfen Unterton verloren. »Wissen Sie, was das Schlimmste von all dem ist, John?«

Er wartete schweigend ab.

»Die Eltern von vermisst gemeldeten Kindern. Sie kommen zu mir, ganz verrückt vor Sorge – oder manchmal auch in der Hoffnung –, dass das tote Mädchen ihre Tochter ist. Hauptsache, der Alptraum, den sie durchmachen, hat ein Ende. Sie bringen Fotos mit, bitten darum, die Leiche sehen zu dürfen – nur um ganz sicherzugehen. Und für jede dieser Familien könnte es tatsächlich einmal eintreten, dass eines der Mädchen ihre Tochter ist, denn sie haben uns immer wieder verzweifelt zu überzeugen versucht, dass ihre Tochter in die Prostitution gelockt wurde. Doch wir haben die Anweisung, diese Hinweise zu ignorieren und ihnen mitzuteilen, dass es nicht sein kann, denn es gibt ja keine Kinderprostitution in Bradford. Kinder verschwinden einfach so, die Eltern weisen uns mit allem Nachdruck auf Prostitution hin, aber wir können keine Nachforschungen anstellen, weil Sparzwang herrscht. Versuchen Sie das mal den Paigntons, den Thurmans und den Langs beizubringen, John.«

Plötzlich wusste Handford, dass es kein Entrinnen gab. Hätte er den Rückspulknopf des Lebens drücken können, dann hätte er es jetzt getan. Gestern Nacht hatte er diese Wahl gehabt, einfach weiterzufahren und Constable Martin sich selbst zu überlassen, aber er hatte es nicht übers Herz gebracht. Doch jetzt kam er aus der Sache nicht mehr raus, obwohl ihm das Ganze aufs Äußerste widerstrebte. Er trat wieder ins Zimmer zurück.

Als Forrester seine Einwilligung erkannte, sagte sie sanft: »Mr Sanderson hat Recht, es gibt eine Verbindung zwischen diesem Mädchen und Mr. Russell, und wir müssen wissen, was für eine. Sehen Sie sich das Foto an; er *muss* sich daran erinnern können. Es ist anders als die Schnappschüsse, die ich von mir aus meiner Studentenzeit habe, und ich vermute, bei Ihnen wird das nicht viel anders sein.« Sie hatte Recht. Die meisten Bilder aus dieser Zeit waren Gruppenfotos zusammen mit seinen Freunden, die sich eingehakt hatten und Grimassen schnitten; das einzige mit diesem Foto hier entfernt vergleichbare war die offizielle Aufnahme, die von jedem Graduierten auf der Abschlussfeier gemacht wurde.

»Dieses Foto ist gestellt«, fuhr sie fort, »eine Porträtaufnahme mit Blick in die Kamera. Es ist ein persönliches Foto, das speziell für jemand Bestimmten aufgenommen wurde. Wir müssen wissen, für wen. Mr Russell versichert steif und fest, dass er sich nicht daran erinnert, also bleibt uns keine andere Wahl. Es ist hart, aber es muss getan werden, und es ist besser, wenn Sie diskrete Nachforschungen anstellen, als wenn wir jemand von außen damit beauftragen.«

Handford bezweifelte das, aber er sagte nichts. Stattdessen fragte er: »Weiß Mr Russell, dass ich es war, der ihn identifiziert hat?«

Ihr Blick wich seinem aus und einen Augenblick wirkte sie verlegen. »Ja, er weiß es. Tut mir Leid. Er hat gefragt, wer ihn auf dem Foto erkannt hat.«

»Und Sie haben es ihm gesagt?« Er hätte gern die Verbitterung in seiner Stimme unterdrückt. »Und dann verlangen Sie auch noch von mir, Nachforschungen über ihn anzustellen? Seien Sie mir nicht böse, Ma'am, aber das stinkt doch zum Himmel!«

Susan Forrester war jetzt wieder ganz Vorgesetzte und hielt seinem Blick stand. »Ja, da haben Sie Recht, aber das ändert auch nichts. Betrachten Sie das Ganze so, als geschähe es zu seiner Entlastung, wenn es die Sache für Sie einfacher macht, aber jede weitere Diskussion ist überflüssig. Wenn Sie wollen, fechten Sie das mit Mr Sanderson aus, aber was mich angeht, ist das Thema erledigt. So, und nun erzählen Sie mir einfach schon mal, was Sie über Russell wissen.«

Handford seufzte tief auf und gab sich geschlagen. »Ich weiß nichts über ihn, Ma'am. Er ist nicht der

Typ, der mit einem DI auf Kumpel macht, zumindest nicht, was sein Privatleben betrifft. Er spricht nie über sich oder was er so macht. Als Vorgesetzter arbeitet er sehr professionell, er ist besonnen und versteht sein Geschäft; doch als Person ist er immer ...«, er suchte nach dem passenden Ausdruck, »... verschlossen.«

Forrester verzog das Gesicht. »So wie ein Dampfkochtopf, John«, bemerkte sie treffend. »Bis er Dampf ablassen muss.«

KAPITEL 4

Vollkommen aufgewühlt marschierte Handford in sein Zimmer zurück und knallte die Tür zu. Vorhin, in Forresters Büro, als er aufgestanden war, entschlossen zu gehen – warum hatte er es nicht einfach getan? Warum hatte er doch abgewartet und ihr zugehört? Er knallte die Akten auf den Schreibtisch und ließ sich auf seinen Stuhl fallen. Sie war clever, das musste er ihr lassen. Sie hatte nicht einmal ausdrücklich an seine Gefühle als Vater appelliert, trotzdem hatten sich während ihrer Schilderung ständig Nicola und Clare in seine Gedanken gedrängt, und er musste sich geschlagen geben. Die schlechteste Voraussetzung für die Arbeit eines Ermittlers war persönliche Betroffenheit. Wenn er das Schicksal des Opfers auf seine Angehörigen projizierte, verlor er seine Objektivität, das Verbrechen drang direkt in sein Privatleben ein und die erfolgreiche Tätersuche wurde zur Obsession. Zuletzt hatte sie die Eltern ins Spiel gebracht und sie so dargestellt, als kämpften sie eine aussichtslose Schlacht gegen die menschenverachtende Vorgehensweise gefühlloser Politiker und Polizeichefs. O ja, sie war verdammt gut. Sie hatte genau gewusst, wie sie ihn packen musste.

Er raufte sich die Haare. Wie würde diese Sache sein Verhältnis zu Russell beeinflussen? Würden diese

Nachforschungen über seinen Chef bei ihm zur Besessenheit ausarten? Forrester hatte seine Aufgabe ganz nüchtern dargelegt, aber sie hatte sich keinerlei Gedanken darüber gemacht, wie er Russell von nun an gegenübertreten sollte. Vermutlich war das sein Problem. Russell zu suspendieren hatte sie nicht für nötig befunden, stattdessen hatte sie Handford diesen beschissenen Job aufs Auge gedrückt. Den Mann, den er ausspionieren sollte, hatte sie an seinem Posten belassen, obwohl er ihm andauernd über den Weg lief, wenn er nur den Flur entlangging. Sie hatte sogar ACC Sanderson auf ihre Seite gebracht. Dass es ein schwieriger Tag werden würde, hatte Handford bereits vermutet, aber jetzt geriet er langsam zum Desaster.

Er hatte keinerlei Ambitionen, Russells Privatleben, seine verborgenen Seiten zu erkunden. Was Russell nicht freiwillig über sich preisgab, wollte er auch nicht wissen.

Betrachten Sie das Ganze so, als geschähe es zu seiner Entlastung, wenn es die Sache für Sie einfacher macht.

Das war zwar eine Möglichkeit, aber er bezweifelte, dass es die Sache einfacher machen würde.

Er zog den Aktenstoß zu sich heran und schlug die oberste Mappe auf. Fotos von Beverley Paignton.

Jung. Hübsch. Tot.

Mit fünfzehn hatte sie vermutlich schon mehr vom Leben mitbekommen und war öfter verletzt worden, körperlich wie seelisch, als er in seinen fünfundvierzig Jahren. Ihr Zuhälter, ihre Freier, ihr Mörder – sie waren es, die ihr Leben bestimmt hatten, und ihren Tod. Vielleicht hatte er aus diesem Grund zugestimmt: weil sie – und all die anderen – Freiwild waren in einer

Stadt, die sie eigentlich hätte schützen müssen. Wo war ihr Platz auf den Waagschalen der Justitia, auf der Seite der Opfer oder der Täter? Er wusste, wo er selbst sie einordnete. Ja, vielleicht hatte er gerade deshalb zugestimmt.

Er blickte auf das Foto vom Fundort. Ein Lumpen quoll aus ihrem Mund, das schmuddelige Stück Stoff mit Spuren ihres Vaginalsekrets. Konnte er die Sache wirklich so sehen, als ginge es ihm nur um Russells Entlastung? Wer einem jungen Mädchen so etwas antun konnte, ob sie nun eine Prostituierte war oder nicht, verdiente es nicht, ungeschoren davonzukommen. Er verdiente eine gnadenlose Verfolgung. Was war, wenn Russell das Mädchen gestern Nacht tatsächlich ermordet hatte? Es gab nichts, was seine Täterschaft ausschloss, aber es gab ein Foto, das besagte, dass er es gewesen sein könnte. Und wenn er diesen Mord begangen hatte, dann hatte er auch die anderen getötet. Die Handschrift des Mörders war immer die gleiche gewesen.

Handford klappte die Akte zu, denn im Augenblick war er nicht mehr in der Lage, weitere Informationen aufzunehmen.

»Chef?« Sergeant Ali stand in der Tür. Handford hatte ihn weder klopfen noch hereinkommen gehört. »Wir warten auf Sie«, sagte Ali. »Die Besprechung«, fügte er hinzu.

Handford hatte gar nicht gemerkt, dass es schon so spät war; er war länger als erwartet bei Forrester gewesen. »Ach ja, natürlich.«

Einen flüchtigen Moment erwog er, Ali zu bitten, er solle ihn vertreten, doch er verwarf den Gedanken genauso schnell wieder. Der Sergeant hatte schon genug Verdacht geschöpft, den wollte er nicht weiter nähren, daher nahm er den Stapel Unterlagen von seinem Schreibtisch und verstaute ihn im Aktenschrank. »Ich komme«, sagte er.

Ali trat ins Zimmer herein und fragte: »Alles in Ordnung bei Ihnen, John?«

Handford rang sich ein Lächeln ab. »Ja, es geht schon. In einer Minute bin ich bei Ihnen, okay?«

Ali zögerte. »Sind Sie sicher? Sie sehen ziemlich k.o. aus.«

Handford zog die Akte über Michael Braintree aus dem Stapel und sperrte den Aktenschrank ab. »Himmel noch mal, Sergeant, es geht mir gut!«, fauchte er. »Ich hab gesagt, ich komm gleich, also bitte lassen Sie mich jetzt!«

Die Besprechung war kurz. Viele Routineanfragen waren schon am Vortag von Ali in die Wege geleitet worden. Jetzt trugen sie alle bisher gewonnenen Informationen zusammen und sammelten Vorschläge zum weiteren Vorgehen.

Handford schenkte Ali ein flüchtiges Lächeln, mehr brachte er nicht zustande, und bat ihn, alle Details noch einmal zu rekapitulieren.

»Allem Anschein nach hat Michael Braintree Selbstmord begangen. Er hinterließ eine Art Abschiedsbrief mit einer knappen Entschuldigung ›Verzeiht mir‹, aber keinen Hinweis darauf, warum er beschlossen hatte, sich umzubringen. Die Nachricht war auf einem Computer, vermutlich auf seinem, geschrieben und auf einem Tintenstrahldrucker, vermutlich ebenfalls auf seinem, ausgedruckt worden. Keine Unterschrift, nur diese Nachricht, und nur seine Fingerabdrücke. Die Spurensuche hat im Haus nichts Auffälliges gefunden, keine fremden Fingerabdrücke, keine Anzeichen eines Kampfs, und das Opfer wies auch keinerlei Verletzungen auf, die vermuten lassen, dass er sich verteidigt hätte. Alles sprach für Selbstmord – bis der Autopsiebericht kam.« Ali fasste die Ergebnisse des gerichtsmedizinischen Gutachtens zusammen. »Ehrlich gesagt, wir wollten den Fall für uns gerade ad acta legen, als der Bericht hereinschneite.«

Während Handford dieser nüchternen Auflistung von Fakten lauschte, hatte er Gelegenheit, seine Fassung wiederzugewinnen; es lenkte ihn von seinem inneren Zwiespalt ab und zwang ihn zum exakten Kombinieren und Nachdenken. Er dankte dem Sergeant und ergriff das Wort. »Demzufolge haben wir ein paar Tage verloren, aber zumindest wissen wir jetzt, dass wir nach einem Kampfsportprofi suchen müssen, nach jemand, der sich auf lautloses Töten versteht. Davon kann es in Bradford nicht so viele geben. Die Schwierigkeit besteht darin, dass es kaum forensisch verwertbare Spuren im Haus gibt. Dennoch muss er nach Aussage des Gerichtsmediziners dort ermordet worden sein, denn seine Blässe und die Druckstellen von dem Seil lassen den Schluss zu, dass er direkt anschließend aufgehängt wurde.«

»Das ist schon eine merkwürdige Art, sich einer Leiche zu entledigen«, warf einer der Detectives ein. »Warum knüpfen Sie ihn auf? Warum lassen sie ihn nicht einfach liegen?«

»Es hat in der letzten Zeit einige Selbstmorde durch Erhängen bei jungen Männern gegeben«, warf DC Clarke ein. »Vielleicht wollten sie diese Serie für ihre Zwecke nutzen?«

Eine Serie. Die Handschrift eines Serienmörders. Handford schob den flüchtigen Gedanken beiseite und zwang sich, gedanklich am Ball zu bleiben. »Könnte sein. Es sieht ganz so aus, als ob die Täter das so hinstellen wollten. Sie verwenden eine Methode des lautlosen Tötens, dann knüpfen sie das Opfer mit einem Seil auf. Aber so ein Seil trägt man doch nicht einfach mit sich in der Hosentasche herum, oder? Das weist auf Vorsatz hin. Außerdem müssen sich die Täter irgendwie Eintritt verschafft haben.«

»Vielleicht war es jemand aus der Familie?«, schlug Clarke vor. »Sein Vater betreibt ein Geschäft für Outdoor-Sportausrüstung – Dale and Fell. Er hat sicher Kletterseile im Sortiment. Und ich erinnere mich dunkel, dass ich mal was über ihn in der Zeitung gelesen habe, bei diesen Porträts über Geschäftsleute in Bradford. Angeblich war er in der Armee, bevor er seinen ersten Laden eröffnet hat. Ich glaube, es hieß sogar, er sei bei einer Spezialeinheit gewesen. Dann wäre er also in lautlosem Töten ausgebildet worden.«

»Also könnte er es gewesen sein. Oder jemand, der den Verdacht auf ihn lenken wollte. Überprüfen Sie Raymond Braintree und bitte so bald wie möglich, Clarke.«

»Wird gemacht, Sir.«

»Aber warum?«, stellte Ali die Frage in den Raum. »Warum sollte irgendjemand, noch dazu der eigene Vater, einen vorsätzlichen Mord an einem Siebzehnjährigen wie Michael begehen?«

»Ja, warum? Dieser Frage müssen wir natürlich nachgehen«, stimmte Handford ihm zu. »Vorsatz bedeutet, dass irgendjemand einen dringenden Grund hatte, Michael aus dem Weg zu schaffen. Vielleicht war er in irgendeine Sache verwickelt oder wusste über irgendetwas Bescheid.«

»Drogen?«

»Möglicherweise.«

»Vielleicht hat er damit gedroht, einen Dealer auffliegen zu lassen.«

Handford drehte sich zu den Fotos um, die an der Pinnwand hingen. Ein lächelnder junger Mann blickte ihm entgegen. Dunkelhaarig, gut aussehend, intelligent, mit einer Zukunft vor sich, auf die man als Eltern nur stolz sein konnte. Dennoch hatte auch er wohl noch eine verborgene Seite gehabt. »Ich glaube, wir kommen da nur weiter, wenn wir das Opfer schärfer unter die Lupe nehmen. Was gibt es in Michaels Leben, das jemand dazu veranlasst haben könnte, ihn aus dem Weg zu räumen? Wenn wir das herausgefunden haben, können wir vielleicht Rückschlüsse auf das Motiv und den Täter ziehen. Also, was wissen wir bisher über ihn? Er war Schüler, bereitete sich auf das Abitur im nächsten Jahr vor, wollte Arzt werden. Derzeit gibt es keine Anhaltspunkte dafür, dass er Drogen nahm, auch nicht in Gesellschaft anderer, oder dass er die Nächte durchzechte oder sie sich bei Raves und Partys um die Ohren schlug, aber wir können es auch nicht ausschließen. Den Nachbarn zufolge war er ein netter Kerl, der viel lernte und eher ein Einzelgänger war. Auch meine Tochter, die auf dieselbe Schule geht, meinte, dass er bei allen beliebt war. Dennoch verbirgt sich da unter der Oberfläche irgendetwas, und wir müssen herausfinden, was. Im Klartext: Wir müssen so lange nachforschen, bis wir es wissen. Jeder, der ihn kannte, muss verhört werden – Schulkameraden, Lehrer, Verwandte – alle. Und dann die ganze Nachbarschaft. Vielleicht hat jemand zur fraglichen Zeit ein Auto oder einen Transporter vor dem Haus gesehen. Clarke, Sie gehen mit Sergeant Ali und befragen die Eltern.«

Ali blickte auf. »Aber ich dachte –«

Handford wusste genau, was Ali dachte. »Sie gehen mit Clarke«, sagte er und schnitt ihm mit einem durchdringenden Blick das Wort ab.

»Ja, Sir.« Ali konnte zwar seine Verwunderung nicht verbergen, fragte aber nicht weiter nach.

Handfords Blick ruhte eine Weile auf Ali. Es war nicht fair, was er da tat, aber er wollte sich hier vor den anderen keinen Fragen aussetzen. Er wusste sehr wohl, welche Fragen Ali auf der Zunge lagen, aber er hatte keine passenden Antworten parat. Vor allem wäre er nicht in der Lage, mit den ebenso zu erwartenden wie berechtigten Einwänden angemessen umzugehen.

Der scharfe Tonfall Handfords ließ alle einen Augenblick verstummen und die Stille wurde erst durchbrochen, als sich die Tür zum Besprechungszimmer öffnete. Handford hob den Kopf. Russell stellte sich mit verschränkten Armen neben der Tür an die Wand und nahm seinen DI ins Visier. Selbst aus dieser Entfernung spürte Handford den eiskalten Blick aus seinen blauen Augen, gleichzeitig schoss ihm die Röte ins Gesicht.

»Sir«, sagte er mit einer Stimme, die fast einen Halbton höher lag als üblich. Er räusperte sich. »Kann ich etwas für Sie tun? Wollen Sie eine Mitteilung machen?« Was redete er da nur für einen Blödsinn?

Russell hingegen war beherrscht und verschlossen – wie ein Dampfkochtopf. »Nein danke, Inspector. Aber ich muss unbedingt mit Ihnen sprechen. Sie sind heute Morgen schwer greifbar. Ich dachte mir, wenn ich in die Besprechung komme, dann habe ich vielleicht eine Chance, Sie zu erwischen, bevor Sie wieder entschwinden.«

Russells Tür war nur angelehnt, als Handford klopfte. Der Duft von frischem Kaffee aus seinem Büro zog den ganzen Flur hinunter, und Handford lief das Wasser im Mund zusammen. Selbst heute hatte Russell anscheinend an seiner Gewohnheit festgehalten, eine Hand voll Kaffeebohnen zu mahlen und seinen eigenen Kaffee aufzubrühen. Handford hätte jetzt gut eine Tasse gebrauchen können, aber er wusste, dies würde heute kein Zusammentreffen nach dem Motto: »Trinkst du eine Tasse mit, John?« werden.

Russell stand am Fenster und blickte hinaus. Ohne sich umzudrehen bat er Handford, die Tür zu schließen. Russells Büro war ein Spiegelbild seiner Persönlichkeit. Fach- und Computerhandbücher sowie sorgfältig beschriftete Sammelboxen standen ordentlich im Regal hinter seinem Schreibtisch, in einer Vitrine an der Seite waren Pokale und andere Trophäen aus der Studienzeit ausgestellt, und an den Wänden hingen in Mahagonirahmen seine Abschlusszeugnisse und beruflichen Zertifikate. Der DCI war ein Freund von Grün- und Blühpflanzen aller Art, die er einmal in der Woche mit einer kleinen Messingkanne goss. Die größte war eine Birkenfeige, die wegen der Schnelligkeit, mit der sie gewachsen war, seit sie im Dezernat stand, von Kollegen spöttisch »das Unkraut« genannt wurde.

Doch heute waren die Pflanzen Russells geringste Sorge. Als Handford zum Schreibtisch trat, wandte er sich ihm zu. Er bat ihn nicht, sich zu setzen. »Was war letzte Nacht los, Inspector?« Eine einfache Frage, beherrscht und knapp, aber dennoch traf sie Handford wie ein Faustschlag in den Magen.

Er berichtete so ruhig er konnte, wie er zufällig an Constable Martin vorbeigefahren war, nachdem dieser die Leiche des Mädchens gefunden hatte, und wie er angehalten und am Fundort geblieben war, bis DCS Forrester eingetroffen war.

»Vermutlich haben Sie nicht daran gedacht, mich zu benachrichtigen.«

»Es ist ja nicht Ihr Fall, er hatte nichts mit uns zu tun. Ich hielt es nicht für nötig, Sie zu stören. Ich nahm an, die Sache wäre für mich erledigt, sobald Mrs Forrester da wäre. Schließlich hatte ich gestern sogar frei.« Er seufzte tief auf. »Ich war zur falschen Zeit am falschen Ort, Stephen. Nichts weiter. Und es wäre mir lieber, ich wäre nie dort gewesen.«

Doch Russell interessierte sich nicht für Handfords Gefühle. »Und das Foto? Es ist Ihnen wohl auch nicht in den Sinn gekommen, mich darüber zu informieren.«

Einen Augenblick spielte Handford mit dem Gedanken, zu behaupten, er hätte es versucht, doch sein Handy-Akku sei leer gewesen – irgendetwas, nur um Russells vorwurfsvollem Blick zu entkommen und eine Ausrede zu haben. Aber das konnte er nicht machen; abgesehen davon, dass er seine eigenen Detectives lynchen würde, wenn sie so etwas täten, würde es ihm auch gar nichts nützen. Russell würde ihn im Nu durchschauen.

Er wandte den Blick ab. »Nein, tut mir Leid. Mrs Forrester hat angeordnet, dass ich keinen Kontakt zu Ihnen aufnehmen darf.« Er hätte ihm gerne gesagt, dass er mehr als einmal daran gedacht hatte, es dennoch zu tun, doch das würde die Stimmung eher noch mehr belasten.

Der DCI ging um seinen Schreibtisch herum und blieb nur einen Schritt vor Handford stehen. »Aber haben Sie die Kollegin denn nicht darauf aufmerksam gemacht, dass Sie mein DI sind?«

Russell war kleiner als Handford, aber in diesem Moment war er der Stärkere von beiden. »Natürlich habe ich ihr das gesagt, aber erst nachdem sie mich gefragt hatte, ob ich die Person auf dem Foto kenne«, sagte er. Er wollte zurückweichen, mehr Raum zwischen sich und Russell bringen. »Ich habe Sie erkannt, sie hat es gemerkt und –«

»Und Sie haben plötzlich Ihre Chance gesehen und ihr gesagt, dass das ich bin?«

Das war unfair. »Es ging nicht darum, dass ich meine Chance gesehen habe, Stephen. Ich musste es ihr sagen. Das Foto befand sich in der Geldbörse, die einem toten Mädchen gehörte.«

»Stimmt, Inspector. Ein *totes* Mädchen. Mein Foto bei der Leiche eines ermordeten Mädchens, und zwar nicht einem, das bei einem Autounfall getötet worden oder an einer Überdosis gestorben war, sondern eines Mädchens, das ermordet worden ist. Und wenn ich mich nicht irre, von diesem Serienmörder.«

Handford gab keine Antwort. Er wollte die Augen von Stephen Russell abwenden, doch der DCI fixierte ihn mit seinem Blick wie mit einem Schraubstock. »Habe ich Recht, Inspector?«

»Ja, Sir, Sie haben Recht.«

Die Atmosphäre im Raum war stickig und bedrückend – vom Kaffeedunst ebenso wie vom Misstrauen.

Russell trat einen Schritt zurück, dann ging er wieder hinter seinen Schreibtisch und setzte sich. »Also, obwohl es für Sie ganz offensichtlich war, dass ich dieses Mädchen zumindest kannte, ja dass ich möglicherweise sogar ein Mordverdächtiger war, haben Sie keinen Gedanken daran verschwendet, sich bei mir zu melden und Bescheid zu sagen.«

Handford wiederholte: »Ich hatte die dienstliche Anordnung.«

»Und dienstliche Anordnungen befolgen Sie immer ganz genau? Ich meine mich zu erinnern, dass Sie bisweilen nicht mal meine ausdrücklichen Befehle ausgeführt haben.« Russell beugte sich vor. »Ich bin möglicherweise jetzt ein Verdächtiger in einem Mordfall, Inspector. Wenn das Mädchen von gestern Nacht dem Serienmörder zum Opfer gefallen ist, dann stehe ich nicht nur in ihrem Fall in Verdacht, sondern auch in den anderen Fällen. Richtig?«

Handford hätte sich gerne hingesetzt, aber es war offensichtlich, dass Russell ihn abkanzeln wollte. Also blieb er stehen und sagte: »Ja, diese Möglichkeit besteht.« Er atmete tief ein. »Aber wenn das der Fall ist, Stephen, und ich sage *wenn,* warum wurden Sie dann nicht vom Dienst suspendiert?«

»Weil ein Foto im Augenblick noch kein Beweis ist. Aber für Mrs Forrester ist die Sache damit ja vermutlich nicht abgehakt, oder? Sie wird mein Privatleben ausleuchten wollen, vermutlich hat sie bereits jemanden damit beauftragt –«

Handford riss sich mit aller Macht zusammen und hoffte inständig, dass sein Gesichtsausdruck ihn nicht verriet.

»Sie wird meine Frau befragen, meine Freunde, meine Kollegen, sie wird mein Haus durchsuchen lassen, und weiß Gott, welchen anderen Schikanen sie mich noch aussetzen wird. Ich bin der einzige Verdächtige, den sie vorzuweisen hat. Jeder weiß, dass sie schon seit Monaten an dem Fall dran ist und immer noch nichts in der Hand hat. Aber jetzt hat sie mich, und sie wird sich vermutlich an mir festbeißen und es so hindrehen, dass die vorhandenen Indizien auch passen.«

»Nein, Sir, so negativ würde ich das nicht sehen.« Handford wünschte, er könnte das selber glauben.

»Nun ja, da wäre Forrester ja nicht die Erste, oder? Erinnern Sie sich an die Tonbandaufnahme im Fall des Yorkshire Ripper? An diese Aufnahme haben sie sich bis zuletzt geklammert, ja sie haben sogar die Einsatzzentrale in den Nordosten verlegt, und als sie Sutcliffe schließlich schnappten, ich weiß nicht, wie viele Jahre später, kam heraus, dass das Tonband und der Tyneside-Dialekt gar nichts mit den Morden zu tun hatten. Sie waren bloße Scheinindizien, eine reine Falschmeldung der Polizei, die als Beschwichtigungstaktik eingesetzt worden waren. Nun, ich will jedenfalls nicht als Beschwichtigungstaktik herhalten müssen. Mir liegt genau wie jedem anderen am Herzen, dass dieser Kerl gefasst wird. Aber ich bin es nicht gewesen; ich hab weder dieses Mädchen noch die anderen umgebracht.« Seine Stimme nahm einen scharfen Ton an. »Ich bin kein Mörder, John.« Er ließ den Kopf auf die Brust sinken, und im selben Moment fiel aller Zorn und Hochmut von ihm ab, sie verschwanden genauso wie die Staubkörner, die einen Augenblick lang im Licht tanzten, das zwischen den Lamellen der Jalousien ins Zimmer fiel. Als er wieder aufblickte, hatten sich die Sorgenfalten um seine Augen vertieft, doch seine Stimme klang fest. »Ich habe keine Ahnung, wer sie ist oder warum sie mein Foto bei sich trug.«

Handford schwieg dazu. Was hätte er sagen sollen? Ich glaube Ihnen, Stephen, oder – ja, was? Ich denke, Sie könnten es gewesen sein? Schließlich meinte er: »Haben Sie die Leiche schon gesehen, Sir?«

»Nein, Mrs Forrester und ich gehen später zusammen ins Leichenschauhaus.«

Stille breitete sich im Raum aus und erstickte alle

Geräusche von außen. Handford ging zur Kaffeemaschine hinüber. »Soll ich Ihnen einen Kaffee einschenken?«

Russell nickte.

Handford füllte zwei Tassen und stellte eine vor seinen Chef auf den Tisch. Von nahem sah der Mann müde aus. Es war offensichtlich, dass er gestern Nacht nicht viel Schlaf bekommen hatte. Er hatte dunkellila Ringe unter den Augen und seine Lider waren geschwollen.

»Sie war eine Prostituierte, John. Ich wurde gefragt, ob ich zu Prostituierten gehe. Können Sie sich vorstellen, dass ich so etwas mache?«

Handford warf einen Blick auf das Foto der blonden Frau, die ihn aus dem Fotorahmen auf dem Schreibtisch anlächelte. Nein, bei so einer Frau war das schwer vorstellbar, aber man wusste ja nie.

»Wir wissen noch nicht mit Sicherheit, ob sie eine Prostituierte war. Die anderen möglicherweise schon, aber das bedeutet nicht, dass das letzte Opfer auch eine war. Mrs Forrester musste Ihnen diese Frage stellen, Sir. Das ist ihr Job.«

Russells Gesichtsausdruck verhärtete sich. »*Wir* wissen noch nicht mit Sicherheit, ob sie eine Prostituierte war, Inspector«, sagte er kalt. »Für jemand, der nur zufällig am Fundort war, hat Mrs Forrester Sie aber ganz schön ins Vertrauen gezogen. Was wird da gespielt?«

Von einem Augenblick zum nächsten sah Handford sich vom Vertrauten zum Gegner werden und einen unbedachten Moment lang überlegte er sich, ob er Russell alles erzählen sollte: dass man von ihm verlangt hatte, Nachforschungen über seinen Chef anzustellen und seinen persönlichen Background auszuleuchten. Sollte Russell doch Beschwerde einreichen, er selbst könnte jedenfalls mit den Ermittlungen im Mordfall Michael Braintree weitermachen. Aber der Augenblick der Unsicherheit währte nur kurz. Die Frage »Was wäre, wenn?« hatte sich bereits zu fest in seinem Hinterkopf eingenistet. Wenn Russell doch der Mörder war? Es schien unvorstellbar, war aber theoretisch möglich. Niemand lief mit der Tätowierung »Serienkiller« auf der Stirn herum. Die Bilder des toten Mädchens von letzter Nacht und des Fotos von Russell drängten sich ihm wieder auf. Er konnte zwar immer noch mit ACC Sanderson sprechen, seinen Standpunkt darlegen und ihn bitten, die Aufgabe an die Abteilung Dienstaufsichtsverfahren oder eine andere Stelle weiterzugeben, aber er durfte Russell keinesfalls einweihen.

Er blickte nachdenklich auf den Kaffee in seiner Tasse. »Da wird nichts gespielt, Sir. Ich hatte nun einmal das Mädchen und den Fundort gesehen, und die Kollegin dachte, ich hätte sicher Interesse daran, ein paar Hintergrundinformationen zu erfahren.«

Er wusste nicht, ob sich Russell damit zufrieden geben würde, doch er bezweifelte es – der Mann war ja nicht auf den Kopf gefallen. Nach kurzem Schweigen bedeutete ihm der DCI jedoch, er solle sich setzen, dann schlug er die vor ihm liegende Aktenmappe auf. Seine Kiefermuskeln zuckten bei dem Versuch, seine Gefühle zu beherrschen. Schließlich sagte er in ruhigem Ton: »Nun zum Mordfall Braintree. Wie weit sind Sie damit?«

Handford erstattete ihm Bericht.

»Wissen die Eltern schon Bescheid?«

»Nein, Ali und Clarke gehen heute Morgen zu ihnen.«

»Sie gehen nicht selbst?«

Mit jeder Ausrede und jeder Lüge zog sich das Netz enger um ihn zusammen. »Nein, Sir, ich muss die Akte über die Raubüberfälle zum CPS rüberbringen.«

Das musste er unbedingt tun, sobald er bei Sanderson gewesen war. Er wechselte das Thema. »Einige Beamte überprüfen alle Einwohner von Bradford, die mit Kampfsportarten vertraut sind, und ich habe vier weitere dazu abgestellt, von Haus zu Haus zu gehen und jeden zu befragen, der Michael kannte, um herauszubekommen, was für ein Mensch er wirklich war. Schwierig ist nur, dass von seinen Freunden und Lehrern wegen der Schulferien viele nicht greifbar sind.«

»Hätten Sie den Vorfall von Anfang an als verdächtig eingestuft, wäre die Sache inzwischen unter Kontrolle und Sie hätten nicht so viel kostbare Zeit verloren.«

Handford wusste nicht, ob sich Russell mit Absicht so feindselig verhielt oder ob das seine Art war, mit der Situation fertig zu werden. »Wir haben erst seit gestern Abend den Autopsiebericht, Sir. Anfangs sah es aus wie ein klarer Fall von Selbstmord.«

»Das mag ja sein, aber inzwischen sollten Sie eigentlich wissen, dass man dem ersten Anschein nie trauen sollte.«

Das sollte er wirklich nicht.

Die nächsten zwanzig Minuten gingen sie die laufenden und die neuen Fälle durch, aber als die Besprechung endete, kam hinter Russells professionellem Auftreten wieder seine Nervosität zum Vorschein. Er zerpflückte ein Stück Papier und ließ die Fetzen wie Schnee auf seinen Schreibtisch fallen.

»Ich habe mit dem Tod dieses Mädchens nichts zu tun, John. Ich möchte, dass Sie mir das glauben. Leider habe ich nicht das beste Alibi für gestern Abend und auch nicht für die Abende der anderen Morde.« Er schwieg und sein Gesichtsausdruck war der eines Mannes, der sich mühsam durch ein Leben tastete, das aus den Fugen zu geraten drohte. »Warum bloß hat ein Mädchen, das ich nicht kenne, mein Foto, und noch dazu ein so altes? Das muss ja aus meiner Zeit in Cambridge stammen. Helfen Sie mir da raus, Inspector. Wie ist das Mädchen in den Besitz dieses Fotos gekommen?«

Handford schloss kurz die Augen, denn er war sich nicht ganz sicher, auf welcher Seite er stand. »Ich weiß nicht, Stephen. Vielleicht haben Sie damals mit Freunden Fotos ausgetauscht, bevor sich Ihre Wege trennten. Ich kann mich erinnern, dass das bei uns so war. Versuchen Sie sich zu erinnern. Wer von ihnen hätte es am wahrscheinlichsten aufbewahrt?«

Ein flüchtiges Zucken zeigte sich im Gesicht des DCI. War ihm etwas eingefallen, das lange zurücklag? Vielleicht, aber wenn es so war, dann machte Russell keinerlei Anstalten, es preiszugeben. Stattdessen sagte er: »Ich erinnere mich nicht daran, es überhaupt irgendjemanden gegeben zu haben.«

Sobald Handford das Büro verlassen hatte, brach Russells Selbstbeherrschung zusammen. Wie war das möglich? Es gab nur eine Person, die sein Foto aufbewahrt haben konnte. Er hatte sie zwar nicht vergessen, aber seit Ewigkeiten nicht mehr an sie gedacht. Jetzt war die Erinnerung sowohl angenehm als auch schmerzlich. Er hatte ihr damals, vor vielen Jahren, sein Foto gegeben und sie angefleht, seinen Vater nicht ernst zu nehmen, hatte sie gebeten, mit ihm zusammenzubleiben. Doch sie hatte gemeint, das ginge nicht, und er hatte nie wieder etwas von ihr gehört. Obgleich er damals wusste, dass sie in eine Anwaltskanzlei in Norfolk eingetreten war, hatte er ihren Wunsch respektiert und keinen weiteren Versuch mehr unternommen, Kontakt zu ihr aufzunehmen. Eine Zeit lang hatte er sie dafür gehasst, was sie ihm angetan hatte, und als ihm klar geworden war, dass Hassen leichter war als Lieben, hatte der Schmerz allmählich nachgelassen.

Ob Handford ihm glaubte, dass er sich nicht erinnern könne, sein Foto irgendjemand gegeben zu haben? Er war sich nicht sicher – er hatte den Zweifel im Blick des Inspectors gesehen. Würde er Forrester darüber berichten? Obwohl Handford das abstritt, hatte sie ihn offensichtlich ins Vertrauen gezogen und ihn sicher auch über ihn ausgefragt. Handford wusste vermutlich nicht viel. Doch wenn er ihr auch nur sagte, er habe ein ungutes Gefühl bei seinem Vorgesetzten – und das konnte durchaus sein, denn ältere Polizisten vertrauten ihren unguten Gefühlen bei manchen Dingen, nicht selten zu Recht –, dann wäre sofort der Verdacht geweckt, er, Russell, habe etwas zu verbergen. Im Augenblick hatten sie nicht viel mehr als das Foto, doch wenn Forrester begann, Nachforschungen über ihn anzustellen, dann würde seine Vergangenheit ans Licht kommen, und das war das Letzte, was er wollte. Sie loszuwerden war eine langwierige und mühsame Angelegenheit gewesen, doch er hatte sie bewältigt, und er würde alles in seiner Macht Stehende tun, damit sie nicht wieder von irgendjemand aufgerührt wurde, am allerwenigsten von seinen Kollegen. Seine Vergangenheit musste dort bleiben, wo sie hingehörte – fest verpackt in einem früheren Lebensabschnitt, tot und begraben. Doch wenn es sich tatsächlich um die Fotografie handelte, die er ihr gegeben hatte, dann würde seine Vergangenheit ihn wieder einholen, der Grund, warum das tote Mädchen das Bild bei sich hatte, würde sich offenbaren, und der Schrecken ihres Todes würde ihn ganz persönlich treffen.

Er schob seine Kaffeetasse zur Seite, streckte die Hand nach dem Hörer aus und drückte ein paar Tasten. Sein Anruf wurde fast sofort entgegengenommen.

»Andrew, hallo, hier ist Stephen. Hör mal, ich muss dich unbedingt sehen. Können wir uns treffen? Ja, zum Mittagessen wäre gut … Schön, dann sehen wir uns dort.«

KAPITEL 5

Als Detective Sergeant Khalid Ali mit DC Clarke zu den Braintrees fuhr, spürte er, wie ihm plötzlich eiskalt wurde, als hätte sich eine dunkle Wolke vor die Sonne geschoben. Er blickte zum Himmel, aber der war immer noch tiefblau, und die Sonne schien hell über den Dächern. Ihm wurde klar, dass dieses plötzliche Frösteln nicht vom Wetter herrührte, es war etwas rein Gefühlsmäßiges und hatte mit John Handford zu tun.

Schon seit seiner Ankunft im Büro heute Morgen war Handford in einer merkwürdigen Verfassung gewesen. Normalerweise war er umgänglich und wurde nur zornig, wenn er guten Grund dazu hatte. Heute Morgen jedoch war das anders gewesen. Als Ali zu ihm ins Büro gekommen war, um ihm Bescheid zu sagen, dass alle für die Besprechung bereit seien, stand Handford die Verstimmung ins Gesicht geschrieben, und sie hatte sich im Laufe des Vormittags sogar noch verstärkt. Selbst während der Besprechung war sie nicht verflogen, sondern hatte unter der Oberfläche gelauert. Und gemessen an seiner Reaktion, als Russell ins Besprechungszimmer getreten war, hatte sie mit dem DCI zu tun. Dass die beiden nicht gut miteinander auskamen, war allgemein bekannt, doch sie hatten stets darauf geachtet, dass diese Tatsache die

Arbeit nicht beeinträchtigte. Ganz im Gegenteil, im Umgang mit seinen Kollegen und Vorgesetzten neigte Handford eher zum Überkompensieren, indem er besonders höflich und zuvorkommend war.

Ungewöhnlich war nur, dass Handford diesmal mit niemandem darüber gesprochen hatte. Normalerweise hielt er mit nichts hinterm Berg, es sei denn, es war etwas Vertrauliches, und dann sagte er es ausdrücklich. Doch diesmal – nichts dergleichen. Ali hatte versucht, etwas aus ihm herauszubekommen, als sie sich oben am Getränkeautomaten getroffen hatten, nachdem Handford bei Russell gewesen war – eine Besprechung, die offensichtlich seine Laune nicht gerade verbessert hatte. Der Automat wollte mal wieder nicht und ließ ständig Handfords Fünfzigpencemünze durchfallen; sofort verlor er die Geduld und hämmerte jedes Mal dagegen, wenn die Münze wieder durchfiel. Ali hatte ihn angelächelt, tief in seine Tasche gelangt und ihm ein anderes Geldstück geliehen. Normalerweise hätte Handford das Lächeln erwidert und die Atmosphäre hätte sich sofort entspannt, doch diesmal hatte er nicht gelächelt. Stattdessen hatte er die neue Münze in die Maschine gesteckt, das eigene Geldstück Ali in die Hand gedrückt und gesagt: »Zwischen zwölf und eins bin ich nicht erreichbar. Wenn etwas Dringendes ist, muss es eben warten.«

Nicht erreichbar? Warum?

Handford hatte keine weiteren Erklärungen abgegeben, sondern nur seinen Kaffee genommen und war davonmarschiert.

Irgendetwas musste geschehen sein – und zwar etwas Ernstes. Was auch immer es sein mochte, es beschäftigte John Handford und bereitete ihm Sorgen. Doch soweit Ali wusste, war das einzige besondere

Vorkommnis, an dem der DI in den letzten Tagen beteiligt gewesen war, die Entdeckung des vierten Opfers dieses Serienmörders gewesen. Kaum Grund genug, mochte man meinen, dass Handford dadurch unter einen derartigen Druck geriet.

»Die Nächste links.« Clarke unterbrach Alis Gedankengang.

Ali blickte in den Rückspiegel und setzte den Blinker, um von der Hauptstraße in den Vorort abzubiegen. Die Sonne spiegelte sich in den Windschutzscheiben der entgegenkommenden Wagen, und Ali klappte die Sonnenblende herunter, um sich gegen die immer wieder aufblitzende gleißende Helligkeit zu schützen. Je weiter sie sich von den langen Reihenhaussiedlungen entfernten, umso sauberer wirkte die Gegend und umso weniger Abfall lag auf den Straßen herum. Die Straßen hießen hier Avenue, Close oder Crescent und waren von Bäumen gesäumt. Das Grün erhöhte die Wohnqualität und schützte die Bewohner vor der sengenden Sonne. Blumenrabatten säumten die makellosen Rasenflächen, die sich wie Samtdecken vor den Steinhäusern erstreckten. Und es war ruhig, erstaunlich ruhig. Hier spielten keine Kinder auf der Straße Fußball, hier hingen an den Straßenecken keine Teenager herum, die nirgends hingehen konnten und nichts zu tun hatten. Hier wohnte Bradfords obere Mittelschicht.

Ali manövrierte den Wagen in den Ridgeway Close und hielt vor Nummer zweiunddreißig an. Die beiden Ermittler stiegen aus und blieben einen Augenblick stehen, um sich umzuschauen und einen Eindruck von der Gegend zu bekommen, bevor sie zum Gartentor gingen. Das Einfamilienhaus schien verlassen, als sei die Familie in Urlaub gefahren. In der oberen Ecke des Reliefglases an der Eingangstür klebte ein Neighbourhood-Watch-Sticker. Ali verzog das Gesicht, als ihm die bittere Ironie zu Bewusstsein kam: Vor zwei Tagen, als hier am helllichten Tag ein Jugendlicher ermordet worden war, hatte die Wachsamkeit der Nachbarn nicht gerade perfekt funktioniert.

Clarke drückte den Klingelknopf und das Läuten zerriss die Stille. Während Alis Anspannung wuchs, trat seine Sorge um John Handford in den Hintergrund. Die Nachricht, die sie Michael Braintrees Eltern überbringen mussten, erforderte seine ganze Konzentration. Dabei musste das Mitgefühl für die trauernden Eltern zurücktreten, denn er war gezwungen, ihnen Fragen zu stellen, die ihr Leben vielleicht aus den Angeln hoben. Er würde sogar andeuten müssen, dass einer von ihnen oder beide etwas mit dem Tod ihres Sohnes zu tun haben könnten. Er würde Michaels Sachen durchsuchen, während sie nur dabeistehen und zusehen konnten, wie die Beamten in die Privatsphäre ihres Sohnes eindrangen – und das hatte er nicht einmal seinen Eltern gestattet. Was dabei zum Vorschein kam, konnte ihr Bild von ihm möglicherweise für immer trüben.

Einige Augenblicke später erschien jemand hinter der Glastür und Raymond Braintree öffnete die Tür. Er war in den zwei Tagen, die Ali ihn kannte, sichtlich gealtert. Der smarte Geschäftsmann wirkte unter der Last der Ereignisse niedergedrückt. Sein Gesicht war aschfahl und auch sein Haar war plötzlich mit grauen Strähnen durchzogen. Er trug eine helle Hose und ein Hemd mit offenem Kragen, aber beides sah zerknittert aus, als hätte er darin geschlafen.

»Kommen Sie herein, Sergeant«, sagte er und öffnete die Tür gerade weit genug, um die beiden Männer durchzulassen. »Meine Frau ist im Wohnzimmer. Ich fürchte, sie ist noch nicht in der Verfassung, Fragen zu beantworten; heute Morgen war der Arzt da und hat ihr ein Beruhigungsmittel gegeben.«

Mrs Braintree lag voll bekleidet auf dem Sofa, ihren Kopf auf ein Kissen gebettet und eine leichte Decke über ihre Beine gelegt. Sie hatte einen gequälten Gesichtsausdruck und einen trüben Blick von den Medikamenten. Das Zimmer war unaufgeräumt; die Unordnung, die die Spurensicherung hinterlassen hatte, war noch nicht behoben, und man konnte sehen, wie die Braintrees mühsam versuchten, wenigstens halbwegs ihr gewohntes Leben weiterzuführen. Auf einem kleinen Kaffeetisch stand ein Tablett, darauf ein Teller mit angebissenem Toast, neben den beiseite geschobenen Lladro-Figuren auf dem Regal in der Nische befanden sich halb gefüllte Tassen mit erkaltetem grauen Inhalt und auf einem weiteren Beistelltisch neben dem Sofa eine Teekanne, ein Milchkrug und zwei Tassen, der Tee darin fast unberührt. Die Sonne schien durchs Fenster, ihre Strahlen spiegelten sich in den Beileidskarten auf dem Sideboard wider und das grelle Licht verlieh ihnen schwarze Konturen.

Mr Braintree ergriff wieder das Wort: »Tut mir Leid, dass alles so unordentlich ist. Wir haben gestern Nacht hier unten verbracht, wir haben es nicht geschafft, nach oben ...« Dabei deutete er stumm auf die Diele und den Treppenaufgang. Er rang um Fassung, brauchte aber eine Weile, bevor er weitersprechen konnte. »Ich will, dass sie etwas isst, aber sie weigert sich.« Er blickte verzweifelt zu Ali auf. »Warum, Sergeant? Warum nur? War es unsere Schuld?«

Ali deutete zum nächststehenden Stuhl. »Setzen Sie

sich, Mr Braintree«, sagte er freundlich. »Ich muss Ihnen etwas mitteilen.«

Mr Braintrees Blick traf sich mit dem des Inspectors und eine Mischung aus Verwirrung und Sorge gesellte sich zu der Trauer, die bereits darin lag. Er trat einen Schritt zurück zu dem Stuhl. Mrs Braintree blickte Ali flehentlich an, als wolle sie ihn dazu bringen, ihnen zu versichern, die letzten paar Tage seien bloß ein schlimmer Alptraum gewesen, der nun ein Ende habe.

»Wir haben den Obduktionsbericht bekommen, und es sieht so aus, als habe Ihr Sohn nicht Selbstmord begangen ...«

Mr Braintrees Kopf schnellte hoch und er blickte Ali entgeistert an. »Was meinen Sie damit, er hat nicht Selbstmord begangen? Wollen Sie damit sagen, dass es ein Unfall war? Dass er mit einer Schlinge herumgespielt hat und dabei irgendwie ausgerutscht ist?«

»Nein, Sir, das nicht.« Ali ging auf einen Stuhl zu. »Darf ich?«, fragte er.

Mr Braintree nickte. »Ja, ja, selbstverständlich. Setzen Sie sich doch bitte, beide.«

Ali ließ sich auf dem Stuhl gegenüber von Mr Braintree nieder, Clarke auf dem Platz am Fenster. »Die Obduktion hat als Todesursache eine Inhibition des Vagusnervs ergeben«, erklärte Ali. »Das heißt, Michael erhielt einen karateähnlichen Schlag gegen den Hals. Das stimulierte den Vagusnerv, der den Herzschlag reguliert, und Michaels Herz hörte auf zu schlagen. Er war bereits tot, als er aufgehängt wurde.«

Der Vater des Jungen schloss die Augen und versuchte die Neuigkeit zu verdauen. »Tut mir Leid, Sergeant, aber das verstehe ich nicht. Wollen Sie damit sagen, dass jemand Michael absichtlich einen Schlag an den Hals versetzt hat und ihn anschließend aufgehängt hat, damit es so aussieht, als hätte er sich das Leben genommen?«

»Ja, es sieht ganz so aus, Sir.«

»Aber warum? Und wer?«

Ali schüttelte bedauernd den Kopf. »Ich weiß weder warum noch wer, ich kann nur vermuten, dass Michaels Tod als Selbstmord getarnt werden sollte, denn in den letzten paar Monaten haben sich drei Jungen im Teenageralter erhängt.«

»Und Michael sollte einfach ein weiterer in dieser Reihe sein? Eine kurze Meldung in der Zeitung?« Mr Braintree stemmte sich aus dem Stuhl hoch und begann, das schmutzige Geschirr einzusammeln. »Ich räume das hier mal weg«, sagte er.

Clarke stand auf und nahm ihm die halb volle Kaffeetasse aus der Hand. »Setzen Sie sich wieder, Mr Braintree, ich mache das später für Sie.« Er wartete, bis er sich wieder gesetzt hatte. »Ich weiß, es ist schwer für Sie, Sir, aber wenn wir rekonstruieren wollen, was geschehen ist, müssen wir etwas über Michael erfahren, wir müssen uns ein Bild von ihm machen können. Je früher, desto besser.«

Raymond Braintree schauderte es. Die Sonnenstrahlen, die durch das große Fenster fielen, trugen kaum dazu bei, die tiefe Trauer und Düsternis zu erhellen, die sich über das Zimmer gelegt hatte.

»Er war Ihr einziges Kind?«

Michaels Vater nickte.

»Und ging noch zur Schule?«

Mrs Braintree erhob sich; sie hatte nichts gesagt, seit die Detectives ins Zimmer getreten waren, aber jetzt sagte sie: »Ja, er macht gerade sein Abitur. In Mathe, Chemie, Physik und Biologie. Er will Arzt werden. Seine Lehrer halten große Stücke auf ihn.« Sie sprach von ihm in der Gegenwart und war noch nicht bereit zu akzeptieren, dass ihr Sohn nicht mehr wiederkommen würde.

»Da muss er wohl sehr viel für die Schule gelernt haben, schließlich hat er nicht die leichtesten Fächer gewählt. Und was hat er in seiner Freizeit gemacht?«

»Er mag Sport«, antwortete seine Mutter. »Es gibt ein Fitnesszentrum in der Stadt; dort geht er ein oder zwei Mal die Woche hin. Oder er trifft sich mit Daniel, seinem besten Freund. Sie hören gern Musik, glaube ich – das ist es doch, was Teenager die meiste Zeit so machen? Ich weiß es nicht ganz genau. Er erzählt nie viel darüber – zumindest nicht uns.«

»Daniel?« Clarke hob fragend die Augenbrauen.

»Daniel Emmott.« Die Antworten seiner Frau hatten Mr Braintree anscheinend neue Kraft gegeben. »Ich suche Ihnen seine Anschrift raus.«

Während Clarke die Adresse notierte, fragte Ali: »Hatte Michael denn keine Freundin?«

Mrs Braintree wischte sich mit dem Finger die Tränen aus den Augenwinkeln. »Nein, nichts dergleichen«, sagte sie. Ihre Hand zitterte, als sie eine Haarsträhne nahm und um ihren Zeigefinger wickelte, wie ein Kind, das müde ist. »Er ist mit ein paar Mädchen aus der Schule befreundet, aber eine richtige Freundin ist nicht dabei. Seit ich denken kann, träumt er davon, Arzt zu werden; er will sich seine Chancen, auf die Uni zu gehen, nicht dadurch verbauen, dass er die Mädchen wichtiger nimmt als die Schule. Sein Berufswunsch ist ihm …« Sie hielt inne, als hätte sie plötzlich bemerkt, wie sie über ihn sprach, »… war ihm sehr wichtig. Er hat sogar im Supermarkt gejobbt, damit wir später mal nicht so hohe Ausgaben für sein Studium haben – es ist ja doch eine sehr lange Ausbildung, das Medizinstudium. Er hat jede Woche einen kleinen Teil von seinem Lohn als Taschengeld zurückbehalten, aber den Großteil hat er auf die Bank gebracht. Er hatte schon etwa fünfhundert Pfund gespart. Sein Sparbuch ist oben in seinem Zimmer.« Wieder traten ihr Tränen in die Augen und sie blickte Ali flehend an. »Wer auch immer es war, der meinem Sohn das angetan hat, bitte finden Sie ihn, Sergeant.«

»Wir tun alles, was in unserer Macht steht, Mrs Braintree. Das verspreche ich Ihnen.« Er wandte sich an Michaels Vater. »Können Sie mir sagen, was Michael am Dienstag gemacht hat?«

»Michael ist siebzehn, Sergeant, wir fragen ihn nicht aus, was er den ganzen Tag so macht. Wir waren beide bei der Arbeit. Er weiß, wie er uns erreichen kann, wenn er uns braucht, aber am Dienstag haben wir nichts von ihm gehört.«

»Kann es sein, dass er mit Daniel zusammen war?«

»Gut möglich, vielleicht ist er aber auch ins Fitnessstudio gegangen.« Mr Braintrees Stimme steigerte sich plötzlich zu einem heiseren Schreien: »Keine Ahnung, Sergeant, ich weiß nicht, was mein Sohn an dem Tag gemacht hat, an seinem Todestag.« Dazu schlug er mit der Faust so heftig auf den Kaffeetisch, dass das Geschirr klapperte und der Inhalt einer Tasse auf den Unterteller schwappte.

Mrs Braintree schlug ihre Decke zurück und stand mühsam vom Sofa auf. Sie legte die Arme um ihren Mann und wiegte ihn wie ein Baby. Sein unkontrollierter Gefühlsausbruch zeigte das ganze Ausmaß seines Leidens, und seine Frau ließ ihn gewähren. Am liebsten hätte er sich von der Woge seines Kummers überwältigen, seine Lunge sich voll saugen lassen und aufgegeben. Doch Mr Braintree hatte zu sehr das Bild des starken Mannes verinnerlicht, als dass er seinen Gefühlen längere Zeit freien Lauf lassen konnte. Er war Berufssoldat gewesen, erinnerte sich Ali, und diese Ausbildung wirkte wie ein Reflex, so dass er sich schnell wieder unter Kontrolle hatte.

Clarke reichte ihm ein Glas Wasser, das er aus einem Krug vom Tablett eingeschenkt hatte, und Mrs Braintree setzte sich wieder hin.

Mr Braintree nippte an dem Glas. »Tut mir Leid«, sagte er.

Da er sich jetzt wieder beruhigt hatte, setzte Ali seine Befragung fort. »Hatte Michael irgendwelche Feinde? Fällt Ihnen irgendjemand ein, der ihm so etwas angetan haben könnte?«

Mr Braintrees Stimme versagte, als er antworten wollte. Er nahm noch einen Schluck Wasser und versuchte es erneut. »Nein, niemand. Alle haben ihn gemocht, in der Schule, überall. Allerdings hatte er, soweit ich weiß, ein Problem mit einem der Angestellten im Supermarkt, der ihn immer gehänselt hat. Er hat ihm alle ungeliebten Arbeiten aufs Auge gedrückt und ihn herumkommandiert, aber Michael hat darüber nur gelacht. Nach allem, was er uns erzählt hat, war der andere einfach eifersüchtig auf ihn – Sie wissen schon, weil Michael aufs Gymnasium ging. Ich hab ihm gesagt, er soll sich beschweren, aber er hat gemeint, das sei die Sache nicht wert. Wir hatten nie den Eindruck, dass es etwas Gravierendes war.«

Ali nickte. »Das war es vermutlich auch nicht, aber wir fragen natürlich auch dort nach. Kennen Sie zufällig den Namen dieses Angestellten?«

»Bei Michael hieß er immer nur Karl.«

Ali war nicht sicher, ob Mr Braintree sich bereits genügend erholt hatte, aber allmählich musste er die Befragung unbedingt in eine andere Richtung lenken, weg von Michael und hin zu den Eltern des Opfers: In einem solchen Mordfall waren sie zwar hauptsächlich Opfer, aber eben auch Verdächtige. Was er jetzt gleich fragen musste, würde ihnen sicher einen Schock versetzen – das blieb nicht aus. Entsprechend versuchte er, seine Frage in möglichst harmlose Worte zu verpacken.

»Ich würde gern wissen, was Sie am Dienstag gemacht haben, Mr Braintree.«

Raimond Braintree blickte den Detective entgeistert an. »Sie möchten wissen, was ich gemacht habe? Warum?«

»Reine Formsache, Sir.«

Langsam stellte Michaels Vater sein Glas auf den Boden, dann erhob er sich schwerfällig aus dem Sessel und ging zum Fenster. Er blickte scheinbar eine halbe Ewigkeit hinaus, dann drehte er sich ruckartig und schwer atmend zu Ali. Man sah ihm an, dass er sich nur mühsam beherrschen konnte. Im Gegenlicht wirkte seine schwarze Silhouette wie ein riesiger Schatten, der sich drohend vor dem Sergeant aufbaute. Würde Ali diese aufbrausende und drohende Reaktion persönlich nehmen, würde es jetzt zu einem Streit kommen, aber den wollte er unbedingt vermeiden, daher blieb er sitzen und blickte ruhig zu ihm auf.

Mr Braintree kämpfte noch einen Augenblick mit seinen Emotionen, dann sagte er: »Und Sie glauben wirklich, ich habe meinen eigenen Sohn ermordet?«

»Ich glaube im Moment gar nichts«, sagte Ali ruhig. »Ich versuche nur den Tag zu rekonstruieren, an dem Michael gestorben ist. Irgendwo muss ich ja anfangen.«

In den Augen des Mannes spiegelte sich eine Mischung aus Verachtung und Spott. »Es heißt immer, dass die meisten Morde innerhalb der Familie verübt werden, stimmt's? Ich sehe aber trotzdem nicht ein, warum Sie mich plötzlich verdächtigen, meinen eigenen Sohn umgebracht zu haben, Sergeant Ali.«

»Mr Braintree, ich werde es so oder so erfahren, entweder von Ihnen oder jemand anderem, entweder hier oder im Präsidium. Und ich garantiere Ihnen, dass es für Sie einfacher ist, wenn Sie Ihre Aussage hier machen. Ich hätte gedacht, dass Sie in dieser schwierigen Situation lieber bei Ihrer Frau bleiben.«

Mr Braintree warf ihm einen wütenden Blick zu. »Das ist nicht gerade fair, Sergeant«, sagte er.

Ali wandte den Blick ab. Die Schärfe seiner Bemerkung war unangemessen gewesen, doch er brauchte Braintrees Aussage jetzt, nicht ein paar Stunden später im Präsidium, wenn Braintree Zeit gehabt hätte, sich eine Antwort zurechtzulegen.

Die angespannte Stille im Raum machte die Trauer und Verzweiflung noch bedrückender. Schließlich ging Michaels Vater zu seinem Stuhl zurück und setzte sich. »Ich betreibe mehrere Läden. Sie haben den Namen sicher schon mal gehört – Dale and Fell. Am Stadtrand habe ich ein großes Lager, aus dem ich die einzelnen Geschäfte mit Waren bestücke.«

»Sie führen Sport- und Freizeitartikel, nicht wahr?«, unterbrach ihn Clarke.

»Ja, Campingausrüstung, Wander- und Bergsteigerbedarf, Sportbekleidung.«

»Auch Seile?«

Braintree seufzte. »Ja, Constable, auch Seile.« Er

schaute von Clarke zu Ali. »Bringt Sie das irgendwie weiter, Sergeant, geht's Ihnen jetzt besser? Ich kann Ihnen nämlich versichern, mir geht's ganz und gar nicht besser. Aber ich erspare Ihnen die Peinlichkeit Ihrer nächsten Frage: Ja, mein Sohn könnte mit einem meiner Seil aufgehängt worden sein.«

»Und, war es so?« Eine unnötige Frage, die Ali gewiss der Wahrheit nicht näher brachte und die er auch sofort bereute, denn Braintrees Antwort war nichts weiter als ein Versuch, sich gegen die Verletzung seiner Gefühle zu wehren. Ali hätte es besser wissen müssen, und Handford hätte ihn sicher zurechtgewiesen, wenn er dabei gewesen wäre. Doch manchmal merkte er nicht, wo die Grenze zwischen Menschlichkeit und Mitgefühl einerseits und seiner Arbeit als Detektiv andererseits lag.

Mr Braintrees Kieferpartie verspannte sich. »Vielleicht – aber nicht von mir.«

Ali wollte gerade zur nächsten Frage ansetzen, doch bevor er den Mund aufmachen konnte, schaltete sich Clarke ein: »Sie sind am Dienstag also in Ihrem Lager gewesen?«

Der ruhigere Ton des DC beruhigte Michaels Vater, und als er antwortete, klang seine Stimme wieder gefasst: »Nicht den ganzen Tag. Den Vormittag über war ich dort, dann bin ich zu unserer Filiale in Grassington gefahren. Dort bin ich etwa um zwei Uhr angekommen.«

»Und wann sind Sie in Bradford losgefahren?«

»So um Viertel vor eins.«

»Sind Sie aus einem bestimmten Grund dorthin gefahren?«

»So langsam normalisieren sich die Geschäfte dort wieder – nach dieser katastrophalen Flaute wegen der

Maul- und Klauenseuche. Ich bin hingefahren, um zu besprechen, wie wir den Verkauf noch stärker ankurbeln können.«

»Ihre Geschäfte laufen also nicht besonders gut?«

»In letzter Zeit nicht, aber allmählich bessert sich die Lage wieder. Nicht nur die Bauern haben gelitten, wissen Sie, die Ladenbesitzer haben es ebenfalls zu spüren bekommen. Unser Umsatz sank um fünfzig Prozent, in manchen Filialen noch stärker. Ich musste eine Menge Geld in die Läden pumpen, um sie am Laufen zu halten. Es war ziemlich knapp, aber wie ich schon sagte, langsam bessert sich die Situation.«

Clarke gab seinem Sergeant ein Zeichen, dass er keine weiteren Fragen hatte, und Ali wandte sich an Mrs Braintree. Die letzten paar Minuten hatte sie ungeachtet der offenen Bitterkeit ihres Mannes emotionslos und schweigend dagesessen. »Können Sie mir sagen, was Sie am Dienstag gemacht haben?«

Bei dieser Frage platzte ihrem Mann endgültig der Kragen. »Zum Teufel noch mal, haben Sie denn gar kein Mitgefühl? Sieht sie etwa so aus, als ob sie unseren Sohn töten könnte?«

»Ist schon gut, Raymond«, sagte sie. »Ich arbeite mit meinem Mann zusammen und war den ganzen Tag im Büro. Sie können bei unserem Buchhalter nachfragen, der war bei mir. Mein Mann wird Ihnen unsere Geschäftsadresse geben.«

Ali lächelte sie an. »Danke, Mrs Braintree. Das ist im Augenblick alles, glaube ich.« Er stand auf. »Aber bevor wir gehen, würde ich gern noch einen Blick in Michaels Zimmer werfen.«

»Wenn es denn sein muss. Es ist oben, die erste Tür rechts.« Mr Braintree stand auf und begann das Geschirr abzuräumen.

»Tut mir Leid, Sir, ich muss Sie bitten, mit uns zu kommen. Ich weiß, dass es nicht leicht für Sie ist, aber wir dürfen Michaels Sachen nicht durchsuchen, ohne dass Sie dabei sind.«

Die Resignation, die sich im Gesicht von Mr Braintree widerspiegelte, sprach Bände. Das Schicksal seiner Familie, die vor ein paar Tagen noch aus drei Mitgliedern bestanden hatte und inzwischen auf die furchtbarste Weise auf zwei geschrumpft war, lag nun in der Hand von Fremden. Sie würden alles tun, um die Wahrheit herauszufinden, ohne Rücksicht auf die Qualen, die für sie beide damit verbunden waren. Er führte sie nach oben.

Das Zimmer war klein, aber geschickt eingerichtet – es war eher ein Studierzimmer mit Bett als ein Schlafzimmer zum Lernen. Über die gesamte Länge der einen Wand erstreckte sich eine Schreibtischplatte, an deren einem Ende der Computer stand. Darunter befanden sich Regale mit Schulbüchern und Ordnern, und vor der Wand daneben standen ein Kleiderschrank und eine niedrige Kommode mit einer Kompakt-Stereoanlage darauf. Die Lautsprecher waren mit Winkeleisen oben über dem Bett angebracht. An den Wänden hingen anatomische Schaubilder: das menschliche Skelett, der Muskelapparat, das Gehirn und der Blutkreislauf. Mr Braintree zuckte mit den Schultern. »Er wollte Arzt werden«, sagte er.

Die Detectives arbeiteten schweigend und routiniert, gingen sorgfältig alle Schubladen durch und inspizierten den Kleiderschrank und das Regal. Gegenstände, die ihnen wichtig erschienen – ein Terminkalender, Briefe, Fotos –, packten sie in Plastikhüllen. Ali fand das Sparbuch, warf einen Blick hinein und ließ es ebenfalls in eine Hülle gleiten; Mrs Braintree hatte mit ihrer Schätzung, wie viel ihr Sohn gespart hatte, ziemlich gut gelegen – die Gesamtsumme belief sich auf 532,27 Pfund. Clarke leerte den Papierkorb aus und strich die zusammengeknüllten Blätter glatt. Drei davon behielt er, den Rest legte er wieder zurück.

»Wir müssen auch seinen Computer untersuchen«, sagte Ali. »Ich beauftrage jemand, ihn abzuholen, wenn Ihnen das recht ist.«

Mr Braintree nickte. Der immense Druck, der auf ihm lastete, machte ihm immer stärker zu schaffen. Er hatte mittlerweile jeden Widerstand aufgegeben und sah einfach nur zu, wie Clarke die Schubladen herausnahm und ihren Inhalt einer genauen Prüfung unterzog. Dann bückte sich Clarke, um den Spalt zwischen der untersten Schublade und dem Boden zu untersuchen. Er streckte den Arm so weit wie möglich in die Öffnung und zog einen Schuhkarton hervor. Er stellte ihn aufs Bett, setzte sich daneben und hob den Deckel hoch. Als er sah, was sich darin befand, blickte er zu Ali auf.

In Raymond Braintrees Gesicht spiegelte sich ein fast übermenschlicher Schmerz und ein fassungsloses und ungläubiges Entsetzen grub sich aufs Neue in jede Falte ein. In der Schachtel befanden sich zwei Packungen Kondome, mehrere kleine Plastikpäckchen mit einer Substanz, die aussah wie Tabak, aber vermutlich Haschisch war, eine Packung mit einem halben Dutzend weißer Pillen und ein Streifen mit zehn LSD-Trips. Hinten in der Schlachtel lag ein brauner A5-Umschlag. Ali nahm ihn, öffnete die Lasche und zog vorsichtig ein Bündel Banknoten heraus.

Dwayne Varley kam kurz vor Mittag, um Leah abzuholen. Als der Schlüssel im Schloss herumgedreht wurde, hielt das Mädchen den Atem an. Das musste Deepak sein; er hatte ihr vergeben, er war gekommen, um ihr zu sagen, dass er sie liebte und dass sie hier bleiben konnte. Aber sobald sie den grinsenden Varley im Türrahmen sah, erlosch jede Hoffnung.

Sie hasste Varley, und es war ihr ein Rätsel, wie Deepak sich mit ihm einlassen konnte. Er war ein Schlägertyp, mit dem nicht zu spaßen war. Mit seiner schmächtigen Statur und dem Frettchengesicht, den blonden Haaren und blauen Augen sah er zwar auf den ersten Blick so aus, als könnte man ihn umpusten, aber wer das glaubte, bereute es hinterher. Deepak hatte ihr einmal erzählt, was er mit den Kunden im Fitnessstudio anstellte, wenn sie pampig wurden, und er hatte ihn schließlich auch engagiert, um sich unliebsame Leute vom Hals zu halten. Als pakistanischer Einwanderer, sagte er immer, könne man in diesem Land gar nicht vorsichtig genug sein. Er müsse sich seinen Schutz kaufen und der Mann sei billig und obendrein noch gut.

Varley kam mit wichtigtuerischer Miene ins Zimmer geschlendert. »Hast du deinen Kram beisammen?«

Sie blickte zu ihm auf. »Deepak hat das nicht so gemeint, oder? Er wird mich nicht fortschicken.«

»Jetzt hör sie dir an!« Er setzte sich aufs Bett und beugte sich zu ihr hinunter. »Er hat die Schnauze voll von dir. Hat jetzt eine andere. Ein echt steiler Zahn. Du hast ausgedient.«

Leah stieß ihn zurück. »Das ist nicht wahr«, rief sie verzweifelt. »Deepak würde mir das nie antun; er liebt mich, er braucht keine andere.« Sie zog einen Schmollmund, kletterte aus dem Bett und lehnte sich gegen die Wand. »Du bist ja nur eifersüchtig; das sagst du nur, weil *du* mich nicht haben kannst.«

Varley kniff die Augen zusammen und im nächsten Augenblick schoss auch schon seine Hand auf sie zu. Er drehte ihr den Arm auf den Rücken und hielt ihn dort fest wie in einem Schraubstock. Sie war jetzt wehrlos an ihn gepresst. »Na, glaubst du das jetzt immer noch?«, fragte er höhnisch. »Und wie ich dich haben kann – jederzeit! Wenn du willst, jetzt gleich. Spürst du nicht, was für einen Ständer ich kriege?«

Leah versuchte verzweifelt, sich zu befreien, aber er war stärker, und je verbissener sie sich wehrte, desto enger wurde ihr Körper an seinen gepresst.

Er lachte. »Komm schon, Süße, du willst mich doch auch.«

In Todesangst trat sie heftig gegen seinen Fuß und erwischte ihn dabei mit ihrer Schuhspitze am Knöchel.

Er schrie auf vor Schmerz und schleuderte sie von sich. »Du verdammte Schlampe!«, brüllte er. Sie drehte sich um und wollte wegrennen, aber es gab kein Entkommen. Als sie sich an ihm vorbeidrücken wollte, packte er sie an beiden Armen und schleuderte sie aufs Bett. »Jetzt kannst du mal sehen, was wir mit solchen Schlampen machen, die glauben, sie könnten aufmucken«, zischte er. Er ließ sich mit seinem ganzen Gewicht auf sie fallen. Sie konnte ihn nicht abschütteln, spuckte ihn an und traf ihn am Nasenrücken. Er stieß sich von ihr ab, hielt sie mit einer Hand heruntergedrückt und wischte sich mit der anderen die Spucke ab. Dann zerrte er sie in die Mitte des Betts. »Eine kleine Rauferei törnt dich wohl an, seh ich das richtig? Okay, kannst du haben. Macht ja auch mehr Spaß so.« Dabei verstärkte er seinen Griff. Sein heißer

Atem streifte ihre Haut, er drückte sein Gesicht auf ihres und stieß ihr die Zunge in den Mund. Mit der einen Hand zerrte er ihr Rock und Slip herunter bis zu den Knien, dann zog er den Reißverschluss seiner Hose auf und fummelte darin herum.

»Verdammt noch mal, was geht hier vor?«

Plötzlich stand Deepak drohend vor ihnen. Wütend zerrte er Varley hoch. »Was zum Teufel fällt dir ein?«

Leah richtete sich auf. »Du Schwein!«, schrie sie Varley an, der stolpernd sein Gleichgewicht suchte. Er wischte sich mit der Hand über den Mund, sagte aber nichts.

Deepak drehte sich zu ihm und bohrte ihm den Zeigefinger in die Brust. »Wenn du sie vögeln willst, Varley, dann kannst du das gerne tun, aber du bezahlst dafür, genau wie jeder andere Freier auch, ist das klar? Und jetzt schaff sie hier aus der Wohnung und fahr sie rüber zu Alice.«

Trotz der Mittagszeit war der Pub in der Stadtmitte fast ausgestorben. Die Hitze war erdrückend, und wer konnte, verbrachte seine Lunchpause lieber auf dem Centenary Square oder in einem der Parks weiter draußen.

Stephen Russell war froh, dass es in dem Pub so leer war. In seinem Büro bekam man fast Platzangst, und zum ersten Mal, seit er im Präsidium arbeitete, hatte er den Geruch von frisch aufgebrühtem Kaffee in seinem Zimmer als bedrückend empfunden. Er wäre gern schon früher nach draußen gegangen, doch er hatte Anweisung von DCS Forrester, sich zur Verfügung zu halten, falls sie noch Fragen an ihn hätte. Daher war ihm nicht viel anderes übrig geblieben, als dazubleiben. Schließlich hatte sie doch nicht mehr von ihm verlangt, als mit ihr ins Leichenschauhaus zu gehen.

Reine Zeitverschwendung – das hatte er vorher schon gewusst. Er konnte ihr die Informationen nicht geben, die sie brauchte.

»Kennen Sie dieses Mädchen, Mr Russell?«

»Nein, Ma'am.«

Das stimmte zwar nicht ganz, aber er würde einen Teufel tun, Forrester etwas darüber zu sagen. Das wäre auch gar nicht nötig, wenn Andrew Collingham einwilligte, sein Alibi zu bestätigen. Es ging schließlich nur um eine läppische Uhrzeit, nichts weiter. Er hätte es zwar lieber vermieden, die Verbindung zwischen seinem Foto und dem toten Mädchen offen zu legen, aber um seinen Freund dazu zu bringen, ihm zu helfen, musste er es tun.

Russell beugte sich über den Mahagonitisch zu Collingham hinüber. »Ich könnte mir vorstellen, dass sie versucht hat, mich zu finden.«

Collingham schaute sich um, bevor er zu sprechen begann. »Und warum hätte sie das tun sollen? Entschuldige, Stephen, aber das passt alles nicht zusammen. Hast du sie erkannt, als du heute Morgen im Leichenschauhaus warst?«

Russel nahm sich ein Sandwich, legte es dann aber wieder auf den Teller zurück, als koste es ihn zu viel Kraft, es zu essen. Er wiederholte die Antwort, die er auch Forrester gegeben hatte. »Nein, Andrew, ich habe sie nicht erkannt.«

»Wieso sollte sie dann versucht haben, dich zu finden?«

»Weil sie vielleicht meine Tochter ist«, sagte Russell leise, die Augen starr auf die Platte mit den Sandwiches gerichtet.

Collingham blickte ihn bestürzt an. »Wie um alles in der Welt kommst du denn darauf? Ich wusste gar nicht, dass du eine Tochter hast.«

»Na ja, vielleicht irre ich mich ja auch, ich bin mir nicht sicher«, sagte er, »aber –«

»Menschenskind, Stephen! Jetzt rück endlich raus damit, ich bitte dich!«

Russells Kiefermuskeln zuckten und seine nächsten Worte klangen gepresst, als müsste er sie zuerst einer gründlichen Reinigung unterziehen, bevor er sie aus seinem Mund entließ. »Ich habe das Foto, kurz bevor ich wegging, einem Mädchen gegeben, das ich von der Uni kannte. Catherine, Catherine Walsh. Wir hatten uns auf einer der Einführungsveranstaltungen kennen gelernt, und weil wir beide Jura studierten, haben wir uns natürlich oft gesehen. Schließlich –«, er griff nach seinem Bierglas und fuhr mit dem Finger am Rand entlang, »– schließlich wurden wir –, nun ja, wir wurden – mehr als Freunde.«

»Du meinst, ihr habt miteinander geschlafen?«, fragte Collingham ungeduldig.

»Ja.«

»Und sie wurde schwanger?«

»Ja, in unserem letzten Studienjahr, ein paar Monate, bevor wir aus Cambridge weggingen.«

»Und du meinst, das tote Mädchen könnte ihre Tochter sein?«

»Kannst du dir einen anderen Grund vorstellen, warum sie das Foto haben sollte, das ich Catherine gegeben habe?«

Zwischen den beiden trat Schweigen ein, und jeder hing seinen eigenen Gedanken nach.

»Also demzufolge wolltest du Catherine nicht heiraten?«

Diese Frage war gar nicht nach Russells Geschmack – er wollte nicht in seine Vergangenheit zurückblicken. Catherine war seine große Liebe gewesen. Er hatte lange gebraucht, bis er über sie hinweggekommen war, und jetzt fürchtete er, dass mit der Antwort auf Collinghams Frage die ganzen alten Gefühle wieder aufgewirbelt würden. »Doch, ich wollte sie sehr wohl heiraten, aber sie ist am Ende des Semesters einfach abgereist. Als ich versuchte, Kontakt zu ihr aufzunehmen, sagte mir ihre Mutter, sie arbeite jetzt in einer Rechtsanwaltskanzlei im County Norwich. Catherine wolle mich nicht wiedersehen, sagte ihre Mutter und wollte mir weder eine Adresse noch eine Telefonnummer geben. Ich hätte natürlich alle Anwälte in Norwich durchtelefonieren können, bis ich sie gefunden hätte – vorausgesetzt sie war überhaupt dorthin gegangen. Aber wenn sie mich tatsächlich nicht mehr sehen wollte, musste ich das meines Erachtens respektieren. Außerdem habe ich damals angenommen, dass sie eine Abtreibung hatte machen lassen.«

»Warum?«

»Weil mein Vater ihr das Geld dafür angeboten hat«, erklärte Russell bitter, »und als sie mich plötzlich nicht mehr sehen wollte, dachte ich, sie hätte es genommen und wäre gegangen.«

»Zur nächsten Privatklinik meinst du?«

»Ja.«

»Aber jetzt glaubst du nicht mehr daran?«

»Nein.«

»Und warum erzählst du das alles nicht einfach Mrs Forrester? Die Sache mit dem Foto wäre damit doch geklärt und der Verdacht gegen dich ausgeräumt.«

»Oder aber ich habe dann plötzlich ein Motiv, das Mädchen umzubringen.«

»Ich verstehe nicht, inwiefern.«

»Weil diese alte Geschichte meinem guten Ruf schaden könnte, und das wäre das Ende einer Karriere, die mir sehr viel bedeutet. Kannst du dir vorstellen, wie die Presse das ausschlachten würde? *Uneheliches Kind eines leitenden Kripobeamten auf der Suche nach ihrem Vater ermordet.*«

»Ich glaube, du machst dir unnötig Sorgen, Stephen. Und selbst wenn sie dir bei diesem Fall nicht glauben, du hast doch keinerlei Motiv für den Mord an den anderen Mädchen.«

»Ein Serienmörder braucht kein Motiv, Andrew. Forrester sieht einen Zusammenhang zwischen dem Mord an diesem Mädchen und dem an den anderen. Es gibt also irgendein Detail, das nicht veröffentlicht wird. Ich habe sie nicht umgebracht, keine von ihnen. Aber du weißt genauso gut wie ich, dass Forrester nicht aufhört nachzuforschen, nur weil ich es abstreite. Das kann man auch nicht von ihr erwarten. Wenn sie glaubt, dass ich irgendwie in die Sache verwickelt bin, und das tut sie derzeit, dann muss sie Nachforschungen über mein Privatleben anstellen, überprüfen, wo ich zu den fraglichen Zeiten gewesen bin, und sie muss auch Natasha befragen. Und das möchte ich zur Zeit um jeden Preis vermeiden.«

»Natasha weiß nicht, worum es gestern Nacht ging?«

Russell schüttelte den Kopf. »Ich hab ihr gesagt, es hätte etwas mit der Arbeit zu tun gehabt.«

»Und sie weiß auch nichts von Catherine?«

»Nein.«

»Aber warum erzählst du es ihr nicht einfach?«

»Weil sie im Moment sehr verletzbar ist. Sie wurde kürzlich erst aus dem Krankenhaus entlassen, und vielleicht ist der Gedanke, dass ich eine Tochter haben könnte, für sie nicht so leicht zu verkraften.«

»Wegen der Fehlgeburt, meinst du?«

»Es war keine Fehlgeburt, Andrew, es war eine Eileiterschwangerschaft. Sie mussten ihr beide Eileiter entfernen. Natasha kann keine Kinder mehr bekommen.«

Collingham streckte seine Hand aus und drückte voller Mitgefühl Russells Arm. »Das tut mir furchtbar Leid, Stephen, ich hatte keine Ahnung. Ich weiß, wie sehr sie gehofft hat, wie sehr ihr beide es euch gewünscht habt, eine Familie zu gründen.«

»Dann siehst du sicher ein, warum ich Forrester vom Hals haben will.« Russell beugte sich zu Collingham vor. »Ich würde dich nicht fragen, wenn es nicht so wichtig wäre, Andrew, aber ich brauche dich für ein wasserdichtes Alibi.«

»Und wie soll das aussehen? Ich habe dich erst gesehen, als ich bei euch zu Hause eintraf. Ich habe keine Ahnung, was du vorher gemacht hast.«

Die Enttäuschung verdüsterte Russells Miene. »Du könntest sagen, du hättest mich etwa um neun Uhr im Büro angerufen, dass du erst später zu unserer Party kommen würdest. Du hast selber gesagt, dass eure Sitzung länger als sonst gedauert hat.«

»Dann hätte ich aber eher Natasha angerufen.«

»Ach, komm schon, Andrew, bitte.«

Collingham nahm einen Schluck und blickte Russell prüfend an. Schließlich sagte er: »Da gibt es noch andere Gründe als Natashas Gefühle und deinen guten Ruf, hab ich Recht, Stephen?«

Russell gab keine Antwort.

»Ich brauche eine bessere Begründung, als du sie mir bisher gegeben hast, wenn ich eine Falschaussage machen soll. Wir haben es hier mit einem Serienmörder zu tun.«

Russell seufzte und schwieg. »Meine Begründungen müssen dir ausreichen. Ich will einfach nicht, dass Forrester in meiner Vergangenheit oder in meinem Privatleben herumstochert. Mehr kann ich im Moment dazu nicht sagen. Ich werde dir alles erklären, wenn für mich der richtige Zeitpunkt gekommen ist, aber jetzt kann ich es noch nicht.«

Nach einer scheinbaren Ewigkeit schüttelte Collingham den Kopf. »Das reicht nicht, Stephen«, sagte er. »Forrester sieht dich aus welchem Grund auch immer als Verdächtigen, und als leitender Kripobeamter solltest du eigentlich kooperieren und nicht versuchen, ein falsches Alibi aufzubauen. Ich bin Stadtrat und sitze im Polizeiausschuss, und du kannst von mir nicht erwarten, dass ich etwas tue, das den Ermittlungen zuwiderläuft. Und ich muss auch sagen, mir scheint, du bist stärker an deinem eigenen Wohl interessiert als am Wohl der Allgemeinheit – wir haben immerhin einen Serienmörder in der Stadt. Findest du nicht, dass das wichtiger ist? Und wenn dieses Mädchen wirklich Catherines Tochter ist, meinst du nicht, sie sollte es erfahren? Derzeit hat die Polizei keinen Hinweis auf ihre Identität, und du weißt als Einziger etwas darüber. Zumindest Catherine bist du es schuldig, es zu sagen. Es wird ein fürchterlicher Schock für sie sein, aber du hast dich ja auch bisher nicht sonderlich um ihre Gefühle gekümmert oder dich mit deinen Gefühlen als Vater auseinander gesetzt. Ich rate dir, mach dich frei von dieser belastenden Sache und hör auf damit, Natasha oder deinen guten Ruf als Entschuldigung vorzuschieben, nur um Forrester nicht reinen Wein einschenken zu müssen.«

Er schob seinen Stuhl zurück. »Tut mir Leid, Stephen, ich kann dir in dieser Sache nicht helfen.« Damit verließ er den Pub, ohne noch einen Blick zurückzuwerfen, und ließ Russell vor seinem Teller mit den angegessenen Sandwiches sitzen.

KAPITEL 6

Zu behaupten, Handford sei nervös, als man ihn ins Büro des Assistant Chief Constable in der Zentrale bat, wäre eine glatte Untertreibung gewesen. Seit der internen Überprüfung seiner Verhaftung von Mohammed Aziz wegen Mordes an seiner Schwester vor ein paar Jahren hatte er nicht mehr unter einem solchen Druck gestanden.

Er war James Sanderson noch nie persönlich begegnet, aber dessen schroffe Art war allseits bekannt, und selbst hochrangige Polizisten wurden blass um die Nase, wenn sie zu ihm in die Zentrale zitiert wurden. Und dann kam er, Handford, ein einfacher Inspector, und war drauf und dran, seine Karriere aufs Spiel zu setzen, indem er anzweifelte, was laut Forrester der ACC höchstpersönlich angeordnet hatte. Normalerweise hätte Handford so etwas nicht gewagt, aber jetzt hatte er das Gefühl, dass er bis zum Äußersten gehen musste: Er musste seinen Kopf aus der Schlinge ziehen. Und wenn ihm das eine Standpauke einbrachte, sei's drum.

Als ihm jedoch James Sanderson die Hand gab und sagte: »Das ist ja schon eine verdammt blöde Situation, meinen Sie nicht auch, Handford?«, da verpuffte seine Entschlossenheit, und er brachte nicht viel mehr heraus als: »Ja, Sir, das kann man wohl sagen.«

Sanderson wandte sich an seine Sekretärin. »Wir hätten gern Kaffee, Eileen, und ein paar Kekse. Bitte schauen Sie mich nicht so an, ich nehme nur einen einzigen, wirklich. Handford wird mich im Auge behalten und genau aufpassen.«

Die Sekretärin warf ihrem Chef einen missbilligenden Blick zu und ging hinaus.

»Sie ist ständig um mein Gewicht besorgt und sagt, ich bekomme langsam einen Bauch.« Er blickte an sich hinunter und fragte: »Finden Sie auch, dass ich aufpassen sollte?« Doch bevor Handford noch das Pro und Kontra seiner Antwort abwägen konnte, kam ihm Sanderson zuvor: »Na ja, vielleicht hat sie ja Recht. Kommen Sie, setzen wir uns hier rüber, das ist gemütlicher«, meinte er und führte ihn zu zwei weich gepolsterten Ledersesseln, zwischen denen ein rechteckiger Couchtisch stand.

Bequem, wenn auch mit leichtem Unbehagen, saß Handford da und blickte sich um. Das Büro war imposant, wirkte aber nicht einschüchternd. In mancherlei Hinsicht ähnelte es dem von Russell, obgleich es größer war und nicht so voll gestopft. Im Gegenteil, es fiel Handford auf, dass er noch nie ein so aufgeräumtes Büro gesehen hatte. Es wirkte, als würde hier drin nie gearbeitet, als würde der Raum nur für Fernsehaufnahmen oder Besprechungen genutzt und Sanderson erledigte seine alltäglichen Aufgaben irgendwo anders im Gebäude, wo dann sicher dieselbe Unordnung herrschte, wie man sie als viel beschäftigter Ermittler gewohnt war.

Die Sekretärin brachte ein Tablett mit zwei Tassen schwarzem Kaffee, einem Milchkrug, einer Zuckerdose und einem Teller Kekse. »Die Vollkornkekse sind für Sie«, sagte sie mit Nachdruck zum ACC, als sie das Tablett auf dem Tisch abstellte, »und für den Inspector habe ich noch ein paar Schokokekse dazugelegt.« Dann reichte sie Sanderson die Aktenmappe, die sie sich unter den Arm geklemmt hatte. »Und hier die Akte, die ich Ihnen bringen sollte.«

Während sie aus dem Zimmer ging, schob Sanderson Handford das Tablett zu: »Nehmen Sie sich Milch und Zucker«, sagte er.

Handford goss etwas Milch in eine der Tassen, ließ sie aber vorerst auf dem Tablett stehen. »Sir«, begann er.

»Sagen Sie nichts, Handford. Ich weiß, wo der Schuh drückt. Sie wollen, dass ich Sie von diesem Fall abziehe. Jetzt schauen Sie doch nicht so besorgt drein, ich habe das erwartet. Wenn Sie mich nicht darum bitten würden, wären Sie im Grunde nicht der Mann, für den ich Sie nach all den positiven Schilderungen halte.« Dann wurde er ernst, und er schaute Handford fest in die Augen. »Nun, die Antwort lautet nein, Inspector. Sie bleiben da weiter dran.« Er nahm seine Tasse, stellte sie jedoch ohne zu trinken wieder ab. Er beugte sich vor und stützte die Unterarme auf den Schenkeln auf. »Handford, Sie sind ein Bulle vom selben Schlag wie ich. Wir haben beide die gleiche harte Schule hinter uns, haben uns hochgearbeitet und alles von der Pike auf gelernt. Keiner von uns ist je aus Yorkshire herausgekommen, außer vielleicht zum Studium oder in den Ferien. Wir nehmen kein Blatt vor den Mund, sondern sprechen Missstände direkt an. Und weil wir so gestrickt sind, weiß ich, dass Sie meinen, es ginge nicht an, dass Sie hinter dem Rücken Ihres Vorgesetzten Nachforschungen über ihn anstellen. Gut, das ist richtig, aber es geht auch nicht an, dass ein Vorgesetzter in so eine Sache involviert ist.«

»Falls er das überhaupt ist, Sir.«

»Stimmt, falls er das ist. Genau das meine ich ja. Vielleicht hat dieses Foto überhaupt nichts mit dem Mord zu tun, vielleicht unterhält Mr Russell keinerlei Beziehungen zu Prostituierten, egal welchen Alters, und vielleicht hat er auch mit dem Tod dieser Mädchen nichts zu tun. Aber auf irgendeine Weise ist er in die Sache verwickelt, ganz gleich ob unschuldig oder nicht, und er weigert sich, aus welchem Grund auch immer, zu kooperieren. Also habe ich die Wahl: Ich kann ihn suspendieren und eine externe Untersuchung veranlassen oder aber ich kann das diskret und im Stillen tun. Wenn ich mich für Ersteres entscheide, bekommt todsicher bald die Presse Wind von der Sache. Dann wird die Story aufgebauscht, und ganz gleich ob schuldig oder nicht, am Ende ist eine viel versprechende Laufbahn zerstört. Aber schlimmer noch, was glauben Sie, wie lange es bei einer externen Untersuchung dauert, bis bei Ihnen im Präsidium die Sache Gesprächsthema Nummer eins ist?«

Handford musste lächeln. Der ACC wurde ihm langsam sympathisch. »Ich schätze mal, vielleicht zehn Minuten, Sir«, sagte er.

»Wenn überhaupt. Aber *Sie,* Sie können Ihre Nachforschungen über ihn in aller Stille anstellen. Wenn Sie etwas Schlimmes herausfinden, dann gebe ich die Sache an jemand anderen weiter, aber wenn nicht, und das Ganze ist völlig harmlos, dann braucht es keiner je zu erfahren und Sie haben ihm einen Gefallen getan. Sie sind ein langjähriger und besonnener Ermittler – o ja, mein Lieber, ich habe Ihre Personalakte studiert – und selbst vor ein paar Jahren bei dieser schwierigen Geschichte mit der British-Asian Community in unserer Stadt haben Sie eine gute Figur gemacht. Übrigens, das ist inzwischen ausgestanden, oder?«

Handford betrachtete eingehend seine Hände. »Ich glaube schon, Sir. Es hat eine Weile gedauert, aber komischerweise hat vermutlich DCI Russell einen größeren Anteil daran, dass ich darüber hinweggekommen bin, als sonst jemand. Trotzdem werde ich mit Sicherheit Jamilla Aziz und ihren Bruder garantiert nie vergessen.«

»Dann ist das für Sie ja eine gute Gelegenheit, sich für den Gefallen, den Russell Ihnen damals erwiesen hat, zu revanchieren. Und ich kann mir dafür gar keine bessere Möglichkeit vorstellen als herauszufinden, was bei Russell dahinter steckt, und ihn aus dieser blöden Situation zu bringen. Die Nachforschungen haben damals doch auch Ihnen aus der Klemme geholfen und Sie entlastet. Die Untersuchung hat allen gezeigt, dass Sie sich nicht davon haben abbringen lassen, im Fall Aziz so zu ermitteln, wie es der Sache angemessen war, obgleich der British-Asian Community das Ergebnis nicht geschmeckt hat. Es war Ihr Pech, dass diese Sache damals eine ethnische Komponente hatte und wir die Untersuchung zur Klärung der Angelegenheit in aller Öffentlichkeit durchführen mussten. Russells Fall liegt anders, da müssen die Nachforschungen im Stillen erfolgen. Aber dazu brauchen wir einen Beamten, für den Loyalität kein Fremdwort ist, der nicht alles gleich hinausposaunt und der auch die Ausdauer besitzt, so lange weiterzubohren, bis er Antworten gefunden hat. Und das alles trifft auf Sie zu, Inspector, ob es Ihnen nun gefällt oder nicht.« Sanderson nahm sich einen Schokokeks und biss ein Stück ab. »Irgendwelche Einwände?«, fragte er.

Handford lächelte. Er war geschlagen. »Nein, Sir, keine Einwände.« Dann nahm er sich vom Teller einen Vollkornkeks.

»Gut, das wäre also geklärt«, sagte Sanderson und reichte ihm die Aktenmappe. »Das ist eine Kopie von Mr Russells Personalakte. Steht nichts Besonderes drin. Die können Sie mitnehmen, müssen sie aber gut unter Verschluss halten. Wenn Sie die irgendwo liegen lassen, kostet das Ihren Kopf, und wenn der Fall abgeschlossen ist, wandert sie in den Aktenvernichter.«

»Mrs Forrester hat gesagt, ich soll zunächst nur seine Personalakte und die Auflistung seiner Telefonate vom Festnetz und vom Handy aus überprüfen. Keine Bankauskünfte, keine Befragungen von Kollegen, Angehörigen oder Freunden.«

»Zum jetzigen Zeitpunkt, ja, aber Sie können nach Ihrem eigenen Ermessen handeln.«

»Es ist nur so«, wandte Handford zögernd ein, »ich weiß zwar nicht viel über Serienmörder, Sir, aber nach allem, was ich gelesen habe, kann bei ihnen zwischen dem ersten Opfer und dem nächsten ein langer Zeitraum liegen. Vier Morde in nur vier Monaten lassen daher vermuten, dass er kein Anfänger ist, sondern im Gegenteil schon seit einiger Zeit mordet, höchstwahrscheinlich in einem anderen Teil des Landes. Ich stelle mir das ein wenig wie bei der Drogenabhängigkeit vor; je öfter der Serienkiller getötet hat, desto öfter muss er es tun, und die Morde folgen dichter aufeinander.«

»Und was wollen Sie damit sagen?«

»Wenn Mr Russell tatsächlich etwas mit diesen Morden zu tun hat, Sir, dann muss ich auf alle Fälle ziemlich weit zurückgehen, zumindest bis zu seinen Studienjahren. Ich muss nachprüfen, ob es in Cambridge ähnliche Morde gegeben hat, während er dort studierte. Das bedeutet, dass ich auch mit Leuten sprechen muss, die ihn damals kannten. Allerdings könnte er mit manchen immer noch in Kontakt stehen, vielleicht sind sie sogar noch mit ihm befreundet.«

»Ja, das können Sie machen, aber versuchen Sie, wenn möglich, Leute zu meiden, mit denen er derzeit noch zu tun hat. Wenn es so aussieht, als sei das nicht durchführbar, dann sagen Sie mir Bescheid, und wir entscheiden zusammen, wie wir am besten weiter vorgehen. In der Zwischenzeit –«

Er stand auf und ging hinüber zum Schreibtisch. Dort drückte er den Knopf der Gegensprechanlage und sagte: »Eileen, verbinden Sie mich bitte mit dem ACC Crime in Cambridgeshire.« Dann ließ er sich auf seinen Schreibtischstuhl fallen. »Ich informiere Cambridge darüber, an was Sie dransitzen, und bitte die Kollegen dort, ein wenig für Sie in ihren Archiven zu stöbern. Die werden ein paar Tage brauchen, aber wenn Sie hinfahren müssen, dann brauchen Sie hier jemand, der Ihnen den Rücken freihält, während Sie weg sind. Wir wollen um jeden Preis vermeiden, dass rauskommt, wohin und warum Sie verreist sind. DCS Forrester kann Ihnen dabei helfen, aber jemand aus ihrer eigenen Abteilung, der neugierige Fragen abfängt, wäre auch nicht schlecht. Wie steht es mit Ihrem Sergeant? Wie heißt er doch gleich wieder? Ali?«

Nein. Auf keinen Fall.

Handford nickte. »Ja, Sir.«

»Kann er den Mund halten?«

»Ich denke schon, Sir. Aber ich würde ihn ungern mit so etwas belasten.« Doch das war jetzt Handfords Problem, eines, das er mit sich selbst ausmachen musste. Er ärgerte sich immer noch darüber, dass er

Ali vorhin so schroff angefahren hatte. Schließlich hatte er ja mit dieser ganzen Sache nichts zu tun. Und es wäre äußerst unfair, ihn da mit reinzuziehen.

Sanderson beugte sich vor. »Eines müssen Sie noch lernen, Handford, wenn Sie jemals zum DCI befördert werden wollen: Sie müssen sich ein dickeres Fell zulegen und dürfen es nicht immer allen recht machen wollen. Und das Gleiche gilt übrigens auch für Ali, wenn er jemals DI werden will«, fügte er in einem Nachsatz hinzu. »Aber tun Sie, was Sie für richtig halten, Sie kennen ihn ja schließlich besser als ich. Eileen wird Ihnen, bevor Sie gehen, Ihr Berechtigungsschreiben zur Überprüfung von Mr Russells Telefon- und Handynummern geben.«

Sein Telefon läutete und er nahm den Hörer ab. »Danke, Eileen. Hallo, Robert, wie geht es dir? Bitte warte noch eine Sekunde.« Er legte die Hand über die Sprechmuschel und sagte abschließend zu Handford: »Wenn Russell Dreck am Stecken hat, werde ich nicht zögern, ihn zur Strecke zu bringen; wenn er sauber ist, dann müssen wir ihn unbedingt ohne großes Aufsehen aus dieser Sache rausboxen.« Er nickte zum Abschied. »Halten Sie mich auf dem Laufenden, John. Ach – und bitte kein Wort zu Eileen wegen dem Schokokeks!«

Als Handford hinausging, sprach James Sanderson bereits mit dem Leiter des Kriminaldezernats in Cambridge. »Robert, ich brauche deine Hilfe, wir haben hier ein Problem …«

Alice nahm das Mädchen am Eingangstor in Empfang. Sie war eine schlanke, vollbusige Frau, die vorgab, fünfundvierzig zu sein, vermutlich aber schon auf die fünfzig zuging. Die attraktive Blondine hatte kaum Falten im Gesicht, vielleicht dank einer guten Veranlagung, vermutlich aber eher aufgrund einer Hormonersatz-Therapie und einer konsequent durchgeführten täglichen Hautreinigung und nächtlicher Pflege mit Feuchtigkeit spendenden Nährcremes.

Alice hatte kein schlechtes Leben geführt – zuerst als Edelprostituierte für Geschäftsleute, die für ihre Vorlieben einen guten Preis zahlten, dann als Besitzerin einer gut gehenden Bäckerei. Das Bordell hatte sie vor zehn Jahren eröffnet, während einer finanziellen Durststrecke, als die Bäckerei nicht so gut gelaufen war. Aber da sie dieses Geschäft auch nicht ganz aufgeben wollte, hatte sie jemanden gesucht, der ihr die Arbeit abnahm, die jungen Mädchen in das Gewerbe zu locken und sie mit seinen Regeln vertraut zu machen. Damals war sie auf Deepak Azam gestoßen. Von allen Zuhältern Bradfords war er vermutlich der professionellste und zuverlässigste, und außerdem besaß er den Vorteil, dass er als angesehener Geschäftsmann galt, der in der Stadt ein lukratives und ganz legales Fitness- und Freizeitzentrum betrieb. Zuerst hatte er sich geziert und seine Abscheu zum Ausdruck gebracht, als sie ihm vorgeschlagen hatte, mit ihr gemeinsam Geschäfte zu machen. Doch sie hatte ihm auf den Kopf zugesagt, er könne ihr nichts vormachen, sie erkenne einen Zuhälter auf Anhieb. Da hatte er sie angelächelt und gesagt: »Also gut, dann reden wir übers Geschäft.«

Ihr gegenseitiges Einvernehmen – denn sie konnten keine formelleren Vereinbarungen schließen – bestand darin, dass er sie mit Minderjährigen versorgte, die unter ihrer Anleitung bei ihr anschafften. Wenn sie sechzehn waren, dann übernahm er die Mädchen von ihr und schickte sie als ihr Zuhälter auf den Straßenstrich. Den Profit aus dem Bordell teilten sich die beiden sechzig zu vierzig, zu ihren Gunsten.

Azam kam dieses Arrangement sehr gelegen. Die Bäckerei bot eine perfekte Tarnung für das Bordell und befand sich in bester Lage mitten in der Stadt, wo die Mädchen unbehelligt von den Behörden ihrem Gewerbe nachgehen konnten. Das Gebäude stand etwas zurückversetzt von der Hauptstraße und hatte zwei Schaufenster an der Ladenfront mit einer gelbweiß gestreiften Markise. Gediegene schmiedeeiserne Tore schlossen die Zugänge zu beiden Seiten des Hauses zwischen den Seitenmauern und der hohen Umzäunung von der Öffentlichkeit ab. Durch die Tore gelangte man zur Rückseite des Gebäudes und zum Eingang der fünf Apartments. Es war ein lukratives kleines Unternehmen, dessen Hauptumsatz aus dem Verkauf von Lunch-Sandwiches an die Arbeiter aus dem nahe gelegenen Gewerbegebiet und vor allem an die Beamten der Polizeiwache ein Stück weit die Straße hinunter stammte. Es amüsierte Alice, dass sie täglich zum Einkaufen bei ihr ein und aus gingen, sowohl in Uniform als auch in Zivil, dass sie Alltagsfloskeln und Scherze mit ihr austauschten, aber keine Ahnung hatten, was im Hinterhaus vor sich ging. Deepak fand das zwar weniger amüsant, aber das war ihr egal.

Von der Last des schweren Koffers ganz zur einen Seite hin gebeugt stolperte ihr Leah langsam entgegen. Alice sah sofort, warum Deepak sie ausgewählt hatte. Er mochte die Mädchen klein und zierlich, mit langen blonden Haaren. Als sie näher kam, bemerkte Alice den Bluterguss und die Tränenspuren in ihrem Gesicht. Also hatte er wieder mal von seinen Fäusten Gebrauch gemacht – oder ging das auf Varleys Konto? Wie dem auch sei, das Mädchen hatte es vermutlich verdient. Es würde jedoch auch bedeuten, dass sie vielleicht heute Nacht nicht würde arbeiten können, es sei denn, ihre Freier standen darauf, die Spuren der Misshandlung zu sehen. Manche törnte das richtig an. Über Geschmack ließ sich nun mal nicht streiten.

Alice führte sie nach hinten in den Wohntrakt, machte aber keine Anstalten, ihr beim Tragen zu helfen.

»Wie heißt du, Kleine?«

Keine Antwort.

Alice schüttelte sie. »Jetzt komm schon, wie heißt du?«

Das Mädchen hatte wohl schlechte Laune – in ihrem Fall nicht weiter verwunderlich. »Leah«, sagte sie schließlich. »Leah Moorehouse.«

»Wie alt bist du?«

Leah blickte sie unfreundlich an und hielt weiter ihren Koffer fest. »Sechzehn«, sagte sie genervt.

»Ah ja. Sechzehn minus X.«

Leah warf ihr einen bösen Blick zu und schleuderte ihr trotzig entgegen: »Ich *bin* sechzehn!«

»Deepak gibt sich nicht mit Sechzehnjährigen ab. Vierzehn und darunter ist mehr nach seinem Geschmack. Also, mein Fräulein, wie alt?«

Das Mädchen ließ den Koffer auf den Boden fallen und murmelte: »Kümmer dich doch um deinen eigenen Dreck.«

Alice brauchte gar nicht genau zu verstehen, was sie sagte; sie hätte auch so das Drehbuch für diese Szene schreiben können. Sie waren alle gleich drauf, wenn Deepak sie ihr schickte, eingebildet und überheblich, als wären sie was Besseres, nur weil er sie auserwählt und eingeritten hatte. Als Nächstes würde die Göre ihr weismachen wollen, dass er sie liebte.

Mit raschem Griff packte sie Leah am Kinn und drehte die blutunterlaufene Stelle zum Licht. Leah versuchte sich zu entziehen, doch Alice hielt sie eisern fest.

»Da hat er dich ja ganz schön erwischt«, sagte sie und lockerte den Griff. Der Abdruck ihrer Fingerspitzen zeichnete sich an Leahs Kinn ab, und das Mädchen blickte sie aus funkelnden Augen wütend an. Einen Augenblick dachte Alice, Leah würde auf sie losgehen, doch die wandte sich gleich wieder von ihr ab.

»Das hat er nicht so gemeint«, fauchte sie. »Es war meine eigene Schuld; er wollte mir nicht wehtun, er liebt mich. Er wird mich sicher bald wieder abholen. Ich bleibe hier nicht lange.«

Doch jetzt hatte Alice genug davon. Sie packte Leah am Arm und ihre Finger gruben sich tief in ihre Haut, bis sich weiße Druckstellen zeigten. »Jetzt hör mir mal gut zu, mein Fräulein. Deepak liebt dich nicht, im Gegenteil, an dir interessiert ihn nur das Geld, das du ihm einbringst. Und bei mir ist das genauso. Wenn du nicht spurst, dann kannst du eine unangenehme Überraschung erleben – vielleicht endest du tot in einer dunklen Gasse wie diese Mädchen, von denen jetzt so viel in der Zeitung steht. Die haben alle hier gearbeitet, aber sie waren so dumm und dachten, sie könnten abhauen. Und da versteht Deepak keinen Spaß. Also, je eher du kapierst, was er von dir will, und solange du tust, was er und ich dir sagen, desto mehr Chancen hast du, nicht so zu enden wie die.« Sie glaubte selbst nicht, was sie da sagte, hoffte aber, dass dieses aufsässige Gör das tat. Sie hatte ihr die erste Lektion erteilt und ihr gesagt, wo es lang ging. »Je eher du also meine Frage beantwortest, desto eher lass ich dir deine Ruhe. Also, wenn du nicht willst, dass ich dir auf die andere Seite auch noch eine klebe, dann sagst du mir jetzt gefälligst, wie alt du bist!«

Leah wurde blass. »Ich bin vierzehn«, sagte sie. Sie wirkte immer noch verstockt, aber ihre Stimme klang zittrig.

Alice lockerte ihren Griff. Endlich hatte sie das Mädchen einschüchtern können, und je länger das anhielt, desto leichter war sie zu handhaben. »Gut, dann sag ich dir jetzt, wie es hier weitergeht. Du hast dein eigenes Zimmer, wo du die Freier empfängst. Hundert Pfund pro Nacht ist das Mindeste, was wir von dir als Einnahmen erwarten, wenn's weniger ist, passiert so was.« Sie stupste ihr mit dem Finger auf die blutunterlaufene Schwellung im Gesicht. Leah zuckte zurück, sagte aber nichts. »Du machst alles, was sie von dir wollen, egal ob normal oder auf pervers. Du bekommst zwanzig Pfund und ein Päckchen Heroin am Ende der Woche. Wenn du mehr Drogen brauchst, musst du sie dir selber kaufen – und zwar von Deepak. Von keinem sonst, verstanden? Alles, was du extra bekommst, Trinkgeld und so was, gibst du bei mir ab. Und versuch gar nicht erst, etwas vor mir zu verstecken, ich merke alles, dazu bin ich zu lange im Geschäft. Ach, und noch was: Du musst selbst dafür sorgen, dass die Freier Kondome benutzen; wenn du dir irgendwas einfängst oder schwanger wirst, weil du nicht aufgepasst hast, dann fliegst du hier raus. Du musst immer genügend Gummis hier haben, weil sich nicht alle Freier drum kümmern, selbst welche mitzubringen. Wenn du irgendwie Mist baust, einen Freier schlecht behandelst oder so, gibt's erst mal keinen Stoff mehr. Wenn so was öfter vorkommt, kriegst du eine ordentliche Tracht Prügel und den Wochenlohn gestrichen. Kleider und Essen bekommst du von uns, aber du putzt dein eigenes Zimmer, und zum Kochen wechselst du dich mit den anderen Mädchen ab.«

Dann zog sie Leah zum Fenster. »In dem Haus da drüben«, sagte sie und zeigte auf die andere Seite des Zauns, »da wohne ich, unten im Erdgeschoss. Oben gibt es fünf Schlafzimmer, schöne Räume, elegant eingerichtet. Dort gehen die Freier hin, die auf ihren guten Ruf bedacht sind, Anwälte, Ärzte, Geschäftsleute und so was. Wenn wir sehen, dass wir dir vertrauen können, dass du dichthältst und weißt, wie du deine Kunden heiß machst, dann kannst du da drüben arbeiten, es liegt also ganz an dir. Aber bis dahin bleibst du hier. Wenn du frei hast, kannst du im Garten sitzen, und je nachdem, wie du gebucht bist, kannst du auch in die Stadt gehen. Aber wenn du meinst, das ist eine gute Gelegenheit zum Abhauen, dann denk immer an diese anderen Mädchen, die man in den Gassen gefunden hat.«

Sie beobachtete Leahs Reaktion. Wäre sie nicht schon so lange im Geschäft, dann hätte sie jetzt Mitleid mit ihr gehabt. Ganz gleich, warum dieses Mädchen ihrer Kindheit so verfrüht entwachsen war, sie war immer noch ein Kind. Aber die Männer, die zu ihnen kamen, mochten Kinder, und vermutlich hatte sie es bei ihr immer noch besser, als wenn sie auf der Straße lebte.

Alice hob den Koffer hoch und gab ihn ihr in die Hand.

»Gewöhn dich an den Gedanken, Leah«, sagte sie, nicht einmal unfreundlich. »Du bist eine Nutte und du gehörst Deepak. Er ist nicht dein Geliebter, er ist dein Zuhälter. Du bist sein Besitz. Wenn du ihm mit krummen Touren kommst, dann handelst du dir mehr als nur ein Veilchen ein. Ach, und vergiss nicht, von jetzt an bist du nicht mehr Leah, sondern Jasmine. Der Name steht an deiner Tür, drittes Zimmer links, gleich neben der Treppe. Deepak hat dir für heute Abend deinen ersten Freier organisiert, also sieh zu, dass du dieses Veilchen zukleisterst, Make-up steht auf dem Toilettentisch. Du hast noch eine halbe Stunde Zeit.«

Handford fuhr nach Wakefield hinein, um dort in Ruhe etwas zu essen. In der Kantine der Zentrale war ihm die Atmosphäre zu bedrückend. Er wollte nachdenken und fernab von allen Kollegen Russells Personalakte studieren. Denn trotz der guten Gründe, die Sanderson ihm für die Überprüfung von Russell genannt hatte, und obwohl er schließlich eingewilligt hatte, war ihm noch immer nicht ganz wohl bei der Sache. Im schlimmsten Fall, wenn Russell Wind davon bekäme, könnte er Beschwerde einreichen. Und wie würde Handford dann dastehen? Er wäre als Einziger greifbar und angreifbar, während Sanderson und Forrester auf ihren Posten fest im Sattel saßen. Es würde niemand interessieren, dass er auf ihre Anweisung gehandelt und sogar versucht hatte, Einspruch gegen diesen Auftrag zu erheben. Es wäre schließlich nicht das erste Mal, dass die Führungsriege jede Verantwortung abgeschüttelt und die ihnen unterstellten Ermittler verheizt hatte. Doch ob es ihm gefiel oder nicht, sobald er Sandersons Büro betreten hatte, hatte er nur noch zwei Optionen gehabt: den Auftrag anzunehmen oder sich zu weigern. Indem er Russells Personalakte und den Berechtigungswisch zur Überprüfung der Telefon- und Handynummern mitgenommen hatte, hatte er sich für die erste Option entschieden. Und das bedeutete ein berufliches, zumindest aber ein seelisches Harakiri.

Er nippte an seinem Kaffee und aß sein Sandwich, während er Russells Akte studierte. Sie bestand im Wesentlichen aus den üblichen Personaldaten. Stephen Russell, geboren am 28. August 1964, einziges Kind von Fergus Russell und Charlotte Russell, geborene Blackman. Besuch der Grundschule in Rotherwood von 1969 bis 1975, danach einer kleinen Public School in Hampshire. Im Oktober 1982 begann er am King's College in Cambridge mit dem Studium der Rechts- und Politikwissenschaften und machte im Juli 1985 seinen Abschluss mit Auszeichnung in beiden Fächern. Anschließend ging er ein Jahr nach London, machte seinen Abschluss in Betriebswirtschaft und arbeitete danach als Juniorpartner für das väterliche Unternehmen, Worldwide Pharmaceuticals. Zwei Jahre später, 1988, kehrte er der Managementetage und der freien Wirtschaft den Rücken und trat in den Polizeidienst ein. Dafür gab er persönliche Gründe an. Seine Herkunft garantierte ihm bei der Polizei eine steile Karriere, und schon Ende 1997 wurde er zum Detective Chief Inspector befördert. Handford brachte das ganz schön auf die Palme. *Nur neun Jahre hat er gebraucht, um meinen Dienstrang zu erreichen.* Seit 1994 verheiratet mit Natasha Lavington – *natürlich, eine standesgemäße Partie. Jetzt aber Schluss damit, Handford!* Keine Kinder.

Er hatte fast durchweg tadellose Beurteilungen, darunter auch ein paar Belobigungen. Die einzige Ausnahme war eine Verwarnung mit Bußgeld, weil er einmal mit einem zivilen Polizeiauto nach Hause gefahren war. Er hatte zwölf Stunden Dienst gehabt, war müde gewesen und hatte beschlossen, nicht erst zur Dienststelle zu fahren, sondern sein Dienstfahrzeug mit nach Hause zu nehmen und es am nächsten Morgen wieder zum Präsidium zurückzubringen, wo auch sein eigener Wagen stand. Rein rechtlich gesehen war das unerlaubte Inbesitznahme eines Fahrzeugs, und theoretisch hätte er dafür eine Anzeige bekommen können, doch es war vermutlich nicht das erste und auch nicht das letzte Mal, dass ein DCI das getan hatte. Er hatte einfach das Pech gehabt, dass ihn irgendein übereifriger DI dabei erwischt hatte.

Handford seufzte. Es stand wenig in der Akte, was auf eine Verbindung zwischen Russell und dem toten Mädchen schließen ließ, aber zwei Fragen drängten sich ihm sofort auf: Was waren das für persönliche Gründe gewesen, aus denen Russell nach nur zwei Jahren bereits die lukrative Geschäftswelt wieder verlassen hatte, noch dazu eine Firma, die er vermutlich eines Tages erben würde? Und warum hatte er erst so spät geheiratet? Mit Sicherheit hatte es auch in Cambridge Frauen gegeben, die in Frage gekommen wären, darunter vermutlich viele gute Partien, und Russell war ja alles andere als ein unsympathischer Typ. Laut seiner Tochter Nicola besaß er sogar Charme. Hatte er nur seine Karriere im Sinn gehabt? Oder hatte es etwas mit dem Foto zu tun, das man bei dem toten Mädchen gefunden hatte?

Handford klappte die Akte zu. Es stand außer Zweifel, dass er mit seinen Nachforschungen in Cambridge beginnen musste, also blieb es ihm nicht erspart, dorthin zu fahren. So ein Mist! Er hatte gehofft, er würde alles vom Telefon im Besprechungszimmer der Zentrale aus erledigen können. So hätte Russell nie erfahren, was er die ganze Zeit über trieb, und er hätte auch Ali aus der Sache raushalten können. Doch selbst jetzt schon, in diesem frühen Stadium der Nachforschungen, wo er Wakefield noch nicht mal verlassen hatte, konnte er sich wohl beides abschminken.

KAPITEL 7

Ali breitete das Beweismaterial, das sie bei Michael Braintree sichergestellt hatten, auf dem Tisch im Besprechungszimmer aus und ließ nachdenklich den Blick darüber schweifen. Was hatten sie da eigentlich? Ein paar Steinchen aus dem Lebensmosaik eines Jugendlichen, die jedoch nur einen Bruchteil des Ganzen darstellten. Die Frage war nur, welchen Bruchteil? Bestimmt nicht denjenigen, den seine Eltern gekannt hatten, aber für ihn mussten diese Dinge dennoch wichtig gewesen sein, sonst hätte er sie nicht so sorgfältig versteckt. Aber waren sie wichtig genug, dass sie in Zusammenhang mit seiner Ermordung standen? Kondome, Drogen, Geld – betrachtete man sie separat, dann schien es nicht so, doch zusammengenommen vielleicht schon.

Ali nahm die Plastikbrieftasche zur Hand, in der ein Fotostreifen steckte: Michael und ein Mädchen, aufgenommen in einem Passbildautomaten. Auf dem ersten Bild lächelten sie in die Kamera, auf dem zweiten schauten sie einander lachend an, auf dem nächsten schleckten sie beide an einer Eiscreme-Waffel und auf dem letzten küssten sie sich, während ihnen geschmolzene Eiskrem von den fest aufeinander gepressten Lippen rann. Bilder, die er vermutlich seiner Mutter nicht unbedingt gern gezeigt hätte. Ali betrachte sie genauer. Kein Wunder, dass Michael sich in dieses Mädchen verliebt hatte. Obwohl noch ein richtiger Teenie, war sie schon ziemlich attraktiv, ein Schulmädchen mit einer fröhlichen Unbekümmertheit, doch in dem eiscremeverschmierten Lächeln schwang etwas mit, das man bei näherer – oder nüchternerer – Betrachtung nur als ziemlich ausgekocht bezeichnen konnte.

»Was meinen Sie, wer sie ist?«, dachte er laut nach.

Clarke schob seine Brille nach vorn auf die Nasenspitze und nahm Ali die Fotos aus der Hand. »Vielleicht eine Schulkameradin oder eine, die mit ihm zusammen im Supermarkt gearbeitet hat«, schlug er vor. »Michaels Eltern haben sie jedenfalls nicht gekannt.« Er legte den Fotostreifen auf den Schreibtisch und griff nach Michaels Terminkalender. Auf seiner Glatze spiegelte sich die Sonne und die braun gebrannte Haut bot einen interessanten Kontrast zu seinem silbergrauen Haarkranz.

»In seinem Kalender hat er anscheinend einen Geheimcode benutzt«, sagte er. »Nichts Kompliziertes – vor allem Buchstaben. Einer davon könnte für sie stehen. Das *H* vermutlich, da das am häufigsten auftaucht, insbesondere seit Ende Juli. Dann gibt es noch *DA, P,* und ein kleines *p*. *DA* taucht ein paar Mal auf – banale Einträge, *DA treffen, sieben Uhr,* und dergleichen. Ich glaube jedoch nicht, dass sich *DA* auf das Mädchen bezieht, bei ihr wird er eher nur den Anfangsbuchstaben ihres Vornamens verwendet haben – also ist sie entweder *H* oder *P*. Ich glaube aber nicht, dass sie *P* ist, denn hier schreibt er, *Habe H überredet, zu P zu gehen*. Clarke schüttelte den Kopf. *P* steht für etwas anderes, vielleicht für einen Club oder eine Disco?«

»Das glaube ich nicht«, warf Ali ein. »Dann hätte er sie doch sicher nicht überreden müssen, dorthin zu gehen.«

»Stimmt«, räumte Clarke ein. »Weiter hinten hat er geschrieben: *P ganz nützlich, aber p kann man vergessen*. Klein *p* ist offensichtlich jemand anderes als groß *P*, und wenn das eine nützlich war und das andere nicht, dann sind sie vielleicht irgendeine Art Anlaufstelle für Probleme.« Er blickte zu Ali auf. »Beratungsstellen, Sorgentelefone? Vielleicht war sie schwanger?«

»Könnte sein«, sagte Ali. »Setzen Sie jemand darauf an, der alle Kontaktstellen raussucht, die mit *P* beginnen, mit kleinem und großem *P*. Und ob sie bei einer solchen Einrichtung Beratung in Anspruch genommen hat.«

»Wird gemacht«, sagte Clarke geistesabwesend und betrachtete die übrigen Beweisstücke. Er nahm das Drogenpäckchen in die Hand. »Meinen Sie, dass der Mörder das Zeug absichtlich dort hingelegt hat?«

»Das bezweifle ich, dann müsste er ja auch das Bargeld dagelassen haben, aber das ist höchst unwahrscheinlich.«

»Stimmt. Dann war Michael also ein Dealer?«

»Die Drogenfahndung meint, nein. Sie haben noch nie von ihm gehört. Andererseits ist das hier zu viel Stoff für den eigenen Bedarf, und der Gerichtsmediziner hat auch gesagt, es gäbe keine Anzeichen dafür, dass er Drogen genommen hat.« Ali zuckte mit den Achseln. »Andererseits stecken da über tausend Pfund in diesem Kuvert. So viel Knete kann er nicht im Supermarkt verdient haben, also was bleibt da noch? Er muss eine Art Dealer gewesen sein, und dazu ein guter, da er nie auffällig geworden ist. Das ergibt doch alles keinen Sinn, oder?«

»Nein, das finde ich auch«, pflichtete Clarke ihm bei.

Handford brachte Forrester auf den neuesten Stand.

»Es gibt da einen Studienfreund von Mr Russell, Ma'am, einen gewissen Dr. Mark Neilsen, der sich bereit erklärt hat, mit mir zu sprechen. Aber ich möchte die Sache nicht gerne am Telefon abhandeln, also muss ich nach Cambridge fahren. Ich habe mich mit ihm für morgen Vormittag verabredet. Mr Sanderson war einverstanden, dass ich mir, wenn ich schon mal dort bin, die Unterlagen von ein paar ähnlich gelagerten ungelösten Mordfällen anschaue, die in der Zeit begangen wurden, als Russell dort studiert hat.«

»Gute Idee. Es wäre hilfreich, wenn man da eine Verbindung herstellen könnte.«

»Oder auch, wenn man eine Verbindung ausschließen könnte, Ma'am«, fühlte Handford sich verpflichtet anzumerken.

Sie verstand den Wink. »Ganz recht, Inspector, natürlich auch, wenn man sie danach ausschließen kann.«

Handford missfiel, wie begierig sie sich ein positives Ergebnis von seinem Besuch in Cambridge erhoffte. Für sie galt Russell anscheinend bereits als Hauptverdächtiger. Handford hatte das ungute Gefühl, dass Russell Recht gehabt hatte und dass alles, was er herausfand, so hingedreht würde, dass es zu den ihr bisher vorliegenden Fakten passte.

»Ist das Opfer inzwischen identifiziert worden, Ma'am?«

»Noch nicht. Ihre Fingerabdrücke sind nicht registriert und sie steht nicht auf der Vermisstenliste. Auch die derzeit in Jugendheimen untergebrachten weiblichen Teenager sind vollzählig, und es hat auch niemand gemeldet, dass seine Tochter seit dieser Nacht nicht nach Hause gekommen wäre.«

»Und Mr Russell hat sie nicht erkannt?«

»Er sagt nein. Ist natürlich möglich, dass er lügt.«

Da – sie spielte schon wieder darauf an, dass Russell mit der Sache zu tun haben könnte.

Handford unterdrückte seinen Ärger und versuchte, eine spitze Bemerkung herunterzuschlucken. Doch er schaffte es nicht ganz und sagte schroff: »Ich habe noch nie erlebt, dass er gelogen hat.«

Forrester beugte sich zu ihm vor. »Woher wollen Sie das denn wissen? Polizisten können genauso gut lügen wie jeder andere, insbesondere wenn sie ihre reine Weste behalten wollen.«

Widerwillig musste Handford sich eingestehen, dass sie Recht hatte. Polizisten verbrachten eine Menge Zeit mit Leuten, deren vorrangigstes Ziel es war, glaubwürdig zu lügen, und auf manche Beamte färbte das sicher ab. Er selbst war Polizisten begegnet – Vorgesetzten wie Untergebenen –, die ein größeres Geschick besaßen, die Wahrheit zu vertuschen, als die meisten Verbrecher, denen sie nachstellten. Doch es würde einiges brauchen, ihn davon zu überzeugen, dass Russell einer von ihnen war.

Forrester lehnte sich auf ihrem Drehstuhl zurück und schwang sich langsam hin und her. Schließlich hielt sie direkt vor ihm an und blickte ihm fest in die Augen: »Ich weiß, dass Sie das nicht gerne tun, John, und ich kann es Ihnen nachfühlen. Tatsache ist jedoch, dass dieser Fall mit dem Tod dieses Mädchens eine ganz neue Dimension erreicht hat. Der Gerichtsmediziner ist sich nämlich gar nicht so sicher, dass sie eine Prostituierte war. Ihr Hymen war zwar nicht mehr intakt, aber er vermutet fast, dass dafür der Gegenstand verantwortlich ist, mit dem sie vergewaltigt wurde. Die Schwere ihrer Verletzung lässt sogar eher darauf schließen, dass sie noch Jungfrau war. Also, entweder hat der Mörder einen Fehler begangen oder er hat das Mädchen aus einem anderen Grund getötet. Und im Augenblick kennen wir nur eine Person, die einen Grund dazu hätte – Mr Russell. Doch ob es uns gefällt oder nicht, wer dieses Mädchen gestern Nacht getötet hat, ist auch der Mörder der anderen beiden, denn keiner kennt seine Handschrift außer ihm und uns.«

Sie zog ein Aussageprotokoll von ihrem Aktenstapel und griff nach einem Stift. »Ich brauche ein Ergebnis in dieser Sache, John, und zwar bald, denn der Druck der Öffentlichkeit nimmt ständig zu. Unsere höchsten Stellen, die Presse, der Polizeiausschuss, ja sogar der Stadtrat sitzen mir im Nacken, und die werden sich nicht mit einem Schulterzucken abspeisen lassen.« Ihr Gesichtsausdruck verhärtete sich. »Ich verlasse mich darauf, Inspector, dass Sie mir Ergebnisse bringen, mit denen wir weiterkommen.«

Als die Tür hinter ihr geschlossen wurde, ließ Leah ihren Koffer auf den Boden fallen. Ihr Blick wanderte durch das schäbige Zimmer. Die ehemals cremefarbenen Wände waren mittlerweile fleckig vom Nikotin und um die Lichtschalter, wo man ständig hinlangte, war die Wand ganz schmutzig. Die trostlosen, salbeigrünen Vorhänge am Fenster hingen schlapp herunter; am Rand, dort wo man nach ihnen gegriffen hatte, um das Zimmer zu verdunkeln, waren sie schon ganz fadenscheinig. Neben dem Fenster stand ein Kleiderschrank aus dunklem Holz und zwischen die hintere Zimmerwand und die Tür passte gerade noch ein Toilettentisch mit einem Hocker davor. Leah zog eine der Schubladen auf; sie war mit einer alten Zeitung ausgelegt. Die Schlagzeile sprang ihr sofort in die Augen: DRITTES OPFER DES MÜLLSACK-MÖRDERS. Alice hatte gesagt, das ermordete Mädchen hätte hier gewohnt, und er hätte diejenigen umgebracht, die nicht gespurt hatten. Diese gemeine Zicke. Seit Leah angekommen war, hatte sie versucht, ihr Angst einzujagen, und mit dieser Bemerkung hatte sie es auch tatsächlich geschafft. So wie früher der Freund ihrer Mutter, als sie noch klein war. »Wenn du nicht im Bett liegen bleibst, solange wir im Pub sind«, hatte er immer gesagt, »dann fressen dich die Werwölfe und die Gespenster.« Leahs Fantasie war sofort mit ihr durchgegangen und jetzt passierte ihr das Gleiche. Ob Schreckensbilder von Monstern oder von Mädchenleichen – da war kein großer Unterschied. Sie war überzeugt, dass Alice die Schublade absichtlich mit dieser Zeitung ausgelegt hatte. Die Panik, die sie als Kind überwältigt hatte, schwappte wieder in ihr hoch, sie krallte ihre Fingernägel in das Zeitungspapier und riss es heraus. Jetzt sah man nur noch das fleckige, dünne Holz des Schubladenbodens. Sie knüllte die Zeitung wütend zusammen und schleuderte den Knäuel quer durchs Zimmer. Dann gaben ihre Beine nach, und sie glitt völlig erschöpft an der Wand zu Boden. Ihr Körper wurde von heftigem Schluchzen geschüttelt.

Was machte sie überhaupt hier? Was war nur geschehen, dass sie in diesem heruntergekommenen Zimmer gelandet war? Deepak hatte gesagt, es sei ihre Schuld. Immer war alles ihre Schuld gewesen: dass ihr Vater abgehauen war, dass der neue Freund ihrer Mutter diese schrecklichen Dinge mit ihr gemacht hatte, dass ihre Mutter ihr nicht geglaubt hatte. Sie hätte ihren Mund halten sollen, wie er es ihr befohlen hatte. Es waren ihre unverschämten Lügen gewesen, die ihre Mutter dazu gebracht hatte, sie in eine Pflegefamilie zu geben – und wieder war es ihre Schuld gewesen, dass der Pflegevater mit ihr dieselben Dinge gemacht hatte wie der Freund ihrer Mutter. Aber sie hatte ihre Lektion gelernt – diesmal hatte sie keinem davon erzählt. Stattdessen war sie abgehauen. Keiner hatte nach ihr gesucht, aber weshalb sollte das auch jemand tun? Wer wollte schon so jemand wie sie bei sich wohnen haben? Der Junge, dem sie auf der Straße begegnet war, hatte gesagt, er kenne jemand, der sie trotzdem aufnehmen würde. Deepak Azam. Und so war es dann auch gewesen. Er hatte sich um sie gekümmert, ihr Geschenke gemacht, sie zu Ausflügen an Orte mitgenommen, an denen sie noch nie zuvor gewesen war; er hatte ihr einen Freundschaftsring geschenkt und mit ihr geschlafen.

Doch dann war er von einem Tag auf den anderen wie ausgewechselt gewesen. Hatte plötzlich gemeint, sie müsste auch zu einigen seiner Freunde nett sein. Sie hatte genau gewusst, was das bedeutete, und ihm gesagt, dass sie das nicht will – sie liebt doch nur ihn. Anstatt geschmeichelt zu sein, hatte er ihr einen heftigen Schlag in den Magen versetzt. Also hatte sie getan, was er wollte, und anschließend war er tatsächlich wieder nett zu ihr gewesen, außer das eine Mal, als ihr die Tampons ausgegangen waren und sie ihn um etwas Geld gebeten hatte. Da hatte er einen furchtbaren Wutanfall bekommen und sie mit einer brennenden Zigarette traktiert, so dass sie jetzt noch Brandnarben am Bauch und in der Leistengegend hatte. Ein anderes Mal, als sie irgendwas anderes Dummes gemacht hatte, an das sie sich nicht mal mehr erinnern konnte, war er mit ihr zum Straßenstrich gefahren und hatte eine der Nutten, die dort auf Freier wartete, zu sich gerufen. Als sich die junge Frau zum Wagenfenster herunterbeugte, hatte er sie an den Haaren gepackt und ihren Kopf hereingezerrt. Leah war fast ohnmächtig geworden vor Schreck. Eine furchtbare Narbe verlief vom rechten Augenwinkel über die Wange bis zum Mundwinkel. Die Stiche, mit denen die Wunde genäht worden war, konnte man immer noch deutlich sehen. »Das Gleiche werde ich mit dir auch machen, wenn du nicht spurst, vergiss das nie!« Und damit sie die Narbe besser sehen konnte, zog er die Frau noch näher heran. Dann stieß er sie so heftig zurück, dass sie rückwärts zu Boden stürzte. Ohne ein weiteres Wort rappelte sie sich auf und schleppte sich wieder an ihre Straßenecke.

Doch diese Warnung war bei Leah mittlerweile wohl etwas verblasst, denn letzte Nacht hatte sie trotz allem versucht, sich dem Mann zu verweigern, den Deepak ihr mitgebracht hatte. Als sie dann später hörte, wie sie eingeschlossen wurde, hatte sie sich aber wieder an diese Szene erinnert und vor lauter Angst kaum schlafen können. Alpträume hatten sie gequält, die sich alle um diese Narbe drehten: Wie eine Schlange kroch sie über ihren Körper und um die Brandmale herum, wie um die Stangen einer Slalomstrecke. Aber Leah hatte gewusst, dass sie sich das alles selbst zuzuschreiben hatte.

Deepak hatte zwar ihr Gesicht am nächsten Tag nicht mit dem Rasiermesser aufgeschlitzt, aber sie musste ihm den Ring zurückgeben. Sie wusste, er wollte ihr eine Lektion erteilen, denn das tat man mit

Menschen, die man liebte, man erteilte ihnen eine Lektion. Sie musste lernen zu tun, was man ihr sagte, und das hieß, für ihn zu arbeiten und Geld zu verdienen. Das wollte sie ja schließlich auch; sie wollte, dass er sich elegante Kleidung kaufen konnte, dass er Goldschmuck trug und einen schicken Wagen fuhr.

Sie hob den Kopf und inspizierte das Bett. Es nahm den Großteil des Raums ein. Daneben stand ein kleiner Tisch mit einer Lampe, die nackte Glühbirne war rot angemalt. Das hölzerne Kopfteil des Betts lehnte an der Wand, dahinter war die Farbe ganz abgescheuert. Am oberen Ende der Bettpfosten befanden sich Knöpfe, an denen dicke Kordeln festgebunden waren. Instinktiv wusste Leah, wofür sie gedacht waren, und wieder stieg Panik in ihr hoch. Sie nahm eine ihrer langen blonden Haarsträhnen und kaute darauf herum, wie sie es als kleines Mädchen getan hatte. Deepak hatte gesagt, sie hätte sich schlecht benommen, und hier war ihre Strafe. Bis sie ihm den Beweis erbrachte, dass sie auch gut sein konnte, wusste sie, dass es kein Entrinnen gab. Wenn sie hier blieb, würden Nacht für Nacht Männer kommen und mit ihr schlafen, und wenn sie floh, dann müsste sie auf der Straße leben und wäre eine leichte Beute für den Müllsack-Mörder.

Deepak hatte Recht: Sie war ungehorsam und schlecht, abgrundtief schlecht.

Daniel Emmott blickte den beiden Detectives nach, als sie die Einfahrt hinuntergingen, dann schloss er langsam die Haustür. Er bebte am ganzen Körper. Von außen bemerkte man nichts, doch er konnte das Zittern seiner Hände am Türgriff spüren. Es fühlte sich an, als durchriesele ihn ein Schauer, wie Wellen, die auf den Strand zulaufen – und irgendwo in der Magengegend schienen sie auf die zurücklaufenden Wogen zu treffen.

Er ging durch die geräumige Diele. Ein Telefontischchen aus Mahagoni stand an der Wand, und das dunkle Holz bot einen schönen Kontrast zur apricotfarbenen Tapete; auf der anderen Seite wand sich ein breiter Treppenaufgang nach oben. Er blickte hinauf und erschauerte. Hatte Michael die gleiche Angst verspürt wie er in diesem Augenblick oder war alles so schnell gegangen, dass er gar keine Zeit gehabt hatte, etwas zu denken oder zu fühlen? Daniel wusste es nicht. Er ging in die Küche und seine Flip-Flops machten ein klatschendes Geräusch auf dem Fliesenboden. Die Gläser, aus denen er und die beiden Detectives ihren Orangensaft getrunken hatten, standen noch auf dem Tisch. Er nahm sie und spülte sie, tief in Gedanken versunken, unter dem Wasserhahn ab. Seine Mutter mochte es, wenn sie von der Arbeit kam und die Küche tadellos aufgeräumt war. Schließlich ging er wieder in den Garten hinaus und ließ sich in seinen Liegestuhl fallen. Die Sonne wärmte ihn, aber das wohlige Gefühl blieb aus. Er nahm den Discman, der neben der Liege lag, steckte die Kopfhörer in die Ohren und drehte ihn so laut auf, wie er es ertragen konnte, in der Hoffnung, die Musik würde die Gedanken und Ängste überdröhnen, die in seinem Kopf herumwirbelten.

Sein Vater war um die Mittagszeit nach Hause gekommen, und Daniel hatte sofort gespürt, dass etwas passiert war. Er hatte ihm erzählt, Raymond Braintree habe ihn am Morgen mit einer weiteren erschütternden Neuigkeit angerufen. Er sei nach Hause gekommen, weil er nicht wollte, dass Daniel es von jemand anderem erfuhr. Dann hatte er ihm so schonend wie möglich beigebracht, Michael habe sich nicht, wie es zunächst den Anschein gehabt hatte, das Leben genommen, sondern er sei ermordet worden. Ein bedrückendes Schweigen hatte sich über den Garten gelegt, und um die Stille zu durchbrechen, hatte sein Vater ihm stockend geschildert, wie man Michael getötet hatte. Doch Daniel war in Gedanken bereits ganz woanders gewesen, und die Worte waren gar nicht richtig zu ihm durchgedrungen. Bevor Mr Emmott wieder gegangen war, hatte er seinem Sohn noch gesagt, die Polizei werde ihn sicher sprechen wollen, denn Michaels Vater habe ihnen gesagt, dass sie Freunde gewesen seien. Er müsse ihnen dann einfach nur erzählen, was er über Michael wisse.

Was er über Michael wisse. Das war das Einzige, was er nicht tun konnte, nicht tun wollte. Tot oder lebendig, er war Michaels Freund und er wollte sich ihm gegenüber nicht illoyal verhalten. Aber nicht nur das, auch zu seinem eigenen Schutz konnte er es nicht tun. Schließlich hatte man Michael ermordet – nicht zufällig, sondern ganz gezielt. Es war vollkommen ausgeschlossen, dass Michaels Tod und die schlimme Lage, in die er sich zuvor selbst hineinmanövriert hatte, nicht miteinander in Zusammenhang standen. Und als Mitwisser hatte man Daniel vielleicht ebenfalls im Visier. Mr Azam wusste, dass er Michaels bester Freund war. Er hatte sie beide zusammen im Fitnesszentrum gesehen, hatte ihm sogar die Hand geschüttelt, als Michael ihn vorgestellt hatte, und danach hatte er ihn bei jeder zufälligen Begegnung gegrüßt. Er wollte ja nicht gleich den Teufel an die Wand malen, doch die Angst ließ ihn nicht mehr los. Geld, Drogen, Mädchen, Mr Azam, Michael, und dann MORD. In großen schwarzen Buchstaben tauchte dieses Wort ständig vor seinem inneren Auge auf.

Daniel hatte seinen Freund immer wieder davor gewarnt zu tun, was Deepak Azam von ihm verlangte. Doch Michael hatte das Geld gebraucht und Mr Azam hatte ihn gut bezahlt. Zunächst hatte alles ganz harmlos ausgesehen, und Mr Azam spielte den großen Wohltäter. Daniel hatte Michael vergeblich klarzumachen versucht, dass da mehr dahinterstecken musste, als Mr Azam vorgab. Kein Mensch handelte so uneigennützig.

Doch Michael hatte nicht auf ihn gehört. »Er will ihnen doch nur irgendwo ein schönes Plätzchen zum Wohnen verschaffen. Und ich kümmere mich um sie, bis er was gefunden hat.«

Selbst als Mr Azam ihm gesagt hatte, er solle ihnen Drogen geben, hatte Michael über Daniels Bedenken nur gelacht und abgewiegelt: »Heute nehmen doch alle Drogen.«

Und er hatte weiter sein Honorar eingestrichen, bis er sich in Hannah verknallt hatte, das letzte der Mädchen, um das er sich auf die Bitte von Mr Azam hin »kümmern« sollte. Da war Michael plötzlich klar geworden, dass Daniel vielleicht doch nicht so Unrecht hatte. Michael hatte durchgedreht, war zu den Bullen gerannt, aber die wollten ihn einfach nicht ernst nehmen. Also hatte er seinen ganzen Mut zusammengekratzt und war selbst zu Mr Azam gegangen. So wie Daniel seinen Freund kannte, hatte Michael ihm sicher schwere Vorwürfe gemacht, hatte dabei durchblicken lassen, was er zu wissen glaubte, und ihm vermutlich sogar erzählt, dass er bei der Polizei gewesen war. Vielleicht hatte er ihm auch gesagt, dass Daniel über alles Bescheid wisse. Wie dem auch sei, Michael war total durch den Wind gewesen, als er zurückkam. Was genau dort geschehen war, wollte er nicht erzählen, nur dass er für ein paar Tage verschwinden müsse. Er hatte Daniel inständig gebeten, niemand etwas zu sagen, dann war er ohne sich zu verabschieden davongestürmt. Ein paar Stunden später hatte man ihn erhängt aufgefunden. Jetzt machte sich Daniel schwere Vorwürfe. Wäre ihm auch nur eine Sekunde lang in den Sinn gekommen, dass Michael mit »ein paar Tage verschwinden« in Wirklichkeit gemeint hatte, dass er sich umbringen wollte, dann hätte er Mr und Mrs Braintree gewarnt, aber er hatte seine Worte für bare Münze genommen. Jetzt wusste er, dass er Michaels Eltern auf jeden Fall hätte Bescheid sagen sollen.

Aber für Selbstvorwürfe war es inzwischen zu spät. Michael war tot, und Daniel hatte panische Angst. Mr Azam durfte auf keinen Fall herausfinden, dass Daniel über Michaels Verdacht Bescheid wusste. Er musste sich unbedingt bedeckt halten und so tun, als wisse er von nichts.

Deshalb hatte er den Polizisten auch nur das Allernotwendigste gesagt.

»Michael war dein bester Freund?«

»Ja.«

»Kanntet ihr euch schon lange?«

»Seit wir auf dem Gymnasium sind.«

»Also seit ungefähr sechs Jahren.«

»Ja, so ungefähr.«

»Er fehlt dir sicher.«

»Ja.«

»Erzähl uns etwas über ihn.«

»Wir kannten uns nur von der Schule.«

Aber das reichte ihnen nicht. Sie hatten gespürt, dass da noch mehr war.

Sergeant Ali hatte sich vorgebeugt, bis sein Gesicht so nahe war, dass Daniel fast seinen Atem spürte. »Er war doch sicher mehr als nur ein Kumpel?«, hatte er ruhig gefragt. Und als Daniel ihm keine Antwort gab, bohrte er nach: »Wie gut wart ihr beide befreundet, Daniel? So gut, dass du gern möchtest, dass wir seine Mörder fassen?«

Der andere hatte nach den Drogen gefragt, und Daniels Gesichtsausdruck hatte ihnen verraten, was sie bereits wussten. Zunächst hatte er allerdings versucht, Michael in Schutz zu nehmen.

»Er hat keine Drogen genommen«, hatte er abwehrend gesagt.

»Dann hat er also gedealt?«

»Ich hab nie mitgekriegt, dass er gedealt hat. Es ist ziemlich einfach, in der Schule an Drogen ranzukommen, wenn man unbedingt welche möchte, aber Michael hat keine verkauft und mich hat nie jemand gefragt, ob er welche besorgen könnte.«

»Aber er hatte Drogen?«

»Nein.«

Der Detective Constable hatte die Augenbrauen hochgezogen, als zweifle er an der Antwort, und er hatte zugeben müssen, dass Michael Drogen besaß. »Also gut, ja. Stimmt, er hatte Drogen bei sich zu Hause, aber er war kein Dealer.«

»Und warum hatte er sie dann?«

»Keine Ahnung.«

»Aber du weißt, wo er sie aufbewahrte?«

»In einer Schachtel unter der untersten Kommodenschublade in seinem Schlafzimmer.«

»Das hast du gesehen?«

»Ja.«

»Und was genau hatte er dort?«

»Haschisch, Ecstasy und LSD.«

»Und was ist mit Geld?«

Daniel hatte das Gefühl gehabt, mit dem Rücken zur Wand zu stehen. Er wusste nicht, ob die Detectives blufften oder ob sie das tatsächlich alles wussten, also nickte er.

Doch der Polizist ließ es nicht dabei bewenden. »Also wenn er selbst keine nahm und auch nicht dealte, was hat er dann damit gemacht? Und woher kam das Geld?«

Plötzlich war Daniel alles über den Kopf gewachsen. »Ich weiß es nicht!«, rief er entnervt. »Bitte stellen Sie mir keine weiteren Fragen.« Schließlich brachen sie auf und er führte sie aus der Küche. Die Worte des Sergeants klangen ihm immer noch in den Ohren.

»Dann lassen wir's gut sein für heute. Aber wir müssen sicher noch einmal mit dir sprechen. Das ist dir schon klar, oder?«

Als sie in der Diele draußen waren, hatte der Sergeant plötzlich noch die Plastikhülle mit den Automatenfotos aus seiner Mappe gezogen und Daniel gefragt, ob er wisse, wer das Mädchen neben Michael sei.

Er hatte es ihnen gesagt. Wenn sie wussten, wer sie war, konnten sie ja bei ihr weiter nachfragen und ihn in Ruhe lassen.

»Das ist Hannah«, sagte er. »Michaels Freundin. Hannah Mellings.«

»Ich habe wirklich keine Lust dazu, Gill, aber ich komme da nicht raus.«

Als Handford Wakefield hinter sich gelassen hatte, hatte er Russell nicht gleich wieder über den Weg laufen wollen. Also war er nicht mehr zurück zur

Dienststelle gefahren, sondern direkt nach Hause. Heute Morgen, bevor er das Handtuch geworfen und offiziell eingewilligt hatte, Nachforschungen über seinen Chef anzustellen, war es noch einfacher gewesen, ihm gegenüberzutreten, aber jetzt schaffte er das nicht mehr. Sobald Russell ihn ansähe, würde er merken, dass etwas nicht stimmte. Handford hatte eine ausdrucksstarke Mimik, die seine Gefühle verriet, ohne dass er viel sagen musste. Das passierte ihm allerdings nicht gegenüber Verdächtigen, ganz gleich, welchen Verbrechens sie beschuldigt wurden. Ihnen gegenüber war seine Miene undurchdringlich und gab nie preis, was er gerade dachte. Doch wenn er sich selbst schuldig fühlte, klappte das nicht. Dann presste er die Lippen aufeinander und biss die Zähne zusammen, so dass seine Kiefermuskeln deutlich hervortraten. Russell würde diese Zeichen sofort bemerken und Handford müsste Farbe bekennen.

Als er nach Hause kam, traf er Gill allein an. Und so gern er auch seine Töchter noch gesehen hätte, bevor er nach Cambridge fuhr, war er doch auch froh, dass Nicola mit Vishnu ausgegangen war und Clare gerade eine Freundin besuchte. Er konnte sich also ungestört mit seiner Frau unterhalten und seine Befürchtungen und Schuldgefühle aussprechen, ohne Unterbrechungen fürchten zu müssen. Gill reichte ihm eine Tasse Kaffee. Er hätte zwar lieber was Stärkeres gehabt, aber er hatte noch eine lange Fahrt vor sich, und dem gedanklichen Chaos in seinem Kopf auch noch einen Whisky zuzumuten, wäre seiner Konzentration sicher nicht zuträglich.

»Und du glaubst nicht, dass Mr Russell damit was zu tun hat, oder?«, fragte Gill.

»Ich weiß es nicht. Als ich gestern Nacht das Foto

sah, habe ich es nicht für möglich gehalten. Ich konnte mir einfach nicht vorstellen, dass er ein junges Mädchen totschlägt und sie dann vergewaltigt. Das kann ich auch jetzt noch nicht. Aber wenn man es mit einem Serienmörder zu tun hat, dann darf man nicht nach der äußeren Erscheinung gehen, sondern muss seine Psyche unter die Lupe nehmen, und ich weiß nichts über Russells Psyche. Sowohl Forrester als auch Sanderson meinten, er hätte zugegeben, dass er die Person auf dem Foto ist, doch ansonsten verweigert er jede Kooperation. Warum nur? Er sagt, er weiß nicht, wer das Mädchen ist oder warum sie ein Foto von ihm bei sich gehabt haben sollte. Dann habe ich ihm vorgeschlagen, er soll doch noch mal ganz genau darüber nachdenken, wer es vielleicht damals aufbewahrt und dem Mädchen gegeben haben könnte. Er meinte, er hätte keine Ahnung. Aber ich könnte schwören, er wusste es ganz genau. Es stand ihm ins Gesicht geschrieben. Er hat gelogen, Gill, und damit zwingt er uns geradezu, Nachforschungen über ihn anzustellen. Aber ich kann mir einfach nicht erklären, warum.«

»Vielleicht findest du das ja in Cambridge heraus.«

»Vielleicht.« Handford lehnte sich in die weich gepolsterte Sofalehne zurück und schloss die Augen. Ein Schmerz pochte in seinem Kopf, und er wollte nichts anderes als schlafen. Es war noch nicht einmal fünf Uhr, aber er war vollkommen erledigt. Sein Gespräch heute Morgen mit Nicola lag rein von seinem Gefühl her schon tagelang zurück, und sein Hochzeitstag gestern war noch viel weiter weg, in tiefer Vergangenheit. Schließlich öffnete er die Augen wieder und setzte sich auf. »Forrester hat vorgeschlagen, dass ich das Ganze so betrachten soll, als würde ich Russell da rausboxen.«

»Dann betrachte es eben so, wenn es dir die Sache leichter macht.«

»Da bin ich mir nicht sicher. Und überhaupt, das kann ich nicht. Wenn ich das tue, bin ich voreingenommen, und ich muss neutral sein, das ist die einzige Möglichkeit, die Wahrheit herauszubekommen. Wenn ich erst mal meine Gefühle da mit reinbringe, dann fange ich an, das Beweismaterial so hinzubiegen, dass alles zusammenpasst. Forrester macht das zur Zeit so und sie ist überzeugt, dass sie auf der richtigen Fährte ist. Ich kann es ihr nicht verübeln, es ist die erste auch nur ansatzweise konkrete Spur für sie. Aber jetzt erwartet sie von mir, dass ich Informationen heranschaffe, die ihre Theorie untermauern.«

»Und wenn sie die nicht bekommt?«

»Ich weiß nicht.« Er beugte sich vor und trank einen Schluck Kaffee. »Zumindest Sanderson ist bereit, erst mal abzuwarten, was ich herausbekomme. Er verbindet damit keine bestimmten Erwartungen. Wenn ich nichts finde, wunderbar; wenn doch, dann gibt er die Ermittlungen an eine externe Einheit weiter – was er gleich von Anfang an hätte tun sollen«, fügte er mit bitterem Unterton hinzu.

»Ich nehme an, Mr Russell hat keine Ahnung davon, was da hinter seinem Rücken vorgeht.«

»Er weiß, wie es normalerweise in so einem Fall läuft – also dass vermutlich Nachforschungen über ihn angestellt werden –, aber er weiß nicht, dass ich damit beauftragt wurde.«

»Und wenn er es herausfindet?«

»Dann gnade mir Gott. Er wird Beschwerde einreichen, Forrester und Sanderson werden sich irgendwie elegant aus der Affäre ziehen und ich muss die ganze Sache ausbaden.« Er verzog das Gesicht. »Ist ja schließlich nicht das erste Mal, dass ich der Prügelknabe bin, oder?«

Gill schüttelte den Kopf. Sie sah die drohenden Verwicklungen genauso klar wie er. Das hatte sie alles schon einmal mitgemacht. Vor ein paar Jahren war sie bei einer langwierigen internen Untersuchung seine große Stütze gewesen. Damals hatte man ihn beschuldigt, die neu entbrannten ethnischen Konflikte noch zusätzlich angeheizt zu haben. Dabei hatte er nichts weiter getan, als einen jungen Pakistani wegen Mordverdachts an seiner Schwester zu verhaften. Die British-Asian Community hatte seine Fahndungsergebnisse nicht akzeptiert und ihre jüngeren Mitglieder hatten in der Stadt schwere Krawalle verursacht.

Gill setzte sich neben ihn und hakte sich bei ihm unter. »Das ist alles ziemlich unfair, John. Die haben dich in eine unmögliche Situation gebracht.«

Eine Weile saßen sie schweigend da, und jeder versuchte seine eigenen Gefühle zu ordnen. Schließlich fragte Gill: »Hast du mit Khalid darüber gesprochen?«

»Nein.«

»Aber John, warum denn nicht? Das kannst du doch nicht alles mit dir allein rumschleppen.«

»Weil ich schon weiß, was er dazu sagen wird, und weil ich keine befriedigende Antwort auf seine Einwände habe und weil ich ihm im Grunde sogar Recht geben muss.«

»Dann sag ihm das auch so. Er kennt ja den Apparat und wird verstehen, dass du keine andere Wahl hattest.«

Doch Handford hatte da so seine Zweifel. Man hat immer eine Wahl, würde Khalid sicher sagen. Er war ein Mann mit festen moralischen Prinzipien, und für ihn war Loyalität die Grundlage jeder Beziehung. Handford zweifelte stark daran, dass Khalid Verständnis für ihn aufbringen würde.

»Ich überleg's mir noch mal«, sagte er und drückte Gills Arm. Er musste sowieso noch bei seinem Sergeant vorbeischauen und ihm sagen, dass er am Wochenende nicht erreichbar sein würde. Es wäre Gill gegenüber nicht fair, die Ausreden ihr zu überlassen, wenn Khalid bei ihm zu Hause anriefe.

Aber Gill musterte ihn mit einem nüchternen, kühlen Blick, der keine Ausflüchte gelten ließ, und ein Lächeln spielte um ihre Lippen.

Die Botschaft war klar. »Also gut«, willigte er ein. »Ich fahre ohnehin auf dem Weg nach Cambridge noch bei ihm vorbei. Ob ich was sage, sehe ich dann, wenn ich bei ihm bin.« Er beugte sich zu ihr herüber und gab ihr einen Kuss auf die Wange. »Mehr kann ich dir allerdings nicht versprechen.«

KAPITEL 8

Die Fahrt zu Sergeant Alis Haus war ein Umweg für Handford, aber sie gab ihm Zeit zum Nachdenken. Er war sich noch nicht schlüssig, ob er alles sagen sollte oder gar nichts. Wenn der Sergeant nichts wusste, konnte er auch nichts verraten, wenn er von jemand ins Kreuzverhör genommen wurde. Normalerweise freute er sich, wenn er die Alis besuchen ging, aber seinen Sergeant mit den aktuellen Vorfällen zu belasten, würde womöglich ihre gute Beziehung und seine Gastfreundschaft über die Maßen strapazieren. Er wollte den dünnen Faden ihrer Freundschaft nicht zerreißen. Seit jener ersten Einladung zum Abendessen letztes Jahr waren Alis Frau, Amina, und Gill gute Freundinnen geworden, und auch die Kinder mochten Handford sehr. Sie betrachteten ihn als ihren Lieblingsonkel, sagte Ali, und auch Handford fühlte sich bei Khalids Familie sehr wohl. Das hatte ihnen beiden ermöglicht, sich besser kennen zu lernen, von Mensch zu Mensch, und nicht nur als Kollegen.

Er hielt neben dem Gartentor. Obwohl die Häuser zu einer Wohnsiedlung gehörten, waren sie individuell gestaltet – nicht die üblichen Kästen, die von den Bauherren oft auf die kleinen Parzellen gequetscht wurden. Das Innere wirkte gemütlich und anheimelnd – ein echtes Zuhause. Handford war überzeugt, dass das eher

Amina zu verdanken war als ihrem Mann, der vermutlich fast noch mehr Zeit bei der Arbeit verbrachte als er selbst – falls das überhaupt möglich war.

Sie öffnete ihm die Tür und ein strahlendes Lächeln überzog ihr Gesicht. »John, wie schön, Sie zu sehen«, sagte sie.

Er küsste sie auf beide Wangen, dann trat er einen Schritt zurück, um sie zu bewundern. Amina Ali war eine echte Schönheit. Ihr blassgelber Salwar Kameez betonte ihre schlanke Figur, ihre bronzene Haut und ihr langes dunkles Haar.

»Schön wie eh und je, Amina«, sagte er. »Und Sie sehen so aus, als ob Ihnen die Hitze überhaupt nichts ausmacht.«

»Das ist ein Irrtum, John. Am liebsten würde ich alles von mir werfen und mich im Garten in den Schatten legen.« Sie blinzelte ihm zu. »Aber sagen Sie das ja Khalid nicht, er wäre entsetzt, dass mir so etwas überhaupt in den Sinn kommt.«

»Sie können sich auf mich verlassen«, versprach er. »Ich bin hergekommen, weil ich am Wochenende wegmuss – obwohl ich natürlich viel lieber mit euch etwas unternehmen würde. Aber jetzt hätte ich gern vorher noch kurz mit Khalid gesprochen.«

»Er ist im Garten bei den Kindern. Sie finden ja den Weg. Möchten Sie gerne etwas trinken, vielleicht etwas Kaltes?«

»Eine Limonade wäre toll, wenn Sie so was haben.« Handford trat durch die Verandatür in den Garten hinaus.

Sobald ihn die Kinder erblickten, ließen sie alles stehen und liegen und kamen angerannt.

Der siebenjährige Hasan packte ihn an der Hand. »Komm mitspielen«, drängte er ihn.

»Nein, komm mit mir, mit mir.« Bushra, ein paar Jahre jünger als ihr Bruder, versuchte ihn in die andere Richtung zu zerren. »Ich hab eine Sandburg gebaut, willst du sie sehen?«

Ali, der sich auf dem Rasen ausgestreckt hatte, rappelte sich auf. »Hallo, John. Das ist ja eine Überraschung.«

»Ist nur eine Stippvisite, aber ich musste Sie kurz sprechen.«

Amina kam mit zwei Gläsern Limonade in den Garten. Sie stellte sie auf dem gusseisernen Gartentisch ab. »Ich kümmere mich um die Kinder«, sagte sie, »dann könnt ihr in Ruhe reden.«

Als sie gegangen war, setzten sich die beiden Männer. »Was ist so dringend, dass es nicht bis morgen Zeit hat?«, fragte Ali.

Handford nahm einen Schluck Limonade. »Morgen bin ich nicht zu erreichen; ich muss übers Wochenende wegfahren.«

Ali runzelte die Stirn. »Das haben Sie nie erwähnt.«

»Nein, das kam auch ganz unerwartet. Jedenfalls wollte ich mich unbedingt noch im Fall Braintree auf den neuesten Stand bringen, bevor ich abreise. Hat sich bei Ihrem Besuch was Brauchbares ergeben?«

Ali schilderte ihm, was sie in Michaels Zimmer gefunden hatten. »Er war in irgendwas verwickelt, daran besteht kein Zweifel, wir haben aber noch keine Ahnung, in was. Es ist nämlich so, weder die Drogenfahndung noch irgendeiner der Junkies, mit denen wir gesprochen haben, haben je von ihm gehört, sonst hätte ich gesagt, er ist ein Dealer. Wir haben auch mit Daniel Emmott gesprochen, der einen nervösen, wenn nicht gar verängstigten Eindruck machte. Aber er hat Stein und Bein geschworen, dass er nichts weiß.«

»Glauben Sie ihm?«

»Nein, und Clarke auch nicht. Wir gehen noch mal zu ihm, wenn er Zeit gehabt hat, sich zu beruhigen. Zumindest hat er das Mädchen auf dem Foto erkannt. Sie heißt Hannah Mellings, aber sonst wusste er nur sehr wenig über sie, nicht einmal, wo sie wohnt. Wenn wir sie gefunden haben, kann sie uns vielleicht mehr sagen.«

»Und was ist mit Michaels Eltern?«

»Die wussten praktisch nichts über den Lebenswandel ihres Sohnes, nur dass er viel für die Schule gelernt hat, einen Teilzeitjob im Supermarkt hatte und im Fitnessstudio in der Stadt trainierte. Wenn man bedenkt, dass er ihr Sohn war, ist das nicht gerade viel.«

Handford musste daran denken, wie Nicola sich geweigert hatte, ihm zu sagen, was sie bedrückte, und er hatte Mitgefühl mit den Braintrees. »Ja, das kann man wohl sagen«, meinte er. »Aber er war in einem Alter, wo man der Meinung ist, dass es die Eltern nichts angeht, was man so macht.«

Ali lehnte sich zurück und sein Gesicht verdüsterte sich. »Ich gehe davon aus, dass ich später mal weiß, wo Hasan seine Zeit verbringt, selbst wenn er achtzehn ist.« Das Gesicht des Sergeants drückte eine Selbstgewissheit aus, die Handford inzwischen sehr gut an ihm kannte. Khalid hatte wenig Verständnis für die allzu freizügige Einstellung mancher Eltern. Sie waren auf dem falschen Dampfer, fand er, und er scheute sich nicht, das auch offen zu sagen. »Bei den Braintrees mag das so gewesen sein, aber bei mir gäbe es das nicht. Wie kann ich meinen Sohn schützen, wenn ich nicht weiß, was er macht und wo er hingeht?«

Handford musste insgeheim schmunzeln. »Wir sprechen uns in elf Jahren wieder. Womöglich sehen Sie dann, dass Ihr Sohn andere Vorstellungen hat.«

»Hasan ist Moslem; er wird vor mir Respekt haben, weil ich sein Vater bin, er wird den Unterschied zwischen Gut und Böse kennen und er wird sich für das Gute entscheiden.«

Handford hätte gerne eingewendet, dass es eine wachsende Zahl junger Moslems in der Stadt gab, die vom rechten Weg abgekommen waren, sehr zur Verzweiflung ihrer Eltern. Zweifellos hatten diese Eltern dasselbe gedacht wie Khalid, als ihre Jungen sieben Jahre alt waren. Aber er wollte keine Diskussion vom Zaun brechen, daher lenkte er das Gespräch wieder zurück zu ihrem Fall. »Noch etwas?«

»Mr Braintree hätte leicht an so ein Seil rankommen können, wie es bei dem Mord verwendet wurde, und er ist jähzornig. Zwar nicht extrem, aber es ist gut möglich, dass die beiden in Streit gerieten, als der Vater erfuhr, was sein Sohn trieb, und Mr Braintree dabei seinem Sohn einen Schlag versetzte. Vermutlich wollte er ihn nicht absichtlich töten, aber als er merkte, dass er es getan hatte, hängte er Michael an diesem Seil auf.«

»Gibt es irgendwelche Beweise dafür?«

Ali lachte auf. »Nicht den geringsten«, erwiderte er. »Aber es lohnt sich mit Sicherheit, dort weiter nachzubohren. Keine Sorge, John, ich passe schon auf. Ich gehe immer mit Clarke zusammen dorthin, und er wird ein wachsames Auge auf mich haben.«

Clarke war der dienstälteste Kollege im Dezernat und fungierte oft als Mentor und Vorbild für das Team – er hatte hin und wieder sogar schon Handford einen Rüffel erteilt, wenn er es für nötig hielt.

»Die Spurensicherung überprüft Michaels Computer und sein Handy – aber bisher haben die Nachforschungen nichts ergeben«, fuhr Ali fort.

Handford leerte sein Glas. »Sie haben ja wirklich alles gut im Griff. Ich muss jetzt gehen, ich habe noch eine lange Fahrt vor mir.«

Ali legte den Kopf zur Seite wie ein Vogel und warf ihm einen forschenden Blick zu. »Wohin?«

Handford seufzte. »Nach Cambridge.«

Ali konnte sein Erstaunen nicht verbergen. »Nach Cambridge?«

»Es ist beruflich, Khalid. Ich muss dort Nachforschungen anstellen.«

»In Cambridge?« Ali holte tief Luft. »Was ist passiert, John? Sie waren heute den ganzen Tag so komisch. Hat es etwas mit gestern Nacht zu tun? Sind Sie dem Team zugeteilt worden, das wegen der Serienmorde ermittelt?«

»Nicht direkt, nein.« Jetzt benutzte er schon dieselben Worte wie Forrester. Doch ebenso wenig wie sich Handford mit ihrem »Nicht direkt« zufrieden gegeben hatte, reichte die Bemerkung Khalid als Erklärung.

»Was meinen Sie mit ›nicht direkt‹?«

Gill und auch Sanderson hatten Recht gehabt; er würde es ihm sagen müssen, und sei es nur, damit er in der Dienststelle nicht weiter herumfragte, sobald er wieder dort war. Wenn er das täte, würde das auch Russell sicher bald zu Ohren kommen. Handford kannte Ali sehr gut; wenn ihn etwas beunruhigte, war er wie ein Frettchen, er verbiss sich in die Geschichte und ließ nicht locker, bis er die Wahrheit herausgefunden hatte. Das machte ihn ja auch zu einem so exzellenten Detective. Handford setzte sich wieder hin, mit dem deutlichen Gefühl, dass er sich geschlagen geben musste.

»Was ich Ihnen jetzt sage, ist nur für Ihre Ohren bestimmt, Khalid. Niemand darf davon erfahren, verstehen Sie mich?«, fragte Handford mit ernster Stimme.

»Klar, wenn Sie es sagen.«

Handford berichtete über die Chronologie der Ereignisse ab dem Zeitpunkt, als er PC Martin zufällig von seinem Wagen aus gesehen hatte, bis zu seinem Gespräch mit Sanderson. Er verschwieg nichts. Während er sprach, wandelte sich der Gesichtsausdruck des Sergeants von Interesse zu Entsetzen und dann zu Abscheu. Er schob seinen Stuhl vom Tisch zurück, stand auf und brachte ein paar Schritte Abstand zwischen sich und seinen Chef. Dann wandte er sich zu ihm um.

»Das ist doch Unsinn, John. Der DCI als Serienmörder. Das können Sie doch nicht im Ernst glauben.«

»Ich hab ja nicht gesagt, dass ich es glaube. Ich finde es genauso schwer wie Sie, mich mit dieser Vorstellung anzufreunden, geschweige denn mit den Fakten. Aber es besteht kein Zweifel daran, dass das auf dem Foto Russell ist. Und dieses Foto wurde bei dem toten Mädchen gefunden.«

»Aber warum dann ausgerechnet Sie? Und warum haben Sie da zugestimmt? Warum haben Sie sich bereit erklärt, Nachforschungen über ihn anzustellen? Das ist absolut unkollegial.« Er trat zurück an den Tisch, und einen Moment lang blickten sie sich forschend an. Alis Gesichtsausdruck zeigte eine Mischung aus Wut und Enttäuschung, und Handford sah peinlich berührt aus.

»Das war eine dienstliche Anordnung, der ich mich nicht widersetzen konnte.« Diese Antwort war ziemlich platt. Handford wusste es und Ali auch.

»Sie haben doch früher auch schon mal dienstliche Anordnungen missachtet.«

»Aber nicht die von einem Assistant Chief Constable. Haben Sie eine Ahnung davon, was Sanderson für ein Typ ist? Der würde mich ohne mit der Wimper zu zucken zum Frühstück verspeisen.«

»Und wenn die in unserem Team rauskriegen, was Sie machen, dann verspeisen sie das, was von Ihnen übrig bleibt, zum Lunch.«

»Und zweifellos werden Sie derjenige sein, der es ihnen weitererzählt.« Handford merkte, dass er laut wurde.

Ali ließ die Schultern sinken und lümmelte sich auf dem gusseisernen Gartenstuhl zurück. »Nein, natürlich nicht.« Er holte tief Luft und stieß sie langsam wieder aus. »Ich hätte das nur einfach nie von Ihnen gedacht, das ist alles.«

Handford beugte sich zu ihm. »Meinen Sie denn, ich habe mich nicht dagegen gewehrt? Ich habe fast den ganzen Tag sowohl mit Forrester als auch mit Sanderson diskutiert. Aber ich war derjenige, der Russell auf dem Foto erkannt hat, ich war derjenige, der es DCS Forrester gesagt hat. Der Sache muss nachgegangen werden, und ihrer Meinung nach bin ich derjenige, der die Nachforschungen über seinen persönlichen Hintergrund durchführen soll. Erfahren und diskret, so hat mich Sanderson genannt. Tatsache ist, Khalid, sie wollten, dass die Überprüfung intern bleibt, daher sind sie auf mich gekommen. Sie haben damit argumentiert, dass die Sache auf keinen Fall an die Öffentlichkeit gelangen soll, bis ich etwas herausfinde, was den DCI entweder schwer belastet oder ihn entlastet. Trifft Ersteres ein, dann wird die Sache einer anderen Einheit übergeben.«

»Und wenn Mr Russell herausbekommt, was Sie tun?«

»Dann werde ich den Kopf hinhalten müssen – nicht Forrester oder Sanderson.« Handford blickte seinen Sergeant prüfend an. »Ich hoffe doch sehr, dass Sie nicht vorhaben, es Russell zu sagen.«

»Nein. Aber wenn er fragt, wo Sie sind, werde ich auch nicht für Sie lügen.«

Ein Konzert von widerstreitenden Gefühlen tobte in Handfords Bauch. Das Ganze war nicht Alis Schuld. Er hatte einfach noch nicht gelernt, dass man bei der Polizei seine moralischen Prinzipien bisweilen zu Hause lassen musste. Vielleicht sollte er Sanderson bitten, ein Wörtchen mit dem Sergeant zu reden. Doch er war sich nicht sicher – das könnte die Lage noch verschlimmern.

Ali riss ihn aus seinen Grübeleien. »Haben die denn keine anderen Verdächtigen?«

»Sieht nicht so aus. Es ist noch einer im Visier – ein Mann namens Deepak Azam, der von der Sitte als Zuhälter ausgemacht wurde. Sie sind dort anscheinend der Meinung, dass die ermordeten Mädchen für ihn angeschafft haben. Aber sollte das tatsächlich der Fall gewesen sein, verstehe ich nicht –«

Noch während Handford sprach, bemerkte er, wie Ali erneut die Zornesröte ins Gesicht stieg. »Jetzt machen Sie sich doch nicht lächerlich!«, platzte er heraus. »Was haben die nur? Erst Mr Russell und jetzt auch noch Deepak Azam. Mein Gott, die müssen ja wirklich verzweifelt sein!« Seine Augen flackerten unruhig, als versuchte er mühsam, das Gehörte zu verdauen, dann blickte er Handford eindringlich an. »Ihnen ist schon klar, warum sie das denken, oder? Die sehen, dass ein Nichtweißer hier wirtschaftlichen Erfolg hat, also ist er entweder ein Drogenhändler oder ein Zuhälter oder beides zusammen. Jedenfalls ist es für sie nicht vorstellbar, dass er sein Geld auf legalem Wege verdient.«

Handford runzelte die Stirn: eine Überreaktion gegenüber einem potenziellen Verdächtigen. Sicher nicht nur, weil der Mann ebenfalls der British-Asian Community angehörte – selbst Ali wusste, dass das für die meisten Zuhälter in der Stadt galt – es sein denn ... »Kennen Sie diesen Azam?«

»Ja, Sir, ich kenne ihn.« Der Sergeant schleuderte ihm seine Antwort förmlich entgegen. »Er ist ein guter Freund von mir – ein Freund der ganzen Familie. Sein Vater und meiner sind unzertrennlich. Wir treffen uns jede Woche; am Dienstag zum Beispiel gehen wir alle zusammen essen.«

»Nach dem, was ich Ihnen gerade gesagt habe, schlage ich vor, dass Sie diese Verabredung absagen – oder sie zumindest so lange verschieben, bis wir mehr wissen«, sagte Handford ruhig.

»Das ist eine dienstliche Anordnung, oder?«

»Nein, es ist ein guter Rat.«

»Und was sage ich meinem Vater?«

»Ich nehme an, Sie kennen die Antwort darauf, Khalid. Sie sagen ihm nichts.«

»Ja, Sir.«

Handford hörte die Kälte aus dieser knappen Antwort heraus und spürte, wie ihm die Sorge und der Schreck in die Glieder fuhren. Er konnte nachvollziehen, dass seine Anweisung für Khalid sehr problematisch war. Sein Vater war strikt dagegen gewesen, dass sein Sohn zur Polizei ging, und er hatte sich noch immer nicht ganz mit dieser Entscheidung abgefunden. Khalid würde ihm immer beweisen müssen, dass es tatsächlich eine ehrbare Laufbahn war, die er eingeschlagen hatte. Und müsste Khalid, sobald private Interessenskonflikte berührt würden, noch einmal wählen zwischen der Loyalität gegenüber seinem Vater und der gegenüber seinem Vorgesetzten, dann war sich Handford nicht sicher, ob Ali das noch einmal durchstehen könnte. Die Atmosphäre wurde immer bedrückender, und als er wieder sprach, war Alis Stimme so angespannt wie eine Violinsaite. »Zweifellos werden Sie diese Information jetzt auch an Mrs Forrester weitergeben.«

Als Handford nicht sofort antwortete, sagte Ali: »Vielleicht wird sie mich ja dann beauftragen, Nachforschungen über meinen besten Freund anzustellen.« Seine Worte trieften vor Sarkasmus.

Handford war sich nicht sicher, wen genau Ali damit angreifen wollte: Forrester, ihn oder das ganze System. »Ich finde, Sie gehen zu weit, Khalid. Sie kennen die Regeln. Ganz gleich, ob befreundet oder nicht, im Augenblick wäre es besser für Sie, wenn Sie sich nicht mit ihm sehen lassen.«

»Ich werd's mir überlegen.«

»Bitte tun Sie mehr als das. Sprechen Sie mit den Leuten von der Sitte. Zwei aus deren Team sind mit den Ermittlungen betraut und speziell darauf angesetzt, den Verdacht gegen Azam zu klären: DS Archer und DC Warrender.« Ali blickte ihn mit weit aufgerissenen Augen an und Handford merkte sofort, dass es ein Fehler gewesen war, Warrender zu erwähnen.

»Warrender? Der Quoten-Rassist des Präsidiums?« Ali hatte einmal ernsthafte Probleme mit ihm gehabt. »Zweifellos hat man den darauf angesetzt, um auch ja sicherzustellen, dass Deepak richtig in die Pfanne gehauen wird.« Seine Miene sprach Bände. »Und Sie wollen, dass ich ausgerechnet mit *dem* rede? Wohl besser nicht, Sir.«

Handford seufzte. »Tun Sie, was Sie für richtig halten. Aber was immer Sie tun, denken Sie zuerst zweimal darüber nach!«

»So wie Sie, als Sie die ›Anordnung‹ bekamen, dem DCI hinterherzuspionieren.«

Das reichte. Handford wusste, dass Ali wütend war, aber er war nicht bereit, sich das hier bieten zu lassen. Er stand auf. Dabei sah er, dass Amina sie durch die Verandatür beobachtete. »Das will ich nicht gehört haben«, sagte er. »Bis Montag also.«

Als Amina ihn zur Tür brachte, lächelte sie ihn traurig an. »Es war nicht zu übersehen, dass Sie gestritten haben«, sagte sie. »Machen Sie sich nichts draus, John, ganz gleich, worum es ging, er wird sich schon wieder beruhigen, wenn er Zeit zum Nachdenken gehabt hat.«

»Das hoffe ich, Amina. Denn da gibt es eine ganze Menge, worüber er nachdenken muss.« Er drückte vorsichtig ihren Arm. »Helfen Sie ihm dabei, bitte.«

Sie schloss die Tür hinter ihm, und zum ersten Mal machte das Haus, als Handford zum Gartentor ging, einen nicht ganz so freundlichen Eindruck.

Es war fast Mitternacht. Leah lag auf ihrem Bett; sie war erschöpft, konnte aber nicht einschlafen. Sie fühlte sich schmutzig. So hatte sie sich schon öfter gefühlt, wenn Deepak sie zur Strafe im Apartment ins Schlafzimmer eingeschlossen hatte und sie nicht ins Badezimmer konnte. Trotzdem war das irgendwie anders gewesen als jetzt. Fünf Männer hatten sie heute Nacht gehabt, und Leah würde sich am liebsten schrubben, um sie loszuwerden. Sie hatte Schmerzen. Die Kondome hatten so sehr gescheuert, dass sie hätte schreien können.

Ein Kopf schob sich durch den Türspalt. »Hallo. Bist du neu hier?«

»Ja.« Leah war zu müde zum Sprechen, aber die Frage hatte eigentlich ganz freundlich geklungen.

Dann tauchte plötzlich das ganze Mädchen in der Tür auf, in eine Wolke penetrant duftenden billigen Parfums gehüllt. Sie war klein und zierlich und ihre langen dunklen Haare umrahmten ihr kindliches Gesicht. Sie hatte große braune Augen, wie der Spaniel aus dem Haus am Ende der Straße, wo Leah als Kind gewohnt hatte. Ein kurzer Satinmorgenrock hing ihr von den Schultern. Sie hatte den Gürtel nicht zugebunden, oder wenn doch, dann hatte er sich gelöst und Leah konnte ihren roten Slip, den schwarzen BH und die schwarzen Strümpfe sehen, die an einem roten Strumpfhalter befestigt waren. An den Füßen trug sie ausgelatschte hochhackige Schuhe.

Von der Tür aus musterte sie Leah ausführlich. »Fertig für heute?«, fragte sie, dann fuhr sie ohne auf eine Antwort zu warten fort: »Du könntest ein Paar Strümpfe gebrauchen. Das macht sie so richtig an. Dann können sie sich kaum noch zurückhalten.« Sie lachte, als hätte sie einen guten Witz erzählt.

Leah setzte sich vorsichtig auf. »Meinst du, ich kann hier baden?«

»Ja, wenn du willst – oder duschen. Das muss ich Alice zugute halten – sie möchte, dass wir sauber sind, also gibt es immer genug warmes Wasser. Das Bad ist am Ende des Flurs und die Dusche gleich daneben. Beeil dich aber lieber, die anderen sind sicher auch bald fertig und dann wollen alle das Gleiche. Außer Debbie; die sagt, sie ist danach immer viel zu k.o., um sich noch die Mühe zu machen. Weiß der Himmel, warum. Vermutlich ist sie mit Leib und Seele bei der

Arbeit. Ich sage ihr immer, sie soll nicht so verdammt hart arbeiten, aber sie hört nicht auf mich. Ich leg mich einfach auf den Rücken, lass sie ihren Spaß haben und tu so, als ob. So macht es mir nichts aus, und die Kerle haben anscheinend noch nie einen Unterschied gemerkt. Ich würde mir ja einen Fernseher anschaffen, wenn Alice es mir erlauben würde, dann könnte ich fernsehen, während die ihre Nummer schieben. Wie heißt du eigentlich?«

»Jasmine.«

»Nein, nicht wie du bei der Arbeit heißt, dein richtiger Name.«

»Leah.«

»Mannomann, das klingt ja richtig edel. Warst wohl mal 'ne höhere Tochter, bevor du hier gelandet bist.«

Leah musste lachen. »Nein. Meine Großmutter oder Urgroßmutter hieß so. Und mein Vater mochte den Namen.«

Das Mädchen streifte die Schuhe ab und setzte sich auf den Bettrand. »Und wo ist dein Dad jetzt?«

»Keine Ahnung. Abgehauen.«

»Und deine Mum?«

Leah schüttelte den Kopf. Sie wollte nicht über ihre Mutter reden. »Und wie heißt du?«

»Cindy. Für die Freier heiß ich Jade. Hast du eine Kippe?«

»Nein.« Leah robbte sich vorsichtig zum Bettrand und verzog das Gesicht, als sie den heftigen Schmerz spürte.

»Tut sauweh, nicht?«, fragte Cindy teilnahmsvoll. »Ich hab da so eine Creme, die wirkt Wunder. Aber in ein paar Tagen merkst du kaum noch was. Lisa hat gesagt, du bist eine von Deepak.«

»Er ist mein Freund, wenn du das meinst.«

Cindy lachte laut auf. »Dein Freund! Deepak ist von keiner der Freund. Frag doch mal Lisa. Die hatte er vor dir, und ich wette, inzwischen hat er auch schon wieder eine Neue.«

»Das glaube ich nicht. Er liebt mich und holt mich sicher bald wieder hier raus.«

Cindy zuckte mit den Schultern und legte sich auf dem Bett zurück. »Glaub, was du willst«, meinte sie nur.

Wenn sie nur abtun könnte, was Cindy gesagt hatte. Aber Leah wollte nicht aus dem Kopf gehen, was Dwayne Varley ihr beim Abholen höhnisch entgegengeschleudert hatte. *Er hat jetzt eine andere. Einen echt steilen Zahn. Du hast ausgedient.* Den ganzen Tag war ihr das nachgegangen, auch während die Freier bei ihr gewesen waren. Sie betastete die geschwollene Stelle im Gesicht, wo Deepak sie geschlagen hatte. Es tat immer noch weh, aber nicht mehr so sehr wie am Anfang. Sie hatte sich Mühe gegeben, den Bluterguss mit Make-up abzudecken, aber inzwischen hatte sie eine dunkellila Färbung angenommen und ließ sich kaum noch verbergen. Sie hatte gehofft, die Männer würden sie in Ruhe lassen, wenn sie ihr Gesicht sähen, aber Alice hatte Recht behalten: Manche von denen standen erst recht auf so was. Einer der Freier hatte sogar darüber gestrichen, bevor er sich auf sie legte. Sie erschauerte, dann rutschte sie ans Fußende des Betts und setzte sich neben Cindy, die sich neugierig ihre Verletzung besah. »Dieses Veilchen hat dir sicher Deepak verpasst, stimmt's?«

Leah nickte, ganz beschämt, dass Deepak überhaupt einen Grund dazu gehabt hatte, sie zu schlagen.

Cindy musste ihre Beschämung gespürt haben, denn sie sagte: »Mach dir nichts draus, Kleines, die meisten seiner Mädchen sehen aus, als hätten sie vier Runden mit einem Rottweiler gekämpft, wenn sie hier ankommen. Das ist so seine Art, sie loszuwerden.«

Leah lächelte. Sie wusste nicht so richtig, ob sie ihr glauben sollte oder nicht. »Wie lange bist du schon hier?«

»Kann ich dir nicht so genau sagen. Ich war zwölf, als ich herkam, also schätze ich mal vor ungefähr achtzehn Monaten.«

»Und, wie findest du's hier?«

Cindy rückte näher und lehnte sich an ihre Seite. »Es ist besser als diese Scheißschule und es ist garantiert besser als das Loch, in dem ich vorher gehaust hab. Es ist warm hier und wir haben was zu essen. Was will man mehr?«

»Aber diese Männer jede Nacht!«

»Denk einfach nicht dran. Du lässt sie einfach ran, nimmst ihr Geld und greifst sie ab, wann immer du kannst.«

»Sie abgreifen?«

»Du klaust ihnen Geld. Greifst ihnen ins Portemonnaie.«

»Aber verpfeifen die dich nicht bei der Polizei?«

Cindy lachte. »Auf was für 'nem Planet lebst du eigentlich? Die werden einen Teufel tun und jemand ein Sterbenswörtchen erzählen, was meinst du denn? Die treiben's doch mit Minderjährigen. Wenn sie zur Polizei gehen, werden sie sofort verknackt.« Sie setzte sich wieder auf. »Mann, ich könnt sterben für 'ne Kippe. Hast du wirklich keine?«

Leah schüttelte den Kopf. »Und was machst du mit dem Geld?«

»Eigentlich müssen wir ja alles Alice abgeben, aber die meisten von uns behalten was für sich. Schließlich tun wir ja auch die ganze Arbeit. Aber sei bloß vorsichtig, wo du's versteckst. Ab und zu durchsucht sie deine Schubladen, und wenn sie was findet, dann geht's dir schlecht. Die kann manchmal ganz schön fies sein. War früher auch mal 'ne Nutte, weißt du, bevor sie das hier aufgezogen hat.«

»Wirklich?«

»Mhm. Nicht auf dem Straßenstrich, eher so 'ne Edelnutte, mit eigenem Apartment und allem Drum und Dran. Zu der gingen mit Sicherheit nur so feine Pinkel, die 'ne Menge gelöhnt haben.« Sie schwieg einen Moment und dachte nach. »Das mach ich auch mal. Ich mach mich unabhängig. Und wenn dieser Scheiß-Müllsack-Mörder nicht aufgetaucht wäre, dann wär ich schon lang weg hier und hätte es geschafft. Aber der hat's ganz gezielt auf uns abgesehen. Alle, die er erwischt hat, haben mal hier gearbeitet.«

»Alice meint, es ist vermutlich Deepak selber, der das macht«, sagte Leah.

»Ach, das erzählt sie doch nur, um dir Angst einzujagen. Der wird uns doch nicht umbringen. Wir schaffen ihm ja schließlich seine Knete ran.«

»Alice hat gesagt, er hat sie umgebracht, weil sie abhauen wollten.«

»Ja, okay, sie haben ein paar Mal davon geredet, das tun hier alle. Aber er hat bisher noch keine deswegen umgebracht. Der hat andere Methoden.«

»Was für Methoden?«

»Das willst du gar nicht wissen.« Diese Bemerkung ließ Cindy einen Moment verstummen, und Leah fragte sich, ob er mit ihnen dasselbe machte wie mit dieser Frau – der mit der Narbe übers ganze Gesicht.

Plötzlich setzte sich Cindy auf. »Ich sag dir was. Morgen gehn wir beiden einkaufen.«

Leah schüttelte den Kopf. »Ich hab kein Geld. Deepak hat mir alles weggenommen, bevor ich herkam. Er hat gesagt, ich würde dann fleißiger arbeiten, wenn ich kein Geld habe.«

Cindy lächelte und tippte sich mit dem Finger gegen die Nase. »Wer redet beim Einkaufen von Geld?«, fragte sie. »Da gibt's doch auch noch andere Möglichkeiten. Du kommst mit mir, Kleines, und dann zeig ich dir mehr, als du in irgendeiner Scheißschule lernst.«

In dieser Nacht fand Ali keinen Schlaf. Er drückte immer wieder sein Kopfkissen in eine bequemere Lage und schloss die Augen in der Hoffnung, endlich in Schlummer zu sinken. Doch die Szenen mit seinem Chef und Freund liefen immer wieder in seinem Kopf ab, als zappe er sich durch die Fernsehprogramme. Schließlich stand er auf, ging in die Küche hinunter und holte sich etwas zu trinken.

Als das erste Mordopfer gefunden worden war, hatte er gehofft, dem Ermittlungsteam zugeteilt zu werden; jetzt war er heilfroh, dass ihm das erspart geblieben war. Die Vorstellung, Russell sei in die Sache verwickelt, war lächerlich. Das musste auch denen in der Zentrale klar sein, denn sonst hätten sie ihn inzwischen suspendiert. Dass sie es nicht getan hatten, bewies, dass sie sich ihrer Sache nicht sicher genug waren. Vermutlich war das Foto alles, was sie hatten. Nicht viel, um daraus eine Mordanklage abzuleiten, aber immerhin genug, das musste er zugeben, um einige Nachforschungen über sein Privatleben anzustellen. Aber doch nicht durch Russells eigenen DI! Dass John die Aufgabe übernommen hatte, war unentschuldbar. Ali hatte es sehr ernst gemeint, als er ihm vorgeworfen hatte, er hätte mehr von ihm erwartet.

Dass Deepak Azam mit Prostituierten zu tun hatte, war ebenfalls eine lächerliche Vorstellung. Ali kannte ihn schon ewig; er war ein arbeitsamer, rechtschaffener Geschäftsmann und Familienvater, der in der ganzen Stadt hohes Ansehen genoss. Seiner Frau, Shagufta, und seinen Kindern fehlte es an nichts. Die automatische Annahme, dass ein wohlhabender »Asian« nichts anderes als ein Ganove sein konnte und daher zwangsläufig ins Fadenkreuz der Ermittlungen geriet, war ein klassischer Fall von rassistischem Ressentiment. Doch während er seine Kaffeetasse ausspülte, kam ihm der Gedanke, dass das eine ziemlich abwegige Idee war. Nach den Rassenunruhen in der Stadt bemühten sich alle intensiv, ein gutes Verhältnis zwischen den ethnischen Gruppen aufzubauen. Und stärker noch als alle anderen bemühte sich die Polizei, die ethnische Kluft zwischen den Gruppen zu überbrücken. Daher war es unwahrscheinlich, dass die Sitte ohne guten Grund Deepak eines solchen Verbrechens verdächtigte, geschweige denn anklagen würde. Irgendwie musste er ihr Misstrauen ja geweckt haben, und Ali wollte herausfinden, womit. Michelle Archer würde ihm sicher darüber Auskunft geben, von Sergeant zu Sergeant. Er würde morgen gleich als Erstes zu ihr gehen, um herauszufinden, was Sache war.

Und wenn sich der Verdacht erhärtete, was dann? Wie würde er seinem Vater erklären, dass er sich plötzlich entschlossen hatte, die Azams zu meiden? Vielleicht könnte er ihm unter dem Siegel der Verschwiegenheit alles erzählen und ihn bitten, sich von der Familie ebenfalls fern zu halten, zumindest bis auf weiteres. Doch Ali wusste sehr wohl, dass das unmöglich war; sein Vater könnte Deepaks Vater nie die Freundschaft aufkündigen. Im Gegenteil, er würde sich mit ihm noch stärker solidarisieren – und gleichzeitig würde sich die Abneigung gegenüber dem Beruf seines Sohnes verstärken. Er würde erneut von ihm verlangen, den Polizeidienst zu quittieren und eine Stelle in einer Anwaltskanzlei anzunehmen, eine Arbeit, die ein höheres Ansehen genoss. Nach dem Studium war Ali dem Wunsch seines Vaters nachgekommen und hatte zunächst als Jurist gearbeitet. Doch er hatte diesen Beruf gehasst, hatte ihn an den Nagel gehängt und war zur Polizei gegangen. Sein Vater war außer sich gewesen, das war keine passende Berufslaufbahn für den Sohn eines Moslems. Sie hatten stundenlang miteinander gestritten, doch Ali hatte sich durchgesetzt und drei Tage später mit der Ausbildung begonnen. Dabei klangen ihm immer noch die Worte seines Vaters in den Ohren: »Wenn du das tust, Khalid, dann bist du nicht mehr mein Sohn.« Zu Alis großer Erleichterung hatte sich sein Vater, der ihn um ein Haar enterbt hätte, damals doch noch eines Besseren besonnen. Aber jetzt, wo seine Arbeit direkte Auswirkungen auf die Familie und die muslimische Gemeinde hätte, wäre es vermutlich mit seiner Geduld vorbei. Alis Loyalität würde stärker denn je auf die Probe gestellt.

Nachdem Handford gegangen war, hatte Ali kein Wort darüber verlauten lassen, was er erfahren hatte. Doch seine Besorgnis stand ihm ins Gesicht geschrieben, und er hatte beim Abendessen nur mit der Gabel auf seinem Teller herumgestochert und war im Garten auf und ab gelaufen, bis es dunkel wurde. Amina hatte ihn gedrängt, ihr zu sagen, was los sei, sie hatte ihn sogar gefragt, warum er und John miteinander gestritten hatten. Doch er hatte sie barsch zurückgewiesen. Anschließend hatte es ihm zwar Leid getan, doch er hatte sich nicht entschuldigt. Stattdessen hatte er ihr aufgetragen, das Essen mit den Azams am Dienstag abzusagen. Als sie ihn nach dem Grund fragte, sagte er nur, er hätte zu viel um die Ohren. Ihr Gesicht verriet, dass sie ihm nicht glaubte, aber sie hatte den Mund gehalten und gesagt, sie würde es tun, sobald die Kinder im Bett seien.

Bei Tagesanbruch fasste er einen Entschluss. Er würde nicht nur mit Michelle Archer sprechen, er würde auch Deepak selbst aufsuchen. Auf ihn erstreckten sich die Mordermittlungen nicht, also bestand für Ali auch keine zwingende Notwendigkeit, DCS Forrester über seine Beziehung zu Azam zu informieren. Selbstverständlich würde er sie darüber in Kenntnis setzen – dann, wenn es erforderlich wurde. Er sah auch keinen Grund, warum er DCI Russell darüber informieren sollte. Gut, Michael Braintree war Mitglied in seinem Fitnessclub gewesen. Doch es gehörte zur polizeilichen Routine, dass man die Orte aufsuchte, an denen ein Opfer häufig verkehrte. Immerhin stand ein Besuch dort bereits auf der Erledigungsliste von DC Graham. Statt ihm würde einfach Ali dorthin gehen. Es würde zwar ein bisschen seltsam aussehen, ein Sergeant, der eine Routinebefragung durchführte, aber das ließ sich nicht vermeiden. Er musste es einfach wissen.

KAPITEL 9

Am nächsten Morgen stand Handford vor der Pförtnerloge des King's College und unterdrückte mühsam ein Gähnen. Er hatte wieder einmal unruhig geschlafen, doch diesmal hatte er es nicht auf die Hitze schieben können. Stundenlang hatte er wach gelegen und über seine Unterhaltung mit Ali nachgegrübelt. Amina hatte gemeint, wenn ihr Mann erst mal Zeit zum Nachdenken gehabt hätte, würde er mit dem Problem schon fertig werden. Aber Handford war sich da nicht so sicher. Er sah immer noch die Verachtung in Alis Augen vor sich und befürchtete, dass die Loyalität seines Sergeants einem guten Freund und vor allem auch seinem Vater gegenüber dieses Mal stärker war als sein Pflichtgefühl, Forrester über seine Beziehung zu Azam zu informieren – mehr noch, dass er versucht sein könnte, Azam zu warnen, in welche Richtung die Ermittlungen gehen könnten. Handford hoffte, dass er sich mit seiner Befürchtung irrte. Bei der Polizei hatte falsch verstandene Solidarität nichts zu suchen, doch man konnte nur schwer einschätzen, wie man sich in einer solchen Situation selbst verhalten würde; das Bedürfnis, einen Freund zu schützen, war ein starkes Gefühl.

Der Pförtner legte den Telefonhörer auf. »Dr. Neilsen ist schon auf dem Weg zu Ihnen, Sir.«

»Vielen Dank.«

Handford verdrängte seine Gedanken an Ali und beschäftigte sich wieder mit Russell. Er lehnte sich an die Mauer des Vorbaus, die größtenteils im Schatten lag und sich angenehm kühl anfühlte. Mit den Fingern glitt er über den rauen Stein und stellte sich Russell hier als Studenten vor. Der Duft von dem frisch gemähtem Gras der Rasenflächen rund ums College stieg ihm in die Nase, und einmal mehr beneidete er Russell um seine Studienzeit in Cambridge. An der Universität, die er selbst besucht hatte, war in Bezug auf die Qualität der Ausbildung nichts auszusetzen, aber ihre Verlagerung aus dem Stadtzentrum hinaus in die grünen Vororte hätte ihr Image sicher bedeutend verbessert.

»Detective Inspector Handford?« Der dunkelhaarige Mann, der mit ausgestreckter Hand auf ihn zukam, sprach mit einem ausgeprägten Oxbridge-Akzent. »Ich bin Mark Neilsen.« Der Blick seiner dunkelbraunen Augen war so sympathisch wie sein fester Händedruck.

Die Stimme und das äußere Erscheinungsbild passten allerdings nicht ganz zusammen. Neilsen war etwas älter als Russell, klein und untersetzt. Sein Haar war zerzaust, als sei er gerade erst aufgestanden, und sein schlabberiges T-Shirt hing ihm weit über die Khakishorts. Handford fühlte sich in seiner hellgrauen Hose und dem kurzärmligen blauen Hemd geradezu overdressed. »Ich bin Ihnen sehr dankbar, dass Sie sich bereit erklärt haben, mit mir zu sprechen, Dr. Neilsen.«

»Mark – bitte nennen Sie mich Mark. Kein Problem. Ich dachte, vielleicht machen wir einen Spaziergang über die Backs, wenn es Ihnen recht ist. Ich sitze schon seit frühmorgens über meiner Arbeit und könnte ein bisschen frische Luft gut gebrauchen.«

Er führte Handford über den rasenbedeckten Innenhof, an der Kapelle vorbei und über das Gelände des Clare College. Vor ihnen floss der Cam und auf der anderen Seite erstreckten sich die so genannten Backs, weite Wiesenflächen auf der Rückseite der Colleges, die trotz der Hitzewelle bisher von der Dürre verschont geblieben waren.

»Ich habe gehört, Sie und Stephen Russell haben zusammen studiert?«, erkundigte sich Handford

»Stimmt. Wir waren sogar ganz gute Freunde und haben nach dem Studium noch ein paar Jahre miteinander korrespondiert. Aber wie so oft wurden die Briefe seltener und der Kontakt schlief ein. Wir hatten unsere Zimmer nebeneinander, haben zusammen gelegentlich ein Bierchen getrunken, geredet, gelacht, die Welt neu erfunden, Sie kennen das ja.« Er schien in Erinnerungen zu schwelgen. »Das waren noch Zeiten«, murmelte er wehmütig, dann sagte er zu Handford gewandt: »Aber wollen Sie mir nicht sagen, warum Sie diesen weiten Weg gemacht haben, um über Stephen zu reden?«

»Wir würden ihn gern von unserer Verdächtigenliste streichen können.«

»Und dazu gehen Sie zurück bis in seine Studienzeit? Ach kommen Sie, Inspector, da muss noch mehr dahinter stecken.«

Manchmal war eine Zeugenbefragung wie ein Pokerspiel – Bluff und doppelter Bluff – bei manchen funktionierte es, bei anderen nicht. Neilsen gehörte zu letzterer Sorte, und Handford merkte, dass diese Tricks bei ihm reine Energieverschwendung wären. Es war besser, ihm gleich reinen Wein einzuschenken.

»Wir hatten bei uns eine Reihe von Mordfällen. Junge Mädchen«, erklärte er. »Und immer mit derselben Handschrift ausgeführt.«

»Ein Serienmörder, meinen Sie?«

»Ja, allmählich sieht es ganz so aus.«

»Und Sie glauben, der Gesuchte ist Stephen Russell?« Neilsen schüttelte heftig den Kopf. »Absolut ausgeschlossen, Inspector. Der Stephen, den ich kannte, war friedfertig, zurückhaltend, beherrscht, alles andere als aggressiv. Er war talentiert, intelligent und so ordentlich, dass es schon fast ans Lächerliche grenzte. Er hat nie etwas getan, ohne vorher ein Dutzend Mal darüber nachzudenken. Nun, hört sich das für Sie etwa nach einem Serienmörder an?«

Handford seufzte. »Leider ja, das tut es. Serienmörder geben nach außen hin oft ein solches Bild ab. Sie schaffen sich eine Scheinpersönlichkeit, die ihren wahren Charakter verschleiert. Unser Mann ist brutal, aber er ist auch intelligent und umsichtig. Er plant seine Taten sorgfältig, sucht sich den passenden Ort und Zeitpunkt aus. Er will, dass die Mädchen kurz darauf gefunden werden, und stellt sicher, dass das auch geschieht. Trotz der Brutalität jedes Überfalls wurde er noch nie beobachtet, noch nie gehört, und er hat keinerlei forensische Spuren hinterlassen.«

Eine Zeit lang schwieg Neilsen nachdenklich. »Und wie kommt es, dass Sie gerade Stephen verdächtigen? Sicher nicht nur deswegen, weil er ein passendes Profil hat.«

»Nein, natürlich nicht. Und ich bin mir noch nicht einmal sicher, ob er wirklich ein ernst zu nehmender Verdächtiger ist. Trotzdem müssen wir absolut sicher sein, bevor wir ihn von unserer Liste streichen.« Handford holte tief Luft. »Nun ja, normalerweise würde ich eine solche Information nicht weitergeben, aber die Situation ist außergewöhnlich, und ich denke, Sie können uns besser helfen, wenn Sie verstehen, worum es geht.« Er blieb stehen und zog die Plastikbörse aus seiner Aktenmappe. »Das letzte Opfer trug diesen kleinen Geldbeutel bei sich, der an der Innenseite ihres Rocks eingenäht war. Darin befand sich ein Foto von Mr Russell.« Er reichte es Neilsen. »Wie Sie sehen, ist es etwa fünfzehn Jahre alt und es stammt vermutlich aus seiner Zeit hier in Cambridge.«

Neilsen sah es sich einen Augenblick genau an, bevor er es zurückgab. »Es ist definitiv Stephen«, sagte er.

Handford steckte es zurück. »Ich muss wissen, wem er es damals gegeben hat und wie es in den Besitz dieses Mädchens gelangt sein könnte. Er versichert steif und fest, dass er keine Ahnung hat, aber ich glaube, er weiß es sehr wohl und sagt es uns nicht.«

»Sie sagten, die Situation sei außergewöhnlich, John. Was ist denn das Außergewöhnliche daran?« Neilsen war ein intelligenter Mann, der jede Widersprüchlichkeit sofort registrierte, dahinter einen Grund vermutete und dann die richtigen Fragen stellte. Handford holte erneut tief Luft und ließ sie langsam wieder ausströmen.

»Russell ist Polizist, im Dienstrang eines Detective Chief Inspector.«

Neilsen riss erstaunt die Augen auf. »Nein! Stephen Russell ein Polizist?«, fragte er ungläubig. »Aber wir reden doch über denselben Stephen Russell, hoffentlich.«

Handford nickte. »Glauben Sie mir, Mark, ich wünschte, es wäre ein Irrtum.«

Neilsen schwieg einen Augenblick, und Handford

sah, dass sich seine blauen Augen rasch hin und her bewegten, so als wollten sie die vorbeiziehenden Erinnerungen festhalten. »Der Mann, mit dem ich zusammen am King's College war«, sagte er schließlich, »hatte fest vor, ein hochkarätiger Manager in der pharmazeutischen Firma seines Vaters zu werden, und nicht Polizist. Ist er denn überhaupt damals in die Firma eingetreten, wissen Sie das?«

»Ja, ein paar Jahre war er dort, aber dann ist irgendetwas vorgefallen, und er ging weg. Ich weiß nicht, was es war. In seiner Personalakte steht, ›aus persönlichen Gründen‹, aber da wir die Sache nicht an die große Glocke hängen wollen, ist es mir noch nicht erlaubt, mit seiner Familie zu sprechen. Und im Augenblick möchte ich ihn auch selber lieber nicht danach fragen.«

Drei spärlich bekleidete Jogger drängelten sich an den beiden Männern vorbei und zogen eine Schweißwolke hinter sich her.

Handford drehte sich so zu Neilsen um, dass sein Blick wie ein Sensor über dessen Gesicht gleiten konnte. »Können Sie sich vorstellen, warum er dort weggegangen sein könnte?«

Neilsen antwortete nicht gleich. Er runzelte die Stirn und in der Mitte bildeten sich senkrechte Falten bis zum Nasenansatz. Eine Weile schien er zu überlegen, ob er sagen sollte, was er wusste, und Handford ließ ihm Zeit. Schließlich sagte Neilsen: »Tut mir Leid, John, aber ich bin in meiner Beschreibung von Stephen vorhin nicht ganz ehrlich gewesen.«

»Ah.« Handford hob die Augenbrauen.

»Sicher treffen alle Dinge, die ich genannt habe, auf ihn zu, aber er hatte auch noch eine andere Seite. Er war Stimmungen unterworfen, ziemlich düsteren, die ihn ziemlich wütend werden ließen. Sie traten nicht sehr oft auf, aber wenn, dann schienen sie ihn zu überwältigen. Ich glaube, es hatte etwas mit seinen Eltern zu tun, vor allem mit seiner Mutter. Aber er hat nie darüber gesprochen, und ich habe keine Ahnung, was sie ausgelöst hat. Ich weiß nur, wenn sie eintraten, dann verschwand er immer ein paar Tage lang, und keiner hat danach je erfahren, wo er gewesen ist.«

Handford hielt den Atem an, als er sah, wie sich Sorge in Neilsens Blick mischte. Er konnte die Reaktion Neilsens gut nachempfinden, versuchte aber, diesem Gefühl nicht allzu sehr nachzugeben. Verständnis war ein Luxus, den er sich nicht leisten konnte. Denn er war sich schmerzlich bewusst, dass er eine solche Information begeistert als möglichen Durchbruch gefeiert hätte, wäre es bei diesem Gespräch um jemand anderen als um Russell gegangen. Doch jetzt erkannte Handford, dass er auf jeden Fall mehr über Russells dunkle Seite in Erfahrung bringen musste, so gern er auch auf dieses Wissen verzichtet hätte.

Eine Weile blickte Neilsen gedankenverloren zum Horizont. Dann besann er sich anscheinend plötzlich wieder auf Handfords Frage und sagte: »Was seine Gründe anbelangt, die Firma zu verlassen, kann ich Ihnen nicht weiterhelfen, fürchte ich. Als ich ihn damals kannte, war er Feuer und Flamme für das Unternehmen, hat mir immer wieder voller Begeisterung erklärt, was er damit tun und welche Modernisierungen er durchführen wollte. Er war zwar kein Chemiker, aber mit seinem guten Jura-Examen, einem MBA und seinem Organisationstalent hätte er die Firma wirklich voranbringen können. Vielleicht überforderte das seinen alten Herrn, vielleicht wollte er nichts davon wissen. Ich weiß, dass er mit seinem Vater nicht gut auskam, insbesondere nachdem – nun ja, nachdem er mit dem Studium fertig war. Aber dennoch ..., warum in den Polizeidienst eintreten? Wieso nicht in eine andere Firma? Das hätte viel besser zu ihm gepasst, möchte ich meinen.« Neilsen schüttelte ungläubig den Kopf. Er zog ein Taschentuch aus seinen Shorts und wischte sich den Schweiß von der Stirn. »Macht es Ihnen etwas aus, wenn wir uns kurz setzen? Diese Hitze setzt mir langsam ganz schön zu.«

Handford lehnte sich gegen einen dicken Baumstamm und ließ die Aussicht auf sich wirken. Vor ihnen floss der Cam dahin, auf dem schon ein lebendiges Treiben von Booten und Punts herrschte, und weiter hinten erhob sich die imposante Westfassade der King's College Chapel; ihre bunten Glasfenster schimmerten golden im Sonnenlicht und die beiden Türme bildeten einen schönen Kontrast zum tiefblauen Himmel. Handford hätte dieses Bild am liebsten separat verpackt in seinem Gedächtnis mit nach Hause getragen, möglichst unberührt von dem Puzzlebild seines Chefs, das sich in seiner Vorstellung langsam zusammensetzte. Er war hierher gekommen, um einige Fragen im Hinblick auf Russell zu klären, doch vermutlich würde er mit noch mehr Fragen nach Hause zurückkehren. Russells Leben, von dem er immer gedacht hatte, es sei darin alles fein säuberlich geordnet, entpuppte sich immer mehr als eines, das so viel Verworrenheit, verborgene Seiten und undurchdringliche Geheimnisse aufwies, wie man sie nie vermutet hätte – am allerwenigsten Handford.

»Erzählen Sie mir von ihm. Wie war er als Student?«, fragte er, als sie sich gesetzt hatten.

Neilsen gestattete sich ein flüchtiges Lächeln. »Fleißig, engagiert, beinahe perfektionistisch. Es bestand nie ein Zweifel daran, dass er jedes Seminar mit Bestnote abschließen würde. Er wusste genau, was er wollte und wie er dort hinkam.«

Das klang wieder ganz nach dem Kollegen Russell, wie Handford ihn kannte. »Und sein Privatleben? Wie stand es damit?«

»Also die Arbeit hatte immer Vorrang, aber er hat gern in der Theatergruppe mitgespielt. Ich kann mich erinnern, dass er besonders gut in Komödienrollen war.«

Das war für Handford nun wieder etwas ganz Neues. Der DCI trug eine perfekte Maske. Vielleicht sollten sie ihn überreden, bei den Sketches für die Weihnachtsfeier mitzumachen – das wäre sicher ein Spaß. Handford zuckte innerlich zusammen: Die Sache wäre lustig, wenn sie nicht so traurig wäre.

»Und Freunde oder Freundinnen, wie stand es damit?«

»Das hatte er schon, er war ziemlich beliebt. Ging auch gern mit einen trinken, hat aber nie über die Stränge geschlagen. Ich glaube nicht, dass ich ihn jemals betrunken gesehen habe. Wohlgemerkt, es kann gut sein, dass er es trotzdem war, denn ich selbst war oft so betrunken, dass ich nicht mehr mitbekommen habe, wie die anderen beieinander waren.« Er schwieg einen Augenblick. »Wissen Sie, wenn ich so zurückblicke, frage ich mich, wie ich es geschafft hab, einen Abschluss zu machen, dazu noch ein Prädikatsexamen.«

Handford lächelte. »Und was war mit Freundinnen?«, erinnerte er Neilsen.

»Ja, natürlich, Entschuldigung.« Er dachte einen Augenblick nach. »Nur eine, Catherine. Sie haben sich gleich bei der Einführungsveranstaltung kennen gelernt, und abgesehen von einem gelegentlichen Ausrutscher blieben sie die ganzen drei Jahre hier zusammen. Eine Weile sah es sogar so aus, als würden sie nach dem Examen heiraten.«

»Catherine, nicht Natasha?«

»Nein, sie hieß Catherine. Wer ist Natasha? Seine jetzige Frau?«

Handford nickte.

»Schade. Ich hatte gehofft, dass Stephen am Ende zu ihr halten würde. Sie waren bis über beide Ohren ineinander verliebt.«

»Was meinen Sie mit ›zu ihr halten‹, Mark?«

»Sie war schwanger, als sie von Cambridge fortging. Hat ihre Abschlussprüfungen gemacht und ist dann weggezogen. Stephen wollte sie sofort heiraten, noch vor der Geburt. Aber sein Vater war dagegen. Er hat verlangt, dass sie abtreiben lässt und ihr sogar Geld angeboten. Stephen war stinksauer. Ich erinnere mich gut daran, weil wir einen Streit deswegen hatten. Er wollte nicht einsehen, dass eine Abtreibung nur vernünftig gewesen wäre. Es hätte ihre Berufslaufbahn auf Eis gelegt, wenn sie zu diesem Zeitpunkt ein Kind bekommen hätte, das ganz Studium wäre dann vergebens gewesen. Jedenfalls glaube ich, sie nahm das Geld und ging zurück nach Norfolk, vermutlich um die Abtreibung machen zu lassen, und Stephen ging nach London, um für seinen Master-Abschluss weiterzustudieren. In dieser Zeit haben wir den Kontakt verloren.«

»Können Sie sich an Catherines Nachnamen erinnern?«

»Walsh«, sagte Neilsen. »Und soweit ich mich erinnern kann, wurde ihr damals eine Stelle in einer Anwaltskanzlei in Norwich angeboten. Wenn ich es recht bedenke«, er wurde langsam ganz aufgeregt, also ob sie eine Art Spiel spielten, »könnte sie sogar immer noch dort sein.« Es gibt dort nämlich eine Anwaltskanzlei, wo der Name Walsh am Fenster steht. Ich habe es entdeckt, als ich das letzte Mal in der Gegend war, und mich gefragt, ob sie das wohl ist. Immerhin, das Ganze ist fünfzehn Jahre her, da kann sie inzwischen sehr gut ihre eigene Kanzlei haben. Aber ich war an einem Sonntag dort, daher konnte ich nicht nachfragen, und dann kamen wieder andere Dinge dazwischen, und darüber habe ich es vergessen. Aber es lohnt sich vermutlich, das nachzuprüfen, meinen Sie nicht?«

Ali fand Michelle Archer in der Kantine. »Ich bin DS Ali. Kann ich Sie kurz stören?«, fragte er.

Sie deutete auf den Stuhl gegenüber und griff nach ihrem Sandwich. »Was kann ich für Sie tun?«

»Es geht um Deepak Azam. Ich habe gehört, die Sitte verdächtigt ihn als Zuhälter.«

»Das stimmt.« Sie biss in ihr Sandwich. »Tut mir Leid, das hier ist mein Frühstück. Gebratener Speck«, erklärte sie und deutete auf ein Rosinenbrötchen, um ihm auch etwas anzubieten. »Warum interessieren Sie sich für ihn?«

»Ich untersuche den Mord an einem Jugendlichen, Michael Braintree. Er war Mitglied in Mr Azams Fitnessclub. Ich gehe heute zu Azam, um ihn zu befragen – rein routinemäßig –, aber ich habe gehört, dass er bei euch im Verdacht der Zuhälterei steht, und wollte mich erkundigen, ob ich da richtig informiert bin.«

Archer nahm noch einen Bissen. Ein Fetttropfen rann ihr das Kinn hinunter und sie wischte ihn mit ihrer Serviette ab. »Ja, das ist richtig. Wir können ihm zwar nichts beweisen, aber das ist ja meistens so bei Zuhältern. Jedenfalls gehen wir davon aus, dass etwa zwanzig Frauen für ihn arbeiten.«

Ali versuchte seinen Gesichtsausdruck unter Kontrolle zu halten, doch er hatte Mühe, diese Information zu verdauen. Alles, was Archer sagte, war vollkommen unmöglich, hier lag offensichtlich ein Missverständnis vor. Er hätte es gemerkt, wenn sein Freund in eine so große Sache verwickelt gewesen wäre, doch Deepak hatte nie etwas gesagt oder getan, was auch nur den leisesten Verdacht bei ihm geweckt hätte. Er riss sich zusammen, um seine Gefühle zu verbergen, und fragte: »Wie wurden Sie auf ihn aufmerksam?«

»Ach, Sie wissen schon, ein Mädchen hat hin und wieder seinen Namen erwähnt, wenn sie betrunken war oder mit Drogen zugedröhnt. Wir haben ihn jetzt schon seit ein paar Jahren im Visier, konnten ihn aber nie wegen irgendwas festnageln.«

Ali zuckte innerlich zusammen. Wenn sie Deepak schon so lange beobachteten, dann wussten sie sicher, dass er ein Freund von ihm war, doch ihm gegenüber hatte noch nie jemand etwas erwähnt, keiner hatte ihm einen Tipp gegeben.

»Hat er Komplizen?«, fragte er.

»Keine Ahnung. Wir haben ihn immer nur mit den Leuten gesehen, die für ihn arbeiten. Sogar der Polizeichef könnte sein bester Freund sein, und wir wüssten nichts davon. Das Problem ist, wir können nur sein Fitnessstudio und seine Mädchen beobachten und nicht ihn selbst«, erklärte sie. »Sonst setzen wir uns der Gefahr aus, dass er sich wegen rassistischer Schikanen beschwert.«

»Das verstehe ich, insbesondere wenn ihr nicht mehr gegen ihn in der Hand habt als die Aussage von ein paar zugedröhnten Nutten.« Ali hoffte, dass seine Bemerkung nicht allzu bissig klang.

Sie blickte ihn irritiert an. »Ich hab nicht gesagt, dass das alles ist, was wir gegen ihn haben, obgleich es ehrlich gesagt bis vor wenigen Monaten tatsächlich nicht viel mehr war. Dann wurde uns ein Überfall auf eine Prostituierte gemeldet, Debbie Johnson. Es war scheußlich, man hatte ihr einen Schnitt von der Stirn bis zum Kinn verpasst. Natürlich wollte sie uns nicht sagen, wer es getan hatte. Es hätte sowohl ein Freier als auch ihr Zuhälter sein können, aber aus der Tatsache, dass sie nicht den leichten Weg gewählt und gesagt hat, es sei ein Freier gewesen, zogen wir den Schluss, dass es wohl eher ihr Zuhälter war.«

»Und Sie glauben, Deepak Azam ist ihr Zuhälter?« Die Frage blieb ihm fast im Hals stecken.

»Das konnten wir nicht mit Sicherheit beweisen. Wir wissen es eigentlich auch jetzt noch nicht ganz genau, aber als wir ins Krankenhaus kamen, um sie zu befragen, war er bei ihr.«

Ein Schreck durchzuckte Ali. »Er war bei ihr?«

»Ja, er saß auf einem Stuhl neben ihrem Bett. Sobald er uns sah, ist er natürlich verschwunden. Aber sagen Sie selbst, Sergeant Ali, warum sollte Deepak Azam eine Prostituierte am Krankenbett besuchen, wenn er nicht ihr Zuhälter ist oder sie zumindest kennt, und das, wo er doch einer der stärksten Befürworter der Forderung war, dass die Prostituierten aus der Stadt vertrieben werden?« Ali ließ seinen Blick sinken. Er konnte nicht viel dazu sagen. Als Deepaks Freund hätte er ihr am liebsten keinen Glauben geschenkt, doch als Polizist musste er ihrem Urteil ein gewisses Maß an Vertrauen entgegenbringen.

»Und warum haben Sie ihn dann nicht verhaftet?«

Die Frage war rein rhetorisch, denn er kannte die Antwort bereits.

»Mit welcher Begründung? Dass er eine Patientin im Krankenhaus besucht hat?« Ihre Stimme klang verächtlich – und das war bei seiner Frage auch berechtigt. »Eine Zeit lang haben wir das Fitnesscenter überwacht und die Frau an ihrem Stammplatz auf dem Straßenstrich, aber es war reine Zeitverschwendung. Nachdem wir im Krankenhaus aufgekreuzt sind, war er vorgewarnt. Am dichtesten an ihn heran kamen wir durch einen Schläger namens Dwayne Varley, der für ihn als Rausschmeißer arbeitet und der jede Nacht die Einnahmen der Frauen einsammelt. Wir hätten uns ihm an die Fersen heften oder ihn hochgehen lassen können, aber schließlich wollen wir Azam. Doch bevor wir Varley nicht auf frischer Tat ertappen, beispielsweise bei der Geldübergabe, haben wir nichts in der Hand. Und Varley zu verknacken wäre den Schreibkram nicht wert. Er ist selber nicht schlau genug für einen Zuhälter, der führt nur aus, was man ihm sagt.« Sie zuckte die Schultern. »Jetzt wissen Sie alles. Im Augenblick basiert unser Verdacht noch rein auf Indizien, aber man muss schließlich kein Mathegenie sein, um in dieser Sache eins und eins zusammenzuzählen, oder?«

Nein, das brauchte man wirklich nicht. Trotzdem glaubte Ali, konkrete Beweise zu brauchen, bevor er sich von Familie und Freunden distanzierte. Als er sich von Michelle Archer verabschiedet hatte, fuhr er daher direkt zum Fitnesscenter. Er parkte seinen Wagen und ging durch den Haupteingang hinein; dabei ließ er das Gebäude auf sich wirken. Früher war das Viertel das Zentrum der Wollmanufakturen in der Stadt gewesen. Klotzige Lagerhäuser ragten in den Himmel, jedes gefüllt mit Wolle in den unterschiedlichsten Verarbeitungsstadien: von Säcken mit Wollabfällen bis hin zu fertigen Stoffballen für den Export. Doch seit dem Niedergang der Textilindustrie waren immer mehr Betriebe und Händler ausgezogen, und die Gebäude standen leer – eine trotzige Ruine einstiger wirtschaftlicher Macht. Schließlich hatte die Stadt das Anwesen übernommen, um es vor weiterem Verfall zu bewahren, und die Räume im Erdgeschoss waren an Händler für gebrauchte Büromöbel und Elektrogeräte oder für Auktionen von Waren aus Konkursmasse vermietet worden. Auch der eine oder andere Spielsalon machte dort auf, der dann vorwiegend von Arbeitsscheuen und Schulschwänzern frequentiert wurde, und auch Dealer, Nutten und Kleinkriminelle gingen dort ein und aus. Trotz all dem hatte Deepak das Potenzial dieses Komplexes erkannt. Das einstige Gewerbezentrum der Stadt war zwar inzwischen zu einer zwielichtigen Gegend verkommen und die Normalbürger hielten sich fern, doch er wollte sie zurückholen. Sie sollten das Viertel als attraktives Zentrum städtischen Lebens wieder für sich entdecken, und er wusste, wie er das erreichen konnte.

Es würde funktionieren, und es war genau der richtige Ort, hatte er damals Ali erklärt: zentral gelegen und nur ein paar Gehminuten vom Bahnhof, den Bushaltestellen und einer großen Freifläche entfernt, die von früheren Stadtplanern bereits so angelegt worden war, als hätten sie einen Parkplatz für das einundzwanzigste Jahrhundert im Sinn gehabt. Auch der Preis war für ihn akzeptabel gewesen, denn die Stadt war bereit gewesen, den ganzen Komplex unter Marktwert zu verkaufen, um die damit verbundenen

Probleme vom Hals zu haben. Man musste zwar eine Menge umbauen, um darin ein modernes, funktionsgerechtes Sport- und Freizeitzentrum mit Fitnessclub, Squash Courts, mehreren großen Hallen für Aerobic, Kampfsport und Yoga sowie einen Diät-Club und ein Naturkost-Restaurant unterzubringen, doch der Komplex strahlte ein Ambiente aus, das mit Geld nicht zu bezahlen war – er verkörperte Geschichte und Tradition. Deepak wusste, wie sehr die Briten das schätzten, und als Ali eingewandt hatte, es wäre vermutlich vernünftiger, weiter außerhalb der Stadt Grund zu erwerben und dort ein funktionsgerechtes Freizeitzentrum zu errichten, hatte er ihn vor das Gebäude geführt. »Schau mal dort hoch«, forderte er ihn auf. »Was siehst du da oben?«

Ali hatte ganz verwirrt erwidert: »Nichts, außer Mauern und einem Eingang.«

»Und du willst ein Detektiv sein? Komm schon, Khalid, was siehst du dort über der Tür?«

»Die Jahreszahl.«

»Genau. Achtzehnhundertfünfzig. Geschichte!«, erklärte Deepak. »Achtzehnhundertfünfzig bedeutet eine lange Tradition, und wenn Tradition den Leuten wichtig ist, dann ist das sicher auch für mich ein wertvolles Kapital.«

Das war eine der Eigenschaften, die Ali so sehr an Deepak bewunderte – seine Fähigkeit zu erkennen, wie er die Leute für seine Projekte gewinnen konnte.

Und jetzt, einige Jahre später, waren die Fassaden aus heimischem Sandstein noch immer ein Symbol der glorreichen Vergangenheit, während das Innere sich zu einem Symbol der Modernität entwickelt hatte. Helles Licht lockte die Kunden herein, Räume mit abgesenkten Decken, gedämpftem Licht und Polstermöbeln luden zum Verweilen ein. Die gut ausgestatteten Fitnessräume, die Squash Courts, Saunen, Whirlpools und anderen Wellness-Einrichtungen sowie die professionellen Trainer, die Angebote von Fußreflexzonen- und konventioneller Massage bis zu Aromatherapie überzeugten sie, dass sie etwas Unverzichtbares für ihr Geld geboten bekamen. Diejenigen, die es sich leisten konnten, hatten Jahresmitgliedschaften, für andere, die mehr aufs Geld schauen mussten, gab es Halbjahres- und Vierteljahresabonnements, und für solche mit kleinem Geldbeutel, für Studenten oder Schüler, gab es auch Einzelkarten. Dank dieser Praxis war die Klientel sehr breit gefächert und setzte sich aus allen Schichten, Bevölkerungsgruppen und Religionen zusammen. Im Jahr zuvor war Deepak vom Bürgermeister für seinen Beitrag zum multikulturellen Zusammenleben in der Stadt ausgezeichnet worden; der Preis prangte im Foyer des Gebäudes. Die Stadt war stolz auf ihn, die ausländischen Bewohner waren stolz auf ihren erfolgreichen Vertreter und Ali war stolz auf seinen Freund. Oder zumindest war er das gewesen, bis er gestern Abend mit Handford und heute Morgen mit DS Archer gesprochen hatte. Jetzt konnte er nur noch beten, dass sein Stolz nicht unbegründet gewesen war.

Die Dame am Empfang erkannte Ali sofort. Sie lächelte ihm zu und sagte, Mr Azam sei in seinem Büro, aber er freue sich sicher über seinen Besuch. Ali nahm den Lift ins oberste Geschoss, das man auf einer Seite zum Verwaltungsbereich und auf der anderen zu einem aufwändig ausgestatteten Apartment ausgebaut hatte. Ali begrüßte die Sekretärin, die ihm die Tür öffnete, und ging durch das Vorzimmer in Deepaks Büro. Der Raum lag unter der Dachschräge und war geräumig und luxuriös eingerichtet. Blickfang des Zimmers war ein großer Mahagonischreibtisch, auf dessen Rand sich ein hochmoderner Computer befand. Am anderen Ende des Raums standen zwei große Ledersessel, ein Ledersofa und ein schwerer Mahagoni-Couchtisch. Im Vergleich zu Alis kleinem Kabuff im Präsidium, wo man selten seine Ruhe hatte, sah das hier fast aus wie ein Herrenzimmer.

Azam saß am Schreibtisch und arbeitete. Er war groß und sein markantes Gesicht war ebenso makellos und gut geschnitten wie die dunkelblauen Hosen und das frische weiße Hemd, das er am Hals offen trug. Ali wusste, dass Azam irgendwo eine Krawatte griffbereit hatte, und auch die Anzugjacke hing sorgfältig gebügelt im Ankleidezimmer des Apartments. Er wusste auch, dass Deepak dort seine Sportkleidung hatte, die er immer anzog, bevor er hinunter ins Studio ging, sowie einen dunklen Anzug für die vielen feierlichen Anlässe, zu denen er eingeladen war. Am kleinen Finger der rechten Hand trug er einen goldenen Siegelring, und am Handgelenk blitzte eine Rolex.

Azam schob den Stuhl zurück und kam Ali mit ausgestreckter Hand und einem Lächeln entgegen. »Khalid, das ist ja eine angenehme Überraschung. Was kann ich für dich tun?« Er deutete auf einen der Besuchersessel. »Setz dich doch. Kann ich dir einen Kaffee bringen lassen? Wie geht es Amina und den Kindern?« Es bestand kein Zweifel daran, dass er sich freute, ihn zu sehen.

Ali lehnte den Kaffee ab. »Es geht ihnen gut«, antwortete er.

»Shagufta hat mir gesagt, du musstest unser gemeinsames Essen verschieben.«

Ali rutschte nervös in dem knarrenden Ledersessel

hin und her. »Ja, tut mir Leid – die Arbeit. Wir haben zur Zeit sehr viel zu tun.«

Azam setzte sich in den Sessel ihm gegenüber. »Du kennst dein Problem, Khalid, du arbeitest zu viel. Aber gut, was kann ich für dich tun?«

»Ich bin leider beruflich hier, Deepak. Tut mir Leid, dass ich dich am Samstag damit belästigen muss, ich weiß, dass da immer ziemlich viel los ist bei dir.«

»Bei mir ist glücklicherweise immer viel los. Aber ich hoffe, dass ich trotzdem noch genug Zeit für meine Freunde habe – und für die Polizei«, fügte Azam lächelnd hinzu.

»Wir führen Ermittlungen im Fall eines Jungen durch, der vor ein paar Tagen zu Tode kam«, sagte Ali und streckte ihm Michaels Foto hin. »Seine Eltern haben gesagt, er war hier Mitglied im Fitnessclub.«

Azam warf einen kurzen Blick auf das Bild. Seine Miene verriet nichts, und nach einer Weile reichte er es Ali zurück. »Ich kann nicht behaupten, dass ich ihn erkenne, obwohl das nichts heißt. Er könnte trotzdem bei uns Mitglied sein, ich kenne natürlich nicht alle persönlich. Eine Minute, ich schaue mal nach.« Er stand auf und ging hinüber zum Computer. »Wie heißt er gleich noch mal, sagtest du?«

»Ich habe den Namen noch nicht erwähnt«, erwiderte Ali. »Aber er heißt Braintree, Michael Braintree.«

Azam blickte prüfend auf den Bildschirm. Er scrollte durch die Namensliste und seine Augen bewegten sich mit. Dann scrollte er langsamer und hielt inne. »Hier«, sagte er. »Da ist er. Michael Braintree. Er hat seit etwas über einem Jahr eine Schülermitgliedschaft.« Er hob den Blick vom Bildschirm. »War das nicht der Junge, der ermordet wurde und dann aufgehängt, dass es aussah wie Selbstmord? Ich erinnere mich dunkel daran, dass ich etwas darüber in der Zeitung gelesen habe.«

Ali nickte. »Das stimmt.«

»Der arme Junge«, Azam wirkte aufrichtig traurig. »Khalid, ich bin mir nicht sicher, wie, aber wenn ich dir irgendwie bei der Aufklärung helfen kann, dann werde ich das tun. Brauchst du noch irgendeine Auskunft?«

»Hat Michael alle Angebote hier genutzt?«

»Unsere Mitglieder können alle Angebote beliebig nutzen, aber die Jugendlichen verbringen ihre Zeit meist im Fitnessraum. Wollen ihre Muskeln aufbauen und Krafttraining machen. Du weißt ja, wie sie in dem Alter sind.«

»Wann war er zum letzten Mal hier?«

Azam wandte sich wieder dem Bildschirm zu und fuhr mit der Maus über das Mousepad. Dann drückte er eine Taste. »Das war am Dienstag, den 15. August. Er war nicht lange da, nur etwa eine Dreiviertelstunde.«

Es war der Todestag des Jungen, aber Ali verkniff sich den Hinweis. Stattdessen fragte er: »Vormittags oder nachmittags?«

»Vormittags, etwa um elf Uhr.«

Einen Augenblick herrschte Stille, während Ali sich die Aussage notierte. Dann blickte er auf und fragte: »Habt ihr Überwachungskameras hier?«

»Natürlich.«

»Sind die überall im Gebäude angebracht?«

»Nicht überall. Wie du dir vorstellen kannst, müssen wir sehr vorsichtig sein, wo wir sie platzieren.«

»Die Bänder von diesem Tag habt ihr wohl nicht mehr?«

»Kaum, aber ich werde nachsehen. Wir bewahren sie nur auf, wenn irgendetwas vorgefallen ist, ein Unfall, ein Sturz oder dergleichen. Manche unserer Mitglieder würden nicht lange fackeln, uns bei einer Verletzung zu verklagen, wenn sie meinen, dass sie damit durchkommen. Daher bewahren wir diese Bänder auf, nur für den Fall. Wenn etwas unsere Schuld ist, dann regeln wir das, bevor die Sache vor Gericht kommt.« Er lachte kurz auf. »In der Regel recht großzügig, muss ich sagen. Wenn es nicht unsere Schuld ist, dann schützen uns die Bänder gegen böswillige Prozessiererei. Aber solche Dinge passieren selten, und im letzten Jahr oder so war gar nichts.«

Ali stand auf. »Wäre es möglich, eine Liste aller jetzigen und früheren Mitglieder zu bekommen?«

Azam bedachte ihn mit einem missbilligenden Blick. »Theoretisch nein«, sagte er, »die Daten sind vertraulich – und man muss die Datenschutzbestimmungen beachten. Aber weil du es bist und du vermutlich sowieso einen Gerichtsbeschluss zur Herausgabe bekommst, mache ich mal eine Ausnahme. Aber es geht nicht jetzt gleich. Ich sage meiner Sekretärin, sie soll eine Liste für dich ausdrucken und sie morgen oder am Montag ins Präsidium bringen, ist das okay?«

»Vielen Dank, Deepak, du hast mir sehr geholfen.«

Azam lächelte. »Nicht der Rede wert, Khalid. Es ist interessant, dich mal bei der Arbeit zu erleben.« Er brachte Ali zur Tür. »Grüß bitte Amina und die Kinder von mir. Wenn du nicht mehr so viel zu tun hast, können wir ja unser gemeinsames Essen nachholen.«

Ali lächelte gezwungen. Er hasste es, seinen Freund zu belügen. »Ich will sehen, was sich machen lässt. Aber ich kann noch nicht sagen, wann es bei mir wieder geht. Shagufta hat Amina allerdings gesagt, du hast genauso viel zu tun wie ich. Sie sagt, du bleibst oft über Nacht hier.«

»Manchmal, wenn es sehr spät wird, ist es leichter, sich gleich hier in der Wohnung aufs Ohr zu legen, als erst noch heimzufahren. Ich versuche es nicht einreißen zu lassen und Shagufta weiß das auch.« Er klang verärgert, vielleicht darüber, dass sich seine Frau beklagt hatte. Oder hatte er noch ein zweites Leben – eines, von dem Shagufta nichts wusste? Vielleicht wusste sie ja auch davon? Entsetzt verwarf Ali diesen Gedanken sogleich wieder. Was fiel ihm ein, Shagufta da mit reinzuziehen, wenn er noch nicht einmal sicher sein konnte, dass Deepak in diese Sache verwickelt war? Als Nächstes würde er wahrscheinlich vermuten, dass auch die Kinder damit zu tun hatten. Doch so sehr er sich schämte, er wusste, er musste der Sache weiter nachgehen. Er konnte seinen besten Freund zwar nicht direkt fragen, ob er ein Zuhälter war, aber er konnte auf Umwegen etwas herausbekommen. Vielleicht würde es ihm keine absolute Klarheit verschaffen, aber es wäre zumindest ein Anfang.

»Nur noch eine letzte Frage, Deepak«, sagte er so ruhig er konnte. »Ich habe heute Morgen mit einer Beamtin von der Sitte gesprochen, die mir gesagt hat, sie observieren derzeit ein mieses Subjekt namens Dwayne Varley. Angeblich hängt er dauernd bei den Prostituierten rum. Ich erwähne es nur, weil sie gemeint hat, er arbeitet auch bei dir.«

Ali beobachtete Azam genau. Seine Lippen wurden schmal und die Stimme klang gepresst, doch er schien eher wütend als erschrocken, denn es zeigten sich keine der verräterischen Merkmale von Beunruhigung, die Alis geübtes Auge sofort erkannt hätte.

»Ja, das stimmt. Er ist Türsteher bei uns, ein sehr guter übrigens.« Er trat einen Schritt auf Ali zu und sein Blick war so hart wie Stahl. »Es ist ja nett, dass sich diese Sittenwächterin Sorgen macht, Khalid, aber ehrlich gesagt wäre es mir lieber, sie würde sich um ihren eigenen Kram kümmern und nicht um meinen. Was Varley angeht, ich interessiere mich nur dafür, was er tut, wenn er hier ist, nicht für seine Freizeitgewohnheiten. Abgesehen davon, du weißt, wie sehr ich Prostituierte verabscheue. Warum hätte ich mich sonst so ins Zeug legen sollen, dass sie hier aus der Gegend verschwinden? Wenn es nach uns Moslems ginge, gäbe es sie gar nicht, denn kein Mann würde zu ihnen gehen. Es wundert mich jedoch nicht besonders, dass Varley das tut.« Er verzog die Lippen zu einem spöttischen Lächeln. »Trotzdem kann ich ihn ja wohl deswegen kaum rausschmeißen, oder? Also, Khalid, geh zurück auf euer Revier, danke deiner Kollegin für die Information, aber sag ihr, dass es meine Sache ist und nicht ihre, wen ich einstelle.«

Leah wollte da nicht mitmachen.

Was, wenn man sie schnappen würde? Was würde Deepak mit ihr machen? Ihr mit einem Messer das Gesicht zerschneiden? Wenn sie sich erwischen ließen, hätte sie so eine Strafe vielleicht sogar verdient.

Cindy verlor langsam die Geduld. »Wir lassen uns nicht erwischen. Ich hab das schon x-mal gemacht und bin nie erwischt worden.«

Doch Leah zögerte. Sie war auf der ganzen Fahrt in die Stadt aufgeregt gewesen und jetzt, wo sie da waren, nahm ihre Nervosität völlig überhand.

Sie hatten den Bus genommen. Ein Mann war mit ihnen eingestiegen und hatte sich auf dem Oberdeck hinter sie gesetzt. War das ein Bulle? Er hatte den stechenden Blick eines Bullen, der einem Schuldgefühle einjagte, auch wenn man gar nichts getan hatte. Wusste er, was sie tun wollten? Leah hatte sich umgedreht und ihn angeblickt, und er hatte ihr zugelächelt. Dann hatte Cindy ihr von einem Film erzählt, den sie im Fernsehen anschauen wollte. Er kam spätabends, aber sie hatte Alice gefragt, ob sie ihn für sie aufnehmen könnte. Solche Bitten erfüllte Alice bereitwillig. Es war ein alter Film mit Sylvester Stallone. Cindy sagte, sie fände ihn toll. »Er ist sagenhaft durchtrainiert. Den würde ich nicht von der Bettkante stoßen.«

Leah musste kichern. »Der ist doch viel zu alt«, meinte sie.

»Ach komm, wer würde dir denn gefallen?«

Leah fiel niemand ein. Sie war noch nie im Kino gewesen und hatte auch nicht viel ferngesehen, seit sie von ihren Pflegeeltern abgehauen war. In dem besetzten Haus, wo sie eine Zeit lang gewohnt hatte, war kein Fernseher gewesen. Auch aus dem Apartment hatte Deepak nach ein paar Wochen den Apparat weggeschafft. Er hatte gemeint, man könne Sinnvolleres tun als fernzusehen.

Cindy reagierte vollkommen genervt. »Deepak! Von was anderem kannst du auch nie reden. Vergiss doch mal diesen verdammten Deepak«, zischte sie. »Du machst mich noch ganz krank.«

Unbeabsichtigterweise war das Cindy ziemlich laut herausgerutscht, und Leah hatte sich erschrocken umgeblickt, ob es irgendjemand gehört hatte. Der Mann hinter ihnen hatte sie wieder verständnisvoll angelächelt und sie hatte sein Lächeln schüchtern erwidert.

Er stieg an derselben Haltestelle aus wie die beiden Mädchen.

Leah und Cindy schlenderten durch die Geschäfte und probierten Lippenstifte, Mascara, Rouge und Parfums durch. Sobald Leah irgendein Artikel gefiel, ließ Cindy ihn in ihre Umhängetasche gleiten.

»Schau mir ein paarmal gut zu, dann versuchst du's auch mal.«

Leah zögerte. Obgleich es noch recht früh war, herrschte schon ein ziemliches Gedränge. Sie hatte Angst aufzufallen und sah sich ständig um, ob jemand sie beobachtete. Einmal meinte sie, den Mann aus dem Bus zu sehen, doch als sie das nächste Mal wieder zur gleichen Stelle blickte, war er verschwunden.

Cindy fauchte sie an, sie solle damit aufhören. »Mensch, guck dich doch nicht dauernd um«, zischte sie ihr zu. »Du fällst ja richtig auf damit.«

Bei Cindy sah alles ganz simpel aus, aber das war es nicht. Cindy erklärte ihr, wie sie das Paar Ohrringe einfach nur von der Stellage nehmen und in die Tasche fallen lassen müsste. Allerdings müsse man dabei genau treffen, denn der Spalt war schmal, gerade breit genug, dass sie durchrutschen konnten. Landeten sie auf dem Boden, müsste sie sie aufheben und zurücklegen, so als hätte sie sie aus Versehen fallen gelassen.

Den ersten Versuch wagte Leah am Kosmetikregal. Ihre Finger waren ganz zittrig vor Angst, und als sie einen Lippenstift nahm, fiel er ihr prompt auf den Boden. Sie hob ihn auf und legte ihn zurück, dann versuchte sie es mit einem Fläschchen Nagellack noch einmal. Das Gleiche passierte, aber diesmal gab es ein lautes Geräusch, und das Fläschchen rollte über den Kachelboden direkt vor die Füße einer Verkäuferin. Sie beugte sich hinunter, hob es auf und gab es Leah zurück.

Leah schoss das Blut ins Gesicht. »Tut mir schrecklich Leid«, sagte sie.

Sie konnte das nicht. »Komm, lass uns gehen«, bat sie, aber Cindy wollte nichts davon hören. »Irgendwann musst du's ja mal lernen.« Als Nächstes probierten sie es bei den Ohrringen.

Sie hatte das Paar gerade in die Hand genommen, als sie den Hausdetektiv bemerkte. Er trug eine beigefarbene Uniform und auf seiner Brusttasche stand in dunkelbrauner Stickerei »Security Guard«. Er kam direkt auf sie zu. Hatte er sie gesehen? Sie war sich ganz sicher und wagte weder sich zu rühren noch die Ohrringe wieder zurückzulegen, sondern hielt sie fest in ihren schwitzenden Händen. Plötzlich stand er neben ihr. Sie blickte auf die Auslage herunter, als betrachte sie den Schmuck und müsse sich nur noch entscheiden. Sie war sich ganz sicher, dass er sie durchschaut hatte. Doch dann ging er ebenso plötzlich wieder weiter. Leah fuhr sich mit der Zunge über die Lippen und lächelte Cindy, die ihr aufmunternd zunickte, nervös an. Mit klopfendem Herzen startete sie einen neuen Versuch.

Dicht neben Cindy stellen.

Ohrringe fallen lassen.

Sie stand richtig, und die Ohrringe fielen in Richtung Tasche, doch diesmal verfingen sie sich im Reißverschluss und blieben dort hängen. Cindy schüttelte die Tasche sachte, und sie rutschten durch die Öffnung. Die Alufolie, mit der die Tasche ausgeschlagen war, raschelte leise, und erst jetzt traute Leah sich, erleichtert aufzuatmen.

»Komm, lass uns jetzt woanders hingehen«, sagte Cindy. Es war nicht gut, zu lange in einem Geschäft zu bleiben.

Anschließend versuchten sie es bei Next in der Damenabteilung. Dort gab es eine Sonderaktion, daher war viel los und niemand hatte Zeit, auf die beiden jungen Mädchen zu achten, die sich etwas Passendes an den Kleiderständern heraussuchten. Bei Next ergatterten sie Sommer-Tops, obgleich es Leah ein Rätsel war, wie sie die rausschmuggeln sollten. »Die haben doch diese Dinger dran«, wandte sie ein. »Da geht beim Rausgehen todsicher der Alarm los.«

Cindy blickte sie verächtlich an. »Du hast ja wirklich von Tuten und Blasen keine Ahnung. Was meinst du, wozu ich diese Alufolie habe? Damit der Alarm nicht losgeht.«

»Wie geht das?«

»Wie soll ich das wissen? Ist doch auch egal«, sagte Cindy ungeduldig.

Leah gab sich damit zufrieden.

Bei British Home Stores interessierte sich Cindy für die Bademode – je knapper, desto besser. Sie wollte sich damit im Garten in die Sonne legen. Die beiden durchforsteten die Hängeständer und suchten sich aus, was ihnen gefiel. Cindy hatte schon zwei Bikinis in der Tasche verstaut, einen für Leah und einen für sich, doch dann sahen sie den Kaufhaus-Wachmann mit einem Funkgerät vor dem Mund langsam auf sie zustolzieren.

»Los, lauf!«, rief Cindy, aber das musste man Leah nicht erst sagen. Sie floh in die eine Richtung, Cindy in die andere. Der Wachmann entschied sich für Leah.

Sie rannte schnell.

Bloß nicht geschnappt werden.

Wenn man sie erwischte, wäre Alice sicher stinksauer, von Deepak ganz zu schweigen. Er würde ihr das Gesicht mit einem Messer zerschneiden. Tränen liefen ihr über die Wangen und von dem dicken Kloß im Hals bekam sie kaum noch Luft. Sie stieß im Weg stehende Kunden beiseite und erntete wütendes Schimpfen. Der Wachmann rief den Umstehenden zu, sie festzuhalten, doch die waren viel zu sehr damit beschäftigt, ihr Gleichgewicht wieder zu finden, um zugreifen zu können.

Verzweifelt sah Leah sich um. Sie musste unbedingt hier raus, aber sie war vom Eingang weg gelaufen. Also die Treppen hinauf. Es gab zwei, und sie war sich nicht sicher, ob diese hier zum Restaurant führte oder zum Parkdeck. Zum Parkdeck, hoffte sie, denn von dort kam man auf die Straße. Mittlerweile spürte sie ein heftiges Stechen in der Brust, ihr Atem ging stoßweise, und sie bezweifelte, dass sie es schaffen würde.

Da packte sie plötzlich jemand am Arm.

Der Wachmann?

Nein, der rannte immer noch hinter ihr her, und sie konnte ihn rufen hören: »Halten Sie sie fest, Mann!«

Panisch trat Leah um sich, so wie sie es auch bei Dwayne Varley versucht hatte. Doch der Mann rief: »Hier lang!«, und einen Augenblick blieb sie stehen. »Los, komm schon«, drängte er sie leise. »Wenn er dich nicht kriegen soll, müssen wir hier entlang.«

Das war sicher ein fieser Trick. Vermutlich war er von der Zivilstreife und würde sie schnurstracks auf die Wache bringen. Sie wollte sich losreißen, doch er hielt sie fest am Arm gepackt und zerrte sie die Treppe hinauf. Sie trat nach ihm, verfehlte ihn aber.

»Halten Sie sie fest!«

Der Wachmann holte allmählich auf. Plötzlich war ihr Wunsch, dem Mann hinter sich zu entkommen, stärker als die Angst vor dem Mann neben ihr. Sie hörte auf, sich zu wehren und rannte hinter ihm die Treppe hinauf. Oben angekommen warf sie einen Blick hinunter und sah, wie der Wachmann wütend nach rechts und links blickte und verzweifelt versuchte, die flüchtige Ladendiebin zu entdecken. Doch es war zu spät. In ein paar Sekunden waren sie über alle Berge. Leah ließ sich von dem Mann die letzten Stufen hinauf und durch die Tür nach draußen zerren, dann rannten sie quer über den Parkplatz und die Rampe auf der Rückseite des Geschäfts hinunter in die Freiheit.

Zusammen hasteten sie weiter über die Straße und den Hang hinauf zum Busbahnhof. Die Passanten dachten sicher, sie wären Vater und Tochter, die unbedingt noch einen Bus erwischen wollten. Erst im Busbahnhof blieben sie stehen und konnten verschnaufen.

Als er wieder sprechen konnte, streckte ihr Retter seine Hand aus und stellte sich vor: »Ich bin Joe. Und wie heißt du?«

Es war der Mann aus dem Bus.

KAPITEL 10

Es war halb vier Uhr nachmittags, als der diensthabende Sergeant vom Empfang Detective Chief Superintendent Forrester telefonisch meldete, Stadtrat Collingham bitte um eine kurze Unterredung. Er hätte ihr etwas mitzuteilen.

Es war Samstag; sie war bereits seit dem frühen Morgen in der Dienststelle und hatte darauf gewartet, dass John Handford sich bei ihr meldete. Warum sie dazu in ihrem Büro bleiben musste, war ihr selber nicht ganz klar, denn eigentlich hatte er sowohl die Nummer ihres Handys als auch ihres Privatanschlusses. Sie hatte gerade beschlossen, nach Hause zu fahren und sich mit einer Flasche kühlem Weißwein und einer Frauenzeitschrift in den Garten zu legen, als das Telefon klingelte. »Gut, dann bringen Sie ihn mal lieber zu mir rauf«, sagte sie seufzend.

Kurze Zeit später betrat Andrew Collingham ihr Büro. Trotz der Hitze trug er einen dunklen Anzug und ein weißes Hemd mit Krawatte. Sie stand auf und begrüßte ihn mit ausgestreckter Hand. Collinghams Händedruck war schwach und schwitzig, und es kostete sie Überwindung, sich nicht die Hand an ihrem Rock abzuwischen.

»Was kann ich für Sie tun, Herr Stadtrat?«, fragte sie, als er sich auf den Stuhl setzte, den sie ihm hingestellt hatte. »Der Sergeant meinte, Sie hätten mir eine Mitteilung zu machen.«

Collingham setzte sich bequem hin und schlug die Beine übereinander. »Ich muss vorausschicken, dass ich lange und intensiv darüber nachgedacht habe, bevor ich mich entschlossen habe, Sie heute hier aufzusuchen.«

»Davon bin ich überzeugt«, erwiderte sie.

Ein gespanntes Schweigen hing in der Luft, als sollte die Geduld der Wartenden auf die Probe gestellt werden.

»Mr Collingham?«

Seine rechte Hand ruhte auf dem übergeschlagenen Bein und hielt die linke locker umfasst. Ein Lichtstrahl, der durch die Jalousie drang, spiegelte sich in seinem Ehering, und er musste blinzeln, als der Widerschein ihn blendete. Er schob seine Hände ein Stückchen zur Seite. Auf seiner Oberlippe standen Schweißperlen, doch seine Haltung strahlte Selbstvertrauen, Ruhe und Beherrschung aus.

Forrester wartete.

»Gestern Vormittag rief mich Detective Chief Inspector Russell an und fragte mich, ob wir nicht zusammen zum Lunch gehen könnten. Wir trafen uns in The Vaults in der Innenstadt.« Einen Moment schwieg Collingham. Er nahm seine Oberlippe zwischen die Zähne, wobei sie durch die Blutleere weiß wurde; doch dann ließ er sie wieder los und die Farbe kehrte zurück. »Er sagte mir, er sei ein Verdächtiger in der Mordserie an diesen Mädchen. Stimmt das, Superintendent?«

Forrester wich seinem Blick nicht aus, gleichzeitig huschte ein Lächeln über ihr Gesicht. »Also, Herr Stadtrat«, sagte sie kühl. »Sie wissen doch, dass ich

Ihnen dazu nichts sagen darf. Alles, was ich Ihnen bereit bin zu sagen – und zwar nicht Ihnen als Privatmann, sondern als Mitglied des Polizeiausschusses –, ist, dass wir am Fundort der Leiche Hinweise gefunden haben, die uns veranlasst haben, ihn zu befragen. Derzeit überprüfen wir diese Hinweise. Ob er ein Verdächtiger ist oder nicht, wird sich zeigen.«

Collingham kniff die Augen zusammen. »In diesem Fall, Chief Superintendent Forrester, kann ich Ihnen vielleicht bei Ihren Nachforschungen ein wenig weiterhelfen. Der Grund für unser Treffen bestand darin, dass Stephen mich fragen wollte, ob ich sein Alibi für den Abend des letzten Mordes bestätigen würde. Er wollte, dass ich aussage, ich wäre zu der Zeit, als das Mädchen ermordet wurde, mit ihm zusammen gewesen oder hätte mit ihm telefoniert. Er hat mir versichert, er habe sie nicht getötet, sagte aber, er brauche ein hieb- und stichfesteres Alibi, als er es derzeit vorweisen könne. Eines, das man nicht in Frage stellen würde.«

Forrester hielt den Atem an. Damit hatte sich Russell selbst noch einen Schritt weiter ins Zentrum des Verdachts gerückt. Sie unterdrückte ihre innere Erregung. »Und was haben Sie darauf erwidert, Mr Collingham?«

»Was denken Sie denn, was ich erwidert habe, Mrs Forrester? Natürlich habe ich nein gesagt.«

»Hat er Ihnen erklärt, warum er Sie zu dieser Aussage veranlassen wollte?«

Collingham lächelte sie an. »Ja, das hat er, aber ich bin nicht bereit, seine Gründe preiszugeben, Chief Superintendent Forrester. Da müssen Sie Stephen schon selbst fragen.«

Forrester zügelte mühsam ihre Ungeduld. Sie hätte ihm am liebsten an den Kopf geworfen, dass er ihr lieber alles sagen sollte oder gar nichts, doch stattdessen fragte sie ihn: »Hat er irgendeine Andeutung gemacht, wo er in dieser Zeit gewesen ist oder was er gemacht hat?«

»Nein.«

»Meinen Sie, er könnte mit einer Prostituierten zusammen gewesen sein?«

Zunächst zeigte sich Collingham überrascht über die Frage, dann fing er an zu lachen. »Das bezweifle ich, Mrs Forrester. Sie finden keinen größeren Moralapostel als Stephen Russell.«

»Nun, es war ja auch keine besonders moralische Tat, Sie um ein falsches Alibi zu bitten, weil sein eigenes auf schwachen Füßen stand, meinen Sie nicht, Mr Collingham?«

»Nein, vermutlich nicht. Aber dennoch, Stephen Russell mit einer Prostituierten? Das kann ich mir nicht vorstellen.«

»Und Sie wollen uns wirklich nicht mehr darüber sagen?«

»Nein. Alles Weitere soll Ihnen Stephen selber sagen. Sie werden ihn fragen müssen.«

Forrester stand auf und ging zur anderen Seite ihres Schreibtischs. Dort lehnte sie sich an die Tischkante und schränkte Andrew Collinghams Bewegungsfreiheit damit absichtlich ein. Er stellte das übergeschlagene Bein auf den Boden und setzte sich aufrechter in seinen Stuhl. Dann fuhr er sich mit der Zunge über die Lippen und blickte zu ihr auf.

Sie lächelte. »Sie haben mir ein Appetithäppchen hingeworfen, Herr Stadtrat, aber mehr auch nicht. Ich weiß nicht, ob das Ihre Absicht war, aber ich frage mich, warum Sie überhaupt gekommen sind, wenn Sie nicht bereit sind, mir alles zu sagen.«

Collingham änderte erneut seine Sitzhaltung. Sein Gesichtsausdruck ließ darauf schließen, dass er jetzt lieber aufgestanden wäre, ein Stück weiter von ihr abgerückt und sich gegen den Aktenschrank gelehnt oder irgendetwas anderes getan hätte, um wieder die Oberhand zu bekommen. Schließlich sorgte Forrester selbst dafür, dass sich die Situation entspannte, und setzte sich wieder auf ihren Schreibtischstuhl.

Collingham atmete auf. »Ich bin Stadtrat, Chief Superintendent«, sagte er. »Was sollte ich anderes mit meiner Information anfangen, als sie an das Ermittlungsteam weiterzuleiten? Sie denken, Stephen könnte in den Fall verwickelt sein; er hat mich um etwas gebeten, das für jemand, der unschuldig ist, völlig irrelevant wäre. Was hätte ich Ihrer Meinung nach anderes tun sollen?«

Sie ignorierte die Frage. »Was für eine Einstellung hat Mr Russell gegenüber Prostituierten, wissen Sie das?«

Collingham warf ihr einen empörten Blick zu. »Sie denken ziemlich einspurig, Mrs Forrester«, sagte er mit kritischem Unterton.

»Ach, kommen Sie, Mr Collingham, Sie wissen genauso gut wie ich, dass es sich bei den Mordopfern um Prostituierte handelt. Wir können zwar so tun, als ob da keine Minderjährigen darunter wären, aber das tun wir doch schließlich nur, um vor der Öffentlichkeit gut dazustehen – und natürlich um die Stadtkasse zu schonen.«

Collingham presste wütend die Lippen zusammen. »Sie haben kein Recht, unsere politische Linie in dieser Sache in Frage zu stellen, Chief Superintendent. Sie sehen nur Ihren begrenzten Bereich; wir aber müssen das größere Ganze im Auge behalten.«

»Selbst wenn das größere Ganze den Tod minderjähriger Mädchen zur Folge hat?« Forrester beugte sich vor. »Der Mörder sucht sich ganz gezielt minderjährige Mädchen aus, die in die Prostitution hineingezogen wurden, vermutlich gegen ihren Willen. Junge, verletzliche Mädchen, die es nicht verdienen, in einer solchen Gefahr zu schweben, in der wir sie wissentlich belassen. Ihre politische Linie macht sie zum Freiwild eines Mörders, der sie hasst, der sie unbedingt bestrafen und töten will. Ich frage nicht aus irgendeiner perversen Neugier nach Mr Russells Einstellung, Herr Stadtrat. Seine Einstellung gegenüber Prostituierten ist vielleicht durchaus von Relevanz.«

»In dem Fall muss ich sagen, dass ich seine Einstellung nicht kenne. Aber ich vermute mal, sie ist dieselbe wie die jedes anderen normal denkenden Mannes.«

»Und Ihre Einstellung, wie ist Ihre Einstellung dazu?«

Collingham lächelte. »Sie finden, meine Einstellung gegenüber Prostituierten könnte ebenfalls relevant sein? Gut, wenn es Ihnen bei Ihren Ermittlungen weiterhilft – ich kann allerdings nicht erkennen, inwiefern –, dann beantworte ich Ihnen die Frage: Ich mag sie nicht. Sie scheuen sich nicht, Männer mitten in der Stadt anzusprechen, sogar am helllichten Tag. Ich habe es mit eigenen Augen gesehen. Sie als Polizeibeamtin sollten sich verstärkt darum bemühen, das zu unterbinden, und ich als Mitglied des Polizeiausschusses werde dafür sorgen, dass Sie es tun. Wir werden mit der Prostitution in dieser Stadt aufräumen, das kann ich Ihnen versprechen. Aber wir tun das innerhalb der gesetzlichen Möglichkeiten, nicht mit Gewalttaten, wie wir sie derzeit erleben.«

»Und wenn die minderjährigen Prostituierten mal erwachsen sind?«

»Mit denen werden wir genauso aufräumen.«

Die Sonne und die gereizte Debatte der letzten Minuten hatten sowohl die Luft als auch die Stimmung im Raum aufgeheizt. Forrester spürte die Beklemmung und holte ein paarmal tief Luft. Collinghams Miene spiegelte seinen Triumph wider.

Dann fragte Forrester: »Glauben Sie, dass Stephen Russell der Serienmörder ist?«

Einen Augenblick lang war Collingham durch den abrupten Themenwechsel völlig überrumpelt. Zunächst fuhr er scheinbar empört auf, dann lehnte er sich auf dem Stuhl zurück und schlug die Beine wieder übereinander. Hier kam wohl seine langjährige Erfahrung aus hitzigen Wahlkämpfen zum Tragen, und er sagte ruhig: »Nein, das glaube ich nicht.«

»Und warum sind Sie dann *wirklich* heute zu mir gekommen? Russell ist Ihr Freund, dachte ich.«

Collingham hatte jetzt wieder zu seiner kühlen, fast herablassenden Art zurückgefunden. »Das habe ich Ihnen doch bereits gesagt«, erklärte er. »Als Stephen mich um diese Sache bat, war es meine Pflicht, das weiterzugeben. Aber ich muss zugeben, es gibt auch noch andere Gründe. Zum Ersten will ich, dass er Ihnen selber eingesteht, was er mir gesagt hat, und Sie haben zweifellos die Mittel an der Hand, ihn dazu zu bringen. Ich bin sicher, dass auch Sie dann keinen relevanten Zusammenhang zwischen dem Mord und dem Foto mehr finden werden.«

Forrester spürte, wie die Wut langsam wieder in ihr hochstieg. Was für ein Polizist war dieser Detective Chief Inspector Russell eigentlich? Es war schließlich in seinem ureigenen Interesse, die Sache mit dem Foto unter Verschluss zu halten – ganz zu schweigen davon, dass es im Interesse der Ermittlungen war. Immerhin hätte Collingham, wenn ihm danach gewesen wäre, seine Information an jeden Sensationsreporter im Land ausplaudern können.

»Außerdem –«, fuhr Collingham fort, »– können Sie sich noch erinnern, wie es war, als der Yorkshire Ripper hier sein Unwesen trieb, Mrs Forrester?«

Sie nickte. »Nur schwach. Ich war gerade mal ein Teenager, als er anfing, und etwa achtzehn, als man ihn geschnappt hat.«

»Also lassen Sie mich dazu nur sagen: Fast sechs Jahre lang versetzte er alle Frauen in unserer Gegend in Angst und Schrecken. Sie trauten keinem mehr über den Weg, nicht ihren Vätern, nicht ihren Brüdern, nicht ihren Ehemännern, nicht ihren Freunden. Die Gerüchteküche brodelte. Ich erinnere mich, dass es eine Zeit lang hieß, er verkleide sich als Polizist, wenn er morde, also geriet jeder Bobby auf Streife sofort in Verdacht. Dann sagte man, er verkleide sich als Frau – können Sie sich vorstellen, was das bewirkte? Keine fühlte sich mehr sicher, insbesondere als er später dazu überging, nicht nur Prostituierte, sondern auch ganz unschuldige Frauen zu ermorden. Glauben Sie etwa, ich will, dass unsere Stadt noch einmal in eine solche Lage gerät? Und genau aus diesem Grund bin ich zu Ihnen gekommen, Chief Superintendent. Ich glaube zwar nicht, dass Stephen in den Fall verwickelt ist, aber ich will nicht riskieren, dass ich mich irre. Deshalb habe ich Ihnen die meines Erachtens relevanten Teile meines Gesprächs mit ihm mitgeteilt, den Rest soll er Ihnen selber sagen.«

Mit diesen Worten erhob er sich. Er war jetzt wieder vollkommen Herr der Lage – ganz der Stadtrat mit Macht und Einfluss, und dessen war er sich auch bewusst. »Sollte ich Unrecht haben, nun, dann sei es so. Das ist dann eine Sache zwischen Stephen und mir. Aber ich kann an Ihrem Gesicht ablesen, Chief Superintendent, dass Sie sehr wohl glauben, dass ich Recht haben könnte.«

Er streckte die Hand aus. Susan nahm sie und musste dem Mann insgeheim Bewunderung zollen: Mit dem Gespür eines erfahrenen Detektivs hatte er ihre Gedanken erraten und dann, ohne dass sie etwas dagegen tun konnte, die eigentlich ihr zustehende Autorität an sich gerissen und das Gespräch beendet.

»Ich sage Bescheid, damit man Sie hinausbegleitet«, sagte sie.

Es war später Nachmittag, als Handford Susan Forrester zu Hause anrief.

»John, was haben Sie für mich?«

Er berichtete über sein Gespräch mit Dr. Neilsen und was er über Catherine, die Schwangerschaft und ihre Trennung von Russell erfahren hatte.

»Ihr voller Name ist, oder war, Catherine Walsh. Sie ist, oder war, Anwältin; Neilsen meint, dass sie es immer noch ist und sie womöglich eine Kanzlei in Norwich hat. Ich fahre auf meinem Rückweg dort vorbei, aber dafür werde ich bis Montag warten müssen.«

Der Tag wurde immer besser. »Sie meinen, das Foto hat vielleicht etwas mit dieser Catherine Walsh zu tun?«

»Ich meine, das könnte passen. Ich bin mir nicht sicher, wie es in den Besitz des toten Mädchens gekommen ist, aber es stellt offensichtlich eine Verbindung mit Mr Russell her, und diese Verbindung hat ihren Ursprung in Cambridge.«

»Das müssen Sie mir bitte genauer erklären.«

Er schwieg einen Augenblick.

»John?« Forrester war nicht bereit zu warten, bis Handford den Kampf mit seinem Gewissen ausgefochten hatte.

»Nun, vielleicht ist es weit hergeholt, Ma'am, aber wenn diese Frau seine frühere Freundin ist, dann ist das tote Mädchen vielleicht das Kind, das damals abgetrieben werden sollte; vielleicht hat Catherine es doch nicht über sich gebracht und das Kind doch ausgetragen. Vielleicht hat sie eine Tochter bekommen, und diese Tochter hat irgendwie herausgefunden, wer und wo ihr leiblicher Vater war, und ist nach Bradford gekommen, um ihn zu finden.«

»Und vielleicht«, fuhr sie fort, »hat sie ihn tatsächlich gefunden, und vielleicht weiß Mr Russell deshalb mehr, als er zugeben will.«

Als sie den Hörer auflegte, lag ein grimmiges Lächeln auf ihren Lippen. Die verborgenen Seiten des Stephen Russell – eine uneheliche Tochter und ein Foto. Welche Geheimnisse seines Lebens steckten dahinter?

Assistant Chief Constable James Sanderson hatte ganze Arbeit geleistet, denn als John Handford zum Parkside-Revier kam, das am Ende der Grünanlage Parker's Piece lag, wurde ihm jede nur erdenkliche Unterstützung zuteil.

»Wir haben Sie schon erwartet, Sir«, sagte der Schalterbeamte und rief sofort den Dienst habenden Inspector an, der kurz darauf herunterkam, um Handford zu begrüßen.

»In dem Memo hieß es, Sie interessieren sich für alle ungeklärten Mordfälle zwischen 1982 und 1985«, sagte der Inspector, als sie gemeinsam zu seinem Büro gingen.

»Ja, das stimmt. Ich weiß, es ist ziemlich viel verlangt, wenn man bedenkt, wie kurzfristig die Anfrage war. Doch so gern ich länger hier bleiben und mir Cambridge und Umgebung näher anschauen würde, ich muss am Montag zurückfahren. Aber ich kann mich selbst durch die Akten wühlen und möchte niemand von der Arbeit abhalten.«

»Ach, ich denke, da haben wir schon eine bessere Lösung anzubieten.« Der Inspector griff zum Telefon. »Sag Ted, dass er jetzt kommen kann. Ja, bitte, in meinem Büro.«

Er blickte zu Handford auf. »Ted Dimmock war bei uns im Archiv, bevor alles auf Computer umgestellt wurde. Und Sie können mir glauben, Ted ist besser als jeder Computer, er weiß nämlich nicht nur, was wann passiert ist, er kann Ihnen auch sagen, wer die Verdächtigen waren, welche Falschnamen sie benutzten, dann kennt er genau ihre Fehler und Schwächen, weiß die Namen ihrer Eltern, Brüder, Schwestern, Tanten und Onkel, ja ich denke sogar, wo sie ihren Urlaub verbracht haben.«

Handford lachte. »Solche Beamten sind ihr Geld wert. Computer sind vielleicht schneller, aber sie können nur das ausspucken, was jemand vorher eingegeben hat. Wenn nichts drin ist, kann man auch nichts rauskriegen. Ein Archivar vom alten Schlag war stolz darauf, seine Ganoven ganz genau zu kennen.«

Dann kam Ted, in Zivil.

»Ich hoffe, ich störe Sie nicht an Ihrem freien Tag«, sagte Handford und schüttelte ihm die Hand.

»Kein Problem, Sir. Ich kriege nicht mehr oft die Gelegenheit, meine Fähigkeiten, wenn ich das so sagen darf, unter Beweis zu stellen. Das hat aufgehört, seit die Computer meine Arbeit übernommen haben.«

Er trug einen Stapel Akten unter dem Arm. »Die hab ich schon mal herausgesucht, als mir der Inspector hier gesagt hat, was Sie brauchen. Sie sind ein bisschen staubig, weil sie im Archiv waren, aber dafür sind sie vollständig.« Er wandte sich an seinen Chef. »Ich hab mir gedacht, wir könnten ins Besprechungszimmer gehen, wenn das in Ordnung ist, Sir. Dort können wir uns am besten ausbreiten.«

Es machte anscheinend keinen großen Unterschied, ob ein Polizeirevier alt oder neu, groß oder klein, im Norden oder im Süden des Landes war, bestimmte Räume waren überall gleich eingerichtet, und das Besprechungszimmer war eines davon. Tische standen in Hufeisenform, es gab einen Computer, ein Fernseh- und Videogerät, Stühle, die einfach so herumstanden, wie sie von den Teilnehmern der letzten Sitzung zurückgeschoben worden waren, und an der Wand hingen Dienstpläne, Karten und Fotos von gesuchten Gewaltverbrechern und vermissten Kindern, manche schon seit einer Ewigkeit. Handford betrachtete sie genau, aber kein Foto passte zu dem getöteten Mädchen. Nicht, dass er das erwartet hätte, aber es war einen Versuch wert.

Im Raum war es heiß. Durch die offenen Fenster drang Verkehrslärm herein, der plötzlich noch durch das Heulen eines Feuerwehrfahrzeugs übertönt wurde, das aus der Wache nebenan herausgeschossen kam.

»Die hatten diesen Sommer schon ziemlich viel zu tun«, bemerkte Ted, während sie die Akten vor sich ausbreiteten. »Durch die Hitze ist es hier überall trocken wie Zunder. Wir hatten Glück, dass es bisher noch keinen richtig ernsthaften Brand gegeben hat.«

Er studierte die Namen, die in großen schwarzen Buchstaben auf jeder Akte standen. »So, hier sind sie, Sir, die ungeklärten Mordfälle zwischen 1982 und 1985. Insgesamt sind es fünf.«

»Genauer gesagt suche ich nach Todesfällen von jungen, sehr jungen Frauen, mutmaßlich Prostituierten, die in diesen drei Jahren ermordet wurden, möglicherweise von demselben Täter. Sind solche auch dabei?« Insgeheim hoffte Handford, dass das nicht der Fall war.

Doch ohne Zögern zog Ted drei Akten heraus. »Diese hier kommen Ihrer Beschreibung am nächsten.« Er öffnete sie und schob die anderen beiden beiseite. »Prostituierte, aber nur eine von ihnen war in dem gesuchten Alter. Ihnen wurden schwere Kopfverletzungen zugefügt, dann wurden sie einfach liegen gelassen. Zwei waren schon tot, als sie gefunden wurden, die dritte starb im Krankenhaus, ohne das Bewusstsein je wiedererlangt zu haben.«

Das passte nicht ganz zu Handfords gesuchtem Muster. »Und die anderen beiden Fälle?«

»Ein kleines Mädchen, das man auf freiem Feld fand. Sexuell missbraucht und dann erwürgt. Und der dritte –«, er klappte die Akte auf, »– ein Mann in den Fünfzigern, Dozent am Magdalene College. Man fand ihn ermordet auf dem College-Gelände. Er hatte eine Affäre mit einer Frau aus der Verwaltung gehabt. Ihr Ehemann war unser Verdächtiger Nummer eins, aber wir konnten ihn nie endgültig überführen.«

»Erzählen Sie mir etwas über die Prostituiertenmorde«, bat Handford.

Der Constable zeigte auf die ihm am nächsten liegende Akte. »Die erste war Jenny Marsden, besser bekannt als Sherry. Starb am 18. November 1982. Achtzehn Jahre alt, ging seit ein paar Jahren auf den Strich, wurde 1981 zweimal verurteilt wegen Aufforderung zur Unzucht. Soweit wir herausfinden konnten, war sie zu einem Freier ins Auto gestiegen. Sie wurde nicht mehr gesehen, bis man ihre Leiche auf einem Friedhof entdeckte – schrecklich zugerichtet, von der einen Gesichtshälfte war nicht mehr viel übrig.«

Er reichte Handford ein Foto des Fundorts mit der Leiche.

Die tote Frau lag quer über einer Grabplatte. Das Gesicht war der Kamera zugewandt und ihr dunkles Haar und das schwere Make-up bildeten einen scharfen Kontrast zur Blässe ihrer Haut. Die Augen starrten ins Leere, die tiefen Wunden an der einen Seite ihres Kopfs waren mit blutgetränkter Erde verklebt. Sie lag auf dem Rücken, die Arme seitlich ausgebreitet und die Beine gespreizt.

»Ist sie vergewaltigt worden?«

»So wie sie dalag, sah es ganz so aus, als hätte er sie vergewaltigt und anschließend getötet. Er muss jedoch ein Kondom benutzt haben, da keine Spermaspuren gefunden wurden.«

»Hatte sie Wunden, die von einem Kampf herrührten?«

»Nein, das war das Überraschende daran, es gab keine. Der Täter muss den Schlag von hinten ausgeführt haben. Hingegen fanden sich schwere Blutergüsse an den Schultern und am Rücken.«

Handford blätterte durch die nächste Akte. »Was ist mit den anderen? Sind die gleich oder gab es Unterschiede?«

Ted zog ein Foto aus einer anderen Mappe. »Kate Jennings, einundzwanzig. Ermordet im Oktober 1983. Auch sie wurde erschlagen, und wieder fanden sich

Blutergüsse auf ihrem Rücken. Sie lebte noch, als man sie in einem Kirchenportal fand, wo sie kollabiert war. Im Krankenhaus kam sie auf die Intensivstation, aber die Tests zeigten, dass sie klinisch tot war und nach ein paar Tagen wurden die lebenserhaltenden Apparate abgeschaltet.«

»Und das letzte Mädchen?«

»Die ist jetzt ein bisschen näher an dem Alter, nach dem Sie gefragt haben. Lindsay Jefferson. Vierzehn Jahre alt und von zu Hause abgehauen. Kam aus Sussex. Die übliche Geschichte, Vater gestorben, Mutter wieder verheiratet, Lindsay verstand sich nicht mit ihrem Stiefvater und rannte von zu Hause weg. Geriet in falsche Gesellschaft und dann auf die schiefe Bahn. Man fand sie auf einer Baustelle. Na ja, was heißt Baustelle, es lag dort noch der Schutt des alten Gebäudes herum, ohne dass man mit dem neuen begonnen hatte. Zuvor hatte dort eine Kapelle gestanden, die jedoch durch Brandstiftung zerstört worden war. Das Grundstück war eine Menge wert; es wurde an eine Supermarktkette verkauft, und mit dem Erlös konnte man eine neue Kapelle bauen. Wie dem auch sei, die Bauarbeiter waren gerade dabei, das Gelände für den Baubeginn zu räumen, als man Lindsays Leiche fand. Sie war so dort abgelegt worden, dass sie jeder sehen konnte.«

Das Foto zeigte das Mädchen, das zusammengekrümmt wie ein Embryo zwischen dem Müll lag, den die Arbeiter dort verbrannt hatten; ihr Kopf ruhte auf der erkalteten Feuerstelle wie auf einem Kissen. Seit sie hierher gebracht worden war, musste es geregnet haben, denn ihre eine Gesichtshälfte, die von den verkohlten Resten ganz schwarz war, war mit ihren Haaren verklebt.

Handford legte das Foto zurück. »Dieselbe Handschrift?«, fragte er.

»Ziemlich. Sie wies Anzeichen körperlicher Gewalt auf wie die anderen auch, Todesursache waren jedoch die Schläge gegen den Kopf.«

Handford zögerte, bevor er fragte: »Und war sie eine Prostituierte, wissen Sie das?«

»Keine Ahnung. Der Gerichtsmediziner meinte, sie war zweifellos sexuell aktiv, aber das ist ja nichts Besonderes bei Ausreißerinnen. Wenn sie eine Prostituierte war, dann war sie uns nicht als solche bekannt.«

»Und Sie glauben, die Morde an diesen drei Frauen gehen auf den gleichen Täter zurück?«

Ted seufzte. »Na ja, *ich* war überzeugt davon, die Chefs vermutlich nicht so sehr. Keiner wollte sich mit einem Serientäter herumschlagen, und zwischen den einzelnen Morden lag ja eine beträchtliche Zeitspanne. Die Vorgehensweise des Täters konnte auch rein zufällig gewisse Ähnlichkeiten aufweisen.«

Handford ließ hartnäckig seinen prüfenden Blick auf dem Beamten ruhen. »Aber Sie glaubten nicht an einen Zufall? Warum?«

»Wegen der Tatorte. Zur damaligen Zeit schenkte man der Wahl des Tatorts noch nicht so viel Beachtung als Bestandteil des Täterprofils, zumindest nicht so wie heute. Alle Opfer wiesen Gewalteinwirkung im Schulterbereich auf, sie wurden durch Schläge auf den Kopf getötet, und die Morde geschahen jeweils auf dem Areal von Gotteshäusern. Ja, Sir, ich glaube, dass es derselbe Täter war, irgendein religiös motivierter Psychopath. Jedenfalls geschah die letzte Tat im Februar 1985; danach gab es keine mehr.« Er erwiderte Handfords Blick. »Wenn ich Sie wäre, Sir, würde ich mir die Tatorte genauer ansehen, ob es da ein bestimmtes Muster gibt.« Der Constable steckte langsam die Unterlagen wieder in die Aktenmappen zurück. »Meinen Sie, dass Sie in Bradford oben einen Serienmörder haben?«

Handford dachte lange über die Frage nach. »Ja«, sagte er schließlich. »Davon bin ich überzeugt.«

»Und Sie haben einen Verdächtigen, der sich vielleicht in diesem Zeitraum in Cambridge aufhielt?«

Handford lachte. »Möglicherweise. Aber mehr sage ich nicht.«

Ted lächelte. »Denken Sie sich nichts, Sir«, sagte er. »Ich bin jetzt fast dreißig Jahre lang ein Bulle gewesen. In ein paar Monaten gehe ich in Pension. Mir ist es gleich, ob ich vorher noch einem oder zwei Inspectors auf den Keks gehe. Tatsache ist jedoch, dass Sie von mir sicher mehr Informationen bekommen als von den meisten jüngeren Beamten – und seien sie von der Mordkommission oder ähnlich hohe Tiere. Ich trage das alles hier oben mit mir rum.« Er tippte sich an den Kopf. »Und ich verlass mich nicht nur drauf, was der Computer sagt.« Dann schwieg er wieder, lehnte sich gegen die Tischkante und verschränkte die Arme. »Wissen Sie, Sir, ich wette, die bitten mich auch dann noch um Hilfe, wenn ich gerade auf meinem Boot draußen bin oder eine Runde Golf spiele. Ich habe mehr vergessen, als die meisten von den Jungen je wissen werden.«

Handford blieb bei ihm sitzen und blickte aus dem Fenster, wo gerade das Feuerwehrauto in den Hof der Wache zurückkehrte. »Das kann nicht besonders schlimm gewesen sein«, bemerkte er. »Die sind ja schon wieder zurück.«

Die beiden Männer schauten dem Fahrer zu, wie er den Löschzug wieder in den Geräteschuppen manövrierte. »Ich bräuchte dann Kopien von diesen Akten, Ted«, sagte er, als das Fahrzeug zum Stehen kam.

»Schon erledigt, Sir. Sie liegen im Büro des Inspectors.«

Handford machte große Augen. »Was, alle?«, fragte er ungläubig.

»Nein, Sir, nicht alle. Nur die, von denen ich wusste, dass Sie sie brauchen würden. Die anderen sind separate Einzelfälle, dafür hätten Sie nicht diese lange Reise hierher gemacht. Es mussten die anderen sein, zwischen denen eine Verbindung besteht, auch wenn ich der Einzige bin, der das glaubt.«

Handford schüttelte den Kopf. »Sie werden Ihrer Einheit fehlen, das wissen Sie?«

»Mag sein, aber sie wird mir nicht fehlen, nicht mit all dem, was jetzt hier läuft.« Er glitt vom Tisch und sammelte die Akten zusammen. »Übrigens, Sir, wir dachten, der Täter sei vielleicht ein Student, insbesondere da die Mordserie nach drei Jahren aufhörte. Viel leicht passt das ja auch auf Ihren Verdächtigen.«

Stephen Russell goss seiner Frau einen Brandy ein und schlug vor, sich irgendwo gemütlich hinzusetzen. Sie meinte, sie würde lieber zuerst das Geschirr abräumen, bevor sie sich hinsetzten, aber er bat sie, es später zu tun. Er müsse mit ihr reden.

»Lass uns in den Garten gehen«, sagte er. »Ich schalte die Lichter an.«

Die Dämmerung hatte eingesetzt und die Abende wurden schon kürzer. Die langen Schatten der Lampen würden vielleicht ein wenig dazu beitragen, die Peinlichkeit dessen, was er seiner Frau berichten musste, zu verbergen. Als er durch die Balkontür nach draußen ging, versuchte er sich zu sammeln. Er hoffte inständig, dass Natasha sich nicht so betrogen fühlen würde, wie er sein ganzes Leben lang und wie er sich derzeit auch von John Handford hintergangen fühlte, einem Mann, von dem er gedacht hatte, er könne ihm vertrauen.

Ihm war klar, dass man Nachforschungen über seine Vergangenheit anstellen würde, verstand aber nicht, warum ausgerechnet Handford das tun sollte. Zunächst hatte er es gar nicht glauben können und es wäre ihm auch nie selbst in den Sinn gekommen, hätte er nicht zufällig Ali auf der Treppe getroffen. Er hatte eine Bemerkung darüber gemacht, dass Ali so spät noch arbeitete, dann hatte er gefragt, ob John Handford noch im Büro sei. Die Antwort auf die Frage war so unerwartet wie schockierend gewesen, denn so harmlos sie war, konnte Ali ihm dabei nicht in die Augen sehen.

»Nein, Sir.«

»Ich dachte, er hätte heute Nachmittag Dienst.«

»Das hat er, Sir, aber er hat mich gebeten, ihn zu vertreten.«

»Warum?«

Ali wandte sich ab. »Er hat gesagt, er müsse wegfahren.«

»Wegfahren? Wohin?«

Ali hatte immer verlegener gewirkt. »Ich glaube, er ist in Cambridge, Sir.«

Als er Ali zum Abschied zunickte, hatte er den gleichen körperlichen Schmerz verspürt, der ihn durchfahren hatte, als der Arzt ihm gesagt hatte, Natasha könne nie mehr Kinder bekommen. Dann hatte sich dieser Schmerz in Trauer verwandelt, diesen Nachmittag in Wut und jetzt in die Überzeugung, dass er möglicherweise im Begriff war, seine Frau zu verlieren.

Handford stellte Nachforschungen über ihn an, er begann mit seiner Studienzeit in Cambridge, und Russell hatte keine Möglichkeit, ihn daran zu hindern. Selbst Ali wusste davon, warum hätte er denn sonst so nervös und sogar beschämt gewirkt? Forrester hatte seine Vermutung bestätigt, als er sie diesbezüglich zur Rede gestellt hatte, obgleich sie meinte, sie wisse nicht, ob Ali eingeweiht sei. An diesem Punkt hatte er gesagt, er würde weitere Fragen nur noch im Beisein seines Anwalts beantworten, aber das war nichts weiter als eine Strategie, um Zeit zu gewinnen. Inzwischen war ihm klar, dass er nicht verhindern konnte, dass seine Vergangenheit ihn einholte. Eine Vergangenheit, die er seiner Frau würde beichten müssen. Er hoffte inständig, dass sie das nicht auseinander bringen würde.

Natasha, in einem luftigen Baumwollkleid, setzte sich mit ihrem Brandyglas in der Hand hin und lächelte ihm über den Bistrotisch hinweg zu. »Also schieß los, Stephen, was willst du mir erzählen? Was ist so wichtig, dass der Abwasch warten muss?«

Khalid Ali sagte seiner Frau, sie solle nicht aufbleiben und auf ihn warten.

»Warum? Wo gehst du denn hin?«

»Ich gehe aus.«

»Aus?«

»Ja, Amina, aus.«

Er war nicht bereit, mehr zu sagen oder sich weitere Fragen anzuhören. »Jetzt lass einfach gut sein, Amina.«

Daraufhin hatte sie zwar geschwiegen, doch jetzt, während er zum ausgewiesenen Straßenstrich fuhr, sah er im Geiste wieder ihren bestürzten, schmerzlich berührten Blick, und er hasste sich für seine Schroffheit. Sie machte sich große Sorgen um ihn, das verstand er ja, aber er konnte ihr schließlich nicht sagen, wohin er ging und warum. Er wusste selbst nicht so genau, warum er das tat. Es war unwahrscheinlich, dass Deepak dort sein würde, aber zumindest konnte er mit den Frauen sprechen und herausfinden, ob er ihr Zuhälter war. Er musste es wissen, denn wenn Deepak ein Leben führte, von dem sein Freund bei der Polizei nichts wusste, dann würde das den entscheidenden Ausschlag dafür geben, dass Ali die Loyalität gegenüber seiner Herkunft, seiner Familie und seinen Freunden beiseite schieben und sich in Zukunft nur noch dem Gesetz, dem Polizeidienst, und – am allerwichtigsten – seinem eigenen Gewissen verpflichtet fühlen könnte.

KAPITEL 11

DS Michelle Archer suchte sich auf dem Fahrersitz des zivilen Polizeifahrzeugs eine bequemere Position und gähnte. »Es gibt sicher bessere Methoden, einen Samstagabend im Hochsommer zu verbringen, als einem Schwarm Prostituierter bei der Ausübung ihres Gewerbes zuzusehen«, stöhnte sie.

DC Warrender ächzte nur und öffnete nicht mal die Augen. »Ach, ich weiß nicht«, murmelte er.

Die Hitze im Auto wurde langsam unerträglich und Archer drehte das Fenster herunter. »Meinen Sie, dass Azam aufkreuzen wird?«, fragte sie.

»Das bezweifle ich.« Warrender rutschte in seinem Sitz noch tiefer.

Archer drehte sich zur Seite und sah ihn an. »Würden Sie es denn überhaupt merken, wenn er käme? Sie sind verpflichtet, die Augen offen zu halten, Chris. Sie wissen, was es heißt, eine Überwachung durchzuführen. Beobachten und warten. Mit offenen Augen.« Sie verpasste ihm einen Rippenstoß. »Es gibt Zeiten, Warrender, da sind Sie einfach nur eine Platzverschwendung.«

Warrender rieb sich die Seite und machte es sich wieder bequem. »Wenn Sie das sagen, Sergeant«, sagte er.

»Warrender!«

Er setzte sich mühsam gerade auf. »Menschenskind, Michelle, das hat doch keinen Zweck hier. Azam wird hier nicht erscheinen, das tut er nie. Warum sollte er, wenn er Varley hat, der für ihn die Drecksarbeit macht? Wenn Forrester ihn für diese Morde drankriegen will – und meiner Meinung nach ist er nicht der Täter –, dann muss sie sich was Besseres ausdenken als so was hier. Zum einen sollte sie erst mal Varley genauer auf die Finger schauen. Oder die Frauen hier in die Mangel nehmen und sie zwingen, uns zu sagen, wo diese Babynutten anschaffen. Dann hätten wir vielleicht eine kleine Chance, den Scheißkerl festzunageln.« Er beugte sich vor. »Wenn *ich* die mal eine halbe Stunde in der Mangel hätte, dann garantiere ich Ihnen, sie würden reden.«

Archer drehte sich ihm zu, mit einem Gesichtsausdruck, der so sauer war wie eine unreife Frucht. »Sie hatten bereits Ihre halbe Stunde, Warrender«, sagte sie. »Mit der Frau, mit der sie hinter die Fabrikhalle gegangen sind. Die hat Ihnen sicher die Fish-and-Chips-Bude gezeigt, oder?«

Warrender lächelte. »So was in der Art«, sagte er.

»Na, ich hoffe nur, Sie haben sich Ihre dreckigen Pfoten gewaschen, bevor Sie unser Abendessen gekauft haben. Wenn ich mir eine Lebensmittelvergiftung geholt habe, dann gebe ich Ihnen die Schuld dafür.«

Sie spähte durch die Windschutzscheibe. Die Sonne war schon lange untergegangen, aber das orangefarbene Licht der Straßenlaternen zusammen mit dem Mondschein sorgte für genug Helligkeit, dass man die Frauen und ihre Freier gut beobachten konnte. Den Parkplatz begrenzten zwei nebeneinander stehende Gebäude einer verlassenen Fabrikhalle, zwischen denen der inzwischen nutzlose Schornstein wie ein

Phallussymbol hoch in den Himmel aufragte. Zu dieser nächtlichen Stunde wirkten die Gebäude bedrohlich und alle Winkel und Durchgänge lagen in tiefem Schatten, in dem man sich gut verstecken konnte.

Es war eine sehr zweifelhafte Gegend, aber die Polizei und der Stadtrat hatten sich auf kein anderes Gelände für den Straßenstrich einigen können. Wenn sich die Prostituierten an den ihnen zugewiesenen Bereich hielten und der anderen Straßenseite fernblieben, waren sie zwar vor einer Verhaftung sicher, nicht aber vor anderen lauernden Gefahren. Man hatte die Frauen hierher geschickt, denn der alte, inoffizielle Straßenstrich war zu gefährlich geworden, da die Anwohner Bürgerwehren gebildet hatten, um sie zu vertreiben. Die Prostituierten waren dort seit Jahren ihrem Gewerbe nachgegangen, in der Tat so lange, dass der Straßenname zum Synonym für die Bordsteinschwalben und die langsam an ihnen vorbeidefilierenden Autos mit den Freiern geworden war. Empörte Bewohner und eine Polizei, die nicht in der Lage war, die Sicherheit der Frauen zu gewährleisten, hatten den Stadtrat zu der Entscheidung gezwungen, den Prostituierten einen Bereich zuzuweisen, wo sie ihrem Gewerbe nachgehen konnten. Ob die Frauen dort weniger Angst hatten als in dem bisherigen, war den maßgeblichen Stellen nicht bekannt und auch vollkommen gleichgültig. Die Frauen waren Stricherinnen, und das Risiko gehörte daher zu ihrem Job.

An diesem Abend warteten etwa ein Dutzend von ihnen auf Freier. Archer beobachtete, wie sie in ihren Lederminis, knappen Oberteilen und hohen Stöckelschuhen vor der Fabrikhalle, über den betonierten Hof zwischen den beiden Gebäuden und draußen auf der Straße auf und ab stolzierten. Bei schlechtem Wetter sammelte sich der Regen in den Schlaglöchern zu tiefen Pfützen. Bei der derzeitigen Hitze jedoch war hier eine einzige Staubwüste, und während die Frauen hin und her schlenderten und warteten, wirbelten ihre Schuhe wahre Wolken auf. Die Prostituierten rauchten unaufhörlich, eine Zigarette nach der anderen.

Autos fuhren vor und wieder davon und die Fahrer setzten entweder eine Frau ab oder nahmen eine mit. Hielt ein Fahrer an, dann beugte sich die am nächsten stehende Frau zum Fenster hinunter.

»Hast du Zeit für mich, Süßer?« Sex wurde nie ausdrücklich erwähnt, denn das hätte den Tatbestand der Aufforderung zur Unzucht erfüllt.

War der Freier einverstanden und der Preis in Ordnung, nahm die Auserwählte einen letzten Zug von ihrer Zigarette, ließ den Stummel in den Staub fallen und trat ihn mit der Schuhspitze aus. Dann blies sie den Rauch seitlich aus dem Mund, stieg ins Auto und kehrte etwa eine halbe Stunde später wieder zurück. Nicht jeder Freier wollte, dass eine Frau zu ihm ins Auto stieg; in dem Fall parkte er seinen Wagen und folgte der Frau auf die andere Seite der Fabrik oder zu einem Ort, wo sie nicht gesehen werden konnten. Ein Quickie reichte ihm schon.

»Warum glauben Sie, dass Azam nichts mit den minderjährigen Prostituierten zu tun hat?«, fragte Archer und wandte ihren Blick von dem Geschehen vor ihr ab.

»Das habe ich nicht gesagt. Er hat da vermutlich sehr wohl seine Finger mit drin, höchstwahrscheinlich ist er ihr Zuhälter. Aber wenn sie für ihn anschaffen, dann an irgendeinem Ort, den wir nicht kennen, und so weit wie möglich von dort entfernt, wo er wohnt und arbeitet. Die sind sicher in einem Bordell mit einer Puffmutter, die sie anleitet und überwacht. Er wird sich kaum selber dorthin begeben, genauso wenig, wie er einen Teufel tun wird, hier aufzukreuzen. Es gehört mehr dazu, ihn zu schnappen, als dass wir uns hier die halbe Nacht um die Ohren schlagen, nur um ein paar Nutten zu belauern.«

»Und was genau bräuchte es zum Beispiel?«

»Wir müssen ihm gewaltig einheizen und einen richtigen Schreck einjagen. Er soll denken, dass wir handfeste Beweise haben und nicht nur einen Verdacht, und wir müssen ihm ständig im Nacken sitzen.«

»Ach ja, und im Handumdrehen haben wir wieder eine Beschwerde am Hals wegen rassistischer Schikanen. Dann haben wir den Salat.«

»Immer noch besser als das, was wir jetzt haben.«

»Und was ist das, was wir jetzt haben, Warrender?«

Warrender hielt ihrem bohrenden Blick stand. »Vier ermordete Mädchen und tote Hose, was eine heiße Spur angeht«, sagte er düster.

Ein paar Autos fuhren langsam die Straße entlang, hielten aber nicht an.

»Ein gewisser Sergeant Ali hat mich heute Morgen über Deepak Azam ausgefragt«, sagte Archer nachdenklich.

Warrender blickte auf. »Ich hoffe, Sie haben ihm gesagt, er soll sich verpissen.«

»Wieso denn das?«

Warrender zuckte die Schultern.

»Dann kennen Sie Sergeant Ali also?«, fragte Archer.

»Hab mit ihm mal eine Zeit lang in Broughton zusammengearbeitet und dann Ende letzten Jahres bei einer Mordermittlung.«

»Und, wie ist er so?«

»Wie soll er schon sein, die sind doch alle gleich, halten untereinander zusammen gegen den Rest der Welt.«

Archer blickte ihn tadelnd an. »Ich meinte als Polizist.«

»Ach so. Ganz gut.« Er sah so aus, als wollte er noch etwas hinzufügen, aber da sie ihn immer noch streng anblickte, ließ er es bleiben. »Und, was wollte er?«

Archer sprach jetzt wieder in normalem Ton. »Er hatte gehört, dass wir Azam unter Verdacht haben, ein Zuhälter zu sein, und wollte wissen, ob das zutrifft. Er muss für einen Fall, an dem er dran ist –, für den Mord an diesem Jungen, den man erhängt aufgefunden hat – Routinenachforschungen im Freizeitzentrum anstellen.«

»Dann können wir's vergessen, Azam nachzuweisen, dass er ein Zuhälter ist. Ali wird ihm inzwischen einen Tipp gegeben haben.« Warrender wandte sich ihr zu. »Aber ich sage Ihnen, Michelle«, fuhr er in ernstem Tonfall fort, »ganz gleich, ob Ali ihn warnt oder nicht, wenn irgendjemand Azams Mädchen abmurkst, dann wird es nicht lange dauern, bis der die Dinge selbst in die Hand nimmt. Vielleicht hat er eine Vermutung, wer es getan haben könnte. Und wenn er meint, es war die Konkurrenz, dann wird er Vergeltung üben. Und Sie wissen, was das bedeutet. Sie werden wieder damit anfangen, sich gegenseitig die Pferdchen abzuschlachten, und wenn ihnen die ausgehen, dann gehen sie aufeinander los. Sie wissen schon, die alte Tour, sich gegenseitig aus dem Auto heraus abzuknallen. Und wen kümmert's dabei schon, ob da zufällig unschuldige Passanten im Weg rumstehen? Für die gilt ein Menschenleben doch rein gar nichts.«

Ein angespanntes Schweigen trat ein. Normalerweise schenkte Archer den Ansichten ihres Kollegen Chris Warrender keine besondere Beachtung. Er hatte jede Menge Vorurteile, machte ständig sexistisch oder rassistisch gefärbte Bemerkungen, schaffte es aber immer wieder, sich rauszureden, wenn sich jemand beschwerte. Diesmal musste sie jedoch zugeben, dass er vermutlich Recht hatte. Wenn Azam der Zuhälter der Mädchen war, hätte er nichts davon, sie umzubringen; das wäre so, als würde er Geld zum Fenster rausschmeißen. Und überhaupt, er hatte ganz andere Methoden, die Mädchen zu bändigen, die ihm auf der Nase herumtanzten. Der Gedanke führte sie zurück zu ihrem Gespräch mit Sergeant Ali. Sie hatte nichts dabei gefunden, dass er sie über Azam ausfragte. Aber wenn sie jetzt so darüber nachdachte, musste sie sich fragen, warum er ausgerechnet ein so starkes Interesse an Azam selbst gezeigt hatte, wo er ja doch nichts anderes tun musste, als die Mitgliedschaft eines ermordeten Jungen im Freizeitzentrum zu überprüfen. Warum wollte er dazu bei der Geschäftsleitung nachfragen, warum bei Azam selbst? Das war ungewöhnlich für eine reine Routinerecherche. Was er wissen wollte, hätte ihm genauso gut die Rezeptionsdame beantworten können. Vielleicht sollte sie dem Sergeant noch einmal auf den Zahn fühlen.

Archer blickte zu ihrem Kollegen hinüber. Er hatte wieder die Augen geschlossen. Auch diesmal kümmerte er sich einen Dreck um ihre Autorität. Seiner Meinung nach besaß sie keine. Dafür besaß sie jedoch Ellbogen, und zum zweiten Mal stieß sie ihn damit heftig in die Rippen. Er öffnete die Augen, ließ den

Blick flüchtig schweifen und wollte es sich schon wieder gemütlich machen, als ein Wagen, den keiner von beiden bisher gesehen hatte, mit ausgeschalteten Scheinwerfern an den Randstein fuhr und anhielt. Ein junges Mädchen, vermutlich nicht älter als siebzehn, stöckelte auf unsicheren Beinen zum Auto. Sie beugte sich kurz zum Fenster hinein, zog dann den Oberkörper wieder heraus und rief: »Fick dich doch selbst, du Wichser.«

Sie wandte sich an eine der anderen und rief: »Er will nur dich, Ros! Hat gesagt, ich bin zu alt für ihn, der Scheißkerl!« Sie drehte sich wieder zu dem Wagenfenster hin: »Aber denk dran, du alte Schwuchtel, du kriegst immer nur das, wofür du bezahlst. Und von der kriegst du nicht viel.«

Unbeeindruckt stolzierte die andere zum Auto, und als sie an ihrer Kollegin vorbeikam, zeigte sie ihr verächtlich den Stinkefinger. Der Freier öffnete die Wagentür und sie stieg ein.

»Kennen wir den?«, fragte Archer.

»Noch nie gesehen, aber da er eine Vorliebe für junges Gemüse hat, sehen wir ihn uns besser mal genauer an.« Warrender sprach in sein Funkgerät. »Könnt ihr mir ein Autokennzeichen überprüfen«, sagte er, »die Reihenfolge ist Whisky, 583, Delta, Bravo, Juliet.«

Kurz darauf knisterte es im Funkgerät und die körperlose Stimme sagte, »Whisky, 583, Delta, Bravo, Juliet ist ein dunkelgrüner Vauxhall Vectra, angemeldet auf die Firma Harbour Chemicals im Hill Top Industrial Estate. Wagen nicht als vermisst oder gestohlen gemeldet.«

»Nachricht empfangen, danke. Ende.« Warrender steckte das Funkgerät wieder ans Armaturenbrett zurück. »Mist«, zischte er. »Ein Firmenwagen, damit kann jeder rumfahren. Schade, das hätte unseren Abend etwas aufgelockert, wenn wir ihn schön brav bei seiner Frau hätten abliefern können.«

DS Archer seufzte. »Sie sind ein echter Heuchler, Warrender. Sie denken sich doch auch nichts dabei, sich die Hose aufzuknöpfen, wenn Ihnen danach ist. Und dann schreiben Sie verschlüsselte Kommentare in Ihr kleines schwarzes Buch und feixen hinterher mit Ihren Kumpels darüber. Wie oft haben Sie das schon gemacht, Chris?«

Warrender legte den Finger an die Nase und grinste sie an. »Geht Sie gar nichts an«, meinte er nur. »Aber ich hab meinen Spaß dabei.«

Er war ein ekelhafter Kerl und Michelle Archer wollte ihm das gerade sagen, als ein anderer Wagen am Borsteinrand hielt und die Scheinwerfer ausstellte. »Mensch, heute Nacht ist aber was los«, sagte sie. »Muss an der Hitze liegen.«

Warrender öffnete die Wagentür und stieg mühsam aus. »Mir stinkt das langsam hier, kommen Sie, den schnappen wir uns.«

Archer folgte ihm.

Sie traten von hinten an den Wagen heran. Warrender schlich zur Fahrertür hin. Er fasste an den Türgriff, drückte ihn herunter und riss die Tür auf. »Also, Kumpel, jetzt haben wir dich geschnappt.«

Als er den Fahrer sah, legte sich ein triumphierendes Lächeln über sein Gesicht. »Sieh mal einer an, wen haben wir denn da?«, sagte er. »Detective Sergeant Ali, wenn ich mich nicht irre. Sie wollten hier wohl auch mal ein bisschen reinschnuppern und 'ne kleine Nummer schieben, was?«

Es war spät und die Freier waren gegangen, aber so müde Leah auch war, sie konnte nicht einschlafen. Die Flucht aus dem Kaufhaus steckte ihr noch in den Knochen, und sie fragte sich ernsthaft, was mit ihr geschehen wäre, wenn man sie geschnappt hätte. Dass sie entkommen war, hatte sie Joe zu verdanken. Er hatte sie danach noch zum Bus gebracht, und sie war etwa um zwei Uhr wieder in Alices Haus gewesen. Cindy war eine halbe Stunde später mit prallvollen Taschen zurückgekommen. *Ihr* hatte das Ganze anscheinend keinen besonderen Schreck eingejagt und sie hatte sich sogar über Leah lustig gemacht, dass sie sich von einem Kaufhaus-Wachmann einen solchen Schrecken hatte einjagen lassen. Sie hatte leicht spotten, denn hinter ihr war er ja schließlich nicht her gewesen. Was wäre passiert, wenn er sie eingeholt hätte? Leah wollte sich gar nicht ausmalen, was Deepak mit ihr angestellt hätte, wenn sie gefasst worden wäre. Bestenfalls hätte er Alice beauftragt, ihr eine Tracht Prügel zu verabreichen, und schlimmstenfalls ... Sie strich sich mit den Fingerspitzen über ihre Wange und dachte an die Frau mit der Narbe.

Sie hatte Joe von Deepak erzählt – nicht, was sie für ihn tat, aber über ihn: wie er war und wie sehr sie ihn liebte. Und Joe hatte anscheinend Verständnis gehabt. Er war wirklich nett zu ihr gewesen, hatte ihr im Interchange Café etwas zu trinken spendiert und dann hatten sie zusammen auf dem Centenary Square gesessen und sich unterhalten. Joe war nicht so wie andere Männer; er hatte sie nicht anzüglich angestarrt oder versucht, ihr in den Ausschnitt zu starren. Stattdessen hatte er sie reden lassen und ihr zugehört, so in der Art, wie es vermutlich ein Priester tun würde. Sie glaubte jedoch nicht, dass er Priester war, dann hätte er sicher versucht, ihr das Klauen auszureden. Aber das tat er nicht. In mancher Hinsicht erinnerte er sie an ihren Vater, bevor er sie und ihre Mutter verlassen hatte. Sie hatte nur verschwommene Erinnerungen an ihn, aber Momentaufnahmen aus dieser Zeit hatte sie behalten, andere Dinge dazuerfunden, so dass er für sie zu einer vollständigen Person geworden war – so, wie sie ihn gern haben würde. Joe hatte zu ihr gesagt, was sicher auch ihr Vater gesagt hätte, dass sie sich immer bei ihm melden könne, wenn sie jemand zum Reden bräuchte. Dafür hatte er ihr sogar seine Handynummer gegeben. Abgesehen von Deepak war er ihr einziger Freund, fiel ihr plötzlich auf. Und immer wenn sie an ihn dachte, verflog ihre Angst. Sie würde ihn sicher anrufen, denn Joe machte sich etwas aus ihr, genauso wie Deepak sich etwas aus ihr machte.

Das Wochenende lag hinter ihm. John Handford saß in seinem Hotel am Frühstückstisch, dachte über die letzten Tage nach und machte sich Notizen. Die Kellnerin kam vorbei und wollte wissen, ob alles zu seiner Zufriedenheit gewesen sei. Mehr als das, erwiderte er freundlich. Es komme nicht oft vor, dass er ein komplettes englisches Frühstück serviert bekäme. Sie lächelte und ging wieder.

Trotz seiner unangenehmen Mission hatte er die Zeit in Cambridge genossen. Der Samstag, obgleich ergiebig an Informationen, war kein fröhlicher Tag gewesen, aber am Sonntag hatte er abgeschaltet und Tourist gespielt, hatte unbeschwert die Stadt erkundet und sich alles angeschaut, was sie zu bieten hatte. Es hätte ihm nichts ausgemacht, allein herumzugehen, aber für Mark Neilsen kam das gar nicht in Frage. Sie hatten sich zusammen die King's College Chapel angesehen und Handford hatte das beeindruckende Kreuzrippengewölbe, das Gemälde *Die Anbetung der Könige* und die Farbenpracht der Glasfenster bewundert, die er sich auf Anraten seines Begleiters in der richtigen Abfolge, von der Nordwestecke aus nach Osten, angesehen hatte. Am Abend waren sie aufs Land gefahren und hatten ihren Ausflug in einem der vielen hübschen Orte von Cambridgeshire beschlossen, wo sie sich im Garten des Dorf-Pubs einen großen Ploughman's Lunch und ein paar Bier zum Runterspülen genehmigt hatten. Neilsen übernahm anschließend das Fahren, und Handford fragte sich, ob er ihm nahe legen sollte, es lieber bleiben zu lassen. Doch da Handford vermutlich selbst über der Promillegrenze lag, beschloss er, dieses eine Mal zu vergessen, dass er Polizist war. Er lehnte sich zurück und genoss die Rückfahrt und ihre Unterhaltung.

Jetzt blätterte er durch die Akten, die Ted für ihn kopiert hatte. Die Morde an den beiden Prostituierten und der vierzehnjährigen Ausreißerin konnten gut das Werk desselben Täters sein. Die Verbrechen waren auf dieselbe Weise ausgeführt worden und es gab eine gewisse Ähnlichkeit bei den Tatorten. Doch ob ein Zusammenhang zwischen diesen Morden und denen in Bradford bestand, war fraglich. Die Ähnlichkeiten begannen und endeten mit der Wahl des Opfers, den Anzeichen, dass sie der Täter geschlagen hatte und dass sie alle durch eine letzte heftige Gewalteinwirkung gegen den Kopf getötet worden waren. Es gab keine Vergewaltigung post mortem und keine spezielle Handschrift des Mörders. Die einzige Verbindung zu Bradford, wenn man es denn so nennen wollte, war Russell – nicht gerade eine heiße Spur. In Bradford hatte ein ermordetes Mädchen ein Foto von ihm bei sich getragen, und in Cambridge war er im Zeitraum der Morde Student gewesen. Doch das konnte auch Zufall sein. Nüchtern betrachtet, gab es keinen konkreten Beweis, der darauf hindeutete, dass der DCI ein Mörder war. Russells Anfälle von Melancholie hingegen gaben Handford zu denken. Sie waren für ihn etwas Neues, davon hatte er als Kollege nie etwas mitbekommen. Um sie einordnen zu können und um herauszufinden, ob diese Verstimmungen nach einem bestimmten Muster auftraten, würde er mit jemand sprechen müssen, der Russell besser kannte, mit Familienmitgliedern oder Freunden. Aber die Anweisungen waren eindeutig: Keine Befragung von Verwandten und Bekannten. Ihm waren die Hände gebunden.

Handford schob seinen Teller zur Seite und griff nach einem Stück Toast, den er großzügig mit Butter und Orangenmarmelade bestrich. Während er aß, überflog er weiter Russells Personalakte. Nach Cambridge hatte Russell in der väterlichen Firma in Hampshire zu arbeiten begonnen, ungefähr acht Meilen nördlich von Winchester. Dort war er von 1986 bis 1988 tätig gewesen, bis er in West Yorkshire in den Polizeidienst eingetreten war. Warum? Was hatte ihn dazu veranlasst? Hatten sich Russell und sein Vater über die Geschäftsführung in die Haare bekommen, wie Neilsen angedeutet hatte, oder war ihm, nach einer weiteren Mordserie, die Gegend dort unten zu heiß geworden. Ob es ihm behagte oder nicht, er musste nachprüfen, ob es in der Zeit, als Russell dort gearbeitet hatte, ähnliche Mordfälle im Raum Winchester und Salisbury gegeben hatte. Neilsen war zutiefst erstaunt gewesen, dass Russell in den Polizeidienst eingetreten war und nicht etwa ins Management eines multinationalen Konzerns oder dergleichen.

Er besaß schließlich die notwendigen Qualifikationen, und so ein Posten wäre bei weitem besser bezahlt gewesen. Für einen Serienmörder brachte es hingegen sehr wohl Vorteile, Polizist zu werden, denn dann konnte er sich bei den Ermittlungen auf dem Laufenden halten, ohne Verdacht zu erwecken. Und das war ja durchaus ein Anliegen von intelligenteren Mördern.

Ein bohrender Kopfschmerz schoss Handford zwischen die Augen und verband sich mit dem dumpfen Pochen tief im Schädelinneren. Einen Augenblick lang hatte er sich im Geiste die erforderlichen Routinerecherchen überlegt, wie er das bei jedem neuen Fall tat. Russell war für ihn inzwischen nicht mehr sein DCI, sondern nichts weiter als ein möglicher Verdächtiger, gegen den in herkömmlicher Manier ermittelt wurde. Schlimmer war jedoch, dass er merkte, wie sein Adrenalinspiegel spürbar stieg und langsam, aber sicher sein Jagdfieber geweckt wurde. Er biss ein weiteres Stück von seinem Toast ab. Diesmal fühlte es sich in seinem Mund wie Sägespäne an, trocken und fad, und er würgte den Bissen mühsam hinunter. Er schlürfte ein letztes Mal an seinem Kaffee und packte seine Unterlagen zusammen. Dann schob er den Stuhl zurück, verließ den Frühstücksraum und kehrte auf sein Zimmer zurück; von dort aus rief er Ali auf dem Handy an.

»Mir ist hier was dazwischengekommen«, sagte er, »und ich bin nicht vor heute Nachmittag zurück. Können Sie mich vertreten, so gut es eben geht? Wenn es Schwierigkeiten gibt, sprechen Sie mit DCS Forrester.«

Alis Stimme klang gepresst: »Tut mir Leid, John, aber Russell weiß, wo Sie sind.«

»Sie haben es ihm gesagt?«

»Ich hatte keine andere Wahl. Er ist am Samstag reingekommen und hat gefragt, ob Sie da sind.«

»Und Sie haben ihm vermutlich geantwortet: ›Nein, Sir, er ist in Cambridge‹?« Dieser Trottel!

Am anderen Ende der Leitung herrschte einen Augenblick Stille, dann sagte Ali: »So war es nicht. Er hatte keine Ahnung, dass wir den Dienst getauscht hatten, und fragte, wo Sie sind. Ich habe Ihnen gesagt, dass ich nicht für Sie lügen würde.«

Handfords Zorn mischte sich mit Sorge. »Sie haben also einem Verdächtigen in einem Mordfall gesagt, wo ich bin und was ich dort mache?«

»Das nun auch wieder nicht. Ich habe einfach nur gesagt, Sie sind in Cambridge.«

»Und da meinen Sie im Ernst, er kann nicht eins und eins zusammenzählen und sich denken, warum?«, entgegnete Handford eisig.

Die Temperatur von Alis Stimme sank nun ebenfalls weit unter null. »Tut mir Leid, Sir – aber ich kann einfach nicht glauben, dass Mr Russell ein Mörder ist. Das tun Sie doch auch nicht.«

Handfords Gesicht verhärtete sich und er sagte mit drohendem Unterton: »Es tut hier nichts zur Sache, was wir glauben, Sergeant, derzeit gibt es Zweifel an seiner Person und darüber müssen Ermittlungen geführt werden.«

»Aber nicht von Ihnen.«

Bei dieser selbstgerechten Überheblichkeit seines Sergeants platzte Handford endgültig der Kragen. Der Kerl wusste einfach nicht, wann er zu weit ging. »Von jedem, der dazu eingeteilt wurde, Ali. Und Ihre Meinung ist da nicht gefragt. Sie haben Mr Russell gesagt, wo ich bin, und ihm damit Informationen verschafft, die vor ihm geheim bleiben sollten. Er ist in Gottes Namen ein potenzieller Verdächtiger in einem besonders schrecklichen Verbrechen, und durch Ihren Hinweis ist er nun vorgewarnt. Eigentlich müsste ich Forrester darüber in Kenntnis setzen.«

An Alis stoßweisem Atem am anderen Ende der Leitung konnte man hören, dass er um Fassung rang, aber Handford wartete nicht ab, bis er sich beruhigt hatte. »Wir sehen uns, wenn ich wieder in der Dienststelle bin. Sorgen Sie dafür, dass Sie dann im Hause sind«, befahl er und knallte den Hörer auf den Apparat, bevor Ali noch etwas erwidern konnte.

Nicht zum ersten Mal, seit sie Kollegen waren, hätte Handford seinen Sergeant auf den Mond schießen können. Ali hatte die Angewohnheit, an alles seine eigenen Maßstäbe anzulegen, ohne Absprache zu handeln, auf die Konsequenzen zu pfeifen und es dabei Handford zu überlassen, die Scherben wieder zusammenzusetzen. Aber diesmal würde Ali den von ihm verursachten Scherbenhaufen selbst zusammenkehren müssen.

Als er sich etwas beruhigt hatte, rief er Sanderson an.

Eileen meldete sich sofort. »Ja, Inspector«, sagte sie. »Er hat schon auf Ihren Anruf gewartet. Ich stelle Sie gleich durch.«

Er hörte ein Knacken in der Leitung und dann Sandersons urigen Dialekt.

»Und, haben Sie was rausgekriegt, Handford?«

John berichtete. »Ich glaube, wir sollten herausfinden, ob es solche Mordfälle zwischen 1986 und 1988 auch im Raum Winchester und Salisbury gegeben hat, Sir.«

Sanderson schwieg eine ganze Weile. »Gut, einverstanden. Sie fahren nach Norwich und sehen zu, dass Sie diese Walsh finden, und ich rede mit der Polizei in Hampshire.«

»Sir.« Handford seufzte unwillkürlich erleichtert auf. Zumindest diese unangenehme Aufgabe blieb ihm erspart.

»Sonst noch was?«

Er zögerte, sagte aber dann: »Nein, Sir, im Augenblick gibt's nichts mehr.« Eigentlich hätte er ihm die Sache mit Ali erzählen müssen, aber das wäre ihm so vorgekommen, als verpetze er einen Kollegen, bevor dieser Gelegenheit hatte, sich zu rechtfertigen.

Bei seiner nächsten Bemerkung klang Sandersons Stimme freundlicher. »Ich weiß, das ist ein Scheißjob, Handford, aber Sie machen Ihre Sache sehr gut. Ich verspreche Ihnen, wenn die Erkenntnisse noch brisanter werden, und es sieht ganz so aus, als könnte das der Fall sein, dann gebe ich die Sache an jemand anderen weiter. Aber jetzt fahren Sie erst noch mal nach Norwich. Und Handford –«

»Ja, Sir?«

»Fahren Sie vorsichtig.«

Khalid Ali beendete sein Handy-Gespräch und fuhr aus der Parkbucht. Er hatte sich noch nie für einen Heuchler gehalten, aber mit diesem Anruf gerade eben hatte er bewiesen, dass er genauso scheinheilig sein konnte wie jeder andere auch. Am Samstagabend hatten sie ihn ertappt, wie er seinem Freund nachspioniert hatte. Das würde Ärger geben, so viel wusste er. Er hatte auf eigene Faust ermittelt, hatte sich in eine laufende Ermittlung eingemischt, und im schlimmsten Fall würde seine Anwesenheit sogar als Versuch gewertet werden, seinen Freund zu warnen, dass er beschattet würde. Warrender hatte es sichtlich genossen, als er ihn gefragt hatte, ob es ihm Spaß mache, eine weiße Frau zu vögeln, und ob ihm Azam schon mal eine seiner minderjährigen Nutten zugeführt hätte. Da hatte sich Archer eingeschaltet und Ali aufgefordert, jetzt besser zu gehen, mit der Bemerkung, dass die Sache ein Nachspiel hätte. Sie würde am Montag bei ihm vorbeischauen, wenn sie sich überlegt hätte, was sie tun solle. Ali bezweifelte, dass sie diesbezüglich eine Wahl hatte. Sie würde den Vorfall melden müssen, denn Warrender würde schon dafür sorgen, dass die Sache in der ganzen Dienststelle die Runde machte.

Und nach dem letzten Gespräch mit Handford bezweifelte Ali, dass er von seiner Seite Hilfe zu erwarten hatte. Er besaß nicht viele Freunde im Präsidium, aber zu den wenigen zählte er Handford – oder hatte ihn dazu gezählt. Doch beim letzten Gespräch war John ihm gegenüber so eiskalt gewesen, wie er ihn noch nie erlebt hatte. Und das mit gutem Grund. Ali hatte Mist gebaut, indem er Informationen an einen Verdächtigen weitergegeben hatte, und jetzt schon wieder, indem er sich in einen Fall eingemischt hatte, der nicht seiner war. Heute war wohl kein guter Tag für ihn.

Er bremste vor dem Kreisverkehr ab und beobachtete, wie sich der Verkehr von rechts einordnete. Als er eine Lücke sah, fuhr er los, musste aber kurz darauf schon wieder vor einer Ampel halten. Genau aus diesem Grund war sein Vater einst dagegen gewesen, dass er zur Polizei ging – wegen der Loyalitätskonflikte. Bisher hatte er diesem Problem ausweichen können, doch er wusste, dass er bald voll damit konfrontiert sein würde und eine Entscheidung treffen müsste. Tat er es nicht, würde er sich unmöglich machen, entweder bei der Polizei oder bei seiner Familie und auch bei der British-Asian Community.

Hinter ihm ertönte wildes Hupen, denn die Ampel war auf Grün umgesprungen. Er bog links ab in Richtung Rathaus und fuhr, vorbei am Gerichtsgebäude, in die Parkgarage des Präsidiums hinunter. Als ihn so plötzlich, umschlossen von Betonmauern und -decken, die Dunkelheit umfing und kein Sonnenstrahl mehr von draußen hereindrang, erschauerte er plötzlich.

Michelle Archer erwartete ihn bereits und folgte ihm ins Gebäude.

»Suchen wir uns ein freies Besprechungszimmer«, sagte sie in einem Ton, der keinen Widerspruch duldete.

Ali ging hinter ihr her. Sie stieß eine Tür auf und gewährte ihm den Vortritt. Sie ließ ihm keine andere Wahl.

Die einleitenden Worte sparte sie sich. »Was zum Teufel haben Sie da am Samstagabend gemacht?«, fragte sie. »Ich kann mir nicht vorstellen, dass Sie eine Nutte aufgabeln wollten.«

Unwillkürlich musste Ali lächeln. »Nein«, sagte er.

Sie wartete. Eine Weile betrachtete Ali seine Hände. »Ich wollte rausfinden, ob das, was Sie mir über Deepak Azam gesagt haben, stimmt.«

»Und wie haben Sie sich das vorgestellt? Wir bemühen uns schließlich schon seit Jahren, ihn festzunageln. Was hat Sie veranlasst zu glauben, Sie könnten dabei mehr Glück haben?«

»Er ist ein Freund.«

»Von Ihnen?«

»Ja.«

»Und Sie meinen, er hätte es Ihnen gestanden, nur weil Sie sein Freund sind?« Ihre Stimme triefte vor Sarkasmus. »Ja, klar, Khalid, ich sag dir, was du wissen willst. Ich bin ein Zuhälter, wusstest du das nicht?« Eine Weile blickte sie ihn fassungslos an. Ihr Blick war forschend wie bei einem Verhör, er bohrte sich in sein Gewissen und suchte nach Schuld. »Warum haben Sie mir am Samstagmorgen nicht gesagt, dass Azam ein Freund von Ihnen ist?«

Er zuckte die Schultern. Er könnte jetzt versuchen, ihr das zu erklären, aber sie würde es ohnehin nicht verstehen.

Sie machte aus ihrer Enttäuschung keinen Hehl, wandte sich von ihm ab und ging ein paar Schritte ins Zimmer hinein. »Haben Sie ihn in seinem Freizeitzentrum aufgesucht?«

Ali scharrte nervös mit den Füßen. »Ja. Er hat mir gesagt, was ich wissen wollte. Es waren ja nur ein paar Routinefragen.«

Sie drehte sich energisch wieder zu ihm um. »Sagt Ihnen der Begriff ›unparteiisch‹ denn gar nichts, Sergeant? Wäre es nicht klüger gewesen, angesichts dessen, was sie wussten, und wenn er obendrein noch ihr Freund ist, die Sache aus der Hand zu geben und einen DC zu ihm zu schicken?«

Ali ärgerte sich darüber, dass sie seine berufliche Kompetenz in Zweifel zog. »Wenn Sie befürchten, ich könnte ihn über Ihre Verdachtsgründe informiert haben, Michelle – Sie wissen schon, so von Landsmann zu Landsmann –, dann lautet meine Antwort nein.«

Michelle Archer trat zornig einen Schritt vor und ihre Augen wurden ganz schmal. »Versuchen Sie nicht, hier die Rassismuskarte auszuspielen, Khalid Ali. In diesem Fall sind ganz klar *Sie* im Unrecht.«

Ali spürte, wie ihm das Blut in die Wangen schoss. »Ja, ich weiß schon. Tut mir Leid.«

»Sie hätten mir auf der Stelle und ohne Zögern von Ihrer Bekanntschaft mit ihm erzählen und sich von ihm fern halten müssen. Menschenskind, Ali, Sie kennen doch schließlich die Regeln.«

Sie hatte Recht, aber er wollte noch den letzten Rest seiner Glaubwürdigkeit retten. »So einfach ist das auch wieder nicht, Michelle. Er ist ein Freund. Ich musste ganz sichergehen, bevor ich meiner Familie sagen konnte, dass sie mit ihm brechen sollen. Das ist in unseren Kreisen eben so –«

»Ich hab Ihnen schon gesagt, verschonen Sie mich mit dieser Rassismuskiste.« Sie betonte jedes einzelne Wort. »Das hat nichts mit Ihrer ethnischen und kulturellen Zugehörigkeit oder mit Ihrer Familie zu tun. Hier geht es um Zuhälterei und junge Mädchen, manche erst elf oder zwölf Jahre alt, die von Ihrem feinen Freund in die Prostitution gezwungen werden. Hier geht es um Kindesmissbrauch und darum, ob Sie von Azams Tun wussten oder nicht. Es geht darum, ob Sie ihn gewarnt haben oder ob es stimmt, dass Sie ihm nur hinterherspionieren wollten. Aber vor allem geht es auch darum, ob Sie es richtig finden, die Sache einfach so im Stillen mit sich abzumachen, bis Sie vielleicht mal zu Ihrer Entscheidung gelangt sind, welchem Teil Ihres Gewissens Sie folgen wollen.«

Ali wandte sich von Archer ab. Innerlich explodierte er fast, und er hätte ihr gern gesagt, dass Sie falsch lag, dass diese Frauen nämlich Nutten waren, weil sie haltlos und unmoralisch waren. Und wenn junge Mädchen zur Prostitution verführt wurden, dann nur deshalb, weil ihre Eltern sich nicht genug um sie kümmerten und ihnen nicht beibrachten, was richtig und was falsch war. Doch das konnte er ihr nicht sagen, denn wenn der Verdacht tatsächlich zutraf, dann nutzte Deepak die Verletzbarkeit, die Verführbarkeit und das Elend dieser Mädchen aus, um damit Geld zu verdienen. Er hätte ihr auch gern gesagt, er wüsste genau, auf welcher Seite sein Gewissen und seine Loyalität standen. Aber auch das brachte er nicht über die Lippen.

»Es wäre mir lieber, wenn ich das nicht melden müsste, Khalid.« Archers Ton war jetzt freundlicher. »Aber wir wissen beide, dass ich keine andere Wahl habe. Ich muss es Forrester sagen.« Sie verzog das Gesicht. »Vermutlich ist es in der Kantine ohnehin schon Gesprächsthema Nummer eins; Warrender wird das mit Samstagabend todsicher nicht für sich behalten.«

Ali machte Station am Kaffeeautomaten, bevor er nach oben zum Kriminaldezernat ging. Er wollte gar nicht unbedingt etwas zu trinken holen, aber er brauchte Zeit zum Nachdenken. Er griff nach dem Styroporbecher und versuchte, seine Hände ruhig zu halten. Michelle Archer hatte Recht – er würde sich entscheiden müssen, welchem Teil seines Gewissens er folgen wollte, und dabei musste er akzeptieren, wo seine Loyalitäten tatsächlich lagen. Wenn er im Polizeidienst bleiben wollte, musste er akzeptieren, dass die Loyalitäten im Privatleben und bei der Arbeit bisweilen miteinander in Konflikt gerieten. Wenn er damit nicht zurechtkam, würde er den Polizeidienst quittieren und sich eingestehen müssen, dass er die ganzen Jahre über mit einer Lüge gelebt hatte.

Auch wenn ein nach außen hin gefasster Sergeant Ali ein paar Minuten später sein Büro im Kriminaldezernat betrat, war er innerlich noch immer in Aufruhr. Graham und Clarke brüteten über einer langen Computerliste, die über den Schreibtischrand bis auf den Boden hinunterhing. Ali trat zu ihnen und gab sich Mühe, nicht auf das Papier zu treten. Dann bückte er sich und legte einen Teil des Ausdrucks gefaltet auf den Tisch. »Ist das die Liste von Deepak Azam?«, fragte er. Zum allerersten Mal blieb ihm der Name seines Freundes fast im Hals stecken.

»Ja, die ist gestern reingekommen.«

»Und, habt ihr schon was gefunden?«

»Nichts Besonderes«, erwiderte Clarke. »Aber der hat schon eine illustre Mitgliederliste.« Er ließ die Liste durch seine Hände gleiten. »Auf der einen Seite stehen hier Martin Johnson und Dwayne Varley –«

»Die arbeiten als Türsteher bei ihm.«

»Dann haben sie sicher eine Sondermitgliedschaft, denn sie stehen auch auf der Liste. Clarke hantierte wieder mit dem Papierwust herum. »Aber es gibt auch ganz andere Mitglieder, hier steht zum Beispiel auch der Lokalpolitiker Andrew J. Collingham und hier«, er deutete auf einen Namen, »hier steht unser lieber, aufrechter Detective Chief Inspector Stephen W. Russell.« Er überlegte einen Augenblick, dann fragte er: »Wofür steht eigentlich das ›W‹?«

Ali musste lächeln. »Keine Ahnung«, meinte er.

Graham blickte den Sergeant an. »Ich frage mich, ob die sich je treffen«, dachte er laut nach. »Johnson, Varley, Collingham und Russell? Ihr wisst schon, auf eine Runde Squash und anschließend auf ein Bierchen.«

Das Telefon klingelte und ersparte es Ali, sich eine passende Antwort auszudenken. Graham nahm den Hörer ab. »Gut, ich sage es ihm.« Er legte den Hörer auf. »Daniel Emmott und seine Eltern sind am Empfang und fragen nach dem Beamten, der sie zu Hause aufgesucht hat. Das waren doch Sie, oder?«

»Ja, das war ich«, erwiderte Ali nachdenklich. Er hatte Emmott ohnehin noch mal befragen wollen, aber er hatte nicht erwartet, die Familie schon so bald wieder zu treffen. Vielleicht war Daniel ja jetzt bereit zu reden und die Wahrheit über das zu sagen, was er wusste. Das würde bedeuten, dass er zu Hause reinen Tisch gemacht hatte. Entweder das, oder seine Eltern waren hier, um sich über die schikanöse Behandlung ihres Sohnes durch die Polizei zu beschweren. Heutzutage wusste man das nie so genau.

»Ich glaube, Sie sind besser auch mit dabei, Clarke«, sagte er.

Der Wartebereich am Empfang war nicht viel mehr als ein großer, braun gekachelter Flur mit drei blauen Metallstühlen an der Wand, um die düstere Atmosphäre etwas aufzulockern. In einer Ecke stand diagonal ein geschwungener Schalter, dahinter lag ein Büro. Vor dem Schalter war mit Pfosten und Bändern eine Spur abgesteckt, auf der sich wartende Bürger in eine Schlange einreihen konnten, bis sie drankamen. Alis Schuhe knarrten, als er den glatten Flur entlanglief.

Daniel Emmott stand von ihm abgewandt und blickte starr aus den großen Fenstern; seine Eltern saßen verkrampft auf den Metallstühlen, und Mrs Emmott hielt die Handtasche auf ihrem Schoß umklammert wie eine Schutzdecke. Ali ging mit ausgestreckter Hand zu Mr Emmott hinüber. »Mr Emmott?«, sagte er lächelnd. »Ich bin Sergeant Ali. Was kann ich für Sie tun?«

Der Mann stand auf und gab Ali die Hand. »Danke, dass Sie uns so früh am Morgen schon vorlassen«, sagte er. »Aber das hier konnte nicht warten.«

Er wandte sich an seine Frau, die immer noch dasaß und ihre Handtasche umklammerte. »Das ist meine Frau, und Daniel steht dort drüben, wie Sie sehen können.«

Daniel bewegte sich mit mürrischem Gesichtsausdruck vom Fenster weg, als wäre er im Augenblick lieber woanders.

Ali nickte. »Daniel«, begann er. »Sie erinnern sich doch an DC Clarke?«

Daniel zuckte mit den Schultern.

Ali beachtete es gar nicht. »Also, dann gehen wir mal hier durch und sehen, ob wir einen Verhörraum finden.«

Der Schalterbeamte mischte sich ins Gespräch. »Heute Morgen gab es eine Drogenrazzia, alle Räume sind besetzt, ihr müsst Zimmer 208 nehmen.«

»Sonst ist nichts mehr frei?«

»Nein, tut mir Leid.«

Zimmer 208 war der hässlichste Raum im gesamten Gebäude. Er war klein und dunkel und die Wände hatten eine Farbe wie ein alter Karton. Er war eigentlich für Journalisten gedacht, aber man hatte ihn im Lauf der Jahre verkommen lassen, vermutlich als versteckte Aufforderung an dic Presseleute, einen Besuch auf dem Revier lieber zu vermeiden und stattdessen anstehende Fragen telefonisch zu klären. So konnte der jeweilige Beamte die Fragen, wenn sie zu forsch wurden, mit der Entschuldigung abbrechen, er hätte jetzt eine Besprechung oder er müsse sich um jemand anderen kümmern, und rein theoretisch war der Reporter dann gezwungen, das zu glauben. Wenn also Zimmer 208 nicht für die Presse benutzt wurde, was meistens der Fall war, dann diente es als zusätzlicher Verhörraum. Da es dort keine Aufnahmegeräte gab, dachte sich Ali oft, wäre es der perfekte Raum für skrupellose Beamte, die sich nicht an die juristischen Vorschriften des Polizeiverhörs und der Beweiserhebung halten wollten – obwohl alle wussten, dass das im Endeffekt auch nichts brachte. Und tatsächlich gab es einige, die die düstere Atmosphäre als ein Mittel der Einschüchterung und Schikane einsetzten, damit die Wartenden bereits zermürbt waren, bevor das eigentliche Verhör begann – der Raum an sich nahm ihnen schon die Hälfte ihrer Arbeit ab. Es gab jedoch nach wie vor ein Problem bei dieser Taktik: Auch wenn die Beamten dort die Antworten bekamen, die sie brauchten, hieß das noch lange nicht, dass sie damit auch die Wahrheit hatten. Und von Daniel Emmott wollte Ali nichts als die Wahrheit hören.

Ein Blick in sein mürrisches Gesicht, das jedoch seine Angst nicht verbergen konnte, zeigte ihm, dass er viel zu sensibel war, als dass man ihn mit dieser düsteren Seite des Polizeireviers konfrontieren konnte. Wenn man etwas aus ihm herausbekommen wollte, dann musste das Gespräch unter optimalen äußeren Bedingungen stattfinden.

»Dann gehen wir einfach ins Büro des DI«, sagte Ali.

Er widerstand der Versuchung, schon auf dem Weg zu Handfords Büro Fragen zu stellen. Dort angekommen, stellte er den Emmotts drei Stühle hin und bat sie, sich zu setzen. Er selbst setzte sich auf den Stuhl hinter dem Schreibtisch. Clarke blieb stehen.

Ali eröffnete das Gespräch. »Sie haben mir etwas mitzuteilen, Mr Emmott?«

»Daniel hat Ihnen etwas zu sagen.« Aber noch bevor sein Sohn den Mund aufmachen konnte, fuhr Mr Emmott fort. »Ich wusste, dass wir in einer verdorbenen Gesellschaft leben, Sergeant, um das zu erfahren, muss man ja nur die Zeitung aufschlagen. Aber bis Daniel mir erzählt hat, was er auch Ihnen gleich sagen wird, hatte ich keine Ahnung, wie abgrundtief verkommen doch alles ist. Was die Sache aber noch schlimmer macht und mich noch mehr schmerzt, ist, dass auch Daniel ein Teil davon ist.«

Der Junge fuhr seinen Vater an: »Nein, das bin ich nicht. Ich hab dir gesagt, dass ich mit all dem nichts zu tun habe. Aber du glaubst mir ja nicht«, schloss er mit bitterem Unterton.

»Ich kann mir nicht vorstellen, dass du direkt daran beteiligt warst, Daniel, aber du hast dich mit solchen Leuten eingelassen und deshalb warst auch du ein Teil davon.«

»Es waren keine Leute, Dad, nur Michael, und ich hab ja auch versucht, ihn davon abzubringen.« Er blickte seinen Vater wütend an. »Aber ich habe nicht mitgemacht.«

Mr Emmott beugte sich vor und er sah seinen Sohn eindringlich an. »Dadurch, dass du nichts dagegen unternommen, es niemandem gesagt hast, hast du daran mitgewirkt, Daniel.«

Ali beobachtete den Wortwechsel zwischen den beiden. Obgleich es faszinierendes Anschauungsmaterial einer Vater-Sohn-Beziehung bot, brachte es sie nicht weiter.

Er schaltete sich ein. »Daniel, sag mir, was du deinem Vater erzählt hast.«

Der Junge blieb stumm. Er saß vornübergebeugt auf seinem Stuhl, die Arme auf die Oberschenkel gestützt und die Hände krampfhaft gefaltet. Sein Haar lockte sich am stärksten in der Scheitelregion, stärker als an einer anderen Stelle. Ali kam der unsinnige Gedanke, dass dort später einmal die Glatzenbildung zuerst einsetzen würde.

Der Sergeant versuchte es noch mal. »Daniel?«

»Menschenskind, Daniel«, fuhr sein Vater dazwischen. »Wenn du es dem Sergeant nicht sagst, dann werde ich es eben tun.«

Ali schob seinen Stuhl zurück. »Tut mir Leid, Mr Emmott, aber das bringt uns jetzt nicht weiter. Vielleicht führen Daniel und ich besser ein Gespräch unter vier Augen.« Ohne die Antwort abzuwarten, stand er auf und ging zur Tür. »Ich komme gleich wieder.«

Als er zurückkehrte, hatte er Graham im Schlepptau. »DC Graham wird mit Ihnen auf einen Kaffee in die Kantine gehen. Dort wird er gleichzeitig Ihre Aussage aufnehmen.«

Norman Emmott stand auf und seine Frau ebenfalls, aber ihm war anzusehen, dass er lieber dageblieben wäre. Als sie aus dem Zimmer gingen, drehte sich Mrs Emmott noch einmal um. »Daniel ist ein guter Junge, Sergeant«, sagte sie. »Ich weiß, dass er sicher sein Bestes versucht hat, Michael davon abzubringen, er war einfach nur nicht bereit, ihn bei der Polizei zu verpetzen. Aber so was tun beste Freunde doch auch nicht, oder?« Und sie bedachte ihren Sohn mit einem ermutigenden Lächeln.

Die Tür schloss sich hinter ihnen.

Ali setzte sich nun in den Stuhl, den Mrs Emmott freigemacht hatte. »Vielleicht ist das doch etwas, das beste Freunde tun sollten, Daniel«, sagte er ruhig. »Insbesondere, wenn dieser beste Freund in der Tinte sitzt.« Wollte er mit diesen Worten sich selbst überzeugen oder den Jungen, der ihm gegenübersaß?, fragte sich Ali.

»Ich bin keine Petze.« Die Stimme des jungen Mannes war nicht mehr als ein Flüstern.

»Manchmal ist es das Beste, eine zu sein. Wenn du ›gepetzt‹ hättest, würde er vielleicht noch leben.«

Daniels Kopf schoss in die Höhe. »Es ist nicht meine Schuld, dass er tot ist. Überhaupt nicht.«

Er versuchte mit aller Macht stark zu bleiben, aber schließlich war er erst siebzehn und kein hartgesottener Bursche. Außerdem kam er aus einem wohl behüteten Elternhaus und war solche Schicksalsschläge nicht gewohnt. Vermutlich war das Schlimmste, was er bisher durchgemacht hatte, Ärger in der Schule, weil er eine Hausaufgabe nicht rechtzeitig abgegeben hatte.

»Ich hab ja auch nicht gesagt, dass du ihn getötet hast, Daniel, aber wie dein Vater schon sagte: Dadurch, dass du nichts unternommen hast, hast du auch reichlich wenig dazu getan, es zu verhindern.«

Daniel wurde sichtlich blass. »Meinen Sie, das weiß ich nicht selber?«, fragte er und blickte Ali kampflustig an. »Schließlich hat mir mein Vater ständig damit in den Ohren gelegen, seit ich ihm alles erzählt hab. Aber ich habe es versucht, ich habe es wirklich versucht.«

Ali wartete einen Augenblick, bis der Junge sich wieder gefangen hatte. Als er dachte, dass er jetzt bereit sei, forderte er ihn auf: »Erzähl mir erst mal alles.«

Vielleicht war es die Freundlichkeit in der Stimme des Beamten oder vielleicht war Daniel auch völlig am Ende, aber als er sprach, blickte er Ali direkt in die Augen. »Michael hat Mädchen verkauft«, sagte er.

KAPITEL

12

Norwichs Einbahnstraßensystem war ein Alptraum für jeden, der sich in der Stadt nicht auskannte. Scheinbar eine Ewigkeit fuhr Handford um das Stadtzentrum herum und landete immer wieder am Ausgangspunkt. Schließlich parkte er in einem Parkhaus, das so zentral wie möglich lag, und ging das letzte Stück zu Fuß. Neilsen hatte ihm den Weg zu der Kanzlei erklärt, von der er meinte, dass sie Catherine Walsh gehören könnte, und schließlich fand Handford das Büro in einer der steilen Seitenstraßen, die vom Marktplatz abgingen.

Die Räumlichkeiten waren bescheiden, nicht die einer großen Anwaltskanzlei, aber dennoch gut ausgestattet und einladend. Eine Empfangsdame mittleren Alters lächelte ihn beim Eintreten freundlich an und fragte, was sie für ihn tun könne. Das Lächeln wurde etwas dünner, als er ihr sagte, wer er war, woher er kam und dass er gerne einen Augenblick mit Miss Walsh sprechen würde. Gleichzeitig reichte er ihr seine Visitenkarte.

»Sie hat in einer halben Stunde einen Termin«, sagte sie in einem ausgeprägten East-Anglia-Dialekt. »Warten Sie bitte einen Augenblick, ich frage mal nach, ob Sie noch kurz zu ihr reinkönnen.«

Sie stand von ihrem Schreibtisch auf und ging zur

getäfelten Tür zu ihrer Rechten, klopfte und verschwand in dem Zimmer. Ein paar Augenblicke später kehrte sie zurück.

»Miss Walsh kann sich etwa zwanzig Minuten für Sie Zeit nehmen«, sagte sie, und als Handford lächelnd einwilligte, hielt sie ihm die Tür auf.

Die Frau, die ihn begrüßte, war etwa Mitte dreißig, groß gewachsen, elegant und auf eine Art schön, wie sie sonst nur bei reiferen Frauen zu finden ist. Ihr dunkles Haar war locker zurückgekämmt und wurde im Nacken mit einer breiten Spange zusammengehalten. Ihr dunkelblaues Kostüm unterstrich ihre schlanke Figur, und als sie um den Tisch herumkam, um ihm die Hand zu schütteln, sah er, wie gut ihre hochhackigen Schuhe zu ihren schlanken Fesseln und den schön geformten Beinen passten.

»Guten Morgen, Inspector –« Catherine Walsh warf einen Blick auf seine Karte und ergänzte dann: »– Handford.«

»Guten Morgen, Miss Walsh. Danke, dass Sie Zeit für mich haben.«

»Sie kommen ja von weit her, Inspector, es wäre wirklich unhöflich, Sie abzuweisen.« Ihre Stimme klang kultiviert und bestimmt, der von Russell nicht ganz unähnlich. Sie setzte sich wieder hinter ihren Schreibtisch und deutete auf den Stuhl gegenüber. Handford nahm Platz.

»Also, was kann ich für Sie tun?«

»Sie haben meines Wissens zwischen 1982 und 1985 in Oxford studiert?«

Die Anwältin blickte ihn erstaunt an. »Ja, das stimmt«, sagte sie.

»Und Sie haben Jura studiert?«

Ihr Erstaunen wuchs sichtlich. »Ja.«

»Und als Sie von dort weggingen, fingen Sie in einer Kanzlei hier in Norwich an zu arbeiten?«

»Ja.« Catherine Walsh beugte sich vor. »Tut mir Leid, Inspector, ich verstehe nicht ganz, was Sie mit Ihren Fragen bezwecken. Vielleicht sollten Sie mir lieber geradeheraus sagen, was Sie zu sagen haben. Das geht sicher schneller.«

Vielleicht sollte er das wirklich tun. »Wie ich gehört habe, waren Sie eine Freundin von Stephen Russell.«

»Ah.« Catherine Walsh wurde einiges klar.

»Eine gute Freundin?«

»Nein, Inspector, keine gute Freundin, eine sehr enge Freundin, wie Sie vermutlich bereits wissen, denn sonst würden Sie nicht fragen. Aber Stephen ist ein Freund, den ich mindestens fünfzehn Jahre lang nicht mehr gesehen und zu dem ich seitdem auch keinen Kontakt mehr gehabt habe. Und ehrlich gesagt, er ist ein Freund, den ich am liebsten auch gar nicht mehr sehen möchte.« Sie blickte ihn unverwandt an. »Also, beantwortet das Ihre Frage und alle anderen, die Sie vielleicht dazu noch stellen wollten?«

Handford musste lächeln. Sie war nicht nur schön, sondern auch scharfsinnig. Genau die Art von Frau, mit der sich Russell seiner Einschätzung nach gut verstehen würde.

»Danke, dass Sie so offen mit mir sprechen, Miss Walsh, aber nein, es sind noch nicht ganz alle Fragen, fürchte ich. Ich weiß, dass Sie ihn am Ende Ihres Abschlusssemesters in Cambridge verlassen haben und – tut mir Leid, ich weiß auch, dass Sie ein Kind von ihm erwarteten.«

Sie unterbrach ihn. »Sie scheinen wirklich eine Unmenge zu wissen, Inspector. Bevor ich also weitere Fragen beantworte oder Ihre Gedanken zu erraten versuche, fände ich es angebracht, dass Sie mir sagen, warum Sie in meiner Vergangenheit graben.«

»Nicht in Ihrer, Miss Walsh, in Mr Russells. Und Sie sind ein Teil dieser Vergangenheit, also tauchte unvermeidlicherweise Ihr Name dabei auf.«

»Und die Tatsache, dass ich schwanger war?« Sie sah eine Weile nachdenklich auf ihre Schreibunterlage, dann sagte sie: »Diese Information muss von Stephens Familie, von Stephen selbst oder von Mark Neilsen stammen, denn soweit ich weiß, waren sie die Einzigen, die davon wussten.«

Handford schwieg.

»Ach, das macht mir nichts aus, Inspector, Sie müssen es mir nicht sagen. Aber ich würde gern erfahren, warum Sie in Stephens Vergangenheit herumstöbern. Was nimmt man an, dass er getan hat?«

Handford ließ die Frage unbeantwortet und griff stattdessen in seine Aktenmappe und zog die Plastikhülle mit einer Kopie des Fotos heraus. »Dies hier ist offensichtlich eine Kopie«, sagte er. »Hat er Ihnen vielleicht das Originalfoto gegeben?« Er sah, dass ihr Gesichtsausdruck dieselbe Überraschung widerspiegelte, wie das vermutlich bei ihm der Fall gewesen war, als er das Foto zum ersten Mal gesehen hatte.

»Wo um alles in der Welt haben Sie denn das her?«

Handford schüttelte den Kopf. »Tut mir Leid, das darf ich Ihnen nicht sagen, aber es ist ein Beweisstück bei einer laufenden Ermittlung.« Er wartete einen Augenblick ab. »Hatten Sie dieses Foto?«

Sie hob den Blick. »Ich hatte genauso eines«, sagte sie. »Aber ich habe es nicht mehr. Ich habe es weggeworfen, als ich vor vier Jahren meinen Mann geheiratet habe. Ich habe mich damals entschlossen, mit der Vergangenheit zu brechen, und das gehörte zu den Erinnerungsstücken, von denen ich mich getrennt habe.«

Handford wagte sich weit vor. »Haben Sie sich von all Ihren Erinnerungsstücken getrennt, Miss Walsh?«

Sie musste lächeln. »Sie haben Recht, nicht ganz von allen. Hannah habe ich behalten – Stephens Tochter.«

»Ist es möglich, dass sie vielleicht sein Foto behalten wollte? Könnte sie es ohne Ihr Wissen gerettet haben?«

»Nein, sie ist keine Geheimniskrämerin. Wenn sie es gewollt hätte, dann hätte sie mich gefragt und ich hätte es ihr gegeben. Sie hat es natürlich gesehen, aber das war vor langer Zeit, und seither hat sie nie auch nur das geringste Interesse an ihrem leiblichen Vater gezeigt. Wäre das der Fall gewesen, hätte ich ihr von ihm erzählt und dafür gesorgt, dass sie ihn kennen lernen kann. Aber das hat sie nicht, zumindest nicht bis jetzt. Für sie ist Paul ihr Vater; sie liebt ihn und er ist ganz vernarrt in sie.«

»Obwohl sie ihn erst seit vier Jahren kennt?«

»Hannah kennt Paul, seit sie auf der Welt ist, Inspector. Er hat mir ungeheuer geholfen, und trotz der Schwangerschaft bin ich gleich nach meinem Studienabschluss in seine Kanzlei eingetreten. Er ist der Seniorpartner dieser Kanzlei; das hier ist ein Ableger, das Hauptbüro liegt in der Stadtmitte. Hier behandeln wir nur Fälle, bei denen es zum Prozess kommt, und das ist meine Spezialität, daher läuft die Kanzlei hier auch unter meinem Namen. Paul und ich haben eng zusammengearbeitet und dabei haben wir uns fast unmerklich ineinander verliebt. Ich bin bei ihm eingezogen, als Hannah sechs Jahre alt war. Wir konnten nicht gleich heiraten. Paul lebte zwar von seiner Frau getrennt und die Ehe war vorüber, aber seine Frau ließ ihn die vollen fünf Jahre auf die Scheidung warten. Sie sehen also, warum Hannah Paul als ihren Vater ansieht, sie hat nie einen anderen gekannt. Beantwortet das Ihre Frage, Mr Handford?«

»Ich bin Ihnen für Ihre Offenheit sehr dankbar, Miss Walsh.«

»Und ich hoffe, Sie glauben mir auch, dass ich Hannah nicht von Stephen fern halten werde, wenn sie ihn sehen will. Falls und sobald sie den Wunsch verspürt, ihn kennen zu lernen, werde ich Kontakt zu ihm aufnehmen.«

»Wissen Sie, wo er ist?«

»Ja, seine Mutter hält mich auf dem Laufenden über das, was er macht. Sie hat mir versprochen, dass sie ihm nicht sagt, dass wir beide noch Kontakt haben, obgleich sie meines Erachtens tief im Herzen immer noch hofft, dass wir wieder zusammenkommen. Das ist natürlich Unsinn, aber es gibt ihr etwas Halt nach ihrer Scheidung, und mir macht es nichts aus.«

»Sie ist geschieden?«

»Ja, seit ein paar Jahren.«

»Weiß sie, dass sie eine Enkelin hat?«

»Nein.« Catherine warf Handford einen warnenden Blick zu. »Aber Sie dürfen mich dafür keinesfalls verurteilen, Inspector. Ich weiß, es ist nicht nett, einer Großmutter ihre Enkelin vorzuenthalten, aber ich kann das Risiko nicht eingehen, dass sie Stephen oder ihrem Mann davon erzählt.«

»Weil die beiden immer noch der Meinung sind, dass Sie eine Abtreibung haben machen lassen?«

»Ja. Und weil dieser Teil meines Lebens Vergangenheit ist und ich ihn lieber auch dort belassen möchte.«

»Darf ich Sie fragen, warum Sie sich letztlich doch gegen eine Abtreibung entschieden haben?«

Catherine runzelte die Stirn. »Dieser Fall muss ja wirklich von höchster Wichtigkeit für Sie sein, wenn Sie so persönliche Fragen stellen – noch dazu in *meinem* Büro.«

Handford senkte den Blick und lächelte verlegen.

»Aber da Sie nun schon mal gefragt haben«, fuhr sie fort, »ich hätte es vermutlich getan, wenn Stephens Vater sich nicht eingemischt hätte. Kaum hatte er von der Schwangerschaft erfahren, befand er bereits, dass das Letzte, was sein Sohn jetzt gebrauchen konnte, eine junge Frau mit einem Neugeborenen war, und er bot mir Geld an, um den Eingriff in einer Privatklinik vornehmen zu lassen. Einfach ausgedrückt, er war nicht bereit zuzulassen, dass sein Sohn eine Frau heiratete, die vor der Ehe schwanger geworden war; in seinen Augen war ich dadurch nichts weiter als eine Hure.«

»Und Stephen, war er derselben Meinung wie sein Vater? Ich meine bezüglich der Abtreibung.«

Traurigkeit breitete sich in ihrem Gesicht aus wie ein Bluterguss. »Stephen war immer derselben Meinung wie sein Vater; das war einer seiner Fehler.«

Ihre Stimme wurde brüchig, als blieben ihr die Worte im Hals stecken, und Handford fragte sich, ob sie ihn nicht tief in ihrem Herzen immer noch liebte. Vielleicht starb ja eine Liebe wie die ihre niemals ganz, sondern lag einfach im Koma und wartete auf die richtigen Bedingungen, unter denen sie wieder erwachen konnte.

Einen Augenblick lang kämpfte sie mit ihren Erinnerungen, dann sagte sie zur Erklärung: »Als ich Stephen sagte, dass ich schwanger bin, wollte er, dass wir heiraten und ich das Baby bekomme. Zu der Zeit war ich mir selbst noch ganz unsicher, aber wir hätten bestimmt eine Lösung gefunden, wenn man uns nicht reingeredet hätte. Wo er doch genau wusste, wie sein Vater darauf reagieren würde. Ich werde nie verstehen, warum in aller Welt Stephen ihm zu einem so frühen Zeitpunkt bereits davon erzählt hat – und als sein Vater in dieser Gleichung erst einmal eine Rolle spielte, konnten wir die Sache nicht mehr frei entscheiden. Stephen hätte sich seiner Meinung nie widersetzt, ganz gleich, was der Mann sagte oder tat. Soweit ich es beurteilen kann, war das einzige Mal, dass er Anzeichen von Rückgrat bewies, damals, als er die Firma verließ und in den Polizeidienst eintrat.«

»Wissen Sie, was ihn dazu bewogen hat?«

»Ich habe keine Ahnung. Vielleicht war sein Hass schließlich doch größer als seine Angst. Oder vielleicht war er erwachsen geworden. Ich weiß es nicht, aber aus welchem Grund auch immer er es getan hat, ich kann ihn dazu nur beglückwünschen.« Einen Augenblick schwieg sie und das einzige Geräusch im Raum war das gedämpfte Surren des Deckenventilators, doch dann sagte sie plötzlich: »Es war nicht nur das Verhältnis zu seinem Vater, das mich bewogen hat, ihn zu verlassen. Stephen und ich hatten sicher gute Zeiten miteinander verlebt, Inspector, aber es gab auch die schlechten. Er litt unter plötzlich auftretenden Launen und Verstimmungen und verschwand dann einfach stundenlang – manchmal blieb er die ganze Nacht über weg, ohne ein Wort zu sagen. Und anschließend stürzte er sich immer wie ein Verrückter in seine Arbeit. Dann studierte er so eifrig, als hinge sein Leben davon ab. Er sprach nie darüber, warum er einfach so verschwand und was er in dieser Zeit tat, aber Mark Neilsen meinte, dass es irgendwas mit seiner Mutter zu tun hätte.«

»Kann es sein, dass er nach Hause fuhr, vielleicht um sie zu besuchen?«

»Das kann schon sein, aber wenn es so gewesen wäre, warum hat er es mir dann nicht gesagt? Warum hat er ein Geheimnis daraus gemacht? Jedenfalls – so sehr ich ihn auch geliebt habe, ich wollte nicht, dass mein Kind einen Vater bekommt, der immer wieder ohne Erklärung fortgeht und sich dann anschließend tagelang verbarrikadiert – dann war es mir lieber, es gab ihn gar nicht. Aber ich wollte auch keine allein erziehende Mutter sein. Also hab ich ihn vom Haken gelassen, habe ihm gesagt, ich will ihn nicht mehr sehen, und habe das angebotene Geld von Mr Russell angenommen. Als es dann jedoch zur Entscheidung kam, brachte ich es nicht über mich, die Schwangerschaft zu beenden. Das Geld für die Abtreibung liegt auf einem Bankkonto, das auf den Namen meiner Tochter läuft. Immerhin kann man sagen, dass es im Grunde ihr Geld ist.«

Handford versuchte, sich nichts anmerken zu lassen, aber es gefiel ihm gar nicht, was er da über Stephen Russell erfuhr. Die düsteren Stimmungen waren bestätigt worden, und er fragte sich, ob sie mit den Todeszeitpunkten der ermordeten Frauen in Cambridge zusammenfielen, ein Detail, das man vermutlich nicht mehr herausfinden könnte. Obgleich er nie gewagt hätte zu behaupten, dass er den DCI gut kannte, musste er langsam einsehen, dass er mit der Beschreibung von Russell, die er Mrs Forrester gegeben hatte, ziemlich daneben gelegen hatte. Als verschlossen und beherrscht hatte er ihn bereits kennen gelernt, aber nie bis zu dem Punkt eines vollkommenen Rückzugs in sich selbst oder gar bis hin zu depressiven Verstimmungen.

Und dann war da noch Hannah. Auch was sie betraf, beschlich ihn langsam ein ungutes Gefühl. Eltern hatten bisweilen keine Ahnung, was in den Köpfen ihrer Kinder vorging; und sie konnte das Foto durchaus ohne das Wissen ihrer Mutter behalten haben. Catherine hatte gemeint, sie hätte sicher gefragt, wenn sie es hätte haben wollen, aber vielleicht wollte sie ja Paul nicht kränken, den sie angeblich heiß und innig liebte. Daher hatte sie es vielleicht an sich genommen, ohne dass ihre Mutter es merkte. Hatte sich Hannah vielleicht auf die Suche nach ihrem Vater gemacht? War es möglich, dass sie das tote Mädchen war? Er ließ seinen Blick durch das Zimmer schweifen; es standen keinerlei Fotos herum, und es könnte als anmaßend, ja sogar als merkwürdig empfunden werden, wenn er darum bat, ein Foto von ihr zu sehen. Schließlich war er hier, um über Stephen Russell zu sprechen. Aber er musste sich Klarheit verschaffen.

»Wo ist Ihre Tochter denn jetzt gerade, Miss Walsh?« Er gab sich Mühe, seine Stimme so entspannt wie möglich klingen zu lassen.

»Sie ist mit Schulkameradinnen verreist, nach North Yorkshire.« Je nachdem, wo sie sich gerade aufhielten, war das nicht weit von Bradford entfernt. »Sie zelten irgendwo in den Dales. Ich war nicht begeistert davon, doch Paul meinte, ich müsse ihr langsam mehr Freiheiten lassen, und die Eltern der Familie, mit denen sie gefahren ist, sind sehr verantwortungsvolle Leute.«

Handford dachte beruhigt, wenn das tote Mädchen wirklich Hannah wäre, hätte man ihr Verschwinden inzwischen bemerkt, und ihre Mutter wüsste davon.

»Hat sie sich, seit sie weg ist, schon einmal gemeldet?«

»Ein paarmal, aber wir haben ausgemacht, dass sie uns nur am Mittwochabend anruft oder wenn irgendetwas Besonderes ist.« Handford war zufrieden. Es war ziemlich ausgeschlossen, dass es sich bei dem vierten Mordopfer um Hannah handelte. Wenn sie verschwunden wäre, hätten sich die Eltern der Freundin sicher schon längst gemeldet. Catherine lächelte ihn an. »Es ist nicht leicht«, sagte sie, »aber ich vermute mal, man muss ihnen manchmal einfach vertrauen, oder?«

Plötzlich hatte er ein Bild von Nicola vor Augen. Sie hatte das letzte Mal, als er sie gesehen hatte – wie sie gegen den Küchenschrank gelehnt stand und an ihrem Tee genippt hatte –, so verletzlich gewirkt. Er war erneut beunruhigt über ihre Weigerung, ihm zu erzählen, was sie bedrückte. »Ja, ich denke, das muss man«, sagte er beinahe wie zu sich selbst.

Die Anwältin unterbrach seine sorgenvollen Gedanken. »Tut mir Leid, Inspector, aber ich habe wirklich in ein paar Minuten einen Termin mit einem Mandanten. Ich wäre Ihnen gern besser behilflich gewesen, aber ich versichere Ihnen, dass ich mein Foto weggeworfen habe. Das Foto, das Sie haben, muss jemand anderem gegeben worden sein.«

Handford stand auf. »Haben Sie irgendwelche Vermutungen, wem?«

»Fragen Sie Stephen.« Sie erhob sich von ihrem Stuhl und kam um den Schreibtisch herum. Zum Abschied gab sie ihm die Hand und sagte: »Tun Sie mir einen Gefallen, Inspector, erzählen Sie ihm bitte weder, wo ich bin, noch von meiner Tochter. Wenn es je zu einem Treffen zwischen den beiden kommen sollte, dann wäre es mir lieber, wenn es auf Hannahs Bitte hin zustande käme und nicht auf seine.«

Handford gab ihr die Hand. »Ich werde mein Bestes tun, Miss Walsh.« Bevor er ging, fragte er noch: »Nur noch eine Kleinigkeit. Für den Bericht. Ich nehme an, dass Sie Ihren Mädchennamen Walsh nur noch als Anwältin benutzen, aber privat den Namen Ihres Mannes angenommen haben.«

»Ja, seit ich verheiratet bin, heiße ich Mellings, Inspector. Catherine Mellings.«

Michelle Archer stieß einen leisen Fluch aus.

Verdammter Mist. Warum musste Khalid Ali nur so verdammt arrogant sein, zu glauben, dass die Regeln für ihn nicht galten? Was fiel ihm ein, sie in eine solche Lage zu bringen?

Mürrisch blätterte sie durch die Unterlagen in ihrem Eingangskörbchen. Wie eng stand er wirklich mit Deepak Azam in Verbindung? War er ein Freund? Oder ein Freund und Geschäftspartner? Und warum war niemand bei den Ermittlungen auf eine Verbindung zwischen den beiden gestoßen? Entweder war sie gänzlich harmloser Natur und sie begegneten einander nur in ihrem sozialen Umfeld oder sie war nicht harmlos und Ali war einfach nur sehr vorsichtig gewesen. Wenn das der Fall war, dann wusste er zweifellos über Azams Prostituiertenkolonie Bescheid und hatte beschlossen, diese Information nicht weiterzuleiten. Warum?

Die sind doch alle gleich, halten untereinander zusammen gegen den Rest der Welt.

Nein, diesem Klischee wollte sie nicht verfallen. Das war vielleicht Chris Warrenders Haltung, aber nicht ihre.

»Michelle.«

Sie blickte zu dem Detective mit den kupferroten Haaren auf, der auf sie zukam. Er hatte dieses viel sagende Lächeln im Gesicht, das er immer dann aufsetzte, wenn er wieder mal schmutzige Wäsche waschen wollte.

Er beugte sich zu ihr hinüber und konnte den triumphierenden Unterton in seiner Stimme nicht unterdrücken. »Ich hab's rausgekriegt«, verkündete er.

»Was rausgekriegt?«

Sein Lächeln wurde noch unverschämter. »Den Namen dieses Perverslings mit dem Firmenwagen«, sagte er. »Du weißt schon, der Typ, der eine Vorliebe für die Minderjährigen gezeigt hat.«

Archer warf ihm einen verächtlichen Blick zu. In den letzten paar Tagen waren ihr nie mehr als sechs Stunden Schlaf vergönnt gewesen, und sie hatte keine Lust, auf Warrenders Spielchen einzugehen. »Und, wer war es?«

Doch Warrender wollte die Situation voll auskosten. »Ich habe bei Harbour Chemicals angerufen; zuerst waren sie nicht sehr entgegenkommend, wollten genau wissen, wozu ich diese Information bräuchte. Aber ich habe ihnen gesagt, ich bräuchte sie für eine laufende Ermittlung –«

Jetzt riss Archer die Geduld. »Menschenskind, Warrender, wenn Sie mir jetzt nicht gleich sagen, wer es war, kriegen Sie mein Knie zu spüren, und zwar dort, wo es wehtut.«

Er beugte sich über den Schreibtisch und brachte sein Gesicht ganz dicht an ihres. »Tony Forrester«, sagte er in theatralischem Flüsterton.

Tony Forrester. Sollte sie den Namen etwa kennen? »Wer ist Tony Forrester?« Dann dämmerte es ihr, und sie fragte entgeistert: »Sie wollen doch nicht etwa sagen …?«

Warrender richtete sich auf. »Und ob ich das will«, sagte er mit genüsslichem Grinsen.

Er zog den nächststehenden Stuhl zum Schreibtisch und beugte sich beim Hinsetzen weit vor. »Also, Michelle, was werden Sie jetzt tun?«

»Ich? Das haben doch schließlich Sie herausgefunden.«

Warrender lächelte. »Ich weiß, aber ich bin hier doch schließlich nicht der Vorgesetzte.« Er wies mit dem Zeigefinger auf Archer. »Das sind Sie.«

Sie blickte kurz in Warrenders selbstgefälliges Gesicht und wusste genau, was er gerade dachte. Hatte sie genug Mumm in den Knochen, es Forrester selbst zu sagen, oder würde sie das, wie die meisten Frauen, jemand anderen machen lassen? Er würde sogar insgeheim eine Wette gegen sich selbst abschließen. Zwei zu eins, dass sie es Noble überlassen würde, es Forrester zu sagen, tausend zu eins, dass sie es ihr selber sagen würde, und hundert zu eins, dass sie es Warrender überlassen würde.

Sie hätte am liebsten die Möglichkeit hundert zu eins gewählt, aber sie wusste, dass das Zeitverschwendung war. »Nun ja, ich gehe damit nicht selbst zu Forrester, Mr Noble kann ihr das sagen.« Sie lehnte sich auf ihrem Stuhl zurück. »Sind Sie sich in dieser Sache ganz sicher, Warrender? Das ist jetzt doch hoffentlich nicht etwa einer Ihrer geschmacklosen Witze, denn sonst …« Sie beendete den Satz nicht und hoffte, er würde die Warnung in ihrem Blick auch so zur Kenntnis nehmen.

Er tat es und hob die Hände. »Ich verspreche Ihnen hoch und heilig, dass es die reine Wahrheit ist«, sagte er und seine Stimme klang jetzt ernster. »Sie haben mir Tony Forresters Namen genannt und die gleiche Adresse wie die der Chefin. Prüfen Sie's doch nach, wenn Sie mir nicht glauben.«

Das könnte sie tun, würde es aber schön bleiben lassen. Sollte das doch der DI machen, und wenn er schon dabei war, konnte er auch gleich noch das mit Ali überprüfen.

In den zehn Jahren ihrer Ehe hatte Natasha Russell noch nie erlebt, dass ihr Mann Angst gehabt hätte, außer vielleicht damals, als man sie wegen dieser unerträglichen Schmerzen mit Blaulicht ins Krankenhaus gebracht hatte. Aber jetzt hatte er Angst – um sie, um sich selbst und um ihre gemeinsame Zukunft.

Sie hatte beschlossen, heute von zu Hause aus zu arbeiten, doch ihre Gedanken schweiften ständig ab. Die letzte Nacht war ein Alptraum gewesen; sie hatte in den paar Stunden, die sie miteinander gesprochen hatten, mehr über das Leben ihres Mannes erfahren als in ihrer ganzen bisherigen Ehe – und nicht alles davon war angenehm. Sobald er es ihr erzählt hatte, war sie sich bewusst, was es bedeuten würde. Die Polizei wühlte bereits in seiner Vergangenheit herum, zumindest tat das John Handford. Natasha wusste, dass das für ihren Mann verletzender war als alles andere. Die beiden Männer hatten wenig gemeinsam, sie hatten einen unterschiedlichen gesellschaftlichen Background und waren von Anfang an voreinander auf der Hut gewesen, doch Stephen hatte auch immer eine leise Hochachtung vor seinem DI gehabt. Damit war es nun vorbei. Sie hatte ihm gesagt, Handford habe diese Aufgabe sicher nicht freiwillig übernommen, aber Stephen hatte eingewandt, auch wenn er sie vielleicht nicht freiwillig übernommen habe, würde er sie dennoch bestmöglich ausführen – er war ein Polizist von dem Schlag, der so etwas gar nicht anders als gut machen konnte. Was immer er Verdächtiges herausfände, das würde auch als Verdachtsmoment gewertet werden, und nach all dem, was Stephen ihr gestern Nacht erzählt hatte, gab es in seiner Vergangenheit eine Menge Dinge, die einen Verdacht nähren konnten. Catherine, die Schwangerschaft, das Foto, seine Eltern, die Ausschweifungen – insbesondere diese Ausschweifungen. All das würde nun an die Öffentlichkeit gelangen, und hinterher war es der Polizei gleichgültig, welchen Schaden sie damit angerichtet hatte.

Wenn er ihr nur früher davon erzählt und nicht alles die ganzen Jahre über allein mit sich herumgeschleppt hätte. Er hatte gesagt, er habe es ihr verschwiegen, weil er Angst gehabt habe, sie zu verlieren. So, wie er Catherine verloren hatte?, hatte sie gewagt zu fragen, und er hatte genickt. Er habe sehr lange gebraucht, um über Catherine hinwegzukommen, doch schließlich sei es ihm gelungen und er habe schon lange nicht mehr an sie gedacht. Wenn diese Sache jetzt nicht geschehen wäre, hätte er vielleicht nie wieder an sie gedacht. Das habe er allein Natasha zu verdanken, und er liebe sie über alles.

Sie war dagegen gewesen, dass Stephen vor dem Verhör zur Arbeit ging, doch er hatte darauf bestanden. Er hatte seinen Stolz, und die Verantwortlichkeit gegenüber seiner Arbeit durfte trotz der Vorfälle unter keinen Umständen leiden. Er sah erschöpft und abgekämpft aus und seine Augen wirkten müde, als hätte er nicht geschlafen. Er hatte Natasha immer wieder gefragt, ob sie glaube, dass er ein Mörder sei, und sie hatte ihm immer wieder versichert, dass sie das nicht glaube. Sie hatte versucht ihn zu überzeugen, Forrester alles zu erzählen, was er ihr erzählt hatte, aber er hatte sich strikt geweigert.

»Dann sag ihr zumindest, was du am Donnerstagabend gemacht hast. Du brauchst ihr ja nicht zu sagen, warum du dort warst.«

Er hatte ihr versprochen, er würde darüber nachdenken, eine Aussage mit seinem Anwalt besprechen und dessen Rat befolgen.

Als sie ihn davonfahren sah, hatte Natasha gespürt, dass die ganze Stärke, die sie letzte Nacht bewiesen hatte, von ihr abfiel. Sie nahm sich vor, zuversichtlich zu sein, doch jetzt, wo sie allein war, wurde ihr klar, dass sie keine Ahnung hatte, ob ihr Mann heute Abend nach Hause käme oder ob man ihn in Untersuchungshaft nehmen würde.

Susan Forrester sah ihre Unterlagen durch, um sich auf das Verhör mit Russell vorzubereiten, als Noble an die Tür klopfte. Ihr Gespräch mit Russell am Wochenende war eine Farce gewesen. Sobald er im Zimmer war, hatte er wissen wollen, warum John Handford nach Cambridge gefahren sei. Sie hatte sich geweigert, ihm den Grund zu nennen, aber er hatte ihn ohnehin richtig benannt. Er hatte gesagt, er würde Beschwerde gegen sie einreichen, und sie hatte erwidert, das sei sein gutes Recht. Dann hatte sie ihm eröffnet, dass sie ihm noch weitere Fragen stellen müsste. Doch er hatte sich geweigert, sie ohne seinen Anwalt zu beantworten. Und dieser Anwalt war, wie sich herausstellte, erst am Montag wieder verfügbar. Viel mehr hatte sie daher nicht tun können. Schließlich bestand gegen Russell kein Haftbefehl; also musste sie warten.

Sie blickte von der Aussage auf, die sie gerade las. Noble sah ernst, ja besorgt aus. »Brian, was gibt's? Ich hab nicht viel Zeit«, sagte sie, bedeutete ihm aber mit einer Geste, Platz zu nehmen.

»Drei Dinge, Ma'am. Erstens habe ich mit Sergeant Jensen gesprochen, der am Donnerstag Schalterdienst hatte. Er hat gesagt, dass Russell an dem Abend etwa um halb acht gegangen ist.«

»Nicht um neun Uhr?«

»Nein.«

»Und der Sergeant ist sich da ganz sicher?«

»Ja, Ma'am. Kurz nachdem er Mr Russell eine gute Nacht gewünscht hatte, kam ein Mann, der bei ihm eine Beschwerde über einen der Detectives einreichen wollte. Es ging um irgendwelche beleidigenden Äußerungen. Als Jensen ihm sagte, der DCI sei schon gegangen, wollte er es ihm einfach nicht glauben. Es muss einen ziemlichen Streit gegeben haben, doch schließlich gelang es Jensen, den Mann zu beruhigen, indem er sagte, er würde die Beschwerde aufnehmen und gleichzeitig Mr Russell eine Nachricht hinterlegen. Er würde ihn dann gleich anrufen, wenn er am nächsten Tag ins Büro käme. Die Beschwerde wurde um 19.35 eingetragen.«

Forresters Lippen wurden schmal. »Kein Wunder, dass er Collingham gebeten hat, sein Alibi zu untermauern. Wenn er hier um etwa halb acht gegangen ist und zu Hause um halb zehn ankam, hatte er zwei Stunden Zeit. Wenn man das zu dem Foto hinzuzählt, das man bei der Leiche des Mädchens gefunden hat, und zu dem, was DI Handford in Cambridge herausgefunden hat, dann glaube ich, dass sich der Verdacht gegen ihn langsam erhärtet.« Sie lehnte sich zurück und verschränkte die Hände hinter dem Kopf. »Es würde uns wirklich sehr helfen, wenn wir die Identität des Opfers geklärt hätten. Gibt es in dieser Sache irgendwelche Fortschritte?«

»Nein, noch nicht. Ihre Fingerabdrücke sind nicht in den Akten, und bisher hat niemand eine Vierzehn- oder Fünfzehnjährige als vermisst gemeldet. Die Forensiker sagen, ihre Kleider sind von der Qualität her viel hochwertiger als die der anderen Opfer. Und ihre Schuhe wurden im Ausland gefertigt, vermutlich in Skandinavien, aber diese Art Schuhe wird nicht nach Großbritannien importiert, sie könnte also Ausländerin sein. Im Augenblick überprüfen wir alle Au-pairs und Schülerinnen – es ist nahezu unmöglich, alle ausländischen Besucherinnen zu erfassen, aber wir tun unser Möglichstes. Am hilfreichsten wäre es, ein Foto von ihr zu veröffentlichen.«

Forrester runzelte die Stirn. »Das müsste dann eine Aufnahme der Toten sein, und Sie wissen, wie ungern ich das tue. Warten wir noch ein paar Tage ab, Brian, und dann sehen wir weiter. Und, was gibt es noch?«

»Nun ja, vielleicht ist was dran, vielleicht ist es aber auch harmlos, doch nach Aussage von Michelle Archer ist Khalid Ali, der Sergeant unter DI Handford, ein Freund von Deepak Azam.«

Forrester löste ihre gefalteten Hände und beugte sich vor. »Sprechen Sie weiter.«

»Wir sind der Sache bisher nicht nachgegangen und es ist auch nicht klar, wie eng befreundet sie sind, aber am Samstagvormittag fragte er Archer, ob es stimme, dass wir Azam der Zuhälterei verdächtigen. Als sie zurückfragte, warum ihn das interessiere, meinte Ali, er müsse eine Routinebefragung in Zusammenhang mit einem Selbstmord durchführen, der sich dann als Mordfall entpuppt hätte. Sie dachte nicht weiter darüber nach, bis sie und Warrender später am Abend am Straßenstrich Wache schoben und Ali dort aufkreuzte. Sie wollte dort in aller Öffentlichkeit keine große Affäre daraus machen oder die Aufmerksamkeit auf sich ziehen, daher hat sie ihm gesagt, er solle heimfahren, und hat ihn heute Morgen dazu befragt. Er meinte, Azam sei ein Bekannter von ihm und er habe nur herausfinden wollen, ob sie mit ihrem Verdacht Recht habe. Doch als sie wissen wollte, warum er niemand über seine Freundschaft zu Azam informiert habe, sei er wütend geworden und habe ihr rassistische Ressentiments vorgeworfen. Hat ihr mehr oder weniger unterstellt, sie verstünde eben nicht, was Freundschaft in seiner Kultur für einen Stellenwert habe – Sie wissen schon, da sind ja immer alle miteinander befreundet oder verwandt. Jedenfalls wurde der Streit allem Anschein nach ziemlich hitzig.«

Forrester, die Noble aufmerksam zugehört hatte, stützte den Kopf in die Hände. »O Gott«, stöhnte sie auf. »Zuerst Russell und jetzt auch noch einer seiner Sergeants.« Sie zog die Hände weg. »Also gut, eins nach dem anderen. Bringen wir erst mal das Verhör mit Russell hinter uns und sehen, was dabei herauskommt, dann kümmere ich mich um Sergeant Ali. In der Zwischenzeit können Sie ihn sich schon mal vornehmen und ihm klipp und klar zu verstehen geben, dass es ihm untersagt ist, das Revier zu verlassen oder auf irgendeine Weise mit Azam Kontakt aufzunehmen. Und wenn John Handford zurückkommt, dann sprechen Sie mit ihm und informieren ihn darüber, was vorgefallen ist.«

»Ja, Ma'am.«

Sie warf einen Blick auf ihre Uhr. »Sie sprachen von drei Dingen.«

Zum ersten Mal, seit er im Raum war, wirkte Noble nervös. Er rutschte auf seinem Stuhl hin und her und fuhr sich mit der Zunge über die Lippen. »Wir haben die Identität des Freiers geklärt, der nach einer jungen Prostituierten gefragt hat«, sagte er.

»Gut. Wer ist es?«

Noble schloss einen Moment die Augen, dann blickte er zu ihr auf. »Es tut mir Leid, Ma'am, aber es war Tony.«

KAPITEL 13

Schlagartig schien die Temperatur in Handfords Büro um einige Grade gesunken.

»Daniel, was meinst du mit ›Michael hat Mädchen verkauft‹?«, fragte Ali.

Der Junge machte einen Rückzieher. »Ich meine nicht, dass er sie so verkauft hat, wie man Gemüse verkauft, ich meine damit, er wurde dafür bezahlt, ihnen zu helfen.«

»Eben hast du aber etwas anderes gesagt. Du hast wörtlich gesagt ›Michael hat Mädchen verkauft.‹«

»Ich hab damit nicht ›verkaufen‹ gemeint, ich hab gemeint, er wurde bezahlt – um ihnen zu helfen«, sagte Daniel mit Nachdruck.

»Ihnen helfen, was zu tun?«

»Einen Platz zum Wohnen zu finden.«

Es war ein ziemlicher Unterschied zwischen »verkaufen« und »dafür bezahlt werden, jemandem zu helfen«, doch Ali war sich sicher, dass Letzteres nur ein Euphemismus war, mit dem Daniel seinen besten Freund schützen wollte.

»Willst du damit sagen, die Mädchen haben Michael dafür bezahlt, dass er ihnen hilft, einen Platz zum Wohnen zu finden?«

»Nicht die Mädchen haben Michael bezahlt, das war jemand anderes.«

»Wer?«

»Das weiß ich nicht.«

»Wirklich nicht?« Ali wartete auf eine Reaktion, und als keine kam, war er sich unschlüssig, ob er erleichtert oder eher besorgt sein sollte. Einen Moment bereute er, dass sie nicht in Raum 208 gegangen waren. In der finsteren Atmosphäre dort hätte er ganz anders auftreten und einfach verlangen können, den Namen des Mannes zu erfahren. Doch das wäre Daniel gegenüber nicht fair gewesen; schließlich war er hier nicht der Schuldige. »Dann kannst du mir vielleicht sagen, seit wann Michael diesen Mädchen geholfen hat.«

»Noch nicht lange.«

Ali bohrte nach. »Wie lange?«

»Seit wir in der sechsten Klasse waren.«

»Und die Mädchen, wer waren die?«

»Die waren aus Jugendheimen oder besetzten Häusern.«

»Aber dann hätte ihnen vielleicht besser das Jugendamt helfen können.«

»Nein, sie hatten was gegen Sozialarbeiter, und Michael hat gemeint, der Mann, der ihn bezahlt, würde besser für sie sorgen als das Jugendamt. Und überhaupt«, er zögerte, »Michael brauchte das Geld – für sein Studium.«

Der Mann, der ihn bezahlt?

Deepak?

Ali wich der Frage aus. »Willst du mir etwa sagen, Michael hat den Mädchen geholfen, um für sein Studium zu sparen?«

Der Junge fuhr sich mit einer Hand durch die Locken. Dabei verhakte sich ein Finger in den Haaren, und einen Augenblick lang konzentrierte er sich ganz darauf, ihn freizubekommen, dann sagte er: »Seine

Eltern hatten finanzielle Schwierigkeiten wegen der Maul- und Klauenseuche und all dem, und er wollte sie entlasten.«

»Und deshalb hat er das alles gemacht?«

»Ja.«

»Aber, wenn Michael nichts weiter getan hat, als seinen Eltern und diesen Mädchen aus der Patsche zu helfen, warum hat dich dein Vater dann hierher geschleppt?«

Daniel blickte Ali eine Weile entgeistert an, hin- und hergerissen zwischen der Loyalität gegenüber seinem Freund und der Wahrheit. Ali konnte die Notlage des Jungen gut nachempfinden – er war ja selbst in einem ähnlichen Zwiespalt gefangen. Die Anspannung bei allen stieg wieder spürbar an und zusammen mit der drückenden Schwüle wurde es im Raum fast unerträglich. Clarke streckte die Hand aus und schaltete den Ventilator an.

Ali fragte: »Wussten Michaels Eltern, was er da machte?«

»Um Himmels willen, nein, die wären durchgedreht.«

»Warum das?«

»Einfach so.« Daniel hatte sich in eine Sackgasse manövriert, und das wusste er auch. Er beugte sich vor und blickte Ali fest in die Augen, um sich der Argumentation des Detectives zu widersetzen. »Michael wollte einfach nur helfen, mehr nicht; deshalb hat er ja auch den Job im Supermarkt angenommen.«

»Aber dort hat er wohl nicht genug verdient?«

Jetzt befand er sich auf gefahrloserem Terrain. »Nicht für fünf Jahre an der Universität. Das, was die im Supermarkt Schülern zahlen, hätte gerade mal für fünf Wochen Uni gereicht.«

»Und wie hat er das mit den Mädchen erfahren?«

Plötzlich wurde das sichere Terrain wieder unsicher, und Daniels Miene verriet, dass er dem Unvermeidlichen wohl kaum noch ausweichen konnte. Er wandte den Blick ab. »Jemand hatte ihm gesagt, er wüsste, wie man sich nebenher etwas dazuverdienen kann; er würde jemand kennen, der ihm da weiterhelfen könnte. Michael müsste sich nur mit Mädchen aus Jugendheimen und besetzten Häusern anfreunden, bis dieser Mann eine richtige Bleibe für sie gefunden hätte. Wenn das geschafft wäre, würde er Geld dafür bekommen.«

Ali beugte sich vor, um den Blickkontakt wieder aufzunehmen. »Und was hast du dir gedacht, Daniel, als du das gehört hast?«

Er blickte auf. »Dass die Sache dubios ist. Ich hab ihm gesagt, keiner bezahlt dich dafür, dass du dich um irgendwen total Fremdes kümmerst, es sei denn, er hat was davon.«

»Aber Michael hat nicht auf dich gehört?«

»Nein, er hat gemeint, es wären ja nicht alle gleich; manche Leute würden eben gerne ganz uneigennützig anderen helfen. Dieser Mann ist ein hohes Tier bei der Stadt, ein angesehener Geschäftsmann.« Alis Magen machte einen Satz. Jetzt müsste er eigentlich nach dem Namen fragen, aber so wenig Daniel bereit war, ihn herauszurücken, so wenig wollte Ali ihn hören, daher ließ er den Jungen weiterreden. »Michael hat gesagt, die Mädchen wären unglücklich dort, wo sie waren. Er würde ihnen damit schließlich nur einen Gefallen tun.«

»Und das verstehst du unter ›verkaufen‹?«

Daniel verzog gequält das Gesicht. »Ja.«

Zu guter Letzt waren sie jetzt wieder bei dem unseligen Wort »verkaufen« angelangt. Jetzt musste Ali, auch wenn er es nur höchst ungern tat, die einzelnen Schichten abtragen, um die Identität des Käufers und die Gründe für den Kauf freizulegen, obgleich er sich sicher war, dass er – ebenso wie Daniel – bereits alles wusste. Sein Herz pochte ihm gegen die Rippen. Ihm war klar, dass er von jetzt an die Befragung eigentlich jemand anderem überlassen müsste, doch von Daniels Antworten hing eine Menge ab – sowohl für den Jungen als auch für Ali selbst. Er sagte sich zwar, dass es schließlich mehr als einen Geschäftsmann in der Stadt gab, dass es sich dabei nicht unbedingt um Deepak handeln musste, aber er kannte natürlich auch die belastenden Hinweise von John Handford und Michelle Archer. Dennoch gab er sich einen Ruck und fuhr mit der Befragung fort.

»Wer hat ihm diesen Tipp mit dem Geldverdienen gegeben, Daniel?«

»Irgend so ein Paki.«

»An eurer Schule?«

»Ja.«

Deepak hatte einen Sohn auf dem gleichen Gymnasium. »Weißt du, wie er heißt?«

»Nein, aber er ist in der Neunten.«

Dann wäre er etwa dreizehn – genauso alt wie Younis. Aber das konnte nicht sein. Deepak würde bestimmt niemals seinen eigenen Sohn in so was reinziehen. Gib die Sache ab, bevor es noch schlimmer wird, drängte ihn eine innere Stimme. Nein, das war doch alles lächerlich. Ali ließ sich von bloßen Vermutungen leiten, das Schlimmste, was einem Detective passieren konnte.

Er atmete tief durch. »Kennst du ihn gut genug, dass du ihn mir gegebenenfalls zeigen könntest?«

»Wenn's sein müsste, ja.«

Ali beugte sich vor. Diese Frage musste er jetzt stellen. »Und dieser Mann, der für die Mädchen eine Unterkunft sucht – weißt du, wer das ist?«

Daniel erstarrte wieder. Er fuhr sich mit der Zunge über die Lippen. Seine nächsten Worte klangen, als sei sein Mund so ausgedörrt wie eine Wüste. »Nein, weiß ich nicht«, stieß er mit heiserem Flüstern hervor. »Kann ich was zu trinken bekommen?«

Clarke stand bereitwillig auf: »Coke?«

»Irgendwas, Wasser tut's auch.«

»Ich denke, da haben wir schon was Besseres im Angebot«, sagte Clarke beim Hinausgehen.

Schweigen, durchbrochen nur vom schwachen Surren des Ventilators, legte sich über den Raum wie dichter Nebel. Daniel atmete tief durch. Die Fragen waren vorbei, und für eine Weile überließ er sich ganz seiner Erschöpfung, die ihn wie ein schwerer Mantel umgab. Er beugte sich vor, stützte die Ellbogen auf die Knie und verbarg sein Gesicht in den Händen.

Die einzige Möglichkeit in so einer Situation war, die Wahrheit zu akzeptieren. Daniel würde das tun müssen, aber auch Ali – selbst wenn diese Wahrheit unerträglich war, selbst wenn sie ihn in einen krassen Konflikt mit seinem Vater und mit seinen Landsleuten brachte. Der Sergeant stand auf und ging vor Daniel in die Hocke.

»Daniel, sieh mich an. *Sieh mich an!*« Er wartete, bis der Junge seinen Blick erwiderte. In seinen Augen zeigte sich nur wenig von seinen Gefühlen: keine Traurigkeit, kein Hass, nichts als Erschöpfung.

»Bis DC Clarke zurückkommt, möchte ich dich bitten, ganz genau darüber nachzudenken, ob du uns nicht doch die Person nennen willst, der Michael diese Mädchen vermitteln sollte. Ich glaube, du weißt, wer es ist, und wir müssen es erfahren, weil wir mit dieser Person reden müssen.«

Daniel zuckte zusammen. »Nein, bitte.«

»Michael war dein bester Freund, oder?«

Der Junge nickte.

»Dann müsste es dir doch ein Anliegen sein, uns zu helfen.«

Jetzt drückte Daniels Gesicht seine ganze innere Not aus. »Ich will Ihnen ja auch helfen«, sagte er.

»Nun, am besten wäre uns geholfen, wenn du uns sagst, wer diese Person ist.« Ali stand auf und setzte sich wieder in Handfords Stuhl. »Denk darüber nach, Daniel. Aber sag noch nichts, wir warten lieber, bis Mr Clarke zurückkommt, dann werde ich dir diese Frage noch einmal stellen.«

Kurz darauf kam Clarke mit einer Dose Cola zurück. Er reichte sie Daniel, und als der sie öffnete, zischte die Kohlensäure heraus, als sei sie erleichtert, endlich zu entkommen.

Daniel trank ein paar Schlucke, und Ali spürte, wie seine eigene innere Anspannung stieg. Er atmete ein paarmal tief durch, um seine Nerven zu beruhigen, dann, als alle bereit schienen, fragte er: »Also, jetzt sag mir, wer ist dieser Mann?«

Die Stimme des Jungen klang so heiser und keuchend, dass die Detectives Mühe hatten, die Antwort zu verstehen.

»Ihm gehört dieses Fitnesscenter.«

Ali schloss für einen kurzen Moment die Augen, dann warf er Clarke einen verstohlenen Blick zu. Falls sein Kollege seine Reaktion bemerkt hatte, dann ließ er es sich nicht anmerken.

»Welches Fitnesscenter?«

»Das in der Innenstadt.«

»Kennst du seinen Namen, Daniel?«

Daniels Stimme erstarb zu einem Flüstern. »Deepak Azam.«

Eine Flut von Gefühlen überschwemmte Ali. Am liebsten hätte er Daniel nicht geglaubt, aber das hätte definitiv bedeutet, den Kopf in den Sand zu stecken – und das hatte er in letzter Zeit oft genug getan. Er musste jetzt zur Kenntnis nehmen, dass es eine Verbindung zwischen Deepak und Michael Braintree gab und dass Deepak Michael dafür bezahlt hatte, sich mit Mädchen anzufreunden, die wegen ihrer Notlage leicht verführbar waren. Und wenn Archer Deepak zu Recht der Zuhälterei verdächtigte, dann missbrauchte er diese Mädchen vermutlich als Prostituierte. Doch Ali wusste, dass das noch nicht alles war. Wenn man die Verbindung zwischen Deepak und Michael bedachte, die jetzt aufgedeckt war, dann bestand durchaus die Möglichkeit, dass er auch bei der Ermordung des Jungen seine Hände im Spiel gehabt hatte. Oder ging da seine Fantasie mit ihm durch? Seine Gedanken überschlugen sich und er zwang sich zur Ruhe, um das Ganze nüchterner zu betrachten. Die Verbindung zwischen Michael Braintree und Deepak Azam war zu offensichtlich, als dass man sie ignorieren konnte, das Gleiche galt für den Hinweis, den er von Michelle Archer bekommen hatte – die Sache mit der Prostituierten, die überfallen worden war und an deren Krankenbett die Beamten Deepak angetroffen hatten. Die Frau hatte sich zwar geweigert, der Polizei Auskunft zu geben, aber sie hatte auch nicht ausdrücklich zu Protokoll gegeben, es sei ein unbekannter Freier gewesen, der ihr Gesicht so zugerichtet hatte. Doch er konnte sich einfach nicht vorstellen, dass Deepak so etwas tun könnte, genauso wenig, wie er ihn sich als Mörder vorstellen konnte. Deepaks Türsteher hingegen – und dieser Gedanke traf ihn wie ein Vorschlaghammer – konnte er sich sehr gut in beiden Fällen als Täter vorstellen. Ali hatte noch nie gesehen, dass Deepak im Zorn auch nur die Hand erhoben hätte, aber Varley ... Der hatte Glück gehabt, dass er bei seiner letzten Verurteilung nicht lebenslänglich bekommen hatte. Nur eine große Portion Glück und intensive medizinische Betreuung hatten der Frau das Leben gerettet, die er damals so schlimm zugerichtet und fast zu Tode geprügelt hatte, nur weil sie ihn dabei erwischt hatte, wie er in ihren Sachen herumwühlte. Der Übergriff war äußerst brutal gewesen. Ja, Dwayne Varley war zu einem Mord fähig. Doch wenn er es tatsächlich gewesen war, dann erhob sich als Nächstes die furchtbare Frage: Hat er Michael aus eigenem Antrieb oder auf Anweisung seines Chefs ermordet?

Daniel blickte zu den beiden Detectives auf, und anstatt der Leere sprach jetzt die nackte Angst aus seinem Blick. »Bitte sagen Sie ihm nicht, dass Sie das von mir haben.«

Clarke beruhigte ihn. »Mach dir darüber mal keine Sorgen, von uns erfährt er es nicht.«

Nach diesen Worten entspannte sich die Atmosphäre in dem Raum ein wenig. Ali zwang sich, seine eigenen Gefühle beiseite zu schieben und mit der Befragung fortzufahren. »Fangen wir noch einmal ganz von vorn an, Daniel. Ich möchte, dass du uns genau erklärst, wie Michael an die Mädchen herangekommen ist, die er dann Mr Azam verkauft hat.«

»Er hat sie nicht selbst ausgesucht, das hat Mr Azam getan oder vielleicht auch einer seiner Freunde.« Daniel wirkte jetzt etwas selbstsicherer. »Ich weiß nicht, wie er heißt, aber er hing immer vor den Jugendheimen oder den besetzten Häusern rum, und wenn ihm eine auffiel, die dem gesuchten Typ entsprach, dann hat er Mr Azam Bescheid gesagt. Dann wurde sie Michael gezeigt, und der musste sich dann nur noch mit ihr anfreunden.«

»Und wie hat er das gemacht?«

»Das war nicht schwer, hat er gemeint. Die mögen es doch, wenn sie von einem Jungen angesprochen werden. Zum Einstieg hat er sie meist auf einen Kaffee oder sonst was eingeladen, bis er sie besser kannte. Die haben sich danach gesehnt, dass wenigstens einmal im Leben jemand nett zu ihnen ist, meinte Michael. Später hat er ihnen dann Geschenke gekauft und von dem Haus erzählt, in dem Mr Azam sie wohnen lassen würde, wenn sie von dort wegwollten, wo sie gerade waren, und ihnen gesagt, er könnte sie mit ihm bekannt machen.«

»Und was ist mit Mr Azam, was tat er bei der ganzen Sache?«

»Nichts, bis Michael ihm Bescheid gegeben hat, dass das Mädchen ihn gern treffen will.«

»Und was hat Michael sonst noch mit ihnen gemacht?«

»Manchmal hat er ihnen Drogen gegeben; keine harten Sachen, zunächst nur hin und wieder einen Joint und dann Ecstasy oder Trips, wenn sie schon auf Drogen waren. Michael wollte das eigentlich nicht tun, aber Mr Azam meinte, da sei doch nichts dabei, heutzutage nähmen doch alle Drogen.«

»Aber harte Drogen, zum Beispiel Heroin, bekamen sie von ihm nicht?«

»Nein. Manche wollten es zwar, aber die mussten eben warten, bis Michael sie abgegeben hatte.«

»Abgegeben hatte?« Das klang wie ein Todesurteil.

»An Mr Azam oder einen seiner Freunde.«

Daniel setzte sich auf, nahm noch einen Schluck aus der Cola-Dose und holte dann tief Luft. »Michael musste nichts weiter tun, als sich mit ihnen anfreunden und Zeit mit ihnen verbringen, bis Mr Azam die Sache dann selbst in die Hand genommen hat.« Daniel leerte die Dose und zerquetschte sie.

Ali beobachtete ihn und fragte sich, ob ihm das Erleichterung verschaffte. »Wenn Michael so ein Mädchen also abgegeben hatte, was geschah dann als Nächstes?«

»Mit dem Mädchen oder mit Michael?«

»Mit beiden.«

»Was mit dem Mädchen geschah, weiß ich nicht, aber ...« Er brach mitten im Satz ab.

»Was ist?«

»Nichts.« Daniel blickte ihn wütend und streitlustig an.

Doch Ali bohrte nicht weiter nach. Stattdessen fragte er: »Und mit Michael?«

»Er bekam sein Geld.«

»Wie viel?«

»Zweihundertfünfzig Pfund plus fünfzig Pfund Spesen.«

Die Information kam so nüchtern – man konnte kaum glauben, dass es dabei um nichts Geringeres ging als um Mädchenhandel.

»Mr Azam bezahlte Michael also dreihundert Pfund pro Mädchen?«

»Ja.«

Ali packte das blanke Entsetzen. Wenn Deepak bereit war, dreihundert Pfund für ein Mädchen zu zahlen, dann bekam er selbst dafür ein Vielfaches wieder.

Und das bedeutete, dass Archer Recht hatte und er die Mädchen als Prostituierte entweder für den heimischen Markt rekrutierte oder sie ins Ausland verschacherte. So oder so, es war eine Riesensauerei. Ali stand auf und ging zum Fenster. Er öffnete es so weit wie möglich. Der Straßenlärm drang ins Zimmer. Auf der anderen Seite der mehrspurigen Fahrbahn hob sich die Kuppel des Stadttheaters gestochen scharf vom tiefblauen Himmel ab. Ein Möbelwagen manövrierte rückwärts auf den Bühneneingang zu und blockierte dabei den Bürgersteig und die halbe Straße. Vermutlich bereitete eine Theatertruppe gerade ein neues Gastspiel vor. Weiter hinten, am Bahnhof, quollen ganze Menschentrauben aus den Bussen, und Anwälte in dunklen Anzügen strömten neben Delinquenten in Jeans und T-Shirts zum Gerichtsgebäude. Es war ein Tag wie jeder andere – dort draußen.

Er wandte sich vom Fenster ab. »Vorhin, als ich gefragt habe, was mit den Mädchen weiter geschah, da wolltest du noch etwas hinzufügen, was war das?«

»Hab ich Ihnen doch schon gesagt – nichts.«

Ali gab sich Mühe, seine Ungeduld zu zügeln. Er wollte die Antwort unbedingt aus dem Mund des Jungen erfahren. »Jetzt komm schon, Daniel, du weißt genau, was mit ihnen geschieht.«

»Nein.«

»Doch.« Ali spielte das Ja-Nein-Spiel immer mit seinen Kindern, wenn Bettgehzeit war, aber das hier war kein Spiel.

Ohne Vorwarnung platzte Daniel plötzlich der Kragen. Er sprang auf und stürmte zur Tür. »Mir reicht's jetzt!«, brüllte er los. »Ich gehe jetzt.«

Doch Clarke war schneller. Er stellte sich ihm in den Weg und sagte ruhig: »Setz dich hin, Daniel.«

»Lassen Sie mich raus; Sie können mich hier nicht festhalten.«

Doch Clarke ließ sich nicht beirren. Zuerst warf sich Daniel mit dem Rücken gegen die Wand und verschränkte die Arme vor der Brust, doch nach einer Weile ging er mürrisch zu seinem Stuhl zurück und ließ sich darauf fallen.

Als sei nichts geschehen, nahm ihn Ali weiter in die Mangel. »Was macht Mr Azam mit diesen Mädchen, Daniel?«

Mit wutverzerrtem Gesicht und hasserfülltem Blick fixierte Daniel den Sergeant. »Er ist ihr Zuhälter!«, schrie er. »Ist es das, was Sie hören wollten? Ist es das, was ich sagen soll?« Dann murmelte er immer wieder mit kaum hörbarer Stimme »Tut mir Leid, Michael, tut mir Leid« und wiegte dabei den Oberkörper vor und zurück.

Ali sah Daniel dabei zu, wie er in tiefem Schmerz die Arme um seinen Oberkörper schlang. Er konnte gut nachempfinden, wie er sich fühlen musste. Am liebsten hätte er dasselbe getan. Er hatte sowohl sich selbst als auch einen unreifen Siebzehnjährigen mit der Erkenntnis konfrontiert, dass ihr bester Freund – und in Daniels Fall sein toter bester Freund – in eine Art modernen Sklavenhandels verwickelt war. Beide hatten sie sich gegen diese Wahrheit gesträubt – und für beide war der Widerstand vergebens gewesen.

Für Ali war Deepak Azam wie eine bittere Pille, die sich langsam in seinem Magen auflöste und einen widerwärtigen Nachgeschmack hinterließ, der ihm bei jeder Frage, die er stellte, und jeder Antwort, die er bekam, wieder aufstieß. Azam – plötzlich hieß er für ihn nicht länger Deepak –, eine Stütze der Gesellschaft mit einer Auszeichnung für sein bürgerschaftliches Engagement, ein Vorbild für die British-Asian Community und ein Freund, war nichts weiter als ein Zuhälter, und noch dazu einer der übelsten Sorte; einer, der nicht nur minderjährige Mädchen sexuell und finanziell ausbeutete, sondern auch die Sorge eines Jungen um die wirtschaftliche Lage seiner Eltern schamlos für seine Zwecke ausgenutzt hatte.

Ali holte tief Luft und versuchte den widersprüchlichen Gefühlen, die ihn zu überwältigen drohten, Herr zu werden. Was auch immer von jetzt an geschah, er durfte sie nicht an Daniel auslassen. Er hatte das Vertrauen des Jungen gewonnen und konnte sich nicht leisten, es wieder zu verlieren. Er versuchte sich an einem beruhigenden Lächeln, aber sein Gemüt war noch zu aufgewühlt, so dass es ihm nicht wirklich gelang. Stattdessen ging er vor ihm in die Hocke und fasste ihn freundschaftlich am Arm.

»Bist du dir da ganz sicher, Daniel?«

Daniel blickte mit tränenüberströmtem Gesicht zu ihm auf. »Nein, nicht ganz sicher, aber warum sollte sich ein Mann wie Mr Azam sonst um minderjährige Mädchen kümmern und Michael dreihundert Pfund dafür bezahlen, dass er sie mit ihm zusammenbringt. Zum einen hat er nie mehr als ein Mädchen zur gleichen Zeit, und außerdem hat er Michael Verschwiegenheit befohlen. Er wollte nicht, dass es jemand erfuhr. Sieht das für Sie nach Mr Azam aus? Der ist doch ständig in der Zeitung, wenn er wieder irgendetwas Großartiges vollbracht hat. Wenn die Sache legal wäre, würde er es sicher jedem auf die Nase binden. Ich hab das Michael alles gesagt, aber er wollte einfach nicht hören.«

Es bestand kein Zweifel, Daniel sagte die Wahrheit. Ali musste das akzeptieren; die logischen Argumente des Jungen spiegelten seine eigenen wider. Seine Kiefermuskeln zuckten von der Anstrengung, seine Wut auf den Freund zu unterdrücken. Er räusperte sich. »Erzähl mir von Hannah. War sie eines von Michaels Mädchen?«

»Anfangs schon, doch Michael meinte, sie war anders als die vorherigen. Sie war eher so wie er, verstehen Sie?«

»Nein, das verstehe ich nicht, das musst du mir erklären. In welcher Hinsicht war sie wie er?«

»Nun, erstens hatte sie Geld. Und sie hat auch nicht im Jugendheim gelebt. Ich weiß nicht genau, wo sie gewohnt hat, aber sie war mit Sicherheit nicht in einem besetzten Haus oder so was.«

»Wie ist Mr Azam dann überhaupt auf sie gestoßen?«

»Sie hat nach jemand gesucht, nach ihrem leiblichen Vater. Sie hat gesagt, er wohnt in Bradford, keine Ahnung, woher sie das wusste. Sie hatte ein altes Foto von ihm bei sich und hat alle möglichen Leute gefragt, ob sie ihn kannten. Eines Tages hat sie auch Mr Azam gefragt.«

»Und der beschloss, dass Michael sich an sie heranmachen sollte?«

»Er meinte, es wäre doch sicher angenehm für ihn, auch mal mit einem niveauvolleren Mädchen zu tun zu haben.«

Allerdings, und sicher knallhart kalkuliert: ein niveauvolleres Mädchen für niveauvollere Herren. Ali hätte die Befragung an diesem Punkt am liebsten eingestellt, er wollte nichts mehr hören. Er schüttelte sich vor Ekel und einen Augenblick lang dachte er, er müsse sich tatsächlich gleich übergeben. Er schluckte krampfhaft.

»Erzähl weiter.«

»Für Michael war es Liebe auf den ersten Blick. Er fand sie großartig und wollte sie nicht an Mr Azam abgeben, sondern für sich behalten. Er wollte zu ihm gehen, ihm alles erklären und ihm anbieten, sich um ein anderes Mädchen zu kümmern.«

»Um ein weniger niveauvolles?« Ali konnte den Abscheu in seiner Stimme nicht verbergen.

Daniels Miene verdüsterte sich und er gab keine Antwort. Selbst er erkannte, welche Vermutung hinter dieser Frage stand und was eine Antwort darauf – ganz gleich, was für eine – bedeuten würde. Schlimmer noch, er müsste erneut zur Kenntnis nehmen, wie tief sein Freund gesunken war.

»Und, hat er es ihm gesagt?«

»Ja, aber Mr Azam wollte unbedingt Hannah. Ich vermute mal, Michael hat mit ihm gestritten, er war so. Jedenfalls, als ich ihn das nächste Mal sah, hatte er ein riesiges Veilchen, eine kaputte Nase und eine aufgeplatzte Lippe.«

»Hat er dir eine Erklärung dafür gegeben?«

»Er hat nur gesagt, er wäre gestürzt, aber ich habe ihm nicht geglaubt. Ich schätze, Mr Azam hat ihn so zugerichtet oder ihn zusammenschlagen lassen oder was auch immer.« Seine Stimme wurde leiser und er schien einen Augenblick mit den Gedanken ganz weit weg, vermutlich um die Szene in seiner Erinnerung noch einmal durchzuspielen. »Ich hab versucht, ihn zu überreden, die Sache mit Hannah zu melden, aber er meinte, das könne er nicht. Er hätte allerdings auch schon darüber nachgedacht und wüsste, was er zu tun habe.« Daniels Augen füllten sich mit Tränen. »Mir ist nie in den Sinn gekommen, dass er vorhatte, sich was anzutun.« Er blickte zu Ali auf. »Abgesehen davon, dass er das ja auch gar nicht getan hat, oder?«

»Nein, Daniel, es war kein Selbstmord.«

»War es Mr Azam, der ihn umgebracht hat?«

»Wir haben nur Vermutungen, keine konkreten Beweise.« Ali wusste, dass er sich jetzt an den letzten Funken Hoffnung klammerte. »Wieso ist Michael nicht zu uns gekommen, als er merkte, was da ablief?«

»Das ist er doch, hinterher hat er gesagt, es wäre nichts als Zeitverschwendung gewesen, keiner hätte ihn ernst genommen.«

Also war Daniel nicht der Einzige, der Michael im Stich gelassen hatte. Ali fragte sich, ob das wohl eine Metapher für die heutige Zeit war: ein Mangel an Zuwendung, der in einem Nadelstreifenanzug oder in einer Uniform auftrat.

»Wann ist er zu uns gekommen?«

»Etwa vor zwei Wochen, glaube ich.«

»Und mit wem hat er gesprochen?«

»Mit irgendeinem Bullen in Uniform. Der meinte, er würde weiterleiten, was Michael ihm erzählt hatte, und jemand würde sich wieder bei ihm melden. Doch das ist nie geschehen.«

Clarke reichte ihm einen A4-Bogen. »Ich möchte, dass du dir das noch einmal ansiehst, Daniel«, sagte er. »Es ist die Kopie einer Seite aus Michaels Tagebuch. Vielleicht kannst du uns einen Tipp geben, was den Code anbelangt. *H* steht offensichtlich für Hannah und *DA*, wie wir jetzt wissen, vermutlich für Deepak Azam. Das kleine *p* vermutlich für Polizei, denn das passt mit dem zusammen, was du eben gesagt hast: dass sich keiner mehr bei ihm gemeldet hat. Aber was hat das große *P* zu bedeuten? Hast du eine Ahnung, was das heißen könnte?«

Daniel dachte einen Augenblick nach. »Das steht vermutlich für ›Project‹.«

»Und was ist das?«

»Michael hat nicht viel darüber gesagt, aber ich glaube, es ist eine Gruppe, die Mädchen hilft, die in Schwierigkeiten sind. Ich weiß nicht, wie er auf die gekommen ist, aber er hat Hannah dorthin mitgenommen. Er dachte, vielleicht wissen die, was zu tun ist.«

Ali schüttelte den Kopf. Michael kam ihm vor wie ein Siebzehnjähriger, der sich wie ein Dreißigjähriger verhielt, und Daniel stand ihm da in nichts nach. Ein guter Schulabschluss hätte jetzt ihr größtes Problem sein müssen und die Frage, an welcher Uni sie studieren sollten, und nicht Prostituierte, ganz gleich, welchen Alters. Ali hatte auf einmal Angst um Hasan und Bushra. Wie konnte man seine Kinder vor dem Leben schützen? Insbesondere wenn es einen über Nacht mit Dingen konfrontierte, von denen man bisher keine Ahnung hatte.

Plötzlich war ihm das alles zu viel. Er beendete das Verhör.

»Das ist im Augenblick alles, Daniel, ich habe keine weiteren Fragen. Ich möchte, dass du jetzt mit DC Clarke ein Protokoll anfertigst über all das, was du uns eben erzählt hast. Machst du das?«

Daniel nickte. Er stand auf und ging zur Tür, heilfroh, dem Ganzen endlich entrinnen zu können. Doch bevor Ali ihn gehen ließ, fragte er zum Abschluss: »Eine Sache noch, Daniel. Weißt du, wo Hannah jetzt ist? Wir müssen mit ihr reden und uns Gewissheit verschaffen, dass sie in Sicherheit ist.«

Obwohl er müde und erschöpft war, wäre Ali nach dem Verhör von Daniel Emmott am liebsten zu Deepak gegangen, hätte ihn am Kragen gepackt und die Wahrheit aus ihm herausgeprügelt. Doch das würde ihm, wie er wusste, nur flüchtige Genugtuung verschaffen: Die Polizei hätte einen Grund, ihn vom Dienst zu suspendieren, und ein guter Anwalt besäße damit genug Munition, ihn fertig zu machen, wenn es zu einem Gerichtsverfahren käme. Also kümmerte er sich wohl besser darum, die offen gebliebenen Fragen zu klären.

Während Clarke Daniels Aussage zu Protokoll nahm, sprach Ali mit DC Graham. Es war wichtig, sicherzustellen, dass die Aussage der Emmots mit der ihres Sohnes übereinstimmte. Anscheinend hatte Daniel nichts verschwiegen, es sei denn, es gab noch etwas, das er weder seinen Eltern noch der Polizei mitgeteilt hatte. Doch Ali war sich ziemlich sicher, dass sie nun eine umfassende Aussage hatten.

Schließlich ging er hoch in die Kantine, um sich bei den Emmotts zu bedanken, dass sie so geduldig gewartet hatten.

»Und was werden Sie jetzt tun?«

»Ich werde Ermittlungen durchführen und überprüfen, was Daniel mir gesagt hat.«

»Werden Sie Azam verhaften?«

»Er wird sicherlich verhört werden.«

»Aber nicht verhaftet? Obwohl er minderjährige Mädchen für sich anschaffen lässt?«

»Mr Emmott, wir haben dazu bisher nur Daniels Aussage, und selbst er war sich nicht ganz sicher, ob es den Tatsachen entspricht. Aber ich versichere Ihnen, wir gehen der Sache nach. Obgleich ich ehrlich gesagt keine Kenntnis von derart jungen Prostituierten hier in der Stadt habe.« Ali wusste selbst nicht, warum er das jetzt gesagt hatte.

Norman Emmott schob seinen Stuhl zurück und stand auf. »Das kommt daher, dass Deepak Azam einfach zu schlau für Sie ist. Er beauftragt halbwüchsige Jungen damit, für ihn die Drecksarbeit zu erledigen, und dann, wenn sie ihre Aufgabe erfüllt haben, verschwinden die Mädchen. Michael hat seine Schützlinge sicher nie wieder gesehen.«

Ali zog Mrs Emmotts Stuhl zurück und sie gingen alle drei zur Tür. »Ich bringe Sie hinunter zum Empfang; Daniel müsste jeden Moment kommen, Sie können dort auf ihn warten.«

Sie fuhren schweigend im Lift hinunter. Als sie in der Eingangshalle ankamen, wandte sich Mr Emmott an Ali: »Kennen Sie Deepak Azam, Sergeant?«

Die Frage überrumpelte Ali und er wich ihr aus. »Flüchtig.«

Ob es an Alis Tonfall lag oder an seinem Gesichtsausdruck, würde er nie erfahren, jedenfalls gefiel seine Antwort Norman Emmott ganz und gar nicht.

»Und deswegen sind Sie auch nicht bereit, den Mann zu verhaften. Sie vergessen einfach, dass es da draußen Mädchen gibt, die von ihm und seinen Freunden genau in diesem Moment geschändet werden.«

Ali versuchte ihn zu beschwichtigen. »Das wissen wir nicht mit Sicherheit, Mr Emmott«, sagte er.

»Nein, und ich bezweifle, dass Sie es je herausbekommen werden. Aber lassen Sie sich gesagt sein, Sergeant, wenn Sie nichts dagegen tun, dann werde ich das in die Hand nehmen. Michaels Tod geht auf Azams Konto.«

Ali wollte ihm widersprechen, aber Mr Emmott winkte ab. »Ich sage nicht, dass er ihn persönlich umgebracht hat, aber man braucht keinen Doktortitel, um sich auszurechnen, dass der Mord etwas mit dieser Sauerei zu tun hat.«

Die Tür zum Rückgebäude des Präsidiums öffnete sich und Daniel kam mit Clarke herein. Mr Emmott ging ihm entgegen, legte ihm den Arm um die Schultern und führte ihn zum Haupteingang. Beim Hinausgehen nahm sein Vater den Arm wieder herunter und wandte sich um. »Ich werde die Sache nicht auf sich beruhen lassen«, sagte er. »Tun Sie etwas, Sergeant, oder ich nehme die Sache selbst in die Hand.« Dann schwang die Tür hinter ihm zu.

Ali schluckte seine Besorgnis hinunter und ging zum Empfang, um das Buch durchzusehen, in dem alle Besuche dokumentiert wurden. Die Vormittagshitze drang durch die großen Fenster herein und verwandelte die Eingangshalle in eine Sauna. Er schlüpfte aus seinem Jackett und legte es über den Schalter. Schneller als erhofft hatte er den Eintrag über Michael gefunden. Er stammte von dem Schalterbeamten, der auch jetzt gerade wieder Dienst hatte.

»Ja, ich erinnere mich an ihn«, sagte Jensen. »Er war ziemlich aufgeregt, also rief ich einen Kollegen herunter, mit dem er sprechen konnte.«

»Aus dem Kriminaldezernat?«

»Nein, von denen war keiner da, sonst hätte ich die gerufen. Nein, es war –«, er fuhr mit dem Finger die Seite hinab, »– PC 3987 Foxton. Er hat ziemlich lange mit ihm geredet, wenn ich mich recht erinnere.«

»Hat Foxton heute Dienst?«

Der Schalterbeamte wandte sich um und blickte auf den Dienstplan. »Er hätte eigentlich vor zehn Minuten eintreffen müssen, vermutlich ist er in der Kantine. Soll ich dort anrufen?«

Ali wollte nicht so lange warten, bis sich dort oben jemand aufraffte, ans Telefon zu gehen. »Nein, ich gehe selbst«, sagte er. Er ging hinüber zum Aufzug, drückte den Knopf und schritt dann ungeduldig in der Halle auf und ab, bis der Lift endlich kam.

Die Kantine war brechend voll. Eine uniformierte Beamtin, in der Hand eine Tasse und darauf ein gefährlich wackelnder Teller mit Kuchen, ging an ihm vorbei. Er hielt sie auf und bat sie, ihm PC Foxton zu zeigen. Sie nickte in die Richtung eines Tischs, wo eine Gruppe von Beamten in ein Gespräch vertieft war. Sie blickten auf, als er zu ihnen trat.

»PC Foxton?«

Ein rotgesichtiger junger Constable erwiderte seinen Blick. »Hier, Sergeant, das bin ich.«

»Ich würde gerne kurz mit Ihnen sprechen. Macht es Ihnen etwas aus, sich mit Ihrer Tasse an den freien Tisch dort rüberzusetzen, damit wir uns unterhalten können?«

Der Constable lächelte seinen Kollegen verwundert zu, schob seinen Stuhl zurück und folgte Ali.

»Ich möchte, dass Sie zehn Tage zurückdenken, Foxton«, sagte Ali, als sie sich gesetzt hatten. »Sie wurden zum Empfang runtergerufen, um mit einem Jugendlichen zu sprechen, Michael Braintree.«

»Ja, das stimmt, Sergeant. Er war in heller Aufregung. Ich brauchte eine Weile, bis ich aus ihm herausbekam, warum er gekommen war.«

»Erzählen Sie.«

»Er sagte, er mache sich Sorgen um seine Freundin.« Foxton nahm sein Notizbuch heraus und blätterte ein paar Seiten zurück. »Hannah hieß sie. Er hatte Angst, dass man sie zur Prostitution zwingen wollte. Als ich ihn gefragt habe, wie er darauf komme, sagte er, er wisse es einfach, könne es aber nicht näher erklären. Eigentlich hat er mir nicht viel erzählt, aber er hatte so große Angst um sie, dass ich ihm sagte, ich würde die Sache mit einem Vorgesetzten besprechen, und jemand würde sich dann bei ihm melden. Ehrlich gesagt klang das alles für mich etwas weit hergeholt.«

»Aber Sie haben ihm geglaubt?«

»Eigentlich schon, ja, obwohl er sich selbst nicht ganz sicher war und mir vermutlich auch eine Menge verschwieg. Doch er war vollkommen aufgelöst und versicherte mir immer wieder, dass sie in großer Gefahr wäre, wenn wir nicht eingreifen würden.«

Alis Ton wurde schärfer. »Wenn Sie glaubten, dass an der Sache etwas dran war, Foxton, warum sind Sie dann nicht gekommen und haben mir davon erzählt, als Michael Braintree tot aufgefunden wurde?«

Auf dem Gesicht des Beamten breitete sich Entsetzen aus. »Tot? Ich hatte keine Ahnung, dass er tot ist.«

»Wie bitte? Wo sind Sie denn in den letzten zehn Tagen gewesen?« Die Stimme des Sergeants triefte vor Sarkasmus. »Es stand doch in allen Zeitungen.«

»Ich war in Benidorm, Sergeant. Am Tag nach dem Gespräch mit Michael bin ich in Urlaub gefahren.« Er schüttelte den Kopf. »Der arme Junge. War es ein Unfall?«

Plötzlich schämte sich Ali seines schroffen Tons, und als er antwortete, klang seine Stimme versöhnlich. Die Nachricht war offensichtlich ein ziemlicher Schock für den Kollegen. »Nein, Foxton, bedauerlicherweise war es kein Unfall. Michael wurde ermordet, durch einen Karateschlag gegen den Hals, und anschließend wurde er aufgehängt, damit es so aussah wie Selbstmord.«

Foxton blickte Ali prüfend in die Augen. »Das hat doch nichts mit dem zu tun, was Michael mir erzählt hat, oder?«

»Das möchte ich ja gerade herausfinden.«

Foxton schüttelte den Kopf. »Da hätte ich mich besser drum kümmern müssen. Ich hatte schon so ein Gefühl im Bauch, dass da etwas faul war, aber ich bin in Urlaub gefahren und hatte keine Zeit mehr dazu.« Er blickte in seine Tasse. »Er war ein richtig netter Kerl, aufrichtig – fürsorglich sogar. Schien ehrlich besorgt um seine Freundin.«

Nicht so aufrichtig und fürsorglich, wie du meinst, dachte Ali, aber das behielt er für sich. Stattdessen sagte er: »Machen Sie sich keine Vorwürfe, Foxton, es war nicht Ihre Schuld.«

»Aber warum kommt es mir dann so vor?«

Ali wusste keine Antwort. Was Foxton fühlte, war ihm nicht fremd. Schließlich fragte er: »Haben Sie die Sache weitergegeben?«

»Ich habe zuerst mit meinem Inspector gesprochen, aber er meinte, das wäre eher etwas für das Kriminaldezernat: Ich sollte es dem DCI melden und ihm die Entscheidung überlassen, was man da unternimmt.«

»Und wie hat Mr Russell entschieden?«

»Er hat gesagt, er hätte noch nie von so jungen Prostituierten hier im Bezirk gehört, und der Junge bilde sich das vermutlich nur ein. Er hat entschieden, der Sache nicht weiter nachzugehen.«

So sehr er sich auch zusammenriss, Handford konnte sich nur mit Mühe auf das Fahren konzentrieren. Er hatte bereits die falsche Abzweigung nach Bradford genommen und einen großen Umweg machen müssen, um wieder auf die richtige Straße zu gelangen. Bei der Hinfahrt nach Cambridge hatte er sich um Russell Sorgen gemacht und jetzt, bei der Rückfahrt, machte er sich Sorgen um Hannah Mellings.

Als Catherine ihm ihren Ehenamen genannt hatte, hatte er blitzschnell eine Entscheidung treffen müssen, doch ein bestimmtes Gefühl im Bauch hatte ihn daran gehindert, ihr etwas zu sagen. Dass Hannah ihre Tochter war, stand außer Frage, ob es sich bei dem ermordeten Mädchen tatsächlich um Hannah handelte, war jedoch nicht sicher. Bis das geklärt war, schreckte er davor zurück, Catherine Mellings die furchtbare Konfrontation zuzumuten, die den Familien von Mordopfern nicht erspart blieb. Dazu wäre später immer noch genügend Zeit. Im Moment glaubte sie noch, ihre Tochter genieße ihre Ferien in den Dales, und da die Familie, mit der sie dort war, sie nicht als vermisst gemeldet hatte, war es auch für Handford ausgeschlossen, dass sie das ermordete Mädchen war, das man im Empire Way zwischen den Müllsäcken gefunden hatte. Der Mord war am Donnerstagabend verübt worden, jetzt war Montagnachmittag, und das Verbrechen hatte groß in allen Lokalzeitungen gestanden. Falls die Gasteltern Hannah in der Zwischenzeit nicht mehr gesehen hätten, dann wäre mittlerweile sicher bei der Polizei eine Vermisstenanzeige eingegangen und sie wären vielleicht sogar zur Identifizierung gekommen. Stattdessen hatten sie Hannahs Eltern noch am Mittwoch angerufen und gesagt, sie hätten eine herrliche Zeit. Ein Zusammenhang schien also unwahrscheinlich.

Andererseits musste es eine Verbindung zwischen dem toten Mädchen und den Mellings' geben, sonst hätte sie ja nicht Russells Foto bei sich getragen. Wenn sie also nicht die Tochter der Mellings' war, wer war sie dann, warum trug sie das Foto bei sich und wie war es in ihren Besitz gelangt?

Noch verwirrender wurde die Sache dadurch, dass Ali ihm gesagt hatte, Michael Braintrees Freundin hieße Hannah Mellings. Da Ali aber weiter nichts über sie wusste und er auch bei Handfords Anruf das Automatenfoto von Michael und ihr nicht vorliegen gehabt hatte, konnte man nicht sagen, ob es sich tatsächlich um ein und dasselbe Mädchen handelte. War das der Fall, dann gab es irgendwo, irgendwie eine Verbindung zwischen Michael Braintree und dem Mörder oder zwischen Michael und den jungen Prostituierten – oder beides.

War das vielleicht der Grund für die Ermordung des Jungen gewesen – die Verbindung zwischen Michael und der Kinderprostitution in der Stadt? Und falls ja, wer war noch in die Sache verwickelt? Bisher waren in diesem Zusammenhang die Namen von Russell und Deepak Azam aufgetaucht, und das tote Mädchen war möglicherweise tatsächlich eine Prostituierte gewesen. Außerdem gab es irgendeine Verbindung zwischen Russell und dem ermordeten Mädchen und einen schwer nachweisbaren Verdacht, dass Azam in Zuhälterei verwickelt war. Fügte sich das alles irgendwie zusammen oder war alles reiner Zufall?

Er musste nach Bradford zurückfahren, mit Ali reden und sich das Foto von Michaels Freundin ansehen. Vorher wollte er die Hoffnung nicht aufgeben, dass es sich bei ihr weder um die Ermordete noch um Catherine Mellings' Tochter handelte. Denn falls sie als die eine oder die andere identifiziert wurde oder sogar beides auf sie zutraf, dann würde Russell mit Sicherheit noch viele Fragen beantworten müssen.

Zur Mittagszeit stattete Norman Emmott den Braintrees einen Besuch ab. Er bestand darauf, mit Raymond in den Garten zu gehen, so dass Clarissa nicht hören konnte, was er zu sagen hatte. Dort brachte er ihm so schonend wie möglich bei, was Daniel sowohl seinem Vater als auch der Polizei mitgeteilt hatte.

Raymond Braintree blickte ihn fassungslos an. Er konnte kein Wort davon glauben. Michael in Prostitution verwickelt – das konnte nicht wahr sein. Auch er hatte von Deepak Azam gehört, wie die meisten Leute. Azam war ein erfolgreicher Geschäftsmann, er spendete immer wieder für wohltätige Zwecke, und Geld war für ihn sicher nicht das Wichtigste im Leben. Mehr als jeder andere hatte er dazu beigetragen, die Kontakte zwischen der südasiatischen Bevölkerungsgruppe und den weißen Bürgern der Stadt zu verbessern. Wie konnte er all das tun und gleichzeitig Kinder als Prostituierte missbrauchen? Raymond hatte darüber gelesen, wie diese Mädchen für ihre Arbeit gefügig gemacht und in vollständige Abhängigkeit von ihren Zuhältern gebracht wurden. Schon allein der Gedanke, dass Michael in so etwas verwickelt gewesen war, kam ihm ungeheuerlich vor. Und dennoch bot es in gewisser Weise eine Erklärung für das Geld und die Drogen, auch wenn Raymond bei dieser Vorstellung ganz anders wurde.

»Das Schlimmste daran ist«, sagte Norman Emmott aufgebracht, »dass die Polizei in dieser Sache nichts tun wird. Michael ist tot; sie wissen, dass er von Azam benutzt wurde, und sie rühren keinen Finger.« Norman Emmott ging vor seinem Freund unruhig auf und ab.

»Bist du dir sicher?«

»Der Sergeant hat gesagt, sie würden ihn befragen,

aber von einer Verhaftung wollte er nichts hören. Sie hätten ja nur Daniels Aussage, meinte er.« Norman Emmott ließ sich auf die Gartenbank fallen. »Warum in aller Welt sollte sich Daniel so was ausdenken?«

Raymond Braintree setzte sich ihm gegenüber. »Das verstehe ich nicht. Warum wollte dieser Sergeant Ali nichts unternehmen?«

»Ach, du weißt doch. Die halten doch alle zusammen, die gleiche Herkunft, die gleiche Kultur. Außerdem kennt er Deepak Azam persönlich. Ich sag dir, Raymond, diese Sache stinkt zum Himmel.«

Mr Braintree richtete sich auf und eine tiefe Falte erschien auf seiner Stirn. »Und, was sollen wir deiner Meinung nach jetzt tun? Zu Sergeant Alis Vorgesetztem gehen? Vielleicht zum Inspector oder noch höher?«

»Nein, Raymond, das ist meines Erachtens reine Zeitverschwendung. Azam ist sehr angesehen und er ist ein Pakistani. Die bei der Polizei haben doch viel zu viel Angst, dass man ihnen Rassismus vorwirft, als dass sie gegen ihn vorgehen würden.«

»Also, was machen wir dann?«

»Wir gehen selber zu Azam. Irgendwie werden wir schon was aus ihm rauskriegen. Mir ist gleich, was für eine Hautfarbe er hat – er ist ein perverses Schwein, und irgendjemand muss ihm schließlich eine Lektion erteilen.«

»Leah!« Cindy hämmerte zum dritten Mal gegen die Tür.

Leah hob den Kopf. »Lass mich in Ruhe!«

Sie wollte niemanden sehen. Am liebsten würde sie ihr Gesicht so tief ins Kissen vergraben, bis sie keine Luft mehr bekäme. Sich ersticken. Dem Ganzen ein Ende machen.

Sie hasste die ganze Welt. Alice, die Freier, Cindy, die anderen Mädchen, die Bäckerei, einfach alles.

Heute waren zum ersten Mal, seit sie bei Alice's war, die Freier schon um die Mittagszeit angerückt. Bisher waren sie nur abends gekommen, aber kaum war sie zwei Tage da, hatte Alice beschlossen, es sei Zeit, dass sie auch mittags ihren Anteil übernehmen und nicht alles den anderen Mädchen überlassen sollte. Einer der Freier war Dwayne Varley gewesen, er hatte speziell nach ihr gefragt. Auch er hatte bezahlen müssen, wie Deepak es angeordnet hatte, doch dafür hatte er das Äußerste aus ihr herausgeholt und sich dafür gerächt, dass sie ihn getreten und angespuckt hatte.

»Wir sehen uns wieder, Schlampe!«, hatte er ihr zum Abschied höhnisch zugerufen und ihr die Geldscheine entgegengeschleudert. Dann war er pfeifend den Weg am Haus entlang davongeschlendert. Die ekelhaft süße Abluft aus der Bäckerei, vermischt mit seinem Schweißgeruch, hing stickig in dem kleinen Zimmer. Leah war vom Bett aufgesprungen, hatte die Tür hinter ihm zugeknallt und einen Stuhl unter die Türklinke geschoben, damit er nicht wieder hineinkonnte. Sie hatte sich aufs Bett fallen lassen und angefangen zu schluchzen, zunächst ganz leise, dann, mit wachsender Verzweiflung, immer lauter. Zu laut. So laut, dass Cindy es drüben hören konnte.

»Leah!«, rief sie. »Mach die verdammte Tür auf! Ich trete sie ein, wenn du nicht endlich aufmachst!«

Leah hatte keine andere Wahl. Cindy ging einfach nicht weg, und sicher würde gleich auch Alice kommen. Leah stand mühsam auf. Sie zog den Stuhl von der Tür, drückte den Griff hinunter, setzte sich zurück aufs Bett und pflückte nervös an einem Papiertaschentuch.

»Ach, Leah, nun komm schon, wein doch nicht so.« Cindy setzte sich neben sie. »Mit der Zeit wird es leichter.« Sie legte den Arm um Leahs Schulter.

Eine Weile schwiegen beide, dann sagte Leah: »Ich finde es hier ganz furchtbar.«

Cindy drückte ihr die Schulter. »Ich sag doch, es wird besser mit der Zeit, und je weniger du darüber nachdenkst, desto schneller kommst du drüber weg.«

Leah zupfte weiter an ihrem Papiertaschentuch. »Nein, das glaub ich nicht.«

»Doch, sicher, du musst einfach nur tun, was sie wollen, und darfst nicht weiter drüber nachdenken. Tu einfach so, als ob du eine Schauspielerin wärst. Oder stell dir vor, der Freier ist jemand, den du gern im Fernsehen siehst, oder irgendein Popstar, der dich gerade vögelt. Häng dir sein Poster an die Wand, dann kannst du ihn dabei die ganze Zeit anschauen. So hab ich's am Anfang gemacht. Jetzt ist mir das alles egal. Ich lass sie einfach machen und denk an meine nächste Zigarette.«

»Ich will hier weg.«

»Sei nicht bescheuert, wie willst du das denn anstellen? Weglaufen? Das hast du schon mal versucht und bist hier gelandet. Und da landest du auch wieder, wenn du abhaust – genau hier, weil Deepak dich todsicher findet. Aber wenn er erst mal mit dir fertig ist, dann bist du nicht mehr so hübsch wie jetzt.«

»So wie die Frau mit der Narbe im Gesicht?«

Cindy zog eine Grimasse. »Dann hast du sie also auch gesehen? Die zeigt er jeder.«

Leah zögerte, bevor sie nachfragte: »Hat Deepak das getan?«

»Nein, er selber nicht. So was erledigen seine Schlägertypen. Varley oder so jemand.«

Leah fing wieder an zu weinen. »Ich hab Angst, Cindy.«

»Du brauchst keine Angst zu haben. Alice wird nicht zulassen, dass Deepak dir was tut, nicht solange du hier bist. Aber wenn du abhaust, dann kann sie ihn nicht dran hindern. Ich sag's dir, hier bist du besser dran als sonst wo. Weißt du was? Ich mach uns jetzt einen schönen Tee. Da geht's dir gleich besser.« Cindy sprang vom Bett auf und schlüpfte aus dem Zimmer.

Leah griff nach dem nächsten Papiertaschentuch. Cindy hatte gut reden! *Du brauchst keine Angst haben* – leicht gesagt. Was nützte ihr das? Sie fühlte sich nirgends sicher. Zu Hause bei ihrer Mutter hätte das eigentlich so sein sollen. Und das war es auch gewesen, bis ihr Vater fortgegangen war und der neue Freund ihrer Mutter angefangen hatte, mit ihr rumzuknutschen und sie zu begrapschen. Als ihre Mutter sie dann in Pflege gab, hatte Leah gedacht, jetzt wäre sie in Sicherheit; zumindest kam *er* jetzt nicht mehr an sie ran. Bei ihren Pflegeeltern hatte sie sich zunächst auch ganz wohl gefühlt, bis der Pflegevater angefangen hatte, an ihr rumzufummeln. Dann kam Deepak. Bei ihm hatte sie sich bis jetzt noch am sichersten gefühlt. Er hatte sie geliebt und beschützt, aber wenn das jetzt auch noch vorbei war, wen gab es dann noch?

Joe vielleicht?

Ihre Gedanken wanderten zurück zum Samstag, zu dem Mann, der sie davor bewahrt hatte, geschnappt zu werden. Er war nett gewesen und hatte ihr seine Handynummer gegeben. Sie könnte ihn anrufen und mit ihm reden, er würde sie sicher verstehen. Vielleicht könnte sie ihm sogar erzählen, zu was Alice sie hier zwang. Vielleicht könnte er ihr helfen, von hier wegzukommen, so wie er ihr geholfen hatte, vor dem Wachmann zu fliehen. Sie zog den Zettel aus ihrer Handtasche, auf den er seine Telefonnummer geschrieben hatte. Vielleicht konnte sie ja schnell rausgehen, ihn anrufen und ihm sagen, wie sehr sie es hasste, hier zu sein, und ihn bitten, ihr noch mal zu helfen. Sie stand auf und ging zum Fenster. Die anderen drei Mädchen vom Haus lagen im Garten und rauchten. Lisa war auch dabei. Sie war auch mal Deepaks Freundin gewesen – hatte sie zumindest behauptet. Eine gemeine Zicke war das, diese Lisa. Sie hatte Leah erzählt, Deepak wäre verheiratet und hätte Kinder. Leah hatte einfach weggehört.

Sie wandte ihren Blick von den Mädchen im Garten ab und sah hinüber zum Nachbarhaus. Vielleicht war es dort besser als hier bei ihnen. Vielleicht würde Alice sie ja dort drüben arbeiten lassen, wenn sie hier ihre Sache gut machte. Aber gut war schließlich nicht immer gut genug, oder? Ihre Mutter hatte sie früher immer wieder gelobt, sie wäre so ein gutes Mädchen, aber dann hatte sie sie trotzdem weggeschickt. Auch ihr Pflegevater hatte jedes Mal gesagt, wie gut sie wäre, wenn er sie befummelt hatte. Und dann war Deepak gekommen und hatte ihr versichert, er wolle nur sie, weil sie so gut sei. Zumindest am Anfang hatte er das gesagt – bis er seine Meinung geändert hatte.

»Leah, mach bitte die Tür auf.«

Es war Cindy mit dem Tee. Leah stopfte den Zettel von Joe wieder in ihre Tasche zurück und ließ sie herein.

Cindy trug zwei Teebecher und biss sich vor lauter Anstrengung, den Inhalt nicht zu verschütten, auf die Unterlippe.

Sie reichte Leah einen Becher. Die nippte daran, umfasste ihn dann mit beiden Händen und hielt ihn sich wärmend an die Wange. Eine Zeit lang verharrte sie so, denn die Wärme des glatten Porzellans fühlte sich irgendwie tröstlich an. Dann fragte sie: »Was muss man tun, um gut zu sein, Cindy?«

Cindy musste lachen. »Gut? Wer will denn schon gut sein? Wenn du gut sein wolltest, müsstest du in die Schule gehen und Zeug lernen, das kein Mensch brauchen kann, und irgendwelche blöden Lehrer würden dir sagen, was du tun und lassen sollst.«

Leah schüttelte den Kopf. »Schlimmer als hier kann das auch nicht sein.«

»Na ja, das hättest du dir früher überlegen müssen.« Cindys düstere Weltsicht gewann langsam die Oberhand: »Entweder du machst das hier mit oder du lebst auf der Straße oder irgend so eine Fürsorgerin steckt dich wieder ins Jugendheim.«

Aber jetzt hatte sie ja noch Joe.

Leah hatte Cindy noch nichts von ihm gesagt, denn sie war sich nicht sicher, ob sie ihr trauen konnte; vielleicht petzte sie es Alice, wenn Leah ihr von ihm erzählte. Doch mit irgendjemand musste sie unbedingt darüber reden.

»Weißt du noch, am Samstag«, begann sie zögernd, »als die Wachleute hinter uns her waren …«

Cindy nickte.

»Hm …« Und dann erzählte ihr Leah die Geschichte mit Joe.

Cindy hörte zu, ohne sie zu unterbrechen. »Mensch, du Glückspilz«, sagte sie, als Leah zu Ende erzählt hatte. »Und du willst mir weismachen, dass der einfach so, aus heiterem Himmel, plötzlich da war?«

»Nein, nicht aus heiterem Himmel. Der muss schon im Laden gewesen sein, als der Wachmann uns gesehen hat. Ich glaube, er hat sogar schon hinter uns im Bus gesessen, als wir nach Bradford reingefahren sind.«

Cindy runzelte die Stirn. »Du hast ihm doch hoffentlich nicht gesagt, wo du wohnst?«

»Nein, ich hab ihm nur von Deepak erzählt. Ich hab kein Sterbenswörtchen über das hier gesagt.«

»Pass bloß auf, dass du das nie tust. Der könnte ja auch ein Bulle sein.«

»Nein, das war kein Bulle, da bin ich mir ganz sicher.«

Cindy stellte ihren Teebecher auf dem Nachttisch ab, setzte sich auf und beugte sich über Leah. Sie hob ihre Arme und krümmte drohend die Finger. »Er könnte ja auch der Müllsack-Killer sein«, raunte sie mit dumpfer Stimme.

Leah musste lachen. »Red doch keinen Quatsch. Dazu war er viel zu nett.«

Cindy richtete sich wieder auf und nahm einen Schluck Tee. »Ja, aber sei bloß vorsichtig. Niemand tut dir einen Gefallen, ohne dass dabei auch was für ihn rausspringt, das müsstest du doch langsam gemerkt haben. Der wird sicher auch mal was von dir wollen. Und pass auf, dass Alice nichts merkt, die macht dich sonst fertig. Auch den anderen darfst du nichts sagen, die werden nur eifersüchtig und verpetzen dich. Joe bleibt unser Geheimnis, ich verrat niemand was, Ehrenwort.«

Die beiden begannen zu kichern und schon fühlte Leah sich besser.

KAPITEL 14

Es war kurz vor halb drei, als John Handford in seiner Abteilung im Präsidium eintraf. Dort herrschte ein hektisches Treiben, doch Handford kümmerte sich nicht weiter darum. Er ging zu Khalid Ali hinüber, der an seinem Schreibtisch saß und arbeitete, und sagte nach einem beiläufigen Kopfnicken: »Bitte kommen Sie in mein Büro und bringen Sie alles mit, was Sie über den Mord an Michael Braintree haben.«

Es gab vieles, was er Sergeant Ali gern an den Kopf geworfen hätte. Vor allem hätte er ihn am liebsten dafür zur Schnecke gemacht, dass er Russell von der Fahrt nach Cambridge erzählt hatte. Es war nicht das erste Mal, dass er Ali Vorhaltungen machen musste, weil dieser vertrauliche Informationen an einen Verdächtigen weitergegeben hatte, den er für unschuldig hielt. Normalerweise klärte Handford so etwas persönlich mit Ali, aber diesmal würde er nicht darum herumkommen, es Forrester zu melden. Während er auf ihn wartete, öffnete er seine Post. Das erste Kuvert enthielt Post-mortem-Fotos des ermordeten Mädchens.

Ali klopfte und kam mit einem Stapel Akten ins Zimmer. Der Sergeant sah übernächtigt aus. Er hatte dunkle Augenringe und ließ die Schultern hängen, als trage er eine schwere Sorgenlast. Vermutlich machte ihm der Verdacht gegen seinen Freund Deepak Azam zu schaffen, vermutete Handford mitfühlend. Doch er hatte jetzt keine Zeit, sich mit Alis Patzern oder mit seinen Sorgen und Nöten zu beschäftigen.

»Zeigen Sie mir bitte als Erstes das Foto von Michaels Freundin«, sagte Handford und streckte die Hand aus. Er hoffte zwar immer noch, dass sich die Annahme nicht bewahrheiten würde, doch es lag auf der Hand, dass zwischen Michaels Freundin, dem Mordopfer und Hannah Mellings eine Verbindung bestand und es sich dabei höchstwahrscheinlich sogar um ein und dasselbe Mädchen handelte.

Ali streifte das Gummiband von der Akte und reichte sie ihm. Das Mädchen auf dem Foto lächelte Handford an, und die Sorge, die seit dem Treffen mit Catherine Walsh an seinen Nerven zehrte, bohrte sich wie ein Messer in seinen Bauch. Selbst ohne den Stofffetzen im Mund glich sie dem Mordopfer aufs Haar. Er gab sich Mühe seine Stimme unter Kontrolle zu behalten und fragte: »Haben Sie die hier schon vergrößern lassen?«

»Ja, das habe ich gleich gestern in Auftrag gegeben, aber sie sind noch nicht zurück. Warum?«

»Weil sie«, Handford deutete auf die Fotos, »das Mädchen ist, das in dieser Gasse gefunden wurde.«

Ali starrte ihn entgeistert an und ließ sich auf den nächsten Stuhl fallen. »Sind Sie sich da sicher?«

Handford wäre beinahe rausgeplatzt: »Natürlich bin ich mir sicher, verdammt noch mal«, aber er beherrschte sich und sagte nur: »Ja, ganz sicher.«

Ali stützte die Ellbogen auf dem Schreibtisch auf und zupfte mit Daumen und Zeigefinger nervös an seiner Oberlippe. Seine Erschöpfung wurde nun sichtlich von der nervlichen Anspannung überlagert. »Das habe ich nicht gewusst.«

Handford beugte sich zu ihm vor. »Wenn Sie die Hauspost durchgesehen hätten, dann *hätten* Sie es gewusst.« Er warf die Post-mortem-Fotos auf den Tisch. »Sie müssen sich auf dem Laufenden halten, wenn ich nicht da bin.« Er schaffte es nicht, den Tadel aus seiner Stimme herauszuhalten. Ali nahm die Fotos und schüttelte den Kopf. »Tut mir Leid, ich habe einfach keine Zeit gehabt.« Und zur Erklärung fügte er noch hinzu: »Ich war sehr beschäftigt.«

Handford blickte seinem Sergeant prüfend ins Gesicht. Er hatte diese betretene Miene schon öfter an ihm gesehen, und er wusste ganz genau, dass Ali sich mit Dingen befasst hatte, die er als sein Chef nicht gutheißen würde. »Beschäftigt womit?«

Als Ali nicht antwortete, wiederholte Handford seine Frage: »Womit?«

Ali wich dem Blick des Inspectors hartnäckig aus, dann sagte er ruhig: »Ich habe Nachforschungen über Deepak Azam angestellt.«

Handford stöhnte innerlich auf. Warum konnte der Mann nicht *einmal* tun, was man ihm aufgetragen hatte? »Nachforschungen angestellt – inwiefern?«

Ali seufzte tief auf. »Ich habe mit Michelle Archer gesprochen, die mir mehr oder weniger das Gleiche gesagt hat wie Sie auch. Aber ich musste ja auch nachprüfen, ob Michael an seinem Todestag im Freizeitzentrum gewesen war, also habe ich die beiden Nachforschungen verknüpft und gleichzeitig Deepak einen Besuch abgestattet.«

»Und?«

Ali schilderte die Befragung im Freizeitzentrum, dann seine nächtliche Beschattungssaktion auf dem Straßenstrich und schließlich die peinliche Situation, als er dort von Warrender ertappt worden war.

Handford konnte sich nur mit Mühe beherrschen. »Sind Sie eigentlich schwer von Begriff, Ali? Ich habe Ihnen doch klipp und klar gesagt, Sie sollen jemand vom Kriminaldezernat oder von der Sitte über Ihre Beziehung zu Azam in Kenntnis setzen. Es war nie die Rede davon, dass Sie selber Nachforschungen anstellen sollen.«

Als Alis Blick sich mit dem Handfords kreuzte, lag darin weder Wut noch Reue. »Ich musste es einfach rauskriegen, John. Er ist ein Freund.«

»Dann haben Sie Russell vermutlich auch gesagt, wo ich übers Wochenende hingefahren bin, weil er ein Kollege ist.« Da Ali wieder unverwandt auf die Schreibtischplatte blickte, fuhr Handford fort: »Ich hab Ihnen das über Russell erzählt, weil Mr Sanderson es für eine gute Idee hielt; er dachte, ich könnte Ihnen vertrauen. Auch ich habe gedacht, ich könnte Ihnen vertrauen.« Er versuchte seiner Stimme die Schärfe zu nehmen, aber es gelang ihm nicht. »In solchen Situationen muss ganz klar sein, wem Sie zur Loyalität verpflichtet sind, das wissen Sie genau. Wenn Sie das nicht schaffen, Ali, dann quittieren Sie den Polizeidienst lieber, anderenfalls machen Sie sich strafbar.«

Handford drehte sich in seinem Bürostuhl zur Seite und blickte aus dem Fenster. Von seinem Platz aus konnte er nicht viel sehen, außer dem tiefblauen Himmel und der Kuppel des eingerüsteten Theaters. Dass Ali ein Problem hatte, stand außer Zweifel, und früher oder später würde er es für sich lösen müssen. Er würde seine beruflichen Verpflichtungen nicht länger von seinen familiären Loyalitäten abhängig machen können, so wie er es gerade für richtig hielt. Handford drehte sich mit dem Stuhl zurück. Als er schließlich zu sprechen anfing, schwangen in seinen

Worten Mitgefühl, aber auch eine deutliche Warnung mit. »Vielleicht ist es für Sie ein Trost, wenn ich Ihnen sage, dass ich verstehe, warum Sie getan haben, was Sie getan haben. Aber dieses Mal sind Sie einen Schritt zu weit gegangen. Diesmal kann ich nicht darüber hinwegsehen und ich kann Ihnen auch nicht helfen, wenn Forrester das herausbekommt.«

Alis Miene wurde noch unglücklicher und er brauchte einen Augenblick, um seine Fassung wiederzugewinnen. »Sie weiß es bereits, John«, sagte er schließlich. »Zumindest weiß sie über meine Freundschaft mit Deepak Bescheid und dass ich Nachforschungen über ihn angestellt habe. Sergeant Archer muss es ihr gesagt haben. Ich wurde angewiesen, mich von ihm fern zu halten und mich zur Verfügung zu halten, damit ich zu ihr kommen kann, sobald sie Zeit hat.«

Handford spürte eine aufkommende Migräne. War das alles vielleicht sogar seine Schuld? Hätte er Ali aus der Sache raushalten sollen? Er hatte Sanderson gesagt, er sei sich nicht sicher, ob er seinen Sergeant mit diesen Informationen über Russell belasten solle. Wenn ich das nicht getan hätte, dann wäre Azams Name überhaupt nie zur Sprache gekommen, dachte er.

»Die von der Sitte hatten Recht mit Deepak, John.« Alis Gesicht sah aus, als hätte er gerade in etwas Saures gebissen, und seine Stimme klang tränenerstickt. »Er ist ein Zuhälter.«

Handford runzelte die Stirn. »Sprechen Sie weiter«, forderte er ihn auf.

Ali kniff gequält die Augen zusammen und schluckte schwer, bevor er sein Verhör mit Daniel Emmott schilderte.

Handford war sich nicht sicher, ob er Ali jetzt ein paar tröstende Worte sagen sollte und ob ihm das überhaupt zustand; daher fragte er: »Und, glauben Sie ihm?«

Alis Stimme war vollkommen emotionslos. »Ja, ich glaube ihm. Deepak betreibt irgendwo in der Stadt ein Bordell mit minderjährigen Prostituierten.«

»Hatte Daniel eine Vermutung, wo das sein könnte?«

»Nein. Aber er erwähnte eine Organisation – sie nennt sich ›Project‹ und ist eine Art Anlaufstelle für Prostituierte. Vielleicht wissen die etwas darüber. Michael ist mit Hannah zu einem Gespräch dorthin gegangen.«

»Und an uns hat er sich nicht gewandt?«

»Doch, aber DCI Russell hat entschieden, dass an Michaels Anzeige nichts dran wäre. Er hat die Sache auf sich beruhen lassen.«

Beklemmend wirkte der Verhörraum vor allem durch seine spartanische Ausstattung. Die neutrale Farbe der Wände, die vier Stühle, zwei auf jeder Seite des Tischs, das Aufnahmegerät und die Uhr – all das trug dazu bei, den Verdächtigen einzuschüchtern und ihm zu signalisieren, dass der verhörende Beamte das Heft in der Hand hatte. Die Schwüle draußen machte die bedrückende Atmosphäre im Raum noch unerträglicher, umso mehr, als die Anwesenden nicht den Temperaturen entsprechend sommerlich leger, sondern dem ernsten Charakter des Treffens angemessen gekleidet waren. Immerhin kam es nicht alle Tage vor, dass ein leitender Polizeibeamter verhört wurde.

Brian Noble sprach als Erster: »Aufzeichnung des Verhörs von Stephen Russell, durchgeführt um vierzehn Uhr dreißig, am Montag, den 19. August. Anwesend sind Detective Chief Superintendent Susan Forrester, Detective Inspector Brian Noble, Detective Chief Inspector Stephen Russell und Colin Armitage, Mr Russells Anwalt. Bevor wir beginnen, Mr Russell, bin ich verpflichtet, Sie darauf aufmerksam zu machen, dass Sie nicht verhaftet sind und dass Sie jederzeit gehen können. Sie sind nicht verpflichtet, irgendeine Aussage zu machen. Doch es könnte zum Schaden Ihrer Verteidigung ausfallen, wenn Sie auf Nachfrage etwas nicht erwähnen, auf das Sie sich später vor Gericht beziehen wollen. Alles, was Sie hier sagen, kann gegen Sie verwendet werden. Haben Sie das verstanden?«

»Vollkommen.« Russell war sichtlich nervös, doch seine Stimme klang fest.

Colin Armitage ging dazwischen. »Bevor Sie beginnen, Chief Superintendent, würde Mr Russell gerne eine Aussage machen.«

Die beiden Detectives tauschten einen Blick aus.

»Bitte, Mr Russell.« Forrester lehnte sich zurück und erteilte dem Chief Inspector das Wort.

Stephen Russell beugte sich vor und stützte sich mit den Armen auf den Tisch. Eine Weile verharrte er schweigend, als überlege er sich erst jetzt, was er sagen wollte. Er spielte einen Augenblick mit seinen Fingern, dann lehnte er sich zurück, aber sein Blick blieb weiter auf die Tischplatte gerichtet.

»Ich glaube, Ma'am, zuerst sollte ich mich dafür entschuldigen, dass ich Ihnen nicht die volle Wahrheit darüber gesagt habe, wo ich zum Zeitpunkt der Ermordung des Mädchens gewesen bin. Aber ich versichere Ihnen, es hatte nichts mit dem Mord zu tun, den ich wirklich nicht begangen habe. Da dieses Detail sehr privater Natur ist, verschwieg ich es, um mich und bis zu einem gewissen Grad auch meine Frau zu schützen. Sie hat in der letzten Zeit eine Menge durchgemacht, und ich wollte unbedingt vermeiden, dass sie sich jetzt auch noch um mich Sorgen machen muss.«

Diese Begründung erschien ziemlich fadenscheinig, doch Forrester verbiss sich einen Kommentar. Stattdessen fragte sie: »Also, wo waren Sie, Mr Russell? Ich nehme an, Sie sind jetzt bereit, es uns zu sagen.«

»Ja, Ma'am.«

Seine Höflichkeit ging ihr langsam auf die Nerven. »Also?«

Zum ersten Mal blickte er zu ihr auf, und sie sah, wie erschöpft er inzwischen aussah. In den vergangenen Tagen schien er um Jahre gealtert. Seine jungenhaften Gesichtszüge waren der sorgenvollen Miene eine Mannes gewichen, dessen Leben plötzlich aus den Fugen geraten war. Den empörten DCI Russell gab es nicht mehr; jetzt hatten sie einen Mann vor sich, der eher einen besorgten und verängstigten Eindruck machte.

Sie kannte den Chief Inspector nicht besonders gut und hoffte, dass er mit seinem Blick nicht nur Mitleid heischen wollte. Doch dann entschied sie: im Zweifelsfall zu seinen Gunsten. »Lassen Sie sich Zeit, Mr Russell«, sagte sie mit etwas mehr Wärme in der Stimme.

Mit versteinertem Gesichtsausdruck begann er schließlich: »Ich habe mein Büro letzten Donnerstag etwa um halb acht verlassen. Dann ging ich ins Fitnessstudio zur Massage, und anschließend, um halb neun, hatte ich einen Termin bei meiner Psychotherapeutin. Ich blieb bis neun Uhr bei ihr, dann ging ich nach Hause. Wie Sie sich erinnern werden, hatten wir Gäste, Ma'am.«

»Und das können Sie alles belegen?«

»Ja, Ma'am. Vanessa ist meine Masseurin im Fitnesszentrum, und meine Therapeutin heißt Marion Hartley. Ihre Praxis ist in der Claremont Street.« Er reichte Forrester einen Zettel. »Ihre Telefonnummer. Ich habe bereits mit ihr gesprochen und ihr die Erlaubnis erteilt, allgemeine Fragen über meine Konsultationen zu beantworten.«

»Und das ist die Wahrheit?«

»Ja.«

»Warum haben Sie dann zuvor gelogen?«

Colin Armitage unterbrach sie. »Ich möchte meinen, das bedarf nun keiner weiteren Erklärung, Mrs Forrester.«

»Für mich schon, Mr Armitage. Vielleicht möchte DCI Russell es mir ja gern erklären.«

Russell setzte sich zum ersten Mal in diesem Gespräch aufrecht an den Tisch. »Ich bin Detective Chief Inspector, Mrs Forrester, und ich hoffe, mich bald auf den Posten des Superintendent bewerben zu können. Ich vermute, meine Chancen auf Beförderung würden sich beträchtlich verringern, wenn herauskäme, dass ich es nötig habe, eine Therapeutin aufzusuchen, meinen Sie nicht?«

»Sie würden sich sicher noch mehr verringern, wenn Sie wegen Mordes an vier Mädchen verhaftet würden, meinen Sie nicht auch, Chief Inspector?«

Die Atmosphäre war zum Zerreißen gespannt, und Forrester beobachtete, wie der Schmerz in Russells Miene erst von Furcht und dann von Wut abgelöst wurde – derselben Wut wie damals, als er darauf bestanden hatte, sie solle ihm in seinem eigenen Haus mehr Respekt entgegenbringen. War er einfach nur ein stolzer Mann, der auf die Integrität seiner Person bedacht war, oder verbarg diese Fassade die Abgründe seiner Persönlichkeit?

»Also, warum gehen Sie zu einer Therapeutin, Mr Russell?«

Er wandte sich an seinen Anwalt. »Muss ich das beantworten? Meine Gründe dafür sind doch sicher reine Privatsache.«

»Mrs Forrester, ich kann nicht erkennen, welchen Informationsgewinn Ihnen die Antwort auf diese Frage verschaffen soll. Mr Russell hat Ihnen gesagt, wo er gewesen ist; er hat Ihnen die Erlaubnis erteilt, mit Miss Hartley über allgemeine Dinge zu sprechen. Sie wird Ihnen bestätigen, dass er zur fraglichen Zeit bei ihr war. Das sollte doch eigentlich genügen, oder?«

Forrester lehnte sich zurück. »Normalerweise würde das auch genügen, Mr Armitage, gäbe es da nicht diese Aussage, die ich am Samstag bekommen habe.« Sie wandte sich wieder an den DCI.

»Sagen Sie mir doch bitte, wo Sie am letzten Freitag um die Mittagszeit gewesen sind.«

Der letzte Rest stolzer Überheblichkeit, mit der Russell in diese Besprechung gekommen war, wurde durch diese Frage hinweggefegt, und für einen Augenblick brach seine Fassade buchstäblich zusammen. Er schwieg, und Forrester konnte sich gut vorstellen, wie jetzt die Ausflüchte, möglicherweise auch die Lügen, in seinem Kopf durcheinander wirbelten. Er ließ die Schultern sinken und seufzte tief auf. Anscheinend war ihm jetzt bewusst, dass er keine andere Wahl mehr hatte, als die Wahrheit zu sagen.

»Sie meinen mein Treffen mit Mr Collingham?«

»Wie ich hörte, haben Sie ihn gebeten, Ihnen ein Alibi für den Mordabend zu geben.«

»Nein, Ma'am, er sollte nur mein bestehendes Alibi untermauern. Ich war im Fitnesscenter und wollte von ihm einfach nur eine Bestätigung, dass ich zur fraglichen Zeit dort gewesen bin, aber er hat sich geweigert, das zu tun. Es war dumm von mir, ihn zu fragen, Ma'am, tut mir Leid. Andrew hatte Recht, Ihnen das zu melden. Ich werde mich bei ihm entschuldigen, wenn ich ihn das nächste Mal sehe.«

Forrester musste zugeben, dass Russell sich geschickt verkaufen konnte; es lag genügend Aufrichtigkeit in seiner Entschuldigung, dass sie akzeptabel klang. Sie konnte wirklich nicht erkennen, ob er die Wahrheit sagte oder ein Lügengebäude konstruierte.

»Können Sie mir sagen, wo Sie am ...«, sie blickte auf das Blatt Papier vor ihr, »... am Abend des 11. April gewesen sind? Das war ein Donnerstag.«

Russell blätterte in seinem Terminkalender, den er vor sich liegen hatte. Mit dieser Frage hatte er gerechnet. »Abgesehen vom Termin für die Massage und anschließend um halb neun bei meiner Therapeutin ist für diesen Tag nichts eingetragen.«

»Und am Donnerstag, den 13. Juni?«

»Das Gleiche.«

»Und am 18. Juli? Ebenfalls ein Donnerstag.«

»Auch da, immer das Gleiche. Ich versuche mir den Donnerstagabend für meine Termine mit Ms Hartley freizuhalten. Die sind nicht so leicht zu verarbeiten, Ma'am. Ich brauche davor Zeit, um mich darauf einzustellen und anschließend, um meine Gedanken wieder zu ordnen.«

»Und wie fühlen Sie sich nach einer solchen Therapiesitzung: irgendwie wütend oder beschämt oder etwas in der Art?« Forrester klang aufrichtig interessiert.

Russell dachte eine Weile über die Frage nach.

»Wenn Sie eine Therapie machen, Mrs Forrester, dann graben Sie tief in Ihrem Inneren. Sie erfahren, warum Sie so sind, wie Sie sind, und was Ihr Leben bestimmt hat. Das ist hart und es ist desillusionierend, aber vor allem ist es ungeheuer anstrengend.« Er lächelte sie an. Inzwischen wirkte er ruhiger, fast amüsiert. »Wenn Sie glauben, Chief Superintendent, dass ich nach solchen Sitzungen meine Gefühle an einem jungen Mädchen abreagieren muss, indem ich sie töte, dann sind Sie auf dem Holzweg.« Russell schob seinen Stuhl zurück. »Wenn Sie mich jetzt bitte entschuldigen würden. Ich habe Ihnen mein Alibi gegeben und die weiteren Fragen finde ich unzulässig und indiskret, und da ich nicht verhaftet bin, möchte ich jetzt gern gehen.«

Forresters Gesicht verriet nicht, was sie dachte. »Ich kann Sie nicht aufhalten, Mr Russell, aber ich wäre Ihnen dankbar, wenn Sie noch bleiben würden, um noch ein paar Fragen zu beantworten.«

Russell blickte wieder zu seinem Anwalt hinüber, doch der zuckte nur die Schultern, als wolle er sagen, das müsse sein Mandant selbst entscheiden. Russell blieb sitzen.

»Kennen Sie einen Mann namens Deepak Azam?«

»Den Inhaber des Fitnesszentrums? Ja, den kenne ich. Nicht gut, aber vom Sehen, und wir grüßen uns.«

»Wissen Sie etwas von seinen Aktivitäten außerhalb des Fitnesscenters?«

»Er ist ziemlich engagiert im karitativen Bereich, wenn Sie das meinen. Er bemüht sich auch intensiv um gegenseitiges Verständnis und gute Kontakte unter den verschiedenen Bevölkerungsgruppen der Stadt.«

Forrester beschloss, aufs Ganze zu gehen. »Was

würden Sie dazu sagen, wenn ich Ihnen mitteilen würde, dass wir Mr Azam im Verdacht haben, seinen Lebensunterhalt mit illegalen Einkünften zu finanzieren?«

Wenn Russell überrascht war, dann zeigte er es nicht. »Ich würde Ihnen nicht glauben«, sagte er.

»Und dass er vermutlich ein Bordell mit minderjährigen Prostituierten betreibt?« Forrester war sich nicht sicher, aber sie hatte den Eindruck, dass die angstvolle Spannung ihres Gegenübers schlichter Neugier gewichen war. Er hatte scheinbar fast vergessen, dass er hier eigentlich der Verdächtige war. Sie musste ihn auf den Boden der Tatsachen zurückbringen.

»Oder dass einer Ihrer Sergeants, DS Ali, ein guter Freund von ihm ist und vermutlich genau weiß, was Azam so treibt? Vielleicht hat er sogar seine Finger mit im Spiel.«

Einen Moment herrschte Schweigen, dann sagte Russell mit gepresster Stimme: »Ich würde Sie fragen, ob Sie Beweise dafür haben.«

»Wir haben Beweise, Mr Russell. Sergeant Ali hat zugegeben, mit Azam befreundet zu sein, aber erst, nachdem man ihn Samstagnacht zufällig am Straßenstrich angetroffen hat. Als er von den beiden Beamten, die eine Überwachung in der Gegend durchführten, gefragt wurde, was er dort zu tun habe, war seine Erklärung alles andere als zufrieden stellend. Wir glauben auch, dass er Azam einen Tipp gegeben hat, dass wir ihn im Visier haben.«

Diesmal konnte Russell das ungläubige Staunen in seiner Stimme nicht unterdrücken. »Ich bin mir sicher, da liegt ein Missverständnis vor, Ma'am. Haben Sie schon selbst mit Ali gesprochen?«

»Noch nicht, aber das werde ich tun.«

»Ich bin fest davon überzeugt, dass er Ihnen eine glaubwürdige Erklärung dafür geben kann. Sergeant Ali ist ein guter Polizist und absolut integer.«

»Ich bezweifle nicht, dass man dasselbe noch vor fünf Tagen auch über Sie gesagt hätte, Mr Russell.« Kaum war ihr die Bemerkung herausgerutscht, bereute Forrester sie auch schon. Sie hob entschuldigend die Hände, doch Russells Anwalt schaltete sich sogleich ein: »Also wirklich, Mrs Forrester, ich muss doch bitten.«

Sie schwieg einen Moment zustimmend und fragte dann: »Wissen Sie, wo dieses Bordell mit den Minderjährigen ist, Chief Inspector?«

Russell fuhr sich mit der Hand über die Stirn. »Nein, Mrs Forrester«, entgegnete er mit Nachdruck. »Ich weiß *nicht*, wo dieses Minderjährigen-Bordell ist. Ich hatte keine Ahnung, dass hier so etwas existiert. Soweit ich weiß, gilt die Devise, dass es hier in der Stadt keine Prostitution Minderjähriger gibt und wir daher auch kein besonderes Augenmerk darauf richten.«

»Und, ist diese Devise in Ihrem Sinne?«

»Nein, ganz und gar nicht. Das sind sexuell ausgebeutete Mädchen, und als solche sollten wir sie eigentlich schützen und nicht so tun, als existierten sie gar nicht. Doch da Prostituierte, ganz gleich, welchen Alters, nicht in meinen Zuständigkeitsbereich fallen oder in den meines Teams, tut meine Meinung diesbezüglich nichts zur Sache. Darum kümmert sich die Sitte oder«, fügte er scheinbar gleichmütig hinzu, »die Abteilung für Gewaltverbrechen, falls die ermordeten Mädchen tatsächlich aus diesem Bordell stammen sollten.«

Forrester schürzte die Lippen. Russell gewann langsam die Oberhand, und das Verhör glitt ihr immer mehr aus den Händen. Sie musste die Führung zurückerlangen, daher stellte sie ihre nächste Frage in kühlem Ton: »Noch eine Sache, Chief Inspector. Wem haben Sie damals dieses Foto gegeben, das wir im Besitz des ermordeten Mädchens gefunden haben, und haben Sie irgendeine Idee, warum sie es bei sich getragen haben könnte?«

Russell hob wieder den Blick und sah Chief Superintendent Forrester direkt in die Augen. »Ich nehme an, das wissen Sie bereits, Mrs Forrester«, sagte er voller Bitterkeit. »Inspector Handford wird Ihnen bereits alles gesagt haben, was Sie wissen müssen. Doch nur für den Fall, dass er etwas ausgelassen hat: Ich habe das Foto meiner Freundin Catherine gegeben, als wir aus Cambridge weggingen. Unsere Beziehung war zerbrochen, aber ich wollte unbedingt, dass sie noch ein Foto von mir bekommt. Und um Ihnen die Peinlichkeit Ihrer Frage zu ersparen: Ja, sie war schwanger, ja, ich glaube, dass sie keine Abtreibung machen ließ, wie mein Vater ihr vorgeschlagen hatte, obwohl ich es nicht genau weiß, weil keiner es je für notwendig befand, es mir mitzuteilen. Und ja, Mrs Forrester, es ist tatsächlich möglich, dass das ermordete Mädchen, ganz gleich, ob sie nun eine Prostituierte war oder nicht, meine Tochter ist, aber ich kann Ihnen das nicht mit Sicherheit sagen, weil ich sie noch nie gesehen habe.«

Während Handford mit Ali vor Forresters Büro wartete, versuchte er erfolglos, seine Nervosität zu bändigen. Er verschränkte die Hände ineinander und fluchte innerlich, dass er das einfach nicht in den Griff bekam. In Situationen wie dieser hatte er stets das Gefühl, ein kleiner Motor in seinem Inneren treibe irgendwelche imaginären Rotorblätter an, die seine Emotionen so stark durcheinander wirbelten, bis ihm richtig schwindlig wurde. Forrester würde sicher gleich eine Stinkwut auf Ali bekommen, aber Handford hatte den leisen Verdacht, dass sie auch ihm einen Teil der Schuld anlasten würde, da er Ali in die Sache mit Russell eingeweiht hatte. Dass dieser Vorschlag – und Handford konnte es, wenn er ehrlich war, nur einen Vorschlag nennen – von Sanderson gekommen war, machte die Situation sicher auch nicht viel besser.

Die beiden Männer richteten sich auf, als Brian Noble die Schwingtüren am Ende des Korridors aufstieß und eine davon aufhielt, um Forrester den Vortritt zu lassen. Als sie Handford sah, rang sie sich ein erschöpftes Lächeln ab.

»John, Sie sind also wieder da. Hören Sie, ich kann Sie im Moment leider nicht sprechen. Schreiben Sie einen Bericht und geben Sie ihn Brian, und wir machen einen Besprechungstermin aus, wenn ich Ihren Bericht gelesen habe.«

Damit strebte sie weiter in Richtung ihres Büros.

»Tut mir Leid, Ma'am, aber ich muss unbedingt mit Ihnen reden.«

»Nicht jetzt, John.« Sie wirkte noch abgekämpfter, als Handford sie vor seiner Fahrt nach Cambridge erlebt hatte – wenn so etwas überhaupt noch möglich war.

Er ließ nicht locker. »Tut mir wirklich Leid, aber das kann nicht warten. Ich weiß, wer das ermordete Mädchen ist.«

Sie blieb abrupt stehen. »Wenn das so ist, dann kommen Sie mit.« Mit Blick auf Ali fragte sie: »Und Sie sind?«

»Detective Sergeant Ali, Ma'am.«

Sobald sie hinter ihrem Schreibtisch Platz genommen hatte und Brian Noble an seinem gewohnten Platz am Aktenschrank lehnte, reichte Handford ihr den Streifen mit den Automatenfotos.

»Sergeant Ali hat sie in einer Schachtel gefunden, als er und DC Clarke das Zimmer dieses ermordeten Jungen, Michael Braintree, durchsucht haben«, fügte er zur Erklärung hinzu.

Sie presste ihre Lippen zu einem dünnen Strich zusammen. »Seit wann haben Sie diese Fotos?«, fragte sie, als sie den Papierstreifen Brian Noble hinüberreichte.

Die Frage kam nicht unerwartet. Handford blickte zu Ali hinüber. »Ich habe sie heute zum ersten Mal gesehen, aber Sergeant Ali hat sie am Freitag aus dem Haus des Opfers mitgenommen.«

Forrester wandte sich an den Sergeant. »Wer ist das Mädchen?«

»Sie heißt Hannah Mellings, Ma'am. Uns wurde gesagt, sie sei weggefahren, auf Campingurlaub in die Dales. Aber bisher haben wir weder sie noch ihre Freunde ausfindig machen können.«

Forrester beugte sich über ihren Schreibtisch. »Na ja, das ist wohl auch schlecht möglich, Sergeant, schließlich liegt sie seit Freitag auf einem Seziertisch in der Gerichtsmedizin.« In ihrem Blick zeigten sich Wut und Verachtung. »Am Samstag wurde ihr Postmortem-Foto an alle Abteilungen geschickt. Schauen Sie die Post nicht durch, wenn Inspector Handford verreist ist?«

Ali blickte zu Handford hinüber, offenbar in der Hoffnung auf Unterstützung, doch als keine kam, wandte er sich wieder an Forrester. »Tut mir Leid, ich habe sie übersehen.«

Sie funkelte ihn wütend an. »Haben Sie eine Vorstellung davon, Sergeant, wie viel Zeit wir damit verplempert haben, herauszufinden, wer sie ist? Ich habe Beamte darauf angesetzt, die man in der Zwischenzeit sehr viel sinnvoller hätte einsetzen können.«

Ali räusperte sich, um etwas einzuwenden.

Sie gebot ihm mit einer Handbewegung zu schweigen. »Nein, sparen Sie sich bitte jede Entschuldigung, denn dafür gibt es keine. Sie haben schlampig gearbeitet, und das hat uns drei Tage gekostet.«

Die Strahlen der Nachmittagssonne stachen ins Zimmer und fielen direkt auf Handfords eine Gesichtshälfte. Er hätte sich gerne umgesetzt, um ihnen auszuweichen, aber er wusste, dass dies jetzt nicht angebracht war. Stattdessen sagte er: »Es gibt noch weitere Erkenntnisse, Ma'am. Catherine Walsh heißt seit ihrer Heirat Mellings und auch ihre Tochter Hannah hat den Namen von Mr Mellings angenommen. Da es jedoch keine Fotos in der Kanzlei gab, kann ich nicht mit Sicherheit sagen, dass es sich bei dem Mädchen um ein und dieselbe Person handelt.«

»Aber es sieht ganz danach aus.«

»Ja. Und aufgrund dessen, was Sergeant Ali mir über seine Befragung von Michael Braintrees bestem Freund berichtet hat, besteht vielleicht irgendeine Verbindung zu dem, was Sie herausgefunden haben – und zwar über Deepak Azam.«

Forrester wandte sich an Ali. »Ich habe gehört, Sie kennen Deepak Azam?«

»Ja, Ma'am.« Seine Stimme war nicht mehr als ein Flüstern.

»Gut oder nur flüchtig?«

Ali schluckte hörbar. »Ich kenne ihn gut. Wir sind seit Jahren befreundet und unsere Väter pflegen eine besonders enge Freundschaft. Wir sehen uns alle so oft wie möglich. Aber ich hatte keine Ahnung, dass er in Prostitution verwickelt ist. Im Gegenteil, er hat sich ja über den Stadtrat enorm dafür eingesetzt, die Prostituierten aus den Straßen der Innenstadt zu vertreiben. Mir wäre nie in den Sinn gekommen …«

»Ach nein?« Forresters Stimme triefte vor Sarkasmus. »Und anscheinend ist es Ihnen auch nicht in den Sinn gekommen, Sergeant Archer über Ihre Freundschaft mit Azam zu informieren, als Sie mit ihr gesprochen haben.«

Er wich ihrem unerbittlichen Blick aus. »Nein, Ma'am.« Da sie auf diese Antwort hin beharrlich schwieg, erwartete sie vermutlich noch so etwas wie eine Rechtfertigung von ihm. »Ich wollte mir unbedingt ganz sicher sein, bevor ich etwas sage.«

»Und da sind Sie einfach zu ihm hingegangen und haben ihn gefragt?«

»Ja, Ma'am, aber nur danach, ob Michael an seinem Todestag im Fitnessstudio gewesen ist.«

»Klar.« Das Wort hallte durch den Raum wie ein Peitschenknall.

Ali erwiderte nichts mehr.

Forrester ließ nicht locker. »Und als Sie bei ihm waren, haben Sie da die Prostituierten erwähnt?«

Ali räusperte sich und Handford wusste, dass sein Sergeant munter dabei war, sein eigenes Grab zu schaufeln. »Ich habe ihm gesagt, ich hätte von einer Kollegin von der Sitte erfahren, dass Dwayne Varley, einer seiner Angestellten, in Zuhälterei verwickelt sei.«

Forrester konnte sich nur mühsam beherrschen. »Und wie hat er reagiert?«

»Er war wütend und meinte, es gehe die Polizei nichts an, wer bei ihm arbeite.«

»Und was haben Sie aus dieser Reaktion geschlossen?«

Ali hielt immer noch seinen Blick gesenkt. »Ich fand sie ziemlich überzogen und meine jetzt, dass Sergeant Archer Recht hatte mit dem, was sie mir erzählt hat.«

»Und trotzdem haben Sie sich damit nicht zufrieden gegeben, Sergeant, war es nicht so? Sie mussten auf eigene Faust nachforschen, ganz gleich, ob Sie damit unsere Überwachungsmaßnahmen gefährden. Sind Sie nie auf die Idee gekommen, zuerst Michelle Archer zu fragen?«

Ali gab keine Antwort.

Der Blick, mit dem Forrester ihn bedachte, konnte einem das Blut in den Adern gefrieren lassen. »Sergeant Ali, hätte ich im Augenblick nicht so viel zu tun, würde ich auf der Stelle Antrag auf eine interne Untersuchung über Ihr Verhalten stellen. Stattdessen überlasse ich es jetzt Inspector Handford, sich mit Ihnen auseinanderzusetzen. Sie beugte sich über ihren Schreibtisch und heftete ihre Augen auf Ali. »Wie konnten Sie nur so dumm sein, Sergeant? Wissen Sie, welchen Schaden das vielleicht für unsere Ermittlungen bedeuten kann? Und wissen Sie, wonach das alles aussieht, was Sie uns da erzählt haben? Die Tatsache, dass Sie alles offen zugegeben haben, zeigt zumindest, dass Sie mit Deepak Azam vermutlich tatsächlich nur befreundet waren. Ich hoffe, dass ich damit Recht habe, denn wenn nicht, dann werde ich mir die Zeit dafür nehmen, eine interne Untersuchung einzuleiten, das verspreche ich Ihnen. In der Zwischenzeit halten Sie sich gefälligst von Azam fern und Ihre Familie ebenfalls. Habe ich mich klar genug ausgedrückt?«

»Ja, Ma'am.«

Sie ließ ihre hitzigen Worte sich etwas setzen, dann fuhr sie mit normal klingender Stimme fort: »Und nun erzählen Sie mir alles, was Sie über Hannah Mellings wissen, und wie die Verbindung zwischen ihr und Michael Braintree zustande kam.«

Ali erläuterte die Hintergründe und berichtete ausführlich über das Verhör mit Daniel Emmott. Forrester hörte zu, ohne ihn zu unterbrechen. Als er fertig war, fragte sie: »Der Vater, nach dem sie gesucht hat – haben Sie eine Idee, wer das sein könnte?«

»Erst seit mir Inspector Handford von der Beziehung zwischen DCI Russell und Hannahs Mutter erzählt hat.«

»Und wissen Sie, warum DCI Russell beschlossen hat, nach Michaels Meldung im Präsidium die Sache auf sich beruhen zu lassen?«

»Laut PC Foxton sagte Mr Russell, er habe noch nie von so jungen Prostituierten hier in der Stadt gehört und Michaels Befürchtungen seien daher sicher unbegründet.«

»Mit Mr Russell selbst haben Sie bisher darüber nicht gesprochen, oder?«

»Nein, Ma'am, noch nicht.«

»Dann überlassen Sie das auch lieber uns.« Sie warf einen Blick auf ihre Uhr. »Es ist jetzt drei Uhr. Ich brauche einen vollständigen Bericht über Deepak Azam und ich brauche Kopien von Daniel Emmotts Aussage sowie von der Aussage seiner Eltern. Bis vier Uhr will ich diese Unterlagen auf meinem Schreibtisch haben! Und Sie reden über all das, was wir hier jetzt besprochen haben, mit niemand anderem außer den hier Anwesenden. Verstanden?«

»Ja, Ma'am.«

Als Ali die Tür hinter sich geschlossen hatte, wandte sich Forrester an Noble. »Wir bestellen Azam für morgen aufs Präsidium und hören uns an, was er zu sagen hat. Veranlassen Sie das bitte?«

Noble nickte.

Schließlich richtete sich ihr Blick auf Handford. »Wir sind vorhin gerade vom Verhör mit DCI Russell gekommen«, sagte sie und reichte ihm die Kassette. »Ich möchte, dass Sie sowohl seine Aussage überprüfen als auch den Grund für seine Entscheidung, der Meldung Michael Braintrees nicht weiter nachzugehen.«

Handford spürte, wie die Wut wieder in ihm hochstieg. Er konnte verstehen, dass sie dieser Frage nachgehen wollte, aber er fand es an der Zeit, die Ermittlungen gegen DCI Russell einer anderen Einheit zu übertragen. Er wollte gerade zum Protest ansetzen, als ein Blick in ihr Gesicht ihm sagte, dass jetzt nicht der richtige Zeitpunkt dafür war.

»Setzen Sie sich. Beide.«

Noble schob einen Stuhl herüber und Handford setzte sich dankbar hin. Forrester wandte sich an ihn. »Sind Sie absolut sicher, dass dieses Mädchen, Hannah Mellings, die Tochter dieser Mrs Mellings ist, die Sie in Norwich aufgesucht haben, John?«

»Nein, Ma'am, absolut sicher bin ich nicht. Wie ich schon sagte, Mrs Mellings hatte kein Foto in ihrer Kanzlei stehen, zumindest habe ich keines gesehen, und es schien mir nicht angemessen, sie danach zu fragen. Im Augenblick haben wir nur die Informationen von Daniel Emmotts Aussage, dass es sich bei Michaels Freundin um eine Hannah Mellings aus Norwich handelt, die Urlaub in den Dales macht. Das stimmt mit dem überein, was mir Mrs Mellings erzählt hat.«

»Aber wenn Sie eine Vermutung anstellen könnten, würden Sie sagen, dass es sich bei ihr um Catherine Mellings' Tochter handelt?«

»Ja, vermutlich schon, obgleich ich es – falls sie es wirklich ist – äußerst befremdlich finde, dass keiner sie bisher als vermisst gemeldet hat.«

»Dann müssen wir das eben jetzt schleunigst nachprüfen, oder? Benachrichtigen wir die Eltern.«

Handford zögerte. »Sollten wir uns da nicht noch besser absichern, bevor wir das tun, Ma'am? Vielleicht sollten wir erst versuchen, die Familie zu finden, mit der sie dorthin gefahren ist. Wenn wir uns irren und sie ist es nicht, dann jagen wir den Eltern umsonst einen Riesenschreck ein.«

Forrester war anderer Meinung. »Nein, John. Je eher wir ihre Identität klären, desto eher können wir die Verbindung zwischen Russell und dem Mädchen herstellen. Und desto eher können wir die Anklage gegen ihn konkretisieren.«

Diese letzte Bemerkung versetzte Handford einen Stich. Forrester war nur auf ihren Verdacht fixiert. »Glauben Sie denn wirklich, dass er der Mörder ist?«

»Ich bin mir verdammt sicher, dass er es ist, aber ohne sichere Identifizierung haben wir keinen ausreichenden Grund, ihn zu verhaften.« Sie lächelte. »Also, wer benachrichtigt die Eltern, wir oder die Polizei in Norwich?«

Noble verzog das Gesicht. »Die Polizei in Norwich, möchte ich meinen, Sie nicht? Aber …« Er zögerte. »Ich bin der gleichen Meinung wie John. Wäre es nicht besser, zuerst ein Foto an die dortige Polizei zu faxen und sie zu bitten, die Identität des Mädchens zu überprüfen, bevor man die Mellings' damit konfrontiert?«

Forrester fixierte ihn mit ihrem Blick. »Das wird ein Alptraum, bis man während der Schulferien jemanden findet, der ihre Identität bestätigen kann; das könnte Tage dauern. Dank Sergeant Ali haben wir bereits genügend Zeit vergeudet, das können wir uns jetzt nicht mehr leisten. Brian, meinen Sie nicht auch, dass alles bisher Vorliegende dafür spricht, dass die Leiche in der Gerichtsmedizin Hannah Mellings ist?«

»Ja, schon, aber ...«

»Worauf warten wir dann noch? Rufen Sie bei der Polizei in North Yorkshire an. Sie sollen die Familie ausfindig machen. Finden Sie heraus, warum sie Hannah nicht als vermisst gemeldet hat, dann bitten Sie die Polizei in Norwich, die Mellings' zu benachrichtigen und sie hierher zu bringen.«

Handford machte auf dem Rückweg zu seinem Büro Station am Kaffeeautomaten. Er brauchte jetzt unbedingt eine Koffeinspritze, obgleich er wusste, dass sie verheerende Auswirkungen auf seine Kopfschmerzen haben würde, die im Einklang mit seinem Herzschlag gegen das Schädelinnere hämmerten. Er öffnete seine Aktenmappe und nahm eine Packung Schmerztabletten heraus. Zwei davon warf er sich in den Mund, dann kippte er einen großen Schluck Kaffee hinterher. Er war lauwarm, aber trinkbar. Müde setzte er sich hinter seinen Schreibtisch, zog die unterste Schublade auf, um seine Füße darauf abzustellen, und lehnte sich mit geschlossenen Augen in seinem Stuhl zurück. Das Leben meinte es manchmal nicht gut mit einem. Er machte sich Sorgen um die Mellings'. Forrester handelte vorschnell. Sie sollte sich besser absichern, bevor sie die Eltern benachrichtigte, selbst wenn das noch ein paar Tage Warten bedeutete.

Und dann war da noch Russell. Auch hier hatte sie es viel zu eilig, seine Schuld für erwiesen zu halten. Die Beweislage gegen den DCI war bestenfalls dürftig, und selbst eine Bestätigung der Identität des Mädchens würde nicht so viele Indizien bereitstellen, dass es für eine Mordanklage reichte. Er nahm die Tonbandkassette und schob sie in seinen Recorder. Vielleicht lieferte ja Russells Alibi einen Hinweis, der für oder gegen seine Schuld sprach; doch auch das wagte er zu bezweifeln.

Außerdem beunruhigte es Handford, dass die Nachforschungen fast schon eine persönliche Dimension erreicht hatten und inzwischen geradezu einem Rachefeldzug gegen seinen Chef glichen. Handford hatte keine Ahnung, was genau dahinter steckte. Es mochte ja sein, dass Forrester von allen Seiten bedrängt wurde, Ergebnisse zu liefern, aber er hatte das Gefühl, dass da noch andere Dinge mitspielten. Sie wollte ihn schlichtweg schuldig sehen.

Das Klingeln des Telefons unterbrach seine Grübeleien. Noch ganz in Gedanken hob er den Hörer ab. »Handford ... Gill ...« Abrupt setzte er sich auf; er hatte ihr versprochen, nach seiner Rückkehr anzurufen. »Ach, Gill, tut mir Leid, ich hätte dich anrufen sollen«, entschuldigte er sich. »Es gab hier ein Problem.«

»Nun, dann hast du jetzt noch eines. John, du musst unbedingt nach Hause kommen.«

»Ich weiß nicht, ob ich jetzt hier wegkann ...«

»Dann komm so bald wie möglich.« Gill klang verzweifelt. »Bitte, John, stell die Arbeit nur ein einziges Mal zurück. Ich brauche dich hier.«

Er war bestürzt. Das klang so gar nicht nach Gill, normalerweise war sie so ruhig und gefasst. »Was ist denn los? Ist etwas passiert?«

Einen Augenblick lang herrschte Schweigen, dann drang ein tiefer Seufzer an sein Ohr.

»Nicola ist schwanger, John. Sie braucht dich; wir brauchen dich. Bitte, komm nach Hause.«

KAPITEL 15

Khalid Ali sah auf die Uhr. Halb sieben. Eigentlich sollte er nach Hause gehen, aber er hatte immer noch Mühe, DCS Forresters Rüge zu verdauen, und keine große Lust, von seinem Schreibtisch aufzustehen. Warrender würde sich darüber totlachen, dass er die Identifizierung der Ermordeten verschleppt hatte, weil er so sehr mit Deepak beschäftigt gewesen war. Sicher lästerte er jetzt überall herum: »Ich hab's euch doch gesagt, die halten immer zu ihrer Sippe. Als ob die alle brav wie die Lämmer wären. Für das, was außerhalb ihrer eigenen Kultur existiert, sind die doch völlig blind, und wenn ihr mich fragt, es wird langsam Zeit, dass sie wieder dorthin zurückgehen, woher sie gekommen sind.«

War das der Grund gewesen? War er blind gegenüber allem Negativen, das seine eigene Kultur betraf? Fühlte er sich immer noch gezwungen, die Familie an oberste Stelle zu setzen – wegen eines Vaters, der im Geiste immer noch im alten Pakistan lebte und von seinem Sohn dasselbe erwartete? Waren ihm deshalb Deepaks illegale Aktivitäten entgangen? Krampfhaft suchte er in den Winkeln seiner Erinnerung nach irgendetwas, das ihn hätte warnen müssen. Dann schüttelte er den Kopf; es gab nichts. Sie waren einfach nur gute Freunde gewesen, hatten ihr Zusammensein genossen – genauso wie die übrigen Familienmitglieder.

Er fuhr sich mit den Händen über Augen und Wangen. Wie sollte er das Amina nur beibringen? Seit Handfords Besuch war er ihr gegenüber ziemlich mürrisch gewesen, als wäre alles ihre Schuld. Um mit der Tatsache, dass Deepak ein Zuhälter war, zurande zu kommen, hatte er gerade die Menschen zum Sündenbock gemacht, die ihm eigentlich besonders am Herzen hätten liegen müssen. Mit einem resignierten Seufzer stand er auf und nahm seinen Mantel und die Aktentasche. Ob er wollte oder nicht, er musste den Tatsachen ins Auge sehen. Er musste seiner Frau und seinen Eltern alles erklären und darauf bestehen, dass sie die Azams weder besuchten noch sonst irgendwie Kontakt zu ihnen aufnahmen, bis die Ermittlungen abgeschlossen waren.

Er war schon fast an der Tür, als das Telefon klingelte. Im ersten Moment wollte er es klingeln lassen, aber er hatte heute schon genug vermasselt. »Kriminaldezernat, Sergeant Ali am Apparat.«

Es war die Gerichtsmedizin.

»Meine Güte, Sie machen doch nicht etwa Überstunden?«, sagte er, als die Frau am anderen Ende der Leitung sich vorgestellt hatte.

»Es gibt jede Menge Verbrechen, hat Ihnen das noch keiner gesagt?«

Unwillkürlich musste Ali lachen.

»Aber im Ernst, ich versuche gerade, noch ein paar wichtige Telefonate zu erledigen. Es geht um das T-Shirt im Fall Braintree.«

»Ja?« Die Kleider, die Michael zur Mordzeit getragen hatte, waren zur kriminaltechnischen Untersuchung geschickt worden.

»Ich meine, wir haben da etwas gefunden. Auf der Vorderseite des T-Shirts haben wir eine große Stelle mit eingetrocknetem Schweiß gefunden und der stammt nicht von dem Opfer. Außerdem haben wir zwei blonde, lockige Haare gefunden. Man kann vermuten, da der Körper des Jungen wohl ein ziemliches Gewicht darstellte, als man ihn aufhängte, hat vielleicht einer der Täter den Körper mit seinem Kopf gestützt, damit er nicht hin und her baumelte. Wir haben die Proben zum DNA-Test geschickt, brauchen Sie das Ergebnis im Eilverfahren?«

Ali stieß einen unterdrückten Fluch aus. Unter normalen Umständen hätte er ja gesagt und die Konsequenzen auf sich genommen, aber heute traute er sich nicht. »Ich sage Ihnen morgen Bescheid«, sagte er. »Der DI ist nach Hause gegangen und sonst ist keiner da, der diese Anweisung geben kann.«

»Gut. Wenn ich von Ihnen bis morgen Mittag nichts höre, geht es im Normalverfahren. In der Zwischenzeit können Sie sich schon mal auf die Suche nach einem kräftigen Mann mit blonden, lockigen Haaren begeben.«

»Vielen Dank, davon kann's ja nicht allzu viele geben.« Und tatsächlich, der Einzige, auf den diese Beschreibung passte und den er mit Michael Braintree in Verbindung bringen konnte, war Dwayne Varley – und Varley arbeitete für Deepak Azam. Alle Gedanken an seine Frau und seinen Vater waren wie weggeblasen, und der Gedanke an einen möglichen Durchbruch erfüllte ihn mit neuer Energie. Deepaks Rausschmeißer war jetzt sicher im Fitnesscenter, und er könnte ihm dort auf den Zahn fühlen. Einen Augenblick schoss ihm der Gedanke durch den Kopf, dass er sich vermutlich auch vom Fitnesscenter fern halten musste, da es Deepaks Arbeitsplatz war, aber dann schob er ihn wieder beiseite. DCS Forrester hatte ihn angewiesen, nicht mit Deepak zu sprechen, aber sie hatte weder etwas über das Fitnesscenter an sich gesagt noch darüber, dass er nicht mit Deepaks Mitarbeitern sprechen dürfte.

Egal – er hatte etwas gefunden, das ihn vielleicht ein Stück weiterbrachte bei der Suche nach Michaels Mörder, und das wollte er auch sofort überprüfen. Gerade als er losgehen wollte, klingelte erneut das Telefon. Mit einem Seufzer drehte er sich um und hob ab. »Sergeant Ali.«

Die Stimme am anderen Ende klang gepresst. »Sergeant Ali, hier spricht Daniel Emmott.«

»Was gibt's, Daniel?«

»Es geht um meinen und um Michaels Dad. Sie sind zum Fitnesscenter gefahren. Da Sie ja nichts unternehmen wollten, wollen sich die beiden Mr Azam selber vorknöpfen. Ich habe Angst um sie, Sergeant Ali. Die wissen ja gar nicht, was für ein gemeiner Kerl das ist.«

Ali legte den Hörer auf, schnappte sich seine Tasche und eilte im Laufschritt aus dem Präsidium. Diese Idioten! Warum hatten sie die Sache nicht ihm überlassen können? Er hatte versprochen, die Anschuldigungen zu prüfen.

Die Straßen waren zu dieser späten Stunde ziemlich ruhig, und er brauchte nur ein paar Minuten für die kurze Strecke zum Fitnesscenter. Während er sich durch das Netz von Einbahnstraßen manövrierte, hallten Daniels Worte in seinem Kopf wider: *Da Sie ja nichts unternehmen wollten, wollen die beiden sich Mr Azam selber vorknöpfen.* Ali schlug seinen Kopf gegen das Steuerrad. Es war seine Schuld. Er hätte sich klarer ausdrücken und sie davon überzeugen müssen, dass er Daniel tatsächlich glaubte und, falls sich herausstellte, dass der Junge Recht hatte, dafür sorgen würde, dass man Azam verhaftete und unter Anklage stellte. Stattdessen hatte er das weitere Vorgehen mit einem vagen Hinweis auf die Beweislage in der Schwebe gelassen, und jetzt waren ein verzweifelter Mann und sein Freund aufgebrochen, um Selbstjustiz zu üben.

Er hielt am Straßenrand neben dem Freizeitzentrum und stieg aus dem Auto. Draußen hatte sich eine Menschenmenge gebildet, und er winkte mit seinem Dienstausweis dem uniformierten Beamten zu, der die Leute zum Weitergehen drängte. Ali riss die schwere Glastür zum Foyer auf. Die beiden Väter waren schon eine Weile da, und ein Polizist versuchte sie gerade zu überreden, ihre Waffen niederzulegen. Als Mr Emmott gesagt hatte, sie würden sich Azam vorknöpfen, hatte er es anscheinend auch so gemeint. In einer Ecke des Empfangsbereichs kauerte Deepak Azam, und Blut rann ihm über Kopf und Gesicht. Über ihm stand Raymond Braintree, in der einen Hand einen Baseballschläger, in der anderen ein Stück Seil, das am einen Ende zur Schlinge geknüpft war. Norman Emmott stand ein paar Schritte vor ihnen und drohte mit seinem Schläger jedem, der sich ihm nähern wollte.

»Was ist passiert?«, frage Ali den Polizeibeamten.

»Ich weiß nicht genau, wie es angefangen hat, aber der eine mit der Schlinge hat Mr Azam beschuldigt, dass er seinen Sohn zum Zuhälter gemacht und ihn dann aufgehängt hat, als er aussteigen wollte. Er droht, mit Azam das Gleiche zu tun, ihn auch aufzuknüpfen. Ich hab alles versucht, aber ich konnte ihn nicht zur Vernunft bringen. Wir brauchen einen

Unterhändler, jemand, der weiß, wie man mit ihnen reden muss.«

»Und während wir darauf warten, dass einer vom Himmel fällt, stehen wir einfach daneben und schauen zu, wie er seine Drohung wahr macht, oder?«

Das Personal des Fitnesscenters drängte sich mit entsetzten und neugierigen Mienen hinter der Glastür an der gegenüberliegenden Seite, die vom Empfang zu den Fitnessräumen führte. Auch Dwayne Varley war unter ihnen. Der war ja wirklich eine große Hilfe, wenn es ernst wurde.

Ali sprach ruhig und klar. »Mr Emmott!«

Norman Emmott drehte sich um, den Baseballschläger drohend erhoben.

»Machen Sie sich nicht unglücklich, Mr Emmott«, sagte Ali in freundlichem Ton. »Legen Sie den Schläger auf den Boden.«

Der Mann rührte sich nicht. »Hab ich mir's doch gedacht, dass Sie kommen würden, um diesen Mistkerl zu schützen. Ich hab Ihnen doch heute Morgen prophezeit, wenn Sie nichts unternehmen, dann werden wir es tun.«

Ali schaute zu Azam hinüber. »Sind Sie okay?«, fragte er.

Deepak Azam versuchte sich aufzurichten, aber sofort hob Raymond Braintree seinen Schläger höher. »Sehe ich etwa so aus, als ob ich okay bin, Khalid? Schaff mir bloß diese Irren aus meinem Fitnesscenter.«

Ali richtete wieder das Wort an Michaels Vater, behielt aber Norman Emmott fest im Blick. »Das ist nicht richtig, was Sie hier tun, Mr Braintree, und das wissen Sie auch. Ich werde nicht zulassen, dass Sie Mr Azam etwas antun. Die Verstärkung ist schon unterwegs, Sie werden ohnehin bald aufgeben müssen. Wenn wir das vorher noch regeln können, dann bin ich sicher, dass Mr Azam nicht auf einer Anzeige besteht. Er weiß, was Sie durchgemacht haben und wie verzweifelt Sie sind.«

Als er das hörte, platzte Norman Emmott der Kragen: »*Er besteht nicht auf einer Anzeige!* Ausgerechnet der! Der ist doch schließlich der Verbrecher hier. Kleine Mädchen als Nutten ranziehen und den Jungs zeigen, wie man das macht.«

»Sie wissen doch gar nicht, ob das stimmt, Mr Emmott.«

»Doch, ich weiß es und Sie wissen es auch.«

Das kam Ali sehr ungelegen. Wenn er jetzt dazu etwas sagte, verriet er Azam, dass er unter Beobachtung stand. Dann würde Forrester ihn wieder zu sich zitieren, und er wäre weg vom Fenster. Ging er aber auf die Anschuldigung Emmotts nicht ein, dann wusste niemand, was dieser als Nächstes tun würde. Er musste das hier sofort beenden, am besten ohne Gewalt.

Er ignorierte den Baseballschläger und trat näher. »Ich hab Ihnen gesagt, dass ich die Sache untersuche, und das werde ich auch. Aber ich kann nichts tun, wenn Sie jetzt nicht damit aufhören und nach Hause gehen«, sagte er, so ruhig er konnte. Er hoffte, dass Azam ihn nicht gehört hatte.

Die beiden Männer sahen einander an, offensichtlich waren sie verunsichert. Sie hatten sich in eine Ecke drängen lassen, aus der es immer schwieriger wurde zu entkommen.

Ali trat ein paar Schritte zurück. »Kommen Sie, Mr Braintree«, sagte er. »Das macht Michael auch nicht wieder lebendig, und wenn ich Sie festnehmen muss, was wird dann aus Ihrer Frau? Meinen Sie nicht, dass sie auch so schon genug durchmachen muss?«

Raymond Braintree warf seinem Freund einen wilden Blick zu. »Norman?«

Ali nutzte seinen Vorteil sofort. »Es war übrigens Daniel, der mir gesagt hat, dass Sie hier sind, Mr Emmott. Er macht sich furchtbare Sorgen darüber, worauf Sie sich da einlassen.«

Norman Emmott gab seine drohende Haltung auf. »Und Sie, was werden Sie tun, wenn wir zustimmen?« Er zeigte auf Azam. »Ihn überreden, keine Anzeige zu erstatten, und ihn dann wieder zusammenflicken oder ihn verhaften?«

Ali ignorierte die Frage. »Bitte gehen Sie nach Hause. Mr Azam wird keine Schritte unternehmen, wenn Sie es tun. Aber wenn Sie hier bleiben, muss ich Sie beide verhaften, und das möchte ich wirklich nicht.« Er hoffte, die Männer würden auch das Unausgesprochene aus seinem Blick herauslesen können.

Sie sahen sich einen Augenblick an, dann ließ Mr Braintree den Baseballschläger und das Seil sinken, und in schweigender Übereinstimmung ließ auch Mr Emmott seine Waffe zu Boden fallen. Azam versuchte in seiner Ecke aufzustehen, doch Ali warf ihm einen strengen Blick zu. »Rühren Sie sich nicht von der Stelle, Mr Azam«, befahl er in scharfem Ton, während er sich bückte und die Waffen und das Seil einsammelte. Er winkte einen der Uniformierten zu sich und reichte ihm die Sachen. »Tun Sie das weg«, sagte er. »Und bringen Sie Mr Emmott und Mr Braintree nach Hause.« Schließlich ging er zu Azam hinüber und zog ihn unsanft vom Boden hoch. Er rief zum Empfang hinüber: »Zeigen Sie mir den Erste-Hilfe-Raum!« Dabei bedeutete er dem anderen Polizisten mitzukommen.

Während sie sich einen Weg zur Tür bahnten, löste sich die Menge auf, zunächst schweigend und dann, als die vier an ihnen vorübergingen, erhob sich ein wildes Stimmengewirr. Jemand wollte wissen, ob Deepak wirklich nicht schwer verletzt sei, aber Ali führte ihn ohne stehen zu bleiben zu dem Raum mit dem roten Kreuz auf der Tür. Drinnen ließ sich Deepak auf einen Stuhl fallen. Er wandte sich an die Empfangsdame. »Bringen Sie mir einen Whisky und für Sergeant Ali auch einen.«

Ali warf ihm einen verächtlichen Blick zu. »Danke, für mich nicht«, sagte er schroff.

»Ach, komm schon, Khalid, zieh nicht so ein Gesicht. Nach diesem Schock brauche ich was zu trinken, diese Männer hätten mich ja umbringen können.« Er versuchte zu lachen, brach jedoch abrupt ab, als ihn ein plötzlicher Schmerz durchfuhr.

»Das bezweifle ich«, sagte Ali ungerührt. »Aber du hast eine schlimme Beule am Kopf. Wir rufen besser den Krankenwagen.«

»Nein, das überlebe ich schon. »Die Empfangsdame kam mit dem Whisky zurück. Er nahm ihr das Glas aus der Hand und stürzte den Whisky in einem Schluck hinunter. »Holen Sie mir noch einen, aber einen großen bitte.«

Ali wandte den Blick ab. Er hatte nichts über Azam gewusst. Überhaupt nichts. Alles an ihm war Heuchelei: seine Religion, sein Lebensstil, seine herausragende Stellung unter seinen Landsleuten, sogar seine Freundschaft. Ali hielt es hier nicht länger aus, er hätte gar nicht erst herkommen sollen. Abrupt wandte er sich an den Polizisten. »Übernehmen Sie das hier«, sagte er und ging hastig aus dem Raum.

Die Empfangsdame brachte Deepak Azam in sein Büro. Er dankte ihr, versicherte ihr, es gehe ihm gut, und wies sie an, wieder an den Empfang zurückzugehen. Als sie die Tür leise hinter sich geschlossen hatte, ließ er sich aufs Sofa fallen. Die Wunde hatte aufgehört zu bluten, aber sein Kopf schmerzte und das Schwindelgefühl wurde immer schlimmer. Khalid hatte Recht, er müsste eigentlich ins Krankenhaus, nur zur Sicherheit. Varley konnte ihn ja später hinbringen. Schließlich stand er mühsam auf, ging hinüber zum Schrank, nahm eine Flasche heraus und goss sich noch einen Whisky ein, den er langsam austrank. Er hätte diese Kerle nicht einfach so davonkommen lassen sollen. Unter normalen Umständen hätte er das auch nicht zugelassen, aber die Polizei würde natürlich Verdacht schöpfen, wenn man die beiden plötzlich irgendwo zusammengeschlagen fand oder ihre Häuser brannten. Und ein Gerichtsverfahren würde ihnen die Möglichkeit bieten, ihren Verdacht in aller Öffentlichkeit auszusprechen.

Der ist doch schließlich der Verbrecher hier. Kleine Mädchen als Nutten ranziehen und den Jungs zeigen, wie man das macht.

Das wollte er keinesfalls, heute Abend hatten es schon genug Leute gehört. Die meisten würden es zwar nicht glauben, nicht von Deepak Azam, aber wenn die Anschuldigungen vor Gericht wiederholt würden, könnte die Staatsanwaltschaft beschließen, sie untersuchen zu lassen. Es juckte ihn zwar in den Fingern, aber diesmal war es sicher besser, die Sache auf sich beruhen zu lassen. Und überhaupt, er hatte größere Probleme als zwei Väter, die dachten, sie könnten ihm was anhaben.

Ich hab Ihnen gesagt, dass ich die Sache untersu-

che, und das werde ich auch. Offensichtlich hatte Khalid Ali vermeiden wollen, dass er das hörte, und dachte wohl auch, es sei ihm gelungen. Gleichzeitig hatte er die Frage der beiden Männer unbeantwortet gelassen, ob er bereit sei, seinen Freund zu verhaften. Aber er hatte ihrer Behauptung auch nicht widersprochen. Wie viel wusste Khalid? Worüber wollte er Nachforschungen anstellen? Darüber, ob Azam ein Zuhälter war? Ob er junge Mädchen zur Prostitution zwang? Er ließ seine letzte Begegnung mit ihm Revue passieren. Am Samstag hatte Khalid durchblicken lassen, dass er von den Prostituierten wusste. Er hatte es ihm gegenüber so hingedreht, als vermute die Polizei, Varley sei in Zuhälterei verwickelt. Doch bereits zu diesem Zeitpunkt hatte Azam den Zweifel nicht ganz unterdrücken können, ob das, was Khalid ihm gesagt hatte, bloß ein freundschaftlicher Hinweis auf die krummen Geschäfte seines Angestellten gewesen war. Jetzt wusste er es besser: Ali hatte Informationen, und diese Informationen hatten ihn dazu veranlasst, seine Loyalität gegenüber denjenigen, denen er sich eigentlich zugehörig fühlen müsste, aufzugeben und sich auf die Seite der Weißen zu schlagen. Khalid war zum Feind geworden, zum Abschaum. Er würde gegen seinen Freund ermitteln – oder es zumindest versuchen. Die Prostituierten selbst würden sicher dichthalten – sie waren wegen der Drogen zu sehr von ihm abhängig. Und wenn er den Verdacht hatte, dass eine drauf und dran war, ihn zu verpetzen, dann musste er ihnen nur Debbie Johnsons Narbe zeigen. Und was die Minderjährigen anging, von denen hatte die Polizei sowieso keinen blassen Schimmer – sonst wären sie schon längst eingeschritten. Nein, ihm konnte keiner etwas anhaben. Und am Ende würde Khalid Ali als der Trottel und Verräter dastehen, der er offensichtlich war.

Azam stand auf und goss sich noch ein Glas Whisky ein, das er ebenfalls auf ex leerte. Plötzlich packte ihn die Wut und er schleuderte das Glas an die Wand, wo es in kleine Stücke zerschellte. Wie konnte Khalid Ali es wagen, ihn so zu behandeln?

Keuchend ging er hinüber zum Telefon und wählte eine Nummer. Als sich am anderen Ende jemand meldete, sagte er: »Bring mir heute Abend ein Mädchen. Die eine, die ich dir vor ein paar Tagen geschickt habe. Die tut's schon.« Dann knallte er den Hörer auf.

Das war so ziemlich der schlimmste Abend seines Lebens, dachte Handford. Nicola schwanger. Er wusste nicht, ob er wütend auf sie sein oder sie in den Arm nehmen und trösten sollte. Doch als er schließlich an die Wohnzimmertür kam, sah er sie zusammengekauert auf dem Sofa sitzen. Als sie ihn hörte, wandte sie ihm den Kopf zu und sah ihn aus ihren dunklen Augen angstvoll an. Spätestens jetzt verflog sein Zorn, und er eilte auf sie zu und umarmte sie. »Es wird schon alles wieder gut, Nicola. Ich verspreche dir, es wird alles gut. Wir schaffen das irgendwie.« Wie, darüber sprachen sie nicht, Nicola war noch nicht so weit. Es war schwer genug für sie, dass sie es ihm und Gill überhaupt hatte sagen müssen. Das musste sie erst einmal verdauen.

Natürlich war Vishnu der Vater, obwohl seine Familie das nicht wahrhaben wollte. »Mr Akram glaubt nicht, dass es Vishnus Baby ist«, sagte Nicola von Schluchzen geschüttelt. »Er hat mich Flittchen genannt und gesagt, ich würde es mit jedem treiben. Ich hätte Vishnu verführt und das Ganze wäre nur meine

Schuld. Aber ich bin kein Flittchen, Dad, und es ist auch nicht nur meine Schuld; Vishnu wollte es genauso sehr wie ich.«

Eine Weile saßen sie da, ohne viel zu sprechen, bis das Telefon läutete. Zuerst ignorierte Handford es, aber das Klingeln hörte nicht auf. Er stand mühsam vom Sofa auf und bellte seinen Namen in den Hörer. Ali war am Apparat. Es habe einen Vorfall im Fitnesscenter gegeben, an dem Azam beteiligt gewesen sei. Handford musste also noch mal aufs Revier.

Gill legte Einspruch ein. »John, wir müssen hier Entscheidungen treffen.«

»Aber nicht heute, Gill. Wir müssen doch ohnehin erst richtig verdauen, was geschehen ist. Morgen ist immer noch genug Zeit zu überlegen, was wir tun können.«

»Morgen – bist du denn morgen da?« Ihre Stimme verriet eine Mischung aus Zorn und Verletztheit. »Oder bin ich dann wieder diejenige, die sich hier um alles kümmern muss, so wie üblich.«

Sie hatte nicht Unrecht. Morgen kamen die Mellings', um ihre Tochter zu identifizieren. Morgen hatte er also sicher auch viel zu tun.

»Mach dir keine Sorgen, Gill, wir finden schon Zeit für alles.«

Für seine Familie *und* für die Arbeit? Er konnte es nur hoffen.

Er traf sich mit Ali im Kriminaldezernat. Nachdem der Sergeant den Vorfall geschildert hatte, gab es weiter nicht viel zu besprechen. Er versicherte Handford, dass er seinen Kontakt zu Azam auf das absolute Mindestmaß beschränkt hatte. Azam würde vermutlich keine Anzeige gegen Mr Braintree und Mr Emmott erstatten. »Er ist sich sicher im Klaren darüber, dass er derjenige ist, der am meisten zu verlieren hat«, sagte er.

»Und bei Ihnen, alles so weit in Ordnung?« Handford suchte Alis Blick.

»Ich komme schon zurecht«, sagte Ali mit einem freudlosen Lächeln. »Zumindest hoffe ich das. Die ganze Sache Amina und meinem Vater beizubringen, steht mir noch bevor.«

»Dann gehen Sie jetzt nach Hause. Überlassen Sie den Rest mir. Wir bestellen Azam morgen sowieso her, dann können wir die Vorwürfe genauer unter die Lupe nehmen. Und Khalid«, sagte er mit einem warnenden Unterton in der Stimme, »ich muss Ihnen wohl nicht ausdrücklich sagen, dass Sie jeden Kontakt mit Azam strikt vermeiden müssen, oder?«

»Nein, Sir, das ist mir schon klar.«

Sobald Ali gegangen war, machte sich Handford auf die Suche nach Forrester. In ihrem Büro war sie nicht, und irgendjemand sagte, sie sei nach Hause gegangen. Dafür war DI Noble noch da. Die Kantine war fast leer, und er saß allein an einem der langen Tische. Wie alle, die an diesem Fall arbeiteten, wirkte auch der Inspector zutiefst erschöpft und niedergeschlagen. Handford holte sich einen Kaffee und setzte sich zu ihm. Dann erzählte er ihm von dem abendlichen Vorfall. »Das ist ja wirklich dumm gelaufen, dass jetzt auch das noch passiert ist«, sagte Noble, als Handford seinen Bericht beendet hatte. »Mrs Forrester hat auch so schon genug am Hals, auch ohne das.«

»Dann ist noch was anderes vorgefallen?«

Noble nippte an seinem Kaffee. »Ich bin noch nicht dazu gekommen, Sie auf den neuesten Stand zu bringen: Ich musste Forrester mitteilen, dass wir ihren Mann beim Straßenstrich ertappt haben.«

»Beim Straßenstrich?«

»Ja. Ich glaube nicht, dass ich es ihr unter normalen Umständen gesagt hätte. Wir hätten ihm einfach den üblichen Brief geschickt und die Sache auf sich beruhen lassen. Aber laut Warrender und Archer hat er ausdrücklich nach einer jungen Prostituierten gefragt. Hat sogar mit den anderen Mädchen einen Streit darüber angefangen, sie seien ihm zu alt, und sich unmöglich aufgeführt.«

»Und da haben die beiden ihn verhaftet?«

»Nein, sie hatten Anweisung, die Überwachung unauffällig durchzuführen, das heißt, sich das Autokennzeichen aufzuschreiben und später zu überprüfen. Dabei stellte sich heraus, dass es ein Firmenwagen war, und als Warrender bei der Firma anrief, sagte man ihm, im Fahrtenbuch sei für die fragliche Zeit Tony Forresters Name eingetragen. Erst da haben sie erfahren, dass er es war.«

Handford zog eine Grimasse. »Ich wette, das war für Warrender die Krönung des Tages.«

»Ja, das kann man wohl sagen, aber ich habe ihm Tod und Verderben angedroht, wenn er ein Wörtchen darüber verlauten lässt.«

»Haben Sie Tony Forrester schon dazu befragt?«

»Heute Morgen. Er hat abgestritten, dass er in diesem Wagen gesessen hat. Angeblich hat er nur vergessen, sich aus dem Fahrtenbuch wieder auszutragen, als er das Auto zurückstellte, und jemand anderes müsse es genommen haben.«

»Und, haben Sie ihm geglaubt?«

»Kein Wort, und seine Frau auch nicht. Sie führen keine sehr harmonische Ehe; er hasst ihre Arbeit, aber sie will sie nicht aufgeben. Und unser derzeitiger Mordfall trägt wohl auch nicht gerade zur Entspannung der Lage bei, sie ist seither ja kaum noch zu Hause.«

Handford seufzte. »Und wie wollen Sie in dieser Sache jetzt vorgehen?«, fragte er.

»Wir müssen ihn wohl genauer unter die Lupe nehmen; ich denke, wir haben keine andere Wahl. Wir haben schon alle anderen Freier überprüft, die für ihre Vorliebe für Minderjährige bekannt sind.«

»Und Forrester, bleibt sie weiter an dem Fall dran?«

»Sieht ganz so aus. Ich habe sie darauf hingewiesen, dass sie bei den Ermittlungen von jetzt an unweigerlich in einen Interessenskonflikt gerät, wenn sie die Sache nicht einem anderen Ermittlungsleiter überträgt, aber auf dem Ohr war sie völlig taub. Sie ist fest entschlossen, weiterzumachen, bis Russell hinter Gittern sitzt.«

»Also ist er immer noch ihr Hauptverdächtiger?«

Noble erwiderte mit hochgezogenen Augenbrauen: »Sie ist fest davon überzeugt, dass er es ist und sie ihn in ein paar Tagen verknackt hat.«

»Und was glauben Sie?«

Noble schüttelte den Kopf. »Ich meine keineswegs, dass diese Sache schon in trockenen Tüchern ist. Ich bin mir nicht mal sicher, ob das vierte Opfer tatsächlich Hannah Mellings ist. Da fällt mir gerade ein: Da Sie Catherine Mellings bereits kennen, will Mrs Forrester, dass Sie morgen mit ihr zur Identifizierung in die Gerichtsmedizin gehen. Um elf Uhr.«

Leah zerrte ihre Kleider aus dem Schrank. Was sollte sie bloß anziehen? Alice war mit ihr in die Stadt gefahren und hatte ihr ein paar neue Sachen gekauft, doch Leah wusste, die waren ganz auf die Freier ausgerichtet: die Uniform einer Prostituierten. Schließlich sei sie jetzt eine Prostituierte, hatte Alice ihr eingeschärft. Um dieses Gewerbe zu lernen, sei sie bei ihr.

Aber nicht mehr lange. Deepak hatte nach ihr gefragt. Leah hatte immer gewusst, dass er das früher oder später tun würde. Und jetzt war es eben früher als erwartet geschehen, denn er wollte sie sicher zurückhaben. Alice hatte sich geirrt und die anderen Mädchen auch. Sie war immer noch Deepaks Freundin, und er hatte nie aufgehört, sie zu lieben und zu begehren. Sie hatte nie daran gezweifelt – nun ja, fast nie. Er hatte sie nur bestrafen wollen, weil sie ihm nicht gehorcht hatte. Jetzt würde sie ihm zeigen, wie gut sie war und dass sie alles für ihn tun würde. Die Zeit der Strafe war vorüber, und schon morgen würde sie wieder mit ihm zusammen sein – diesmal für immer –, und er würde sich um sie kümmern wie früher.

Sie hielt das leichte pastellblaue Sommerkleidchen hoch, das Deepak ihr gekauft hatte, und entschied, es an diesem Abend zu tragen. Er hatte gesagt, Blau stehe ihr, es passe zu ihren Augen. Ihre Augen waren es auch gewesen, die ihm als Erstes an ihr aufgefallen waren – ihre Augen und ihre langen blonden Haare. Als er ihr damals die Einkaufstasche mit dem Kleid überreicht hatte, hatte er gemeint, sie solle es nur für ihn tragen. Und das hatte sie getan; kein anderer hatte sie je darin gesehen.

Sie hängte es vorsichtig wieder in den Schrank zurück. Dann betrachtete sie ihre übrigen Kleider, die auf dem Bett ausgebreitet lagen. Sie überlegte, ob sie ihren Koffer jetzt schon packen und ihn heute Abend gleich mitnehmen sollte – dann ginge das in einem Aufwasch. Nach langem Überlegen entschloss sie sich aber doch, lieber bis zum nächsten Tag zu warten. Sie würde dann einfach Alice anrufen und ihr sagen, sie solle ihr die Sachen rüberschicken. Das geschähe dieser alten Hexe ganz recht, wenn sie alles für sie einpacken müsste, dann würde sie schon merken, wie sehr sie sich in ihr geirrt hatte.

Jetzt hatte sie zum Packen sowieso keine Zeit mehr, denn der erste Freier würde in ein paar Minuten kommen; also stopfte sie rasch wieder alles in den Schrank. Sie nahm eine Packung Kondome aus dem Toilettentisch und steckte sie sich in die Tasche. Die waren für heute Abend, für Deepak. Dann öffnete sie eine Schublade und nahm noch drei weitere Päckchen heraus, falls die Freier keine dabeihatten. Sie sah auf ihre Uhr; noch fünf Minuten, dann würde sie sich auf den Rücken legen und die Kerle ihre Nummer schieben lassen und dabei so tun, als fände sie das toll. Nein, heute würde sie ihnen nichts mehr vormachen. Sie würde sie einfach nur ranlassen, und dann sollten sie gefälligst wieder verschwinden. In ein paar Stunden schon wäre das alles nicht mehr ihre Welt. Sie wäre wieder mit Deepak zusammen, alles andere zählte nicht.

Sie lächelte.

Zum ersten Mal seit Tagen fühlte sie sich beinahe glücklich.

Die Kinder waren schon im Bett, als Ali nach Hause kam. Amina sah ihn die Einfahrt heraufkommen. Seine Erschöpfung und Besorgnis zeigten sich mit jedem Tag deutlicher. Wenn er ihr nur sagen würde, was los war. Denn dass da etwas im Argen lag, dessen war sie sich ganz sicher. Er kam in die Küche und küsste sie auf die Wange. Sein Essen sei fertig, sagte sie, aber es könne auch noch warten, wenn er zuerst noch duschen wolle. »Bis du wieder runterkommst, steht es auf dem Tisch.«

Er schüttelte den Kopf, nahm sie beim Arm und sagte: »Nein, lass das mal im Moment. Ich muss unbedingt mit dir reden. Am besten gehen wir in den Garten.«

In seinem Blick lag eine Traurigkeit, die Amina nicht deuten konnte. »Was bedrückt dich, Khalid? Bitte sag es mir.«

Sie gingen durch die Balkontür ins Freie und setzten sich an den schmiedeeisernen Tisch. Langsam ging die Sonne hinter den Bäumen unter, aber es war immer noch warm.

»Alles«, sagte er. Er zögerte, als wollte er seine Worte prüfen, bevor er sie aussprach. »Aber zu allererst, Amina, muss ich dich bitten, Shagufta nicht mehr zu treffen und auch nicht ihre Kinder.«

Sie wollte zum Protest ansetzen, aber Ali kam ihr zuvor. »Hör mir bitte zu«, sagte er. »Ich selbst werde Deepak in Zukunft auch meiden, und ich muss meinen Vater bitten, sich nicht mehr mit Sohail zu treffen.«

Jetzt ließ sich Amina den Mund nicht mehr verbieten. »Meine Güte, Khalid, warum denn um alles in der Welt? Was ist passiert? Hat es irgendetwas mit deinem Streit von neulich mit John zu tun?«

»Ja, es hängt damit zusammen«, gab er zu. Sie hatte es geahnt. Seit diesem Vorfall hatte sie sich Sorgen gemacht, umso mehr, da Khalid sich geweigert hatte, darüber zu sprechen. Jetzt war er anscheinend zumindest bereit, ihr zu sagen, worum es dabei gegangen war.

Sie hörte entsetzt zu, als er ihr die Ereignisse der letzten Tage schilderte. Sie kämpfte mit den Tränen, musste sich schließlich aber geschlagen geben. Khalid legte ihr traurig und verzweifelt den Arm um die Schultern. »Tut mir Leid, Amina, ich hätte dich lieber nicht damit belastet, aber es besteht kein Zweifel daran, dass die Sache wahr ist. Deepak ist ein Schurke, und ich weiß nicht, wie wir alle bisher so blind sein konnten. Als John es mir gesagt hat, habe ich ihm zuerst kein Wort geglaubt, ich hatte eine Stinkwut auf ihn. Aber es ist die Wahrheit.« Er lächelte resigniert. »Ich hab heute einen furchtbaren Anschiss von der Ermittlungsleiterin dafür bekommen, weil ich niemanden über meine Freundschaft mit Deepak informiert und ihm auf eigene Faust hinterherspioniert habe. Daran habe ich immer noch ganz schön zu knabbern. Ich habe mich so sehr darauf konzentriert, ihnen zu beweisen, dass sie sich irren. Und deswegen ist mir völlig entgangen, dass das Mädchen, das letzte Woche ermordet aufgefunden wurde, Michael Braintrees Freundin war. Es wäre meine Aufgabe gewesen, die Hauspost durchzusehen, solange John weg war, aber ich war einfach zu sehr mit dem anderen beschäftigt. Hätte ich die Post geöffnet und die Fotos von der Leiche gesehen, wäre es mir sofort aufgefallen.«

Amina strich ihm übers Gesicht. Sie konnte ihn nicht verurteilen, das hatten andere schon zur Genüge getan. »Ach, Khalid, es tut mir so Leid, das muss ja ein furchtbarer Tag für dich gewesen sein.« Sie schwieg eine Weile, bevor sie eine schwierige Frage stellte. »Was willst du nur deinem Vater sagen?«

Ali zuckte mit den Schultern. »Die Wahrheit. Und ich werde ihm dringend raten, über alles, was ich ihm sage, strengstes Stillschweigen zu bewahren.«

»Das wird ihm aber gar nicht gefallen.«

»Nein, das weiß ich. Er wird mir wieder etwas

über Loyalitätskonflikte vorbeten, und damit hat er ja Recht, die bestehen tatsächlich. John sieht das Problem genauso, obwohl ich glaube, dass er es versteht – zumindest bis zu einem gewissen Grad. Trotzdem hat er mir gesagt, wenn ich mich nicht entscheiden kann, mit welcher Seite ich es halten will, dann soll ich den Polizeidienst lieber quittieren.« Er fuhr sich mit den Händen übers Gesicht. »Ich grüble schon den ganzen Tag darüber nach. Ich kann nicht länger zwei Leben führen, Amina. Nicht nur das. Diese Geschichte hat mir auch gezeigt, dass ich wählen muss, ob ich endlich mein eigenes Leben führen oder den Rest meines Lebens der Sohn meines Vaters sein will. Anscheinend sind diese beiden Leben nicht miteinander vereinbar.«

»Und, hast du dich schon entschieden?«

»Ja, ich glaube schon. Ich liebe und achte meinen Vater sehr. Er ist in dieses Land gekommen, um seiner Familie ein besseres Leben zu ermöglichen, und es ist ihm gelungen. Aber er gehört einer Generation an, die sich nach der alten Kultur sehnt und ihre traditionellen Werte über alles andere stellt. Damit mag er Recht haben, aber Tatsache ist, dass das nicht mehr meine Werte sind. Der Islam ist meine Religion, aber ich gehöre nicht mehr der gleichen Kultur an wie er. Es ist unmöglich, ich bin Detective und muss mich neutral verhalten, selbst gegenüber meiner Familie und den Freunden. Mein Vater wird das nie verstehen. Aber was Deepak betrifft, muss ich das so halten, ich muss ihn so sehen, wie er wirklich ist. Er lässt weiße Frauen für sich als Prostituierte arbeiten und schlägt sogar Profit daraus, dass Kinder sexuell missbraucht werden – von Typen, die genauso kriminell sind wie er. Er nutzt halbwüchsige weiße Jungen aus, die Geld brauchen und die ihm dann diese Mädchen zuführen. Und was am allerschlimmsten ist, ich habe den Verdacht, er benutzt Younis dazu, diese Jungen auf die Verdienstmöglichkeiten bei ihm aufmerksam zu machen.«

Amina war entsetzt. »O nein, Khalid! Die arme Shagufta! Darf ich wirklich nicht zu ihr gehen?«

»Nein, Amina, im Moment nicht, tut mir Leid. Wir haben bisher keine Ahnung, ob sie nicht ebenfalls involviert ist. Vielleicht kannst du später wieder zu ihr, wenn das alles mal vorüber ist.«

Amina schwieg. Das würde alles sehr schwierig werden.

Khalid nahm ihre Hand, und sie spürte sein Mitgefühl. »Ich weiß, wie du dich fühlst, Amina, aber ich kann nicht länger zwei Herren dienen.«

»Nein, das verstehe ich, und ich bin froh, dass du jetzt so klar siehst. Es hat dich schon lange genug innerlich zerrissen.«

Er stand auf. »Kann das Essen noch eine Weile warten? Ich muss jetzt unbedingt erst meinen Vater besuchen.«

»Natürlich.« Sie sah ihn lange an. »Du wirst dich doch nicht umstimmen lassen, oder?«

»Nein, bestimmt nicht.«

»Ganz gleich, was dein Vater sagt?«

»Ganz gleich, was er sagt.«

Als Susan Forrester am nächsten Morgen wieder in ihrem Büro saß, war ihre bedrückendste Erinnerung an den Abend davor nicht die Kälte, mit der ihr Mann ihr begegnet war, auch nicht, dass er ständig ihrem Blick ausgewichen war, ja nicht einmal der überwältigende Schmerz, als er ihr diese scheußlichen Dinge an den

Kopf geworfen hatte – es war vielmehr die Silhouette des Hauses gewesen, die sich dunkel gegen den samtblauen Himmel abgehoben hatte, als sie in die Einfahrt eingebogen war. Eine Welle des Unbehagens hatte sie durchschauert, als sie nach oben blickte und die scharfen Umrisse der Mauern, des Dachs und der Schornsteine betrachtete, die sich in dem unheimlichen Halbdunkel abzeichneten, und bei diesem Anblick hatte sie plötzlich glasklar ihre Einsamkeit verspürt.

Jetzt starrte sie die beigefarbenen Wände ihres kleinen Büros an und ließ die Aussage, die sie gerade las, auf den Schreibtisch fallen, während die Erinnerung an den gestrigen Abend wieder in ihr hochstieg.

Sie hatte ihren Wagen neben Tonis geparkt und war fast froh gewesen, dass dort nicht der Firmenwagen stand, in dem er die Stricherin mitgenommen hatte. Denn trotz seiner Leugnungsversuche gegenüber Noble und Archer bestand kaum ein Zweifel daran, dass er es gewesen war. Er nahm es viel zu genau mit allem, als dass er vergessen hätte, sich aus dem Fahrtenbuch des Firmenwagens auszutragen.

Tony hatte sich in einen Wohnzimmersessel gelümmelt und den ausgeschalteten Fernsehbildschirm angestarrt. In der Hand hielt er ein leeres Glas.

»Tony?«

Er hatte aufgeblickt, aber nichts gesagt. Schließlich hatte er die Augen wieder auf den Fernseher gerichtet.

»Tony, ich musste das tun, ich hatte keine andere Wahl.«

Er starrte weiter auf den toten Bildschirm. »Ach nein!«

Die Kälte seiner Stimme versetzte ihr einen Stich und kroch in jede Faser ihres Körpers.

Eine Weile herrschte Schweigen. Dann stützte er sich auf die Armlehne des Sessels und stand auf. Er schlurfte mit unsicherem Schritt zur Hausbar und goss sich noch einen großzügig bemessenen Whisky ein. Susan bot er nichts an.

»Findest du nicht, dass es langsam reicht?«

Er warf ihr einen wütenden Blick zu. »Jetzt komm du nicht und sag mir, dass es reicht.« Er nahm einen großen Schluck. »Schließlich passiert es einem nicht jeden Tag, dass die eigene Frau einem die Polizei auf den Hals hetzt. Ich glaube, darauf sollte ich wohl noch einen trinken dürfen, meinst du nicht?« Er prostete ihr zu und nahm einen weiteren großen Schluck. »Du glaubst also, dass ich zu Prostituierten gehe? Na, dann lass dir sagen, Frau Kommissarin, dass das nicht stimmt – obwohl jedermann vollstes Verständnis dafür hätte – bei so einer frigiden Tusse als Frau wie du. Ich komm eben zu Hause nicht richtig zum Zug, meinst du nicht?«

Der Vorwurf stand zwischen ihnen im Raum. Sie konnte ihn nicht entkräften. »Ich bin zur Zeit einfach nur müde, das ist alles. Wenn dieser Fall erst mal abgeschlossen ist – «

»Dann gibt es den nächsten, und danach den übernächsten und den überübernächsten.«

Er kam schwankend auf sie zu und sein Gesicht war dicht vor ihrem. Seine Whiskyfahne warf sie fast um. »Als ich damals, vor all den Jahren, vor den Altar trat, da dachte ich, ich würde eine Frau bekommen und vielleicht auch mal Kinder und nicht nur eine Horde Bullen im Schlepptau.« Er stolperte ein paar Schritte rückwärts. »Tut mir Leid, Ma'am – Polizeibeamte – wollte ich sagen.«

»Du hast eine Frau bekommen.«

»Aber keine Kinder; dazu warst du viel zu sehr mit deinem Beruf verheiratet. Kinder würden dir doch nur die Karriere versauen.«

Ihr entfuhr ein tiefer Seufzer. Sie beobachtete ihn, wie er sich wieder in den Sessel fallen ließ. »Das warst doch du in diesem Wagen, oder?«, fragte sie. »Du hattest dich ins Fahrtenbuch eingetragen, und dein eigener Wagen stand die ganze Nacht hier.« Sie schwieg eine Weile. »Hast du gedacht, ich würde das nicht merken, Tony? Ich hab mir furchtbare Sorgen gemacht. Kein Anruf, keine Erklärung, wo du warst.«

Er beachtete ihre Kritik gar nicht. »Du hättest mir nicht diese beiden Kollegen schicken sollen, um mich zu verhören, Susan. Das hättest du mich selbst fragen können.«

Jetzt war sie an der Reihe zu fragen. »Warum sollte es unbedingt eine junge sein, Tony?« Sie musste das wissen.

»Warum nicht?« Sein Kopf sank nach vorne.

»Wie jung?«

Er hob den Kopf und zeigte mit dem Finger auf sie. »O nein, so kriegst du mich nicht. Ich hab an diesem Abend dort keine Prostituierte mitgenommen, und für alles andere hast du keine Beweise.«

Er lehnte sich in dem Sessel zurück. Einen Augenblick lang dachte sie, er wäre betrunken eingeschlafen, aber plötzlich hob er den Kopf und brüllte beinahe nüchtern los: »Menschenskind, Susan, du glaubst doch nicht etwa, dass ich diese Mädchen ermordet habe?«

»Nein. Nein, das glaube ich nicht.« Ihre Stimme erstarb zu einem Flüstern.

»Doch, das tust du.« Er stand auf und sein Gang war jetzt wieder ganz normal. »Du Miststück. Schon bin ich einer deiner Verdächtigen, nur weil du meinst, dass ich mit einer Prostituierten zusammen war.«

»Du hast nach einer jungen gefragt, Tony.«

»Aber doch nicht so jung. Wofür hältst du mich?«

Dann fiel es ihr plötzlich wieder ein. Der Gedanke schlug bei ihr ein wie eine Bombe. »Als ich am Donnerstagabend an den Tatort gerufen wurde«, sagte sie mit zittriger Stimme, »da wolltest du nicht, dass ich hingehe. Du hast gesagt, diesmal kann doch auch mal jemand anderes gehen, denn der Mörder bringt schließlich keine jungen Mädchen um, sondern *angehende Nutten.*«

Sie fixierte ihn mit ihrem Blick. »Woher hast du gewusst, dass diese ermordeten Mädchen Prostituierte waren, Tony? Das war ein Detail, das ich an niemanden weitergegeben habe – nicht mal an dich.«

KAPITEL 16

Es war schon spät am nächsten Morgen, als Leah aufwachte. Sie räkelte sich und drehte sich zu dem Mann hin, der neben ihr lag. Er schlief mit dem Rücken zu ihr und man hörte seine gleichmäßigen Atemzüge. Seine schwarzen Haare waren zerzaust und ein Büschel oben am Kopf stand ab; die Haare zu bürsten würde da nicht ausreichen, um sie glatt zu bekommen, dachte sie, man müsste sie sicher waschen. Um die Wunde seitlich am Gesicht hatte sich ein großer, dunkler Bluterguss gebildet. Sie hatte ihn gedrängt, er solle sich nicht in Streitigkeiten mit unverschämten Freiern einmischen, dazu würde er doch schließlich Dwayne Varley bezahlen.

Sie richtete sich auf und stützte den Kopf auf ihre Hand. Das Bettzeug fühlte sich schön seidig an, besser als das in ihrem Bett. Das obere Laken war Deepak bis auf die Hüfte hinuntergerutscht, und das Weiß bildete einen schönen Kontrast zu seiner glatten braunen Haut und seinem makellosen Körper.

Er hatte nichts davon gesagt, dass sie von jetzt an bei ihm bleiben sollte, aber sie wusste, sie würde es genießen, hier über dem Fitnesscenter zu wohnen. Sie würde für ihn sorgen, besser als irgendjemand zuvor. Er hätte sicher nie mehr einen Grund, sie zu schlagen oder sie wieder wegzuschicken.

Gestern Nacht hatte er sie leidenschaftlich geliebt, wild und grob, aber nicht wie die Männer, die zu Alice ins Haus kamen. Für die ging es nur um Sex; für ihn ging es um Liebe, da war sie sich ganz sicher. Sie hatte ihm ein Kondom angeboten, aber er hatte gesagt, er brauche keins. »Wenn ich mit einer Frau schlafe«, hatte er gesagt, »dann will ich das ohne Einschränkung tun.«

»Aber was ist, wenn ich schwanger werde?«, hatte sie gefragt. »Alice hat gesagt, dann würdest du mich wegschicken.«

Er hatte sie ausgelacht. »Das gilt nur, wenn du von einem der Freier schwanger wirst. Wenn das Kind von mir ist, wäre das natürlich was anderes. Es wäre ein Kind der Liebe.« Dann hatte er sie geküsst und ihr dabei seine Zunge tief in den Mund gestoßen.

Die Freier küsste sie nie, nur Deepak.

Sie hoffte sehnsüchtig, dass sie ein Kind von Deepak bekäme. Es wäre ein richtiges Wunschkind und würde sie beide glücklich machen.

Sie hob den Kopf, um die rot leuchtenden Zahlen auf der Weckuhr sehen zu können. Halb zehn. Die Vorhänge waren ein Stück weit vorgezogen, verschlossen aber das Fenster nicht ganz, und sie konnte die Sandsteinmauern der Nachbargebäude erkennen. Ein gelblicher Lichtschein fiel ins Zimmer. Die Wohnung lag im obersten Geschoss – sein Penthouse, wie Deepak sie nannte. Sie wusste zwar nicht genau, was ein Penthouse war, aber es klang so, wie die Wohnungen von Popstars immer beschrieben wurden. Todschick, aber den Blicken der Öffentlichkeit entzogen.

Deepak regte sich und begann sich zu räkeln. Dann drehte er sich zu ihr um. »Du bist immer noch hier?«, fragte er. »Wann wollte Alice dich abholen?«

»Sie hat gesagt, so um halb elf. Aber ich muss nicht gehen, Deepak. Ich könnte doch hier bei dir bleiben.«

Er lachte. »Das hättest du wohl gern.«

Er stieß die Decke zurück, richtete seinen nackten Oberkörper auf und stellte die Beine schwungvoll auf den Boden. Ohne sich umzudrehen, sagte er: »Zieh dich an, und dann mach dich hier nützlich. Du kannst Frühstück machen. Kaffee und Toast, mehr brauche ich nicht. Ich gehe in der Zwischenzeit mal unter die Dusche.« Er stapfte Richtung Tür. »Ach, und bevor Alice kommt, zieh das Bett ab und steck die Laken in die Waschmaschine. Und dann zieh Leine. Es ist nicht kalt heute, du kannst draußen auf sie warten.«

Mit diesen Worten verschwand er ins Badezimmer. Sekunden später hörte Leah, wie das Wasser in der Dusche herunterprasselte.

Ali verließ gerade das Präsidium, als Handford kam.

»Sie sehen ganz schön k.o. aus«, meinte er.

»Hab letzte Nacht nicht viel geschlafen«, erwiderte Handford.

»Ich auch nicht.« Er schwieg einen Augenblick. »Ich hab meinem Vater gesagt, dass er die Azams eine Zeit lang nicht treffen soll.«

»Und, wie hat er es aufgenommen?«

»Nicht besonders gut.«

Sie gingen zusammen den Korridor hinunter. »Tut mir Leid, Khalid, wir haben Ihnen gestern stark zugesetzt«, sagte Handford.

»Nicht stärker, als ich es verdient habe. Und außerdem, das Gespräch mit meinem Vater war noch viel schlimmer.«

Handford öffnete die Tür zu seinem Büro und ließ

Ali den Vortritt. »Sie wissen schon, ich muss Sie fragen, was Sie beide genau besprochen haben.«

»Ja.«

Handford bedeutete seinem Sergeant, Platz zu nehmen. Er selbst setzte sich auf die Schreibtischkante und wartete.

Schließlich hob Ali den Blick und sah seinen Chef an. »Ich hab ihm gesagt, dass gegen Deepak Ermittlungen laufen und dass wir wegen meiner Stellung den Kontakt zu seiner Familie auf Eis legen sollten, bis das Ganze geklärt ist. Er hat mich gefragt, welches Verbrechen Deepak denn begangen haben soll.«

»Und was haben Sie ihm erzählt?«

»Die Wahrheit. Meinem Vater kann man nichts anderes erzählen.«

»Und?«

»Er war in einer schwierigen Lage. Einerseits glaubte er mir, andererseits aber konnte er die Anschuldigungen gegen Deepak einfach nicht ernst nehmen. Schließlich willigte er ein – um meinetwillen –, sich nicht mit ihm zu treffen, bis der Fall geklärt ist, doch er weigerte sich, auch den Kontakt zu Deepaks Vater abzubrechen. Die beiden sind schon so lange befreundet, und mein Vater will nicht illoyal sein. Er hat mir versprochen, mit ihm nicht über unsere Ermittlungen zu sprechen.«

»Und das glauben Sie ihm?«

»Natürlich glaube ich ihm das, John; er ist mein Vater.«

Handford hoffte, dass Ali Recht hatte. Vielleicht erlebte Alis Vater jetzt mal am eigenen Leib diese innere Zerreißprobe und denselben Loyalitätskonflikt, den er seinem Sohn immer unterstellt hatte. Vielleicht würde er ihn am Ende besser verstehen, aber das waren Einsichten und Erkenntnisse, die man am besten ihm selbst überließ. »Und wie geht es Ihnen, Khalid, wie fühlen Sie sich jetzt?«

»In zwei Teile gerissen, aber das heilt schon wieder.«

Handford legte ihm ermutigend die Hand auf die Schulter, dann ging er hinüber zu seinem Schreibtischstuhl. »Und was steht jetzt als Nächstes auf Ihrem Programm?«

Ali lächelte. »Ich werde bei Dwayne Varley den morgendlichen Weckdienst höchstpersönlich übernehmen.«

»Es geht doch nichts über die persönliche Betreuung seiner Kunden«, bemerkte Handford. »Wer geht mit Ihnen?«

»Graham.«

»Gut.« Graham war ein fähiger Mann und gleichzeitig auch körperlich in der Lage, Varley Paroli zu bieten, wenn der unangenehm werden sollte. »Halten Sie mich auf dem Laufenden.«

»Mach ich.«

Als Ali gegangen war, nahm Handford seine Aktenmappe und zog einen Stapel Unterlagen heraus. Immer diese Familien, ständig nur Scherereien! Er hatte genügend Probleme mit seiner eigenen Familie und wollte sich jetzt nicht auch noch um die seines Sergeants kümmern. Und seine eigene hatte ihn die halbe Nacht über wach gehalten. Als Nicola schlafen gegangen war, hatten er und Gill bis weit nach drei Uhr die verschiedenen Möglichkeiten durchgesprochen, und am Ende war auch nicht mehr dabei herausgekommen, als sie sowieso schon gewusst hatten: Ihre Tochter konnte entweder abtreiben oder die Schwangerschaft fortsetzen und die Statistik der Teenager-

Mütter erhöhen. Adoption, da waren sie sich sicher, war zwar theoretisch nicht ausgeschlossen, käme aber vermutlich für sie nicht in Frage. Das war ein ziemlich dürftiges Ergebnis für vier Stunden Diskussion.

Er ließ die Mappe neben dem Schreibtisch auf den Boden fallen und setzte sich bequem auf seinem Stuhl zurecht. Geistesabwesend studierte er den Inhalt seines Posteingangskörbchens. Sie waren sich nicht mal einig geworden, was sie ihrer Tochter raten sollten. Während er eher für eine Abtreibung war, hatte Gill da ihre Zweifel. Sie sah durchaus die Probleme, die auftauchen würden, wenn Nicola das Baby bekam. Zugleich aber konnte sie sich auch das Trauma vorstellen, unter dem ihre Tochter vielleicht zeitlebens leiden würde, wenn sie eine Abtreibung machen ließe.

Widerwillig überflog er Verhörprotokolle, Ergebnisse aus Routinebefragungen und kriminaltechnischen Untersuchungen sowie die Hauspost. Dabei machte er sich Notizen, welchen Punkten er weiter nachgehen wollte. Zuletzt prüfte er mit einem Blick auf die Uhr die Einträge im Nachtprotokollbuch und überflog die Fallakten, die zur morgendlichen Besprechung mit dem DCI anstanden.

Als er sich auf den Weg zu Russells Büro machte, beschlich Handford ein wachsendes Unbehagen. In den letzten Tagen war eine Menge geschehen, bei dem er selbst eine nicht unwesentliche Rolle gespielt hatte, und er war sich unsicher, wie er sich in der jetzigen Situation dem DCI gegenüber verhalten sollte. Da Forrester den Fall Braintree noch nicht dem Morddezernat zugeteilt hatte, mussten sie sich weiter damit befassen. Aber auch Russell war nicht suspendiert worden, demzufolge war er immer noch sein Vorgesetzter und als solcher dazu berechtigt, über die Verbindung zwischen Michael und den ermordeten Mädchen informiert zu werden. Doch als Verdächtiger in den Hauptermittlungen – durfte er da überhaupt erfahren, welche Ermittlungsschritte geplant waren? Es war ein verheerendes Durcheinander, aber dafür war Handford nicht verantwortlich. Wenn seine Vorgesetzten darauf bestanden, dass er in zwei feindlichen Lagern gleichzeitig arbeiten sollte, dann musste er eben selbst dafür sorgen, dass er die beiden Bereiche so getrennt wie möglich behandelte. Wenn es in den Grenzbereichen zu Interessenkonflikten kam, dann war das nicht seine Schuld. Dennoch fühlte er sich in der Zwickmühle, und bei seinem nächsten Gespräch mit James Sanderson würde er darauf bestehen, dass man ihn entweder von einer der beiden Ermittlungen abzog oder aber dass die beiden Ermittlungen zusammengefasst und dadurch Russells Einfluss entzogen würden. In der Zwischenzeit konnte man ja im Fall Braintree versuchen herauszubekommen, warum der DCI Michaels Meldung mit »keine weiteren Maßnahmen« gekennzeichnet hatte.

Es war keine erfreuliche Besprechung. Die angespannte Atmosphäre zwischen den beiden Männern vermischte sich unangenehm mit dem Duft des frisch aufgebrühten Kaffees. Gleißendes Licht drang durch die Jalousie und Staubkörnchen tanzten auf den schräg einfallenden Sonnenstrahlen. Der Ventilator summte unaufhörlich und verstärkte das Brummen in Handfords Schädel zu einem zermürbenden Ohrensausen. Russell saß an seinem Schreibtisch und sah aus, als hätte ihm jemand den Stecker rausgezogen. Den Tonbändern des gestrigen Verhörs konnte man entnehmen, dass er mit hoher Wahrscheinlichkeit wusste, dass das ermordete Mädchen die gemeinsame Tochter von ihm und Catherine Walsh war. Doch um sicherzugehen, musste man die offizielle Identifizierung abwarten, und dieses Warten zerrte an seinen Nerven. Als er Handford hereinkommen sah, bedachte er ihn mit einem kurzen Lächeln, doch seine Augen blieben dabei ernst. Er bot Handford einen Stuhl an, und der Inspector ließ sich dankbar darauf nieder.

Die beiden Männer kamen unverzüglich zur Sache. In der vergangenen Nacht war kaum etwas vorgefallen, und sie teilten die notwendigen Ermittlungen rasch einzelnen Detectives zu. Von den laufenden Ermittlungen standen zwei kurz vor dem Abschluss, und bei drei anderen Fällen schienen die Beamten in eine Sackgasse geraten zu sein. Die übrigen entwickelten sich günstig.

»Was ist mit dem Fall Braintree? Kommt Ali da voran?«

Handford antwortete ausweichend. »Ein bisschen«, erwiderte er. Dann erklärte er, wohin Ali am Morgen gegangen war. »Es besteht die Möglichkeit, dass Dwayne Varley bei der Ermordung von Michael Braintree die Hand im Spiel hatte. Die Kriminaltechniker haben einen Schweißfleck und zwei blonde Kopfhaare auf Michaels T-Shirt gefunden. Die Sachen sind gerade bei der DNA-Analyse.«

Russell dachte eine Weile über diese Mitteilung nach, dann stand er urplötzlich wieder unter Strom, der Stecker war wieder drin, und er verwandelte sich zurück in den Vorgesetzten, den Handford sonst kannte.

»Sollte man vor der Vernehmung nicht lieber noch auf die Ergebnisse warten? Soweit ich verstehe, ist Dwayne Varley nur deswegen ein Verdächtiger, weil er blond ist. Wenn ich mich richtig entsinne, hat die

Befragung der Nachbarschaft nichts ergeben. Keiner hat am Mordtag irgendetwas gehört oder gesehen. Der einzige brauchbare Hinweis stammt von einer Frau aus der nächsten Straße, die ausgesagt hat, dass ein blauer Lieferwagen zur fraglichen Zeit vor ihrem Haus geparkt hat. Sie hat ihn weder kommen noch wegfahren sehen und sich auch nicht das Kennzeichen aufgeschrieben. Sie meint, irgendwann am Nachmittag quietschende Bremsen gehört zu haben, doch sie kann nicht genau sagen, wann. Sie hat allerdings nachgeschaut und gesehen, dass der Lieferwagen wieder weg war. Und all das führt uns auf wunderbare Weise zu Dwayne Varley. Das ist schon ein ziemlich großer Gedankensprung, meinen Sie nicht auch? Aber vielleicht hat er ja einen blauen Lieferwagen, auf den die Beschreibung der Frau passt?«

Während dieses Redeschwalls ließ Handford den Blick über seine Unterlagen schweifen. »Nein, Sir, aber ein solcher Lieferwagen ist auf Martin Johnson angemeldet, mit dem Varley bekanntermaßen oft zusammen ist. Und sowohl Johnson als auch Varley arbeiten im Fitnesscenter. Wir lassen den Wagen zur kriminaltechnischen Untersuchung herbringen.«

»Sie werden handfestere Beweise brauchen, als dass Varley den Wagen gefahren hat, wenn Sie eine Verbindung zwischen ihm und dem Mord an Braintree herstellen wollen.«

»Das ist mir schon klar, Sir.« Handford wurde langsam ärgerlich.

»Also, Inspector, erklären Sie mir mal, warum Sie ausgerechnet auf Dwayne Varley kommen? Abgesehen von seinen blonden Haaren natürlich.«

»Aufgrund seiner Verbindung zu Deepak Azam.«

Beklommenes Schweigen breitete sich plötzlich im

Raum aus. Russell stand auf und ging zum Fenster hinüber. Er zog die Jalousie auf und ließ damit schlagartig das blendende Sonnenlicht herein. Handford legte sich schützend die Hand über die Augen.

Ohne sich umzudrehen, sagte Russell: »Wie passt Deepak Azam in die Ermittlungen im Fall Braintree?«

Handford legte seine Akten auf den Schreibtisch. Er nahm sich Zeit, um seine Antwort richtig zu formulieren.

»Kaffee, Sir?«, fragte er und ging hinüber zur Kaffeemaschine.

»Bitte.«

Handford reichte ihm seine Tasse und schilderte ihm dabei Alis Verhör mit Daniel Emmott, den Vorfall im Fitnesscenter und schließlich Sergeant Alis Beziehung zu Deepak Azam. »Er sagt, er hat das jetzt geregelt, und weder er noch seine Familie werden Azam treffen, bis die Sache abgeschlossen ist. Obwohl ich natürlich aus nahe liegenden Gründen dennoch vermeiden möchte, dass Ali bei irgendwelchen Verhören anwesend ist, die wir vielleicht mit Azam führen müssen.«

Russell blieb weiter am Fenster stehen, während Handford sprach. Doch als der Inspector fertig war, ging er wieder zu seinem Stuhl zurück und setzte sich. Er stellte die Tasse und Untertasse vor sich hin und blickte auf die dunkelbraune Flüssigkeit, als erwarte er von ihr eine Eingebung.

»Haben Sie Indizien, die die Aussage des jungen Emmotts untermauern?«

»Noch nicht. Die von der Sitte verdächtigen Azam schon seit langem der Zuhälterei, obgleich sie ihm nie was nachweisen konnten. Aber der Hinweis von

Daniel scheint ziemlich aufschlussreich. Er wird natürlich noch genau überprüft, aber Sie müssen zugeben, Stephen, man bräuchte wirklich eine blühende Fantasie, um sich so was auszudenken. Die Tatsache, dass Hannah Michael Braintrees Freundin war, erhöht zudem die Glaubwürdigkeit der Aussage.« Er blickte Russell nüchtern und prüfend an, mit der Art von Blick, mit dem sein Chef ihn selbst schon oft taxiert hatte. »Sie hat sich genau so verhalten, dass ein Zuhälter seiner Sorte auf sie aufmerksam werden konnte: Sie hatte tagelang wildfremden Menschen das Foto gezeigt, das sie von Ihnen hatte. Dabei ist es sehr wohl möglich, dass sie auch an Azam geraten ist. Vielleicht hat er Sie darauf erkannt, vielleicht aber auch nicht, oder vielleicht hat sie ihm erzählt, dass der Mann auf dem Foto ihr Vater ist. Ganz gleich, wie es sich abgespielt hat, wenn er das ist, wofür wir ihn halten, dann hätte er es sicher ausgenutzt, dass sie ihm damit die Möglichkeit bot, sich an sie heranzumachen. Jetzt musste er sie nur noch beobachten und herausfinden, ob sie zu ihm passte, dann konnte er sie fürs Erste Michael überlassen. Unglücklicherweise verliebte sich Michael in sie, und da er inzwischen ahnte, was für ein Spiel Azam trieb, versuchte er sie und sich selbst aus dieser Verstrickung herauszuziehen, indem er zu uns kam.«

Russell hob die Tasse an den Mund und nippte daran. »Das verändert auch meine Lage, hab ich Recht?«

»Ja, ich fürchte, das tut es. Es sieht tatsächlich seltsam aus, dass Sie veranlasst haben, Michaels Hinweis nicht weiter nachzugehen.«

Handford hatte nicht beabsichtigt, seine Bemerkung so feindselig klingen zu lassen. Doch als er sah, wie sein Chef die Lippen zusammenpresste, wurde ihm klar, dass sie bei ihm so angekommen war.

Nach einer Weile blickte Russell zu Handford auf. Zum ersten Mal sah sein Blick gehetzt aus, doch seine Stimme klang fest.

»Michael hat dem Constable gegenüber nicht viel rausgelassen«, sagte er. »Nur den Verdacht, dass seine Freundin in die Prostitution gelockt werden sollte. Er weigerte sich, zu sagen, warum ihm dieser Verdacht gekommen war, oder auch nur irgendwelche Details zu nennen, wie die Sache abgewickelt wurde oder wer dahinter steckte. Es gab nichts, woran man hätte anknüpfen können.« Er zögerte. »Außerdem haben wir keinerlei Hinweise, dass es hier in der Stadt so junge Mädchen als Prostituierte gibt.«

»Und hätte es diese Hinweise gegeben, dann hätten Sie sicher etwas getan. Doch da es sie nicht gab, taten Sie nichts. Nicht mal dann, als Michael ermordet worden war.«

Russell sah ihn mit zusammengekniffenen Augen an. »Schließlich *mache* ich hier nicht die Vorgaben für die Polizeiarbeit, Inspector, ich wende sie nur an.«

»Und dabei halten Sie sich immer ganz penibel an diese Vorgaben?« Handford leerte seine Tasse, und der Kaffee war plötzlich so bitter wie sein Tonfall.

Russell ignorierte die Frage. »Sie finden meine Erklärung fadenscheinig, nicht wahr?«

»Ja, Sir. Wenn ich mit so einer Begründung zu Ihnen gekommen wäre, dann hätten Sie mich richtig zusammengestaucht, verdientermaßen.«

»Vermutlich schon. Aber ich hätte Sie nicht so ohne Weiteres der Ermordung dieser jungen Mädchen verdächtigt, und um die geht es doch die ganze Zeit, oder?«

»Neben allem anderen – ja.«

Doch in Wahrheit waren die Indizien gegen Russell zu dürftig; jeder gute Detective, der seinen Dienstausweis zu Recht trug, würde das bestätigen. Alles, was sie gegen Russell in der Hand hatten, konnte rein auf Zufall beruhen. Um sicherzugehen, dass er etwas mit den Morden zu tun hatte, brauchten sie kriminaltechnische Beweise, Zeugen oder gar ein Geständnis. Sie hatten nichts davon, außerdem war Russells Motiv recht vage und die Wahrscheinlichkeit, dass er als Täter in Frage kam, gering. Seine Begründung war zwar fadenscheinig, aber das hieß nicht, dass sie nicht zutraf. Unzählige Fragen schwirrten in Handfords Kopf herum, aber im Augenblick war es nicht seine Aufgabe, sie alle zu stellen. Stattdessen ließ er Russell lieber eine Weile darüber brüten, was soeben zur Sprache gekommen war.

Handford stand auf und stellte seine Tasse auf das Tablett mit der Kaffeemaschine. »Ich sollte Ihnen das jetzt sicher nicht sagen, Stephen, aber Catherine kommt heute Vormittag mit ihrem Mann her, um Hannahs Leiche zu identifizieren. Ich weiß nicht, ob sie Sie sehen will oder ob Sie sie sehen wollen, aber sollte Hannah tatsächlich Ihre Tochter gewesen sein – und nach all dem, was Catherine mir erzählt hat, bin ich sicher, dass sie es war –, dann sollten Sie beide vielleicht miteinander reden. Und ...« Er schwieg.

»Reden Sie weiter.«

»Ich vermute, Mrs Forrester wird Sie nach der Identifizierung zumindest bitten, Urlaub zu nehmen, vielleicht werden Sie aber auch suspendiert.«

Leah saß auf den Stufen vor dem Fitnesscenter und wartete auf Alice. Sie war fest entschlossen, nicht zu weinen, obgleich sie das am liebsten getan hätte. Deepak wollte sie nicht haben; er hatte sie einfach wieder weggeschickt.

Ich könnte doch hier bei dir bleiben.

Das hättest du wohl gern.

Er hatte sie ausgelacht. Sie wollte es nicht glauben; gestern Abend war sie zu ihm gegangen, um mit ihm zu schlafen. Und um ihm zu gefallen. Und trotzdem hatte er sie weggeschickt.

Jetzt, wo sie so zusammengekauert dasaß, die Arme um die Knie geschlungen, dröhnte in ihrem Kopf der unerträgliche Lärm des bergauf rollenden Verkehrs auf der steilen Ausfallstraße. In diesem Moment beschloss sie abzuhauen. Vielleicht nach London. Dann würde es Deepak sicher Leid tun. Er würde sie suchen kommen, so wie sie sich in ihren Tagträumen immer ausmalte, dass ihre Mutter sie gesucht hatte, nachdem sie von den Pflegeeltern abgehauen war. Ihre Mutter hatte sie zwar nicht gefunden, aber Leah war sich ganz sicher, dass sie nach ihr gesucht hatte – nur einfach nicht am richtigen Ort.

Die Uhr am Rathausturm schlug zehn. Alice würde bald da sein. Sie beobachtete die geschäftig dahineilenden Passanten. Nicht einer würdigte sie eines zweiten Blicks oder fragte sie, was sie da mache. Keiner interessierte sich für sie. Sie richtete ihre Aufmerksamkeit wieder auf den Verkehr, auf die Autos, Lieferwagen, Busse, Lastwagen – alle fuhren in die Stadt hinein oder hinaus. Sie könnte einfach in einen der Lieferwagen oder Lastwagen klettern, sich verstecken und dorthin mitnehmen lassen, wohin er gerade fuhr. Da drüben zum Beispiel stand ein kleiner weißer Lieferwagen auf dem Bürgersteig. Die Heckklappe war offen und hinten ragten Holzbretter heraus, an die man ein weißes

Tuch gebunden hatte. Der Wagen hatte angehalten, um jemand abzusetzen. Wenn sie hinten hineinklettern könnte, ohne dass es irgendwer sah, könnte sie einfach irgendwohin mitfahren. Überall war es besser als bei Alice – sie hätte endlich ihre Ruhe vor den Spötteleien der anderen Mädchen, ihrem hämischen »Ich hab's dir doch gleich gesagt« und vor allem vor dem ewigen Nettsein zu den Freiern.

Fest entschlossen rappelte sie sich von der Treppenstufe auf, doch es war zu spät: Der Lieferwagen fuhr davon und sie hatte ihre Chance verpasst. Sie schlenderte zurück zum Eingang des Fitnesscenters, setzte sich wieder auf die Stufen und zog die Knie an die Brust. Die Tür des Cafés gegenüber ging auf, und der Duft frischer Backwaren wehte zu ihr herüber. Sofort dachte sie wieder an die Gerüche aus Alices' Bäckerei, und diese vermengten sich in ihrer Vorstellung mit dem Schweißgeruch der Männer beim Sex und mit Cindys schwerem, billigem Parfum. Ihr wurde übel und sie vergrub den Kopf zwischen den Knien, doch der verhasste Geruch drang durch den leichten Stoff ihres Kleides. Es war nichts weiter als ein naiver Traum gewesen, zu glauben, dass sie einfach in einen offenen Lieferwagen springen und von hier verschwinden könnte. Die würden sie nicht gehen lassen, sie würden nach ihr suchen, bis sie sie gefunden hätten. Die Erinnerung an die Frau mit der Narbe und die Schlagzeilen über den Müllsack-Mörder, der die Mädchen umbrachte, die versuchten, vor Deepak wegzulaufen, schlichen sich wieder in ihre Gedanken. Vor lauter Furcht krampfte sich ihr Magen zusammen. Sie hatte keine andere Wahl, sie musste zurück. Sie hob den Kopf, und als sie sich die Fahrer in den Autos und Lastwagen und die Fahrgäste in den Bussen so ansah, fragte sie sich, wie es wohl wäre, die Freiheit zu genießen, der sie schon ihr ganzes Leben lang verzweifelt hinterhergelaufen war.

Plötzlich sah sie, dass ein Wagen schneller als die anderen den Berg heraufgerast kam. Er scherte vor ihr zum Straßenrand aus und kam mit quietschenden Reifen im Halteverbot auf der Busspur zum Stehen. Doch das schien die drei Männer, die aus dem Wagen sprangen, nicht zu interessieren. Ein Busfahrer hupte wütend, und als sie ihn ignorierten, öffnete er das Fenster und brach in wütendes Schimpfen aus. Ein Mann aus dem Auto rannte auf den Bus zu, zog etwas aus seiner Brusttasche und hielt es dem Fahrer vor die Nase.

Sie erstarrte vor Schreck. Bullen! Zivilbullen. Sie waren hinter ihr her. Wollten sie verhaften, weil sie eine Prostituierte war.

Einer von ihnen rief dem Mann neben dem Bus zu: »Lass ihn doch!« Sie verließ ihren Platz auf der Treppe und drückte sich gegen die Wand neben der Tür. Doch ihre Angst war unnötig, denn die drei interessierten sich genauso wenig für sie wie alle anderen Passanten. Als wäre sie unsichtbar.

Fünf Minuten später kehrten sie mit Deepak zurück, den sie in ihre Mitte genommen hatten und an den Armen vorwärts zerrten. Er warf den Kopf herum und rief jemandem, den sie nicht sehen konnte, zu: »Sagen Sie meinem Anwalt und einem Vertreter der Asian Community, dass ich verhaftet wurde! Rufen Sie Iqbal Ahmed an, er ist der Beste!«

Wutentbrannt packte Leah einen der Polizisten am Arm. »Lasst ihn in Ruhe, ihr Schweine.« Einer der anderen beiden riss sie unsanft von ihm weg. Als sie Azam in den Wagen zerrten, schrie sie ihnen hinterher: »Ihr rassistischen Schweine! Lasst ihn in Ruhe!«

Aber die Polizisten achteten gar nicht auf sie. Als sie Deepak auf den Rücksitz stießen, schrie sie verzweifelt: »Deepak!« Aber vermutlich hatte er sie nicht gehört, denn er blickte nicht einmal zurück, als der Wagen mit quietschenden Reifen wendete, den Berg hinunterraste und sich in das Einbahnstraßensystem einfädelte. Sie sank wieder auf die Treppenstufe, und diesmal konnte sie ihre Tränen nicht zurückhalten. Unaufhörlich lief das Geschehen in ihrem Kopf ab wie ein Videoband. Ihr Schluchzen wurde immer heftiger, denn es war keiner da, der den entsprechenden Knopf drücken oder das Band überspielen konnte.

Da sie den Kopf so tief auf die Knie gesenkt hielt, bemerkte sie nicht die Gestalt, die auf sie zukam, bis sie spürte, dass jemand sie am Arm berührte. Sie blickte auf und erwartete, Alice zu sehen.

»Hallo«, sagte Joe und lächelte sie an.

Dwayne Varleys Wohnung lag im siebten Stock des Harold-Wilson-Blocks, knapp fünf Gehminuten vom Fitnesscenter entfernt. Man hatte die Gegend am Hang in den sechziger Jahren saniert und die zehn Blocks als städtisches Bauprojekt errichtet, um Wohnraum für die wachsende Bevölkerung zu schaffen. Eine Siedlung konnte man es schon damals kaum nennen, denn es waren nichts als zehn hohe Kästen hoch über der Stadt. Doch bei der aufstrebenden Nachkriegsgeneration galten sie als hochmodern und komfortabel. Im Laufe der Jahrzehnte zogen diese Bevölkerungskreise allerdings in die begehrteren Vorstadtlagen, und die Wohnblocks verkamen zunehmend zu einem sozialen Brennpunkt. Allmählich hatten in der Gegend unausweichlich Kleinkriminalität, Vandalismus und Drogenhandel die Oberhand gewonnen, und so hatte auch Dwayne Varley hier die Chance gehabt, eine Wohnung zu bekommen, als er aus dem Gefängnis entlassen worden war.

Ali verzog das Gesicht, als er seinen Blick über die Gebäude schweifen ließ. Der angeschmutzte Kieselrauputz der Außenmauern war von unzähligen Fußtritten oder Wurfgeschossen unten am Sockel schon ganz bröckelig geworden, ebenso auch an den Stellen in jedem Stockwerk, wo man Satellitenschüsseln angebracht hatte. Von den verrotteten Fenster- und Türrahmen blätterte die Farbe und auf den Balkonen hing die Wäsche an kurzen Leinen oder über den eisernen Geländern. Die Grünflächen rund um die Blocks waren mit Müll übersät und dienten als Friedhof für Einkaufswagen aus dem Supermarkt. Die meisten von ihnen waren zum Abtransport gestohlener Waren akquiriert und dann unbrauchbar gemacht worden, indem man ihnen die Räder abmontiert hatte.

Graham und Ali gingen aus lauter Angst, worauf sie als Nächstes treten würden, wachsam und auf Zehenspitzen über das Gras und betraten dann mit angehaltenem Atem das Erdgeschoss. Wie erwartet war der Lift außer Betrieb, also mussten sie die sieben Stockwerke bis zu Varleys Wohnung zu Fuß hinaufsteigen. Das Treppenhaus und die Korridore waren dunkel, und die Wände, Böden und Ecken verströmten einen scharfen Uringestank. In den Ecken der Außengänge sammelten sich gebrauchte Kondome und Spritzen, zusammengedrückte Getränkedosen und Styroporbehälter und die Überreste von Takeaway-Mahlzeiten, vermischt mit Erbrochenem. Die Bewohner, die sich daran störten, weigerten sich jedoch aus Angst vor Krankheiten, den Unrat wegzuräumen. Sie ertrugen lieber den Gestank, den Schmutz, die streunenden

Hunde und Katzen und neuerdings auch die Ratten, die sich in diesem ekligen Abfall anscheinend besonders wohl fühlten. Gelegentlich beschwerte sich jemand bei dem für den Bezirk zuständigen Stadtrat, und der leitete die Beschwerde dann an die Verwaltung weiter. Mit dem Hinweis auf die strengen Arbeitsschutzgesetze weigerte sich inzwischen auch die städtische Müllabfuhr, ihre Männer hierher zu schicken. Ein Stadtratssprecher hatte den Bewohnern versichert, die Blocks würden bald abgerissen und an ihrer Stelle attraktivere Wohnhäuser errichtet werden. Dieses Versprechen war fester Bestandteil jeden Parteiprogramms und wurde alljährlich im Vorfeld der Wahlen hoch und heilig abgegeben, doch sobald diese erst einmal vorüber waren, wurde das Projekt aufgrund knapper Kassen wieder auf die lange Bank geschoben. Und bei den Bugdetbeschlüssen waren dann die Wahlversprechen längst wieder vergessen.

Es war früh am Morgen, und zu Alis großer Erleichterung waren die Treppenflure noch wie ausgestorben. Kaum einer der Mieter hatte einen festen Job tagsüber; manche arbeiteten nachts, obgleich nicht immer in legalen Tätigkeiten, und da zudem Schulferien waren, lagen die meisten Bewohner vermutlich noch im Bett.

Ein leises Klopfen genügte nicht, um Dwayne Varley zu wecken, daher hämmerte Graham heftig gegen die Tür.

»Los, aufmachen, Varley, wir wissen, dass Sie hier sind. Aufmachen!«

Grunzlaute, gefolgt von einer Serie von Flüchen kündigte Varleys Eintreten in den Wachzustand an und seinen Wunsch, wieder in die Welt der Träume zurückzukehren. Die Detectives hörten, wie der Schlüssel im Schloss gedreht wurde, und sahen dann, dass sich die Tür so weit öffnete, wie es die Kette erlaubte. Sobald Varley die beiden Beamten durch den Spalt erblickte, wollte er die Tür wieder zuschlagen, doch Graham war schneller und sein großer Fuß schob sich in die Öffnung.

»Haut ab, ihr Wichser.«

»Na, das ist aber keine sehr nette Begrüßung, Dwayne. Wo wir uns doch auf den weiten Weg hierher gemacht haben, um Sie zu besuchen.« Graham setzte ein spöttisches Lächeln auf.

»Was wollt ihr? Ich hab nichts gemacht.«

»Wir wollen nur ein bisschen mit Ihnen plaudern, weiter nichts«, erwiderte Graham und sein Grinsen wurde noch breiter. »Jetzt kommen Sie schon, öffnen Sie die Tür und bitten Sie uns herein. Die Hausverwaltung wäre sicher nicht glücklich, wenn ich sie eintreten müsste.«

»Gut, dann zieh wenigstens deinen verdammten Fuß da weg.« Der Detective gehorchte, und Varley schloss den Spalt, nahm die Kette herunter und riss die Tür auf.

Seine blonden Locken waren zerzaust und er trug ein Unterhemd und Shorts, denen ein Besuch im Waschsalon nicht geschadet hätte. Ein kleiner Halbmond hing an einem Ohr und seine Oberarme waren übersät mit Tätowierungen. Er sah die Männer aus schlaftrunkenen Augen an und kratzte sich zuerst am Kopf, dann am Bauch, wobei er sein Unterhemd hochschob und seinen Waschbrettbauch präsentierte. Dann trat er einen Schritt zurück, um die beiden Männer hereinzulassen.

Die Sonne war noch nicht um die Westseite des Blocks herumgewandert, daher war es in der Wohnung noch ziemlich dunkel und Ali musste sich anstrengen, um Umrisse zu erkennen. Dann knipste Varley das Licht an und der Detective fragte sich, ob man sich diese Stromkosten nicht besser gespart hätte. Der enge Flur roch geradezu nach Armut. Die Tapete war mit Flecken und Schlieren übersät, über deren Herkunft Ali lieber nichts Genaueres wissen wollte, der Rest war heruntergerissen, als hätte jemand damit begonnen, die Wände zum Tapezieren vorzubereiten. An der einen Seite waren Umzugskisten aufgestapelt und schmutzige Straßen- und Sportschuhe lehnten an der Fußleiste. Der Mief aus der Küche konnte von allem Möglichen stammen, von einem Curry, von Pommes oder einem fettigen Pfannengericht. Was auch immer es gewesen war, es roch, als stünde es schon einige Zeit dort. Man konnte wetten, dass sich im Spülbecken das schmutzige Geschirr türmte. Aber vielleicht aß Varley ja auch immer direkt aus den Styroporbehältern.

»Ich sehe schon, richtig komfortable Verhältnisse hier«, bemerkte Ali.

»Na ja, wenn uns die Stadt nichts Besseres hinstellt, dann seh ich auch nicht ein, warum *ich* mich besonders drum kümmern sollte.«

Die Männer folgten ihm ins Wohnzimmer. Aus dem Schlafzimmer tönte es: »Wer ist das, Dwayne?«

»Dieser Paki-Bulle und noch ein anderer.«

»Dann sieh zu, dass du sie los wirst und komm wieder ins Bett.«

»Also immer noch mit Marilyn zusammen? Ich hätte gedacht, sie hätte inzwischen was Besseres gefunden«, sagte Graham. »Sie arbeitet wohl immer noch in dem Pub unten an der Straße?«

»Was geht Sie das an?«

»Und Sie, sind Sie immer noch Rausschmeißer bei Deepak Azam?«

»Ja, und?« Varley konnte seinen Ärger nicht länger verbergen. »Hören Sie, was wollen Sie eigentlich? Ich hab nichts getan, und Sie können mir auch nichts anhängen.«

Ali lächelte. »Allerdings ist die Kriminaltechnik inzwischen viel fortgeschrittener als damals, als man Sie das letzte Mal verknackt hat. Ich glaube also, wir können Ihnen sehr wohl was anhängen. Aber in der Zwischenzeit wollten wir uns eigentlich nur mal hier in der Wohnung umsehen und uns ein bisschen mit Ihnen unterhalten.«

Varley setzte zum Protest an, aber Ali schnitt ihm das Wort ab. »Wenn Ihnen das lieber ist, können wir Sie auch mitnehmen und auf dem Revier verhören, aber ich vermute mal, darüber wird sich Ihr Bewährungshelfer nicht gerade freuen, oder?«

Ohne auf eine Antwort zu warten, nickte Ali Graham zu. »Also, Mr Graham wird sich jetzt mal bei Ihnen etwas umsehen, und wir beide unterhalten uns derweil. Das ist Ihnen doch recht, oder?«

Varley machte den Mund wieder auf, aber nach einem Blick in Alis Gesicht beschloss er, sich die Bemerkung, die ihm auf den Lippen lag, doch lieber zu verkneifen. Stattdessen brummte er nur: »Meinetwegen, aber bringen Sie nichts durcheinander.«

»Ich geb mir Mühe«, versprach Graham. »Vielleicht könnten Sie Marilyn bitten, sich anzuziehen? Ich will sie nicht in Verlegenheit bringen.«

»Zieh dir was an!«, rief Varley ins andere Zimmer hinüber.

»Halt die Klappe!«, tönte es zurück.

»Halt sie doch selber.«

Graham zuckte die Schultern. »Immer noch frisch verliebt, ich seh schon«, murmelte er und begann die Sachen im Zimmer unter die Lupe zu nehmen.

Ali setzte sich auf eine Stuhlkante, nachdem er es sich verkniffen hatte, vorher mit der Hand darüber zu wischen. »Jetzt erzählen Sie mir mal, Dwayne, was genau machen Sie eigentlich für Azam?«

»Alles, was er mir zu tun gibt.«

»Und das wäre?«

»Zum Beispiel am Eingang stehen und aufpassen, dass keiner ins Fitnesscenter reinkommt, der nicht reinkommen soll.«

»So wie zum Beispiel gestern Abend.«

»Da war ich gerade mal kurz verschwunden, als die aufgekreuzt sind, sonst wären die nie reingekommen.«

»Und was ist mit Martin Johnson? Arbeitet der auch für Mr Azam?«

»Ja.«

»Und Mr Azam weiß, was Sie auf dem Kerbholz haben? Dass Sie beide noch auf Bewährung draußen sind?«

»Er sagt, das stört ihn nicht, und dass jeder eine zweite Chance verdient.«

»Und eine dritte und eine vierte«, bemerkte Graham, den Kopf in einen Schrank gesteckt.

Varley warf ihm einen bösen Blick zu.

»Und was tun Sie sonst noch so? Wenn Sie nicht gerade an der Tür stehen?«

»Alles, was er mir aufträgt.«

»Die Einkünfte von seinen Mädchen einsammeln?«

»Was für Mädchen?«

»Ach, was soll das, Dwayne? Von den Pferdchen, die er im Rennen hat.«

Varley nahm eine Packung Zigaretten vom Kaminsims und zog eine heraus. Er steckte sie sich zwischen die Lippen und zündete ein Streichholz an, hielt es an die Zigarette und der Tabak glühte beim ersten Zug hell auf. Dann klemmte er sich das abgebrannte Streichholz vorsichtig hinters Ohr und sagte: »Ich hab keine Ahnung von irgendwelchen Pferdchen.«

»Gut, aber vielleicht kennen Sie ja Michael Braintree?«

Varley hätte die Verhörmethoden der Polizei inzwischen eigentlich kennen müssen – so oft, wie er das schon mitgemacht hatte –, aber der plötzliche Richtungswechsel überrumpelte ihn dennoch. Er spielte auf Zeit. »Wen?«

»Michael Braintree. Er war Mitglied im Fitnesscenter.«

Varley zog wieder an seiner Zigarette. »Er und ein paar tausend andere.«

»Er ist letzte Woche ermordet worden. Durch einen Karateschlag gegen den Hals. Stand groß und breit in den Zeitungen.«

»Ich lese keine Zeitungen.«

»Aber die hier lesen Sie, nicht wahr?« Graham kam mit einem Stapel Magazine zurück. »*Kampfsport.* Oder hier: *Bodybuilding?*« Er warf sie einzeln auf das Sofa und las dabei die Titel vor. »Ich wette, manche davon kann man nicht im Zeitschriftenladen kaufen. Und das hier haben Sie sicher auch nicht aus dem Videoladen um die Ecke.« Er hielt die Kassette in die Höhe. »*Kampfkunst Teil Sechs – Lautlose Tötungsmethoden*. Gehört die Ihnen?«

»Die seh ich zum ersten Mal.«

»Was hat sie dann in Ihrem Videorecorder zu suchen?«

»Die haben Sie reingetan, Sie versuchen mir was anzuhängen.«

»Sie machen Kampfsport, Dwayne?«

Er sah die Beamten an, als wäge er den Grund für diese Frage ab. »Ein bisschen.«

Ali lächelte ihn an. »Ach, kommen Sie schon, Dwayne, nicht so bescheiden. Ich hab mal gehört, Sie tragen den schwarzen Gürtel.«

»Wirklich?«

»Ein Karateschlag gegen den Hals, das ist doch eine Methode, lautlos zu töten, oder?«

Varley schwieg, offensichtlich wollte er sich nicht selbst belasten.

Ali stand auf. »Ich glaube, wir setzen diese Unterhaltung besser im Präsidium fort, meinen Sie nicht?«

Varley geriet ins Schwimmen. »Das können Sie nicht mit mir machen. Ich hab nichts getan. Ich hab diesen Typ nicht umgebracht.«

Ali packte ihn an seinem Unterhemd. »Das können Sie ja dann zu Protokoll geben, es wird dort auf Tonband aufgenommen. Jetzt ziehen Sie sich an, Dwayne. Geh mit ihm, Dave.«

Graham verzog das Gesicht, was besagte, dass er sich etwas Schöneres vorstellen konnte. Er packte Dwayne an der Schulter und schob ihn in Richtung Schlafzimmer.

»Los, kommen Sie, Dwayne«, sagte er. »Anziehen.«

Handford blickte auf seine Uhr. Er hatte noch Zeit, Russells Alibi zu überprüfen, bevor er in die Gerichtsmedizin ging. Um den DCI zu schonen, beschloss er, seine Nachforschungen ohne viel Aufhebens anzustellen. Daher befragte er die beiden Frauen – Vanessa im Fitnesscenter und Marion Hartley in ihrer Therapiepraxis – telefonisch, anstatt sie persönlich aufzusuchen.

Vanessa war sehr hilfsbereit. Ja, Mr Russell war am fraglichen Tag zu seinem Termin für die Rückenmassage gekommen. Das hatte etwa eine halbe Stunde gedauert, also war er kurz nach acht fertig gewesen. Nein, sie würde der Polizei selbstverständlich eine Liste mit ihren Klienten der letzten Woche zukommen lassen. Hatte es etwas mit diesem armen Jungen zu tun, den man ermordet hatte? Er war so ein netter Kerl gewesen. Ja, sie würde alles tun, was in ihrer Macht stünde, um seinen Mörder zu fassen. »Wenn Sie wollen, kann ich mein Terminbuch in der Mittagspause ins Präsidium bringen, dann können Sie selber nachsehen.«

»Das wäre sehr hilfreich, Vanessa. Allerdings muss ich es vielleicht hier behalten. Es könnte als Beweismaterial dienen, Sie verstehen schon.«

»Kein Problem, ich führe sowieso immer ein Duplikat, nur für den Fall, dass ich eines verliere; manchmal bin ich so zerstreut.« Er fiel in ihr Lachen ein und dankte ihr für die Mithilfe.

Marion Hartley war nicht so entgegenkommend. Sie sei bereit, Mr Russells Bitte nachzukommen, sagte sie, obgleich sie nicht erkenne, warum das für die Polizei von Interesse sein könne.

Handford kommentierte die Bemerkung nicht; die Frau war ihm auf Anhieb unsympathisch. »Vielleicht könnten Sie mir ja sagen, um welche Zeit Mr Russell zu seinem Termin am Donnerstagabend eintraf und wann er wieder fortging.«

»Sein Termin war um halb neun; er blieb eine halbe Stunde, bis neun Uhr. Wenn Sie meinen Terminkalender einsehen wollen, den kann ich Ihnen problemlos zeigen.«

»Danke, Miss Hartley, das wäre sehr hilfreich. Ich werde Ihnen jemanden vorbeischicken. Sie bekommen eine Quittung und ich gebe ihn so bald wie möglich zurück, aber es kann einige Zeit dauern.«

Ein tiefer Seufzer entfuhr der Frau am anderen Ende der Leitung. »Ich habe gesagt, dass Sie ihn einsehen können, Inspector, nicht mitnehmen. Alle meine Klienten stehen in diesem Buch, und ihre Namen sind vertraulich. Ich versuche Ihren Wünschen zu entsprechen, weil Stephen mich darum gebeten hat, aber ich muss gestehen, dass ich es eigentlich sehr ungern tue.«

Handford schluckte seinen wachsenden Ärger herunter. »Mich interessiert nicht, wer Ihre anderen Klienten sind, Miss Hartley ...«

»Dann brauchen Sie ja auch nicht den ganzen Terminkalender. Wenn Sie jedoch darauf bestehen, ihn mitzunehmen, dann müssen Sie mir schon einen Durchsuchungsbefehl vorlegen.«

Das hatte ja gerade noch gefehlt. »Trotz allem, Miss Hartley, ich werde ihn unbedingt einsehen müssen.« Er spürte geradezu, wie ihre Verachtung durch die Telefonleitung drang. »Ich komme später selber vorbei – und falls erforderlich, dann *werde* ich diesen Durchsuchungsbefehl bekommen.«

Handfords Drohung ließ sie völlig kalt. »Gut, ich erwarte Sie. Versuchen Sie zur vollen oder halben Stunde zu kommen, denn zu diesen Zeiten kommen immer die neuen Klienten. Ich bin nicht bereit, eine Sitzung zu unterbrechen. Wenn Sie zwischendrin kommen, müssen Sie eben warten.«

Die Polizei ist heutzutage ein Dienst am Bürger, rief

er sich in Erinnerung, also sei freundlich. »Ich werde darauf achten«, versicherte er. »Vielleicht könnten Sie mir noch sagen, wo genau sich Ihre Praxis befindet? Mr Russell meinte, in der Claremont Street.«

»Das ist richtig, Inspector. Die Claremont Street liegt oben am Berg, linker Hand, gegenüber der Universität. Sie können sie gar nicht verfehlen. Es sind zu Fuß nur etwa vier Minuten zu der Stelle, wo letzte Woche dieses Mädchen ermordet wurde.«

Detective Inspector Noble arbeitete weiter an seinen Berichten, während er auf das Eintreffen von Deepak Azams Anwalt wartete. Er war sich sicher, dass der Mann sich absichtlich Zeit ließ, und wenn er schließlich käme, würde er erst mal eine ausgedehnte Unterredung mit seinem Mandanten einfordern.

Das Telefon neben ihm auf dem Tisch klingelte. Er hob den Hörer ab. »Detective Inspector Noble.«

Er hörte zu, während der Mann am anderen Ende der Leitung seinen Namen nannte.

Noble lächelte. »Hallo, Bob, wie lebt es sich dieser Tage in North Yorkshire?«

»Vermutlich geruhsamer und weniger stressig als in West Yorkshire, wenn das stimmt, was in den Zeitungen steht. Warum lässt du dich nicht versetzen?«

»Nein danke. Mir ist der Stress hier lieber; ist sicher interessanter.«

»Das vielleicht schon. Aber denk bloß nicht, wir fahnden hier nur nach entlaufenen Schafen und illegalen Hahnenkämpfen: Wir haben diese Familie für euch ausfindig gemacht. Sollen wir sie zu euch rüberbringen?«

»Nein, das ist nicht notwendig, die finden sicher selber her.«

»Sie ändern vielleicht Ihre Meinung, wenn ich Ihnen sage ...«

Noble hörte mit wachsender Bestürzung zu.

»Also gut, dann bringt sie jetzt gleich hierher«, sagte er und knallte den Hörer auf.

Verdammter Mist. Er tippte eine Nummer ein.

Forresters Handy war abgeschaltet. Er versuchte es auf Handfords – ebenfalls ohne Erfolg. Dann rief er in der Gerichtsmedizin an.

»Tut mir Leid, ich kann sie jetzt nicht stören, sie sind in die Leichenhalle gegangen. Ich bitte einen von beiden, Sie zurückzurufen, wenn sie wieder herauskommen.«

Mist!

Handford und Forrester traten zurück, als das Leintuch von Hannah Mellings Gesicht gehoben wurde. Catherine klammerte sich fest an den Arm ihres Mannes. Paul Mellings ergriff ihre Hand und seine Fingerknöchel traten weiß hervor. Einen Augenblick später würden sie ihre tote Tochter sehen, würden mit Sicherheit wissen, dass sie aus ihrem Leben gegangen war. Das letzte Fünkchen Hoffnung, das sie noch gehabt hatten, würde erlöschen.

Was konnten Forrester und er nur sagen, um es für sie einfacher zu machen? Nichts. Keine Plattitüden, keine Beileidsworte, kein Versprechen, dass sie den Mann finden würden, der diese furchtbare Tat begangen hatte, würde den Schmerz mildern können, es sei denn ...

»Das ist nicht Hannah.«

Paul Mellings drehte sich zu ihnen um und seine Erleichterung verwandelte sich auf einen Schlag in Zorn – wie beim Anblick eines verschwunden geglaubten Kindes, das plötzlich frech zur Tür hereinspaziert.

»Ihr Idioten«, sagte er ruhig. »Ihr verdammten Idioten! Hätten Sie das nicht genauer überprüfen können, bevor Sie uns in diese Lage bringen? Das ist nicht Hannah; das ist nicht unsere Tochter.«

KAPITEL 17

»Lassen Sie uns allein.«

James Sanderson bellte seine Anweisung Handford und Noble entgegen, die Susan Forrester gegenüber am Schreibtisch saßen.

Im Chor murmelten die beiden: »Ja, Sir« und schoben ihre Stühle zurück.

»Und verlassen Sie auf keinen Fall das Präsidium.«

Die Tür schloss sich leise hinter ihnen.

Sanderson setzte sich auf einen der Stühle, den die Inspectors freigemacht hatten. »Das ist ein Riesenschlamassel, Mrs Forrester«, sagte er ruhig.

Sanderson war am gefährlichsten, wenn er ruhig war.

»Ja, Sir, das stimmt.«

»Und Sie sind dafür verantwortlich.«

Das musste er ihr nicht sagen. »Ja, Sir, das weiß ich.«

»Ich habe gehört, wir kennen jetzt die Identität des ermordeten Mädchens?«

»Ja.«

Sanderson wurde langsam ungeduldig. »Muss ich Ihnen jetzt alles aus der Nase ziehen, Superintendent?«

Susan unterdrückte ein Seufzen. »Nein, Sir. Nach Aussage der Mellings' heißt sie Jenny Broomfield, ist vierzehn Jahre alt und die Tochter von Andrew und Lisa Broomfield, langjährigen Freunden der Mellings'. Bis vor ein paar Jahren wohnte Jenny mit ihrer Mutter in der Nähe von Norwich. Ihr Vater arbeitet für eine Firma in Schweden und kommt nur sporadisch nach Hause; Jenny und ihre Mutter sind in den Ferien immer zu ihm nach Schweden gefahren. Dann kam ihre Mutter bei einem Autounfall ums Leben. Doch anstatt dass seine Tochter zu ihm nach Schweden übersiedelte, beschloss man, dass sie weiter an der Schule in Norwich bleiben sollte, wo sie ihre Freunde hatte, und während des Schuljahres bei den Mellings' wohnte. Die Ferien verbrachte sie normalerweise bei ihrem Vater oder, wenn das wie in diesem Jahr nicht möglich war, bei seiner Schwester, Alison Broomfield, die draußen in Cottingley wohnt. Miss Broomfield arbeitet für einen wissenschaftlichen Verlag in der Stadt, und normalerweise kann Jenny immer problemlos bei ihr wohnen. Diesmal jedoch bat man Allison überraschend, für ein paar Tage zu Beginn der Schulferien anstelle einer anderen ursprünglich dafür vorgesehenen Person, die erkrankt war oder so, nach Amerika zu fliegen. Es war ihr nicht möglich, ihre Nichte mitzunehmen. Daraufhin meinte Jenny, sie würde mit Hannah und ihren Freunden in die Dales fahren.«

»Doch das tat sie nicht.«

»Nein. Sie blieb da, um nach Hannahs Vater zu suchen. Die beiden Mädchen waren enge, fast unzertrennliche Freundinnen, die voreinander keine Geheimnisse hatten. Als Hannah Jenny von ihrem leiblichen Vater erzählte, kamen sie gemeinsam auf die Idee, ihn ausfindig zu machen. Irgendwie war Hannah an das Foto gelangt, während ihre Mutter dachte, sie hätte es weggeworfen. Dann, vor ein paar

Monaten, als sie zufällig hörte, Stephen Russell arbeite in Bradford, wusste sie, wo sie suchen musste. Es erschien den beiden wie ein Wink des Schicksals, dass Hannah in die Dales und Jenny zu ihrer Tante sollte. Sie wollten mit dem Foto nach Bradford fahren und dort herumfragen. Unglücklicherweise blieb das Herumfragen an Jenny hängen, denn Hannah hatte keine Möglichkeit, vom Campingplatz fortzukommen.

Warum sie Hannahs Namen benutzt hat, ist nicht ganz klar, aber vielleicht wollte sie nicht an jemanden geraten, der mit ihrer Tante bekannt war. Hannah Mellings hat uns gesagt, dass sie vielleicht durch die Tasche, die sie Jenny geliehen hatte, auf die Idee gekommen ist, denn dort stand Hannahs Name drin. Das war einer dieser kleinen Beutel, die man auf dem Rücken tragen kann, so ähnlich wie ein Rucksack. Die Tasche wurde bei der Leiche nicht gefunden, also können wir nur annehmen, dass der Mörder sie mitgenommen hat – sozusagen als Souvenir. Anscheinend übernachtete Jenny, als ihre Tante nach Amerika abgereist war, weiterhin in deren Haus und streifte tagsüber durch Bradford auf der Suche nach Hannahs Vater. Vermutlich hat sie in dieser Zeit auch Michael Braintree kennen gelernt.«

»Also hat die Tante gedacht, sie wäre bei den Mellings' und die Mellings' haben gedacht, sie sei bei ihrer Tante?«

»Es sieht so aus, ja.«

Er beugte sich zu ihr hinüber. »Haben Sie eine Vorstellung davon, wie viel Mühe es mich gekostet hat, die Wogen wieder zu glätten und die Gemüter zu beruhigen? Mellings ist Anwalt, er kennt alle nur erdenklichen juristischen Tricks und Kniffe. Wenn er einen Prozess anstrengt, wird er gewinnen.« Sanderson ließ seine letzte Bemerkung einen Augenblick im Raum stehen. »Warum, um alles in der Welt, Frau Kollegin, haben Sie sich nicht hundertprozentig vergewissert, bevor sie die beiden aus Norwich anreisen ließen? Sie hatten das Foto des Mädchens. Hätten Sie das nicht durchfaxen können, oder ist Faxen für Sie ein Fremdwort?«

Forrester funkelte ihn wütend an. »Alles, was wir vorliegen hatten, Sir, ließ darauf schließen, dass es sich bei der Leiche des Mädchens um Hannah Mellings handelte: das Foto, die Aussage von Daniel Emmott, sogar die Informationen von DCI Russell, einfach alles.«

»Aber eine Bestätigung hatten Sie nicht.«

»Dazu ist ja schließlich die Identifizierung da.« Sie hoffte, dass das nicht unverschämt klang, denn so hatte sie es nicht gemeint. Sanderson fasste es jedoch als Kampfansage auf.

»Jetzt machen Sie aber mal einen Punkt, Superintendent«, knurrte er. »Sie haben nicht sorgfältig genug gearbeitet, und das wissen Sie sehr gut. Man lässt Eltern nicht den weiten Weg von Norwich hierher kommen, ohne vorher alles Erdenkliche zu tun, um neunundneunzig Prozent sicherzugehen. Vor allem –«, er beugte sich noch weiter vor und ein feindseliges Funkeln trat in seine Augen, »– *vor allem*, wenn diese Eltern auch noch Anwälte sind.« Die letzten Worte bellte er geradezu heraus.

Sie ertrug es nicht länger, ihn anzusehen, und betrachtete stattdessen eingehend ihre langen, schlanken Finger, die perfekt manikürten Fingernägel und ihren Ehering, der sich von ihrer hellen Haut abhob.

»Sie haben leichtfertig gehandelt, Chief Superintendent Forrester.«

»Ja, Sir, ich weiß. Aber jetzt habe ich zum ersten Mal etwas in der Hand, um mit dem Fall weiterzukommen. Ich habe die Beschreibung ihrer Tasche, die wir bekannt geben werden, ich habe nützliche Informationen über die Kinderprostitution in der Stadt, und ich habe Verdächtige.«

Sanderson sah sie entgeistert an. »Sie machen wohl Witze. Sie glauben doch nicht etwa, dass Sie nach dem, was passiert ist, weiterhin die Ermittlungen leiten können? Mellings würde uns fertig machen. Nein, Forrester. Sie haben uns da reingeritten, jetzt tragen Sie auch die Konsequenzen. Und die Konsequenzen sind, dass sie gehen.« Er holte tief Luft, und als er wieder sprach, klang sein Ton etwas weniger scharf. »Hören Sie, Susan, gehen Sie einfach, ohne viel Aufhebens. Sie haben noch Resturlaub, nehmen Sie ihn.«

Sie fuhr sich mit den Fingern durchs Haar, das ihr offen auf die Schultern fiel. Sie hatte heute Morgen weder Zeit noch Lust gehabt, es hochzustecken.

»Sir ...«, begann sie.

»Fangen Sie jetzt bloß keine Diskussion mit mir an, Frau Kollegin. Sie sind von dem Fall abgezogen, und das ist mein letztes Wort.«

Der uniformierte Beamte stellte ein Tablett vor Sanderson, Noble und Handford auf den Schreibtisch.

»Was, keine Kekse?«, beklagte sich Sanderson. »Los, treiben Sie gefälligst welche auf.«

Der Beamte blickte verwirrt drein und fragte sich vermutlich, wo er die herkriegen sollte und ob er sie vielleicht aus eigener Tasche bezahlen müsste, wenn er welche aus der Kantine holte.

Handford lächelte ihm verständnisvoll zu. »Versuchen Sie es mal beim Morddezernat, Constable, dort steht immer eine große Dose herum. Fragen Sie einfach danach und sagen Sie den Kollegen, ich hätte Sie geschickt.«

»Danke, Sir«, meinte der Constable erleichtert und machte sich auf den Weg.

Sanderson nahm sich eine Tasse und schaufelte großzügig Zucker hinein. »Ich übertrage den Fall Ihnen beiden«, sagte er. »Zur Zeit sind alle leitenden Ermittler vollkommen überlastet, und ein neues Team aufzustellen mit einem Leiter, der noch nicht mit dem Fall vertraut ist, wäre eine glatte Katastrophe. Wir haben schon genug am Hals damit, dass sich jemand aus der Führungsriege in Harakiri versucht hat, da können wir nicht noch ein Selbstmordkommando gebrauchen. Handford, da der Mordfall Braintree mit den Mädchenmorden in Verbindung steht, schließen Sie und Ihre Ermittler sich diesem Team an. Die Leitung dieser beiden Fälle übernehmen Sie und Noble gemeinsam. Ich fungiere als Koordinator, bis einer der anderen Superintendents wieder frei ist.« Er hörte auf, seinen Kaffee umzurühren und legte den Löffel auf die Untertasse. »Es ist doch kaum zu glauben, oder? Vor lauter Ermittlungen hat kein einziger Superintendent Kapazitäten frei, um einzuspringen. Und dann will man uns weismachen, dass die Kriminalität gesunken ist.«

Es klopfte an der Tür und der Constable kam mit einem Teller Kekse wieder herein. Er stellte ihn neben Assistant Chief Constable Sanderson auf den Tisch.

»Schon besser, Kollege. Wir machen noch einen richtigen Polizisten aus Ihnen«, sagte Sanderson und nahm sich einen Schokokeks.

Als der Beamte wieder draußen war, fuhr er fort. »Soweit ich es überblicke, sind in diesem Fall hier alle in den letzten vier Monaten wie blinde Hühner herumgeirrt. Also hören wir endlich auf damit und gehen diese Ermittlung mit etwas mehr gesundem Menschenverstand an.« Er wedelte mit seinem Keks in der Luft. »Sichten wir mal, was wir vorliegen haben, dann legen wir die Prioritäten fest. Inspector Noble, Sie beginnen.«

Noble schilderte die Umstände der ersten drei Mädchenmorde und den Mangel an Beweisen und Zeugen, dann ging er zum Fall Jenny Broomfield über. »Wer auch immer der Täter ist, jetzt hat er vermutlich seinen ersten Fehler gemacht. Entweder hat er angenommen, sie wäre eine Prostituierte so wie die anderen, oder er hat den Kreis seiner Opfer erweitert. Oder er hatte einen anderen Grund, sie zu töten, und wird sich anschließend wieder auf Prostituierte stürzen.«

»Oder sie war immer schon sein eigentliches Ziel, und die anderen wurden nur ermordet, um uns von der richtigen Spur abzulenken«, warf Sanderson ein.

»Möglich, aber ziemlich unwahrscheinlich, Sir. Dazu müsste er gewusst haben, wer sie war und dass sie in den Schulferien in der Stadt sein würde. Doch er hat mit der Mordserie schon vor vier Monaten begonnen, und vor vier Monaten wusste Jenny noch gar nicht, wo sie die Ferien verbringen würde.«

»Also gehen wir wieder von einem Serienmörder mit einem krankhaften Hass auf Prostituierte aus, der vielleicht zuletzt einen Fehler gemacht hat. Vielleicht hat er ja beobachtet, wie Jenny in die Fänge von Deepak Azam oder Michael Braintree geriet, und hat beschlossen, sie unschädlich zu machen, noch bevor sie als Prostituierte aktiv wurde, sozusagen.«

»Das klingt plausibel, Sir.«

»Könnte es Mr Russell sein, Inspector Handford?«

»Ich hoffe nicht, Sir.«

»Ich hoffe es auch nicht, Handford, aber danach habe ich nicht gefragt. Könnte er es gewesen sein?«

Handford errötete angesichts des leichten Tadels. »Mir scheint, Sir, als kämen bei Mr Russell zwar eine Menge unglücklicher Umstände zusammen, aber bei weitem nicht so viele harte Fakten. Ich stimme mit Brian überein: Russell hätte *sowohl* die Vermutung haben müssen, dass sich Jenny in der Stadt aufhielt, als auch, dass sie seine Tochter war. Doch nach der Aussage von Mrs Mellings glaubte er vermutlich fest daran, dass sie damals die geplante Abtreibung tatsächlich durchgeführt hatte. Ich meine, Sir, sollte er wirklich die anderen drei ermordet haben, dann wäre die Sache mit Jenny, Hannah und dem Foto nichts weiter als ein unglücklicher Zufall gewesen – und das glaube ich nun wirklich nicht.«

»Ich auch nicht. Also, was bleiben dann noch für Möglichkeiten?«

»Nun ja, Sir, zunächst einmal hat Mr Russell uns darüber belogen, wo er am Abend des letztes Mords gewesen ist, zudem hat er Andrew Collingham gebeten, sein Alibi zu bestätigen. Dann hat er versucht, die Sache mit dem Foto zu verschleiern und wem er es gegeben hatte. Unter den gegebenen Umständen ist das vielleicht verständlich, wenn auch nicht unbedingt klug. Ich – « Handford zögerte.

»Los, reden Sie weiter, Handford, er ist zwar Ihr Chef, aber wenn es da noch etwas gibt, dann raus damit.«

Handford setzte sich in seinem Stuhl auf. »Ich habe vorhin Marion Hartley angerufen, seine Therapeutin, und sie hat bestätigt, dass er zwischen halb neun und neun bei ihr gewesen ist. Die Sache ist nur …, ihre

Praxis ist in der Claremont Street, und von dort geht man nicht länger als vier Minuten zu der Stelle, wo Jenny ermordet wurde. Er könnte leicht seinen Wagen auf dem Parkplatz dort abgestellt, sich mit ihr getroffen und sie ermordet haben und dann mit dem Wagen zur angegebenen Zeit zu Hause gewesen sein.«

»Wie steht es mit seinen Alibis für die Zeiten der anderen Morde?«

»Er hatte an diesen Abenden immer seinen Massagetermin und anschließend eine Therapiesitzung bei Miss Hartley.«

»Wie bitte, jedes Mal?«

»Sieht ganz so aus, Sir.«

»Was zum Teufel ist los mit dem Mann? Wissen wir, warum er eine Therapie machen muss?«

Noble schaltete sich ein. »Er hat sich beim Verhör geweigert, uns das zu sagen. Er meinte, die Gründe wären seine Privatsache.«

»Vielleicht hat es gar nichts mit Prostituierten zu tun.«

Handford zuckte die Schultern. »Ich weiß es nicht, Sir.«

»Gut. Im Augenblick belassen wir es dabei. Sonst noch was?«

»Nur, dass Mr Russell zur selben Zeit in Cambridge studierte, als es dort ebenfalls zu Morden an Prostituierten kam. Ich bin mir nicht sicher, wie schwerwiegend dieses Indiz ist. Die damaligen Opfer waren außer in einem Fall älter als unsere, aber Serienmörder fangen ja oftmals mit einer Art von Opfern an und entwickeln dann im weiteren Verlauf der Mordserie ihre besonderen Vorlieben.«

»Und das Motiv? Was für ein Motiv könnte er gehabt haben?«

»Schwer zu sagen, Sir. Vielleicht ein Kindheitstrauma, das in Cambridge irgendwie wieder hochkam.«

»In diesem Zusammenhang habe ich vielleicht etwas Interessantes.« Sanderson genoss es anscheinend, in der Vergangenheit herumzustochern. »Zunächst habe ich in Winchester nachgefragt. Zwar gab es keine Prostituiertenmorde in der Zeit, als Russell dort im väterlichen Unternehmen arbeitete. Dennoch meinte der dortige Kripochef sich entsinnen zu können, dass es einmal in Zusammenhang mit den Russells irgendeinen Vorfall gegeben hat, aber er konnte sich nicht mehr genau erinnern, was es war. Sie sollen dazu einen gewissen Chief Inspector Greenaway befragen, der Näheres darüber weiß.«

»Ja, Sir.«

»Sollte sich das als unvorteilhaft für Russell herausstellen, dann werde ich ihn suspendieren müssen. Ich kann das nicht mehr länger aufschieben. Unser Chief Constable kommt morgen aus dem Fernen Osten zurück und er wird sicher Druck machen, dass es endlich vorangeht. Sobald wir Russell allerdings suspendieren, wird die Presse Wind davon bekommen. Sie dürfen also keine Zeit verlieren, Handford.«

»Ja, Sir.«

»Jetzt zu Azam. Inwieweit ist er in die Geschichte mit den Mädchen involviert? Und ist er tatsächlich ein Zuhälter?«

Brian Noble stellte seine Tasse auf das Tablett zurück. »Da bin ich mir ganz sicher. Er ist im Moment im Präsidium zum Verhör und bespricht sich gerade mit seinem Anwalt. Trotzdem: Ihm etwas nachzuweisen wird sicher genauso schwierig sein, wie eine Nadel im Heuhaufen zu finden. Die Frauen selbst sagen sicher nicht gegen ihn aus – sei es aus Angst vor Prügel, sei es, weil sie von ihm ihre Drogen bekommen. Und wir haben keinen blassen Schimmer, wo diese minderjährigen Prostituierten ihrem Gewerbe nachgehen. Wir wissen nur, dass sie auf der Straße nicht in Erscheinung treten. Und die offizielle Devise lautet derzeit noch: Solange sie nicht im Straßenbild auftauchen, gibt es sie auch nicht.«

»Was ist mit diesem ›Project‹?«

Handford beeilte sich, zu erklären: »Ich habe Detective Sergeant Ali gebeten, heute Nachmittag dort vorbeizuschauen. Er versucht Genaueres herauszufinden.«

»Also, Azam mag ja ein Zuhälter sein, aber ist er auch ein Mörder?«

»Ich halte ihn nicht für den Serienmörder, Sir«, sagte Brian Noble. »Wenn so einer wie er Prostituierte tötet, dann doch sicher die von der Konkurrenz. Seine eigenen umzubringen, und dazu noch die jungen, wäre doch gerade so, als würde er sein eigenes Bankkonto plündern. Es könnte eher noch ein anderer Zuhälter sein, der ihn aus dem Geschäft drängen will, aber wir haben gegen keinen von ihnen auch nur den geringsten Beweis.«

»Und was ist mit dem Mordfall Michael Braintree?«

Handford äußerte sich zu dem Thema: »In diese Sache ist Azam höchstwahrscheinlich auch verwickelt, obwohl ich keinen Gedanken daran verschwende, dass er die Tat selbst ausgeführt hat. In ein paar Tagen haben wir die Ergebnisse der kriminaltechnischen Untersuchung bezüglich der Haare und des Schweißflecks auf Braintrees T-Shirt. Ich wette mein ganzes Vermögen, dass beides von Dwayne Varley stammt. Wenn er es war, dann war vermutlich auch Martin Johnson daran beteiligt. Die beiden arbeiten für Azam, vorgeblich als Türsteher. Er weiß über ihr Vorstrafenregister Bescheid und benutzt dieses Wissen vermutlich für seine eigenen Zwecke. Ob wir jedoch einen der beiden dazu bringen können, ihn zu verpfeifen, ist fraglich.«

»Im Augenblick sind dann also Russell und Azam unsere einzigen Verdächtigen für die Morde an diesen jungen Mädchen. Aber keiner von beiden ist das, was man einen Hauptverdächtigen nennen kann«, fasste Sanderson zusammen.

Brian Noble und Handford tauschten einen Blick aus.

Sanderson war das nicht entgangen. »Was ist?«

Noble setzte sich in seinem Stuhl aufrecht hin. »Wir haben noch einen Verdächtigen, Sir. Tony Forrester.«

Nur das Surren des Ventilators durchbrach das lastende Schweigen, das sich im Raum ausbreitete, während Sanderson verdaute, was er soeben gehört hatte. »Sagen Sie mir, dass Sie nicht den meinen, den ich meine.«

Ihr Schweigen bestätigte seinen Verdacht.

Sanderson zog die Augenbrauen zusammen. »Also, Mr Noble, warum halten Sie ihn für einen Verdächtigen?«

Noble schilderte, was Archer und Warrender bei ihrer Überwachungsaktion gesehen und gehört hatten. »Tut mir Leid, Sir, aber der Mann im Wagen war Mrs Forresters Mann. Ich fürchte, daran besteht kein Zweifel.«

»Und warum ist er dann gleich ein Verdächtiger und nicht einfach nur ein Freier? Vielleicht kommt er zu Hause nicht zum Zug und macht sich davon, wenn es seine Frau gerade mal nicht merkt. Wäre das nicht eine Möglichkeit?«

»Durchaus.« In Brian Nobles Stimme schwang Verachtung mit. »Tony Forrester ist so ein Typ Mann, der nichts anbrennen lässt. Dem ist es egal, wie sehr er seine Frau damit verletzt oder wie sehr er den Frauen schadet, die er dazu benutzt. Das könnte man ja noch gelten lassen, wenn er sich dabei an Prostituierte halten würde, die wollen schließlich nur sein Geld. Aber dabei bleibt es bei ihm nicht. Ich glaube, dass er im tiefsten Inneren die Frauen hasst, dass er sie gern leiden sieht.«

»So sehr, dass er sie töten würde?«

»Ich weiß es nicht, Sir. Ich kann dazu nur sagen: Sollte jemals eine Frau ihn ausstechen – sei es sexuell, gesellschaftlich oder finanziell – ich garantiere Ihnen, die macht er fertig.«

»Ich höre aus Ihren Worten heraus, dass Sie ihn nicht mögen?«

»Nein, Sir, ich mag ihn nicht und ich kann mir keinen einzigen guten Grund vorstellen, warum seine Frau bei ihm bleibt.« Noble holte tief Luft. »Unglücklicherweise haben wir noch ein stärkeres Indiz als seine Suche nach einer minderjährigen Prostituierten. Nachdem Mrs Forrester bei Ihnen war, kam sie zu mir und meinte, sie müsse eine Aussage machen. Vielleicht ist es wichtig, vielleicht auch nicht, aber anscheinend war er in der Nacht, in der Jenny Broomfield ermordet wurde und sie an den Fundort der Leiche gerufen wurde, sehr wütend, dass sie schon wieder weggehen musste, und das nur wegen dieser getöteten Mädchen, die doch nichts weiter als angehende Prostituierte gewesen seien. Diese Information war bis dahin aber gar nicht an die Öffentlichkeit weitergegeben worden.«

»Und Sie sind sich ganz sicher, dass sie ihm nichts darüber erzählt hat?«

»Sie sagt, dass sie es definitiv nicht getan hat. Und«, fügte Noble hinzu, »ich glaube ihr das.«

Sanderson lächelte schwach. »Also gut, Mr Noble, Sie haben Ihren Standpunkt deutlich gemacht. Ich bewundere Ihre Loyalität gegenüber Ihrer Kollegin, aber übertreiben Sie es nicht damit. Behandeln Sie Tony Forrester wie jeden anderen Verdächtigen, bestellen Sie ihn nochmals herein und konfrontieren Sie ihn mit Mrs Forresters Hinweis. Hören Sie sich an, was er dazu sagt, und dann beauftragen Sie jemanden, seine Vergangenheit zu überprüfen. So, gibt es sonst noch was?«

Handford rutschte unruhig auf seinem Stuhl herum. »Ja, Sir. Ich würde mir gern einmal die Tatorte näher ansehen. Der Archivar in Cambridge meinte, dass es bei den dortigen Prostituiertenmorden eine religiöse Komponente gegeben hätte. Wenn hier derselbe Täter am Werk ist, könnten die Tatorte irgendeine Verbindung untereinander aufweisen.«

»Dann tun Sie das, Inspector. Ich bin kein Experte in psychologischem oder geographischem Profiling, aber ebenso wenig bin ich so ein Dinosaurier, der noch nie etwas davon gehört hat. Ich denke nur, dass dabei oft ein riesiger Aufwand für minimale Informationen betrieben wird. Aber gehen Sie dem ruhig nach, wir haben derzeit so wenig Verwertbares, dass wir uns ganz nach dem richten müssen, was unser Gespür uns sagt.«

Als Handford in sein Büro zurückkam, fand er dort Andrew Collingham vor, der im Zimmer auf und ab ging.

»Warum haben Sie Deepak Azam verhaftet, Inspector?«, fragte er ohne Einleitung. »Ich habe gerade fast eine Stunde mit Iqbal Ahmed telefoniert. Man hatte ihm gemeldet, dass drei Ihrer Beamten Mr Azam mitten durch sein Fitnesscenter zu einem Polizeifahrzeug abgeführt und ihn dabei sehr unsanft behandelt hätten. Gleich drei Beamte, Inspector! Ich würde gerne wissen, warum Sie so martialisch vorgehen mussten und warum Sie ihn überhaupt verhaftet haben. Sie wissen ganz genau, dass er der Sprecher der British-Asian Community ist und außerdem einer der angesehensten Männer unserer Stadt – ungeachtet dessen, ob er ein Immigrant aus Südasien ist oder ein Weißer.«

»Tut mir Leid, Mr Collingham, ich kann Ihnen weder die Beweislage noch die Gründe für seine Verhaftung erläutern. Es muss genügen, zu sagen, dass wir unsere Gründe hatten. Mr Azam musste aufs Revier gebracht werden, damit wir bei unseren Ermittlungen weiterkommen.«

»Und, hat er Sie bei Ihren Ermittlungen weitergebracht?«

»Noch nicht. Wir mussten lange auf seinen Anwalt warten, der inzwischen eingetroffen ist und sich mit seinem Mandanten bespricht. Wenn die beiden fertig sind, werden wir ihn befragen.«

Collingham fuhr ihn wütend an: »Sie wissen, was das bedeutet, oder? Was geschehen ist, ist eine Belastung für die Beziehungen der Bevölkerungsgruppen untereinander. Die British-Asian Community ist in heller Aufregung über die Verhaftung, und besonders die Proteste der Jugendlichen werden in der Stadt vermutlich in Krawalle ausarten.«

Handford seufzte. Das hatte ihm gerade noch gefehlt. Er hatte schon so viele solcher Unruhen erlebt, dass es ihm für sein ganzes Leben reichte, aber er würde sich dennoch nicht durch eine solche Androhung einschüchtern lassen. »Dann müssen Sie eben an Mr Ahmed herantreten, Mr Collingham, und ihn bitten, diese Krawalle zu stoppen. Wir beide wissen, dass er großen Einfluss hat. Wenn Sie mich jetzt bitte entschuldigen, ich bin sehr beschäftigt.« Er öffnete die Tür. »Ich hole jemanden, der Sie hinausbegleitet, Sir«, sagte er.

Alis Verhör mit Dwayne Varley führte zu nichts. Der Mann litt anscheinend an chronischem Gedächtnisverlust, ein Zustand, der viele Kleinkriminelle befällt, die meinen, dass ihnen die Polizei nichts nachweisen kann. Unfähig sich zu erinnern, wo er zu den fraglichen Zeiten gewesen war oder was er gemacht hatte, lümmelte er sich auf seinem Stuhl herum, die Hände hinter dem Kopf verschränkt, die Unverfrorenheit und Gleichgültigkeit in Person.

»Setzen Sie sich aufrecht hin, Varley.«

Er gehorchte, aber langsam, als wäre ihm das alles viel zu anstrengend.

»Wo waren Sie am Dienstag, den Fünfzehnten, nachmittags? Kommen Sie, Dwayne, das ist gerade mal sieben Tage her.«

Der Pflichtverteidiger rutschte auf seinem Stuhl herum. Er war ebenso gelangweilt wie die übrigen Anwesenden. »Ich denke, mein Mandant hat Ihre Frage bereits beantwortet, Sergeant«, sagte er müde. »Mr Varley kann sich nicht daran erinnern. Das hat er Ihnen jetzt mindestens vier Mal gesagt. Wenn Sie keine Zeugen haben oder stichhaltige Beweise vorlegen können, dann müssen Sie meines Erachtens seine Antwort akzeptieren.« Immerhin verkniff er sich hinzuzufügen: »Und uns alle nach Hause gehen lassen«, obgleich Ali wusste, dass er – seinem Gesichtsausdruck nach zu urteilen – genau das dachte.

Tatsächlich hatten sie bisher keine stichhaltigen Beweise, aber morgen würden sie vorliegen, wenn die Ergebnisse der DNA-Untersuchung von Haaren und Schweiß wie erwartet eintreffen würden. Die Frage war, was er mit Varley in der Zwischenzeit tun sollte. Er hatte vermutlich genug in der Hand, um ihn als Verdächtigen in Untersuchungshaft zu behalten, bis die weiteren Nachforschungen abgeschlossen waren. Varley hatte einen schwarzen Gürtel in Karate, er kannte sich mit lautlosen Tötungsmethoden aus, er hatte sogar ein Video zu diesem Thema besessen. Außerdem hatte er das Opfer gekannt und stand in engem Kontakt mit Azam sowie, nach den Angaben Archers, mit zahlreichen Prostituierten. Und zu guter Letzt war er nur auf Bewährung entlassen worden. Das reichte – gerade so –, um ihn über Nacht hinter Schloss und Riegel zu behalten, wenn auch nur, um ihn daran zu hindern, unterzutauchen.

In Verhörraum zwei konnte man wirklich Platzangst bekommen. Es roch darin nach Schweiß und Aftershave. Handford schluckte schwer, um das beißende Gefühl in seinem Hals loszuwerden. Warrender, der neben ihm saß, bewahrte eine undurchdringliche Miene und sein Blick wich keine Sekunde von den beiden Männern ihm gegenüber. Wenn das jedoch dazu gedacht war, sie aus der Ruhe zu bringen, dann hatte der Versuch seinen Zweck verfehlt.

Handford hätte es lieber gesehen, wenn Warrender bei diesem Verhör nicht dabei gewesen wäre. Seine Ansichten über die British-Asian Community von Bradford waren wohl bekannt, auch wenn sie sich bei ihm eher verbal niederschlugen als in seinem Verhalten. Ali war eine Zielscheibe seiner Verachtung gewesen – vom dem Augenblick an, als sie sich das erste Mal begegnet waren. Glücklicherweise hatte der Sergeant ganz gut damit umgehen können und sogar geduldig abgewartet, bis sich ihm die Gelegenheit bot, Warrender konsequent in seine Schranken zu weisen. Andererseits war Warrender nicht ungeschickt beim Verhör und konnte einen Verdächtigen ohne jede Spur von Grobheit oder Schikane dahin bringen, wo er ihn haben wollte. Auch arbeitete er seit ein paar Monaten bei der Sitte und wusste mehr über Azams Zuhälterei als sonst jemand.

Deepak Azam gelang es, sich allen Versuchen, ihn aus der Ruhe zu bringen, souverän zu widersetzen. Er saß einfach da, völlig unbeeinträchtigt durch die Hitze, und stritt alles ab. In seine Dementis flocht er Vorwürfe gegen die Beamten wegen Rassismus und Gewaltanwendung ein, doch er schien weder verärgert noch beunruhigt durch die Lage, in der er sich befand. Sein Anwalt, Anwar Rafiq, ein höflicher Gentleman in einem gut sitzenden Nadelstreifenanzug und mit Uhr und Ring aus schwerem Gold, verlangte zu erfahren, worin die Beweise bestünden, dass sein Mandant ein Zuhälter sei. Handford schwieg; er musste dem Anwalt nichts preisgeben, noch nicht.

Doch der Anwalt ließ nicht locker. Er warf einen Blick auf seine Notizen. »Anstiftung zur Prostitution, glaube ich, ist die zweite Begründung für seine Verhaftung. Wie kommen Sie darauf?«

»Wir haben unsere Informationen«, erwiderte Handford schroff.

Anwar Rafiq bohrte nach. »Und die Informationsquelle? Hat er oder sie einen Namen?«

Handford rang sich ein Lächeln ab. »Das wissen Sie doch genau, Mr Rafiq. Ich muss Ihnen die Namen meiner Informanten nicht nennen.« *Sie hätten doch Ihren großen Tag, wenn Sie wüssten, dass unser Informant tot ist und es sein siebzehnjähriger Freund war, der uns diese Information weitergegeben hat. Selbst wenn Sie das schon einkalkuliert hätten, es würde Ihren Mandanten zu sehr belasten, wenn Sie es zugäben.*

Sie saßen einen Augenblick da und dachten über die Fakten nach, bis Azam das Schweigen brach.

»Inspector«, sagte er mit einem gelangweilten Unterton in der Stimme. »Ich bin Muslim und als solcher bin ich gegen Prostitution. Sie ist ein Zeichen von Unmoral bei den Frauen, die da hineinrutschen. Es ist eine Sünde, und als Muslim könnte ich eine solche Sünde nicht dulden, geschweige denn mich irgendwie daran beteiligen. Im Gegenteil, ich finde diese Praxis so verabscheuungswürdig, dass ich mich sehr dafür eingesetzt habe, diese Frauen aus dem Viertel, in dem sie früher ihrem Gewerbe nachgingen und in dem meine Landsleute wohnen, verwiesen wurden.« Er lächelte und zeigte dabei seine makellosen weißen Zähne. »Ich denke, schon allein das stellt jeden Beweis in Frage, den Sie glauben, gegen mich in der Hand zu haben. Viele Leute werden sich für meine moralische Integrität verbürgen, sowohl Mitglieder Ihrer Bevölkerungsgruppe als auch meiner.« Er lehnte sich auf seinem Stuhl zurück, als warte er auf Applaus.

»Irgendjemand hat sich allerdings nicht dafür verbürgt, sonst wären wir jetzt nicht hier«, bemerkte Warrender.

»Dann, Detective Constable ... Warrender«, sagte Azam und zog dabei eine Augenbraue hoch, um anzudeuten, dass er sich bei dem Namen des Detectives nicht ganz sicher war, »haben Sie es entweder mit einem Rassisten zu tun oder mit jemand, der mir meinen Erfolg neidet – oder beides.«

Sie waren in eine Sackgasse geraten, und Azam gewann allmählich die Oberhand.

Handford sah, wie Warrender neben ihm erstarrte. Das Verhör musste eine andere Wendung nehmen, bevor der Constable etwas sagen oder tun würde, das jede Fortsetzung des Verhörs zunichte machen würde.

Er warf Warrender einen warnenden Blick zu und sagte: »Damit könnten Sie Recht haben, Mr Azam, aber wir sind in beiden Fällen verpflichtet, Ermittlungen einzuleiten.« Er nahm das Foto von Michael Braintree zur Hand. »Also, kennen Sie diesen Jungen? Ich zeige Mr Azam ein Foto, Beweisstück KA 4«, erläuterte er für die Tonbandaufnahme.

Azam warf einen Blick auf das Foto. »Inzwischen weiß ich, wer es ist, Mr Handford. Sergeant Ali hat mich vor ein paar Tagen schon nach diesem Jungen gefragt. Er sagte, er sei Mitglied im Fitnessclub gewesen. Ich weiß jetzt, dass es sich bei ihm um Michael Braintree handelt, den jungen Mann, der ermordet wurde. Aber wie ich Ihrem Sergeant schon gesagt habe, und ich wiederhole es Ihnen gegenüber, ich habe sehr viele Mitglieder in meinem Club, darunter sogar hochrangige Polizeibeamte, daher ist es nur verständlich, dass ich nicht alle persönlich kenne. Tatsächlich hatte ich weder von dem Jungen noch von seiner Ermordung Notiz genommen, bis Ihr Sergeant mir davon berichtet hat.«

Handford musste dem Mann insgeheim ein Kompliment machen wegen seiner exzellenten Sprachkenntnisse und seiner geschliffenen Rede; er hätte einen guten Rechtsanwalt abgegeben. Er besaß die Fähigkeit zu drohen, ohne es offen auszusprechen.

»Kennen Sie Dwayne Varley?«

Die Frage saß. Azam fuhr sich mit der Zunge über die Lippen, ein erstes Anzeichen leiser Unruhe. »Sollte ich das?«

»Und Martin Johnson?«

»Ich wiederhole, Inspector, sollte ich das?«

»Die beiden arbeiten für Sie, Mr Azam, sie sind Ihre Türsteher.« Handford setzte sich auf seinem Stuhl zurück und legte die Fingerspitzen aneinander, während Azam seinem Anwalt etwas ins Ohr flüsterte. Anwar Rafiq nickte.

»Ich denke schon, dass ich sie kenne.«

»Dann kennen Sie ja sicher auch ihr Vorstrafenregister und wissen, dass die beiden derzeit auf Bewährung aus der Haft entlassen sind.«

»Ja, sie waren mir gegenüber absolut ehrlich, als sie sich um diesen Job bewarben.«

Absolut ehrlich – das war sicher das erste Mal, dass jemand das über diese beiden sagte.

Azam fuhr fort: »Ich habe diese Ehrlichkeit an ihnen bewundert, daher habe ich sie sehr gern eingestellt. Das ist doch nicht verboten, Inspector, oder?«, fragte er mit Unschuldsmiene.

»Nein, keineswegs, Mr Azam. Aber es ist verboten, sie zu bitten, illegale Tätigkeiten für Sie auszuführen.«

In den Augen des Anwalts funkelte es zornig auf. »Moment mal, Inspector. Zuerst verhaften Sie meinen Mandanten unter dem Verdacht, seinen Lebensunterhalt mit illegalen Einkünften zu bestreiten, dann deuten Sie an, dass er in die Ermordung eines Jungen verwickelt ist, den er nicht einmal kennt, und jetzt wollen Sie uns glauben machen, dass er die treibende Kraft hinter allen möglichen unrechtmäßigen Aktivitäten ist, in die seine Angestellten möglicherweise verwickelt sind. Das reicht jetzt wirklich.«

Eine Stunde später verließ Handford verschwitzt, wütend und frustriert den Verhörraum. Azam hatte nichts preisgegeben. Sie wussten nicht mehr als vor dem Verhör. Er glaubte nicht daran, dass es sich bei dem Mann um den Serienmörder handelte. Aber dass er bei der Ermordung von Michael Braintree die Hand mit im Spiel hatte, dass er eine ganze Reihe älterer Stricherinnen für sich anschaffen ließ und ein Bordell mit minderjährigen Prostituierten betrieb, waren nicht nur vage Verdachtsmomente. Er konnte nur hoffen, dass sie Glück hatten und Dwayne Varley seine Dankbarkeit gegenüber Azam und dessen Hilfe bei der Jobsuche vergessen und wie ein Vierjähriger plappern würde, sobald er einsah, dass die Polizei über DNA-Beweise verfügte, die ihn im Mordfall Braintree festnagelten. Weniger Hoffnung hegte er dagegen, dass Azams Prostituierte gegen ihn aussagen würden. Die hatten zu viel Angst vor Vergeltung oder davor, ihre regelmäßigen Drogenrationen nicht mehr zu bekommen, als dass sie zu irgendwelchen Aussagen bereit wären.

Mr Rafiq hatte gefordert, seinen Mandanten auf freien Fuß zu setzen, und da Handford kein wirklicher Grund einfiel, ihn in Haft zu behalten, hatte er zugestimmt, unter der Voraussetzung, dass Mr Azam seinen Pass abgab.

KAPITEL 18

Ali gab der Leiterin des »Project«, der Beratungsstelle für Prostituierte, zur Begrüßung die Hand. »Vielen Dank, dass Sie sich so kurzfristig für mich Zeit nehmen, Mrs Townsend.«

Die junge Frau lächelte und auf ihren Wangen bildeten sich dabei Grübchen. »Sagen Sie doch bitte Paula zu mir. Mrs Townsend klingt so nach alter Dame, und ich fühle mich immer noch wie ein junges Mädchen.«

Sie war klein und beinahe anorektisch dünn, trug Jeans und ein knappes weißes Oberteil mit Schulterträgern, die zu schmal waren, um die breiteren schwarzen ihres BHs zu überdecken. Kaum war Ali eingetreten, sagte sie: »Im Moment sind keine Frauen da, also kann ich Sie überall herumführen, wenn Sie möchten.«

Ohne auf eine Antwort zu warten, steuerte sie souverän auf das Zimmer rechter Hand zu.

»Hier ist die Lounge, oder unser Wohnzimmer, ganz wie Sie es nennen möchten.« Abgestandener Zigarettenrauch hing in der Luft. »Ich weiß, es riecht schrecklich hier drin, aber ich versichere Ihnen, hier bei uns dürfen nur Zigaretten geraucht werden – Drogen sind tabu, auch Haschisch. Im Gegenteil, wir versuchen die Mädchen zu überzeugen, die Drogen aufzugeben, und sie in Entzugsprogrammen oder Langzeittherapien unterzubringen. Leider stehen wir da auf verlorenem Posten; die Zuhälter versetzen die Frauen nicht nur in Angst und Schrecken, sondern binden sie auch durch die körperliche Abhängigkeit an sich. Wir können nur versuchen, den Schaden so gering wie möglich zu halten, indem wir ihnen saubere Spritzen zur Verfügung stellen.«

Ali blickte sich um. Die ursprünglich hellbeige gestrichenen Wände und der abgetretene grüne Teppichboden hatten schon bessere Zeiten gesehen. Hier und dort hingen ein paar billige Poster, doch die Fenster waren kahl, ohne Vorhänge oder Jalousien, die eine etwas wohnlichere Atmosphäre geschaffen oder vor den Blicken der Spanner geschützt hätten. Die Einrichtung bestand aus zwei alten Sofas, ein paar abgenutzten Sesseln, einem kleinen Tisch und ein paar Schränken an der Wand mit abgebrochenen Griffen und offen stehenden Türen.

Ali verzog das Gesicht.

Paula erriet seine Gedanken. »Ziemlich trostlos hier, nicht? Aber wir mussten uns das meiste, was wir hier haben, von irgendwoher zusammenklauben, und dann bekommt man halt nur, was andere loswerden wollen.«

»Woher stammen die Mittel für diese Beratungsstelle?«, fragte Ali.

»Einen kleinen Zuschuss bekommen wir aus dem Sozialetat, vom National Health Service und von der East Yorkshire Police, den Rest müssen wir selber auftreiben. Wir haben zwar den Status eines gemeinnützigen Vereins, aber wir können ja schlecht draußen herumspazieren und unsere Spendenbüchsen schütteln. Können Sie sich die Reaktionen vorstellen, wenn wir um Geld zur Unterstützung der Prostituierten in unserer Stadt bitten?«

Ali musste lächeln. »Ja, die kann ich mir lebhaft vorstellen«, sagte er. »Und was ist mit dem Haus? Wie sind Sie an das gekommen?«

»Das wollte sonst niemand haben. Es hat eine wechselvolle Geschichte hinter sich, doch nach Ansicht der Nachbarn ist jetzt der Tiefpunkt erreicht. Bei den Leuten hier heißen wir Nutten-Palais. Das Haus wurde von einem Kaufmann kurz vor der Jahrhundertwende gebaut. Als keine direkten Nachkommen mehr da waren, wurde es als Altersheim eingerichtet. Doch die Betreiber machten Pleite, und die Heilsarmee erwarb es aus der Konkursmasse, um hier eines ihrer Wohnheime einzurichten. Als das aus allen Nähten platzte, wurde das Haus uns zur Verfügung gestellt. Wir bezahlen einen symbolischen Mietpreis an irgendeine entfernte Nachfahrin des ursprünglichen Besitzers und hoffen, dass es nach ihrem Tod – sie geht schon auf die neunzig zu – nicht abgerissen wird. Wenn die Entscheidung zwischen uns und anderen Nutzern ansteht, bin ich sicher, dass die Testamentsvollstrecker, wer auch immer sie sein werden, uns ohne mit der Wimper zu zucken kündigen. Tja ...« Sie zuckte resigniert die Schultern und führte Ali aus dem Raum.

Am Ende des Korridors stand eine Tür halb offen, dahinter befand sich eine kleine Küche mit einem alten Kochherd. Die Schränke waren, soweit Ali erkennen konnte, in leuchtendem Gelb überstrichen.

Paula führte Ali die Treppe zum oberen Stockwerk hoch; dabei nahm sie immer zwei Stufen auf einmal und ihr schwarzer Wuschelkopf wippte bei jedem Schritt auf und ab.

»Ich hoffe, es macht Ihnen nichts aus, dass ich Sie

gebeten habe, so spät zu kommen, Sergeant, aber das ist die beste Zeit dafür. Wie ich schon sagte, die Mehrzahl der Frauen sind jetzt bei der Arbeit, um die Freier, die am frühen Abend kommen, zu bedienen. Es ist besser, wenn sie Sie nicht zu sehen kriegen; sie sind nicht so scharf auf Polizisten.«

Selbst wenn Ali nicht schon oft solche Bemerkungen gehört hätte, hätte er sie Paula Townsend nicht übel genommen. Sie strahlte eine menschliche Wärme aus, bei der sich ein bissiger Ton ganz automatisch verbat. Ihr Büro war früher einmal ein Schlafzimmer gewesen. Die ehemalige Kaminumrandung aus Mahagoni, die sich dunkel von der schmutzig weißen Wand abhob, hatte man beibehalten. In der Nische links davon stand ein Aktenschrank und rechts befanden sich Regale voller Kartons. An übrigen Möbeln gab es einen Schreibtisch, einen Bürodrehstuhl, zwei Polsterstühle neueren Datums und zwei schäbigere Sessel. Wie futuristische Fremdkörper in diesem Ambiente nahmen sich der Computer und der Drucker aus. »Gestiftet von einem Wohltäter mit Weitblick«, erklärte Paula. »Ehrlich gesagt, ich weiß nicht, was ich ohne die Hilfe dieses Mannes tun würde.«

»Wenn Sie Zuschüsse aus verschiedenen Quellen bekommen, dann hat Ihr Verein doch sicher auch einen Vorstand«, bemerkte Ali.

»Ja, der besteht aus drei Beamten und einem Komitee, das eigentlich aus einem Vertreter des Councils, der Sozialbehörden, des National Health Service und der Polizei zusammengesetzt sein sollte.«

»Wer ist der Vertreter der Polizei?«

»Zur Zeit niemand. Sergeant Price wurde vor einigen Jahren von seinem Inspector damit beauftragt, aber er ist im März in Pension gegangen, und es wurde noch kein Ersatz benannt. Wenn wir nicht Stadtrat Collingham, der auch im Polizeiausschuss sitzt, im Vorstand sitzen hätten, dann wäre von der Polizei überhaupt niemand vertreten.«

Sie bat ihn, auf einem der Sessel Platz zu nehmen. »Kann ich Ihnen etwas zu trinken anbieten?«, fragte sie. »Kaffee? Tee?«

»Eine Tasse Tee wäre sehr nett, vielen Dank.«

Sie machte sich auf dem kleinen Tisch am Fenster mit dem Wasserkocher und den Tassen zu schaffen. »Also, wie kann ich Ihnen behilflich sein, Sergeant?«

»Da gibt es zwei Dinge«, erwiderte er und reichte ihr je ein Foto der ermordeten Mädchen und eines von Michael. »Als Erstes, kennen Sie diese Mädchen oder diesen Jungen oder hatten Sie vielleicht sogar hier mit ihnen zu tun?«

Sie nahm ihm die Fotos aus der Hand. »Und als Zweites?«

»Ich will etwas über minderjährige Prostituierte hier in der Stadt erfahren.«

Der Kocher schaltete sich automatisch aus, Paula goss das dampfende Wasser zu den Teebeuteln in die Tassen und reichte Ali eine davon. »Bitte nehmen Sie sich Milch und Zucker«, sagte sie, dann setzte sie sich wieder hinter ihren Schreibtisch.

Sie betrachtete die Fotos eingehend, zog die Brauen zusammen und ihr heiterer Gesichtsausdruck verfinsterte sich. »Das sind also die ermordeten Mädchen«, sagte sie und blickte zu ihm auf. »Ich finde es bedenklich, dass Sie so lange gebraucht haben, mit uns Kontakt aufzunehmen, Sergeant Ali.« Ihre Stimme klang jetzt sehr ernst. »Sie müssen doch gewusst haben, dass sie Prostituierte gewesen sind.«

Ali rutschte auf seinem Stuhl hin und her. Ihr Ton

drückte Enttäuschung aus, als sei das alles seine Schuld. Er saß vor ihr und hielt sich an seiner Tasse fest. Vielleicht sollte er ihr sagen, dass er erst seit kurzem und noch nicht einmal offiziell diesem Ermittlungsteam angehörte und vor vier Monaten noch gar nicht mit dem Fall befasst war. Doch jede Rechtfertigung würde sicher nur so klingen, als wolle er sich herausreden, daher versuchte er es gar nicht erst.

Sie breitete die Fotos vor sich aus und sagte mit todernster Stimme: »Diese drei sind definitiv anschaffen gegangen, und zwar über eine geraume Zeit. Die hier – Hannah«, und dabei deutete sie auf das Foto von Jenny Broomfield, »allerdings nicht, obgleich ihr Freund«, sie deutete auf Michaels Foto, »sich Sorgen machte, weil sie angeblich da hineingezogen werden sollte.«

Ali hatte den Blickkontakt mit Paula eine Weile vermieden, doch jetzt sah er sie forschend an und fragte, ohne die Stimme zu heben: »Wenn Sie das alles wussten, Mrs Townsend, warum haben Sie dann darauf gewartet, dass wir zu Ihnen kommen? Warum sind Sie selbst nicht sofort damit zu uns gekommen?«

Falls er gehofft hatte, sie damit zu überrumpeln, hatte er sich getäuscht. Sie setzte sich auf ihrem Stuhl zurück, drehte sich zum Fenster und sah hinaus, obgleich sich ihr dort keine interessantere Aussicht bot als die Zweige einer Kastanie und die Kamine des Nachbarhauses.

»Die ersten drei waren tot«, sagte sie schließlich, drehte sich zu ihm zurück und blickte ihm ins Gesicht. »Für sie war es schon zu spät. Ich hätte ihnen nicht mehr über sie sagen können, als bereits in den Zeitungen gestanden hatte, außer dass sie Prostituierte waren. Wäre ich zu ihnen gegangen, hätte das für uns bedeutet, dass die Polizei uns hier die Bude einrennt. Aus Rücksicht auf unsere anderen Klientinnen hier war ich nicht bereit, zu riskieren, dass sie deswegen nicht mehr herkommen. Wenn also eines der jüngeren Mädchen bei uns um Hilfe nachfragte, dann schärfte ich ihnen immer ein, wachsam zu sein, sich nicht zu exponieren und mit den Freiern immer nur zu zweit mitzugehen. Es war zwar nicht viel, was ich tun konnte, aber immer noch mehr, als die Polizei getan hat. Hannah hingegen war ein anderer Fall. Sie ging nicht anschaffen, und was wir besprochen haben, war vertraulich. Ich kann meine Schweigepflicht nicht brechen.«

»Wenn Sie es getan hätten, würde sie vielleicht noch leben.«

Paula Townsend konterte zornig: »Und wenn Sie Michael ernst genommen hätten, könnte sie vielleicht ebenfalls noch leben.« Die Atmosphäre zwischen ihnen war jetzt höchst angespannt. »*Sie* haben nichts unternommen, also machen Sie mir jetzt gefälligst keine Vorwürfe«, fuhr sie ihn an. »Unsere Gespräche hier sind vertraulich und daran bin ich gebunden, es sei denn, eine Klientin erlaubt mir, die Informationen weiterzugeben. Hannah hat das nicht getan, also habe ich ihr und Michael geraten, selber zur Polizei zu gehen. Schließlich sind Sie dazu da, Verbrechen zu verhindern, oder nicht? Ich habe nichts davon gemerkt, dass die Polizei irgendetwas unternommen hätte, um Hannahs Tod zu verhindern.«

Ali saß da und schwieg. Er war nicht hergekommen, um für das Versagen seiner Vorgesetzten den Kopf hinzuhalten, aber er konnte ihren Zorn gut verstehen.

»Tut mir Leid, Sergeant«, sagte sie und versuchte

ihre Fassung wiederzugewinnen. »Es ist ja nicht allein Ihre Schuld, aber es macht mich so wütend. Diese jungen Mädchen werden täglich auf brutale Weise missbraucht, und Sie rühren keinen Finger.«

Ali fragte sich, ob sie wusste, wie die Devise der Stadtverwaltung für den Umgang mit diesen Mädchen lautete. »Wir können nichts unternehmen, Paula, weil das alles im Verborgenen geschieht. Wenn wir wüssten, wo diese Mädchen zu finden sind, dann würden wir auch etwas tun. Aber sie gehen nicht auf den Strich, wir kennen nicht die illegalen Bordelle, in denen sie untergebracht sind, und ich könnte darauf wetten, dass Sie mir diesbezüglich auch keine Informationen liefern. Auch die Polizei muss sich an Regeln halten. Wir sind darauf angewiesen, dass uns jemand etwas meldet, bevor wir einschreiten können. Und bisher hat keiner Anzeige oder Meldung erstattet.«

»Michael schon.«

»Das stimmt, aber er hat uns keinerlei konkrete Hinweise geliefert: Er wollte keine Namen oder Orte nennen, wollte nicht verraten, was da genau vor sich ging, geschweige denn, wie er selbst in die Sache verwickelt war. Er hat nur gesagt, er glaube, dass seine Freundin in die Prostitution gelockt werden soll. Er hat sie nicht einmal mitgebracht, und ohne ihre Anzeige hatten wir überhaupt nichts in der Hand, um irgendwelche Ermittlungen einzuleiten.« Er stellte seine Tasse ab und beugte sich vor. »Sicher bekommen auch Sie manchmal Ihre Informationen über solche Vorfälle mit jungen Mädchen nur stückchenweise und müssen warten, bis sich das Puzzle zusammensetzt, bevor Sie etwas für sie tun können.«

»Ja, manchmal.«

»Nun, bei uns ist es ebenso. Wir müssen abwarten. Und genau das haben wir bei Michaels Information getan.« Das war eine Notlüge, und das wusste er auch, aber er war nicht bereit, die ganze Schuld auf seine Kappe zu nehmen. Er blickte sie bittend an. »Jetzt kommen Sie, Paula, die Mädchen sind tot. Sie können Ihre Schweigepflicht doch sicher jetzt brechen, und was Sie uns sagen, kann uns vielleicht tatsächlich helfen, den Täter zu finden.«

»Ich bin nicht der Ansicht, dass ich, nur weil sie tot sind, darüber sprechen kann, was sie mir anvertraut haben. Vertraulichkeit ist eine schwierige Sache, Sergeant, die mir viel Kopfschmerzen bereitet, aber ich nehme es damit sehr ernst. Trotzdem werde ich Ihnen sagen, was ich sagen kann. Zunächst einmal sind die Namen, die mir die Mädchen genannt haben, nicht ihre richtigen Namen gewesen, wie sie dann später auch in den Zeitungen standen. Wenn die Mädchen mit der Prostitution anfangen, gibt man ihnen einen neuen Namen, und unter diesem Namen kenne ich sie.«

»Wo kommen sie mit ihren Freiern zusammen?«

»Ich habe keine Ahnung. Sie geben mir nicht gerade ihre Adressen oder Telefonnummern. Im Laufe der Zeit jedoch, wenn ich sehr vorsichtig bin, gewinne ich ihr Vertrauen, und sie erzählen mir, was ihnen so alles zustößt. Und das sind immer die gleichen Geschichten, Sergeant. Die Mädchen wohnen im Jugendheim oder sie sind von zu Hause abgehauen oder kommen aus schwierigen Verhältnissen. Was auch immer, sie sind sehr verletzlich und psychisch labil. Und diese Anfälligkeit nutzen ihre künftigen Zuhälter schamlos aus. Sobald einer von ihnen ein bestimmtes Opfer im Visier hat – und ich gebrauche das Wort Opfer ganz bewusst, denn glauben Sie mir, sie *sind* Opfer –, dann macht sich ein Junge ihres Alters an das Mädchen heran. Er lockt sie mit falschen Versprechungen, bis er sie so weit gebracht hat, dass sie sozusagen reif für den Zuhälter ist. An diesem Punkt wird sie dann mit ihm zusammengebracht, und anfänglich benimmt er sich ihr gegenüber wie ein fürsorglicher Freund. Er verbringt seine Zeit mit ihr, geht mit ihr aus, verwöhnt sie, kauft ihr Klamotten und Schmuck, schließlich gibt er ihr einen Ring und behauptet, dass sie seine große Liebe sei. Er stellt ihr eine Wohnung zur Verfügung, wo er mit ihr eine sexuelle Beziehung anfängt. Mittlerweile ist sie vollkommen von ihm abhängig, sie hat alle Bekannten und Freundinnen aufgegeben und auch keinen Kontakt mehr zu ihrer wie auch immer gearteten Familie. Zur Krise kommt es, wenn er von ihr verlangt, dass sie mit einem seiner Kumpels schlafen soll – um irgendetwas wieder gutzumachen, wie er sagt. Sie willigt ein; es ist eine Möglichkeit, ihre Dankbarkeit zu zeigen. Doch dann fordert er von ihr, dass sie ihm ihre Liebe beweisen soll, indem sie noch mit weiteren Männern schläft. Er bekommt Geld dafür, dass sie das macht; sie nicht. Ohne es zu merken, ist sie damit zur Prostituierten geworden. Wenn diese Stufe erreicht ist, lässt er sie fallen und schiebt sie in ein Bordell mit anderen Mädchen ab, wo sie acht, neun Freier am Tag bedienen muss – manchmal auch mehr. Das Schreckliche dabei ist, dass sie ihn immer noch als ihren Freund ansieht und denkt, dass er sie eines Tages aus all dem Elend wieder herausholen wird.«

Ali stellte seine Tasse auf dem Schreibtischrand ab. Seine Gedanken wirbelten durcheinander. Er versuchte sich Deepak bei all dem vorzustellen, aber er konnte die Bilder in seinem Kopf einfach nicht mit ihm zusammenbringen, obwohl er die Schilderung für wahr hielt. Deepak Azam hatte seinen besten Freund, seine eigenen Landsleute und die einheimischen Bürger ebenso leicht hinters Licht geführt wie diese jungen Mädchen. Das musste Ali nun einer Fremden gegenüber zugeben, während es ihn gleichzeitig noch immer drängte, die grausamen Fakten durch die Forderung nach konkreteren Beweisen abzumildern.

»Ich bezweifle nicht, dass Ihre Schilderung der Wahrheit entspricht, Paula, und ich bin entsetzt und schockiert darüber. Aber für das, was Sie mir da erzählt haben, gibt es keine stichhaltigen Beweise, und das ist es, was wir brauchen. Das sind alles nur Schilderungen, keine konkreten Fakten – keine Namen, keine Daten, keine Adressen, nichts als die Geschichten dieser Mädchen.«

Paula hob mit entgeisterter Miene die Schultern. »Was ist los mit Ihnen? Sicher verdienen aber doch diese Schilderungen, wie Sie es nennen, eine Ermittlung. Es gibt immerhin genügend solcher gleich lautenden Aussagen – so heißt doch der juristische Fachausdruck, oder? Tun Sie etwas, Sergeant. Ich bitte Sie.« Ihre Blicke trafen sich, und jetzt, da die Enttäuschung aus ihrem Gesicht gewichen war, sah er in ihren Augen eine Mischung aus Bitte, Hoffnung und Aufforderung. »Diese Mädchen werden vernachlässigt, sie werden in eine Schublade gesteckt und vergessen. Diese furchtbaren Zustände müssen an die Öffentlichkeit kommen, und jetzt, wo in diesen Mordfällen ermittelt wird, ist die Gelegenheit dazu günstiger denn je.«

Ali seufzte. Sie versuchte ihn gerade zu manipulieren und er wusste es. »Ich werde tun, was ich kann«, sagte er schließlich. »Aber erwarten Sie nicht zu viel. Die wichtigste Spur ist Michael, und der ist tot. Wenn

Sie mir doch nur einen Tipp über so ein Bordell geben könnten oder einen konkreten Hinweis, wer ihr Zuhälter ist.«

»Tut mir Leid, das kann ich nicht, weil ich es nicht weiß. Sie verraten nie, wer ihr Zuhälter ist. Obwohl ...« Sie zögerte.

»Was?«

»Die Frau, die als Puffmutter sozusagen über die Mädchen wacht, wenn sie mit ihrer Arbeit im Bordell beginnen, wird Alice genannt. Ich weiß nichts über sie und auch nicht, wo sie wohnt, aber«, auf ihrem Gesicht erschien plötzlich ein strahlendes Lächeln, das gleiche wie bei ihrer Begrüßung, »ich bin sicher, Sergeant Ali, es stellt kein unlösbares Problem für Sie dar, sie ausfindig zu machen.«

Leah fand keine Worte dafür, wie erleichtert sie war, Joe zu sehen; sie klammerte sich nur schluchzend an ihn.

»Ach, Leah«, sagte er und strich ihr übers Haar. »Das kann doch alles nicht so schlimm sein.« Dann blickte er auf ihr tränenüberströmtes Gesicht hinunter und lächelte. »Komm schon, du bist ja fix und fertig. Weinst du wegen Mr Azam? Ich habe gesehen, wie er von der Polizei abgeführt wurde.«

»Ich hab versucht, sie daran zu hindern«, heulte sie.

»Ich glaube dir, dass du das versucht hast, und ich bin sicher, er hat es auch mitbekommen«, sagte er. Dann deutete er auf die andere Straßenseite. »Dort drüben gibt es ein Café, lass uns eine Tasse Kaffee trinken, oder vielleicht magst du ja was zum Frühstück. Ich wette, du hast noch nichts gegessen, oder?«

Woher wusste er das? Wie konnte er wissen, dass

Deepak von ihr erwartet hatte, ihm Frühstück zu machen, aber ihr selbst nicht mal eine Kleinigkeit angeboten hatte? Sie lächelte ihn an – das erste Lächeln an diesem Morgen. »Ich habe keinen Hunger«, sagte sie. »Aber ein Kaffee wäre toll.«

»Dann komm mit, wir unterhalten uns ein bisschen, und dann bestelle ich dir ein Taxi, das dich heimfährt.«

»Nein«, sagte sie. »Das brauchst du nicht. Eine Freundin von mir wollte mich abholen.« Sie sagte ihm nicht, wer diese Freundin war, nur dass sie Alice hieß.

In dem Café gab es ein großes Fenster, und sie setzten sich davor, so dass Leah sehen konnte, wenn Alice kam. Als ihr Wagen draußen hielt, erinnerte er sie an seine Handynummer und sagte, wenn sie mal wieder jemanden zum Reden bräuchte, müsse sie ihn nur anrufen. Bevor sie ging, versprach er ihr noch, wenn sie wolle, würde er versuchen herauszufinden, was die Polizei mit Deepak vorhabe. Sie nickte.

»Morgen habe ich ein paar Dinge zu erledigen«, sagte er. »Aber ich könnte dich so um elf Uhr am Centenary Square treffen, bis dahin müsste ich fertig sein.«

»Das passt gut. Ich kann um elf dorthin kommen, aber um eins muss ich wieder zurück sein.« Um ein Uhr wollte ein Freier kommen.

Auf der Rückfahrt zum Haus fragte Alice sie, ob sie eine schöne Zeit gehabt habe. So, wie sie es sagte, klang es, als sei Leah auf einem Kindergeburtstag gewesen. Leah sagte ja und konnte nur mühsam ihre Tränen unterdrücken.

»Die Polizei hat Deepak verhaftet.«

»Ja, das habe ich gehört.«

»Ich hab versucht, sie daran zu hindern.«

»Das hättest du besser bleiben lassen; du willst doch nicht etwa, dass die Bullen auf dich aufmerksam werden. Deepak kommt schon zurecht; der kann auf sich selber aufpassen.« Alice klang unbesorgt, aber sie biss sich auf die Lippe und runzelte die Stirn. Die restliche Fahrt schwiegen beide. Alice hatte nicht einmal nach Joe gefragt, wer er war oder worüber die beiden geredet hatten, und Leah war froh, ihr nichts davon erzählen zu müssen.

Als sie ins Haus zurückkamen, setzte sich Leah auf ihr Bett und grübelte, denn sie war innerlich völlig aufgewühlt. Auf der einen Seite wollte sie nur weg hier, vor allem so weit weg von Deepak, wie sie nur konnte. Doch vor dem Fitnessclub war sie spontan ihren Gefühlen gefolgt und war ihm gegen die Bullen zu Hilfe gekommen, die ihn ihr wegnehmen wollten. Vermutlich liebte sie ihn also immer noch. In ihrer Brust fühlte sie jedes Mal, wenn sie an ihn dachte, einen dumpfen Schmerz. Sie erinnerte sich an ein Musikvideo, das sie einmal gesehen hatte – zu dem Song *Love Hurts*. Vielleicht stimmte der Text ja. Sie suchte in ihrem Geldbeutel mit zitternden Fingern nach dem Zettel, auf dem die elfstellige Handynummer stand, die Joe ihr gegeben hatte. Sie fragte sich, ob er schon etwas herausbekommen hatte. Aber vom Telefon im Haus konnte sie ihn keinesfalls anrufen, das würde Alice nicht erlauben.

Aus den anderen Zimmern hörte man nichts, und sie vermutete, die anderen Mädchen machten im Garten das Beste aus ihrer Freizeit. Im Zimmer war es heiß und stickig. Leah rümpfte die Nase und rutschte vom Bett hinunter, um das Fenster zu öffnen. Männer rochen nicht gut und ihr Mief setzte sich im Raum fest – ihr Schweiß und ihre Alkoholfahne. Manchmal war die Erinnerung an diesen Geruch so stark, dass sie ihn noch in der Nase hatte, wenn sie schon ganz woanders war, wie zum Beispiel vorhin vor dem Fitnesscenter.

Sie riss sich das Kleid herunter, das Deepak ihr gekauft hatte, und warf es aufs Bett. Gestern Abend hatte sie sich so darauf gefreut, es für ihn anzuziehen, jetzt hätte sie es am liebsten in kleine Fetzen gerissen, aber das wagte sie dann doch nicht – noch nicht. Nicht bevor sie nicht ganz genau wusste, dass sie vor Deepaks Zorn sicher war.

Aber wenigstens hatte Joe Verständnis für sie.

Bei dem Gedanken, ihn am nächsten Tag wieder zu sehen, glitt ein Lächeln über ihr Gesicht. Ganz gleich, was die anderen hier über sie und Deepak sagten, für sie und Joe galt das nicht. Joe war ein echter Freund und bei Joe fühlte sie sich sicherer als je zuvor.

»Dad.«

Handford wandte sich um und sah Nicola zögernd an der Tür zum Esszimmer stehen, einen Becher Kaffee in der Hand. Vor ihm auf dem Tisch lag ein aufgefalteter Stadtplan. In den letzten zwanzig Minuten hatte er sich konzentriert darüber gebeugt und versucht, eine Verbindung zwischen den Tatorten herzustellen. Doch wenn es irgendein Muster gab, dann war er schlichtweg nicht in der Lage, es zu erkennen. Außer dass die Leichen im Umkreis einer halben Meile vom Zentrum gefunden worden waren, sah er keinen Zusammenhang.

»Hast du viel zu tun, Dad?«

»Nein, Schatz, ich bin nur ziemlich frustriert und hab einen Brummschädel.« Er nahm ihr den Becher ab, setzte sich auf einen der Esstischstühle und streckte die Beine aus. »Setz dich zu mir und wir unterhalten uns ein bisschen.«

Nicola stellte sich neben ihn und legte ihm einen Arm um die Schulter. »Bist du sehr böse auf mich, Dad?«

Er legte seinen freien Arm um ihre Taille und lächelte. »Nicht richtig böse, mein Schatz, nur ein kleines bisschen«, sagte er und drückte sie an sich. Das hatte er seit Ewigkeiten nicht mehr getan; anscheinend war nie genug Zeit für so etwas gewesen.

»Es tut mir Leid, Dad.« Ihre Stimme versagte.

»Es muss dir nicht Leid tun, dass du erwachsen wirst, Nicola. Ich bin derjenige, dem es Leid tun müsste – dafür, dass ich nicht für dich da war, als die ganze Sache aus dem Ruder lief. Ich schwöre dir, als ich das letzte Mal richtig hinsah, warst du noch ein kleines Mädchen. Deine Mutter hat ganz Recht, wenn sie darüber klagt, dass bei mir immer die Arbeit an erster Stelle steht. Väter sollten stärker Anteil am Leben ihrer Töchter nehmen. Wenn ich dir mehr Aufmerksamkeit geschenkt hätte, dann hätte ich so etwas vielleicht kommen sehen.« Er ließ seinen Arm sinken. »Komm her, setz dich eine Weile zu mir. Das hier«, er deutete auf den Stadtplan, »kann warten.«

Nicola zog sich einen Stuhl heran. »Vishnu ist weg. Sein Vater hat ihn nach London geschickt, und er wohnt jetzt dort bei Verwandten«, sagte sie.

»Und darüber bist du unglücklich?«

»Ich liebe ihn, Dad. Es ist nicht seine Schuld, zumindest nicht *nur* seine. Die gleichen Vorwürfe kann man auch mir machen.«

Handford hätte dem gern zugestimmt, dennoch war er voreingenommen und wusste, dass da die väterlichen Gefühle aus ihm sprachen.

»Wie hast du herausgefunden, dass er weg ist? Du bist doch nicht etwa wieder bei ihm zu Hause gewesen?«

»Nein, sein Bruder ist heute Morgen vorbeigekommen. Er ist heimlich gekommen, sein Vater darf das nie erfahren. Aber er hat sich gedacht, ich würde sicher gern wissen, wo Vishnu ist.«

»Das war nett von ihm.«

»Sie sind auch eine nette Familie, Dad, sie sind einfach nur anders. Du kannst Vishnus Vater nicht vorwerfen, dass er seinen Sohn beschützen will.«

»Nein, Nicola«, erwiderte Handford grimmig, »aber ich kann ihm vorwerfen, dass er nicht zulässt, dass Vishnu die Verantwortung für sein Tun übernimmt. Das bleibt jetzt alles an dir hängen.« Er richtete sich auf seinem Stuhl auf und legte sich dabei die Frage zurecht, die er stellen musste, obwohl er sich vor der Antwort fürchtete. »Hast du schon eine Entscheidung getroffen?«

»Nein, noch nicht.« In ihren Augen standen Tränen. »Ich denke immer, jetzt weiß ich es; ich beschließe, eine Abtreibung machen zu lassen, und dann denke ich wieder daran, dass es um ein Baby geht, und will es bekommen. Dann denke ich wieder an mein Leben und was ich alles machen will – mein Abitur hinter mich bringen, zur Uni gehen, und ich weiß, dass ich das mit einem Baby nicht tun kann. Dann entscheide ich mich wieder für eine Abtreibung und das Ganze fängt von vorn an.«

Handford stellte seinen Becher auf den Tisch, rutschte vom Stuhl auf die Knie und schloss sie fest in die Arme. »Ach, Nicola«, sagte er mit einem Kloß im Hals. »Es tut mir so Leid, dass ich dir da nicht raten kann, was du tun sollst. Ich wünschte, ich könnte es.

Aber das ist eine so persönliche Entscheidung, und ganz gleich, welchen Weg du wählst, du bist diejenige, die ihn gehen und letztendlich damit leben muss. Ich würde alles dafür geben, wenn ich dir dieses Problem abnehmen könnte, aber das geht eben nicht.« Er hielt sie ein Stückchen von sich weg, um ihr ins Gesicht zu sehen. »Aber du weißt schon, nicht wahr, dass wir – ich und deine Mum – für dich da sind. Du kannst mit uns immer darüber sprechen, jederzeit. Und wir stehen hinter dir, ganz gleich, wofür du dich entscheidest.« Er schwieg einen Augenblick. »Du musst mir nur eines versprechen, Nicola: dass deine Entscheidung eine richtige Entscheidung ist, nicht ein Aufschieben der Entscheidung. Mit anderen Worten, dass du sie nicht so lange aufschiebst, bis die Zeit sie für dich trifft.«

»Das werde ich nicht tun, Dad, ich verspreche es.«

Handford setzte sich wieder hin und griff nach seinem Kaffeebecher. »Willst du nicht auch einen?«

Nicola verzog das Gesicht. »Davon wird mir übel«, erwiderte sie und blickte auf den Stadtplan. »Was machst du damit?«

»Ich versuche herauszufinden, ob die Morde einem bestimmten Muster folgen, aber ich kann keins erkennen.«

»Sind die roten Punkte die Orte, wo sie ermordet wurden?«

»Dieser hier«, sagte er und deutete auf einen der Punkte, »ist der Ort, an dem das letzte Mädchen gefunden wurde.«

Gemeinsam mit ihm studierte Nicola den Punkt auf der Karte. »Früher stand da mal eine Kirche, das weißt du sicher«, meinte sie dann, »vor langer Zeit. Na ja, nicht genau an der Stelle, da stand das

Alexandra Hotel und das Empire Cinema. Die gibt es jetzt auch nicht mehr, aber in dieser Gegend stand früher die Oktogon-Kapelle.«

»Die Oktogon-Kapelle?«

»Ja, sie wurde so um 1820 geschlossen, weil sie baufällig war. Dann hat man an ihrer Stelle eine Kirche errichtet, wo jetzt das Arndale Shoppingcenter ist. Die gibt es heute also auch nicht mehr.«

»Woher weißt du das denn alles?«

»Das haben wir im Themenschwerpunkt Stadtgeschichte für die Mittlere Reife lernen müssen. Da ist einer zu uns in die Schule gekommen und hat Vorträge darüber gehalten. Er gibt auch Kurse am College, und die Stadtgeschichte ist sein Hobby. Er hält überall in Bradford und an anderen Orten Vorträge darüber. Der war richtig gut, total interessant, und er hat herausgefunden, dass es eine Menge Orte in Bradford gibt, die früher eine religiöse Bedeutung hatten – mehr als man sich so vorstellt.«

»Nicola, hast du noch deine Aufzeichnungen darüber?«

»Die sind sicher irgendwo in meinem Zimmer. Soll ich sie für dich suchen?«

»Bitte.«

Nicola stürmte aus dem Esszimmer; er hörte sie die Treppe hinaufrennen, und kurz darauf knallte ihre Schlafzimmertür zu.

Handford verspürte plötzlich wieder Nervenkitzel und Jagdfieber. Die Prostituierten in Cambridge: Jenny Marsden, achtzehn Jahre alt, aufgefunden auf einem Friedhof; Kate Jennings, einundzwanzig, in einem Kircheneingang; Lindsay Jefferson, vierzehn, auf dem Gelände einer ehemaligen Kapelle; alle mit Spuren von Gewalteinwirkung im Schulterbereich, alle getötet durch Schläge gegen den Kopf und alle aufgefunden auf Grundstücken der Kirche.

Ich vermute, es handelte sich um irgendeinen religiös motivierten Psychopathen.

Hatten sie es hier wirklich mit einem religiös motivierten Psychopathen zu tun? Mit einem religiösen Spinner namens Stephen Russell? Meine Güte, das wollte er nicht hoffen. Reiß dich zusammen, John, jetzt fängst du auch schon mit dieser Vorverurteilung an. Vermutlich ist es purer Zufall, dass Jenny Broomfield neben einer ehemaligen Kirche gefunden wurde, und es ist ziemlich unwahrscheinlich, dass die anderen Mädchen ebenfalls auf einstmals geweihtem Boden abgelegt wurden. Aber trotzdem ...

Nicola kam ins Zimmer zurück und wedelte mit einem A4-Ringblock. »Ich hab sie gefunden.«

»Gut, dann sehen wir uns mal die anderen Fundorte genauer an.«

Nicola öffnete ihren Block bei einer sorgfältig gezeichneten Kartenskizze und Handford sagte: »Beverly Paignton wurde in einer Gasse zwischen zwei Blocks mit Geschäften gefunden, direkt oberhalb des Rawson Square.«

Nicola fand die Stelle. »Dort stand früher die Christchurch. Sie wurde 1815 als erste Pfarrkirche im Ort errichtet und lag in einem Park, der sich von Kirkgate bis dort hinauf erstreckte. Der Lehrer hat gesagt, Bradford war zu jener Zeit eine der am schnellsten wachsenden Städte. Die Kirche behinderte immer stärker den Durchgangsverkehr, daher wurde sie 1879 vom Stadtrat erworben, abgerissen und die Durchgangsstraße von der Darley Street zum Northgate angelegt.«

»Und was ist mit dem Gelände an der Great Horton Road, wo das zweite Mädchen gefunden wurde?«

Sie fuhr mit dem Finger auf ihrer Skizze die Straße entlang. »Die Bell Chapel. Errichtet 1809 zur Entlastung für die Pfarrkirche. Sie steht dort immer noch, wird aber inzwischen als Lager genutzt. Weißt du, dass die Grabsteine vom Friedhof zum Bau der Grenzmauer verwendet wurden?«

Handford hatte es nicht gewusst und im Augenblick interessierte es ihn auch nicht allzu sehr. Doch er lächelte seiner Tochter zu und freute sich, dass sie plötzlich wieder so lebhaft wirkte.

»War dort der Fundort, in der Nähe der Grabsteine?«

Ihr Vater schüttelte den Kopf. »Nein, neben einer Müllsammelstelle. Gut, Nicola. Dann versuchen wir es beim dritten Fundort. Carla Lang fand man neben einem Pub in Ivegate. Jetzt erzähl mir aber nicht, dass dort auch eine Kirche gestanden haben soll, nicht an einem so steilen Hang.«

Nicola blickte wieder auf ihre Kartenskizze, blätterte dann aber ein paar Seiten weiter. »Nein, keine Kirche. Aber ganz in der Nähe war das Geburtshaus von John Sharpe.«

»Wer um alles in der Welt war denn John Sharpe? Ich habe noch nie von ihm gehört.«

»Er war um 1600 Erzbischof von York. Also nehme ich an, man kann schon sagen, dass er religiös war.«

»Ja, das kann man vermutlich sagen«, wiederholte Handford nachdenklich.

War das hier das Muster? Dass all die Mädchen so nahe wie möglich bei einem Gott geweihten Ort abgelegt worden waren, ohne dass der Mörder dazu eine noch benutzte Kirche entweihen musste? Dass er sie in der Nähe von Müllsammelstellen oder auf dem Abfall deponiert hatte, war ein Hinweis darauf, was er von ihrem Lebenswandel gehalten hatte. Aber was bedeutete es, dass er stets darauf geachtet hatte, dass der Ort eine religiöse Bedeutung besaß? War es seine Art, den Opfern die Absolution zu erteilen? Bei allen Morden außer einem hatte sich der Mörder in Cambridge Kirchen ausgesucht, die noch als solche gebraucht wurden. Wenn er und der Müllsack-Mörder ein- und derselbe Täter waren, dann hatte er, wie Handford es zuvor schon einmal angenommen hatte, sowohl bei der Auswahl der Opfer als auch bei der Wahl des Orts, an dem er die Leichen ablegte, seine Methoden verfeinert.

»Nicola, erinnerst du dich, wie der Mann hieß, der euch diesen Vortrag in der Schule gehalten hat? Ich würde mich gern mit ihm unterhalten. Und mir eine Liste seiner Studenten besorgen.«

»Ich hab den Namen irgendwo notiert.« Sie blätterte die Seiten um. »Er heißt Andrew Collingham.«

»Der Stadtrat?«

»Ja, ich glaube schon. Das stimmt, denn einmal hat er gesagt, er könnte nachher nicht mehr dableiben, um Fragen zu beantworten, weil er gleich anschließend in eine Stadtratssitzung müsse.«

Handford seufzte.

Stadtrat Andrew Collingham; ein Freund von Stephen Russell.

KAPITEL 19

Am nächsten Morgen machte Handford zwei Anrufe. Der erste galt Andrew Collingham: »Hätten Sie vielleicht heute Morgen kurz Zeit für mich, Mr Collingham? Ich würde dann bei Ihnen vorbeikommen.«

Der Stadtrat erwiderte ziemlich kurz angebunden. »Ist es wichtig, Inspector? Ich muss um elf Uhr in eine Sitzung. Morgen kommen die Examensergebnisse heraus, vorher haben wir noch eine Planungskonferenz am College. Weiß Gott, warum, wir können ja ohne die Ergebnisse gar nicht viel beschließen, aber man besteht darauf, sie abzuhalten.«

»Es ist ziemlich wichtig, Sir, und ich benötige dringend Ihre Hilfe. Aber ich kann das nicht gut am Telefon besprechen. Ich kann in einer halben Stunde bei Ihnen sein und ich verspreche Ihnen, dass ich rechtzeitig vor ihrer Sitzung wieder weg bin.«

»Also gut, Handford. Aber ich warne Sie, wenn es sich abzeichnet, dass ich deswegen zu spät komme, muss ich unser Gespräch abbrechen.«

»Ja, das verstehe ich.«

Handford wollte gerade auflegen, als Collingham noch sagte: »Übrigens, Inspector, ich bin froh, dass Sie Einsicht bewiesen haben und Deepak Azam wieder auf freiem Fuß ist. Die Situation hätte ganz schön brenzlig werden können.«

Handford schluckte seinen Ärger hinunter und sagte: »Ja, Sir, das stimmt. Ich bin gleich bei Ihnen.« Dann unterbrach er die Verbindung, bevor Collingham weitersprechen konnte.

Den zweiten Anruf führte er über das Haustelefon mit Stephen Russell.

»Ich habe einen Termin außerhalb, Sir. Würde es Ihnen etwas ausmachen, wenn mich Sergeant Ali bei unserer morgendlichen Besprechung vertritt?«

»Nein, das geht schon in Ordnung. Sagen Sie ihm, dass er um neun zu mir kommen soll.« Seine Stimme klang müde.

»Danke, Sir.«

Wie bei dem vorherigen Anruf wollte er gerade auflegen, als Russell sagte: »Moment noch, John – hat Catherine schon die Stadt verlassen, wissen Sie das?«

Handfords Ton wurde freundlicher. »Nein, Stephen, sie ist noch hier. Sie und ihr Mann warten auf das Eintreffen von Jenny Broomfields Vater. Ich glaube, sein Flug kommt so um zehn Uhr auf dem Leeds Bradford Airport an. Sie wollten ihn dann direkt hierher bringen.«

»Der arme Mann.«

»Ja, das kann man wohl sagen.«

Einen Augenblick lang sprach keiner, dann sagte Russell: »Meinen Sie, dass Catherine mich sehen will?«

»Wollen Sie das denn?«

»Ich würde zumindest gern meine Tochter sehen.«

Handford verkniff sich die Bemerkung, dass das wohl keine so gute Idee war, solange er unter dem Verdacht stand, Jenny ermordet zu haben. Stattdessen sagte er: »Im Augenblick stehen alle furchtbar unter Schock, Stephen, besonders Hannah. Wenn ich Sie wäre, würde ich noch einen oder zwei Tage warten.«

Wie viele der anderen Stadträte zog auch Andrew Collingham es vor, außerhalb der Stadtgrenze zu wohnen, obgleich er ein politisches Amt im Zentrum ausübte. Sein Haus lag hoch oben am Rand der Yorkshire Moors, in der Nähe des Dorfes Baildon. Hier zu wohnen, dachte Handford beim Einbiegen in die Zufahrt, war im Sommer sicher ein Traum, aber ein Alptraum im Winter.

Collingham saß im Garten, einen Becher Kaffee in der Hand. Er begrüßte seinen Besucher mit den Worten: »Meinen Sie, diese Hitze wird jemals ein Ende haben? Unsere Rasenflächen sind vollkommen verdorrt. Meine Frau besteht darauf, sie ab jetzt künstlich zu bewässern, aber ich sagte ihr, es würde ziemlich blöd aussehen, wenn die Frau eines Stadtrats ein Bußgeld bekommt, weil sie trotz des Verbots ihren Garten sprengt. ›Die da oben halten sich doch rein an gar nichts‹, würde am nächsten Tag wieder in allen Zeitungen stehen.«

Handford war noch gar nicht aufgefallen, dass Collingham mit einem so ausgeprägten Yorkshire-Akzent sprach. Bei Reden oder Wahlkampfveranstaltungen hörte man das kaum heraus, und auch als er ihn neulich wegen der Verhaftung von Deepak Azam attackiert hatte, war ihm sein Dialekt nicht aufgefallen. Es war interessant, dass der Stadtrat, wenn er nicht im Licht der Öffentlichkeit stand, seinen förmlichen Tonfall ebenso ablegte wie seine Krawatte.

»Ihre Frau ist eine passionierte Gärtnerin, Sir?«

»Mehr als das, Inspector. Sie ist Landschaftsarchitektin und hat einen eigenen Betrieb. Ich sage Ihnen, ich darf in unserem Garten nicht mehr tun als ihn bewundern. Und wenn ich es wage, eines ihrer Gartenwerkzeuge auch nur anzufassen, dann gibt es gleich ein Donnerwetter.« Sie schlenderten auf das Haus zu. »Wie dem auch sei, Sie sind sicher nicht hergekommen, um mit mir über Gärten zu sprechen, und ich muss bald in meine Sitzung.«

»Eigentlich bin ich hergekommen, Sir, um über ihr Interesse an der Stadtgeschichte zu sprechen.«

Zunächst zeigte sich Collingham ziemlich überrascht, dann blickten seine Augen plötzlich unerwartet misstrauisch. »Wieso das?«

Bevor Handford antworten konnte, kamen sie in die Küche, die von der hellen Morgensonne schon ziemlich aufgeheizt war.

»Wir gehen wohl besser rüber ins Wohnzimmer, dort ist es sicher kühler. Die Sonne geht auf dieser Hausseite auf, und bei dem heißen Wetter ist es in der Küche schon morgens wie in einem Ofen«, erklärte Collingham und stellte seinen Kaffeebecher in die Spüle. »Übrigens, hätten Sie gerne einen Kaffee?«

Handford schüttelte den Kopf und sah sich um. Der Raum war gemütlich, aber dennoch funktional eingerichtet, im Stil einer Landhausküche – mit einem großen Kombinationsherd, Eichenschränken und einem großen Holztisch in der Mitte, der Handford an das Lehrerpult in seiner Grundschule erinnerte. Er fuhr mit dem Finger über das Holz.

»Der ist schön, nicht war?«, sagte Collingham. »Ich habe ihn gekauft, als eines der alten Schulgebäude geschlossen wurde. Das war mal ein Lehrerpult. Ich habe es für ein Pfund erstanden. Hat mich mehr gekostet, es aufzumöbeln, als es zu kaufen, aber ich glaube kaum, dass man heutzutage sonst noch so etwas Stabiles findet.«

Sie gingen weiter in die Diele und von dort in das rustikale Wohnzimmer mit frei liegenden Holzbalken an der Decke und den Wänden. Collingham bat Handford, in einem der Ledersessel Platz zu nehmen.

»Also, warum sind Sie hergekommen, um über mein Interesse an Lokalgeschichte zu sprechen, Inspector? Das verstehe ich nicht. Ich bin gespannt.«

Handford beugte sich im Sessel vor und erklärte ihm, was er entdeckt hatte. »Seit ich dem Team angehöre, das die Morde untersucht, hatte ich die vage Vermutung, dass es noch ein ausgefeilteres Muster für sie geben muss als nur die Tatsache, dass es sich bei den Opfern um Prostituierte handelte.«

Collingham sah ihn interessiert an. »Sprechen Sie weiter«, sagte er.

»Nun ja, zunächst habe ich es gar nicht erkannt, erst gestern Abend, als meine Tochter mir gesagt hat, was Sie ihrer Klasse in einer Unterrichtsstunde von der religiösen Bedeutung zahlreicher Orte in der Stadt erzählt haben: Alle vier ermordeten Mädchen wurden an Stellen aufgefunden, an denen früher eine Kirche stand, im Fall von Carla Lang, deren Leiche in Ivegate abgelegt wurde, war es der ...«

»Geburtsort von John Sharpe, einstmals Erzbischof von York. Da haben Sie ja wirklich eine sehr kluge Tochter, Inspector. Ich fühle mich geschmeichelt, dass sie sich an meinen Vortrag erinnern kann. Die meisten der Schüler machen dabei immer einen tödlich gelangweilten Eindruck – sie haben einfach kein Interesse an der Vergangenheit. Aber da sie Ihnen das alles schon genau erklärt hat, frage ich mich jetzt natürlich, wie ich Ihnen noch weiter behilflich sein kann.«

»Ich bräuchte drei Dinge von Ihnen, Mr Collingham. Zunächst eine Liste aller Studenten, die Ihre Kurse über Stadtgeschichte besucht haben, dazu eine Liste der Schulen, wo Sie Vorträge gehalten haben, und die Namen der Geschichtslehrer oder der Lehrer, die mit diesen Schulvorträgen zu tun hatten. Dann hätte ich gerne noch, wenn möglich, Informationen über weitere solche Plätze in der Stadt. Wer auch immer der Mörder ist, er wird wieder zuschlagen. Serienmörder hören meist erst auf, wenn man sie stoppt. Wenn der Fundort Teil der Handschrift des Mörders ist, dann möchte ich ihm gern wenigstens einmal einen Schritt voraus sein.«

Collingham machte große Augen. »Meine Güte, Handford, das ist ja nicht gerade wenig, was sie verlangen. Ich werde eine Weile brauchen, um das alles zusammenzutragen, aber ich werde mir Mühe geben und mich gleich heute Abend dransetzen. Ich bringe Ihnen die Unterlagen dann morgen ins Präsidium.«

»Das wäre großartig.« Handford stand auf. »Die Stadtgeschichte betreiben Sie anscheinend nur als Hobby, oder? Am College geben Sie doch ganz andere Kurse, nicht wahr?«

»Ja, dort unterrichte ich Bauwesen und Bauhandwerk, Design und Bautechnik, so nennt man heute das altehrwürdige Zimmermannshandwerk. Ich habe jedoch nicht immer unterrichtet; ursprünglich habe ich selber mal auf dem Bau gearbeitet. Ich habe meine Lehrzeit bei einer der großen multinationalen Baufirmen absolviert und im ganzen Land auf verschiedenen Baustellen gearbeitet. Ich war an einigen sehr bekannten Projekten beteiligt«, sagte er lebhaft. »Das war natürlich, bevor ich meine Frau kennen gelernt habe.«

Handford musste lachen. »So was stutzt einem manchmal schon wirklich die Flügel, das stimmt. Haben Sie Familie, Mr Collingham?«

Der Stadtrat schüttelte den Kopf. »Nein, Inspector, meine Frau und ich haben ziemlich spät geheiratet – zu spät für Kinder.«

»Und haben Sie Brüder oder Schwestern?«

Das Lächeln, das Collinghams Miene erhellt hatte, verschwand. »Zwei Brüder und eine Halbschwester – das Produkt meiner Mutter und ihres Liebhabers«, sagte er bitter.

Handford verbarg seine Verlegenheit hinter einer Entschuldigung. »Tut mir Leid, Sir. Ich wollte Ihnen nicht zu nahe treten.« Er hätte nicht nachfragen sollen.

»Nein, nein, Inspector. Tut mir Leid, wenn ich Sie in Verlegenheit gebracht habe. Aber es ist leider so, trotz all der Jahre, dass mich diese ganze erbärmliche Geschichte immer noch wütend macht. Damals hat es mein Leben auf den Kopf gestellt – nicht nur meines, auch das meiner Brüder.« Er stand auf. »Und Sie, Inspector, haben Sie Kinder?«

»Zwei Mädchen. Nicola und Clare.«

»Na ja, dann hoffen wir mal, dass sie Ihnen nie Kummer bereiten werden.«

Handford bemühte sich krampfhaft, das Thema zu wechseln, und als sie an der Tür angelangt waren, drehte er sich um. »Sie sind ein Freund von Mr Russell, habe ich gehört.«

Collingham erstarrte sichtlich. »Das stimmt. Wir kennen uns seit einigen Jahren.«

»Können Sie mir sagen, Sir, ob er sich ebenfalls für Stadtgeschichte interessiert?«

»Stephen? Nicht die Bohne. Er bekommt sofort einen gelangweilten Blick, sobald ich davon anfange.«

»Das heißt, er hat keine Kenntnis von diesen Orten mit religiöser Bedeutung?«

»Seltsam, dass Sie das fragen, denn das ist der einzige Bereich der Stadtgeschichte, in dem er sich nun ausnahmsweise wirklich auskennt. Wir sind diese Orte einmal zusammen abgegangen, als ich darüber ein Merkblatt für die Bibliothek verfasst habe. Er hat mir sogar beim Verfassen des Artikels geholfen. Ja, Mr Handford, man könnte durchaus sagen, dass Stephen sie alle kennt.«

Als Handford ins Revier zurückkam, hatte er das Gefühl, als laste die ganze Welt auf seinen Schultern. Jedes Bisschen an Information, das er zusammentrug, schien Russell immer noch tiefer in den Mordfall Jenny Broomfield hineinzuziehen, und damit auch in die anderen. Es war Zeit, diesen Fall abzugeben. Die Ermittlungen mussten von nun an unbedingt höheren Gremien übertragen werden, und wenn Sandersons Einwand zutraf, dass derzeit kein Ermittler höheren Dienstgrads dazu verfügbar war, dann musste er entweder Forrester wieder einsetzen, es selbst tun oder jemand von außerhalb anfordern.

Er versuchte im Geiste immer noch seine Forderungen an Sanderson in Worte zu fassen, als ihm Ali begegnete. Er blickte Handford an und ein Lächeln erhellte seine kantigen Gesichtszüge. »Wir haben jetzt die Ergebnisse der kriminaltechnischen Untersuchung«, sagte er. »Die Haare und der Schweißfleck stammen definitiv von Dwayne Varley. Ich warte gerade noch auf seinen Anwalt, dann werden wir ja sehen, ob das seinem Gedächtnis auf die Sprünge hilft und ob wir nicht doch herauskriegen, wer ihm aufgetragen hat, Michael Braintree zu töten.«

»Das ist ja großartig. Vielleicht kriegen wir ja damit Varley, Johnson und Azam auf einen Schlag. Halten Sie mich auf dem Laufenden.«

»Dann wollen Sie also beim Verhör nicht dabei sein?«

»Nein, Khalid, das überlasse ich Ihnen. Sie haben die ganze Vorarbeit geleistet, dann sollen Sie jetzt auch den Erfolg ernten.« Schweigend nahm er einige Unterlagen aus seiner Aktentasche, dann fragte er weiter: »Hat sich auf die Nachfrage beim ›Project‹ irgendwas Brauchbares ergeben?«

Als Ali das Gespräch schilderte, war sich Handford nicht sicher, ob er Paula Townsend dankbar für ihre Informationen sein sollte, so mager sie auch waren, oder sauer, weil sie nicht früher damit zu ihnen gekommen war.

»Für wen hält die sich eigentlich, dass sie sich einbildet, entscheiden zu können, was wichtig ist und was nicht?«, murrte er.

Ali nahm sie in Schutz. »Ich glaube nicht, dass sie das unter diesem Gesichtspunkt gesehen hat, John. Sie wollte nur einfach vermeiden, dass wir den Frauen dort im ›Project‹ die Bude einrennen. Und sie hat gesehen, dass sie auch nicht mehr wusste, als sowieso schon in den Zeitungen stand – außer dass die Mädchen anschaffen gingen. Und sie hat angenommen, dass wir darüber Bescheid wissen. Und überhaupt, das meiste, was sie weiß, hat sie von den Frauen in vertraulichen Gesprächen erzählt bekommen.«

Doch Handford wollte sich nicht besänftigen lassen. »Diese blöden Sozialarbeiter. Haben Sie ihr nicht gesagt, dass die Vertraulichkeit keine Rolle mehr spielt, da die Mädchen ja inzwischen tot sind?«, fragte er.

Ali runzelte die Stirn. Wenn Handford in dieser

Stimmung war, dann konnte man jede vernünftige Diskussion vergessen.

»Sie ist keine Sozialarbeiterin, John.« Er musste sich Mühe geben, nicht aufzubrausen. »Sie ist eine Frau, die in einem sehr schwierigen Problemfeld versucht, ihr Bestes zu tun. Aber sie ist der Auffassung, dass die Vertraulichkeit einer Information nicht mit dem Tod einer Person endet. Ich habe lange mit ihr gesprochen. Sie ist eine sehr engagierte Frau und kümmert sich verzweifelt um die Probleme sexuell ausgebeuteter Minderjähriger. Sie meint, wenn wir wirklich wollten, könnten wir zwei Fliegen mit einer Klappe schlagen und die Nachforschungen darüber, was es mit den minderjährigen Prostituierten auf sich hat, mit der Aufklärung dieser Mordfälle verbinden. Schließlich stehen die beiden Ermittlungen miteinander in Zusammenhang.«

»Und wie stellt sie sich vor, dass wir das tun sollen, wenn sie uns nicht konkret sagen kann, wer der Zuhälter der Mädchen ist? Oder ist das auch vertraulich?« Seine Stimme klang leicht verdrossen.

»Nein, das ist es nicht, John, und nein, sie kann uns nichts dazu sagen. Ebenso wenig wie die Frauen würden auch die jungen Mädchen ihren Zuhälter verpfeifen. Die meisten von ihnen glauben sowieso fest daran, dass sie seine große Liebe sind.«

»Wie bitte, auch wenn sie alle denselben Zuhälter haben?«

»Sieht ganz so aus. Jedenfalls«, Ali zögerte, »ich habe ihr zugesagt, ich würde mein Bestes tun und sehen, was sich machen lässt.«

Handford blickte ihn forschend an. Er hatte sich jetzt wieder gefangen. »Sie machen schon wieder denselben Fehler, Sergeant Ali. Sie sagen etwas zu, was Sie aus Ihrer Position heraus gar nicht zusagen können. Sanderson ist jetzt der leitende Ermittler. Es läuft alles über ihn, und ich werde mich darüber nicht hinwegsetzen. Ich hoffe, Sie tun das auch nicht.«

»Nein, Sir. Tut mir Leid. Es ist nur – sie hat das sehr plausibel dargelegt.«

»Davon bin ich überzeugt, und im Grunde genommen stimme ich darin im Wesentlichen mit ihr und mit Ihnen überein. Irgendjemand muss diese Mädchen ausfindig machen. Sie spielen in dem gesamten Fall eine Schlüsselrolle. Sehen Sie zu, dass Sie Varley zu einem Geständnis bringen können, und ich informiere Sanderson. Mal sehen, was er uns in dieser Sache weiter vorschlägt.«

»Vielen Dank, Sir.« Lächelnd stand Ali von seinem Stuhl auf und ging zur Tür. Dort wandte er sich noch einmal zögernd um. »Ach, und noch etwas habe ich bei dem Treffen mit Mrs Townsend erfahren.«

»Was?«

»Es ist nicht viel, aber Paula – Mrs Townsend – hat gemeint, die Frau, die die Mädchen beaufsichtigt, wird anscheinend Alice genannt. Wenn wir diese Alice finden, dann könnten wir vielleicht auch herauskriegen, wo das Bordell ist und es ausheben. Und man weiß ja nie; wenn das der Ort ist, wo der Mörder an sie herankommt, dann könnten wir ihn dadurch vielleicht auch stoppen.«

»Serienmörder lassen sich bekanntermaßen nicht so leicht stoppen, Khalid. Er wird vermutlich seine Aufmerksamkeit auf ganz normale Mädchen verlagern, die nichts mit Prostitution am Hut haben.«

»Und die zählen dann mehr als die jungen Dinger, die Alice unter der Fuchtel hat?« Ali war sichtlich zornig.

»Das habe ich nicht gesagt und auch nicht gemeint, Sergeant.«

»Nein, tut mir Leid. Es ist nur, weil ich jetzt so hautnah erfahren habe, wie grausam diese Mädchen missbraucht werden …, und die Sache, dass Deepak damit zu tun hat – na ja, Sie verstehen schon.«

Handford verstand sehr gut, aber er wusste auch, dass er wie die meisten Eltern seine Töchter in Sicherheit haben wollte. Und wenn der Mörder eine bestimmte Gruppe im Visier hatte, zu der sie nicht zählten, dann fühlte auch er sich gleich viel sicherer. Das bedeutete allerdings nicht, dass der Müllsack-Mörder sich zu guter Letzt nicht doch noch ausschließlich auf das Töten an sich fixierte und nicht so sehr auf einen bestimmten Typ von Opfern – vielleicht war das ja auch schon bei Jenny Broomfield der Fall gewesen.

»Machen Sie diese Alice ausfindig, Khalid«, sagte er. »Und ziehen Sie Warrender dabei zu Rate. Er hat vielleicht eine Ahnung, wer damit gemeint sein könnte.«

Handford sah seinem Sergeant nachdenklich hinterher. Es machte ihm Sorgen, dass sich Ali so stark vom Schicksal dieser Mädchen erschüttern ließ; normalerweise hatte er seine Gefühle gut unter Kontrolle. Konnte es sein, dass er, rein gefühlsmäßig, das Unrecht wieder gutmachen wollte, das auf das Konto eines Mannes ging, den er für seinen besten Freund gehalten hatte? Das wollte er nicht hoffen, denn es würde bedeuten, dass der Fall für ihn eine persönliche Dimension annahm – obgleich Handford sich unter den gegebenen Umständen ohnehin nicht vorstellen konnte, wie es anders sein könnte.

Handford war in Gedanken noch immer mit dieser Frage beschäftigt, als er bei der Polizei in Winchester anrief und sich zu Chief Inspector Greenaway durchstellen ließ. Was er jedoch von dem Chief Inspector erfuhr, ließ seine Stimmung auf den Nullpunkt sinken. Als der Anruf beendet war, griff er nach seinem inzwischen kalten Kaffee und lehnte sich im Stuhl zurück. Die Informationen wirbelten in seinem Kopf herum – Informationen, die Russell noch enger mit der Mission eines Serienkillers in Verbindung brachten, der danach trachtet, die Welt von Prostituierten zu säubern. Eine Woge von Müdigkeit überwältigte ihn. Er konnte einfach nicht glauben, dass dieser Mann, den er kannte, dieser angenehme, unaufdringliche, zurückhaltende Mann, den man kaum je zu Wutanfällen, geschweige denn zu Gewaltausbrüchen reizen konnte, sich in ein solches Monster verwandeln konnte. Ein Monster, das junge Mädchen zu Tode prügelte und sie anschließend auf derart abscheuliche und brutale Weise sexuell missbrauchte. Es musste doch etwas geben, irgendeine kleine Information, die diesen Strudel an belastenden Beweisen durchbrechen konnte. Aber Handford hatte nicht die geringste Ahnung, was.

Er war so tief in Gedanken versunken, dass er beim Klingeln des Telefons hochfuhr und seinen Kaffee über sich und den Schreibtisch verschüttete.

Noble war am Apparat.

»Ich bin im Video-Raum«, sagte der Inspector und seine Stimme zitterte vor Aufregung. »Ich hab da was, das müssen Sie sich unbedingt ansehen.«

»Ich bin in zwei Minuten bei Ihnen«, erwiderte Handford und versuchte panisch, die braune Flüssigkeit mit Papiertaschentüchern aufzusaugen, bevor sie die vor ihm liegende Post und die Verhörprotokolle völlig durchnässte. Dann ließ er den durchweichten Knäuel mit angewidertem Gesicht in den Papierkorb fallen, schaltete seinen Anrufbeantworter ein und stürmte hinaus.

Völlig außer Atem kam er im Video-Raum an. Noble saß dort allein und blickte gebannt auf den flimmernden Bildschirm. Als Handford eintrat, blickte er auf und hielt das Band an.

»John, mir ist gestern eingefallen, dass da ja etwas auf den Videos sein könnte, die wir bei den Beerdigungen der Mädchen gemacht haben. Sie wissen schon, so was wie der Mörder, der seinen Triumph genießt und dergleichen. Jedenfalls hab ich sie gestern mit nach Hause genommen und sie mir noch mal angesehen.«

»Und da ist Ihnen noch etwas aufgefallen?«

»Ich hab mir eins nach dem anderen angeschaut, nicht jedes einzeln, wie damals nach der jeweiligen Beerdigung. Und dabei habe ich etwas entdeckt, das wir übersehen haben.« Er drückte auf Play und das Standbild flackerte über den Bildschirm. Ein Geistlicher und vier Leute standen um das Grab herum, und der Wind, der ungehindert über den Friedhof blies, verfing sich in ihren Kleidern. Der Priester hielt mit einer Hand seinen Talar fest, mit der anderen sein Gebetbuch mit den aufgewirbelten Seiten.

»Das hier war Beverley Paigntons Begräbnis.«

»Von der Familie, die von ihr Abschied nimmt, ist ja nicht viel zu sehen«, bemerkte Handford.

»Nein, aber sehen Sie sich die an.« Noble deutete auf eine schlanke, elfenhafte Frauengestalt, die sich verzweifelt bemühte, nicht die Balance zu verlieren und ihre dunkle Lockenmähne, die der heftige Wind ihr ständig ins Gesicht wehte, zurückzuhalten. »Die gehört nicht zur Familie, aber sie ist auf allen Videos zu sehen.«

»Wer ist sie?«

»Ich weiß es nicht, aber sie steht immer mit am Grab, und sie spricht auch anschließend mit den Familien.«

»Das ist vielleicht Paula Townsend, die Leiterin des ›Project‹. Ich werde Ali nachher mal fragen. Er verhört im Augenblick Dwayne Varley. Die Ergebnisse des DNA-Tests waren positiv.«

Ohne den Blick vom Bildschirm abzuwenden, sagte Noble: »Gut. Dann können wir also Azams Verwicklung in den Mord an Michael Braintree beweisen?«

»Das weiß ich nicht. Kommt darauf an, wie viel Angst Varley vor Azam hat. Aber ich bin sicher, Ali wird sein Bestes tun.«

Noble zeigte wieder auf den Bildschirm. »Sehen Sie da, in der Bildecke, die Frau, die links von dem neuen Grabstein steht.« Er hielt den Bandlauf wieder an.

Handford sah sich das Bild eingehend an. Eine andere Frau stand eingehüllt in ein langes Cape und ihr Gesicht wurde von dem großen Kragen verdeckt, den sie gegen ihre Wangen gedrückt hielt.

»Wer ist sie?«

»Ich weiß nicht, aber auch die ist auf den anderen Videos, und sie hält sich stets im Hintergrund.« Er drückte auf Stop und dann auf Eject. »Und jetzt sehen Sie sich diese Aufnahme an«, sagte er und legte das nächste Band ein. »Das hier ist Janice Thurmans Beerdigung.« Wieder erschien eine Szene am Grab auf dem Bildschirm; diesmal standen mehrere Trauergäste vor dem Erdhaufen, die meisten hielten Schirme hoch, um sich vor dem Regen zu schützen. Noble drückte auf Pause. »Da ist wieder die erste Frau, zusammen mit der Familie, aber sehen Sie mal dort drüben.«

Dieselbe Frau stand auch hier wieder ein paar Meter abseits von der Trauergemeinde, nur trug sie diesmal einen Regenmantel mit Kapuze, und ihr Gesicht war gut erkennbar.

»Auch bei Carla Langs Begräbnis ist sie dabei. Was meinen Sie, wer das ist?«

Handford lehnte sich auf seinem Stuhl zurück und verschränkte die Hände hinter dem Kopf. »Das ist Alice. Darauf möchte ich wetten.«

»Wer ist Alice?«

»Nach Aussage von Paula Townsend ist sie die Frau, die die jungen Prostituierten anleitet – eine Art Puffmutter, wenn Sie so wollen. Unglücklicherweise hat Mrs Townsend keine Ahnung, wo sich dieses Bordell befinden könnte. Haben Sie ein Standfoto anfertigen lassen?«

»Ja, hier ist es.« Noble hielt ein braunes Kuvert in die Höhe.

»Ich habe Warrender und Ali beauftragt, sie ausfindig zu machen«, sagte Handford. »Wenn das ein Foto von ihr ist, wird es die Suche enorm vereinfachen.« Er stand auf. »Es gibt da noch etwas, das ich gern mit Ihnen besprechen möchte, aber nicht hier. Würden Sie bitte in mein Büro mitkommen; wir können den beiden das Foto unterwegs vorbeibringen.«

»Sie waren nicht der Einzige, der gestern Abend Überstunden gemacht hat«, sagte Handford, als sie sich gesetzt hatten. Er schilderte Noble seine Entdeckung eines religiösen und historischen Zusammenhangs der einzelnen Fundorte und was er dazu von Collingham erfahren hatte.

»Das sieht nicht gut aus für Russell«, sinnierte Noble.

»Es kommt noch schlimmer. Gerade bevor ich zu Ihnen runterging, habe ich mit Chief Inspector Greenaway in Winchester gesprochen. Er hat mir gesagt, Russells Vater sei mehr als einmal als Freier auf dem Straßenstrich geschnappt worden. Hat jedoch nie eine Anzeige bekommen. Laut Greenaway hat man aufgrund seiner Bedeutung für die Stadt als wichtiger Arbeitgeber immer davon abgesehen. Anscheinend hat er sich aber nicht nur ein bisschen herumgetrieben, sondern zudem auch immer wieder seine Frau vermöbelt, wenn ihm danach zumute war. Es gibt dafür natürlich keine konkreten Beweise, aber nach Ansicht von Greenaway hätte sie, wenn er es nicht gewesen wäre, schon eine außerordentlich schusselige Person gewesen sein müssen, um in so viele Türen hineinzulaufen. Nicht dass man in den siebziger- oder achtziger Jahren solchen Dingen besonders nachgegangen wäre, man hätte es als Privatsache abgetan und die Polizei hätte sich nicht damit befasst. Viel später erfuhr man jedoch, dass Mrs Russell eine längere Affäre mit einem Typen aus der Stadt gehabt hatte, bevor Stephen und seine Schwester auf die Welt kamen, und auch noch eine ganze Weile danach. Nicht weiter verwunderlich, wenn man weiß, was ihr Mann für einer war. Von da an verkündete Mr Russell senior jedem, der es hören wollte, es sei sein gutes Recht, mit jeder zu schlafen, die nichts dagegen hätte, üblicherweise mit Prostituierten. Anscheinend zog er seine Frau und seine Kinder ständig damit auf, außerdem mit Sticheleien, dass wohl weder Stephen noch seine Schwester von ihm stammten.«

»Wie sympathisch.«

»Kann man wohl sagen. Und wenn er sie nicht gerade hänselte, dann war er gewalttätig, und wenn er nicht gewalttätig war, dann war er tyrannisch – Sie wissen ja, dass er Catherine dazu bringen wollte, eine Abtreibung machen zu lassen. Und wie mir Neilsen erzählt hat, war es Russell senior, der darauf bestanden hatte, dass Stephen nach Cambridge ging, obgleich der lieber an einer anderen Universität studiert hätte. Ich habe den Eindruck, als hätten die düsteren Stimmungen, die sowohl Neilsen als auch Catherine Mellings beschrieben haben, etwas mit seinen Eltern zu tun. Er verschwand dann immer tagelang, vermutlich nach Winchester, und wenn er zurückkehrte, schloss er sich ein und weigerte sich, jemanden zu sehen oder zu sprechen. Russell hat seinen Stolz, er hätte nicht gewollt, dass irgendetwas davon herauskommt.«

»Vielleicht hat er Prostituierte ermordet, um sich damit an seinen Eltern zu rächen«, schlug Noble vor.

»Das könnte sein, aber da wir keine Indizien einer zeitlichen Übereinstimmung haben, werden wir das schwerlich beweisen können.«

»Aber wenn er seine Eltern so sehr gehasst hat, warum ist er dann wieder nach Hause zurückgekehrt, um in den väterlichen Betrieb einzutreten? Warum ist er nach dem Examen nicht fortgegangen?«

»Vermutlich musste er zurückkehren, um zumindest den äußeren Schein nach dem Familienfrieden zu wahren. Als dann jedoch seine Schwester ebenfalls auf die Universität ging und sich seine Mutter scheiden ließ, schied er aus der Firma aus und verließ Winchester. Er ist wohl gleich anschließend hierher nach Yorkshire gekommen und in den Polizeidienst eingetreten. Offensichtlich steht all das hinter seinen persönlichen Gründen, das Familienunternehmen zu verlassen.« Handford lehnte sich in seinem Stuhl zurück. »Ich sage es nur äußerst ungern, Brian, aber

Russell hat den perfekten Background dafür, zum Serienmörder zu werden.«

Noble sah Handford mit zweifelndem Blick an. »Und glauben Sie, dass er einer geworden ist?«

»Ich möchte es nicht glauben. Aber alles, was ich erfahre, führt mich ehrlich gesagt zu dem Schluss, dass er einer geworden sein könnte. Wir haben einfach nur keine handfesten Beweise dafür.«

Noble zog sein Taschentuch heraus und wischte sich den Schweiß von der Stirn. »Also gut, nehmen wir mal an, Sie haben Recht«, sagte er. »Sagen wir mal, er hat dank seines Vaters einen tief sitzenden Hass gegenüber Prostituierten, er hält vermutlich auch seine Mutter für eine Nutte, und deswegen hat er auch die drei Frauen in Cambridge umgebracht. Aber warum dann nicht auch in Winchester? Während seiner Zeit dort sind keine solchen Verbrechen registriert worden.«

»Ich weiß nicht, warum, vielleicht war er zu beschäftigt, die familiären Dinge dort am Laufen und seinen Vater auf Distanz zu halten.«

»Aber als er schließlich von zu Hause fort war, hätte er doch seinem Hass auf Prostituierte wieder freien Lauf lassen können«, sinnierte Noble. »Also warum geschah 1993 nichts, als er als DS hierher kam? Warum dauerte es so lange, bis wieder eine Mordserie begann?«

»Ich weiß es nicht. Es muss irgendeinen Auslöser gegeben haben. Das ist nicht unüblich bei Serienmördern, dass sie eine Pause machen und dann plötzlich wieder anfangen.«

»In Ordnung, aber warum jetzt minderjährige Mädchen? Die in Cambridge waren langjährige Prostituierte.«

»Die Letzte nicht«, sagte Handford. »Die war erst vierzehn. Vielleicht hat er entdeckt, dass es ihm mehr Befriedigung verschaffte, jüngere Mädchen zu töten, und beschlossen, dabei zu bleiben.«

KAPITEL 20

Sobald Noble gegangen war, hatte Handford eigentlich mit Russell sprechen und seine Aussage mit ihm genau durchgehen wollen – jedes Wort, jede Wendung, jeden Satz. Er wollte das schwer fassbare Informationsbruchstück finden, das ihm endlich Klarheit verschaffen würde. Doch Russell war nicht da, und keiner schien zu wissen, wohin er gegangen war. Unschlüssig, was er als Nächstes tun sollte, rief er Sanderson an, um ihn über die jüngsten Entwicklungen zu informieren.

Als Handford seine Schilderung beendet hatte, sagte Sanderson: »Wir haben vermutlich jetzt genug beisammen; falls wir noch etwas brauchen, habe ich einen Chief Superintendent aus North Yorkshire zu unserer Unterstützung. Er kann gegebenenfalls übernehmen. Der Chief Constable hat darauf bestanden. Ich habe von ihm heute Morgen einen ziemlichen Rüffel bekommen, weil ich die Sache nicht sofort weitergegeben habe. Ich sah ziemlich alt aus, als ich da rauskam.«

Handford murmelte, wie Leid ihm das tue. Es war schwierig, mit einer so persönlichen Bemerkung eines Vorgesetzten umzugehen. Aber dem ACC schien das ziemlich gleichgültig.

»Ja, es war ziemlich unangenehm. Er wollte wissen,

warum er nicht eher informiert worden sei, zumal mit Russell ein ranghoher Polizeibeamter unter Verdacht stehe. Ich habe ihm gesagt, es sei nicht leicht gewesen, im Fernen Osten mit ihm Kontakt aufzunehmen, aber das wollte er nicht gelten lassen. Er war auch gar nicht glücklich darüber, dass ich Sie damit beauftragt hatte, Russells Vergangenheit auszuleuchten …«

Ich genauso wenig wie der Chief Constable, Sir.

»… aber ich habe ihm gesagt, Sie hätten Ihre Sache prima gemacht und ich hätte mir niemand Diskreteren wünschen können als Sie. Er meinte, wenn Sie so verdammt gut wären, warum wären Sie dann in Ihrem Alter immer noch bloß ein DI? Eine gute Frage, Handford. Warum sind Sie immer noch ein DI? Ich habe nachgesehen, Sie haben ja auch schon die Prüfung zum Chief Inspector bestanden.«

»Ja, Sir, schon vor ein paar Jahren. Aber dann kam die Untersuchung im Fall Jamilla Aziz dazwischen, und ich glaube, danach war Mr Russell wohl der Ansicht, dass ich für eine Beförderung noch nicht reif genug wäre.«

»Da irrt sich Mr Russell aber gewaltig, und das werde ich ihm auch sagen. Er soll ruhig auch etwas von dem Rüffel abkriegen, den ich vom Chief Constable bekommen habe. Ich bin gerade in der richtigen Stimmung dazu. Schade, dass ich ihn anschließend suspendieren muss, aber dann sind Sie ja zur Stelle – das gehört zu Ihrer Beförderung dazu. Ich komme heute Nachmittag vorbei, Handford. Stellen Sie sicher, dass Ihr Constable Schokokekse auf Lager hat. Ich glaube, nach diesem Morgen habe ich sie mir verdient.«

Handford legte den Hörer auf und blickte auf seine Uhr. Fünf vor zwölf. Er probierte es wieder unter Russells Nummer. Keine Antwort. Er rief ihn auf seinem Handy an. Abgeschaltet. Wo zum Teufel steckte er? Handford musste unbedingt noch mit ihm reden, bevor er suspendiert wurde, denn danach würde es sicher eine Sisyphusarbeit werden, an ihn heranzukommen. Er wählte die Nummer des Empfangs und wartete darauf, dass Jensen sich meldete. Kaum hörte er die Stimme des Sergeants, schoss er schon los: »Um wie viel Uhr ist Mr Russell aus dem Haus gegangen, wissen Sie das?«

Einen Augenblick herrschte Stille, dann: »Ungefähr um zehn vor elf, Sir, laut Eintrag im Buch, aber es steht nichts darin, wo er hingegangen ist. Sonst steht da nur noch ›Handy‹.«

»Das ist abgeschaltet, ich hab's versucht. Sagen Sie mir sofort Bescheid, wenn er wieder zur Tür reinkommt.«

»Wird gemacht, Sir.«

»Ach, und Jensen, bitte rufen Sie doch auch kurz durch, wenn Mr Sanderson ankommt, wären Sie so freundlich?«

Joe war früh dran. Auf dem Platz herrschte geschäftiges Treiben, Passanten gingen eilig ihres Wegs, ohne auf ihn und andere besonders zu achten. Er war sich nicht sicher, aus welcher Richtung Leah kommen würde, vermutlich vom Einkaufszentrum am Hang oder vom Busbahnhof. Ungeduldig rutschte er auf der Bank herum und ließ seinen Blick umherschweifen. Er stand auf, um einen besseren Überblick zu bekommen, und drehte den Kopf hin und her, um sie irgendwo zu erspähen. Hinter ihm erhob sich das Rathaus, und vor ihm lag ein Abbruchgrundstück, auf dem vor kurzem noch ein modernes Beton-Glas-Gebäude gestanden hatte. Er war an einem Sonntagmorgen extra hierher gekommen, um zuzusehen, wie es in einer riesigen Staubwolke in sich zusammenfiel. Man hätte es gar nicht erst bauen sollen. Ältere Gebäude waren ihm lieber. Er warf einen Blick auf das Rathaus mit seiner neugotischen Architektur. Zu seiner Rechten hatte einst die Bradford Unitarian Chapel gestanden, die 1969 niedergewalzt worden war, um dem Gerichtsgebäude und dem Polizeipräsidium zu weichen. Er hatte sie oft vor seinem inneren Auge gesehen, wenn er aus seinem Bürofenster blickte. Dort draußen würde er sein letztes Opfer von seinen Sünden läutern.

Das letzte Opfer. Die Hure. Die Hure, die mehr als alle anderen den Tod verdient hatte. Die Hure, die sich seine Mutter genannt hatte. Er würde sie hierher bringen.

Er hatte sie auf frischer Tat ertappt, mit ihrem Geliebten im Bett, als sie gedacht hatte, er wäre in der Schule. Er erinnerte sich immer noch an die ganze Wucht der Gefühle, die ihn bei diesem Anblick getroffen hatte. Er hatte wie gebannt dagestanden und die beiden beobachtet, wie sich ihre Körper wanden und herumwälzten – erst sie auf ihm, dann er auf ihr, bis das Laken von ihren Leibern glitt und den nackten Körper des Mannes freigab. Er beobachtete, wie dieser sich in wachsender Raserei auf und nieder bewegte. Dann drang der Mann mit rhythmischen Stößen immer heftiger und leidenschaftlicher in sie ein, begleitet von unkontrolliertem Stöhnen und Grunzen. Plötzlich schrie sie laut auf und der Mann hielt inne und sackte dann erschöpft auf ihr zusammen. Sein erster Impuls war, ins Zimmer zu laufen und auf den Mann einzuschlagen, der seine Mutter so brutal misshandelte. Aber dann sah er, dass sie ihn erregt und leidenschaftlich küsste, und er merkte, dass sie nicht nur nicht verletzt worden war, sondern dieses Spiel nur zu gern mitspielte. Ihm wurde schlagartig klar, dass das, was er eben mit eigenen Augen gesehen hatte, die Realität war und nicht eine Version der dreckigen Bilder, die er und seine Freunde sich mit anzüglichem Gelächter auf dem Schulhof angesehen hatten.

Die beiden vor ihm waren so ausschließlich miteinander beschäftigt, dass er ebenso gut hätte unsichtbar sein können. Als es vorüber war, lagen sie nebeneinander in genussvollem Schweigen, bis der Mann die Hand ausstreckte, um nach einer Packung Zigaretten auf dem Nachttisch zu greifen. Er nahm zwei heraus, zündete sie mit seinem Feuerzeug an und reichte ihr eine. Einen Augenblick lang lagen sie da und inhalierten den warmen, bitterwürzigen Rauch. Dann setzte sich seine Mutter auf und zog die Beine an die Brust. In diesem Moment bemerkte sie ihn. Sie keuchte auf und stieß den Mann neben sich an. Er hielt die Zigarette zwischen den Zähnen, kniff ein Auge vor dem aufsteigenden Rauch zu und kämpfte sich hoch. Wie mit einer Bewegung zogen sie beide das Laken um ihren Körper und bedeckten ihre Nacktheit.

Er sah sich in seiner Erinnerung, wie er sich rückwärts zur Tür hinausbewegte und dann ins Badezimmer rannte, wo er sich heftig würgend in die Toilettenschüssel übergab. Er spürte immer noch den ätzend sauren Geschmack des halb verdauten Mageninhalts auf seiner Zunge.

Sie war ihm mit nur lose zugebundenem Morgenrock hinterhergerannt, so dass er vorne aufklaffte und ihre weißen Brüste sichtbar wurden. Doch sie hatte ihn nicht getröstet, wie sie es normalerweise tat, wenn ihm schlecht war; sie hatte sich auch nicht entschuldigt, obwohl es ihre Schuld war, dass er sich übergeben musste. Sie hatte nichts als gewinselt und gefleht.

»Bitte sag deinem Dad nichts davon. Bitte, mein Kleiner, sag deinem Dad nichts davon.«

Er hatte seinem Vater nichts gesagt. Er würde seinem Vater nie etwas verraten, denn er hasste ihn. Stattdessen würde sie dafür büßen müssen. Es gab viele Arten, mit denen ein Zehnjähriger seiner Mutter Buße abverlangen konnte, und er hatte es in dieser Kunst zu wahrer Meisterschaft gebracht. Seine ganze Kindheit und Teenagerzeit hindurch hatte er sie immer weiter unter seine Kontrolle gebracht. Auch als er schließlich von zu Hause fortgegangen war, hob das den Fluch nicht auf. Sie war verdammt dazu, in der Furcht zu leben, dass er eines Tages plötzlich da wäre und sie ertappen würde, bereit, sie wieder zu bestrafen. Und jetzt, jedes Mal beim Tod dieser Mädchen, würde sie sehen, wie er näher kam, wie er sich langsam den Weg zu ihrer Tür bahnte. Sie würde immer mehr Angst bekommen und wäre sich nie ganz sicher, ob das nächste Mal nicht sie an der Reihe wäre. Er würde sie in Furcht vor ihm halten, sie nicht in Frieden leben lassen, bevor sie nicht, mitten im Müll, ihre endgültige Absolution erlangt hätte.

Die Uhr im Rathausturm schlug elf. Leah müsste inzwischen hier sein; er hatte elf Uhr gesagt. Vielleicht hatte sie nicht weggehen können, vielleicht hatte Alice es sich anders überlegt. Nein, sie hatte gesagt, sie würde kommen, und das würde sie sicher auch tun. Er hatte ihr ein Geschenk mitgebracht; ein Geschenk, das ihr bestimmt gefallen würde. Den anderen hatte es gefallen; es gab ihnen eine gewisse Freiheit und gleichzeitig band es sie an ihn. Ja, er hatte es auch den vier anderen Mädchen gegeben, aber dann, wenn er alle Spuren verwischte, hatte er es wieder an sich genommen. Er durfte keinerlei Spuren hinterlassen, die zu ihrer – oder seiner – Identifikation führen könnten. Von jetzt an würde es ihr gehören – zumindest eine Zeit lang.

Dann sah er sie mit wehendem blonden Haar auf sich zurennen.

»Ich bin doch nicht zu spät, oder?« Sie war ganz außer Atem.

»Es wäre auch nicht schlimm gewesen, wenn du zu spät gekommen wärst. Aber nein, es hat gerade erst elf geschlagen.« Er stand auf. »Komm, lass uns etwas trinken gehen.«

Sie wandte sich ihm zu, als sie nebeneinander hergingen, und ihre Miene war sorgenvoll. »Was ist mit Deepak geschehen? Hast du was herausfinden können?«

»Sie haben ihn freigelassen. Gestern Abend schon. Es geht ihm gut.«

Sie überquerten die Straße und steuerten auf das Café zu. Joe stieß die schwere Glastür für sie auf. »Möchtest du einen Kaffee? Oder lieber was Kaltes?«

»Ich glaube, ich nehme am liebsten eine Cola, bitte.«

»Irgendwas zu essen? Ich wette, du hast nichts gegessen seit gestern Abend.«

Leah warf einen kritischen Blick auf die Kuchen in der Auslage. »Kann ich ein Stück Apfelkuchen haben?«

»Eine Cola und ein Stück Apfelkuchen zum Hieressen, bitte. Geh du schon mal und such uns einen freien Tisch.«

Er sah ihr hinterher, als sie in den Raucherbereich

des Cafés ging. Er selbst saß lieber im Nichtraucherbereich, aber im Augenblick sollte sie ihren Willen haben. Er bestellte und beobachtete sie weiter, wie sie ein Päckchen Zigaretten aus ihrem Umhängetäschchen nahm und sich eine anzündete.

Sie blickte in seine Richtung und lächelte.

Er bezahlte für zwei Stück Apfelkuchen und die Getränke und trug das Tablett zu ihrem Tisch hinüber. Dort reichte er ihr den Teller mit Kuchen und die Cola, stellte seine Sachen an seinen Platz und setzte sich.

»Ich staune, dass du so was Großes wie eine Zigarettenschachtel in deinem Mini-Täschchen unterbringst«, sagte er.

Darüber musste sie lachen und fragte dann: »Du isst also auch Apfelkuchen?« Sie zerteilte ihren Kuchen mit dem Teelöffel und schaufelte die Stücke in den Mund.

»Ja, ich dachte, ich gönne mir auch einen.«

Sie nahm einen großen Schluck von ihrer Cola und sah ihn dabei unverwandt an. Das irritierte ihn, deshalb wandte er den Blick ab und löffelte Zucker in seinen Kaffee.

»Ich bin mir gar nicht sicher, ob ich wirklich will, dass Deepak freikommt«, sagte sie. »Der ist nicht immer nett zu mir.«

»Aber ich dachte, er ist dein Freund?«

»Das ist er ja auch ... oder besser gesagt, er war es. Kann sein, dass er mir die Schuld dafür gibt, dass sie ihn verhaftet haben.«

Joe streckte den Arm aus und legte seine Hand auf ihre. »Aber warum sollte er das?«

»Keine Ahnung, aber ich kann's mir trotzdem gut vorstellen.«

»Willst du, dass ich für dich herausfinde, warum er verhaftet wurde, damit du beruhigt sein kannst?«

Ihr Gesicht hellte sich auf. »Kannst du das denn?«

»Mhm, ich glaube schon. Ich kenne eine Menge Leute, die mir das sagen könnten.« Er blickte sie an. »Wohnst du bei Alice?«, fragte er.

Sie verzog das Gesicht. »Ja.«

Er musste lachen. »An deiner Grimasse kann ich ablesen, dass es dir dort nicht besonders gefällt. Habe ich Recht?«

»Ich finde es schrecklich dort, aber ich kann sonst nirgends hin.«

Eine Weile aßen sie schweigend.

»Ich mache mir Sorgen um dich«, sagte er mit teilnahmsvoller Stimme.

»Warum?«

Er ging nicht auf ihre Frage ein. »Ich möchte, dass du das nimmst«, sagte er und zog ein kleines Päckchen aus der Hosentasche.

Es war in blaues Papier eingewickelt – dieselbe Farbe wie ihr Kleid, das sie bei ihrem Besuch in Deepaks Fitnesscenter getragen hatte. Sie strahlte ihn an, als hätte sie noch nie von jemandem ein Geschenk bekommen.

»Los, pack es schon aus.«

Mit zittrigen Händen kratzte sie vorsichtig mit den Fingernägeln den Tesafilm ab und wickelte das Geschenk aus, ganz sorgfältig, damit das Papier nicht zerriss.

»Ein Handy!«, rief sie begeistert. »In derselben Farbe wie das Geschenkpapier!«

»Und in derselben Farbe wie das Kleid, das du gestern getragen hast.«

Er lächelte sie an. Zu Hause hatte er Handy-Cover in allen Farben. Er hatte immer das Passende da. »Ich möchte, dass du ein Handy hast, damit ich dich immer erreichen kann und du mich erreichen kannst, wenn du mich brauchst. Wenn du merkst, dass du es bei Alice nicht mehr aushältst, dann rufst du mich an, und ich werde mich nach etwas Neuem für dich umschauen.«

Sie betrachtete es von allen Seiten, so vorsichtig, als wäre es zerbrechlich.

»Sieh mal«, sagte er. »Ich hab die Nummer von meinem Handy schon einprogrammiert. Du musst nur meinen Namen im Adressbuch aufrufen, dann den Knopf drücken mit dem kleinen grünen Telefon darauf und warten, bis ich mich melde. Dann weiß ich es sofort, wenn du mich brauchst.«

Handford studierte gerade eingehend Russells Aussage, als Warrender an die Tür klopfte.

»Ich glaube, ich habe Alice gefunden«, sagte er beim Hereinkommen.

»Das ging ja schnell. Wie haben Sie das geschafft?«

»Das war nicht schwierig, Chef. Es lag nahe, anzunehmen, dass, wenn sie junge Prostituierte einweist, sie früher selber mal eine gewesen ist. Also bin ich die Aufzeichnungen vergangener Jahre durchgegangen und habe dabei drei Alices gefunden – eine, die wirklich Alice hieß, und zwei andere, die das als Arbeitsnamen verwendeten. Der Rest war nicht schwer. Ich hab ein paar Frauen vom Straßenstrich das Foto gezeigt, das Sie mir gegeben haben, und bei einigen älteren hatten wir Glück.«

»*Sie* haben Ihnen die Fotos gezeigt? War Sergeant Ali denn nicht dabei?«

»Doch, Chef, aber ich hab ihm gesagt, er soll im Auto warten.«

Handford hob fragend eine Augenbraue. Er hoffte, dass das keinen Ärger bedeutete.

Warrender kam seiner Frage zuvor. »Kein Problem, Chef«, sagte er, »es ist nur so, dass die Frauen nicht so gern den Mund aufmachen, wenn wir zu zweit aufkreuzen, das wirkt zu martialisch. Daher hab ich ihm gesagt, er soll lieber warten ... und überhaupt«, ein spöttisches Lächeln umspielte seine Lippen, »wird er ein bisschen nervös, wenn er mit Prostituierten zu tun hat.« Warrenders Augen funkelten hämisch. »Eigentlich erstaunlich, wenn man bedenkt, dass einer seiner Freunde ein Zuhälter ist.«

»Warrender!« In Handfords Stimme schwang ein warnender Unterton mit.

Warrender lächelte wieder süffisant. »Tut mir Leid, Chef«, sagte er ohne große Überzeugungskraft.

Handford ließ es diesmal dabei bewenden. Er fragte nur: »Ist Sergeant Alis Freundschaft mit Azam inzwischen Kantinengespräch?«

»Nicht dass ich wüsste«, sagte Warrender ernsthaft. »Aber das wird es schon noch werden, besonders wenn gegen Azam Anklage erhoben wird und es zum Prozess kommt. Die Verteidigung könnte ihren großen Tag haben, insbesondere wenn Azam daran festhält, dass Ali in alles eingeweiht war.« Er zögerte kurz. »Ali hätte uns nur einen Tipp geben müssen und die Sache von da an ganz uns überlassen. Dann hätte keiner was erfahren, nicht mal Azam. Stattdessen musste er selber hingehen und Nachforschungen anstellen. Das kann man jetzt so oder so auslegen.«

Handford musste ihm zustimmen, aber er behielt seine Meinung für sich.

Doch Warrender kostete die Situation sichtlich aus. »Das ist das Problem bei dieser Sorte Leute: Die denken einfach immer, sie könnten alles besser.«

Allmählich wurde Handford ärgerlich. Er hätte Warrender schon eher in die Schranken weisen müssen. »Welche Sorte Leute meinen Sie, Warrender?«

Warrender störte sich nicht am Ton seines Chefs. »Sergeants, die ihre Karriere auf der Überholspur machen, Sir. Die handeln immer, bevor sie denken. Das kommt aus Mangel an Erfahrung.«

Und gegen seinen Willen musste Handford ihm auch hier Recht geben. Daher konzentrierte er sich lieber wieder ganz auf den Fall, bevor er und Warrender noch als Verbündete endeten. »Also, erzählen Sie mir von Alice.«

»Anscheinend hat sie nie auf dem Straßenstrich gearbeitet. Sie hatte ihre eigene Wohnung und verlangte ein Vermögen für ihre Dienste – zwischen fünfzig und fünfhundert Pfund, je nachdem, was die Freier für Wünsche hatten. Vor etwa zwanzig Jahren war das eine Menge Geld.«

»Das ist auch jetzt noch eine Menge Geld, Warrender«, sagte Handford mit Nachdruck. »Und wie lange ist das her, dass sie im Geschäft war?«

»Etwa zehn, zwölf Jahre. Alice ist übrigens nicht ihr richtiger Name. Sie heißt Cynthia Houldsworth und ist so um die fünfundvierzig. Ich werde nachher auch mal beim Finanzamt genauere Erkundigungen über sie einziehen. Eine der Frauen hat gesagt, sie hätte sich dem horizontalen Gewerbe nur zugewandt, um genügend Geld für ein eigenes Geschäft zu verdienen. Als sie das erreicht hatte, hat sie alles hingeschmissen und ihren jetzigen Laden aufgemacht.«

»Ein Bordell für Babynutten? Das ist ja ein schöner Laden.«

»Nein, Chef, das ist nur ein Nebenverdienst, obwohl das sicher auch schon seit über zehn Jahren besteht. Sie hat schon auch einen richtigen Laden aufgemacht – was ganz Legales. Eine Bäckerei.«

»In der Stadt?«

»Ja, Chef.«

Handford spürte, wie seine Verärgerung über Warrender wuchs. »Erzählen Sie mir jetzt endlich, was Sache ist, oder muss ich Ihnen jeden Wurm einzeln aus der Nase ziehen?«

»Nein, Chef. Ich hab gedacht, ich hebe mir das Beste bis zum Schluss auf. Die Bäckerei liegt im Süden der Stadt, direkt neben dem Mount.«

Handford machte große Augen. »Neben dem Polizeirevier am Mount?«

»Ja, Chef. Seit Alice dort ihren Laden aufgemacht hat, kauft die ganze Mannschaft dort immer ihre Sandwiches, und keiner von denen hat je geschnallt, was im Hinterhaus vor sich geht.«

KAPITEL 21

»Denen werde ich ihre verdammten Sandwiches schon noch versalzen«, tobte Sanderson. »Und Sie wollen mir wirklich erzählen, dass diese Alice in den letzten fünf oder zehn Jahren ein Bordell mit Minderjährigen direkt vor unseren Augen betrieben hat, und keiner hat es je gemerkt?« Er starrte Handford entgeistert an.

Der Inspector räusperte sich. »Sieht ganz so aus, Sir.«

Die drei Männer befanden sich in Handfords Büro. Handford und Noble standen, Sanderson schritt, rot vor Zorn, im Raum auf und ab und schleuderte seinen Inspectors die Fragen wie Speere entgegen. Die Getränke und Kekse, die der Constable für sie auf den Tisch gestellt hatte, blieben unberührt.

Sanderson ging zum Fenster und blickte hinaus. Der Himmel mit der strahlend hellen Mittagssonne war tiefblau und wolkenlos. Die Welt draußen stand in scharfem Kontrast zu den düsteren Gewitterwolken, die sich in dem kleinen Büro zusammengebraut hatten.

Nach ein paar Augenblicken wirbelte Sanderson wieder herum. »Allmächtiger«, stieß er wutschnaubend aus, »haben die denn in den letzten zehn Jahren geschlafen oder geht die Hälfte von der Wache dort selber zum Bumsen ein und aus?«

Auf diese Frage erwartete er anscheinend keine Antwort, und die beiden Männer schwiegen. Noble, der öfter mit dem ACC zu tun hatte, schien den Ausbruch gelassener zu nehmen als Handford; er stand gegen den Aktenschrank gelehnt und stützte sich mit dem Ellbogen oben auf. Hin und wieder spielte er mit den Fingern an seinen Unterlagen herum. Handford stand in der Mitte des Raums und blickte zu Boden. Er hatte schon viel von Sandersons berüchtigten Wutanfällen gehört, aber jetzt bekam er zum ersten Mal selber einen mit. Der Raum war unerträglich heiß und Sandersons Zorn loderte darin auf wie eine Sonneneruption.

Er fixierte die beiden, einen nach dem anderen, mit strengem Blick. »Können Sie sich vorstellen, was die Presse aus dieser Geschichte macht, wenn sie herauskommt? Dadurch gewinnt der Ausdruck Würstchen im Schlafrock eine ganz neue Bedeutung.«

Handford musste husten und Noble verschluckte sich beinah bei dem Versuch, das Lachen zu unterdrücken. Sanderson bedachte sie beide mit einem finsteren Blick, dann brach er plötzlich selbst in schallendes Gelächter aus, zwängte sich hinter den Schreibtisch und ließ sich auf Handfords Bürostuhl fallen. Er machte ihnen ein Zeichen, sich ebenfalls zu setzen. Als er zu sprechen begann, klang seine Stimme wieder ruhiger.

»Also gut«, sagte er. »Schreiten wir zur Schadensbegrenzung. Was haben Sie dazu bereits getan, wenn überhaupt etwas?«

Noble antwortete. »Derzeit haben DS Archer und DC Warrender dort in der Nähe des Ladens Beobachtungsposten bezogen, Sir. Wir haben es nicht offiziell gemacht, da der Ort außerhalb unseres Dienstbereichs liegt. Aber wir hatten den Eindruck, wir können uns nicht einfach zurücklehnen und die Hände in den Schoß legen.«

»Dann wissen die vom Mount also gar nichts davon?«

»Nein, Sir, noch nicht.«

»Gut, dann belassen wir es vorerst dabei. Ich gehe später mal dort vorbei und treffe mich mit dem Dienststellenleiter. Wenn ich ihm die Sache brühwarm erzähle, wird er vermutlich nicht meckern über zwei Beamte, die das tun, was seine Leute schon seit Jahren hätten tun sollen. Was uns betrifft«, fuhr Sanderson fort, »können Sie den beiden vertrauen, die Sie zur Überwachung eingeteilt haben? Ich will nicht, dass sie das überall in der Kantine herumerzählen.«

Handford und Noble tauschten Blicke aus.

»Nun?«

»Mit Archer gibt es da sicher keine Probleme, Sir«, sagte Handford. »Aber Warrender, nun ja, der ist nicht gerade ein Musterbeispiel an Diskretion.«

»Sie meinen, er liebt Tratsch, und je schlüpfriger, desto besser?«

»So in der Richtung, Sir, ja.«

»Hatte er schon Gelegenheit, die Geschichte zu verbreiten?«

»Nein, Sir«, warf Noble ein. »Sobald er es uns gesagt hat, haben wir ihn und Archer zur Überwachung losgeschickt. Ich bin sogar mit den beiden hinunter zum Wagen gegangen.«

Sanderson atmete auf. »Gut, dann sagen Sie ihm, ich mache Kleinholz aus ihm, wenn er auch nur eine Silbe davon verlauten lässt. Das heißt, nein, das sag ich ihm lieber selbst, wenn ich zurückkomme. Ich will ihn sofort, nachdem er aus seinem Wagen gestiegen ist, hier bei mir im Büro sehen, und er geht nirgends hin, bevor er nicht bei mir gewesen ist. Nicht mal aufs Klo, verstanden?«

»Ja, Sir.«

»Weiß es sonst noch jemand außer uns?«

»Nur die von der Abteilung Kinder- und Jugendschutz, denen habe ich es sofort weitergegeben«, sagte Handford. »Irgendwann – früher oder später – machen wir in dem Haus ja eine Razzia, also müssen sie Bescheid wissen.«

»Und die vom Jugendamt?«

»Die haben wir noch nicht informiert, aber das ist meines Erachtens bald nicht mehr zu vermeiden. Wir wissen ja nicht, wie viele Mädchen in diesem Bordell arbeiten, und die vom Jugendamt brauchen auch eine gewisse Zeit, um sichere Unterbringungsmöglichkeiten für sie zu organisieren.«

Handford war wie elektrisiert und sein Jagdinstinkt erwachte. Er witterte die große Aktion, die sie vielleicht zum Ziel bringen würde. Doch auch, wenn nicht, waren ihnen nun wenigstens nicht mehr die Hände gebunden. Sie müssten nicht länger herumsitzen und darauf warten, dass etwas geschah. Eine Sache bereitete ihm aber noch Kopfzerbrechen.

»Die vom Jugendschutz wollen heute Nacht zuschlagen, Sir. Brian und ich halten das für verfrüht. Wir würden gern vorher genauer wissen, womit wir es zu tun haben. Dafür brauchen wir mindestens eine Nacht Überwachung, wenn möglich sogar zwei.«

Sanderson stimmte ihnen zu. »Das macht für die armen kleinen Dinger auch keinen zu großen Unterschied, oder? Zwei Nächte länger.«

Ein betretenes Schweigen legte sich über den Raum, und alle dachten entsetzt darüber nach, was sie diesen

Kindern damit abverlangten. Durch Sandersons Worte waren sie plötzlich zu Einzelschicksalen geworden, was für die polizeiliche Arbeit nicht gerade hilfreich war. Man musste so etwas eher vergessen und sich ganz auf das konzentrieren, was man am Besten für sie tun konnte. Auf diese Weise ließ man das Wissen nicht so nah an sich heran, dass es sich bei diesen »armen kleinen Dingern« um denkende und fühlende menschliche Wesen handelte.

Nicolas Bild stand ihm plötzlich vor Augen, und einen Augenblick wünschte sich Handford nach Hause zu seiner Tochter. Er schluckte seine Sehnsucht hinunter und sagte: »Ich möchte Sie bitten, selbst mit dem Chief Inspector bei der Abteilung Jugendschutz zu sprechen, Sir. Er war der Auffassung, dass die ganze Sache ausschließlich die Angelegenheit seiner Abteilung sei und wir uns an die Mordermittlungen halten sollten. Ich konnte ihm ja wohl kaum sagen, dass seine Leute ohne unsere Ermittlungen noch immer keinen blassen Schimmer hätten.«

Die Atmosphäre im Raum entspannte sich weiter, und Sanderson erlaubte sich sogar ein Lächeln. »Und ich kann ihm das klar machen, meinen Sie?«

»Wenn es Ihnen nichts ausmacht, Sir, wäre es besser, wenn es von Ihnen kommt. Er mag ja Recht haben, und wir beschränken uns tatsächlich besser auf unsere eigenen Ermittlungen. Aber andererseits stehen nun mal die Mädchen, Deepak Azam, Michael Braintree und der Mörder in Verbindung zueinander, und wenn wir diese Kette durchbrechen, dann gehen uns vielleicht alle durch die Lappen. Derzeit weigert sich Deepak Azam noch, mit uns zu kooperieren. Dwayne Varley hat zwar zugegeben, dass er Michael Braintree getötet hat, aber er streitet jede Beteiligung Azams ab.

Michael Braintree ist tot und kann uns nicht weiterhelfen, also haben wir nur noch die Mädchen. Das ist das erste Mal, dass wir es geschafft haben, irgendwie an sie heranzukommen, daher müssen wir in die Ermittlungen einbezogen bleiben.«

»Davon brauchen Sie mich nicht zu überzeugen, Inspector. Ich werde es ihm sagen. Aber ich muss ihm im Gegenzug auch etwas anbieten. Sagen wir höchstens zwei Nächte Überwachung, wenn möglich nur eine, und dann greifen wir zu. Ist das okay für Sie?«

»Ja, Sir, das ist akzeptabel.«

Russells Akte lag ungeöffnet auf Handfords Schreibtisch. Den ganzen Vormittag hatte Handford das Gefühl gehabt, sein Schreibtisch stünde auf dem Centenary Square, so viel Parteienverkehr war durch sein Büro gezogen. Doch nun war endlich Ruhe eingekehrt. Noble war in sein eigenes Büro zurückgegangen, um die Beschattungsteams und die abschließende Razzia zu organisieren, und er hatte Ali hinzugezogen. Sanderson hatte seinen Fahrer gerufen, um sich zum Revier am Mount bringen zu lassen, und laut Jensen war Russell immer noch nicht zurückgekommen. Also hatte Handford endlich Zeit, sich auf seine eigenen Gedanken zu konzentrieren, ohne ständig abgelenkt zu werden.

In der schwachen Hoffnung, eine Eingebung von dem amtlichen beigefarbenen Aktendeckel zu erhalten, blickte er versonnen auf die zugeklappte Mappe. Was hatte er nur übersehen? Er würde es wissen, wenn er es herausfand – irgendein Detail, das ihm schon früher hätte auffallen müssen, und er würde sich hinterher ohrfeigen, dass es ihm entgangen war. Er wusste auch, dass dieses Detail entweder die Beweislast gegen

Russell erhöhen oder das Indiziengebäude zusammenbrechen lassen würde, womit der DCI außer Verdacht wäre. So war es immer. Er öffnete die Mappe und studierte erneut Russells Aussage. Ganz nach der Art ihres Urhebers war sie kurz und prägnant.

Ich verließ das Präsidium um halb acht; ich kann mich nicht daran erinnern, dass ich mich von dem Beamten am Empfang verabschiedet habe, aber vielleicht habe ich gute Nacht gesagt. Von der Station aus fuhr ich für eine Massage zum Fitnesscenter. Ich bin dort vermutlich so um Viertel nach acht weggegangen und etwa zehn Minuten später in der Claremont Clinic angekommen. Meinen Wagen habe ich dort auf dem Parkplatz abgestellt. Der Termin bei meiner Therapeutin war um halb neun. Ich betrachte unser Therapiegespräch als vertraulich, und in diesem Stadium der Ermittlungen bin ich nicht bereit zu erläutern, warum ich die Dienste einer Therapeutin in Anspruch nehme. Ich blieb bei ihr bis neun Uhr, danach fuhr ich nach Hause, wo ich etwa um halb zehn ankam. Wir hatten an dem Abend Gäste, und da ich so spät dran war, ging ich direkt in den Garten, um mich zu entschuldigen. Dann duschte ich und zog mich um. Etwa eine Viertelstunde später war ich wieder bei meinen Gästen. Ich kam als Letzter an, abgesehen von Andrew Collingham, der noch bei einer Stadtratssitzung gewesen war.

Handford nahm eine bequemere Haltung ein, stellte die Füße auf die offene unterste Schreibtischschublade, lehnte sich weit zurück, verschränkte die Hände hinter dem Kopf und richtete den Blick an die Decke. Er blickte auf den Wasserfleck, der sich während der schweren Regenfälle im letzten Winter gebildet hatte. Das Wasser hatte sich seinen Weg durch das Flachdach des Gebäudes ins oberste Stockwerk und schließlich durch die weiteren Stockwerke bis hinunter zur Decke seines Büros gesucht. Der Fleck war ein unregelmäßiger Kreis, an den Rändern dunkler als in der Mitte. Eine Metapher für Russell vielleicht – sein Leben war derzeit nach außen hin dunkler als im Kern. Er wusste nicht, ob das zutraf, Bildersprache war noch nie seine Stärke gewesen. Seine Gedanken schweiften ab. Eine Metapher entsprach einem Vergleich, ein Vergleich entsprach einer Ähnlichkeit, diese wiederum entsprach einer Korrelation. Einer Korrelation – nun, das war eher seine Sprache. Er war immer gut in Mathematik gewesen, und wenn jemals logisches oder mathematisches Denken angesagt war, dann in diesem Fall.

Er nahm seine Füße von der Schublade und setzte sich auf. Die Inspiration hatte ihre fünf Minuten gehabt, jetzt war es an der Zeit, dass die Transpiration wieder zu ihrem Recht kam. Er zog einige Bögen Papier aus der Schublade und nahm einen Stift zur Hand. Auf das oberste Blatt Papier schrieb er die Namen der derzeitigen Verdächtigen: Stephen Russell – Deepak Azam – Tony Forrester – andere Zuhälter – Unbekannter. Auf weitere fünf Blätter schrieb er oben hin je einen der Namen, darunter setzte er links »Pro« und rechts »Contra«. Einer plötzlichen Eingebung folgend zog er noch ein Blatt heraus und schrieb darauf »Fundort«. Für einen Mathematiker war die Methodik nicht gerade ausgefeilt, aber sie war trotzdem effektiv. Er hatte sie auch Nicola vorgeschlagen, um ihre Gedanken zu ordnen, wie sie sich mit ihrer Schwangerschaft entscheiden sollte.

Er las sich die Aussagen aller Verdächtigen auf seiner Liste durch und schrieb die Punkte, die für beziehungsweise gegen ihre Schuld sprachen, unter die jeweilige Rubrik.

Zunächst Russell. Seine Pro-Liste war lang. Handford nahm wieder die Aussage für den Abend von Jenny Broomfields Ermordung zur Hand. Jenny Broomfield hatte sein Foto in ihrem Portemonnaie gehabt. Sie hatte nach ihm gesucht. Sie hatte sich in der Stadt als seine Tochter ausgegeben – von der er vielleicht nicht wollte, dass jemand von ihr erfuhr. Er hatte für die fraglichen Zeiten ein falsches Alibi angegeben. Er hatte Andrew Collingham gebeten, sein falsches Alibi für den betreffenden Abend zu bestätigen. Er war zur betreffenden Zeit ganz in der Nähe des letzten Mordes gewesen. Er hatte sich geweigert, seine Gründe offen zu legen, warum er eine Therapeutin besuchte. (Das konnte relevant oder irrelevant sein.) Er war im selben Zeitraum in Cambridge gewesen, in dem dort drei Morde an Prostituierten begangen wurden. Seine Lebensgeschichte glich einer Lehrbuchbeschreibung für einen Mörder mit einem krankhaften Hass auf Prostituierte, außerdem hatte er Zugang zu Gartenwerkzeug. Das einzige »Contra«, das sich Handford denken konnte, bestand darin, dass er nur schwer glauben konnte, einen Serienmörder zum Vorgesetzten zu haben. Doch es sah nicht gut aus für Russell.

Dann kam er zu Deepak Azam. Sein einziges Motiv, Beverley, Janice und Carla zu töten, wäre, dass sie in irgendeiner Weise gegen seine Interessen als Zuhälter gehandelt hatten. Vielleicht hatten sie Hilfe beim »Project« gesucht, um sich aus seinen Klauen zu befreien. Jenny Broomfield hatte zumindest versucht, von ihm wegzukommen, bevor sie zur Prostitution gezwungen werden konnte, oder zumindest hatte Michael Braintree versucht, das zu verhindern. In der Contra-Spalte stellte Handford die Frage, warum Azam sowohl Michael als auch Jenny töten sollte. Ohne Michael hätte Azam seinen beträchtlichen Charme bei Jenny einsetzen können und sie in ein paar Wochen so weit gebracht, für ihn anschaffen zu gehen. Daher hatte er keinen Grund, sie ebenfalls zu töten, zumal er sie, laut Daniel, für ein Mädchen mit mehr Niveau gehalten hatte. In derselben Spalte stand auch sein Alibi, das besagte, dass er im Fitnesscenter gewesen war. Nach den Aussagen der Dienst habenden Mitarbeiter war er zur fraglichen Zeit dort gewesen, ohne dass ihn allerdings jemand tatsächlich gesehen hatte. Das bedeutete jedoch nicht, dass er nicht dort gewesen war, und das Gegenteil konnten sie ihm mit Sicherheit nicht nachweisen.

Gegen Azam als Täter sprach auch, dass er mit der Ermordung seiner Mädchen bewusst das eigene Geschäft geschädigt hätte. Selbst wenn sie hätten gehen wollen, verfügte Azam sicher über andere wirksame Methoden, Gehorsam einzufordern: ihre Drogenabhängigkeit, die Mischung aus Furcht und Liebe, die sie ihm entgegenbrachten, oder die Angst davor, dass einer seiner Handlanger ihnen das Gesicht zerschneiden oder sie umbringen würde. Man konnte sich zwar vorstellen, dass die Ermordung eines Mädchens den anderen als Warnung dienen sollte, aber nicht gleich drei kurz hintereinander. Und wenn das Vergewaltigungswerkzeug tatsächlich ein Gärtner-Setzholz war, wie der Pathologe vermutet hatte: Azam besaß so etwas nicht. Das hatte man nachgeprüft. Er beschäftigte einen Gärtner, der immer sein eigenes Werkzeug mitbrachte. Das war ihnen von dem betreffenden Gärtner bestätigt worden, und der hatte keines seiner Geräte vermisst.

Als Nächstes beschäftigte sich Handford mit Tony Forrester. Was ihn betraf, hatten sie wenig in der Hand, außer dass er sich Prostituierte vom Straßenstrich holte – bevorzugt junge (Pro) –, doch es gab keine Beweise dafür, dass sie jemals unter sechzehn gewesen waren (Contra). Er hatte zwar tatsächlich nach einem jungen Mädchen gefragt, als Archer und Warrender ihn gesehen hatten (Pro), aber sich dann anscheinend mit der jüngsten zufrieden gegeben, die an jenem Abend dort auf Freier gewartet hatte (Contra). Er hatte bereits gewusst, dass die ermordeten Mädchen Prostituierte gewesen waren, als die Information offiziell noch unter Verschluss war (Pro). Handford studierte die Niederschrift der Verhörprotokoll-Kassette noch einmal.

DI Noble	Sie wussten, dass die Mädchen Prostituierte waren?
Forrester	*Meine Frau hatte es mir gesagt.*
DI Noble	Diese Information war noch unter Verschluss, Mr Forrester, sie hätte Ihnen nicht davon erzählt.
Forrester	*Das ist nicht mein Problem, dass darauf »Verschlusssache« stand, sie hat es mir gesagt.*
DI Noble	Wann hat sie es Ihnen gesagt?
Forrester	*Nach der Ermordung des zweiten Mädchens.*
DI Noble	Können Sie sich daran erinnern, was genau sie gesagt hat?
Forrester	*Sie hat gesagt, es sähe ganz so aus, als hätten sie einen Serienmörder mit einer*

	Mission in der Stadt. Ich habe sie gefragt, was sie damit meint, und sie hat gesagt, dass er Prostituierte umbringt. Ich habe gesagt, die Opfer wären doch alles ganz junge Mädchen gewesen, und sie hat das bestätigt. Ich habe das so aufgefasst, dass sie vierzehn- oder fünfzehnjährige Prostituierte waren.
DI Noble	Sind Sie zu solchen Mädchen gegangen? (Mr Forrester bespricht sich mit seinem Anwalt)
Mr Johnson	Mr Forrester hat diese Frage schon mehrmals beantwortet. Er hat zugegeben, zu Prostituierten gegangen zu sein, aber er bestreitet ausdrücklich, sexuelle Kontakte mit minderjährigen Mädchen gehabt zu haben. Entweder Sie erstatten Anzeige wegen Verkehrsbelästigung durch Kontaktaufnahme zu Prostituierten auf dem Autostrich, Inspector, oder Sie lassen meinen Mandanten in Ruhe.

Weiter waren sie nicht gekommen. Bevor sie nicht mit den Mädchen oder mit Alice sprechen konnten, würden sie in dieser Frage nicht weiterkommen. In der Nacht, als Jenny Broomfield ermordet worden war, war Forrester nach eigenen Angaben mit einer Prostituierten zusammen gewesen. (Contra, wenn es denn stimmte.) Doch bis jetzt hatte man dafür nur seine Aussage. Archer war mit ihm den ganzen Straßenstrich abgefahren, aber er hatte die Frau nicht mehr ausfindig machen können, mit der er, wie behauptet, zusammen gewesen war (Pro). Sie prüften immer noch seine Alibis für die Abende, an denen die anderen Mädchen ermordet wurden. Man hatte bei ihm zu Hause ein Setzholz gefunden, auch ölverschmierte Stofffetzen, die er benutzte, wenn er an seinen Oldtimern herumbastelte, und eine Reihe von Holzstielen, mit denen er auf die Mädchen eingeschlagen haben könnte (Pro). Alle Gegenstände waren zur kriminaltechnischen Untersuchung geschickt worden, doch sie warteten immer noch auf die Ergebnisse.

Handford fand es unwahrscheinlich, dass einer der anderen Zuhälter für die Morde verantwortlich war. Sie waren viel zu sehr damit beschäftigt, die Einnahmen der Mädchen zu verprassen, und wagten sich gar nicht so weit aus ihrer Deckung heraus, als dass sie ernsthaft als Verdächtige in Betracht kamen. Keiner von denen, die befragt worden waren, hatte zugegeben, ein Zuhälter zu sein, geschweige denn, mit anderen Zuhältern Probleme zu haben; keiner von ihnen wusste, wo er in den fraglichen Nächten gewesen war, und keiner von ihnen würde irgendetwas zur Aufklärung beitragen, wenn die Gefahr bestand, dabei selber mit hineingezogen zu werden. Und alle drohten mit einer Anzeige wegen rassistischer Schikanen und unrechtmäßiger Verhaftung. Während man ihnen durchaus zutrauen konnte, dass sie sich gegenseitig die Mädchen umbrachten, insbesondere diejenigen Prostituierten, die auf Kosten der anderen die meisten Freier anzogen und das große Geld verdienten, so ließ doch die Handschrift der Morde auf einen Serienmörder schließen und nicht auf jemand, der die Mädchen eines anderen aus dem Weg räumte, weil sie zu viel absahnten.

Doch bei allen Verdächtigen gab es ein entscheidendes Manko, und das würde auch verhindern, dass die Polizei der Staatsanwaltschaft genügend Gründe für eine Anklageerhebung liefern konnte: Die Polizei hatte keine Zeugen und kein brauchbares forensisches Beweismaterial. Dazu hätten sie Spermaspuren oder Blut finden müssen, irgendetwas, das man eindeutig dem Mörder zuordnen konnte und das ihn unzweifelhaft mit den ermordeten Mädchen in Verbindung brachte.

Handford legte seinen Stift hin und studierte nochmals eingehend seine Listen. Was war es? Was übersah er? Er nahm erneut Russells Aussage zur Hand.

An dem Abend hatten wir Gäste, und da ich so spät dran war, ging ich direkt in den Garten, um mich zu entschuldigen. Dann duschte ich und zog mich um.

Das war es. Er ging direkt hinaus in den Garten zu seinen Gästen.

Das passte nicht mit dem Blut zusammen.

Menschenskind, das war es. Das Blut.

Wer auch immer Jenny Broomfield getötet hatte, musste Blutspritzer abbekommen haben, nicht viele, aber doch einige. Als er auf sie einschlug, musste ihr Blut auf ihn gespritzt sein, auf den Boden und auf alles, was sich in der Nähe befand. Man hatte auf dem Boden Blut gefunden, hauptsächlich von den Schleifspuren, als er die Leiche vom Tatort zu den Abfallhaufen gezerrt hatte, wo er sie liegen ließ. Aber an der Stelle, wo sie getötet worden war, hatte es Blutspritzer gegeben, sowohl auf dem Boden als auch an der Mauer. Sie wären daher sicher auch auf dem Hemd des Mörders gelandet oder auf seinen Schuhen. Es wären winzige Spritzer gewesen, die man von weitem vielleicht nicht unbedingt gesehen hätte, aber ganz sicher, wenn man so nahe bei ihm stand und mit ihm redete wie die Gäste, bei denen Russell gestanden hatte, als er nach Hause kam. Es sei denn, es wäre schon ziemlich dunkel gewesen.

Handford griff nach seinem Terminkalender. Er blätterte die Seiten durch, bis er die Tabelle mit den Zeiten des Sonnenaufgangs und -untergangs gefunden hatte. Am letzten Donnerstag war in Manchester die Sonne um 20.42 Uhr untergegangen und hier sicher ungefähr um die gleiche Zeit. Also war es Dämmerung gewesen, es sei denn, die Gartenbeleuchtung war eingeschaltet. Als Noble und Forrester dort gewesen waren, hatte laut Noble eine Gartenbeleuchtung wie auf der Promenade in Blackpool gebrannt, doch das war etwa um Mitternacht gewesen. Waren die Lampen bereits um halb zehn angeschaltet gewesen, was zu vermuten war, dann hätte sicher jeder, der gerade einen Mord begangen hatte, sich zuerst einmal geduscht und umgezogen und wäre nicht gleich in den Garten gegangen und hätte mit Gästen geplaudert. Russell wäre ein solches Risiko niemals eingegangen.

Er warf einen Blick auf seine Uhr. Fünf vor halb eins. Wo steckte der Mann bloß?

Er rief Jensen an. »Noch keine Spur von Mr Russell?«

»Nein, noch nicht, Sir. Ich gebe Ihnen Bescheid, sobald er hereinkommt.«

»Richten Sie ihm bitte aus, ich muss ihn unbedingt sofort sehen, sobald er wiederkommt.«

»Ja, Sir, ich sage es ihm.«

Handford rief im kriminaltechnischen Labor an.

»Bei den Kleidern von DCI Russell, haben Sie da schon irgendwelche Ergebnisse?«

»Nein, die sind noch nicht zurückgekommen.«

»Bitte benachrichtigen Sie mich sofort, wenn sie da sind.«

»Ich sage Ihnen sofort Bescheid.«

Handford blickte auf die Notizen, die er sich gemacht hatte. Wenn keiner der Verdächtigen, die er auf seiner Liste hatte, der Mörder war, wer war es dann? Konnte es sein, dass sie es mit jemandem zu tun hatten, der ihnen bisher völlig unbekannt geblieben war? Wenn ja, dann mussten sie wieder von vorn anfangen. Handford wollte nicht derjenige sein, der das dann Sanderson beibringen musste. Die einzige andere Spur, die sie noch hatten, waren die Schauplätze der Verbrechen. Wer, abgesehen von Russell, kannte sie? Vermutlich jeder, der das von Collingham verfasste Merkblatt gelesen hatte, jeder, der seine Vorträge gehört hatte, und alle Lehrer an den Schulen, an denen die Vorträge abgehalten worden waren. Die Liste würde er erst morgen von Collingham bekommen, bis dahin musste er mit der Überprüfung warten.

Natürlich war da auch noch Collingham selbst. Vielleicht konnten sie ihn tatsächlich nicht ausschließen. Er kannte die Orte mit religiöser Bedeutung besser als jeder andere in der Stadt. Und nach der Aussage von Russell war er zu spät zu der Party gekommen, weil er noch auf einer Stadtratssitzung gewesen war. Nein, es war einfach lächerlich. Es gab absolut keine Beweise gegen ihn. Nichts. Hatte es nie gegeben. Dennoch zog er das Blatt, auf dem »Unbekannter« stand, zu sich her und schrieb unter die Überschrift Andrew Collinghams Namen.

»Das ist jetzt der dritte Mann, der in die Bäckerei hineingeht und eine halbe Stunde später aus dem Haus nebenan wieder herauskommt«, sagte Michelle Archer. »Meinen Sie, dass beide Häuser Bordelle sind?«

Warrender konzentrierte sich auf seine Videokamera. »Ich denke schon.«

»Eines für die normalen Freier und eines für diejenigen, für die es noch diskreter zugehen muss?«

»Vermutlich.«

»Ich hab noch keinen vom Mount gesehen, der in die Bäckerei geht und dort länger drin bleibt – zumindest lang genug für ein Schäferstündchen.«

»Das dauert manchmal gar nicht so lange.«

Archer runzelte die Stirn. »Sie wären gern an ihrer Stelle, nicht wahr, Warrender?«

Warrender senkte die Kamera und die Zornröte stieg ihm ins Gesicht. »Nein, verdammt noch mal, dass wäre ich nicht«, fuhr er sie an. »Wofür halten Sie mich? Ich gehe nicht zu vierzehnjährigen Prostituierten. Ich fange nichts mit kleinen Mädchen an, Punkt.« Er zeigte auf die Bäckerei. »Diese Kinder sind nicht aus freien Stücken dort drin, sie werden dazu gezwungen. Ich zwinge niemand zu irgendetwas. Mein Gott, Michelle! Trauen Sie mir das wirklich zu?«

Überrascht von seinem Ausbruch schüttelte Michelle Archer mit entschuldigendem Blick den Kopf. »Tut mir Leid, Chris. Mein Fehler. Es ist nur, dass ... na ja, Sie müssen schon zugeben, dass Sie es immer wieder geschafft haben, eine halbe Stunde oder so zu verschwinden, als wir die Überwachung bei der Fabrik draußen durchgeführt haben.«

»Ja, auf einen Quickie an der Wand. Das ist was anderes; diese Mädchen dort sind älter, die wissen, was sie tun. Es ist ihre eigene Entscheidung. Und überhaupt«, er lächelte dümmlich und der Ärger schwand aus seinem Gesicht, »wenn Sie genauer hingesehen hätten, wäre Ihnen aufgefallen, dass es immer mit demselben Mädchen war. Jade und ich haben eine Abmachung getroffen.«

»Ach, ja, und wie sieht die aus? Sie gesteht Ihnen ein Quickie zu und Sie verpfeifen sie nicht?«

»So ungefähr.« Er rutschte auf seinem Sitz tief hinunter und faltete die Hände auf seinem Schoß.

»Sie wissen schon, Chris, wenn man Ihnen auf die Schliche kommt, dann ist das ein Grund für ein Disziplinarverfahren.«

Warrender zuckte mit den Schultern. »Wer soll mich denn verpfeifen?« Er schielte zu Archer hinüber. »Das Ärgerliche bei Ihnen ist, Sergeant, dass Sie mich völlig falsch einschätzen.«

Michelle Archer schwieg und überlegte. »Das glaube ich nicht, Warrender.« Sie sah ihn prüfend an. »Aber nur für den Fall, dass Sie mich falsch einschätzen: Sie sollten wissen, wenn Sie jemand anschwärzt, und über kurz oder lang wird das sicher jemand tun, dann werde ich nicht für Sie lügen.«

»Machen Sie sich keine Sorgen, Michelle, das hab ich auch gar nicht von Ihnen erwartet.«

Zwischen beiden trat Schweigen ein und sie beobachteten weiter die Straße vor ihnen. Jeder Mann, der ungewöhnlich lange zu brauchen schien, seine Sandwiches auszuwählen, oder der aus dem Nebenhaus kam, wurde auf Video aufgenommen, damit man ihn später identifizieren konnte. Auch notierten sie die Autokennzeichen von allen vorbeifahrenden oder anhaltenden Wagen, um die Fahrer nach ihrer Rückkehr aufs Revier ermitteln zu können.

Warrender blickte auf die Uhr. »Jetzt ist es fünf vor halb eins. Haben Sie eine Ahnung, wie lange uns der Chef hier behalten will?«

»Er wollte es uns durchgeben, hat er gesagt. Sie planen eine Überwachung rund um die Uhr, also kommt sicher mal jemand, um uns abzulösen.«

»Es ist nur so, mein Magen macht sich langsam dramatisch bemerkbar. Tun Sie mir einen Gefallen und holen Sie mir ein Sandwich.«

»Machen Sie sich nicht lächerlich, Warrender. Das würde ja toll aussehen, wenn ich in den Laden gehe, und später kriegen die raus, dass wir sie beobachten. Ist außerdem auch gar nicht notwendig, ich hab ein paar aus der Kantine geholt, bevor wir losgefahren sind.« Sie drehte sich um, beugte sich über die Sitzlehne nach hinten und fischte etwas aus ihrer Tasche. »Schinken oder Käse?«

»Im Moment gar nichts.« Er deutete Richtung Laden. »Schauen Sie mal, dort drüben.«

Archer drehte sich um und blickte in die Richtung, in die Warrender zeigte. Ein schwarzer VW Golf war an den Straßenrand gefahren und hatte direkt vor dem Laden geparkt. Ein junges Mädchen mit langen blonden Haaren stieg aus, winkte dem Fahrer zum Abschied zu und hastete in Richtung Seiteneingang. Sie schloss auf und verschwand im Haus.

Warrender richtete die Kamera auf das Auto. »Schreiben Sie sein Kennzeichen auf«, sagte er.

Archer nahm ihr Notizbuch vom Armaturenbrett. »Meinen Sie, das ist eines der Mädchen?«

»Sie etwa nicht?«

»Und der Mann im Wagen?«

»Entweder einer von Azams Schlägertypen, obwohl ich das bezweifle, so wie sie ihm zugelächelt hat, oder es ist Azam selber, obwohl mir das auch unwahrscheinlich vorkommt. Jedenfalls hat er ausgesehen wie ein Weißer.«

»Vielleicht Russell? Oder Tony Forrester?«

Warrender konzentrierte sich auf das Filmen. »Kann ich nicht sagen. Jedenfalls ist es nicht Russells Wagen. Das heißt zwar noch lange nichts. Es war ja am Samstag auch nicht Forresters eigener Wagen. Egal, ich wette zumindest, dass er weder ihr Vater noch ihr Onkel ist.« Er senkte die Kamera. »Und auch kein Freier – außer die Mädchen machen auch Termine außerhalb, und dafür sehe ich keinen Grund, Sie etwa? Nicht wenn sie zwei wunderbar geeignete Häuser hier haben und eine Fassade, von der sich sogar eine ganze Polizeiwache über Jahre hinweg hat täuschen lassen. Nein, es wäre viel zu riskant, Hausbesuche zu machen. Und überhaupt, ein Freier würde sich doch nicht dazu hergeben, sie selber zurückzubringen. Jetzt fährt er wieder los – haben Sie seine Nummer?«

Sie nickte, und die beiden rutschten in ihren Sitzen weiter hinunter, als der Wagen an ihnen vorbeifuhr. Als er in die Hauptstraße einbog, die in die Stadt hinunterführte, setzten sie sich wieder aufrecht hin und Archer sagte: »Wenn er kein Freier ist und auch nicht Azam oder einer seiner Schläger und auch kein Verwandter – und ich stimme Ihnen zu, dass das alles sehr unwahrscheinlich ist: Wer würde sonst noch eine minderjährige Prostituierte in ihr Bordell zurückfahren? Es sei denn, sie ist gar keine Prostituierte, sondern vielleicht Alices' Tochter.«

Warrender schüttelte den Kopf. »Sie hat keine.«

»Und eine Nichte?«

»Würden Sie Ihre Nichte bei sich wohnen lassen, während die Freier im Haus ein und aus gehen?«

»Nein, sicher nicht.«

»Und nach all dem, was ich über Alice gehört habe, würde sie so etwas auch nicht tun, selbst wenn sie so nahe Verwandte hätte, und es ist mir nicht gelungen, irgendwelche aufzuspüren. Nein, dieses Mädchen wohnt hier. Die ging doch geradewegs auf den Seiteneingang zu, nicht mal durch den Laden. Alice hat ihre Mädels sicher gut instruiert. Die wissen schon, dass sie sich unauffällig verhalten müssen. Das Letzte, was sie ihnen erlauben würde, wäre, durch den Laden zu gehen.«

Archer legte ihr Notizbuch wieder zurück auf das Armaturenbrett und nahm die Sandwiches. Sie gab Warrender einen davon. Gedankenverloren packte er ihn aus. »Wissen Sie, Sergeant«, sagte er, »ich hoffe inständig, dass der Typ in diesem Wagen, wer auch immer das war, nicht unser Mörder ist, der sich wieder ein neues Mädchen anlacht. Denn wenn er es ist, dann Gnade ihr Gott. Armes Ding ...«

Als Joe von der Bäckerei wieder losfuhr, ließ er seinen Blick prüfend umherschweifen. Am Straßenrand parkten ein paar Autos, aber sie schienen alle leer. Er hoffte, dass er keinen Fehler begangen hatte, indem er sie nach Hause fuhr. Doch sie hatte ihren Bus verpasst, und mit dem nächsten hätte sie sich eine halbe Stunde verspätet. Wer weiß, was Alice mit ihr getan hätte, vermutlich hätte sie sie geschlagen. Aber was noch viel schlimmer gewesen wäre – zumindest was ihn betraf: Sie hätte ihr verbieten können, in Zukunft aus dem Haus zu gehen. Das konnte er nicht riskieren; er war ganz auf sie fixiert und es würde ihm gar nicht gelegen kommen, wenn sie eingesperrt wurde. Sie hatten versucht, ein Taxi zu bekommen, aber der Taxistand war verwaist, und es war nicht abzusehen, wann das nächste eintrudeln würde.

Trotz der Hitze hatte sie zu zittern begonnen und war den Tränen nahe gewesen.

»Ruf Alice doch einfach an und sag ihr, was passiert ist«, schlug er vor.

»Das kann ich nicht. Sie wird mich umbringen.«

Es war gegen alle Regeln der Vernunft, doch wenn sie rechtzeitig zurück sein wollte, dann blieb ihm nur noch, sie zu fahren. »Also komm, ich bring dich zurück.«

Es war fünf vor eins, als sie beim Laden ankamen. Sie stieg aus, dann drehte sie sich noch einmal um und winkte ihm hinterher.

Als sie durch den Nebeneingang verschwunden war, ging er von der Bremse und reihte sich wieder in den Verkehr ein. Soweit er sehen konnte, war er von niemandem beobachtet worden, aber das war auch bisher noch nie der Fall gewesen. Die Leute waren viel zu sehr mit ihren eigenen Angelegenheiten beschäftigt, um ihn zu beachten – obgleich sie alle von ihm wussten.

Dem Müllsack-Mörder.

Er musste lächeln. Wenn sie wüssten, dass er schon bald wieder zuschlagen würde.

KAPITEL 22

Eine der Regeln bei polizeilichen Ermittlungen, insbesondere bei solchen, die sich mit schweren Verbrechen befassen, lautet, dass die Polizeibeamten ihre Vorgesetzten über alles auf dem Laufenden halten sollen, was sie herausfinden und was sie tun oder was sie gern als Nächstes tun würden. Wer diese Regel bricht, muss mit harten Konsequenzen rechnen. Es war eine Regel, die Handford gut kannte, und er erwartete auch, dass die Beamten in seinem Team sich daran hielten. Hatte er nicht selbst oft genug Ali einen Rüffel erteilt, weil dieser wieder auf eigene Faust gehandelt oder Entscheidungen getroffen hatte, die ihm gar nicht zustanden? Doch jetzt war er selbst drauf und dran, sie zu brechen. Eigentlich müsste er – und das wusste er ganz genau – seine Verdachtsmomente mit Sanderson und Noble durchsprechen, bevor er etwas unternahm. Doch da er kaum Anhaltspunkte hatte, geschweige denn einen handfesten Beweis, war es unwahrscheinlich, dass einer von ihnen ihm erlauben würde, der Sache mehr Aufmerksamkeit zu widmen. Sie würden es sicher als Schnapsidee abtun, geboren aus dem Wunsch, Russell möge unschuldig sein.

Es war zwei Uhr, als Jensen schließlich anrief, um ihm zu sagen, dass der DCI wieder im Hause sei. Und vier Minuten später klopfte Handford an seine Tür.

»Kann ich kurz mit Ihnen sprechen, Stephen?«, fragte er und trat ein. Da er glaubte, Russell eine Erklärung schuldig zu sein, fuhr er gleich fort: »Es gibt da etwas über den Abend von Jenny Broomfields Ermordung, das ich noch wissen muss.«

»In diesem Fall, nein. Nicht ohne dass mein Anwalt und ein Beamter meines Dienstrangs oder ein Vorgesetzter anwesend sind.« Russell beugte sich wieder über die Zeitung, die er gerade las.

Handford holte tief Luft und nahm einen weiteren Anlauf. »Bitte, Stephen, ich muss wissen, wann genau Sie am letzten Donnerstag nach Hause gekommen sind.«

Russell blickte auf. »Ich habe nein gesagt, Handford, und ich meine auch nein.« Sein Blick war so kalt wie sein Tonfall.

Handford ließ sich nicht abwimmeln. »Menschenskind, Stephen, wir stehen hier ganz schön unter Druck. Die Presse, die Behörden, die Öffentlichkeit, alle wollen eine Verhaftung und den meisten ist es egal, ob wir den Richtigen oder den Falschen erwischen. Sie wollen nur das Wort ›Festnahme‹ hören, damit sie sich alle wieder sicher fühlen können.«

Russell versuchte ihn zu unterbrechen, doch Handford sprach einfach weiter und gab sich dabei große Mühe, nicht laut zu werden.

»Nein, jetzt hören *Sie* mir mal zu.« Er zeigte aus dem Fenster. »Die Leute da draußen haben nicht nur Angst um ihre Töchter, sie befürchten auch, dass das Ganze sich zu einem ähnlichen Fiasko wie beim Yorkshire Ripper auswächst. Sie wollen erfahren, dass die Polizei Fortschritte macht, sie wollen einen Verdächtigen präsentiert bekommen, und ob es Ihnen passt oder nicht: Was Sanderson angeht, sind Sie der einzige

Verdächtige weit und breit. Er steht kurz davor, Sie zu suspendieren, Mensch!«

Plötzlich wich alle Farbe aus Russells Wangen.

»Ich glaube nicht, dass Sie das Mädchen ermordet haben«, fuhr Handford fort, »aber das spielt keine Rolle, denn es gibt genügend Ungereimtheiten in ihren Aussagen, um Sie wegen Mordverdachts zu verhaften. Es spielt keine Rolle, dass wenig oder gar nichts dafür spricht, dass Sie die Mädchen tatsächlich ermordet haben, denn es gibt genügend Vermutungen, dass Sie es getan haben *könnten*. Es spielt auch keine Rolle, ob wir Sie zu guter Letzt ohne Anklage wieder freilassen müssen oder Sie freigesprochen werden, wenn die Sache vor Gericht kommt – den Schaden haben auf jeden Fall Sie zu tragen. Die Presse wird jubeln, das wird für eine Weile eine echte Sensationsstory. Können Sie sich die Schlagzeilen vorstellen? ›Detective Chief Inspector aus Bradford als Müllsack-Mörder festgenommen‹. Die werden Ihnen keine Ruhe lassen, die werden Ihrer Frau keine Ruhe lassen, und es ist vollkommen gleichgültig, ob sie unschuldig sind oder schuldig. Selbst wenn sie unschuldig sind, wird immer etwas hängen bleiben, denn schließlich haben ja alle schon immer gewusst, dass die Polizei korrupt ist und keine Krähe einer anderen ein Auge aushackt. Und was Ihre Karriere angeht, Stephen: So makellos und brillant Sie selbst auch sein mögen, Sie werden auf irgendeinem Abstellgleis landen und dort bleiben Sie Chief Inspector bis zu Ihrer Pensionierung. Ich weiß es, denn ich habe das alles selbst durchgemacht.«

Während Handfords Redeschwall hatte ihn Russell unverwandt angesehen, aber jetzt starrte er gedankenverloren auf die Unterlagen vor sich auf dem Schreibtisch. Eine beklemmende Stille herrschte im Raum, nur der Ventilator brummte leise und eine Fliege surrte immer wieder gegen die Fensterscheibe. Eine kleine Ewigkeit lang schien der Raum wie erstarrt, und sie alle – Russell, Handford, der Ventilator und die Fliege – wurden zu einem Stillleben, eingefroren in einem Rahmen.

Schließlich hob Russell mit gehetztem Gesichtsausdruck den Kopf – ein Mann, der verfolgt wurde von seiner Vergangenheit, seiner gegenwärtigen Situation und dem Schreckbild einer unbekannten, für ihn völlig unvorstellbaren Zukunft.

Schließlich trafen sich ihre Blicke. »Wie lautet Ihre Frage?«, wollte er wissen.

Handford seufzte erleichtert auf. »Danke«, sagte er. »Erzählen Sie mir noch einmal genau, was Sie getan haben, als Sie am Donnerstagabend nach Hause kamen.«

Russells Stimme klang vollkommen monoton, auf einem Sound Monitor hätte sie sich sicher als eine vollkommen flache Linie ohne jeden Ausschlag nach unten oder oben dargestellt. »Ich bin circa um halb zehn nach Hause gekommen. Ich war spät dran, also bin ich direkt in den Garten gegangen, um mich bei meinen Gästen für mein verspätetes Eintreffen zu entschuldigen. Dann ging ich wieder hinein, um mich umzuziehen und zu duschen.«

»Wie lange, meinen Sie, waren Sie draußen im Garten?«

»Vier oder fünf Minuten, nicht länger.«

»Sagen Sie mir, Stephen, waren die Lampen an oder aus?«

»An.«

»Sind Sie sich da ganz sicher?«

»Ja, der Timer ist so eingestellt, dass sie in der

Dämmerung angehen. Ich weiß nicht genau, wann die Dämmerung am Donnerstag eingesetzt hat, aber die Lampen waren mit Sicherheit an, als ich nach Hause kam.«

Handford seufzte. »Vielen Dank, Stephen. Es tut mir Leid, dass ich Ihnen das abverlangen musste.«

Russell verzog die Miene zu einem kurzen Lächeln. »Und, werden Sie mir Ihre Frage jetzt erklären?«

»Noch nicht. Bitte vertrauen Sie mir einfach.«

Stephen Russell war nicht der Einzige, der sein Vertrauen in Handford setzen musste. Auch Handford selbst musste das Vertrauen in seine Fähigkeiten bewahren. Er musste darauf vertrauen, dass sein Gefühl ihn nicht trog, dass es nicht darunter gelitten hatte, dass er seinem Chef unbedingt glauben wollte, und er dabei den gesunden Menschenverstand außen vor ließ. Wenn er jetzt einen Fehler machte, würde er sich auf demselben Abstellgleis wiederfinden wie Russell.

Die Kunst in dieser Situation bestand darin, mit Bedacht vorzugehen, jeden Informationsschnipsel aufzuheben, ihn sorgfältig aufzubewahren und dann weiterzumachen. Der Aussage des DCI zufolge war Andrew Collingham nach Russell auf die Party gekommen; er hatte sich damit entschuldigt, er sei noch im Polizeiausschuss aufgehalten worden. Wenn sich das als richtig herausstellte, dann wäre es verdammt schwer zu widerlegen, dass er nach Hause gegangen war, um zu duschen und sich nach dem brütend heißen Tag im Rathaus frisch zu machen, bevor er zu den Russells ging.

Es dauerte eine ganze Weile, bis er im Rathaus zu der entsprechenden Abteilung durchgestellt wurde. Handford saß ungeduldig da, den Hörer ans Ohr gepresst, und trommelte mit den Fingern auf die Schreibtischplatte, während er von einer Stelle zur anderen weiterverbunden wurde. Endlich sagte eine Frauenstimme: »Inspector Handford, was kann ich für Sie tun?«

»Vielleicht können Sie mir weiterhelfen. Wissen Sie, um wie viel Uhr die Sitzung des Polizeiausschusses letzte Woche zu Ende war? Ich weiß, die Frage klingt merkwürdig, aber ich versichere Ihnen, sie ist wichtig im Zusammenhang mit einer laufenden Ermittlung.«

»Einen Moment bitte. Ich habe gerade heute Morgen das Protokoll geschrieben – ein bisschen spät, fürchte ich, aber Sie wissen ja, wie es hier manchmal zugeht.«

Durch den Hörer hörte er Papiergeraschel. »Ja«, sagte sie. »Die Sitzungen sollten eigentlich immer um neun zu Ende sein, aber diese dauerte ein bisschen länger. Ich weiß nicht, warum im Polizeiausschuss immer die Zeit überzogen wird. Aber egal. Laut Protokoll war die Sitzung um zwanzig nach neun zu Ende.«

Handford spürte, wie sich Enttäuschung in ihm breit machte. »Und Sie sind sich ganz sicher? Die Sitzung des Polizeiausschusses am letzten Donnerstag?«

»Richtig, das heißt – nein. Die Sitzung wurde nicht am Donnerstag abgehalten. Das hätte so sein sollen, aber sowohl der Vorsitzende als auch sein Stellvertreter konnten nicht daran teilnehmen, daher wurde sie auf den Tag davor verschoben. Ja, das stimmt. Auf Mittwoch, den sechzehnten.«

Handford hätte ihr am liebsten einen Kuss gegeben – und das hätte er tatsächlich auch getan, wenn das Gespräch nicht übers Telefon stattgefunden hätte. Er fragte noch, ob vielleicht irgendwelche anderen Sitzungen für Donnerstagabend angesetzt gewesen waren, aber seine Frage wurde verneint. Der Polizeiausschuss sei sonst immer die einzige Sitzung, die zu dieser späten Stunde abgehalten werde, aber sie könne noch mal beim Hausmeister nachfragen und sich dann wieder bei ihm melden.

Handfords nächster Anruf ging ins College. Er landete bei der Zentrale und fragte, ob Mr Collingham noch da sei.

»Mr Collingham ist außer Haus«, sagte eine müde Stimme am anderen Ende der Leitung. »Der ist heute Morgen gar nicht reingekommen.«

»Ach, tut mir Leid«, sagte Handford. »Ich dachte, er wäre zu einer Fachbereichssitzung über die Prüfungsergebnisse gegangen.«

»Warum sollten wir eine Sitzung über die Prüfungsergebnisse abhalten? Die kommen doch erst morgen raus. Ich bin nur hier, weil wir heute eine Holzlieferung hatten, und wenn die nicht sofort verstaut wird, dann verschwindet sie einfach. Sie glauben ja gar nicht, was die Leute so alles mitgehen lassen.«

Handfords Stimme klang ruhiger, als er sich fühlte. »Dann hilft Ihnen Mr Collingham also jetzt nicht gerade, das Holz zu verstauen?«

»Sie machen wohl Witze. Ein Professor, der sich die Hände schmutzig macht? Das glauben Sie wohl selbst nicht.«

Handford lachte, als verstünde er genau, was der Mann sagen wollte. »Danke für Ihre Hilfe, und ich muss mich wirklich für die Störung entschuldigen. Ich habe Mr Collingham sicher falsch verstanden.«

Nachdenklich legte er den Hörer auf. Er musste mit Bedacht vorgehen. Zwei Lügen machten noch keinen Serienmörder, bloß einen Lügner. Die Frage war jedoch: Warum hatte er gelogen? Und so völlig ohne

Not? Dafür konnte es eine Menge Gründe geben. Vielleicht hatte er nicht zu Russells Party kommen wollen. Nicht sehr einleuchtend, da er schließlich ein langjähriger Freund von Stephen Russell war. Noch merkwürdiger war seine Lüge in Bezug auf die Fachbereichssitzung. Sie konnte nicht darauf abgezielt haben, dass er nicht mit Handford hatte sprechen wollen, denn er hatte ihn ja getroffen, wenn auch widerwillig. Vielleicht ging es um Stadtratsangelegenheiten, die man noch unter Verschluss hielt, bevor sie einer überraschten Öffentlichkeit als vollendete Tatsache präsentiert wurden. Vielleicht hatte er eine Affäre und hatte sich letzten Donnerstag mit seiner Geliebten getroffen. Vielleicht wollte er sie heute Morgen wieder sehen und nicht zu spät kommen. Es ließen sich eine Menge unschuldiger oder harmloser Gründe für die Lügen denken.

Am liebsten hätte er Collingham gleich auf der Stelle aufgesucht und befragt. Doch er hatte wenig in der Hand, worauf sich seine Fragen stützen konnten – außer zwei Lügen und Collinghams Kenntnissen über die Orte mit einstmals religiöser Bedeutung. Das reichte nicht, er brauchte unbedingt mehr Informationen über ihn. Dann fiel ihm ein, wen er anrufen musste, um schnell an die gewünschten Informationen heranzukommen – Peter Redmayne. Peter war Reporter bei der Lokalzeitung, und sie waren gute Freunde geworden, nachdem er Handford in einem früheren Fall einige nützliche Tipps gegeben hatte.

»Peter.«

»John. Meine Güte, ich hab gedacht, du wärst tot. Du wolltest dich doch melden, erinnerst du ich?«

Handford lachte. »Jetzt komm schon, Peter, du weißt genauso gut wie ich, dass jeder Polizist in der

Grundausbildung darauf getrimmt wird, keine Anrufe zu erwidern. Das ist das Erste, was wir lernen.«

»Ja, das weiß ich, du hast es mir ja oft genug gesagt. Aber ich bin mir da nicht so sicher, ob das der Grund ist. Könnte es nicht vielleicht sein, dass das einfach am Alter und einer zunehmenden Vergesslichkeit liegt, meinst du nicht auch?«

»Traurig, aber wahr. Ich werde versuchen, mich zu bessern.«

»Ja, und ich glaube dir, obwohl tausend andere das nicht tun würden. Aber Spaß beiseite – was kann ich für dich tun? Du willst doch sicher was von mir, nehme ich an.«

»Bitte. Die Sache hat nur einen Haken: Ich brauche Informationen über einen unserer Stadträte. Ich kann dir den Grund dafür noch nicht sagen, und bevor ich dir verrate, um wen es sich handelt, musst du mir versprechen, dass du deine schreibfreudigen Finger im Zaum hältst. Hörst du, kein Artikel darüber in der Zeitung von morgen, außer du willst mich als Hackbraten wiedersehen!«

Redmayne schlug einen verschwörerischen Ton an. »Also, dann lass mich mal überlegen. Gut unterrichteten Quellen zufolge bist du ja im Ermittlungsteam über diesen Serienmörder.« Wo bekam dieser Mensch nur seine Informationen her? »Und du fragst mich nach Informationen über einen bestimmten Stadtrat. Ich frage mich, könnte er, wer auch immer es ist, in irgendeiner Weise mit der Sache zu tun haben?«

Unwillkürlich musste Handford lächeln. »Jetzt komm, Peter, du weißt, dass ich dazu nichts sagen kann.«

»Okay, okay, aber man muss es ja wenigstens versuchen. Also gut, ich verspreche es dir. Dieselben

Konditionen wie das letzte Mal: Wenn sich irgendwas tut, bin ich der Erste, der davon erfährt.«

»Der Allererste.«

»Also, wer ist dieser Stadtrat?«

»Andrew Collingham.«

Redmayne pfiff durch die Zähne. »Wann brauchst du die Sachen?«

»Heute.«

»Ich stell dir erst mal zusammen, was wir hier über ihn haben. Aber was ich erst noch rausfinden muss, dauert ein bisschen länger. Soll ich dir die Artikel faxen?«

»Lieber nicht. Treffen wir uns doch im Globe. Um sieben Uhr?«

Handford saß mit Khalid Ali in seinem Büro, als Warrender eine Liste der Autobesitzer vorbeibrachte, deren Wagen an der Bäckerei vorbeigefahren waren oder angehalten hatten. Der Wagen, der das blonde Mädchen dort abgesetzt hatte, war mit einem Sternchen markiert. Er war auf eine Gärtnerei, Mayfield Nurseries, zugelassen.

»Ich versuche immer noch, dort jemanden zu erreichen«, sagte Warrender, »aber das Telefon war bisher jedes Mal besetzt. Ich glaube, ich werde hinfahren müssen. Es ist das Gartencenter an der Harden Road.« Er wedelte mit dem Ausdruck. »Ich hab da ein ziemlich ungutes Gefühl, Chef. Diese kleine Blonde bewegte sich, als wäre sie dort zu Hause, und ist sicher eine von denen, die dort arbeiten. Sie ist nicht durch den Laden gegangen, wie man vielleicht erwarten könnte, sondern direkt zum Seitentor hinein und von dort hinter das Haus. Wenn sie was anderes als eine der Prostituierten wäre – eine Verwandte oder sagen wir mal, die Tochter einer Freundin –, dann wäre sie sicher durch den Laden gegangen. Ich hatte auch nicht den Eindruck, dass der Mann in dem Wagen ein ganz normaler Freier war.«

»Warum nicht?«

»Keine Ahnung, Chef. Gefühlssache.«

Handford hatte das schon oft genug bei sich selbst erlebt und wusste, wovon Warrender sprach.

»Diese Mädchen, die sind so verführbar«, fuhr der Detective fort. »Sonst würden sie sich ja auch nicht zur Prostitution verleiten lassen. Aber sobald jemand scheißfreundlich daherkommt, so wie Azam, und sie ein bisschen verwöhnt, sich um sie kümmert, nett zu ihnen ist, tun sie alles für ihn, nur weil sie das in ihrem bisherigen Leben nie bekommen haben. Der Mörder ist zwar aus einem ganz anderen Holz geschnitzt, aber er macht sich auf dieselbe Weise an sie ran – er stellt ihnen nach, spricht sie an, ist lieb und freundlich, gewinnt ihr Vertrauen – nur seine Ziele und Motive sind anders. Der eine verdient Geld mit ihnen, der andere ermordet sie. Aber beide sind ihr Untergang.«

Handford blickte Warrender bei seinen Ausführungen erstaunt an. Diese Seite hatte er an seinem Constable bisher noch gar nicht kennen gelernt. Dass er ein guter Detective war, hatte nie außer Frage gestanden, aber eben auch nicht, dass er ein selbstgefälliger, sexistischer und rassistischer Zyniker war. Aber diese Seite war Handford neu. Er ließ ihn seine Gedanken zu Ende spinnen.

»Sprechen Sie weiter«, forderte er ihn auf.

»Der Täter benutzt für die Vergewaltigung vermutlich ein Setzholz. Wo könnte man besser an eins herankommen als in einem Gartencenter? Und wenn es so eines ist wie die anderen Gartencenter, in denen ich bisher war, dann gibt es dort auch eine große Auswahl an Holzstangen. Er nimmt ein paar solcher Gegenstände von dort mit, tötet und vergewaltigt damit, und dann stellt er sie ganz unbemerkt wieder dahin zurück, wo er sie herhat. Und irgendein ahnungsloser Hobbygärtner kauft sie dann. Das ist so in etwa die sicherste Methode, sich Mordwaffen und Beweisen zu entledigen, die ich mir denken kann.«

Handford wandte sich seinem Sergeant zu. »Was meinen Sie dazu, Ali?«, fragte er.

»Hat was für sich«, meinte er. »Alles, was Warrender gesagt hat, wie diese Mädchen in die Prostitution gelockt werden, stimmt mit Paula Townsends Schilderung überein. Was mich überrascht, ist, dass sie dann trotz allem genauso leicht wieder auf den nächsten Mann hereinfallen, der ihnen schöntut und Freundschaft vorgaukelt. Mit der Anfälligkeit und Verführbarkeit ist es also nicht vorbei, wenn die Mädchen einmal schlechte Erfahrungen mit ihrem Zuhälter gemacht haben. Sie fallen auf jeden rein, der sich scheinbar um sie kümmert.«

Handford nickte; von leichter Verführbarkeit konnte er ein Liedchen singen.

»Wenn die Gerichtsmediziner Recht haben, was das Vergewaltigungswerkzeug anbelangt«, fuhr Ali fort, »dann klingt es durchaus einleuchtend, dass der Mörder in einem Gartencenter arbeitet. Und jetzt, mit dem Wagen, gibt es ja auch eine Spur in diese Richtung.«

Handford erinnerte sich an Susan Forresters voreilige Schuldzuweisung und er wollte nicht in dieselbe Falle tappen. »Stimmt«, sagte er. »Aber bevor wir etwas überstürzen, lasst uns doch erst mal herausfinden, wer diesen Wagen gefahren hat. Dann haben wir zumindest einige Punkte, an die wir anknüpfen können. Warrender, versuchen Sie es noch mal mit dieser Nummer; und wenn immer noch besetzt ist, dann fahren Sie und Sergeant Ali hin. Ach, und Warrender, finden Sie heraus, wem der Laden gehört.«

Schon fünf Minuten später war Warrender wieder zurück. »Der Wagen ist tatsächlich auf das Gartencenter zugelassen. Ich hab mit der Besitzerin gesprochen – einer Mrs Rachel Collingham. Sie hat gemeint, sie hätte gar nicht gemerkt, dass der Wagen nicht da war. Die Mitarbeiter können die beiden Wagen, die sie haben, ohne weiteres benutzen. Anscheinend gibt es dort nicht so was wie ein Fahrtenbuch, wo man sich ein- und austrägt, aber sie meinte, sie fragt mal herum und sagt mir Bescheid, wenn sie herausgefunden hat, wer den Wagen benutzt hat. Sie schien mir ehrlich gesagt ein bisschen zerstreut, vermutlich eine von der Sorte, die lieber mit Blumen redet als mit Leuten. Jedenfalls, falls ich bis morgen nichts gehört habe, fahre ich hin und nehme mir die Mitarbeiter selber vor.«

Handford bemühte sich, seine Aufregung so gut wie möglich zu zügeln. Er hatte keinen Zweifel daran, wer am Steuer des Wagens gesessen hatte. Doch er wollte die anderen nicht beeinflussen, bis er sich absolut sicher war.

Stattdessen sagte er: »Tun Sie das, aber in der Zwischenzeit stellen Sie sicher, dass alle, die vor der Bäckerei Wache schieben, auf dieses Autokennzeichen achten. Sollte er dieses blonde Mädchen wieder einsteigen lassen, dann müssen sie ihre Beobachterrolle vergessen und sofort zugreifen. Ich bin nicht bereit, ihre Sicherheit aufs Spiel zu setzen. Lieber irre ich mich.«

Als er kurz nach sieben im Globe ankam, war sich Handford nicht ganz sicher, ob das, was er jetzt tat, wirklich richtig war. Peter Redmayne wartete an einem der Tische draußen. Er sah nicht wie der typische Sensationsjournalist aus: ein kleiner Mann Mitte bis Ende dreißig, schmächtig und linkisch, mit dunklem, buschigem Haar, das so aussah, als hätte es seit Jahren keinen Kamm mehr gesehen. Seine Metallrandbrille war zu groß für sein Gesicht und rutschte ihm ständig von der Nase, was ihn zwang, sie immer wieder mit unerwarteter Heftigkeit zurückzuschieben. Hinter seinem unspektakulären Aussehen verbargen sich jedoch, wie Handford wusste, ein scharfer Verstand, der jedem Gelehrten Ehre gemacht hätte, und eine unvergleichliche Hartnäckigkeit. Wenn er sich einmal an einer Geschichte festgebissen hatte, hängte er sich daran wie ein Frettchen, bis er sicher sein konnte, dass er alles herausbekommen hatte. Und wenn er einen Artikel darüber verfasste, war dieser ebenso logisch aufgebaut und gut geschrieben wie aufrüttelnd und überzeugend.

Auf dem Weg zum Pub hatte sich Handford gedacht, ein Bericht über minderjährige Mädchen, die in die Prostitution gelockt und dann in einem Bordell von Zuhälter und Puffmutter zum Anschaffen gezwungen wurden, wäre genau die Art von Story, nach der Redmayne sich die Finger lecken würde. Wenn ihn der Reporter mit Hintergrundinformationen über Collingham versorgte, dann würde er sich bei ihm mit ersten Andeutungen über das Bordell revanchieren und ihm einen Tipp geben, wann die Razzia stattfinden sollte. Das wäre ein fairer Deal; Redmayne würde in angemessener Weise berichten und umsichtig genug sein, seine Quelle nicht zu nennen. Handford hoffte, dass er mit dieser Einschätzung richtig lag. Er sah diese Mädchen als Opfer ihres Zuhälters, ihrer Freier und – noch schrecklicher – des Serienmörders. Daher hatte er beschlossen, an die Presse zu gehen, auch wenn die Polizeiregeln ihm verboten, Informationen preiszugeben. Ein derart abscheulicher Missbrauch verlangte nach maximaler Öffentlichkeit – und Redmayne war die geeignetste Person, sie herzustellen. Susan Forrester war entsetzt darüber gewesen, dass die Mädchen der Gefahr schutzlos ausgeliefert waren. Nicht nur hatte die Polizei keine Ahnung, wo sich das Bordell befand, die verantwortlichen Stellen waren noch nicht einmal daran interessiert, es herauszufinden. »Was bleibt einem da anderes übrig«, hatte sie gesagt, »als der Presse einen Tipp zu geben.«

Nichts.

Redmayne unterbrach ihn in seinen Gedanken. »Dasselbe wie immer?«

Handford nickte.

»Ich hole die Getränke, du kannst uns ja im Garten draußen schon mal einen Platz suchen. Willst du was zu essen?«

»Nein, lieber nicht. Gill hat nachher sicher das Abendessen fertig.«

Der Garten war fast leer, obgleich er sich im Laufe des Abends sicher noch füllen würde. Als einer der wenigen Pubs in der Gegend war das Globe über die Jahre immer beliebter geworden. Es bot eine Vielfalt von Biersorten sowie eine ganz passable Küche mit einer guten Auswahl an Snacks. Handford blickte sich nach einem Tisch um, wo sie sich ungestört unterhalten konnten. Der Garten war tadellos gepflegt. Der Besitzer hatte offensichtlich ebenso viel Sorgfalt auf das Außen- wie auf das Innendekor verwandt. Handford wählte einen Tisch im Schatten, so weit weg vom Gebäude wie möglich, und setzte sich. Sein Blick wanderte über die schön angelegten Rasenflächen und Blumenrabatten, und er fragte sich, ob es vielleicht Mrs Collingham gewesen war und nicht der Besitzer des Pubs, der sie angelegt hatte. Beim Gedanken an Collinghams Frau fragte er sich, ob sie je Verdacht geschöpft hatte, dass ihr Mann ein Doppelleben führte.

Er fand es schwer, sich vorzustellen, dass Frauen keine Ahnung davon hatten, was ihre Männer so trieben. Wie konnte es passieren, dass sie nicht wussten, dass sie mit einem Monster zusammenlebten? Fiel ihnen denn nie auch nur das Geringste auf? Ein Hinweis, eine Vermutung? Vielleicht verdrängten sie es aber auch nur, weil es zu schrecklich war, darüber nachzudenken. Das war es ja auch, dachte er: Wer würde ihm denn schon glauben, wenn er andeutete, dass Collingham der Mörder sein könnte.

»Bitte sehr.« Redmayne stellte ein halbes Pint Lager-Bier vor Handford ab und sein Glas gegenüber, dann stieg er über die Holzbank und setzte sich.

Sie tranken eine Weile schweigend, dann zog Redmayne eine Dokumentenmappe aus seiner Aktentasche. »Ich hab herausgefunden, was du brauchst«, sagte er. »Vielleicht kann ich noch mehr erfahren, aber da müsste ich noch ein wenig herumstochern. Soll ich?«

»Schauen wir erst mal, was du bis jetzt hast, dann kann ich immer noch entscheiden.«

»Gut. Andrew Joseph Collingham. Geboren am 10. Januar 1963, drittes von vier Kindern. Die anderen heißen Joshua Benjamin, Michael Samuel und Abigail Ruth.« Redmayne blickte zu Handford auf. »Man beachte die biblischen Namen. Collingham senior war streng religiös, geradezu fanatisch, wenn man den Leuten Glauben schenken kann, mit denen ich gesprochen habe. Er war Textilarbeiter und seine Frau Lehrerin. Andrew begann nach der Schulzeit 1979 eine Lehre bei einer der großen Baufirmen. Arbeitete auf Baustellen im ganzen Land.«

»Weißt du, wo überall?«

»Nein, aber das könnte ich vielleicht herausfinden. Soll ich?«

»Bitte. Aber erzähl weiter.«

Redmayne blätterte zur nächsten Seite seines Notizbuchs. »1989 wechselte er nach und nach seine berufliche Ausrichtung und wurde zunächst in Teilzeit Dozent für Bauwesen am College. 1990 bekam er dort eine Vollzeitstelle und stieg 1994 zum Fachbereichsleiter auf. Damals heiratete er auch seine Frau Rachel. Er hatte sie bei seiner Arbeit am College kennen gelernt; sie war Dozentin für Gartenbau. Kurz nach ihrer Heirat starb ihr Vater, und sie erbte ein beträchtliches Vermögen, von dem sie einen Teil in ihr jetziges Haus und den Rest in ihre Gartenbaufirma mit angeschlossenem Verkauf von Gartenbedarf an der Harden Road steckte. Sie ist sehr erfolgreich – die beiden sind ein erfolgreiches Paar.«

»Wann ist er in die Politik gegangen?«

Redmayne nahm einen tiefen Schluck aus seinem Bierglas. »Er hatte einige Zeit davor schon Ambitionen gezeigt, aber er musste warten, bis das College nicht mehr unter städtischer Aufsicht stand. Davor war es ihm durch seine Arbeit für die Bildungsbehörde verwehrt, ein öffentliches Amt zu bekleiden. Jedenfalls wurde er gleich im ersten Anlauf als Labour-Vertreter für Little Horton in den Stadtrat gewählt und ist seitdem im Amt.«

»Meines Wissens sitzt er auch im Polizeiausschuss.«

»Ja, und er ist Mitglied des Planungsstabs. Außerdem engagiert er sich für alle möglichen wohltätigen Zwecke, obgleich er das nicht an die große Glocke hängt.«

»Er ist im Vorstand für das ›Project‹.«

»Dieser Beratungsstelle, die sich um die Prostituierten kümmert?«

Handford nickte.

»Nun, das erstaunt mich. Hätte nicht gedacht, dass er sich in diesem Bereich engagiert. Er hat aus seiner ablehnenden Haltung gegenüber den Prostituierten in der Stadt nie einen Hehl gemacht. Deepak Azam hat er damals tatkräftig dabei unterstützt, als der sie aus der Stadt raushaben und ihnen einen Platz außerhalb zuweisen wollte, du weißt schon.«

Das war Handford neu.

»Was weiß man über seine Familie?«

»Sein Vater ließ sich von seiner Frau scheiden, da war Collingham dreiundzwanzig. Die Ehe seiner Eltern kann nicht besonders toll gewesen sein, denn kurz darauf zog seine Mutter bei einem anderen Mann ein und mit ihr ihre Tochter, die damals vielleicht dreizehn oder vierzehn gewesen sein muss. Die Mutter und ihr neuer Freund heirateten ziemlich bald darauf. Man munkelte, der alte Collingham sei ziemlich brutal gewesen und Andrew sei oft mit blauen Flecken in die Schule gekommen. Damals ist man allerdings nicht dagegen eingeschritten, das galt als Familienangelegenheit.«

»Wo ist sein Vater jetzt?«

»Keine Ahnung.«

»Sehen sich Collingham und seine Mutter?«

»Ich hab sie bei offiziellen Anlässen noch nie gesehen, obgleich sie noch in der Stadt wohnt – in Bierley oben, wohin sie und ihr neuer Mann gezogen sind. Ich glaube, sie hat dann wieder eine Zeit lang unterrichtet. Inzwischen ist sie natürlich pensioniert.«

»Und die Tochter?«

»Keine Ahnung.«

Redmayne trank sein Glas leer.

»Möchtest du noch eins?«, fragte Handford. Im Garten war es jetzt ziemlich voll geworden, und er musste sich energisch seinen Weg durch die Menge und die Kellner und Kellnerinnen bahnen, die mit ihren Essensbestellungen zwischen den Tischen hin und her eilten. Collinghams Vergangenheit war ziemlich unauffällig, obwohl nicht völlig problemlos. Handford musste noch Genaueres wissen. Genaueres über den prügelnden Vater, über die zweite Ehe der Mutter, mehr über Abigail Ruth, die Collingham als »Produkt meiner Mutter und ihres Liebhabers« beschrieben hatte. Die Zeitspanne in Collinghams Leben, die Handford jedoch am meisten interessierte, war die, als er auswärts gearbeitet hatte. Wo war er überall gewesen? War es abwegig, zu fragen, ob er einige Zeit in Cambridge verbracht hatte? Vermutlich schon. Er bestellte und trug die Gläser wieder zu ihrem Tisch zurück. War Collingham wirklich ein ernst zu nehmender Hauptverdächtiger? Handford schalt sich, dass er schon wieder zu weit vorpreschte. Er musste vorsichtig sein, sicherstellen, dass er nicht den gleichen Fehler beging wie Forrester, indem er nachzuweisen versuchte, dass Collingham der Mörder war, um Russell dadurch zu entlasten.

Redmayne nahm sein Glas. »Wirst du mir jetzt sagen, warum du das alles wissen willst?«

Die Frage kam kaum unerwartet, aber Handford

wusste, dass er darauf keine Antwort geben durfte. Er schwieg.

Redmaynes Gesicht zeigte Anzeichen von Verärgerung. »Ich habe lange genug mit der Polizei zu tun gehabt, um zu wissen, was solches Schweigen und dieser Gesichtsausdruck bedeuten, John. Es heißt, dass da etwas im Busch ist, und es braucht keinen Hellseher, um zu erraten, was. Also, wenn du es mir nicht sagen willst, dann sage ich es dir. Du bist dem Serienmörder auf der Spur; du fragst mich über Andrew Collingham aus, also bist du der Ansicht, dass er irgendwie in die Sache verwickelt ist.«

Handford saß immer noch schweigend da.

»Dann beantworte mir wenigstens diese Frage: Lohnt es sich, wenn ich versuche, Genaueres über seine Lebensgeschichte auszugraben? Damit ich den anderen ein Stück voraus bin, wenn die Geschichte an die Öffentlichkeit kommt?«

Handford gab nach. »Du hast das nicht von mir gehört, Peter, aber mein Bauch sagt mir, dass du dabei nicht deine Zeit verschwendest.«

So gern Handford nach Hause gefahren wäre, er kehrte doch noch einmal ins Büro zurück. Die Fallunterlagen aus Cambridge lagen in seinem Aktenschrank und er musste darin noch etwas nachlesen.

Als er hereinkam, war gerade die Putzfrau in seinem Büro. »Ich dachte, Sie wären sicher schon gegangen, Inspector Handford.«

»Ich bin gleich wieder weg, Beryl«, sagte er. »Ich muss nur noch mal schnell etwas nachschauen.« Er nahm die Akten aus dem Schrank. Der Archivar, Ted, war sehr gründlich gewesen und hatte ihm alle möglichen Informationen beigelegt, die seiner Meinung nach von Bedeutung sein konnten. Lindsay Jefferson, das vierzehnjährige Opfer, war auf dem Gelände einer ehemaligen Kapelle gefunden worden. Die Bauarbeiter räumten damals gerade den Schutt weg, um mit dem Bau eines Supermarkts zu beginnen.

Lindsays Leiche war dort für alle gut sichtbar abgelegt worden, mitten zwischen den Schutt- und Abfallresten, die dort von den Arbeitern verbrannt worden waren.

Handford blätterte weiter, bis er zu einer Seite kam, die er ursprünglich für irrelevant gehalten und nur überflogen hatte. Es war eine Liste der Arbeiter desselben Baukonzerns, für den auch Collingham gearbeitet hatte. Sie waren mit der Räumung des Geländes und dem Bau des Supermarkts beauftragt gewesen. Natürlich waren damals alle verhört worden, doch man hatte sie als Täter ausgeschlossen. Sein Blick glitt über die Namensliste.

Allen, C.
Ambler, D.
Ash, F.
Beddoes, L.
Carver, S.
Chilcott, T. R.
Collingham, A. J.

Ja.

Er versuchte seine Aufregung zu unterdrücken.

Es konnte Zufall sein, das wusste er, aber ob Zufall oder nicht, er konnte seinen Verdacht nicht länger für sich behalten. Jetzt musste er seine Entdeckung an Noble und Sanderson weitergeben. Er hob den Hörer ab und wählte die Nummer des ACC.

KAPITEL 23

Bei der nächsten Morgenbesprechung um neun Uhr trugen sie zusammen, was sie gegen Andrew Collingham in der Hand hatten.

Es galt inzwischen als gesichert, dass die Wahl der Tatorte zur Handschrift des Mörders gehörte und dass Collingham über diese Orte besser Bescheid wusste als irgendjemand sonst. Wenn sie einen weiteren Mord verhindern wollten, dann war es nur eine logische Konsequenz, dass sie alle anderen Orte mit religiöser Bedeutung überprüften, insbesondere diejenigen, die man von außen nicht gut einsehen konnte und in deren Nähe sich Müllsammelstellen befanden. Bis jetzt waren alle Opfer in einem Umkreis von eineinhalb Meilen des Rathauses aufgefunden worden. Abends parkten die Stadträte ihre Wagen auf dem Jacob's-Well-Parkplatz, nur ein paar Gehminuten entfernt. Das wäre für Collingham der optimale Platz, sein Auto zu parken, und es würde auch erklären, warum der Wagen bisher noch nie von irgendwelchen Überwachungskameras im Umkreis der Tatorte aufgenommen worden war. Einige Detectives wurden damit beauftragt, alle potenziellen Schauplätze für ein neues Verbrechen innerhalb eines vergleichbaren Umkreises vom Rathaus ausfindig zu machen und zu überprüfen. Man nahm an, dass der Radius zwei

Meilen sicher nicht überschreiten würde, denn dann würde sich der Täter der Gefahr aussetzen, gesehen zu werden. Und wenn er seinen Wagen tatsächlich an Jacob's Well abstellte, dann müsste er ziemlich weit dorthin zurückgehen.

Nachdem man sich auf diese Vorgehensweise geeinigt hatte, brachte Handford die Detectives auf den neuesten Stand seiner Erkenntnisse. Sie hörten ihm über weite Strecken schweigend zu. Als er fertig war, wies er noch einmal ausdrücklich darauf hin, dass nach wie vor nur Indizien vorlägen. Sie hatten nicht den geringsten handfesten Beweis, um Collingham oder irgendjemand anderen mit irgendeinem der betreffenden Orte in Verbindung zu bringen. Und ohne solche Beweise könnte der Täter nie überführt und verurteilt werden.

Sanderson, der an einem der Tische gesessen hatte, ließ seiner Ungeduld freien Lauf. »Das klingt alles sehr negativ, Ladies und Gentlemen«, sagte er. »Mir scheint, es hat keinen Sinn, darüber zu jammern, was wir *nicht* tun können. Konzentrieren wir uns lieber auf das, *was* wir tun können.« Er ging zu dem großen Stadtplan hinüber und deutete auf die Stelle, wo die Bäckerei lag. »Wir halten unsere Überwachung dort aufrecht und überprüfen weiterhin alle relevanten Autokennzeichen. Das blonde Mädchen steht unter strengster Beobachtung. Falls sie wieder abgeholt werden sollte, folgen wir dem Wagen, denn sie ist die heißeste Spur, die wir im Augenblick haben. Sollte das abends oder nachts eintreten, stoppen wir den Wagen und holen sie da raus, denn um diese Zeit schlägt der Mörder zu. Auch auf die Gefahr hin, dass wir dabei einen Fehler machen – Vorsicht ist in diesem Fall besser als Nachsicht.«

Sanderson genoss seine Rolle als Ermittlungsleiter. »Sergeant Ali, Sie sprechen noch mal mit Paula Townsend vom ›Project‹ und versuchen herauszufinden, was genau für eine Rolle Collingham in dieser Institution spielt. Überprüfen Sie, ob dieses blonde Mädchen die Beratungsstelle in den letzten paar Wochen aufgesucht hat. Und lassen Sie sich nicht mehr mit dem Gerede von Vertraulichkeit abspeisen. Wenn sie das wieder versucht, machen Sie ihr klar, dass dieses Mädchen vermutlich das nächste Opfer sein wird. Wenn sie noch irgendwelche anderen Informationen zurückgehalten hat, dann brauchen wir die dringend. Drohen Sie ihr mit einer Anklage wegen Behinderung der Ermittlungen, wenn sie nicht kooperiert.«

Handford und Noble lächelten sich zu.

»Gut. Sie, Warrender«, fuhr Sanderson fort, »fahren zum Gartencenter und finden heraus, wer diesen Wagen gefahren hat.«

»Und was mache ich, wenn Collingham es tatsächlich war, Sir? Soll ich ihn befragen oder erst noch in Ruhe lassen?«

»Er wird sich sicher wundern, warum wir ihn nicht befragen, Sir«, meinte Handford. »Er muss inzwischen bemerkt haben, dass er gesehen wurde, sei es, weil er die Beschatter registriert hat oder weil ihm seine Frau davon erzählt hat.«

»Ich halte es nicht für klug, wenn wir ihn jetzt schon befragen«, wandte Noble ein. »Falls er tatsächlich der Mörder ist, wird er jetzt auf der Hut sein. Wenn er erst mal weiß, dass wir ihn verdächtigen, dann wird er sich die nächste Zeit ruhig verhalten und wir können ihn vielleicht niemals schnappen. Es kann Monate, ja sogar Jahre dauern, bis er wieder zuschlägt.«

Obgleich er zugeben musste, dass an Nobles Ansicht

etwas dran war, hatte Handford seine Zweifel, dass es die beste Vorgehensweise war, Collingham in Ruhe zu lassen. »Collingham ist nicht dumm; ich denke, er erwartet geradezu, dass wir ihn verhören. Dieser Mann glaubt, dass er uns haushoch überlegen ist. Wenn wir ihn aufs Revier holen, ihn verhören, zum Schein seine Antworten akzeptieren und ihn dann wieder laufen lassen, dann wird er glauben, dass er uns wieder in die Tasche gesteckt hat.«

»Und dann wird er ausziehen und sich das erstbeste Mädchen schnappen, das ihm über den Weg läuft, und sie umbringen«, sagte jemand.

»Das glaube ich nicht«, erwiderte Handford. »Nichts, was er tut, bleibt dem Zufall überlassen. Er wählt sein Opfer sorgfältig aus, gewinnt durch Gespräche allmählich das Vertrauen der Mädchen, und dann entscheidet er über den Zeitpunkt und den Ort ihres Todes. Nachdem er sie getötet hat, verwendet er nicht wenig Zeit darauf, alle verräterischen Spuren vom Schauplatz zu entfernen und sie ihrer Identität zu berauben. Die Beamten von der Spurensicherung haben gesagt, sie hätten noch nie einen so perfekt gesäuberten Tatort gesehen. Er wird nicht geradewegs aus dem Revier spazieren und sich die Nächste schnappen. Wer auch immer in diesem Wagen saß, ich wette meine Pension darauf, dass er unser Mörder ist – und das blonde Mädchen sein auserwähltes Opfer. Sollte es Collingham gewesen sein, dann befragen wir ihn, lassen ihn nach ausgiebiger Bekundung unseres Bedauerns wieder laufen und folgen ihm. Wir lassen ihn nicht aus den Augen. Und wenn er irgendetwas Gefährliches versucht, erfolgt der Zugriff.«

»Ich bete zu Gott, dass Sie Recht haben«, sagte Noble.

Handford betete ebenfalls darum, dass er Recht hatte. Was passieren würde, wenn er sich irrte, daran wagte er gar nicht zu denken.

Die Hitze war drückend und er spürte, wie ihm der Schweiß den Rücken herunterrann. Laut Vorhersage sollte das Wetter bald umschlagen, und die Gewitter gestern Abend im Süden zogen jetzt nordwärts. Man erwartete die Schlechtwetterfront in Yorkshire am späten Abend. Nicola hatte Unwetter von klein auf gehasst. Keine Geschichte, keine Notlüge hatte ihr je die Furcht nehmen können. Selbst jetzt kam sie noch immer und klammerte sich an ihn, bis das Schlimmste vorüber war. Heute Abend würde er nicht bei ihr sein können, um sie zu trösten und sie zu unterstützen, während sie grübelte, wie sie sich mit ihrer Schwangerschaft entscheiden sollte. Bis jetzt war sie noch zu keinem Entschluss gelangt, und er befürchtete, dass trotz gegenteiliger Beteuerungen die Zeit ihr die Entscheidung abnehmen würde.

Um halb elf kam ein Anruf von Warrender. »Es war tatsächlich Collingham in dem Wagen, Chef. Seine Frau hat es bestätigt. Anscheinend war sein Wagen bei der Inspektion, daher hat er einen der Geschäftswagen benutzt. Was soll ich als Nächstes tun?«

»Wo sind Sie jetzt gerade?«

»Immer noch beim Gartencenter.«

»Fragen Sie seine Frau, wo er sich zur Zeit aufhält, dann fahren Sie zu ihm und bitten ihn höflich, aber bestimmt, Sie aufs Revier zu begleiten. Ich vermute, dass er am College ist. Heute kommen die Prüfungsergebnisse heraus.«

Der nächste Anruf kam von Ali. »Ich habe mit Paula Townsend gesprochen«, sagte er. »Sie ist sich absolut sicher, dass unsere junge Blondine noch nie beim

›Project‹ gewesen ist. Wenn sie also das nächste Opfer sein soll, dann ist er zumindest nicht hier auf sie aufmerksam geworden.«

»Und Collingham?«

»Er sitzt im Stiftungsrat, das heißt, er nimmt an acht Sitzungen pro Jahr teil. Paula sagt jedoch, dass er noch viel mehr tut. Sie erinnern sich, dass ich Ihnen von dem Computer erzählt habe? Nun, es scheint, dass er der umsichtige Wohltäter war, von dem sie gesprochen hat. Er nimmt anscheinend großen Anteil am Schicksal der Frauen und versucht zu helfen, wo immer er kann.«

»Auch den jungen Mädchen?«

»Allen. Er hängt es jedoch nicht gern an die große Glocke, denn nach Paulas Ansicht ist das nicht seine Art.«

Darauf möchte ich wetten, dachte Handford, als er auflegte.

Collingham, die gespaltene Persönlichkeit. Auf der einen Seite stellt er sich auf die Seite Deepak Azams, um die Nutten aus der Stadt zu vertreiben und ihnen einen Straßenstrich außerhalb Bradfords zuzuweisen, auf der anderen verwendet er nicht nur viel Zeit, sondern auch Geld auf seine Unterstützung des »Project«. Collingham, der Wohltäter, oder Collingham der Serienmörder? Das würde sich zeigen.

Collingham traf erst am Nachmittag im Präsidium ein. Er hatte sich geweigert, Warrenders Bitte nachzukommen, als dieser ihn am College ausfindig gemacht hatte. Er sei gerade viel zu beschäftigt, hatte er gesagt, aber er sei bereit, vorbeizukommen, wenn er mit den Prüfungsergebnissen durch sei. Es gehe nicht nur darum, die Arbeiten zurückzugeben und die Ergebnisse zu verkünden, sondern er müsse auch mit Studenten sprechen, sowohl mit denen, die weiterstudieren wollten, als auch mit denen, die im ersten Anlauf gescheitert waren. Und die Studenten könnten nicht warten; die Polizei schon.

»Ich musste einwilligen, Chef«, sagte Warrender. »Es ging dort zu wie auf dem Bahnhof von Leeds, wenn Leeds United ein Heimspiel hat. Überall wimmelte es nur so von Studenten. Wenn ich zu sehr darauf bestanden hätte, wäre er womöglich vorgewarnt gewesen.«

Collingham entschuldigte sich wortreich, als er von Handford am Eingang in Empfang genommen wurde. Seinen Yorkshire-Akzent hatte er heute zu Hause gelassen. Der DI schüttelte ihm die Hand und sagte, DC Warrender habe ihm schon Bescheid gesagt, und das mache gar nichts, jetzt sei er ja hier. Sie gingen zusammen die Treppe hinauf zu Handfords Büro und tauschten dabei Belanglosigkeiten über das Wetter aus. Oben angekommen bot ihm Handford einen Stuhl an.

»Also, Inspector, was kann ich für Sie tun?«, fragte Collingham, als er sich gesetzt hatte.

Handford staunte, wie der Mann sofort das Heft in die Hand nahm. Er musste wissen, wo er gesehen worden war und vor allem, wobei, dennoch zeigte er keinerlei Anzeichen von Nervosität, sondern nur den Wunsch zu helfen.

Handford beschloss, dass er die Oberhand zurückgewinnen musste, und sagte daher: »Gestern um fünf vor halb eins wurden sie von einem Überwachungsteam dabei beobachtet, wie Sie vor der Bäckerei neben dem Polizeirevier am Mount anhielten. Sie haben dort ein junges Mädchen abgesetzt, das ins

Haus hinter der Bäckerei ging. Können Sie mir sagen, wer sie war und warum sie in ihrem Auto mitfuhr?«

Wenn Collingham überrumpelt war von der Direktheit der Fragen, dann ließ er es sich nicht anmerken.

»Aber klar doch, Inspector. Das Mädchen wohnt dort.«

»Wer war sie, Sir?«

»Wenn ich es Ihnen sage, versprechen Sie mir dann, dass sie nicht von der Polizei kontrolliert wird?«

Kein Wunder, dass Collingham gleich beim ersten Anlauf in den Stadtrat gewählt worden war; er war richtig gut. Er hatte die Regeln zu seinen Gunsten verändert, hatte ihre jeweiligen Rollen vertauscht und das Verhör mit einem Satz erneut an sich gerissen. Handford hatte zwei Möglichkeiten: Collingham die Bitte zu erfüllen oder sie ihm abzuschlagen. Er entschied sich für Ersteres.

»Ich kann nichts versprechen, Mr Collingham, wie Sie wohl wissen, aber ich werde mein Bestes tun, Ihrer Bitte zu entsprechen.« Diese Worte gingen ihm nicht leicht über die Lippen.

Der Stadtrat schlug die Beine übereinander, stellte dann jedoch beide wieder auf dem Boden ab und suchte die bequemste Sitzposition.

»Kennen Sie das ›Project‹, Inspector?«

»Ja, Sir, ich habe davon gehört. Eine Anlaufstelle für Prostituierte, glaube ich.«

»Richtig. Nun ja, ich sitze dort im Vorstand. Gestern war ich wieder dort; ich gehe so oft hin, wie ich kann – um dort auszuhelfen, wissen Sie.«

»Ach, deshalb habe ich Sie im College nicht erreicht. Der Mann, mit dem ich gesprochen habe, sagte nämlich, sie seien gar nicht dort gewesen.«

Nicht einmal das brachte Collingham aus der Fassung. Er lachte amüsiert auf. »Eine kleine Notlüge, fürchte ich. Ich hänge meine Arbeit beim ›Project‹ nicht gern an die große Glocke, daher benutze ich das College als Ausrede. Jedenfalls war das Mädchen dort. Sie heißt Leah, und mehr kriegen Sie aus mir nicht heraus. Es geht da um vertrauliche Dinge, wissen Sie. Nach ihrem Gespräch mit Mrs Townsend war sie sehr durcheinander, und ich habe ihr angeboten, sie nach Hause zu bringen.«

»Zu der Bäckerei?«

»Ja, sie wohnt dort bei ihrer Tante, hat sie gesagt.«

»Warum war sie beim ›Project‹, wissen Sie das?«

»Nein. Was irgendeine der Frauen mit Mrs Townsend bespricht, ist vertraulich. Und sie würde mir, ganz zu Recht, nie etwas davon erzählen, nicht einmal, wenn ich Sie darum bitten würde, woran ich aber nicht im Traum denke.«

»Dann ist das Mädchen also keine Prostituierte?«

»Ich weiß es nicht. Wie ich schon mehrfach gesagt habe, sind die Gespräche im ›Project‹ vertraulich.«

Handford bohrte nach. »Und Sie haben auch keine Vermutungen darüber angestellt?«

»Ich könnte sehr wohl zwei und zwei zusammenzählen, Inspector, aber ich bin mir nicht sicher, ob das viel Sinn hätte. Sie ist zur Beratung zum ›Project‹ gekommen, und ganz gleich, was für Probleme sie hat, sie wird dort Hilfe bekommen.«

»Glauben Sie, dass Sie das Mädchen wiedersehen?«

»Möglicherweise, aber ich bezweifle es. Wir waren nur zufällig gleichzeitig beim ›Project‹.« Collingham war inzwischen sichtlich gelangweilt. »Nun, wenn das alles ist, Inspector, ich habe viel zu tun.«

»Selbstverständlich, Sir.« Mit einem Lächeln stand

Handford auf. »Vielen Dank, dass Sie vorbeigekommen sind, Mr Collingham. Sie waren bemerkenswert offen. Verzeihen Sie, dass wir Sie hergebeten haben, aber wir befragen alle Fahrzeughalter, die in dieser Gegend gesehen werden.«

Collingham stand auf. »Kein Problem, Inspector. Freut mich, wenn ich Ihnen helfen konnte.«

Handford ging zur Tür. »Ich rufe jemand, der Sie runterbringt«, sagte er.

Während sie warteten, schlüpfte Collingham wieder ganz in die Rolle des Stadtrats. »Darf ich fragen«, sagte er, »diese Überwachung, hat es damit etwas auf sich, was ich als Mitglied des Polizeiausschusses wissen müsste?«

»Nein, ich glaube nicht, Sir. Die erfolgt nur im Rahmen laufender Ermittlungen.«

Kaum war er gegangen, gab Handford per Funk an den wartenden Wagen unten durch: »Er kommt jetzt runter.«

Als Collingham gegangen war, setzte sich Handford mit Noble zusammen, um die Razzia im Hintergebäude der Bäckerei und im Haus daneben minutiös zu planen. Nach Angaben von Michelle Archer arbeiteten vermutlich zehn oder elf minderjährige Prostituierte in den beiden Bordellen, und die meisten Freier kamen anscheinend zwischen neun und halb zwölf Uhr abends. Ein Team aus Detectives und uniformierten Beamten sollte gleichzeitig in beiden Häusern um Viertel vor zehn zugreifen. Der Chief Inspector vom Jugendschutz rief an und teilte ihnen mit, dass er bereits mit dem Jugendamt gesprochen habe und derzeit sichere Unterkünfte für die Mädchen besorgt würden. Die weiblichen Teammitglieder sollten sich während der Razzia um die Mädchen kümmern, die männlichen Beamten um die Freier, und uniformierte Beamte würden am Hinter- und Vordereingang beider Häuser Wache stehen, um alle Flüchtigen aufzuhalten. Michelle Archer wurde beauftragt, sich speziell um das blonde Mädchen zu kümmern. Nobles Job war es, Alice festzunehmen, eine Aufgabe, die ihm eingestandenermaßen besondere Freude bereiten würde.

Wenn sie erst einmal alle eingesammelt hätten, würden die Gefangenen und die Mädchen aufs Präsidium gebracht, wo die Mädchen ärztlich untersucht und dann zu ihren Unterkünften gefahren würden. Die Männer sollten sofort verhört, angeklagt und gegen Kaution auf freien Fuß gesetzt werden. Es würde eine lange Nacht werden.

Für Leah war jede Nacht eine lange Nacht, und diese, hatte sie das Gefühl, würde die bisher schlimmste und längste werden. Sie schloss die Augen und presste ein paar Tränen heraus, dann warf sie einen prüfenden Blick in den fleckigen Spiegel, ob ihre Wimperntusche nicht verlaufen war.

Gleich würde der vierte Freier in dieser Nacht kommen. Der erste war ein Stammkunde gewesen, und für einen Freier war er sogar ein ganz netter Kerl. Er behandelte sie immer freundlich, und wenn er fertig war, bedankte er sich. Die beiden nächsten waren weniger zuvorkommend gewesen. Die wollten für ihr Geld was Besonderes geboten bekommen, entweder freiwillig oder eben auf die harte Tour. Es war sicherer für sie, wenn sie es bereitwillig mitmachte und alles mit sich geschehen ließ. Das gaukelte sie ihnen zumindest vor; sie würden ihren Irrtum noch früh genug merken, wenn sie heimkamen und herausfanden, dass die leichte Tour nicht immer so leicht war, wie es den Anschein hatte. Es war ihr nämlich gelungen, beide zu beklauen, den einen hatte sie sogar um mehr als fünfzig Pfund erleichtert. Und dieses Geld würde sie behalten, denn morgen würde sie Joe anrufen und ihn bitten, ihr bei ihrer Flucht von hier zu helfen und ihr eine sichere Bleibe zu besorgen.

Doch sie musste erst noch diese Nacht hinter sich bringen, und wenn man den übrigen Mädchen glauben schenken konnte, dann war ihr vierter Freier ein Perverser, wenn auch ein harmloser. Es törnte ihn an, die Mädchen zu fesseln, die Handgelenke am Kopfende, die Beine gespreizt und am Fußende festgebunden. Wichtig war, dass sie so tat, als würde sie es genießen. Wenn sie das schaffte, würde ihr nichts geschehen. Alice hatte ihr gezeigt, wie sie den Freiern ihre Verzückung vorspielen sollte, doch Leah war sich nicht sicher, ob das auch echt wirkte. Was war, wenn sie es nicht schaffte? Es war nicht schwer, solange sie eine gewisse Kontrolle über die Situation behielt, aber wenn er sie fesselte, würde er ihr jede Einflussmöglichkeit nehmen. Es gab auch schreckliche Geschichten darüber, was geschah, wenn er glaubte, dass eine es mit ihm nicht genoss. Aus Rache ließ er dann beispielsweise das Mädchen gefesselt auf dem Bett zurück. Wenn sie Glück hatte, würde der nächste Freier sie losbinden, aber man hatte ihr auch erzählt, eines der Mädchen sei von neun weiteren Freiern gefickt worden, bevor man sie freigelassen hatte. Alice hatte sich nicht weiter darum gekümmert. Sie hatte gemeint, es geschähe ihr recht; sie hätte glaubhafter schauspielern müssen. Wie glaubhaft war glaubhafter?

An diesem Abend hatte er speziell nach Leah gefragt. Er mochte Anfängerinnen, und Alice hatte keinen Grund gesehen, warum er sie nicht haben sollte. Sie mussten sich schließlich alle an die Perversen gewöhnen, je eher, desto besser, denn auf dem Straßenstrich, wenn sie erst mal dort arbeiteten, wimmelte es von solchen Freiern.

Das Wetter war umgeschlagen und das Donnergrollen kam immer näher. Leah hatte Angst vor Gewittern. Als sie noch zu Hause gewohnt hatte, bevor der neue Freund ihrer Mutter eingezogen war, war sie immer zu ihr ins Bett gekrochen und hatte sich an sie geklammert, bis es vorüber war. Dann, als sie durchgebrannt war und in dem besetzten Haus gewohnt hatte, war keiner da gewesen, an den sie sich hätte klammern können. Sie hatte sich dort immer zusammengerollt und die Hände über den Kopf gelegt wie einen Helm, während der Donner das baufällige Haus erzittern ließ. Jetzt, in dieser Situation, konnte sie nichts weiter tun, als bei jedem krachenden Donnerschlag die Augen fest zusammenzupressen.

Sie zu fesseln, war Teil seines Rituals gewesen, sein erregendes Vorspiel. Zunächst hatte er ihre langen blonden Haare wie einen Fächer über das Kissen ausgebreitet, dann hatte er sich rittlings auf sie gesetzt und ihre Hand- und Fußgelenke geleckt und gestreichelt, bevor er die Fesseln um die Gelenke gelegt hatte. Als er die Knoten an den Bettpfosten fest angezogen hatte, ließ er sich vom Bett gleiten und ging langsam rückwärts, wobei er mit ausgestreckten Händen nach der Wand tastete.

Sie wandte den Kopf um, den einzigen Körperteil, den sie bewegen konnte. Zwanzig vor zehn. Er schrie sie an, sie solle ihm ins Gesicht sehen. Sie drehte den Kopf wieder in seine Richtung. Wenn die roten Leuchtziffern zweiundzwanzig Uhr zehn zeigten, wäre alles vorüber. Aber jetzt, um zwanzig vor, war Leah festgebunden und hatte große Angst. Die Kordel, mit der er sie gefesselt hatte, war blau und schnitt ihr tief in die Haut. Außerdem musste sie auf die Toilette. Sie spannte ihre Muskeln an und hoffte, dass sie es noch lange genug aushielt. Sie hatte keine Ahnung, was sie sonst tun sollte.

Der Freier war nackt und ging jetzt vor dem Bett auf und ab. Er achtete gar nicht auf das gewaltige Unwetter draußen. Mit den Händen an der Wand schlich er hin und her und um alle drei Seiten des Betts herum, wie ein Raubtier, das seine Beute begutachtet. Dann kam er allmählich immer näher, sein Penis war erigiert und seine Erregung steigerte sich. Sein Blick blieb auf sie geheftet, und als sie ihre Augen schloss, aus Furcht vor dem Donner, befahl er ihr, sie wieder zu öffnen. Sie musste ihn die ganze Zeit ansehen und sich ständig auf ihn konzentrieren. Er war jetzt ganz nah, fast bereit, auf das Bett zu steigen. Er hob ein Knie, stützte sich damit am Bettrand ab, dann stieß er sich mit dem anderen Bein ab. Seine Bewegungen waren graziös und gewandt, wie die eines Balletttänzers. Als er die Balance erlangt hatte, kroch er zu ihr hin, seine Augen immer noch fest auf ihre gerichtet.

Es donnerte wieder heftig, das Krachen erfüllte das Zimmer und erschütterte den Krimskrams und die Toilettensachen auf der Ablage.

Er kam immer näher, war schon dicht bei ihr, schon fast über ihr.

Plötzlich kamen laute Stimmen aus dem Nichts, ein Schreien und Kreischen, aber sie konnte kein Wort verstehen. Türen knallten. Stiefel donnerten auf den Treppenstufen. Verzweifelt warf sie den Kopf hin und her. Die Teufel waren aus dem Sturm hervorgebrochen. Sie waren gekommen, um sie zu holen, wie der Freund ihrer Mutter es ihr prophezeit hatte. Der Freier kam immer näher, er kroch auf sie zu wie eine Katze. Sein Schatten hing drohend über ihr, und sein heißer Atem strich über ihren Körper, als er sich ihr näherte.

Ein Lichtkegel fiel ins Zimmer und wurde größer, als die Tür weit aufgerissen wurde.

»Hier herein, Sir.«

Für den Freier auf ihr war es zu spät; er kam zum Orgasmus und konnte nicht von ihr ablassen.

Das Licht von draußen fiel hell durch die Tür und die Silhouette einer Gestalt tauchte im Halbdunkel auf. Eine Frau. Der Freier wandte den Kopf um und stöhnte. Leah fühlte die Wärme seines Spermas, als es oberhalb des Nabels auf ihre nackte Haut traf.

Jetzt war noch ein anderer Mann im Zimmer. Er packte den Freier und zerrte ihn von ihr und vom Bett herunter. Eine Woge der Erleichterung durchflutete sie, und sie fühlte das warme Rieseln zwischen ihren Beinen, als sich ihre Blase entleerte.

»Schau nach ihr, Michelle. Bring sie hier raus.«

Die Frau beugte sich über sie und ihre Finger zerrten an den Knoten der Fesseln. Als sie freikam, krachte der Donner gegen die Fensterscheibe und Leah klammerte sich fest an die Frau, wie sie es bei ihrer Mutter getan hatte.

Der andere Mann packte den Freier mit seinen bärenartigen Pranken und zerrte ihn auf die Füße. Er war sichtlich wütend, und selbst im Halbdunkel konnte Leah sehen, wie seine Kiefermuskeln sich anspannten und die Adern an seinem Hals pulsierten.

»Ich würde dir am liebsten den Schwanz abschneiden, du perverses Schwein.« Sein Knie fuhr hoch in

Richtung der Lendengegend des Freiers. Er traf nicht, denn der Freier krümmte sich in einer reflexartigen Bewegung nach hinten weg.

Vom Korridor draußen ertönte eine donnernde Stimme: »Handford, lassen Sie ihn los.«

Keuchend stieß der wütend Kämpfende den Freier zurück.

Noch einmal herrschte die Stimme ihn an: »Raus hier. Warten Sie auf dem Korridor.«

Er bewegte sich langsam und mit hängenden Schultern aus dem Zimmer. Leah sah noch seinen schattenhaften Umriss, als er sich draußen gegen die Wand lehnte.

»Ich werde mich über ihn beschweren«, stammelte der Freier.

»Das glaube ich kaum, Sir.« In der Stimme des älteren Mannes schwang ein gefährlicher Unterton mit.

Er packte die Kleider des Freiers und warf sie ihm zu. »Jetzt ziehen Sie sich an und gehen runter. Dort wird ein Beamter Ihre Personalien aufnehmen und Sie zum Polizeipräsidium bringen. Anschließend – ja, dann sehen wir weiter.«

Er kam auf Leah zu und fasste sie am Arm. »Es wird alles gut, meine Kleine, mach dir keine Sorgen. Michelle hier wird sich um dich kümmern.« Dann wandte er sich an die Frau und sagte: »Kümmern Sie sich um sie, Sergeant.«

»Mach ich, Sir.« Leah spürte den tröstenden Arm der Polizistin um ihre Schulter.

Im Haus war es inzwischen ruhig geworden. Die Freier und Alice waren in Polizeitransportern zum Präsidium gefahren worden, die Mädchen in getrennten Zivilfahrzeugen. Handford ging von einem Raum zum nächsten. An jeder Tür stand ein Name; auf der Tür zum Zimmer des blonden Mädchens stand Jasmine. Das war nicht ihr richtiger Name. Collingham hatte gesagt, sie heiße Leah. Es war ungewöhnlich, dass sie ihm ihren richtigen Namen genannt hatte; normalerweise behielten sie den für sich.

Er stieß die Tür auf und trat ein. Im Zimmer roch es nach Sex, Schweiß und Urin. Es war karg möbliert und die Einrichtung unpersönlich, wie in einem Stundenhotel. Das Doppelbett nahm den meisten Raum ein und stand in der Mitte, mit dem Kopfteil an der Rückwand des Zimmers. Neben dem Bett stand ein kleiner Tisch und neben der Tür der Toilettentisch mit einem Schemel davor. Gegenüber passte ein altmodischer Kleiderschrank genau in den Platz bis links vom Fenster. Er öffnete die Schranktüren. Knapp sitzende Miniröcke und Oberteile hingen schlaff von den Bügeln. Handford holte ein paar Kleider heraus. Es waren billige Fetzen, die Uniform der Prostituierten. Aber auf der einen Seite, ganz in der Ecke, hing ein blassblaues Kleid, das teurer aussah als der Rest. Es hing dort hinten ganz versteckt, so als ob es keiner sehen sollte.

Er schloss den Kleiderschrank und ging hinüber zum Toilettentisch, wo er mit geübten Händen die Schubladen durchsuchte. Unterwäsche, Make-up und ganz hinten in der unteren Schublade ein Kuvert. Er öffnete es und zählte das Geld darin. Fünf Pfund und zwanzig Pence. Ihre ganze Barschaft. Nicht gerade viel, dennoch hatte sie das Gefühl gehabt, das Geld verstecken zu müssen. Dann ging er zu dem kleinen Tisch neben dem Bett. Er zog die einzige Schublade heraus. Ein weiteres Kuvert mit Geldscheinen – siebzig Pfund – vermutlich von einem oder mehreren Freiern gestohlen. Da sie keinen Versuch unternommen hatte, es zu verstecken, musste sie dieses Geld zweifellos Alice überlassen, die davon ihren Anteil abzog und den Rest an Deepak Azam weitergab. Vermutlich hatte Jasmine nie etwas von diesen Einkünften gesehen. Handford nahm einen kleinen Plastikbeutel aus seiner Tasche und steckte das Geld hinein, dann zog er die Schublade ganz heraus und leerte ihren Inhalt auf dem Bett aus. Zigaretten, ein Briefchen Heroin, ein Handy und einige Päckchen mit Kondomen. Er zählte sechs davon.

Der Mann, den er von ihr heruntergezerrt hatte, hatte kein Kondom übergezogen, erinnerte er sich; sicher hatte er für dieses Privileg mehr bezahlen müssen. Er ging einfach davon aus, dass Jasmine die Verhütung übernahm.

Plötzlich wurde Handford von Abscheu überwältigt. Er setzte sich schwerfällig auf den Bettrand. Wie lange hatte das Mädchen in diesem Zimmer solchen Missbrauch ertragen müssen? Und ihre Vorgängerin in diesem Zimmer? Und deren Vorgängerin? Und all die anderen Mädchen, die sie heute Abend von hier weggebracht hatten? Er warf einen prüfenden Blick auf die Sachen, die er von der Schublade auf die Tagesdecke geleert hatte. Die Summe des Lebens einer Vierzehnjährigen, siebzig Pfund von irgendwelchen Kinderschändern, ein paar Zigaretten, ein Briefchen Heroin, sechs Päckchen Kondome und ein Handy. Es war kaum etwas dabei, was sie ihr Eigen nennen konnte, außer den fünf Pfund zwanzig Pence und ein paar Kleidern. Nicht einmal der Name war ihr eigener.

Er nahm das Handy. Es war blau, fast in demselben Blau wie das Kleid im Schrank. Als er den Knopf drückte, leuchtete das Display auf. Er wartete, bis es betriebsbereit war, dann drückte er auf das Symbol für das Adressbuch. Eine Nummer erschien. Andere Nummern gab es nicht, nur diese eine. Azams? Wohl kaum. Er rief bei der Nummer an, doch eine Stimme ertönte: »Der Teilnehmer ist zurzeit nicht erreichbar. Bitte versuchen Sie es später wieder.« Er drückte den Aus-Knopf und ließ das Handy in einen Plastikbeutel fallen. Sollten sich die Kriminaltechniker darum kümmern.

Ein Geräusch an der Tür riss Handford aus seinen Gedanken. Er blickte auf und sah Ali.

»Was ist das nur für eine Welt, Khalid?«, fragte er. »Dieses arme Mädchen.«

»Ich weiß.«

»Ich war drauf und dran, den Mann hier drin umzubringen. Vermutlich hätte ich es auch getan, wenn Sanderson nicht eingegriffen hätte. Dieser Kerl hatte sie ans Bett gefesselt, kann man sich so was vorstellen? Sie ist vierzehn Jahre alt und nur halb so groß wie er, und ihm fällt nichts Besseres ein, als sie zu fesseln. Was sind das für Typen, die sich mit so was aufgeilen?«

Ali sah die Sache etwas pragmatischer. »Das sind die Typen, die wir wegen Kindesmissbrauch einlochen und dann ins Register der Sexualstraftäter aufnehmen.«

Handford schüttelte den Kopf. »Sehen Sie sich das hier mal an, Khalid.« Er zeigte auf die Dinge auf dem Bett. »Das hier ist Leah, das hat sie zurückgelassen. Sie ist für diese Männer, die sie gebrauchen, ein Niemand – aber das war sie auch für uns, die wir sie eigentlich hätten schützen sollen.«

»Also dann, gehen wir jetzt zurück an die Arbeit

und machen aus ihr wieder jemand. Sorgen wir dafür, dass diese Männer für das, was sie getan haben, zur Rechenschaft gezogen werden. Klagen wir sie an, damit ihre Frauen und Familien erfahren, was sie nachts so treiben und wofür sie ihr Geld ausgeben. Sorgen wir dafür, dass es die ganze Welt erfährt.«

»Ohne mich, Khalid. Ich glaube, ich will damit nichts mehr zu tun haben.«

»Doch, natürlich wollen Sie das, denn wenn Sie jetzt die Augen davor verschließen, dann lassen Sie Jasmine und all die anderen Mädchen im Stich. Alice wird morgen dem Haftrichter vorgeführt und mit ihr die Hälfte dieser Freier. Sie bleibt vermutlich in Untersuchungshaft. Und die ganze Sache kommt natürlich in die Presse.«

Handford kam das Treffen mit Peter Redmayne im Pub in den Sinn. Er erinnerte sich an ihre gedämpfte Unterhaltung, und ein leises Lächeln trat auf seine Lippen. Es gab doch noch eine ausgleichende Gerechtigkeit, dachte er. Manchmal musste man ihr nur etwas auf die Sprünge helfen.

»Also, dann gehen wir mal«, sagte er und erhob sich. »Überlassen wir das hier der Spurensicherung und schauen im Präsidium, wie wir diesen Typen am besten das Handwerk legen.«

Es war bereits früher Morgen, als Handford endlich nach Hause kam. Im Wohnzimmer brannte noch Licht. Im Halbdunkel konnte er Gill erkennen, die auf dem Sofa eingeschlafen war.

Er schlich auf Zehenspitzen zu ihr hinüber, ging vor ihr in die Hocke und betrachtete sie, wie sich ihr Brustkorb im Schlaf leicht und gleichmäßig hob und senkte. Als er sie dort so friedlich liegen sah, lösten sich langsam die schrecklichen Eindrücke der letzten paar Stunden auf. Schließlich küsste er sie sachte auf die Stirn und strich gleichzeitig mit den Fingern über ihren Arm. Sie schlug die Augen auf und setzte sich langsam auf.

»Du hast tatsächlich auf mich gewartet«, sagte er. »Das hast du schon lange nicht mehr getan.«

Sie streichelte ihm mit den Fingerspitzen über die Wange. »Du siehst schrecklich aus«, sagte sie. »War es sehr schlimm?«

»So etwas Schlimmes habe ich überhaupt noch nie gesehen.«

»Willst du darüber sprechen?«

»Morgen vielleicht.« Morgen, wenn die Eindrücke schon etwas verblasst waren.

Gill rutschte vom Sofa herunter, hockte sich zu ihm auf den Boden und schlang ihre Arme um ihn.

»Nicola hat ihre Entscheidung getroffen«, sagte sie. »Sie wird abtreiben. Wir haben morgen einen Termin in der Klinik.«

Eine Woge der Erleichterung durchströmte ihn und er schloss für eine Sekunde die Augen. Tränen stiegen ihm unter den Lidern auf, und als er die Augen wieder öffnete, konnte er nicht verhindern, dass sie ihm herunterliefen. Richtig oder falsch, es war die Entscheidung, von der er sich gewünscht hatte, sie möge sie treffen.

Gill wischte ihm mit den Daumen die Tränen von seinen Wangen. »Sie will auf die Uni und dann in die Fußstapfen ihres Vaters treten und zur Polizei gehen. Und sie kann sich nicht vorstellen, wie das mit einem Baby möglich sein soll.«

Handford warf seiner Frau einen prüfenden Blick zu, aber es lag keine Feindseligkeit in ihren Worten, keine Bitterkeit in ihrem Blick. »Und ist das okay für dich?«, fragte er zögernd. »Ich weiß, dass du den Polizeidienst furchtbar findest.« Er wollte den intensiven Moment nicht verderben, den er gerade mit seiner Frau erlebte.

»Ich hasse den Polizeidienst nicht, John. Ich kann es nur nicht leiden, dass er sich – ohne auch nur jemals das geringste Bitte oder Danke – ständig in unser Privatleben drängt. Aber es ist ihre Entscheidung, es sind ihre Gründe. Und für sie sind es gute Gründe.« Gill lächelte. »Sie hat mich gefragt, ob es mir etwas ausmacht, genauso wie du mich auch gerade gefragt hast. Was sollte ich dazu sagen? Ich habe gesagt, nein, es macht mir nichts aus. Aber ehrlich gesagt, wenn ich dich mir heute Nacht so ansehe, dann denke ich, vielleicht wäre sie später mal besser dran, wenn sie das Baby bekäme.«

KAPITEL 24

Für Handford war die Nacht ein einziger wilder Alptraum gewesen, mit Schreckensbildern, Lärm und Gestank. Wie ein irrealer Film, in Schwarzweiß gedreht, verfolgten ihn die Szenen mit den Mädchen bis in seine Träume, nur die blaue Kordel um Jasmines Hand- und Fußgelenke stach bizarr hervor. Ein tiefes Himmelblau, das in seine Seele drang, in seinem Kopf explodierte. Gestochen scharfe Bilder wechselten mit absonderlichen Eindrücken – eine blaue Fessel, die mit dem blauen Kleid und dem blauen Handy herumtanzte. Dann lag plötzlich Nicolas Baby, das man aus ihr herausgeschabt hatte, blaurot in einer Nierenschale. Horrorvisionen wirbelten in seinem Kopf herum und beim Aufwachen schreckte er schweißgebadet hoch. Doch auch dann noch hing ihm der Mief von Leahs Zimmer in der Nase, die stickige Luft vom Geschlechtsverkehr, vermengt mit dem scharfen Geruch von Urin.

Er ging zur üblichen Zeit zur Arbeit, grüßte seine Nachbarn auf dem Weg mit dem üblichen Guten Morgen. Alles wie normal, doch für ihn war nichts mehr normal.

Bevor er aus dem Haus gegangen war, hatte er noch mit Nicola gesprochen, hatte sie umarmt und ihr gesagt, sie solle sich keine Sorgen machen, es würde schon alles wieder gut. Er musste es sich selbst einreden, was hatte das Ganze sonst noch für einen Sinn?

»Mum wird mich anrufen, wenn es vorbei ist.« Er umarmte sie nochmals. »Ich wünschte, ich könnte mitkommen und bei dir sein«, sagte er.

»Mach dir keine Sorgen, Dad, du musst schließlich deinen Job machen. Ich verstehe das.«

Er wünschte, auch er könnte es verstehen.

Der Sturm von letzter Nacht hatte sich gelegt, aber graue Wolken hingen tief über den Straßen und Feldern, die Sonne und der blaue Himmel des vergangenen Monats schienen nicht mehr als eine Erinnerung. Der Asphalt glänzte vor Nässe und auf dem Weg in die Stadt war Vorsicht geboten.

Da er keine Lust hatte, jemanden zu sehen oder mit jemandem zu reden, blieb er an seinem Schreibtisch sitzen und las Aussagen, machte sich Notizen und versuchte, Schlussfolgerungen aus den Ereignissen des gestrigen Tages zu ziehen.

Die Mädchen hatten kaum etwas preisgegeben. Man hatte ihnen perfekt beigebracht, den Fragen der Polizisten auszuweichen, und gestern Nacht hatte jeder vermieden, sie zu sehr zu drängen. Auch Alice hatte auf ihrem Recht bestanden, die Aussage zu verweigern, und während des stundenlangen Verhörs hatte sie weder irgendetwas zugegeben noch den Versuch unternommen, Ausflüchte zu machen. Auch der Anwalt, den man aus dem Bett geklingelt hatte, um sie zu vertreten, hatte ihre Haltung nicht ändern können. Schließlich hatte man sie unter ihrem richtigen Namen Cynthia Houldsworth mit der Begründung in Haft genommen, ihren Lebensunterhalt mit illegalen Einkünften zu bestreiten, ein Bordell zu unterhalten und die Prostitution Minderjähriger zu fördern – und dazu würden sicher noch weitere Anschuldigungen kommen, wenn die Ermittlungen abgeschlossen waren. Sie sollte an diesem Morgen dem Haftrichter vorgeführt werden, und man erwartete, dass sie weiter in Untersuchungshaft bleiben müsste.

Auch Azam war gleich in der Frühe erneut aufs Revier gebracht und zu seiner potenziellen Verwicklung in die Zuhälterei minderjähriger Mädchen befragt worden. Sie hatten nicht mehr Beweise gegen ihn als beim ersten Verhör, hofften jedoch, wenn das Bordell erst einmal ausgehoben war, dann würde er sich vielleicht irgendwie verraten und zugeben, daran beteiligt gewesen zu sein. Doch sie hofften vergebens. Selbst der Trick einer arrangierten »zufälligen« Gegenüberstellung zwischen Alice und ihm im Polizeigewahrsam hatte ihn nicht im Geringsten erschüttert. Beide hatten sich so verhalten, als wäre ihnen der andere vollkommen unbekannt.

Handford bat Ali, die Liste sowohl der landesweit als auch der regional als vermisst gemeldeten Personen durchzugehen. Leah war bisher das einzige Mädchen, von dem sie zumindest einen Vornamen hatten, vielleicht war sie ja von irgendjemand als vermisst gemeldet worden. Was die anderen betraf, so befürchtete er ein langwieriges Fischen in trüben Gewässern, bis die Personalien in mühsamer Kleinarbeit ausfindig gemacht waren. Es wäre einfacher, wenn man sie dazu bringen konnte, ihre Namen zu nennen.

»Arbeiten Sie dabei mit der Abteilung Jugendschutz zusammen«, sagte er. »Aber stellen sie auch klar, dass Leah im Augenblick ganz zu unserer Verfügung steht. Soweit wir wissen, ist sie die Einzige, die Collingham getroffen hat. Und wir müssen unbedingt rauskriegen, wie er vorgeht.«

Er hoffte, das Handy, das er in ihrem Zimmer gefunden hatte, würde ihm einige Hinweise in dieser Richtung geben. Es musste zur kriminaltechnischen Untersuchung gegeben werden, doch zuvor wollte er noch einmal die Nummer im Adressbuch ausprobieren.

Dieses Mal klingelte es.

Ein Mann meldete sich.

»Hallo, Leah?«

Handford unterbrach die Verbindung. Die Stimme war unverkennbar die von Collingham. Er hatte Leah ein Mittel an die Hand gegeben, mit ihm in Kontakt zu bleiben. Warum das, wenn er seinen Beteuerungen nach nichts weiter getan hatte, als sie nach Hause zu fahren? Gewiss, er hatte sie gestern Nacht nicht gesehen. Nach seinem Verhör war er direkt nach Hause gefahren und dort geblieben, und nur die Untersuchung seines Handys würde erweisen, ob er sie angerufen hatte oder sie ihn. Das Handy musste Teil seiner Strategie sein; für Leah war es das sichtbare Zeichen einer normal wirkenden Beziehung, eine Maske, die er trug, um sich mit seinem Opfer anzufreunden und es zu manipulieren; für ihn selbst war es ein Mittel, jederzeit zu erfahren, wo sie sich gerade befand. Ein psychisch derart labiles Mädchen wie Leah würde ihn und seine Geschenke kritiklos akzeptieren. Hatte er dasselbe auch mit den anderen Mädchen gemacht? Ihnen ein Handy gegeben, dieses Handy? Wenn es einmal funktioniert hatte, dann würde es mit Sicherheit jedes Mal funktionieren. An den Tatorten oder bei den Leichen hatte man bisher kein Handy gefunden, nicht einmal bei Jenny Broomfield. Wenn es also sein Mittel war, mit seinen Opfern Kontakt zu halten, dann musste er es ihnen nach der Tat wieder weggenommen haben.

Er ließ Michelle Archer kommen, dann rief er im kriminaltechnischen Labor an. »Ich schicke euch ein Handy«, sagte er. »Ich muss wissen, auf wen es angemeldet ist und mit wem und wann damit Anrufe getätigt wurden. Können Sie das herausfinden?«

»Wenn die SIM-Karte intakt ist, schon. Wann brauchen Sie die Ergebnisse?«

Er gab sich Mühe, hoffnungsvoll zu klingen. »Gestern?«

Der Mann am anderen Ende der Leitung musste lachen. »Sie haben es wohl überhaupt nicht eilig? Also gut, ich werd mal sehen, was sich machen lässt.«

Archer streckte den Kopf zur Tür herein. »Sie wollten mich sprechen, Chef?«

»Ich muss unbedingt Leah befragen«, sagte er.

Sergeant Archer erhob Einwände. »Ich bin mir nicht sicher, ob sie dazu schon in der Lage …«

»Sie wird in der Lage sein müssen, Michelle. Ich glaube, wir haben die Verbindung zwischen ihr und Collingham. Bringen Sie sie in den Raum für die Zeugenbefragungen und sagen Sie mir Bescheid, sobald Sie dort eingetroffen sind.«

Kurz nach elf rief der Staatsanwalt an und bestätigte, dass Alice wie erwartet bis Ende des Monats in Untersuchungshaft bliebe. Also waren die Mädchen im Moment zumindest vor ihr sicher. Die Freier jedoch hatte man alle nach der Personalienfeststellung bis Mitte September auf Kaution freigelassen.

Handford hätte es lieber gesehen, wenn die Männer auch in U-Haft gekommen wären, aber man konnte ja nicht alles haben.

Er warf einen Blick auf seinen Posteingangskorb. Der quoll immer noch über. Das meiste darin war Papierkram von anderen Fällen und hatte nichts mit den

Serienmorden oder mit der Razzia im Bordell zu tun. So wichtig das alles war, er war sich sicher, dass sein Gehirn sich jetzt nicht mit Schriftkram auseinander setzen konnte, bevor er nicht einige Schneisen in das Informationsgewirr geschlagen hatte, das dort bereits herrschte.

Er rief bei Brian Noble an. »Zeit für einen Kaffee«, sagte er.

»Wir werden Azam gehen lassen müssen. Wieder mal.« Noble donnerte mit der Faust auf seinen Schreibtisch und traf dabei einen Stift, der in hohem Bogen auf den Boden flog. Eine Weile ignorierte er ihn, dann bückte er sich und hob ihn auf. Er setzte sich wieder hin und drehte den Stift zwischen den Fingern herum wie eine Majorette ihren Trommelstab.

»Nicht eines dieser Mädchen will gegen ihn aussagen. Er hat ihnen das alles eingebrockt, sie all diesen Ungeheuerlichkeiten ausgesetzt, die wir gestern Nacht aufgedeckt haben, und sie wollen ihn trotzdem nicht verpfeifen. Man fragt sich manchmal, was der hat, was wir nicht haben.«

»Sie müssen ihnen Zeit geben, Brian«, sagte Handford besorgt. »Wenn die sich erst mal wieder daran gewöhnt haben, ein normales Leben zu führen, vielleicht bei normalen Familien, vielleicht reden sie ja dann.«

»Das bezweifle ich«, erwiderte Noble voller Verachtung. »Sie sind jetzt im Jugendheim oder bei Pflegeeltern, und genau davor sind die meisten von ihnen doch abgehauen.«

»Archer bringt Leah aufs Revier. Vielleicht kriegen wir aus ihr etwas heraus. Sie hat letzte Nacht einen ziemlichen Schock erlitten. So ungern wir das tun, aber wir müssen diese Situation ausnutzen.« Er schüttelte den Kopf. »Ehrlich gesagt, ich krieg diesen Anblick nicht aus dem Kopf. Die Kordel, mit der er sie gefesselt hatte, war blau, und dieses Bild geht mir einfach nicht aus dem Kopf. Dabei weiß ich gar nicht, warum mir gerade das so zusetzt.«

»Vermutlich, weil es unsere Schuld war. Wir haben zu spät eingegriffen. Wir hätten die Razzia gleich durchführen sollen, wie die vom Jugendschutz uns nahe gelegt haben. ›Zwei weitere Nächte, das macht für die doch auch keinen Unterschied mehr‹, das waren Sandersons Worte. Aber vielleicht haben diese zwei Nächte sehr wohl einen großen Unterschied gemacht für dieses Mädchen. Ich weiß nur, dass wir früher hätten reingehen müssen.«

»Es war nur eine Nacht.«

»Was?«

»Es war nur eine Nacht, nicht zwei.«

»Und was zum Teufel macht das für einen Unterschied?«

»Keinen.«

Das Schweigen, das daraufhin eintrat, war ungemütlich. Sie waren beide müde und ihre Gereiztheit stieg im gleichen Maße wie ihre Erschöpfung. Handford ging zum Fenster hinüber und blickte hinaus. Schon wieder brauten sich Regenwolken zusammen.

»Das Gewitter gestern Nacht hat ein bisschen Abkühlung gebracht«, sagte er, »aber es stehen uns sicher noch weitere bevor.«

»Besonders dann, wenn Sanderson das hier liest.«

Handford drehte sich um. »Was?«

»Die Zeitung von heute.« Er warf sie Handford hinüber. Die Titelseite wurde von der Großaufnahme einer Polizistin eingenommen, die eines der Mädchen in eine Decke gehüllt aus dem Seiteneingang der Bäckerei führte. Ein weiterer Beamter schützte sie vor dem Regen mit einem großen Schirm, der auch dazu diente, das Gesicht des jungen Mädchens zu verbergen. Auf einem kleineren Foto in der rechten unteren Ecke des größeren sah man Alice mit übergeworfenem Mantel, wie sie zu einem Polizeiauto abgeführt wurde. Keiner war auf die Idee gekommen, sie vor der Öffentlichkeit abzuschirmen. Die Schlagzeile »Bordell als Bäckerei getarnt« sprang einem in großen schwarzen Buchstaben entgegen, und darunter stand der Name des Reporters, Peter Redmayne.

Handford überflog den einleitenden Absatz. Dort stand alles, was es zu sagen gab.

Eine siebenundvierzigjährige Frau wurde gestern Nacht verhaftet und zahlreicher Vergehen angeklagt, die sich über die letzten zehn Jahre im Gebäude der Bäckerei neben dem Polizeirevier am Mount zugetragen haben sollen. Im Schatten der Polizeiwache soll die Frau, Miss Cynthia Houldsworth, in zwei Häusern ein Schulmädchenbordell mit zahlreichen minderjährigen Prostituierten betrieben haben. Den Ermittlungen zufolge bereitet sie zwölfjährige Mädchen auf ihre zukünftige Arbeit auf dem Strich vor.

Handford las weiter. Es folgte eine lebhafte Schilderung der Razzia, wobei Peter Redmayne das Gewitter von gestern Abend gekonnt als schaurigen Hintergrund zur Steigerung des Schreckens und der Abscheulichkeit der Szene eingesetzt hatte. Der Artikel endete so:

Stadtrat Andrew Collingham, Labour-Vertreter für den Bezirk Little Horton und Mitglied im Polizeiausschuss, kommentierte die Aktion folgendermaßen: »Es ist kaum zu glauben, dass es so etwas in unserer Stadt gibt, und dazu noch direkt vor der Nase genau der Leute, die dazu da sein sollten, diesen Dingen ein Ende zu bereiten. Unser Mitgefühl gilt den jungen Mädchen, aber wir sind glücklich zu wissen, dass sie jetzt gut versorgt sind und sich in unserer Obhut und in Sicherheit befinden.«

»Verdammter Heuchler«, brummte Handford und knallte die Zeitung auf den Schreibtisch, obwohl er zugeben musste, dass Redmayne einen ziemlichen Geniestreich damit gelandet hatte, ausgerechnet eine Stellungnahme von Collingham zu bekommen.

»Wer?«

»Collingham.« Handford ließ sich auf den Stuhl neben dem Schreibtisch fallen. »Erst bringt er Zeit und Geld auf für eine Organisation, die sich um Prostituierte kümmert, und im gleichen Atemzug vertreibt er die gewerbsmäßigen älteren Nutten aus der Stadt, kutschiert aber die Baby-Nutten in seinem Wagen in ihr illegales Bordell zurück. Aber damit nicht genug, er zieht auch noch los, um eine nach der anderen zu ermorden. Und dann« – er hob die Zeitung wieder auf und zitierte daraus – »besitzt er die Frechheit, Sätze loszulassen wie: ›*Unser Mitgefühl gilt den jungen Mädchen, aber wir sind glücklich zu wissen, dass sie jetzt gut versorgt sind und sich in unserer Obhut und in Sicherheit befinden.*‹«

Noble lächelte grimmig. »Das ist jetzt ein bisschen überspitzt dargestellt, John, aber ich weiß, was Sie meinen, und mich macht es auch wütend.«

Handford beugte sich über den Schreibtisch. »Wir können es nicht einfach dabei belassen, Brian, wir müssen ihn noch mal zum Verhör herbestellen.«

Noble stimmte ihm zu, mahnte aber zur Vorsicht. »Sprechen Sie zuerst mit Leah; sie sagt uns vielleicht etwas, das uns weiterbringt. Es hat keinen Sinn, die Sache zu überstürzen, solange Sie in dieser Stimmung sind. Sie müssen erst wieder Ihren kühlen Kopf bekommen. Collingham ist ein schlauer Fuchs, und Sie müssen genauso ruhig und beherrscht sein wie er.«

Handford rieb sich mit der Hand übers Gesicht. »Ja, Sie haben Recht.« Er lächelte Noble zu. »In einer Sache hat unser Stadtrat ja die Wahrheit gesagt. Im Augenblick ist Leah vor ihm sicher.«

Schweigen trat ein, das wenig später durch das schrille Klingeln des Telefons unterbrochen wurde.

Noble kniff besorgt die Augen zusammen. »Sanderson?«, deutete er mit stummen Lippenbewegungen an. Handford zuckte mit den Schultern.

»Hier DI Noble.« Dann breitete sich Erleichterung auf seinem Gesicht aus. »Für Sie«, sagte er und reichte den Hörer herüber.

»DI Handford.«

»Hier spricht Dr. Jessop. Ich dachte, Sie erfahren es am besten sofort. Eines Ihrer Mädchen von gestern Nacht ist schwanger. Noch ganz im Frühstadium, ich bezweifle, dass sie es selbst schon gemerkt hat. Können Sie das dorthin weitergeben, wo sie jetzt untergebracht ist? Eigentlich hätte ich es ihr selber sagen müssen, ärztliche Schweigepflicht und so weiter, aber unter den gegebenen Umständen erfährt sie es vielleicht besser von der Heimleiterin oder ihrer Pflegemutter oder dergleichen.«

Handford schloss die Augen; als hätte er nicht

schon genug Probleme. »Ich werde es weitergeben, Herr Doktor. Um welches der Mädchen handelt es sich?«

»Sie hat mir den Namen Jasmine genannt, aber ich glaube, Sie sagten, ihr richtiger Name sei Leah. Jedenfalls ist sie das.«

Leah sah müde aus. Ihr Gesicht war scheinbar über Nacht kleiner geworden, und sie hatte dunkle Ringe unter den Augen, als hätte sie nicht geschlafen.

Michelle Archer warf Handford einen frostigen Blick zu, der wohl besagen sollte: »Ich hab's Ihnen ja gesagt, dass sie noch nicht bereit ist.«

»Möchten Sie einen Kaffee, Sir?« Auch ihre Stimme klang kalt, und vermutlich würde jedes Getränk, das sie ihm reichte, sofort zu Eis erstarren.

»Nein, vielen Dank«, sagte er. Dann wandte er sich an Leah. »Ich muss kurz mit Michelle sprechen. Kann ich dich einen Augenblick allein lassen?«

Leah nickte.

Als sie draußen waren, fuhr Handford Archer an: »Ich weiß, wie Ihnen zumute ist, Sergeant«, sagte er, »aber dort draußen läuft ein Killer frei herum, und dieses Mädchen ist die einzige heiße Spur, die wir haben. Möchten Sie lieber, dass er sich ein anderes Opfer sucht, während wir hier wie eine Katze um den heißen Brei rumschleichen?«

»Ich finde nur einfach, dass sie noch ein bisschen Zeit und Ruhe verdient hätte, Sir.«

»Aber wir haben keine Zeit«, entgegnete er wütend. Er trat einen Schritt zurück. »Und sie auch nicht. Sie ist schwanger, Michelle. Dr. Jessop hat vorhin angerufen und es mir gesagt. Sie ist anscheinend noch in einem ganz frühen Stadium, aber sie muss Bescheid wissen. Also, wer sagt es ihr? Ich, Sie oder die Heimleiterin?«

»Ich sage es ihr, Sir. Ich glaube, sie vertraut mir. Aber ich mache das später.«

»Das überlasse ich Ihnen. Aber vergessen Sie nicht, was Ihre Rolle hier ist. Sie sind Polizistin, keine Sozialarbeiterin. Überlassen Sie die Beratung und Fürsorge anderen.« Er nickte ihr warnend zu. »Gut, dann fangen wir an.«

Die beiden gingen in den Verhörraum zurück. Er war etwas komfortabler eingerichtet als die übrigen im Haus. Um traumatisierte Verbrechensopfer schonend zu befragen und den jüngeren die Furcht zu nehmen, war die Einrichtung in sanften Pastelltönen gehalten. Möbliert war er mit Polstersesseln und Sofas, einer Anrichte und einem rechteckigen Couchtisch mit Zeitschriften und einer Vase mit frischen Blumen darauf. An der einen Seite, vom Raum halb abgetrennt, befand sich eine Teeküche, wo man Getränke und Sandwiches zubereiten konnte.

Leah saß noch genauso da wie zuvor und umklammerte mit den Händen wie zum Trost ihren warmen Teebecher. Michelle Archer hatte Recht; sie war noch nicht bereit für eine Befragung, so traumatisiert wie sie war. Ihr derzeitiger seelischer Zustand war nicht erst durch die Ereignisse der letzten Nacht ausgelöst worden, sondern diese waren nur der Gipfelpunkt eines sich über Wochen hinziehenden Missbrauchs gewesen.

Michelle Archer ergriff als Erste das Wort. »Das hier ist Inspector Handford, Leah. Ich weiß nicht, ob du dich von gestern Abend her noch an ihn erinnerst.«

»Das war doch der Bulle, der den Freier vom Bett geworfen hat. Und der dafür von dem anderen Bullen angebrüllt wurde.« Ihre Stimme klang monoton und sie schilderte die Ereignisse so emotionslos, als hätte sie die Antwort auswendig gelernt.

Handford lächelte. »Das stimmt.« Er setzte sich in den Sessel ihr gegenüber. »Ich bin nicht hier, um mit dir über gestern Abend zu sprechen, das wird Michelle später tun, wenn es dir besser geht. Ich möchte dich bitten, dass du mir etwas über den Mann erzählst, der dich gestern vor der Bäckerei abgesetzt hat.«

Einen Augenblick hellte sich ihr Blick auf. »Sie meinen Joe?« Dann wurde die Freude in ihrem Blick durch Misstrauen verdrängt. »Warum fragen Sie nach ihm?«

Handford ging nicht auf ihre Frage ein. »Kennst du ihn gut?«

»Er ist keiner von den Freiern, falls Sie das glauben sollten.«

Handfords Stimme wurde freundlicher. »Nein, Leah, das glaube ich nicht.« Er wandte sich an Michelle Archer. »Michelle, ich hätte doch gern einen Kaffee, bitte.«

Sergeant Archer stand auf und ging nach nebenan in die Teeküche. Sie hörten, wie das Wasser in den Wasserkocher lief und der Einschaltknopf gedrückt wurde. Dann kam sie wieder in den Raum zurück und lehnte sich gegen die Trennwand.

»Kennst du ihn gut, Leah?«, fragte Handford noch einmal.

»Nicht sehr gut, aber er ist nett.«

»Inwiefern ist er nett?«

»Er hört mir zu, wenn ich etwas erzähle. Er sagt mir nicht dauernd, was ich tun und was ich lassen soll.«

»Sonst noch etwas?«

»Nein.«

Insgeheim seufzte Handford. Was war nur mit diesen Mädchen geschehen, dass sie sich an die erstbeste Person hängten, die nett zu ihnen war. »Nichts? Bist du dir da sicher?«

»Er will nicht mit mir ins Bett, wenn es das ist, was Sie meinen.«

»Wirklich nicht?« Handfords Ton verriet, dass er das nicht glaubte.

»Nein.« Ihre Stimme klang trotzig. »Im Gegenteil«, sie wurde jetzt etwas selbstsicherer, »er will mir irgendwo was zum Wohnen finden, wo die Freier nicht an mich rankommen.«

»Hat er das gesagt?«

»Ja.« Sie blickte Handford herausfordernd an und ihr Gesichtsausdruck duldete keinen Widerspruch. »Und ich glaube ihm.«

»Hat er dir gesagt, wo das sein soll?«

»Nein, er hat gesagt, er würde mich anrufen und mir Bescheid sagen, sobald er alles arrangiert hat.«

Handford zog das Handy aus seiner Tasche. »Hat er dir das gegeben?«

Sie griff danach wie ein verwöhntes Kind. »Geben Sie das her. Ich brauche es!«

Handford zog schnell seine Hand zurück. »Hat er dir das Handy gegeben, Leah?« Sein Tonfall war bestimmt. Sie würde das Handy nicht zurückbekommen, bevor sie ihm eine Antwort gegeben hatte.

»Warum denn nicht?«

»Wann?«

»Gestern. Er hat gesagt, ich kann ihn jederzeit anrufen. Wir dürfen bei Alice das Telefon nicht benutzen, und er hat gesagt, er will mich immer erreichen können. Das ist doch nicht verboten.«

Seine Beschwichtigungen klangen düster. »Nein,

Leah, das ist nicht verboten.« Er schwieg eine Weile. Das Klicken des Kochers beim automatischen Abschalten hallte durch die Stille. Michelle ging zurück in die Küche.

»Ich fürchte, ich kann es dir jetzt noch nicht wiedergeben«, sagte Handford. »Wir müssen alles, was wir in der Bäckerei gefunden haben, eine Weile bei uns behalten.«

»Auch meine Kleider?«

»Nein, im Augenblick sind zwar noch Polizeibeamte dort oben, aber wenn sie fertig sind, wird dich Michelle hinfahren, um deine Kleider abzuholen. Aber ich habe hier schon mal was für dich.« Er reichte ihr ein Kuvert. »Zähl nach, wenn du willst; es ist alles noch da.«

Fünf Pfund und zwanzig Pence.

Michelle reichte ihm seinen Kaffee.

»Ich hätte es dort liegen lassen müssen, aber ich habe mich anders entschieden. Ich bitte dich nur, es nicht dem Mann zu erzählen, der mich angeschrien hat, sonst wird er mich schon wieder ausschimpfen.«

Sie lächelte ihn an und ihr Gesichtsausdruck hellte sich auf. »Ich halte dicht«, versicherte sie ihm und steckte das Kuvert in ihre Tasche. Doch dann blickte sie ihn wieder angsterfüllt an. »Und was geschieht jetzt mit mir?«

»Was willst du denn, dass mit dir geschehen soll, Leah?«

»Muss ich ins Gefängnis wegen dem, was ich mit diesen Männern gemacht habe? Alice hat mir gesagt, das würde geschehen, wenn ich es irgendjemand erzähle.«

Handford wäre am liebsten zu ihr gegangen und hätte sie in den Arm genommen, so wie er es mit Nicola an diesem Morgen getan hatte. Doch stattdessen verwandelte sich sein Mitleid in Wut gegen Alice. »Da hat sie dir einen großen Unsinn erzählt. Dir passiert überhaupt nichts. Denk nicht mehr darüber nach und mach dir deswegen keine Sorgen. Versprich mir das.«

Sie nickte und fragte dann: »Kann ich jetzt gehen?«

»Bald. Hat der Mann dir noch einen Namen genannt außer Joe?«

»Nein, einfach nur Joe.«

»Wirklich? Keinen Nachnamen?«

»Nein.«

»Kannst du ihn mir beschreiben?«

»Er ist schon ziemlich alt, etwa so alt wie Sie.« Handford musste gar nicht erst zu Archer hinüberblicken, er spürte förmlich ihr Lächeln. »Und er ist groß, hat dunkle Haare und seine Augen blinzeln ständig.«

Dann war es also tatsächlich wahr? Andrew Collingham? Er war sich ohnehin ziemlich sicher, dass er es gewesen war, der sich vorher am Handy gemeldet hatte, und Leahs Beschreibung passte haargenau auf ihn.

Andrew Joseph Collingham. Joseph. Joe.

Waren das die beiden Namen für das Doppelleben eines Serienmörders?

Handford und Ali betraten den Verhörraum drei, wo Andrew Collingham mit seinem Anwalt bereits auf sie wartete. Er stand auf, und seine Überheblichkeit war deutlicher spürbar als je zuvor. Doch dieses Mal war Handford auf der Hut, dass Collingham nicht wieder die Oberhand gewann.

»Bitte setzen Sie sich, Mr Collingham.«

Für den Anwalt waren Verhörräume nichts Besonderes. Seine Begrüßung fiel kühl aus. »Inspector«, sagte er mit ausgeprägtem Yorkshire-Akzent.

»Mr Robertshaw.« Handford unternahm keinen Versuch, ihm die Hand zu geben. Robertshaw war ein altbekannter Gegner. Er war im County Yorkshire geboren und aufgewachsen und ging auf die Pensionierung zu, dennoch war mit ihm nicht zu spaßen. Er war ein Mann mit einem wachen Verstand und ließ sich von niemandem überlisten. Doch wenn man ihn so sah, wie er, tagein, tagaus, immer in seinem Tweedjackett, beigefarbenen Hemden und Hosen und seiner Tartankrawatte herumlief, hätte man ihn für einen Farmer halten können, der einen Ausflug in die Stadt macht. Er sah aus wie das Klischee eines Naturburschen. Man konnte ihn sich unschwer vorstellen, wie er seine Kühe zum Melken nach Hause brachte oder die Schafe zusammentrieb. Aber Handford wusste nur zu gut, dass man ihn nicht ungestraft unterschätzte. Er und Sanderson waren aus demselben Holz geschnitzt, und es war ratsam, sich dessen bewusst zu sein.

»Ich würde gern erfahren, warum Sie meinen Mandanten zum Verhör einbestellt haben.«

»Sie wissen genau, warum, Mr Robertshaw. Mir liegen Informationen vor, nach denen er aus irgendwelchen Gründen mit minderjährigen Prostituierten Kontakt hat, und ich muss erfahren, um welche Gründe es sich handelt.«

Ali nahm eine Audiokassette aus der Verpackung und steckte sie in das Aufnahmegerät. Sobald sich alle gesetzt hatten, schaltete er es ein. Beim vertrauten Piepton ging Handford mit ihm die Formalien durch und machte Collingham darauf aufmerksam, dass er derzeit nicht verhaftet war. Er fragte ihn, ob er alles verstanden habe. Collingham bejahte das.

Mit seiner ersten Frage kam Handford direkt zur Sache.

»Ich würde gern erfahren, wie Sie das Mädchen kennen gelernt haben, das Ihnen unter dem Namen Leah bekannt ist.«

Wenn die Frage Collingham überrascht hatte, dann ließ er es sich nicht anmerken. »Ich habe sie beim ›Project‹ kennen gelernt. Sie war ziemlich bedrückt und durcheinander, und ich bot ihr an, sie nach Hause zu fahren. Das habe ich Ihnen bereits gestern erklärt.«

»Wieso interessieren Sie sich für das ›Project‹, Mr Collingham?«

»Ich bin dort im Vorstand und ich helfe manchmal in der Beratungsstelle mit.«

»Was heißt das genau?«

»Ich nehme an acht Sitzungen pro Jahr teil und helfe in meiner Freizeit den Frauen dort. Manchmal bedeutet das nichts weiter, als dass ich Kondome austeile oder saubere Spritzen. Manchmal bedeutet es aber auch, dass man zuhört, wenn die Frauen über etwas reden wollen.«

»Ich habe gehört, Sie haben auch einen Computer gestiftet?«

»Ja. Sie haben einen gebraucht, und ich konnte einen besorgen. Das passte zusammen.«

»Also noch mal, Sie haben Leah beim ›Project‹ getroffen und ihr angeboten, Sie nach Hause zu fahren?«

Collingham seufzte. »Ja.«

»Wussten Sie, dass Leahs ›Zuhause‹ in Wirklichkeit ihr Arbeitsplatz war, dass sie als Prostituierte anschaffen musste?«

Auch diese Frage stürzte den Mann nicht in Verwirrung. »Ich habe es vermutet. Sie ist ins ›Project‹ gekommen, sie hatte also irgendwie mit Prostitution zu tun, warum wäre sie sonst wohl dorthin gekommen? Aber ich wusste nicht, dass die Bäckerei, in der Sie gestern Nacht die Razzia durchgeführt haben, ihr ›Arbeitsplatz‹ war, wie Sie es nennen.«

»Kennen Sie noch irgendwelche anderen minderjährigen Mädchen, die als Prostituierte arbeiten?«

Das schien Collingham doch zu beunruhigen. Er beriet sich flüsternd mit seinem Anwalt.

»Was bezwecken Sie mit dieser Frage, Inspector?«

»Ich bezwecke herauszufinden, Sir, wie viel Ihr Mandant darüber weiß, was sich in den letzten zehn Jahren hier in unserer Stadt abgespielt hat.« Handford hätte am liebsten noch hinzugefügt: »Und warum er nichts dafür getan hat, es zu beenden«, doch er verkniff sich die Bemerkung. Diese Frage wollte er sich für später aufheben.

Robertshaw nickte Collingham zu, die Frage zu beantworten.

»Ich wusste von einigen minderjährigen Mädchen, die verzweifelt versuchten, aus der Prostitution herauszukommen. Ich wusste hingegen nicht, wo sie arbeiteten, und befand es auch nicht für notwendig, es der Polizei zu melden. Unsere Arbeit im ›Project‹ ist vertraulich. Wenn ich jedes Mal zur Polizei renne, wenn ich etwas höre oder befürchte, dann könnte man die Beratungsstelle eine Woche später zumachen, denn die Frauen würden uns kein Vertrauen mehr entgegenbringen.«

»Was ist mit den jungen Mädchen, mit denen unter sechzehn?«, fragte Ali. »Wäre es nicht Aufgabe des ›Project‹, sie zu schützen?«

»Kennen Sie sich eigentlich aus mit der Gesetzgebung zum Kinder- und Jugendschutz, Sergeant? Mit vierzehn Jahren darf ein Mädchen hierzulande ihre eigenen Entscheidungen treffen, was sie will und was sie nicht will. Da sind uns die Hände gebunden.«

Handford musste wieder einmal staunen. Der Mann war wirklich geschickt.

Er konterte: »Und wie passt diese Interpretation der Gesetze Ihrer Meinung nach mit dem Gesetz zur Volljährigkeit, der Ehemündigkeit und der Selbstbestimmung über das Geschlechtsleben zusammen?«

Collingham lächelte. »Das widerspricht sich. Die Gesetzgebung ist, wie Sie wissen, ein Wirrwarr von Bestimmungen und Regeln, von denen viele zueinander im Widerspruch stehen. Folglich reicht die Gesetzgebung vielfach zum Schutz nicht aus. Was Sie genannt haben, ist ein gutes Beispiel dafür.«

»Wollen Sie damit sagen, die jungen Mädchen, die gestern Nacht in der Bäckerei befreit wurden, hätten ihre Zustimmung dazu gegeben, als Prostituierte zu arbeiten?«

Collinghams Fassade begann langsam zu bröckeln. Die tiefe Tonlage seiner Stimme kletterte eine Stufe höher, sie klang jetzt mehr nach Bariton als nach Bass. »Das weiß ich nicht. Vielleicht haben sie sogar zugestimmt; das sind keine unschuldigen Lämmchen, müssen Sie wissen.« Er blickte Handford wütend an und einen Augenblick geriet er beinahe aus der Fassung. Schließlich sagte er: »Alles, was wir beim ›Project‹ tun können, ist, denen zu helfen, die sich helfen lassen wollen. Vielleicht wollen die anderen nicht, dass man ihnen hilft.«

»Und dazu gehört auch Leah?«

»Ja, nein, keine Ahnung.« Er wandte sich wieder an seinen Anwalt.

»Das führt doch zu nichts, Handford. Stellen Sie Ihre Fragen zu dem, was Sie wissen müssen, aber machen Sie meinen Mandanten nicht verantwortlich für die Unzulänglichkeiten der Gesetzgebung.«

Handford lenkte ein. »Gut, Mr Collingham, dann haben Sie also Leah vom ›Project‹ nach Hause gefahren?«

»Ja.« Seine Stimme klang jetzt noch höher, das ging schon eher in Richtung Tenor, und aus seinen Augen sprachen Gefühle, die noch stärker waren als Angst.

Handford nutzte seinen Vorteil sofort aus. »Wie erklären Sie sich dann, dass Mrs Townsend beteuert, dass Leah noch nie beim ›Project‹ gewesen ist und dass sie das Mädchen gar nicht kennt.«

Collinghams Selbstsicherheit schwand sichtlich dahin. Handford lehnte sich zurück, damit er sich sammeln und auf die Antwort konzentrieren konnte. Collinghams Blick ging nervös von einem Beamten vor ihm zum anderen, und sicher fragte er sich verzweifelt, wie viel sie wohl wussten.

Als Handford das Gefühl hatte, dass er ihm genug Zeit eingeräumt hatte, setzte er sich wieder auf, stützte den Ellbogen auf dem Tisch auf und brachte sein Gesicht näher an das des Stadtrats. Dann wiederholte er seine Frage.

Collinghams Miene drückte jetzt pure Feindseligkeit aus, doch er hatte sich wieder gefasst.

»Vertraulichkeit, Inspector, das ist unser wichtigster Grundsatz beim ›Project‹. Ansonsten kann ich nur vermuten, dass sie es entweder vergessen hat oder dass sie das Mädchen unter einem anderen Namen als Leah kennt.«

»Und warum kennen Sie sie dann als Leah? Die Mädchen geben nie ihre richtigen Namen an, nur die

Namen, die sie als Prostituierte benutzen. Das ist ihr Schutz gegenüber den Freiern und der Polizei. Wie kommt es also, dass Sie ihren richtigen Namen kennen?«

»Sie hat ihn mir genannt.«

»Und wie hat Leah Sie genannt?«

Er war jetzt ruhiger und schwieg einen Augenblick, um sich seine Antwort zu überlegen. »Tut mir Leid, ich verstehe nicht, was Sie meinen.«

Das war eine Antwort, die ihm mehr Zeit einräumte, dahinter zu kommen, wie viel Handford wusste. Doch der Inspector verweigerte ihm diese unausgesprochene Bitte.

»Wie hat Leah Sie angesprochen? Mit welchem Namen?«

»Mit Joe, alle Frauen dort nennen mich Joe.«

»Warum Joe? Warum nicht Andrew?«

Plötzlich riss Collingham wieder der Geduldsfaden. »Ich konnte schließlich einem Mädchen wie ihr nicht meinen richtigen Namen nennen.«

»Was heißt das, einem Mädchen wie ihr?«

»Einer Prostituierten, einer Nutte. Würden Sie wollen, dass sie weiß, wer Sie sind? Denen kann man doch nicht über den Weg trauen; sie benutzen dich, und dann ist ihnen egal, was mit dir passiert.« Seine Stimme wurde jetzt richtig schrill. »Meine Mutter hat mich Joe genannt, als ich noch klein war.«

»Und deshalb haben Sie sich bei den Frauen Joe genannt, weil Ihre Mutter Sie früher so genannt hat?«

Collingham platzte jetzt beinahe vor Wut und er blickte Handford an wie ein wild gewordenes Tier. »Was macht das für einen Unterschied? Ich hätte irgendeinen Namen wählen können, vorausgesetzt, es war ein anderer als der, unter dem man mich in der Öffentlichkeit kennt.«

Robertshaw legte Collingham seine Hand auf den Arm. »Beruhigen Sie sich, Andrew.«

Doch Handford wollte keineswegs, dass er sich beruhigte. Er wollte ihn so weit treiben, dass er Fehler machte. Er wählte seine Worte sehr sorgfältig.

»Hören Sie, Mr Collingham. Sie wissen es, und ich weiß es auch, dass Sie Leah nicht beim ›Project‹ getroffen haben. Ich weiß auch, dass Sie sie bereits eine Weile kennen. Also fangen wir noch mal von vorne an, nicht wahr? Wie und wo haben Sie Leah kennen gelernt?«

Collingham schoss ihm einen wütenden Blick zu. »Das erste Mal hab ich sie in einem Kaufhaus gesehen. Sie ist vor jemand weggerannt.«

»Vor wem?«

»Das hat sie nicht gesagt, aber offensichtlich hatte sie furchtbare Angst. Dann habe ich sie zufällig wieder vor dem Fitnesscenter getroffen.«

Ali und Handford tauschten Blicke aus.

Ali fragte. »Vor Deepak Azams Fitnesscenter?«

»Ja.«

»Warum waren Sie dort?«

»Warum geht man normalerweise in ein Fitnesscenter?« Collingham hatte seine Selbstsicherheit zurückgewonnen, seine Stimme klang wieder normal und in seinen Augen zeigte sich fast schon wieder so etwas wie ein Lächeln. Aber nur fast. »Ich versuche eben, meine freien Tage während der College-Ferien optimal auszunutzen.«

Aber Handford ließ sich nicht beirren. »Erzählen Sie weiter«, forderte er ihn auf.

»Es war an dem Morgen, an dem Azam verhaftet

wurde. Sie war verzweifelt darüber, und ich hab ihr einen Kaffee spendiert, während sie auf die Frau gewartet hat, die sie abholen wollte.«

Jetzt fragte Ali weiter. »Warum war sie beim Fitnesscenter?«

»Sie hatte die Nacht dort verbracht, mit ihrem Freund, wie sie sagte.«

»Mit ihrem Freund?«

»Ich nehme an, sie meinte Deepak Azam.«

Handford hörte, wie Ali scharf die Luft einsog. Ruhe bewahren, Sergeant, warnte er ihn in Gedanken eindringlich, immer schön Ruhe bewahren.

»Jedenfalls machte sie sich um ihn Sorgen«, fuhr Collingham fort, »und ich sagte ihr, ich würde versuchen herauszufinden, was mit ihm geschehen würde. Wir verabredeten uns für gestern Vormittag auf dem Centenary Square. Ich habe sie zu einem Kaffee eingeladen und ihr berichtet, was ich herausgefunden hatte. Doch am Ende verpasste sie ihren Bus, und deshalb habe ich sie nach Hause gefahren.«

»Aber warum haben Sie uns das vorher nicht erzählt? Warum haben Sie gelogen?«

»Weil ich wusste, dass sie mit Prostitution zu tun hat.«

»Woher wussten Sie das?«

»Es war nur eine wohl begründete Annahme, Inspector. Sie hatte die Nacht mit Deepak Azam verbracht.«

»Und der schläft mit Prostituierten?«

»Das habe ich gehört.«

Ali schaltete sich ein. »Ist er ihr Zuhälter?« Sein Atem ging schwer und er konnte seinen Abscheu kaum verbergen. Handford warf ihm einen Blick zu. Alis Gesicht war angespannt und sein Gesichtsausdruck unerbittlich. Handford hoffte, er würde nicht aus der Rolle fallen, die er in den letzten paar Minuten perfekt gespielt hatte, und das Ganze persönlich nehmen. Wenn ihm das passierte, würden sie die Oberhand rasch wieder verlieren.

»Ich habe keine Ahnung«, erwiderte Collingham. »Ich weiß nur, dass er von Zeit zu Zeit mit jungen Mädchen schläft. Sie kommen zu ihm, nicht umgekehrt.«

Collingham war jetzt, wo sich die Aufmerksamkeit von ihm auf Azam verlagert hatte, wieder ganz ruhig. Er musste wieder ins Schussfeld geraten.

Daher fragte Handford: »Können Sie mir dann verraten, warum Sie Leah ein Handy gegeben haben?«

Collingham verlor wieder für einen Sekundenbruchteil die Fassung. Die Frage hatte ihn kalt erwischt, und er fuhr sich mit der Zunge über die Oberlippe. »Ich habe mir Sorgen um sie gemacht.«

»So große Sorgen, dass Sie ständig mit ihr in Verbindung bleiben wollten? Mit einem Mädchen wie ihr?« Er konnte seinen Sarkasmus nur mühsam unterdrücken.

»Ja.«

»Warum haben Sie Leah nicht einfach zum ›Project‹ gebracht und es Mrs Townsend überlassen, sich um sie zu kümmern, oder haben uns die Sache gemeldet? Es ergibt meines Erachtens keinen Sinn, einem Reporter gegenüber zu sagen, die Polizei hätte solchen Zuständen ein Ende bereiten müssen, wenn Sie selbst, als Mitglied des Polizeiausschusses, nicht Ihren Teil dazu beitragen.«

»Handford, also wirklich.« Mr Robertshaw bot den Anblick eines Raubtiers, das zum Sprung ansetzt.

Diesmal musste Handford nachgeben; er hob die

Hände als stumme Entschuldigungsgeste. Doch er hatte seinen Punkt gemacht und konnte auf die Antwort gut verzichten.

»Haben Sie noch irgendwelche Fragen an meinen Mandanten, Inspector? Nach dem, was ich hier gehört habe, kommt es mir nämlich so vor, als hätte er mit dieser Prostituierten nur als Mitverantwortlicher beim ›Project‹, als Stadtrat und als besorgter Bürger zu tun gehabt. Sie haben keinen Grund, ihn noch länger hier festzuhalten.«

»Nur noch ein paar Fragen, Sir.« Er wandte sich wieder an Collingham. »Beverley Paignton, Janice Thurman, Carla Lang und Janny Broomfield, kennen Sie die?«

Diesmal war Collingham auf der Hut. »*Kannte* ich sie, Inspector? Das sind die Opfer unseres Müllsack-Mörders. Nein, ich kannte sie nicht.«

»Sie sagten, Sie hätten am Abend von Jenny Broomfields Ermordung an einer Sitzung des Polizeiausschusses teilgenommen und wären dann zu einer Party von Detective Chief Inspector Russell gegangen.«

»Ja, das stimmt.«

»Mr Collingham, es *gab* keine Ausschusssitzung an jenem Abend. Sie war am Abend davor abgehalten worden, da sonst weder der Vorsitzende noch sein Stellvertreter hätten teilnehmen können. Es gab an dem besagten Abend überhaupt keine Ausschusssitzungen im Rathaus. Ich habe das überprüft.«

Collingham lächelte. Er hatte sich jetzt vollkommen in der Gewalt. »Ich denke, ich habe Ihnen doch schon gestern gesagt, dass die Stadtratssitzungen oft als Vorwand für meine Arbeit beim ›Project‹ herhalten müssen. Ich bin dort gewesen.«

»Und Mrs Townsend wird das bestätigen?«

»Das bezweifle ich, sie hatte an dem Abend frei. Ich war allein dort.«

»Kann das irgendjemand bezeugen?«

Collinghams Lächeln wurde noch breiter. »Nur die Frauen, die dort hinkamen, und es ist ziemlich unwahrscheinlich, dass die mit Ihnen reden werden.«

Handford überließ Ali das Feld.

»Sie sagten, Sie haben die ermordeten Mädchen nicht gekannt, Mr Collingham. Ich finde, das ist schwer zu glauben, denn Mrs Townsend hat sie definitiv gekannt. Sie ging sogar zu ihren Beerdigungen. Aber selbst wenn sie nicht mit ihr dort hingegangen sind, so war ihr Tod doch sicher ein Gesprächsthema in der Beratungsstelle, insbesondere für den Vorstand.«

Collingham bedachte den verhörenden Beamten mit einem mitleidigen Blick. »Ich kannte sie aus Gesprächen anderer, Sergeant, natürlich. Aber das ist schließlich etwas ganz anderes als sie persönlich zu kennen.«

Handford änderte wieder die Stoßrichtung. »Und was ist mit den Abenden, an denen die anderen Mädchen ermordet wurden? Können Sie sich erinnern, was Sie an den Abenden gemacht haben?«

»Gibt es dafür irgendeinen Grund?«

Handford lächelte. »Beantworten Sie meine Frage, Mr Collingham.«

»Ich habe keine Ahnung. Ich bin ein viel beschäftigter Mann, ich brauche meinen Terminkalender, der mir sagt, was ich an einem bestimmten Tag gemacht habe.«

»Aber doch sicher nicht an den besagten Abenden? Die sind in jedermanns Gedächtnis hier fest verankert.«

»Nicht in meinem.«

»Doch, Sir, sogar in Ihrem. Ich würde sogar so weit gehen zu sagen, ganz besonders in Ihrem.«

Es war aufreizend klar, was er damit sagen wollte. »Sie meinen, ich hätte sie umgebracht?«

»Ich weiß es nicht, Sir. Haben Sie sie umgebracht?«

»Natürlich nicht. Sehe ich etwa aus wie ein Serienmörder?«

»Ich weiß nicht, wie ein Serienmörder aussieht, aber ich kann mir vorstellen, auch nicht viel anders als Sie und ich.«

Robertshaw unterbrach ihn mit zornrotem Kopf. »Genug, Inspector. Sie haben meinen Mandanten hergebeten, weil Sie Informationen hatten, nach denen er irgendwie mit minderjährigen Prostituierten zu tun gehabt haben soll. Jetzt deuten Sie an, dass er sie umbringt. Haben Sie irgendwelche Beweise, um diese Beschuldigung zu erhärten?«

»Ich habe ihn nicht beschuldigt, Sir, ich habe nur gefragt.«

»Ich wiederhole, Inspector, haben Sie irgendwelche Beweise für Ihre Fragen?«

Handford schwieg.

Robertshaw fuhr fort. »Werden Sie ihn anklagen?«

»Nein, Sir, noch nicht.«

»In diesem Falle wird mein Mandant jetzt gehen.«

Handford nickte und Ali stand auf, um das Aufnahmegerät abzuschalten. »Verhör beendet um sechzehn Uhr dreiundzwanzig«, sagte er und drückte auf Aus.

Handford schob seinen Stuhl zurück. »Sergeant Ali wird die Bänder versiegeln und Sie dann hinausbegleiten. Auf Wiedersehen, meine Herren.«

Sein Blick traf sich mit Collinghams, und zum ersten Mal an diesem Nachmittag sah er darin nichts als die nackte Angst. Collingham war schuldig, das stand fest, und Collingham wusste, dass Handford es wusste.

KAPITEL 25

Handford stieß die Tür zum Einsatzraum auf, in dem derzeit keine Detectives saßen. Einige zivile Angestellte blickten auf, als er eintrat, und widmeten sich dann wieder ihren Bergen von Papierkram und Verhörtonbändern, die noch transkribiert werden mussten. Sie würden innerhalb der nächsten Viertelstunde Feierabend machen, und was nicht fertig war, wurde einfach auf morgen verschoben.

Er schlenderte zum Fenster hinüber, biss in einen Schokoriegel und blickte kauend und gedankenverloren auf den Ausblick, der sich ihm unten bot. Es wurde Abend, und der öffentliche Platz zwischen der Polizeiwache und dem Gerichtsgebäude war wie ausgestorben. Von Zeit zu Zeit kam jemand im Geschäftsanzug und mit Aktentasche die Stufen vom Gerichtsgebäude hinunter oder ging vom Channing Way zu den Tyrls und von dort zu den Bushaltestellen, die sich an der Hauptstraße aneinander reihten. Im Westen brach sich die Sonne immer wieder Bahn durch die Lücken zwischen den Regenwolken, warf leuchtende Lichtkegel über das Backsteingebäude des Rathauses und tauchte es in ein mildes Licht. Ein gemäßigter Südwestwind blies über den Platz und wirbelte das Laub auf den Bürgersteigen auf. Er versprühte die Strahlen des Springbrunnens über die Ränder seines rechteckigen Beckens zu einem feinen Nebel. Die Geranien und die Fleißigen Lieschen in den beiden hölzernen Blumenkästen leuchteten flammend rot und durchsetzten die düstere Wetterlage und Gemütsstimmung mit bunten Farbtupfern.

Obgleich der angstvolle Ausdruck in Collinghams Augen nach dem Verhör Handford zunächst eine gewisse Genugtuung verschafft hatte, ging ihm dieser Blick jetzt nicht mehr aus dem Sinn. Ein in die Enge getriebener Serienmörder, der wusste, dass seine Zeit ablief, war eine gefährliche Bedrohung. Handford hatte keinen Zweifel daran, dass er kurz davor stand, wieder zuzuschlagen. Er hatte Leah ausgewählt, hatte sich mit ihr angefreundet, ihr Vertrauen gewonnen und ihr ein Mittel in die Hand gegeben, mit dem sie beide in Verbindung bleiben konnten. Doch jetzt, wo ihm der Lohn seiner Mühen vor der Nase weggeschnappt worden war, konnte er nirgends mehr seinen inneren Drang stillen, außer vielleicht mit einem vollkommen fremden Opfer. Einen kurzen Moment hatte Handford überlegt, ob er Leah das Handy zurückgeben sollte, damit sie ihn anrufen könnte. Eine Schnapsidee, die er wirklich nie ernsthaft in Erwägung ziehen durfte, denn die Sache barg ein zu hohes Risiko und wäre sowieso nie von oben abgesegnet worden.

Doch er war zutiefst besorgt, dass Collingham jetzt nicht nur Angst hatte, sondern dadurch womöglich sein Wahn voll zum Ausbruch kam und Andrew endgültig die Persönlichkeit von Joe annahm. Andrew, der gesetzte, verlässliche Stadtrat, mutierte – aus welchem Grund auch immer – zu Joe, dem unberechenbaren Killer, Joe, dem Prostituiertenhasser, Joe, dem Mörder. Handford hatte sich das Verhörtonband immer wieder angehört und es war ihm jedes Mal kalt über den Rücken gelaufen, wenn Joe in Erscheinung trat.

»Ich konnte schließlich einem Mädchen wie ihr nicht meinen richtigen Namen nennen.«

»Was heißt das, einem Mädchen wie ihr?«

»Einer Prostituierten, einer Nutte. Würden Sie wollen, dass sie weiß, wer Sie sind? Denen kann man doch nicht über den Weg trauen; sie benutzen dich, und dann ist ihnen egal, was mit dir passiert.«

Jemand hatte ihn im Stich gelassen. Vielleicht seine Mutter. Sie hatte ihn einst Joe genannt, und Joe war auch der Name, den er gegenüber den Prostituierten benutzte. Da musste die Verbindung liegen. Redmayne hatte herausgefunden, dass seine Mutter einen Liebhaber gehabt hatte. Gleich nach der Scheidung von ihrem Ehemann hatte sie das bis dahin gemeinsam bewohnte Haus verlassen, war bei ihrem Liebhaber eingezogen und hatte ihn kurz darauf auch geheiratet. Vielleicht rührte Collinghams Frauenhass daher? Allerdings war er zu diesem Zeitpunkt bereits dreiundzwanzig gewesen – kaum ein Alter, in dem eine psychische Kränkung noch so verheerende Auswirkungen haben konnte, früher vielleicht, als er noch viel jünger gewesen war. Doch ganz gleich, was wann passiert war, dieses einschneidende Erlebnis musste so traumatisch gewesen sein, dass seine einzige Verarbeitungsstrategie darin bestanden hatte, seinen Zorn auf seine Mutter so zu kanalisieren, dass er einen krankhaften Prostituiertenhass entwickelte. Handford seufzte; das war nicht mehr als Laienpsychologie. Dennoch war es durchaus vorstellbar, dass Collingham seinen wahnhaften Drang jetzt dadurch zu befriedigen suchte, indem er seinen Hass auf Leah, die jetzt außer Reichweite für ihn war, an einem anderen Opfer auslebte.

Er hätte gern Russell auf den neuesten Stand der Ermittlungen gebracht, aber die Zeit war noch nicht reif dafür. Er musste erst absolut sicher sein, dass Collingham tatsächlich der Mörder war, bevor er mit dem DCI sprach – nur für den Fall, dass er sich am Ende doch geirrt hatte. Der arme Mann würde noch eine Weile in seiner unangenehmen Lage bleiben müssen.

Ein Telefon klingelte. Eine der Frauen hob ab. »Für Sie, Inspector«, sagte sie. »Peter Redmayne.«

»Danke. Ich nehme das Gespräch lieber in meinem Büro entgegen. Legen Sie es mir bitte rüber?«

Andrew Collingham war mit seinen Gedanken nicht beim Fahren. Obgleich er es sich nicht gern eingestand, hatte ihn das Verhör ziemlich aus der Fassung gebracht. Handford wusste zu viel. Dieses kleine Biest hatte ihm wohl von dem Handy erzählt. Dabei war es ein Geheimnis gewesen, ein Geheimnis zwischen ihr und Joe. Wie hatte sie ihn nur verraten können?

Auch die Polizei hatte Andrew verraten und verkauft. Warum hatte man ihm nicht Bescheid gesagt, dass eine Razzia geplant war? Als Stadtrat und Mitglied des Polizeiausschusses hätte man ihn in Kenntnis setzen müssen, er hatte ein Recht darauf, es zu erfahren. Dann hätte er Joe warnen können, ihm eine Chance geben können, das Mädchen dort rechtzeitig rauszuholen. Jetzt war sie verschwunden, und keiner sagte ihm, wo sie sich aufhielt. Er hatte versucht, es herauszufinden, hatte sogar die obersten Quellen angezapft.

»Hier spricht Stadtrat Andrew Collingham. Verbinden Sie mich bitte mit dem Leiter des Jugendamtes. Hallo, Jim. Diese Mädchen ... ja, schrecklich, finde ich auch. Ja, ich habe vor, das ganz oben auf die Tagesordnung zu setzen, warum die Polizei nicht gemerkt hat, was dort vor sich ging ... ja, es ist alles ein ziemliches Armutszeugnis ... ja. Und die Mädchen ... Wo sind die jetzt eigentlich? Ah, darüber wird Stillschweigen bewahrt, verstehe. Nein, ich wollte nur grundsätzlich wissen ... ja, das ist vernünftig.«

Aber Handford wusste, wo sie untergebracht war; er musste es wissen, da er sie ja auch verhört hatte. Er hatte sie ausgequetscht, wie er ihn ausgequetscht hatte, hatte ihr Angst eingejagt, so sehr, dass sie Joe verraten hatte. Und jetzt würden sie ihn jagen wie ein Karnickel. Nicht Andrew jagten sie, den würden sie nie kriegen. Andrew würde einfach wegfahren, aus der Stadt verschwinden. Das hatte er früher auch schon so gemacht, drei Mal, als er noch in Cambridge gewesen war. Nein, das Problem war Joe; der konnte nicht einfach weggehen, nicht bevor sein Drang nicht gestillt war. Und diesmal müsste es die vollkommene Genugtuung sein. So vollkommen, dass er diesen Drang, zu töten, nie wieder verspüren würde. Doch das hieß, er musste sich diesmal die Königin der Prostituierten vornehmen. Es hatte sich ja sowieso immer nur alles um sie gedreht, um das höchste Ziel, um ihre endgültige Bestrafung. Zurück zu den Anfängen, zurück zum Ursprung. Er wollte sie vernichten und die Nabelschnur durchtrennen, die alle anderen am Leben erhielt. Leah war für ihn nicht mehr erreichbar, also musste sie jetzt das nächste Opfer sein. Seine Mutter.

»Bist du sicher, dass das stimmt, Peter?« Handford spürte plötzlich ein bohrendes Unbehagen.

»Todsicher. Sobald ich vorsichtig darauf hingewiesen habe, dass Mrs Collingham nach der Scheidung ja wirklich Hals über Kopf wieder geheiratet hätte, fingen sie an, die ganze Geschichte zu erzählen. Alle, mit denen ich gesprochen habe, Nachbarn, Freunde, sogar Familienmitglieder, ließen kein gutes Haar an Collinghams altem Herrn. Wenn man ihnen Glauben schenken kann, dann hatte Mrs Collingham mindestens fünfzehn Jahre lang mit ihrem derzeitigen Mann eine Affäre gehabt. Das jüngste Mädchen war von ihm, obwohl Collingham senior das nie gemerkt hat. Aber es war auch keiner überrascht, dass sich seine Frau jemand anderem zuwandte, denn der Alte war ziemlich brutal. Ein klassischer Fall. Er schlug die Jungen und quälte Frau und Tochter. Niemand hat ihr übel genommen, dass sie ging.«

»Warum hat sie ihn nicht angezeigt oder verlassen?«

»Wir reden hier über die sechziger und siebziger Jahre, John. Damals ist man nicht zu den Behörden gegangen, wenn so was lief. Die Schande war zu groß. Die Sache spielte sich hinter verschlossenen Türen ab.«

»Und was war mit Andrew?«

»Jeder ist stolz auf ihn, dass er sich so gut gemacht hat – Dozent am College und ein angesehener Stadtrat. Er hätte schließlich auch auf die schiefe Bahn geraten können, meinten alle. Bis etwa zum zehnten Lebensjahr war er anscheinend ein überaus schüchternes und braves Kind, dann veränderte er sich und wurde ein Schläger wie sein Vater. Und er begann andere zu quälen – Tiere, jüngere Kinder, seine Mutter –, es schien ihm alles egal.«

»Hast du eine Ahnung, was das ausgelöst hat?«

»Laut Mrs Collinghams bester Freundin, der ich hoch und heilig versprechen musste, es keiner Seele weiterzuerzählen, da Letty es ihr im Vertrauen erzählt hatte, schien das alles daher zu rühren, dass Andrew eines Tages früher aus der Schule heimkam und seine Mutter und ihren Geliebten zusammen im Bett ertappte. Sie war außer sich vor Angst, sagte ihre Freundin, dass er es seinem Vater erzählen würde. Doch das hat er nie getan. Stattdessen hat er es an ihr ausgelassen. Einmal hat er sie anscheinend vor allen Leuten eine Nutte genannt.«

»Und jetzt tötet er Prostituierte. Ich vermute mal, da steckt irgendeine bizarre Logik dahinter. Jedenfalls vielen Dank, Peter. Ich bin nicht sicher, wie du das immer anstellst, aber ich bin froh, dass du das alles rausbekommen hast.«

»Ach, das liegt nur an meinem Charme. Der macht es mir möglich, dass ich als Erster zur Stelle bin, wenn mal ein Bordell mit minderjährigen Prostituierten ausgehoben wird. Übrigens, hat dir der Artikel gefallen?«

»Mir schon, aber vom Assistant Chief Constable kann ich das nicht gerade behaupten. Er hat Noble und mir gehörig den Kopf gewaschen. Hat gesagt, wenn er je herausfinden sollte, wer da geplaudert hat, dann würde er ihm ... Nun ja, ich überlasse es deiner Fantasie, was er mit uns gemacht hätte.«

Redmayne sog scharf die Luft ein. »Autsch, das klingt nicht gut. Aber mach dir keine Sorgen, John. Von mir wird er es nicht erfahren. Meine Quellen bleiben genauso im Verborgenen wie das – wie das, was er euch abreißen wollte.«

Handford musste lachen. »Schön, da fühle ich mich gleich viel sicherer. Ach, und Peter, bevor du gehst, kannst du mir noch den neuen Namen der Mutter und ihre Adresse geben? Vielleicht müssen wir sie zu gegebenem Zeitpunkt mal befragen.«

»Mrs Letty Walker, 23, Knowles Crescent, in Bierley.«

Jetzt konnte man nicht viel mehr tun als warten, und das war Handford noch nie leicht gefallen. Sanderson hatte zugestimmt, Collingham beschatten zu lassen, und zwei Beamte waren dafür abgestellt. Sie sollten dauernd in Funkkontakt mit der Basis stehen, daher blieb für Handford nicht viel mehr zu tun, als ihren Berichten über den Äther zu lauschen.

Vom Präsidium aus war Collingham zur Kanzlei seines Anwalts gegangen, wo er sich etwa eine halbe Stunde aufgehalten hatte. Von dort war er ins Rathaus geeilt und kurz darauf mit einem Stapel Unterlagen wieder herausgekommen. Dann war er zum Parkplatz am Jacob's Well zurückgegangen, hatte seinen Wagen geholt und war nach Hause gefahren, wo er um Viertel vor sechs angekommen war.

Die Umgebung seines Hauses war, wie Handford wusste, für eine Überwachung ungeeignet. Die renovierte Kapelle stand vollkommen frei in einer Senke, etwa eine halbe Meile entfernt von einem Weiler mit vier oder fünf Häusern und einem Pub. Die Nebenstraße schlängelte sich durch das Moorland nach Ilkley oder in der Gegenrichtung zum Dorf Baildon und von dort führte sie weiter auf die große Straße nach Bradford, Leeds oder Skipton. Doch hier, wo Collingham wohnte, sagten sich Fuchs und Hase gute Nacht. Meilenweit nur Moor, Wiesen, Trockensteinmauern und äußerst dünne Besiedlung.

Entlang der Straße gab es in unterschiedlichen Abständen grasbewachsene Haltebuchten, wo die Wanderer und Spaziergänger ihre Autos stehen ließen, um von dort aus zu Touren ins Gelände aufzubrechen.

Warrender und Clarke hatten an der Parkbucht angehalten, die dem Haus am nächsten lag. Von dort waren sie weiter auf einen Hügel hinaufgegangen, um sich eine bessere Sicht zu verschaffen. Im Augenblick kämpften sie sich durch das schlammige Gelände, das von dem Gewitter der vergangenen Nacht und dem anhaltenden Nieselregen vollkommen durchweicht war.

»Wäre ja ganz schön hier, wenn es nicht so verdammt nass wäre.« Warrender konnte seine Gereiztheit nicht verbergen. »Jetzt sieh dir nur mal meine Hosen an.«

»Hört auf zu jammern, ihr beiden, und lasst das Haus nicht aus den Augen«, ermahnte sie Handford über Funk.

Es war schwierig zu sagen, wie lange dieses Warten andauern würde. Man konnte nur raten, ob Collinghams nächstes Opfer irgendeine zufällig ausgewählte weibliche Person sein würde, ob er sich an eine ältere Prostituierte heranmachen oder ob er abwarten und sich einen vergleichbaren Ersatz für Leah suchen würde. Handford wusste es nicht zu sagen, er wusste nur, dass Collingham zwar das Mädchen, das zu töten er beabsichtigt hatte, abhanden gekommen war, keineswegs aber sein Drang zu töten.

»Er kommt raus, Chef«, Clarkes Stimme ertönte neben heftigem Rauschen aus dem Funkgerät. Trotz der freien Fläche dort war der Empfang ziemlich schlecht. »Er hat Trainingszeug an und eine große Sporttasche dabei. Vermutlich ist er auf dem Weg ins Fitnesscenter. Der hat ja Nerven, das muss man ihm lassen. Wird des Mordes verdächtigt und trifft sich zu einer Partie Squash.«

Handford hörte, wie die beiden sich durchs Gestrüpp kämpften, als sie den Abhang zu ihrem Wagen hinunterliefen. Er blickte auf die Uhr – halb sieben.

»Wir sind ihm auf den Fersen, Chef. Er fährt mit seinem Wagen auf der B6151 nach Baildon.«

Darauf folgte Funkstille.

»Wir sind gerade an der Ian Clough Hall vorbeigefahren.«

Das hieß, sie hatten den Kreisverkehr passiert und fuhren direkt in Richtung Bradford.

»Wir sind jetzt am Anfang der Baildon Road und über die Ampel auf der A6038 nach Shipley.«

Funkstille.

»Wir fahren über die Ampeln, erste Ampel ..., zweite Ampel ..., los, mach schon, Clarke, fahr noch durch oder wir verlieren ihn. Dritte Ampel, und jetzt biegen wir links ab in die Canal Road.«

Funkstille.

Kommt schon, los, ich muss wissen, wo er hinfährt!

»Wir sind immer noch auf der Canal Road. Vor uns die Abzweigung ins Stadtzentrum. Er fährt dran vorbei. Wir sind jetzt auf der Shipley-Airedale Road. Er fährt vermutlich über die Otley Road ins Fitnesscenter. Nein, jetzt ist er in die Wakefield Lane eingebogen. Wo zum Teufel fährt der denn hin?«

Handford wandte sich zu dem großen Stadtplan an der Wand um und fuhr mit dem Zeigefinger die Route nach. Wakefield Road. Er fuhr also nicht zum Fitnesscenter und auch nicht in Richtung Straßenstrich. Über die Abzweigung zum Ersteren war er bereits hinaus, und das Letztere lag meilenweit in einer anderen Richtung. Auf der Wakefield Road, linker Hand, lag der Dudley Hill, rechter Hand East Bowling, und geradeaus ging es nach – Bierley. Er fuhr geradewegs nach Bierley. Er war auf dem Weg zu seiner Mutter.

Das Funkgerät rauschte. »Wir haben ihn verloren, Chef.« In Warrenders Stimme schwang Panik mit. »Wir haben ihn verdammt noch mal verloren. Irgendein Blödmann in einem LKW hat sich im Kreisverkehr vor uns reingedrängt. Wir haben ihn aus den Augen verloren. Keine Ahnung, an welcher Ausfahrt er raus ist.«

»Er fährt nach Bierley, Warrender. Um Gottes willen, fahrt ihm hinterher. Er geht sicher zu seiner Mutter. Mrs Letty Walker, 23, Knowles Crescent.«

Handford riss die Tür auf und stürmte den Korridor hinunter zum Einsatzraum. »Ali. Kommen Sie mit. Jetzt gleich.«

Joe fuhr vorsichtig. Zur Zeit wurden Autofahrer häufig kontrolliert. Als er von zu Hause losgefahren war, hatte er geprüft, ob ihm auch niemand folgte. Es wäre reichlich dumm, wenn er sich jetzt von der Verkehrspolizei erwischen ließe. Er konzentrierte sich besser darauf, so rasch wie möglich zu seiner Mutter zu kommen. Von seinem Haus nach Bierley waren es etwa achteinhalb Meilen, dafür brauchte er fünfzehn, zwanzig Minuten, mehr nicht. Er würde oben neben dem Haus parken, dort gab es einen zweiten Eingang. Bloß die Tasche nicht vergessen! Aus diesem zweiten Eingang konnte er sie dann rausbringen, da würde ihn keiner sehen. Das Haus gegenüber stand ein Stück versetzt und seine Fenster gingen zur anderen Seite hinaus.

Hinein ging er besser durch den vorderen Eingang.

Sie hatte es hübsch hier, das musste man ihr lassen. Ein Reihenhäuschen, mit Efeu überwuchert, der bereits das Schlafzimmerfenster halb verdeckte; im Garten Bäume, zu viele für die kleine Fläche, aber jetzt boten sie zumindest Sichtschutz.

Zur Eingangstür. Sie schloss sie nie ab. Er öffnete und ging hinein; dann machte er leise die Tür hinter sich zu und drehte den Schlüssel um.

»Guten Abend, Mum.«

Sie saß in einem jener hohen Ohrensessel, die alten Leuten das Aufstehen einfacher machen. Neben ihr stand ein rechteckiges Tischchen mit einer offenen Packung Fruchtgummi. Der Fernseher lief – *Emmerdale Farm*. Diese Serie hatte sie von der ersten Folge an jedes Mal gesehen, und keiner hatte sie je stören dürfen, während diese Sendung lief. *Genieße es, Mum, es ist das letzte Mal, dass du dir das anschaust.*

Sie blickte zu ihm auf. »Andrew.« Ihr Blick wanderte wieder zum Bildschirm.

Sie schien nicht überrascht, ihn zu sehen, obgleich er fast nie zu Besuch kam. Er ging um den Stuhl herum und stand dicht neben ihr. Ihre Arthritis wurde immer schlimmer. Die krallenartigen Finger und die Hände mit den verdickten Gelenken ruhten in ihrem Schoß. Auch ihr dauergewelltes Haar wurde immer dünner, und er sah die Kopfhaut durchscheinen. Sie roch nicht gut; im ganzen Haus roch es nicht gut. Sie war zu verkrüppelt und konnte sich nicht mehr richtig versorgen. Was machte *er* eigentlich? Ihr toller Liebhaber; wo war *er*, wenn sie ihn brauchte?

»Wo ist er?«

Sie drehte sich mit dem ganzen Oberkörper so weit zu ihm hin, dass sie ihn ansehen konnte. »Tom? Er ist vor sechs Monaten gestorben. Das hab ich dir doch geschrieben.« Tränen stiegen ihr in die wässrig blauen Augen. Sie drehte sich wieder zum Fernseher.

Da erinnerte er sich. Der Brief war ein mühsames Gekritzel gewesen. Er war an einem Herzanfall gestorben. Ein plötzlicher Tod, man hatte nichts tun können.

Aber das spielte jetzt keine Rolle.

»Was willst du hier?«

»Ich wollte dich besuchen, ich habe etwas für dich.« Er wollte es hier und jetzt hinter sich bringen; die Strafe, die Hiebe und dann zuletzt den tödlichen Schlag, aber es ging nicht. Der Sessel hatte eine hohe Lehne, und die Gestalt darin war klein. Seit dem letzten Mal, als er sie gesehen hatte, war sie scheinbar geschrumpft. Er konnte nicht dicht genug an sie herankommen, weil der Stuhl ihn daran hinderte.

»Was?« Sie blickte unverwandt auf den Bildschirm.

Er musste dafür sorgen, dass sie aufstand, damit er an sie herankam. »Du machst uns jetzt erst mal eine schöne Tasse Tee, und dann zeige ich es dir.«

»Ja, wenn die Werbepause kommt.«

Dieses egoistische Miststück. Alles war immer wichtiger als er. Das war schon immer so gewesen. Tom, ihre Bettgeschichten – »Bitte sag deinem Vater nichts« sogar als er sich damals die Seele aus dem Leib gekotzt hatte.

Er wartete ungeduldig. Jetzt musste es sein – jetzt, nicht später. Er fuhr sich mit zittrigen Fingern durchs Haar. Sein Herz raste, große Mengen von Adrenalin strömten in seinen Adern, es musste jetzt sofort geschehen. Er bückte sich und machte die Tasche auf; das Geräusch des Reißverschlusses dröhnte ihm in den Ohren. Aber der Stuhl war im Weg. Die Lehne schützte ihr Gesicht und ihren Hinterkopf, nur von ihrer Lockenfrisur ragte ein graues Büschel über die obere Kante hinaus.

»Dann werde *ich* eben Wasser aufsetzen.«

Er ging in die kleine Küche, ließ Wasser in den Kocher laufen und stellte ihn an. Es würde nur noch ein paar Augenblicke dauern. Tassen, Untertassen, Milch, Zucker. Nur noch ein paar Sekunden.

Er ging zurück ins Wohnzimmer. »Soll ich den Tee machen?«

»Nein, ich muss sowieso aufstehen. Muss mich ein bisschen bewegen, sonst werde ich noch ganz steif.«

Die Sendung war unterbrochen, Musik setzte ein. Die Werbung. Letty erhob sich mühsam aus dem Sessel.

Er zog die Holzstange aus der Tasche.

Als sie aufrecht stand, brauchte sie ein paar Sekunden, um das Gleichgewicht zu finden. Dann setzte sie langsam und schlurfend einen Fuß vor den anderen.

Joe trat dicht hinter sie.

»Nein, du musst mir nicht helfen, wenn ich erst mal losgelaufen bin, geht es schon.«

Er hob die Holzstange hoch über seinen Kopf und ließ ihn mit voller Wucht auf ihren Rücken niedersausen. Sie schrie auf, lauter als irgendeins der Mädchen geschrien hatte. Ihr Schrei hallte durchs Zimmer und wurde von den Wänden zurückgeworfen. Er schlug immer wieder auf sie ein, und die Wucht der Schläge erschütterte seine Arme. Inzwischen lag sie auf dem Boden; der kleine Tisch, an dem sie sich beim Fallen festgeklammert hatte, stürzte neben ihr um, und die Fruchtgummis flogen aus der Packung. Sie lag jetzt stöhnend auf dem Bauch, Blut sickerte durch den Stoff ihrer Bluse. Die Mädchen hatten nicht so stark geblutet. Er hob die Stange zum letzten schweren Schlag.

Doch dann wurde sein Arm plötzlich wie von einem

eisernen Griff zurückgehalten, denn von der Tür her erklang ein wildes Pochen.

»Letty? Letty? Alles in Ordnung bei Ihnen?«

Seine Mutter bewegte sich und versuchte den Arm auszustrecken, als wollte sie nach der rettenden Hand greifen, die aber zu weit weg war. Er schlug ihr mit der Stange auf den Kopf, und plötzlich war alles ruhig. Sie hatte aufgehört zu stöhnen. Bald hätte sie ihren Frieden; bald hätte auch er seinen Frieden. Aber noch war es nicht so weit.

Er steckte den Holzstiel in die Tasche zurück und holte das Setzholz heraus. Um Absolution zu erlangen, musste ihre Bestrafung in der einzigen Art und Weise erfolgen, die Huren verstanden, die sie verstand.

Mittlerweile wurde noch heftiger gegen die Tür gedonnert.

»Letty!«

Dann ein letztes energisches Klopfen und: »Ruf die Polizei an! Sofort!«

Jetzt hatte er keine Zeit mehr. Er musste es später vollenden. Hastig steckte er das Setzholz in die Tasche zurück, warf sie sich über die Schulter, drehte die Gestalt vor ihm um und packte sie an den Schultern. Ihre Augen starrten ihn ausdruckslos an. Sie war leicht, selbst im Tod war sie noch leicht. Er zerrte sie in die Küche. Dort war es eng, und seine Tasche blieb dauernd an den Möbeln hängen und bremste ihn. Er hielt ihren Körper mit der einen Hand fest und tastete mit der anderen nach dem Türgriff. Als er ihn endlich fand, riss er daran. Abgeschlossen. Er ließ sie auf den Boden fallen und wühlte in seiner Tasche nach dem Schlüssel. Dann steckte er ihn ins Schloss und drehte ihn um. Die Tür ließ sich leicht öffnen. Hoffentlich waren die Nachbarn jetzt noch nicht an der Hintertür.

Nein. Keiner da. Die hatten vermutlich zu viel Angst vor dem, was sie dort vorfinden würden. Das überließen sie lieber der Polizei. Aber wenn er erst mal fort war, dann konnten sie lange suchen.

Er hob seine Mutter mit dem einen Arm unter den Achseln hoch und riss mit dem anderen das Gartentor auf. Dann schleifte er sie über den Bürgersteig zum Wagen, öffnete die Heckklappe und stieß und zerrte ihren Körper in den Kofferraum. Er rannte zur Fahrertür, schleuderte seine Tasche auf den Beifahrersitz, sprang hinein und drehte den Zündschlüssel. Der Motor sprang an und mit quietschenden Reifen raste er die Straße hinunter und davon.

Für Handford war es eine schreckliche Gewissheit, was er bei Letty Walker vorfinden würde. Eine kleine Menschenmenge hatte sich vor dem Haus versammelt. Kaum hatte Ali den Wagen zum Stehen gebracht, riss er schon die Tür auf. Zwei uniformierte Beamte hielten die Menge zurück. Warrender und Clarke kamen gerade durch das Gartentor. »Die vordere Tür ist von innen verriegelt«, sagte Clarke.

»Zur Hintertür!«, rief Handford Ali zu und lief zu der Gruppe Nachbarn hinüber.

Er wedelte mit seinem Dienstausweis und fragte drängend: »Was ist passiert?«

Eine Frau erklärte es ihm. »Wir haben von drüben lautes Schreien gehört. Wir wohnen direkt nebenan«, sagte sie und zeigte dabei auf die andere Doppelhaushälfte. »Es war furchtbar. Wir dachten zunächst an einen Einbrecher. Dann war plötzlich alles still. Wir haben an die Tür gehämmert, aber keiner hat aufgemacht. Also hat mein Mann die Polizei gerufen.«

»Hat denn niemand versucht, reinzukommen?«

»Nein, dieser Schrei war entsetzlich. Wir dachten, wir überlassen es besser Ihnen.«

Die Eingangstür ging auf und Ali trat heraus. »Die Hintertür war offen, Chef, und die hier war von innen zugesperrt. Es ist keiner da, aber es ist sicher irgendetwas passiert.«

Handford folgte ihm nach drinnen. Das Wohnzimmer war leer, und man hörte nichts als den Fernseher, der immer noch lief. Wo Letty jetzt auch sein mochte, hier im Haus war sie nicht. Die einzigen Zeugen, die Stars aus *Emmerdale* auf dem Bildschirm, hatten alles gesehen, doch das nützte der Polizei nichts. Der Ohrensessel war vom Fernseher weggedreht, ein kleines Tischchen war umgestürzt, und eine Packung Süßigkeiten lag überall verstreut. Auf dem Boden sah man Blutspuren, als wäre jemand mit einer offenen Wunde über den Teppich gezogen worden. In der Küche standen zwei Tassen und Untertassen auf der Arbeitsfläche, dazu ein Kännchen Milch und eine Zuckerdose. Der Wasserkessel war noch heiß.

Letty Walker aber war nicht aufzufinden.

»Er hat sie mitgenommen«, sagte Ali und fügte dann voller Hoffnung hinzu: »Vielleicht hat er sie ja ins Krankenhaus gebracht.«

»Das bezweifle ich, aber das kann man ja nachprüfen. Sie ist der Auslöser für seine ganze Mordserie und jetzt ist sie vermutlich schon tot. Ich hätte nicht abwarten dürfen. Ich hätte sofort herkommen müssen, als Redmayne mir die Information gegeben hat. Ich hätte sie warnen müssen.« Er sah ganz mitgenommen aus vor lauter Selbstvorwürfen.

Ali blickte sich um, als warte er auf eine Eingebung. »Und was tun wir jetzt?«

»Wir müssen ihn finden und zu Gott beten, dass wir nicht zu spät kommen.«

Ali runzelte die Stirn. »Das stimmt, John. Aber wo fangen wir an zu suchen?«

»Ich weiß nicht, außer dass es ziemlich unwahrscheinlich ist, dass er jetzt von seiner Routine abweicht. Er wird sie zu irgendeinem Platz bringen, der für Sühne steht. Einem der Orte, der in seinen Vorträgen eine Rolle spielt.«

»Irgendwo, wo ihre Leiche bald gefunden wird, wie bei den anderen Opfern«, warf Ali ein. »Und wo auch Müllcontainer herumstehen.«

Handford war sich da nicht sicher. Dieser Mord war gewichtiger als die anderen. Er war persönlicher. »Nein, das glaube ich nicht. Hier geht es um seine Mutter. Sie ist sein wichtigstes Opfer, und er wird es allen offen präsentieren wollen. Und es gibt nur einen Platz, der meines Erachtens dazu geeignet ist.«

»Welcher?«

»Der Mittelpunkt der Stadt. Früher stand dort eine Kirche, dort, wo heute das Präsidium und das Gerichtsgebäude stehen – die Bradford Unitarian Chapel. Man hat sie zum Bau dieser Ämter abgerissen. Dorthin wird er sie bringen. An irgendeinen Ort zwischen dem Rathaus und dem Polizeipräsidium.«

Ali brauchte nur sieben Minuten bis zum Präsidium. Collinghams Wagen stand neben dem Rathaus am Channing Way. Ali parkte dahinter. Der Wagen war leer, doch in der Mitte des Platzes gab es einen Aufruhr. Eine Gruppe Menschen hatte sich am Wasserbecken versammelt und blickte auf etwas, was sich darin befand. Aus der Polizeiwache kamen Beamte die Treppen hinuntergerannt.

Handford bahnte sich einen Weg durch die Menge. Dort, am gegenüberliegenden Ende der rechteckigen Wasserfläche, trieb eine alte Frau mit dem Gesicht nach unten auf dem Wasser, das sich um sie herum rot verfärbt hatte. Handford sah ihr graues Haar, das wie ein Heiligenschein um ihren Kopf herum auf der Wasseroberfläche schwamm. Neben ihr befand sich ein Mann im Trainingsanzug. Er klammerte sich an sie, schüttelte sie und flehte sie verzweifelt an.

»Mummy. Mummy. Wach auf.«

»Oh, mein Gott.« Handford rief den Polizeibeamten zu: »Bringt die Leute hier weg. Sofort.«

Die Menge wich zurück, blickte aber weiter in Richtung des Geschehens, denn sie konnten ihre Augen nicht von dem Spektakel vor ihnen abwenden.

Handford riss sich die Schuhe und Socken von den Füßen und stieg in das Becken. Das Wasser spritzte hoch auf die Einfassungsplatten. Er schauderte, denn das Wasser war bitterkalt. Der Grund war uneben vom Kies und den Steinen, und ein- oder zweimal hätte er fast das Gleichgewicht verloren, während er sich auf dem schrottübersäten Grund seinen Weg zu den beiden bahnte. Ein kurzer Blick sagte ihm, dass er für die Frau nichts mehr tun konnte, aber der Mann brauchte seine Hilfe.

Es war Collingham, aber Handford wusste nicht, ob er gerade Joe oder Andrew vor sich hatte. Joe, den Mörder, oder Andrew, den Sohn. Wer auch immer von beiden es jedoch war, seine Sprechweise ließ darauf schließen, dass er sich im Geiste wieder in seiner Kindheit befand, und deshalb musste Handford den Namen richtig treffen. Er ging aufs Ganze und berührte ihn an der Schulter. »Andrew«, sagte er ruhig. »Komm mit mir.«

Andrew Collingham blickte zu ihm auf. »Sieh dir an, was Joe getan hat!«, rief er schluchzend.

Er stieß die Leiche wieder an, und als keine Reaktion kam, wandte er sich wieder mit flehendem Blick an Handford. »Sie wacht einfach nicht auf!«, rief er und Tränen liefen ihm über die Wangen. »Meine Mummy wacht einfach nicht auf.«

Handford fasste ihn behutsam am Arm. »Ich weiß«, sagte er. »Du kommst jetzt mit mir, und ich hole jemand, der sich um deine Mutter kümmert.« Er sprach beruhigend auf Collingham ein und geleitete ihn langsam aus dem Wasserbecken hinaus. Ein Beamter legte ihm eine Decke um die Schultern. Handford stützte ihn, und zusammen stiegen sie die Stufen zum Präsidium hinauf.

Epilog

Einige Tage später schaute Sanderson bei Handford vorbei.

»Ich war gerade bei Russell«, sagte er. »Musste ein bisschen gut Wetter machen. Aber schließlich ist die Hauptsache, dass er jetzt außer Verdacht ist. Natürlich war er ziemlich schockiert über Collingham. Sie wissen ja, die beiden waren ziemlich gute Freunde.«

»Ja, Sir, das wusste ich.«

»Er ist Ihnen für alles sehr dankbar.«

»Das möchte ich auch schwer hoffen«, hätte Handford am liebsten gesagt, aber er verkniff sich die Bemerkung.

»Eine Menge von dem, was passiert ist, war allerdings seine eigene Schuld, und das habe ich ihm auch so gesagt. Aber trotzdem, ich musste ihm so was wie ein Trostpflaster verpassen. Damit er uns nicht dafür verklagt, was er wegen uns alles durchmachen musste. Wissen Sie, Handford, ich kann mich noch an die Zeiten erinnern, als ›verklagen‹ nichts weiter war als ein Wort, das im Wörterbuch zwischen ›verkitten‹ und ›verkleben‹ stand; jetzt ist es das erste Wort, an das wir als Polizisten jeden Morgen schon gleich beim Aufwachen denken müssen. Aber Detective Superintendent Slater wird nächstes Jahr irgendwann in Pension gehen, und höchstwahrscheinlich wird Russell seine Stelle bekommen. Das heißt natürlich, es wird gleichzeitig auch der Posten eines DCI frei werden.« Er beugte sich über den Schreibtisch. »Ich möchte, dass Sie auf diese Stelle rücken. Mr Russell hat jetzt meines Erachtens keinen Grund mehr, Ihnen dabei seine Unterstützung zu verweigern, und meine haben Sie auf jeden Fall. Ich war sehr beeindruckt von Ihrer Arbeit bei diesen Ermittlungen. Selbst Mrs Forrester hat sich für Sie stark gemacht.«

Handford war überrascht und geschmeichelt. »Ich werde darüber nachdenken, Sir.«

»Sie werden mehr tun als das, mein Lieber. Sie werden sich darum bewerben. Das ist eine dienstliche Anordnung, Handford.«

Handford musste lächeln. »Ja, Sir.«

Sandersons Gesicht wurde ernst. »Sie wissen, wir hätten Russell nie verdächtigt, wenn es nicht dieses Foto gegeben hätte. Ein echter Zufall, das. Stellt sich die Frage, ob Collingham es bei dem Mädchen gefunden und absichtlich zurückgelassen hat, um Russell zu belasten, oder ob er keine Ahnung von seiner Existenz hatte, bis Russell wegen der Bitte, sein Alibi zu bestätigen, ihm davon erzählt hat. Vielleicht hat Collingham erst dann beschlossen, es für seine eigenen Zwecke zu verwenden.«

»Das werden wir vermutlich nie erfahren, Sir. Collingham ist nicht in der Verfassung, eine Aussage zu machen. Aber eines ist sicher: Ohne das Foto hätten wir ihn nie gefasst. Ganz gleich, ob er davon wusste und es bewusst eingesetzt hat – es hat definitiv zu seiner Ergreifung beigetragen.«

Die beiden Männer saßen eine Weile schweigend da, dann stand Sanderson auf. »Ich mache mich jetzt besser auf den Weg, John. Ich muss mal wieder ein bisschen richtige Polizeiarbeit machen, und das bedeutet ja immer einen Haufen Papierkram.«

Er streckte die Hand aus und Handford schüttelte sie lächelnd.

Als Sanderson gegangen war, kehrte Handford zu seinem eigenen Papierkram zurück. Zwar konnte gegen Collingham aufgrund seines derzeitigen Zustands noch keine Anklage erhoben werden, doch Handford musste alle Unterlagen für die Staatsanwaltschaft fertig machen. Collingham befand sich in der forensischen Abteilung der Psychiatrie und wurde dort begutachtet; es hieß, er sei in einen Zustand der vollkommenen Regression verfallen. Die Spurensicherung hatte seinen Wagen untersucht und dort die Mordwaffe gefunden, die er gegen seine Mutter erhoben hatte, sowie das Setzholz, zu dessen Einsatz er nicht mehr gekommen war. Beide Gegenstände waren zur kriminaltechnischen Untersuchung geschickt worden. Auch sein Haus hatte man durchsucht. Die Beamten hatten dort in seinem Geräteschuppen einen versperrten Schrank gefunden, der die Taschen enthielt, die er den ermordeten Mädchen abgenommen hatte; jede einzelne war sorgfältig beschriftet. In der von Beverley Paignton fand man auch die Adresse von Alices' Bäckerei. Hätte Forrester über diese Information verfügt, hätte man das Bordell schon viel früher ausheben können. Collingham wäre an keine weiteren Opfer mehr herangekommen und vielleicht sogar schon damals gefasst worden. Und Forrester wäre die Niederlage erspart geblieben, dass man sie von dem Fall abzog und sie stattdessen einer Ausbildungseinheit zuteilte.

»Aber auf lange Sicht gesehen ist es so vermutlich viel besser«, sagte sie, als Handford und sie sich nach

Collinghams Verhaftung zum ersten Mal wieder trafen. »Ich bin vollauf damit beschäftigt, meine Ehe zu kitten.«

Es sah ganz so aus, als könnten nun endlich auch die Prostituiertenmorde in Cambridge aufgeklärt werden. Ted hatte den Kollegen in Bradford mitgeteilt, dass der multinationale Baukonzern, für den Collingham früher gearbeitet hatte, tatsächlich im November 1982 und Mai 1983, als Jenny Marsden und Kate Jennings ermordet worden waren, Projekte in Cambridge durchgeführt hatte. Und glücklicherweise hatte einer der Direktoren – ein Hobbyhistoriker – alle Unterlagen seit der Firmengründung archiviert, denn er wollte nach seiner Pensionierung ein Buch über die Unternehmensgeschichte schreiben. Collinghams Name stand tatsächlich in den betreffenden Monaten auf der Liste der Projektmitarbeiter in Cambridge.

»Dann hat er ja gleich was Interessantes zu schreiben«, meinte Ted.

Die Polizei in Cambridge fragte an und wollte Collingham verhören, sobald er dazu in der Lage sei. Aber was das anbelangte, machte ihnen Handford keine allzu großen Hoffnungen.

Eine Zeit lang sah es so aus, als würde Deepak Azam ungeschoren davonkommen. Der Versuch, ihm die Anstiftung zum Mord an Michael Braintree nachzuweisen, erwies sich als Fehlschlag. Dwayne Varley bestand darauf, es sei ein Unfall gewesen und er hätte Michael nur eine Lektion erteilen wollen. Der Junge sei ihm zu frech geworden, doch Azam habe nichts mit der Sache zu tun. Zum Glück für Mr Braintree und Mr Emmott hatte Azam nach der tätlichen Auseinandersetzung im Fitnesscenter keine Anzeige gegen sie erstattet. Eine Zeit lang hatte man befürchtet, dass er anderweitig an ihnen Vergeltung üben könnte, aber er hatte offensichtlich beschlossen, dass es unter den gegebenen Umständen das Klügste sei, die Sache zu vergessen. Handford hatte mit Daniel gesprochen, und dieser hatte sich bereit erklärt, gegen Azam auszusagen. Doch da Daniel seine Informationen sozusagen nur aus zweiter Hand hatte, war es gut möglich, dass man ihn gar nicht als Zeugen aufrufen würde.

Unglücklicherweise war keine der minderjährigen Prostituierten aus dem Bordell und auch keine der älteren Stricherinnen bereit, gegen Azam auszusagen. Die Staatsanwaltschaft weigerte sich, Anklage zu erheben, wenn so wenig Beweismaterial vorlag. Die Sache sei nicht im öffentlichen Interesse. Das hieß im Klartext, dass man Krawalle befürchtete, falls Azam vor Gericht erscheinen müsste. Seine Stellung innerhalb der British-Asian Community in Bradford war zu bedeutend. Also mussten sie ihn diesmal wieder laufen lassen, und sogleich legte er über seinen Anwalt Beschwerde wegen rassistischer Schikanen ein. Eine Weile sah es tatsächlich so aus, als würde er damit durchkommen.

Doch seine Arroganz war zugleich auch sein Untergang. Die Verschwiegenheit der Mädchen war ihm zwar sicher, aber er hatte seine Rechnung ohne Alice gemacht. Azam und sie hatten immer vierzig zu sechzig zu ihren Gunsten geteilt, und sie sah überhaupt keine Veranlassung, dass diese Vereinbarung nun plötzlich nicht mehr gelten sollte. Sie bat um eine Unterredung mit Handford, in Anwesenheit ihres Rechtsbeistands. Deepak war ihrer Ansicht nach in die Geschichte mit den minderjährigen Prostituierten genauso verwickelt wie sie, vielleicht sogar noch stärker, denn schließlich war er derjenige, der ihr die

Mädchen zuführte. Er schlief mit ihnen und gewöhnte sie daran, mit anderen Männern zu schlafen, bevor sie in ihr Bordell kamen, und auch danach schlief er noch mit ihnen, wann immer er dazu Lust hatte. Er nahm vierzig Prozent von allem, was die Mädchen an Einnahmen erwirtschafteten, trug aber keinerlei Risiko. Sobald die Mädchen sechzehn waren, zwang er sie auf den Straßenstrich, oder wenn sie in Alices' »besserem« Bordell gearbeitet hatten, richtete er ihnen ein Apartment ein. Gegen freie Miete erwartete er dann von ihnen, dass sie von ihren Freiern Höchstpreise verlangten, nahm ihnen allerdings den größten Teil ihrer Einnahmen ab. Alice nannte der Polizei Namen, Adressen und Daten. Sie hatte genau Buch geführt, falls dieser spezielle Fall jemals eintreten sollte und sie verhaftet würde. Warum sie sich plötzlich dazu entschlossen hatte, die Fakten auf den Tisch zu legen, wusste keiner. Aber die weiblichen Mitgefangenen in der Untersuchungshaft hatten ihr anscheinend das Leben zur Hölle gemacht, und daher sah sie vermutlich nicht länger ein, warum ihr Geschäftspartner ungeschoren davonkommen sollte.

Azam wurde kurz darauf verhaftet. Ali hatte die Verhaftung selbst vornehmen wollen, doch Handford hatte es ihm untersagt. Vielleicht wollte sein Sergeant damit etwas wieder gutmachen und seine eigenen Schuldgefühle zerstreuen, doch die British-Asian Community sähe das sicher ganz anders: Azam würde zum Märtyrer stilisiert und Ali zum Verräter. Keiner konnte sagen, was dabei herauskäme, und weder Handford noch Sanderson waren bereit, eine solche Provokation zu riskieren. Der ACC hatte das Ali deutlich zu verstehen gegeben, und was immer in Russells Büro, wo dieses Gespräch stattgefunden hatte, gesagt worden war, Sanderson war mit hochrotem Kopf herausgekommen, und Ali im Gegensatz dazu so bleich, wie seine Hautfarbe es erlaubte. Danach war er einige Tage lang auffällig still gewesen. Handford hatte nichts gesagt, aber er hoffte, dass sein Sergeant die Lektion begriffen hatte. Andererseits wünschte er sich aber keineswegs, dass er dadurch so sehr geknickt wäre, dass seine Qualitäten in Zukunft nicht mehr zum Tragen kämen, die ihn zu dem guten Detective machten, der er tatsächlich war.

Was Leah anbelangte, anstatt dass sie die Schwangerschaft zum Anlass nahm, sich von Azam zu lösen, indem sie gegen ihn aussagte, wollte sie plötzlich kein böses Wort mehr über ihn hören. In ihrem Kopf hatte sie sich ihre eigene Version der Geschichte zusammengebastelt. Wenn er erst einmal erfahren würde, dass sie ein Kind von ihm erwartete, dann würde er sicher für sie sorgen – schließlich hatte er ihr immer versichert, wenn sie schwanger würde, dann wäre es ein Kind der Liebe. Michelle Archer war sogar so weit gegangen, vorsichtig einzuwenden, dass das Kind vielleicht gar nicht von ihm stammte, aber Leah war felsenfest davon überzeugt. Die Freier hätten immer Kondome benutzt, Deepak hingegen nicht, und er hätte immer gesagt, wenn er mit ihr schlafe, dann solle nichts zwischen ihnen sein. Daher kam zu den bisherigen Anklagepunkten gegen ihn nur ein weiterer in Bezug auf die Verführung Minderjähriger hinzu, doch – ungeachtet Leahs Schwangerschaft – es war zweifelhaft, ob dieser Punkt Gewicht hätte. Leah würde darauf bestehen, dass das alles mit ihrer Einwilligung geschehen war, und das Gericht würde annehmen, dass sie mit vierzehn schließlich wissen musste, was sie wollte. Handford hatte Angst um sie.

Gott sei Dank hatte Nicola ihn und Gill. Körperlich hatte sie die Abtreibung gut überstanden, aber Handford war sich nicht sicher, ob nicht seelische Narben zurückbleiben würden. Sie weinte viel, aber ob das an der Hormonumstellung lag oder ob sie ihre Entscheidung bedauerte, war schwer zu sagen. Doch so oder so, sie hätte immer den Rückhalt ihrer Familie, Leah jedoch hatte niemanden.

Ein leises Klopfen an der Tür riss ihn aus seinen Gedanken. Er blickte auf den Aktenstapel in seinem Posteingangskörbchen und fragte sich, wie er diesen Stapel jemals durcharbeiten sollte. Mit einem Seufzen rief er: »Herein!«

Catherine Mellings stand im Türrahmen. Hinter ihr stand Hannah, so vermutete er jedenfalls. Sie war klein wie ihr Vater und hatte auch seine Grübchen in den Wangen. Ihr dunkles Haar war zu einem Pferdeschwanz zurückgebunden und sie sah blass aus. Der Tod ihrer Freundin hatte sie schwer mitgenommen, und das würde sicher noch eine ganze Weile andauern.

»Ich will Sie nicht stören, Inspector Handford«, sagte Catherine, »aber wir fahren morgen weg, um Jennys Vater nach Hause zu bringen. Zum Gerichtsverfahren werden wir natürlich wieder hier sein, aber im Augenblick ist er besser bei uns in Norwich aufgehoben.«

Handford stand auf. »Bitte kommen Sie doch herein und setzen Sie sich.«

»Aber nur kurz.«

»Wie geht es Mr Broomfield?« Eine dumme Frage, aber notwendig.

»Den Umständen entsprechend gut. Vor zwei Jahren hatte er noch eine Frau und eine Tochter, jetzt hat er keines mehr von beidem. Ich weiß nicht, wie man über so etwas hinwegkommen kann.«

Ein bedrückendes Schweigen trat ein, bis Catherine fragte: »Ist Stephen da?«

»Ich glaube schon. Wollen Sie ihn sehen?«

»Nein, ich nicht, aber Hannah. Ich bin noch nicht bereit, mit ihm zu sprechen. Zum Teil vermutlich, weil es etwas schäbig von mir war, ihm nichts von Hannah zu erzählen, und zum Teil, weil ich nicht will, dass die ganzen Gefühle, die wir einmal füreinander empfunden haben, wieder aufgerührt werden. Das wäre nicht fair gegenüber meinem Mann und auch nicht gegenüber Stephens Frau. Das Rad der Zeit hat sich für uns alle weitergedreht und jeder hat jetzt sein eigenes Leben. Vielleicht werde ich ihn eines Tages treffen, schon wegen Hannah, aber jetzt ist es noch zu früh.«

Handford konnte ihr das gut nachfühlen.

»Wenn Sie sich von einem geliebten Menschen trennen, so wie Stephen und ich uns damals getrennt haben, dann tut das sehr weh, Inspector – man fühlt einen geradezu körperlichen Schmerz in der Brust. Also verkehrt man die Liebe in Hass, denn, glauben Sie mir, damit lässt sich leichter umgehen. Doch die Liebe vergeht dabei nicht einfach, sie wird nur tief im Inneren vergraben. Das war meine Art, wie ich mit der Sache fertig geworden bin. Bis jetzt war Stephen tief in mir vergraben und das Leben hat seine Schichten darüber gelegt.«

»Und Hannah?« Handford konnte sich die Frage nicht verkneifen.

Catherine legte den Arm um ihre Tochter. »Wir müssen alle eine Menge verdauen, Hannah am allermeisten. Sie fühlt sich schuldig an Jennys Tod, aber ich glaube, wir sind alle zu einem gewissen Grad mitverantwortlich. Ich dachte mir, vielleicht hoffte ich es sogar insgeheim, dass Hannah sich gar nicht für ihren leiblichen Vater interessieren würde. Aber da habe ich mich geirrt. Ich hätte erkennen müssen, dass sie mich oder Paul nicht verletzen wollte, indem sie darum bat, mit Stephen Kontakt aufzunehmen. Es wäre meine Pflicht gewesen, ihr diese Möglichkeit zu geben, und ich hätte mich nicht auf ihre Entscheidung verlassen dürfen, als sie noch so jung war. Ich war blind gegenüber ihrem Schmerz, und wenn ich ehrlich bin, dann wollte ich einfach nicht mehr verletzt werden. Aber jetzt wird deutlich, dass Stephen für mich tief im Inneren wie eine unverheilte Wunde ist. Hannah soll ihn treffen und ihn kennen lernen, denn irgendeinen Sinn soll das ganze Unglück schließlich gehabt haben. Sie hat unsere Erlaubnis, die von mir und die ihres Vaters, alle Vereinbarungen mit Stephen zu treffen, die sie treffen will – außer dass sie morgen mit uns zurückfahren muss und dass die Schule nicht darunter leiden darf.« Sie zog eine Grimasse. »Sie macht nächstes Jahr ihr Abitur.«

»Erinnern Sie mich nicht«, sagte Handford mit einem Lächeln. »Meine Tochter ist in Hannahs Alter. Dieses Vergnügen haben wir auch vor uns.« *Gott sei Dank.*

Er wandte sich an Hannah. »Willst du, dass ich dich jetzt zu Stephen bringe?«

»Bitte.« Sie sah ihn mit wachem und prüfendem Blick an. Genau wie ihr Vater.

Er schob seinen Stuhl zurück, doch sie zögerte plötzlich: »Meinen Sie, er will mich überhaupt sehen?«, fragte sie.

Handford erwiderte mit sanfter Stimme. »Das *mei-*

ne ich nicht nur Hannah, ich *weiß* es. Komm, bringen wir es hinter uns.«

Sie gingen zusammen den Flur hinunter bis vor Russells Büro.

»Bist du bereit?«

Sie nickte.

Handford klopfte an und machte die Tür auf, als Russell »Herein« rief.

»Tut mir Leid, wenn ich störe, Stephen«, sagte er. »Aber hier ist eine junge Dame, die ganz scharf darauf ist, ihren Vater kennen zu lernen.«

Russell stand langsam auf.

Handford trat zur Seite, um Hannah durchzulassen, dann schloss er leise die Tür hinter ihr. Hätte es sich nicht um Detective Chief Inspector Stephen Russell gehandelt, dann hätte Handford schwören können, er habe Tränen in seinen Augen glitzern gesehen.

Danksagung

Mein Dank gilt allen, von denen ich beim Schreiben dieses Buches so große Unterstützung und Hilfe erfahren durfte. Ich danke Detective Chief Inspector Tony Hennigan (mittlerweile im Ruhestand) für seine Hilfe bei der Schilderung der Polizeiarbeit und der internen Abläufe. Ich danke auch Sheron Boyle, Autorin des Buches *Working Girls and Their Men*, die mir ihre Zeit gewidmet und viele wertvolle Informationen darüber weitergegeben hat, wie junge Mädchen in die Prostitution hineingezogen werden und unter welchen Bedingungen sie dann anschaffen müssen.

Mein besonderer Dank geht an David Glover und Maureen O'Hara, die mir so großzügig ihre Zeit geschenkt haben, um das Manuskript zu lesen und mit mir durchzusprechen; an Joan Womersley, die mich in schwierigen Phasen immer wieder ermutigte, und an die Mitglieder des Autorenkreises in Airedale, die meine Arbeit mit Rat und Tat begleiteten.

Danken will ich auch meiner Agentin Teresa Chris, die eine strenge Lehrmeisterin war, wofür ich immer in ihrer Schuld stehen werde; meiner geduldigen Lektorin, Sophie Hutton-Squire, und Rachel Leyshon, die meine Fehler und Ungereimtheiten ausbügelte.

Und last but not least danke ich meinem Ehemann, Brian, der mir immer zur Seite stand und mich beflügelte.

So klug und spannend wie sonst nur P.D. James!

Bradford, West Yorkshire: Nach der Ermordung von Rukhsana Mahmood soll Sergeant Khalid Ali das Team um Chefermittler John Hanford verstärken und für gute Beziehungen zu der großen asiatischen Gemeinde sorgen. Aber nicht nur Vorurteile in der Bevölkerung und unter den Polizisten erschweren die Ermittlungen: Die Ermordete hatte offenbar ein Geheimnis – und gleich mehrere Personen ein Motiv ...

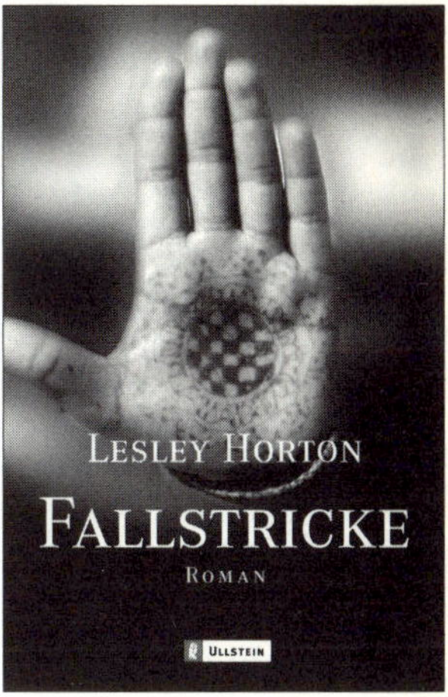

Lesley Horton

Fallstricke

Roman

Deutsche Erstausgabe

ULLSTEIN TASCHENBUCH

UB64

»Ein geniales, ein teuflisches Debüt, das alle unsere gängigen Moralvorstellungen in Frage stellt.« Val McDermid

An einem schönen Frühlingsabend zieht der Krimiautor Andrew Thomas ein anonymes Schreiben aus seinem Briefkasten: Auf seinem Grundstück sei die Leiche einer seit kurzem vermissten jungen Frau begraben, mit einem von Andrews Küchenmessern ermordet und mit seinem Blut befleckt. In der Jeans der Leiche werde er eine Telefonnummer finden, die er anrufen solle. Ansonsten bekomme die Polizei einen Tipp, wo die Mordwaffe zu finden sei. Ein Scherz, denkt Andrew zunächst. Doch er täuscht sich ...

Blake Crouch

Bruderherz

Thriller

Deutsche Erstausgabe

»Ein Bestseller-Phänomen!« New York Times

Ein geheimnisvoller Schädelfund in den Sümpfen Louisianas soll untersucht werden. Nur eine forensische Schädelrekonstrukteurin kommt dafür in Frage: Eve Duncan. Schweren Herzens nimmt sie den Auftrag an, doch schon bald sieht sie sich hineingezogen in eine verbrecherische Intrige von globalem Ausmaß. Wer will die Identifizierung des Toten mit allen Mitteln verhindern? Und warum trachtet man auch Eve Duncan nach dem Leben?

»Ein unglaublicher Plot, schnelle Dialoge und filmreife Szenenwechsel – ein Thriller der Extraklasse.«
Publishers Weekly

Iris Johansen
Knochenfunde
Roman

ULLSTEIN TASCHENBUCH

UB191